COLLECTION FOLIO

Jonathan Coe

Testament à l'anglaise

Traduit de l'anglais
par Jean Pavans

Gallimard

Titre original :
WHAT A CARVE UP !

Né en 1961 à Birmingham, en Angleterre, Jonathan Coe a fait ses études universitaires à Trinity College, Cambridge. Il écrit des articles pour le *Guardian, London Review of Books, Times Literary Supplement...*

Testament à l'anglaise, son quatrième roman, a reçu un accueil enthousiaste de la presse anglo-saxonne et le John Llewellyn Rhys Prize.

Le jury Femina lui a décerné son prix pour les romans étrangers en 1995.

Pour Janine, 1994

ORPHÉE : *Enfin, Madame, m'expliquerez-vous ?*
LA PRINCESSE : *Rien. Si vous dormez, si vous rêvez, acceptez vos rêves. C'est le rôle du dormeur.*

Jean Cocteau,
Scénario d'*Orphée*

« Viens me voir », avait-il dit en oubliant d'ajouter
« Aime-moi » : mais de l'amour nous avons peur
Nous aimerions mieux nous envoler pour la lune
Que de prononcer trop tôt les paroles qu'il faut.

Louis Philippe,
Youri Gagarine

PROLOGUE

1942-1961

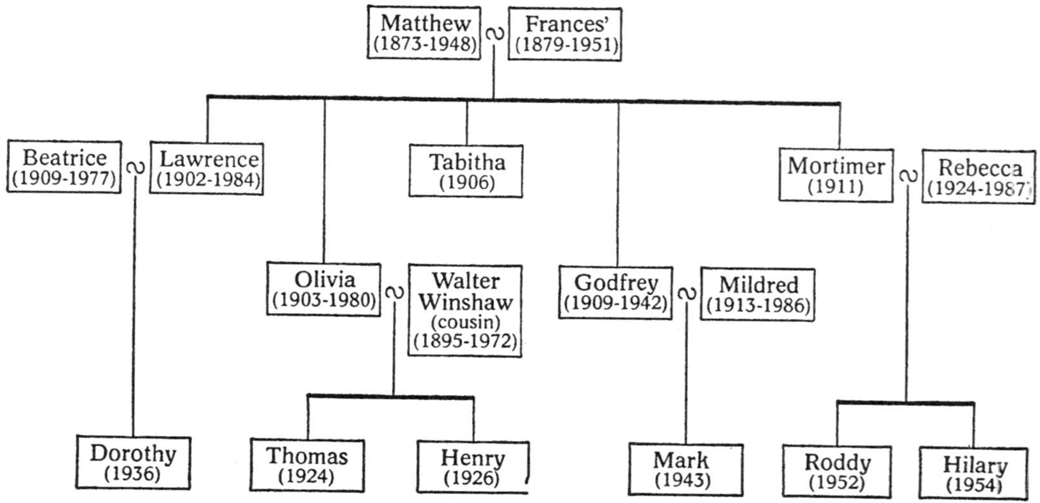
Matthew (1873-1948)
Frances' (1879-1951)
Beatrice (1909-1977)
Lawrence (1902-1984)
Tabitha (1906)
Mortimer (1911)
Rebecca (1924-1987)
Olivia (1903-1980)
Walter Winshaw (cousin) (1895-1972)
Godfrey (1909-1942)
Mildred (1913-1986)
Dorothy (1936)
Thomas (1924)
Henry (1926)
Mark (1943)
Roddy (1952)
Hilary (1954)

1

Par deux fois déjà la tragédie avait frappé les Winshaw, mais jamais avec une telle intensité.

Le premier de ces incidents nous ramène à la nuit du 30 novembre 1942, durant laquelle Godfrey Winshaw, qui n'avait alors que trente-deux ans, fut abattu par un tir antiaérien allemand lors d'une mission secrète au-dessus de Berlin. La nouvelle, qui parvint à Winshaw Towers aux petites heures du matin, suffit à faire perdre complètement la tête à sa sœur aînée Tabitha, et elle ne l'a pas retrouvée depuis. Le choc, en fait, fut pour elle tellement violent qu'on jugea qu'il lui était même impossible d'assister à la cérémonie célébrée en mémoire de son frère.

Par une curieuse ironie, cette même Tabitha Winshaw, aujourd'hui âgée de quatre-vingt-un ans et pas plus saine d'esprit qu'elle ne l'a été durant les quarante-cinq dernières années, se trouve être, amis lecteurs, le commanditaire, le mécène, du livre que vous tenez en main. Écrire avec objectivité sur son état devient ainsi une tâche quelque peu problématique. Cependant, il faut établir les faits, et les faits sont les suivants : depuis le moment où elle a appris le décès tragique de son frère, Tabitha a été la proie d'une illusion baroque. En un mot, elle à conçu l'idée (si on peut parler d'idée dans son cas) qu'il n'avait nullement succombé à des balles nazies, mais que le responsable de cette mort brutale était leur frère Lawrence.

Je ne souhaite pas m'étendre inutilement sur les pitoyables infirmités dont le destin a choisi d'accabler une pauvre femme à l'esprit fragile, mais cette affaire doit être explicitée dans la mesure où elle a matériellement orienté l'histoire subséquente de la famille Winshaw, et il faut donc la replacer dans un certain contexte. Je vais du moins m'efforcer d'être bref. Le lecteur doit donc savoir que Tabitha avait trente-six ans à la mort de Godfrey, et qu'elle était restée fille, n'ayant jamais manifesté la moindre inclination envers le mariage. À cet égard, plusieurs membres de sa famille avaient déjà remarqué que son attitude à l'égard du sexe opposé se caractérisait au mieux par l'indifférence et au pire par l'aversion : le manque d'intérêt avec lequel elle accueillait les avances de ses soupirants occasionnels n'avait d'égal que son dévouement, son attachement passionné, à Godfrey — lequel, si on en croit les témoignages et les quelques photographies subsistantes, était de loin le plus gai, le plus beau, le plus dynamique et le plus avenant des cinq frères et sœurs. Sachant la force des sentiments de Tabitha, la famille s'était prise d'une nette inquiétude quand Godfrey, au cours de l'été 1940, annonça ses fiançailles : mais au lieu de la violente jalousie que certains avaient crainte, une chaleureuse et respectueuse amitié se noua entre la sœur et sa future belle-sœur, et l'union de Godfrey Winshaw et de Mildred, *née** [1] Ashby, se passa le mieux du monde, en décembre de la même année.

1. Les mots ou phrases en italique suivis d'un astérisque sont en français dans le texte.

Du coup, Tabitha réserva de plus belle le tranchant de son animosité à son frère aîné Lawrence. Les origines de l'antagonisme qui persistait entre ces deux rejetons si mal assortis ne sont pas faciles à reconstituer. Il s'agissait très probablement de différences de tempérament. Comme son père Matthew, Lawrence était un homme renfermé et parfois impatient, qui se consacrait à ses vastes affaires nationales et internationales avec un entêtement que beaucoup jugeaient impitoyable. Le royaume de douceur et de délicatesse féminines dans lequel évoluait Tabitha lui était totalement étranger : il la considérait comme une évaporée hypersensible et névrotique, qui — selon une formule qui désormais peut paraître tristement prophétique — « n'avait pas toute sa tête ». (Il faut reconnaître qu'il n'était pas vraiment le seul de cet avis.) Bref, ils faisaient de leur mieux pour s'éviter : et on peut juger de la sagesse de cette politique à la lueur des événements effroyables qui suivirent la mort de Godfrey.

Juste avant de partir pour sa mission fatale, Godfrey avait pris quelques jours de repos dans l'atmosphère tranquille de Winshaw Towers. Mildred, bien sûr, était avec lui : elle était alors enceinte de plusieurs mois de son premier et unique enfant (qui se trouva être un garçon), et ce fut sans doute la perspective de les voir, eux qu'elle préférait entre tous dans sa famille, qui conduisit Tabitha à abandonner le confort de son intérieur cossu pour franchir le seuil de la demeure de son frère détesté. Bien que Matthew Winshaw et sa femme fussent encore en vie et en bonne santé, ils étaient maintenant relégués dans quelques pièces d'une aile indépendante, Lawrence s'étant décrété maître de maison. Il serait toutefois exagéré de dire que sa femme Beatrice et lui se montrèrent de bons hôtes. Lawrence était, comme d'habitude, pris par ses affaires, qui le retenaient de longues heures au téléphone dans l'intimité de son bureau, et le conduisirent même à passer une nuit à Londres (où il se rendit sans présenter la moindre excuse ni la moindre explication à ses invités). De son côté, Beatrice n'accordait même pas un semblant d'hospitalité aux parents de son mari ; elle les laissait seuls la plus grande partie de la journée, en se retirant dans sa chambre sous prétexte de migraine. Ainsi, Godfrey, Mildred et Tabitha, peut-être selon leur secret désir, se trouvèrent réduits à eux-mêmes, et passèrent ensemble des journées délicieuses, à se promener dans les jardins, à se distraire dans les vastes pièces, salon, salle de séjour, salle à manger, salle de réception, de Winshaw Towers.

L'après-midi où Godfrey devait se rendre à l'aéroport de Hucknall pour la première étape de sa mission — ce dont sa femme et sa sœur n'avaient que le soupçon —, il eut avec Lawrence un long tête-à-tête dans le bureau. On ignorera toujours les détails de cet entretien. Après son départ, les deux femmes se sentirent inquiètes : Mildred en proie à l'angoisse naturelle à une épouse et future mère dont le mari est parti pour une mission importante à l'issue incertaine, Tabitha à une agitation plus violente et incontrôlée qui se traduisit en une aggravation de son hostilité envers Lawrence.

Son irrationalité sur ce point s'était déjà manifestée quelques jours auparavant par un malentendu insensé. Faisant irruption, en fin de soirée, dans la chambre de son frère, elle l'avait surpris au milieu d'une conversation d'affaires, et lui avait arraché le bout de papier sur lequel il avait inscrit — selon elle — des instructions secrètes transmises par téléphone. Elle alla même jusqu'à prétendre que Lawrence avait eu « l'air coupable » à son apparition, et qu'il avait essayé de lui reprendre de force le document. Mais elle l'avait défendu avec une vigueur mélodramatique, avant de le ranger parmi ses papiers personnels. Par la suite, lorsqu'elle proféra contre Lawrence son accusation extravagante, elle le menaça de produire cette « pièce à conviction ». Heureusement, l'excellent docteur Quince, médecin de confiance des Winshaw depuis plusieurs décennies, avait déjà prononcé son diagnostic — dont l'effet fut de convenir qu'aucune déclaration de Tabitha ne devait désormais être accueillie par autre chose qu'un profond scepticisme. L'histoire, apparemment, a confirmé le verdict du bon docteur ; car certaines affaires de Tabitha sont récemment parvenues aux mains de l'auteur, et le papier du litige se trouvait parmi elles. Jauni par le temps, il s'est révélé n'être rien de plus qu'un message gribouillé par Lawrence, demandant au majordome de lui servir un souper léger dans sa chambre.

L'état de Tabitha ne fit que se détériorer après le départ de Godfrey, et, la nuit où il s'envola pour sa dernière mission, eut lieu un incident singulier, à la fois plus grave et plus risible que tous ceux qui l'avaient précédé. Il provint d'une nouvelle lubie de Tabitha, selon laquelle son frère aîné rencontrait en secret, dans sa chambre, des espions nazis. Elle déclara à plusieurs reprises s'être postée devant la porte verrouillée et avoir reçu un murmure lointain de voix s'exprimant en un allemand saccadé et autoritaire. Finalement, alors que même Mildred était incapable de prendre ces allégations au sérieux, elle tenta désespérément d'en avoir le cœur net. Ayant chipé la clef (la seule) de la chambre de Lawrence au début de l'après-midi, elle attendit d'avoir la conviction qu'il se livrait à l'une de ses sinistres conférences, puis verrouilla la porte de l'extérieur, dévala les escaliers, en criant à tue-tête qu'elle avait capturé son frère en train de trahir son pays. Le majordome, les bonnes, le personnel de cuisine, le chauffeur, le valet de chambre, le cireur, tous les domestiques vinrent aussitôt à la rescousse, bientôt suivis par Mildred et Beatrice ; et toute la compagnie, rassemblée dans le grand vestibule, s'apprêtait à se rendre dans la chambre de Lawrence quand lui-même apparut, émergeant, queue en main, de la salle de billard où il avait passé, après dîner, quelques heures seul à taquiner les boules. Inutile de dire qu'on ne trouva personne dans sa chambre ; mais cette démonstration ne satisfit nullement Tabitha, qui continua de hurler à la face de son frère, en l'accusant de toutes sortes de ruses et de sournoiseries, avec une telle fureur qu'on dut la maîtriser et l'emmener dans sa chambre de l'aile ouest, où la nurse Gannet, toujours pleine de ressources, lui administra un sédatif.

Telle fut l'atmosphère de Winshaw Towers lors de cette terrible soirée, tandis que le silence mortel de la nuit s'étendait sur ce vénérable domaine ; silence qui devait être rompu à trois heures du matin par la sonnerie du téléphone, et par la nouvelle du sort tragique de Godfrey.

*

On ne retrouva aucun corps dans les épaves ; ni Godfrey ni son copilote n'eurent l'honneur d'une sépulture chrétienne. Cependant, deux semaines plus tard, on célébra en leur mémoire un petit service funèbre dans la chapelle privée des Winshaw. Ses parents assistèrent à la cérémonie avec des visages gris et impénétrables. Son frère cadet Mortimer, sa sœur Olivia avec son mari Walter, étaient tous venus dans le Yorkshire pour lui rendre un dernier hommage : seule Tabitha était absente, car elle était devenue enragée dès qu'elle avait appris la nouvelle. Parmi les instruments dont sa violence se munit pour attaquer Lawrence, on compta des chandeliers, des parapluies de golf, des couteaux à beurre, des lames de rasoir, des cravaches, un luffa, un mashie, un niblick, une trompe de guerre afghane d'un considérable intérêt archéologique, un pot de chambre et un bazooka. Le lendemain même, le docteur Quince signait les papiers autorisant son internement immédiat dans un asile voisin.

Elle devait rester dix-neuf années sans sortir des murs de cet établissement. Durant toute cette période, elle ne chercha guère à communiquer avec les membres de sa famille, ni n'exprima le moindre désir de recevoir leur visite. Son esprit (ou du moins les quelques tristes lambeaux qui en subsistaient) continua de ruminer obsessionnellement les circonstances entourant la mort de son frère, et elle se mit à lire avidement des livres, des journaux, des périodiques, concernant le déroulement de la guerre, l'histoire de la Royal Air Force, tout ce qui avait un rapport même lointain avec l'aviation. (À cette époque, par exemple, son nom paraît régulièrement parmi ceux des abonnés de magazines comme *Professional Pilot, Flypast, Jane's Military Review* et *Cockpit Quaterly*.) Et elle resta ainsi aux mains d'une équipe compétente et dévouée jusqu'au 16 septembre 1961, où on lui accorda une permission de sortie temporaire à la demande de son frère Mortimer : décision dictée par la compassion, mais qui allait bientôt se révéler très malheureuse.

Car, cette nuit-là, la mort visita de nouveau Winshaw Towers.

2

Assise devant la baie vitrée de sa chambre, donnant sur la terrasse est et sur l'étendue désolée des landes qui moutonnaient vers l'horizon, Rebecca sentit la main de Mortimer se poser doucement sur son épaule.

« Tout ira bien, dit-il.

— Je sais. »

Il lui donna une nouvelle pression et alla devant le miroir, où il ajusta sa cravate et son gilet.

« C'est vraiment très gentil de la part de Lawrence. En fait, tout le monde a été très gentil. J'ignorais qu'on puisse se montrer aussi gentil dans la famille. »

C'était le cinquantième anniversaire de Mortimer, et, en cet honneur, Lawrence avait organisé un dîner simple, mais plantureux, auquel était conviée toute la famille — y compris la paria Tabitha. Ce devait être la première fois que Rebecca, cadette de treize ans de son mari, et encore empreinte d'une beauté enfantine et assez vulnérable, les verrait tous réunis.

« Ce ne sont pas des monstres, tu sais. Pas vraiment. » Mortimer fit pivoter de quinze degrés son bouton de manchette gauche, en vérifiant scrupuleusement l'angle formé. « Je veux dire, tu aimes bien Mildred, n'est-ce pas ?

— Mais elle n'est pas vraiment de la famille, répliqua Rebecca en continuant de regarder par la fenêtre. Pauvre Milly. C'est tellement dommage qu'elle ne se soit pas remariée. Je crains que Mark ne donne beaucoup de fil à retordre.

— Il s'est seulement acoquiné avec une bande de garnements, c'est tout. Ça m'est arrivé quand j'étais au lycée. Oxford le redressera vite. »

Rebecca détourna la tête : un geste d'impatience.

« Tu leur trouves toujours des excuses. Je sais qu'ils me détestent tous. Ils ne nous ont jamais pardonné de ne pas les avoir invités à notre mariage.

— Ma foi, c'était ma décision, pas la tienne. Je ne voulais pas qu'ils soient tous là à te regarder bouche bée.

— C'est bien toi : il est trop évident que tu ne les aimes pas toi-même, et il doit y avoir une rai... »

On frappa discrètement à la porte, et la silhouette solennelle et décharnée du majordome s'avança avec déférence de quelques pas dans la pièce.

« Les boissons sont servies dans l'antichambre, Monsieur.

— Merci, Pyles. » Le domestique fit demi-tour pour repartir, mais Mortimer le retint. « Oh, Pyles ?

— Monsieur ?

— Pourriez-vous aller surveiller les enfants ? Nous les avons laissés dans la nursery. Ils étaient avec la nurse, mais vous savez qu'il arrive à Miss Gannet de... s'assoupir.

— Très bien, Monsieur. » Il se tut un instant, et ajouta avant de se retirer : « Puis-je vous présenter, Monsieur, de la part de tout le personnel, toutes nos chaleureuses félicitations, et nos meilleurs vœux pour cette journée.

— Merci. C'est très gentil.

— Avec plaisir, Monsieur. »

Et il sortit en silence. Mortimer s'approcha de la fenêtre et se plaça derrière sa femme, dont le regard restait fixé sur le paysage impitoyable.

« Eh bien, nous ferions mieux de descendre. »

Rebecca ne bougea pas.

« Les enfants se tiendront bien. Il gardera l'œil sur eux. C'est vraiment un très brave type.

— J'espère qu'ils ne casseront rien. Ils ont des jeux tellement violents ; et si ça arrive nous n'aurons pas fini d'entendre Lawrence.

— C'est Roddy qui est un petit diable. Il entraîne Hilary. Elle, c'est un ange.

— Ils sont aussi terribles l'un que l'autre. »

Mortimer se mit à lui caresser le cou. Il la sentait nerveuse.

« Tu frissonnes, ma chérie.

— Je ne sais pas ce qui se passe. » Il s'assit à côté d'elle, et, instinctivement, elle s'appuya contre son épaule, comme un oiseau qui cherche refuge. « Je suis toute tremblante. Je peux à peine supporter l'idée de les affronter.

— Si c'est Tabitha qui t'inquiète...

— Pas seulement Tabitha...

— Mais tu n'as rien à craindre. Elle a complètement changé durant les deux dernières années. Elle a eu une petite conversation avec Lawrence cet après-midi. Je crois honnêtement qu'elle a oublié toute cette histoire autour de Godfrey : elle ne se souvient même pas de lui. Elle a envoyé à

Lawrence des lettres très gentilles de ce... ce foyer, et il a déclaré que tout est oublié et pardonné en ce qui le concerne, donc je crois qu'il n'y a rien à craindre de ce côté-là. Les médecins disent qu'elle est plus ou moins redevenue normale. »

Mortimer sentit aussitôt que ses paroles sonnaient creux et il se détesta de les avoir prononcées. Il avait eu l'après-midi même une preuve de la persistance des excentricités de sa sœur, lorsqu'il l'avait surprise au cours d'une promenade dans les parties les plus éloignées et les plus sauvages du domaine. Il sortait du cimetière aux chiens et se dirigeait vers le terrain de croquet quand il aperçut, accroupie dans les buissons les plus touffus, une forme qui semblait être Tabitha. Il s'approcha sans bruit, de crainte de l'effrayer, et découvrit alors avec stupeur qu'elle marmonnait toute seule. Son cœur chavira : il se rendit compte qu'il avait été trop optimiste sur l'état de sa sœur, et qu'il avait sans doute un peu trop hâtivement suggéré de la faire participer à la réunion de famille. Incapable de distinguer quoi que ce fût dans ces chuchotements saccadés, il avait poliment toussé, sur quoi Tabitha avait poussé un petit cri de saisissement, puis avait émergé dans un agitement confus de broussailles, en ôtant nerveusement de ses vêtements brindilles et épines, la gêne lui coupant presque la parole.

« Je..., Morty, je ne savais pas... je venais...

— Je ne voulais pas te surprendre, Tabs. C'est seulement...

— Pas du tout, j'étais... j'étais sortie faire une promenade... j'ai pensé explorer... Mon Dieu, que dois-tu penser de moi ? Je suis mortifiée. Mortyfiée, devant Morty... »

Sa voix se perdit, et elle se mit à tousser, d'une

toux aiguë et angoissée. Pour rompre un silence lourd d'implications fatales, Mortimer déclara :

« Splendide, ce jardin, n'est-ce pas ? Je ne sais pas comment on arrive à l'entretenir aussi bien. » Il inspira profondément. « Ce jasmin. Tu le sens ? »

Tabitha ne répondit rien. Son frère la prit par le bras et l'entraîna vers la terrasse.

Il ne mentionna pas cet incident à sa femme.

« Ce n'est pas seulement Tabitha. C'est toute cette maison, reprit Rebecca en plongeant pour la première fois de la soirée son regard dans celui de Mortimer. Si nous devions vivre ici, mon chéri, j'en mourrais. » Elle frémit. « Il y a quelque chose dans cet endroit...

— Pourquoi diable viendrions-nous vivre ici ? Quelle drôle d'idée !

— Qui d'autre le reprendra après la disparition de Lawrence ? Il n'a aucun fils à qui le laisser ; et tu es son seul frère, désormais. »

Mortimer poussa un rire irrité ; il était clair qu'il désirait éviter le sujet. « Je doute beaucoup de survivre à Lawrence. Il a un bon nombre d'années devant lui.

— J'imagine que tu as raison », fit Rebecca au bout d'un moment. Elle laissa traîner son regard une dernière fois sur la lande, puis alla prendre ses perles dans sa coiffeuse et les ajusta avec soin. Dehors, les chiens hurlaient pour réclamer leur souper.

*

S'arrêtant sur le seuil du grand vestibule, sa petite main serrant étroitement celle de Mortimer, Rebecca se trouva confrontée à une salle pleine de Winshaw. Il n'y en avait pas plus d'une douzaine, en fait, mais ils lui parurent former une foule innombrable, dont les voix piaillantes et braillardes se mêlaient en une vaste clameur inintelligible. En quelques secondes, ils se trouvèrent bousculés, séparés, absorbés dans la cohue, accueillis, congratulés, touchés, caressés, embrassés, munis de boisson, puis interrogés sur leurs dernières nouvelles, et sur leur santé. Rebecca ne reconnaissait pas la moitié des visages ; la plupart du temps, elle ne savait même pas à qui elle parlait, et par la suite chaque conversation se noya en elle dans un souvenir à jamais fuyant et brumeux.

Pour notre part, nous allons saisir l'occasion offerte par cette réunion pour mieux faire connaissance avec quatre membres particuliers de la famille.

*

Voici d'abord Thomas Winshaw : trente-cinq ans, célibataire, ayant encore à se justifier auprès de sa mère Olivia, aux yeux de qui ses brillants succès dans le monde de la finance ne comptent pour rien devant son échec persistant à fonder une famille. Elle l'écoute à présent les lèvres pincées, alors qu'il essaie de donner un éclat flatteur à un nouveau développement de sa carrière, qu'elle considère visiblement comme plus frivole encore que les autres.

« On peut obtenir aujourd'hui un très haut rendement d'un investissement dans les films, maman. Il suffit d'être associé à un grand succès, voyez-vous, et on se retrouve avec une vraie fortune. Assez pour compenser une douzaine d'échecs.

— Si tu ne faisais cela que pour l'argent, tu aurais ma bénédiction, tu le sais bien », réplique Olivia. Son accent du Yorkshire est plus marqué que celui de ses frères et sœur, mais sa bouche est aussi tombante et rigide que la leur. « Dieu sait que tu t'es montré assez malin en ce domaine. Mais Henry m'a dit quels étaient tes vrais motifs. Les actrices. C'est ce que tu cherches, n'essaie pas de le nier. Tu aimes être en position de leur déclarer que tu peux leur trouver un rôle.

— Vous dites parfois n'importe quoi, maman. Si seulement vous vous entendiez parler !

— Je ne veux pas qu'un membre de notre famille se couvre de ridicule, c'est tout. Ce sont presque toutes des traînées, et tu vas finir par attraper une saleté. »

Mais Thomas, qui n'éprouve pour sa mère rien de plus ni de moins que pour la plupart des gens — à savoir un tel mépris qu'il les juge rarement dignes d'une dispute —, se contente de sourire. Quelque chose dans ces dernières paroles semble l'amuser, et ses yeux brillent froidement d'un souvenir intime. En fait, il pense que sa mère est tout à fait à côté de la plaque : car son intérêt pour les jeunes actrices, si fort soit-il, ne va pas jusqu'au contact physique. Il s'intéresse surtout à regarder, pas à toucher, et pour lui le principal avantage de sa nouvelle activité dans l'industrie du film est de lui donner un prétexte pour visiter les studios quand il en a envie. Il peut ainsi assister au tournage de scènes qui, à l'écran, offrent simplement un émoustillement innocent, mais qui, lors de leur élaboration, fournissent de sérieuses occasions au parfait voyeur. Scènes de lit ; scènes de bain ; scènes de bain de soleil ; scènes où glissent les soutiens-gorge, où disparaît la mousse de savon, où tombent les serviettes. Il a des amis, des indicateurs, des espions, parmi la distribution et les techniciens, pour l'avertir des jours de tournage de scènes de ce genre. Il a même persuadé les monteurs de lui laisser accès aux chutes, séquences qui se sont révélées trop explicites pour figurer dans le film. (Car Thomas a commencé par investir dans des comédies à budget modeste, divertissements susceptibles de plaire au plus grand nombre, avec des vedettes comme Sid James, Kenneth Connor, Jimmy Edwards et Wilfred Hyde-White.) Il en a récupéré ses images préférées pour les projeter en diapositives sur le mur de son bureau de Cheapside, tard dans la nuit, bien après le départ de ses employés. C'est tellement plus propre, tellement plus personnel, tellement moins risqué que tout ce fastidieux manège impliquant d'inviter chez lui des actrices, de leur faire des promesses absurdes, de les tripoter sous la contrainte. Thomas, par conséquent, en veut à Henry, non tant d'avoir révélé des secrets à sa mère, que de lui avoir attribué des motifs tellement ordinaires et dégradants.

« Vous ne devriez pas faire attention à ce que vous raconte Henry, vous savez, dit-il maintenant avec un sourire glacial. Après tout, c'est un politicien. »

*

Et voici Henry, frère cadet de Thomas, déjà considéré comme le plus ambitieux député travailliste de sa génération. Leur relation va au-delà du simple lien de sang et s'étend à de nombreux intérêts communs en affaires, car Henry siège au conseil de plusieurs sociétés généreusement soutenues par la banque de Thomas. À quiconque oserait suggérer un conflit d'allégeance entre ces activités et les idéaux socialistes qu'il professe si bruyamment, Henry peut opposer toute une gamme de réponses parfaitement au point. Il a l'habitude d'affronter les questions naïves, et c'est pourquoi il est capable de rire avec désinvolture quand son jeune cousin Mark lui lance un regard taquin et lui demande :

« Alors, il paraît que tu vas rentrer à Londres dès demain matin, à temps pour la manif ? Tout le monde sait que vous autres travaillistes êtes de mèche avec la campagne pour le désarmement nucléaire.

— Certains de mes collègues y seront à coup sûr. Mais tu ne m'y trouveras pas. D'abord, la question du nucléaire, ça ne rapporte pas de voix. La plupart des gens reconnaissent les unilatéralistes pour ce qu'ils sont : une bande de tordus. » Il se tait pour permettre à l'un des valets de remplir leurs coupes de champagne. « Connais-tu la meilleure nouvelle du mois, à mes yeux ?

— Quand Bertrand Russell a écopé de sept jours de taule ?

— Voilà qui m'a rendu le sourire, je dois dire. Mais je pensais plutôt à Khrouchtchev. Tu dois savoir qu'il a repris les essais de bombe H, dans l'Arctique, par là-bas ?

— Vraiment ?

— Demande à Thomas quelles conséquences cela a eu sur les actions des sociétés d'armement. Elles ont crevé le plafond. Nous avons gagné quelques centaines de milliers de livres en une nuit. Tu sais, au début de l'année, avec la venue de Gagarine et tout le monde qui parlait de détente, les affaires commençaient à péricliter. Je n'aimais pas du tout la tournure que prenaient les choses.

Dieu merci, ça s'est révélé n'être qu'un feu de paille. D'abord on dresse le Mur, et maintenant les Russkofs se remettent à tirer des feux d'artifice. On dirait que les affaires reprennent. » Il vide son verre et tapote affectueusement l'épaule de son cousin. « Bien sûr, si je peux te parler ainsi, c'est parce que tu es de la famille. »

*

Mark Winshaw digère cette information en silence. Peut-être parce qu'il n'a jamais connu son père, Godfrey, il a toujours considéré ses cousins comme des figures paternelles et a cherché en eux des guides. (Sa mère a bien tenté d'être un guide pour lui, naturellement, a essayé de lui inculquer ses propres valeurs et codes de conduite, mais il a mis un point d'honneur, dès ses tendres années, à ne pas tenir compte d'elle.) Il a déjà beaucoup appris de Thomas et de Henry, appris comment gagner de l'argent, et comment exploiter pour son profit personnel les divisions et les conflits entre les faibles et les inférieurs. Il ira à Oxford dans quelques semaines, et il vient de passer l'été à tenir un petit emploi administratif dans les bureaux de la banque de Thomas, à Cheapside.

« C'était très gentil de ta part de lui donner ce travail, dit maintenant Mildred à Thomas. J'espère qu'il n'a pas été insupportable. »

L'expression de Mark est celle d'une haine sans mélange, mais son regard passe inaperçu, et il ne dit rien.

« Pas du tout, répond Thomas. Il a été très utile sur place. En fait, il a séduit mes collègues. Il les a fortement impressionnés.

— Vraiment ? En quel sens ? »

Thomas se met alors à relater une discussion qui a eu lieu un vendredi, lors d'un déjeuner dans la City entre des cadres supérieurs de la banque, auquel Mark avait été convié. On en était venu à parler de la démission d'un des associés à cause du rôle tenu par la banque durant la crise du Koweït. Thomas se sent tenu d'exposer les détails de cette crise à Mildred, car il suppose qu'une femme en ignore nécessairement tout. Il lui explique donc que le Koweït a été déclaré Émirat indépendant en juin, et que, tout juste une semaine après, le général de brigade Kassem a déclaré son intention de l'annexer à son propre pays, sous prétexte que c'était historiquement une « partie intégrante de l'Irak ». Il lui rappelle que le Koweït a fait appel au soutien militaire du gouvernement britannique, lequel avait été promis à la fois par le ministre des Affaires étrangères, Lord Home, et par le garde des Sceaux, Edward Heath ; et que, dès la première semaine de juillet, plus de six mille soldats britanniques avaient été acheminés au Koweït depuis le Kenya, Aden, Chypre, le Royaume-Uni et l'Allemagne, pour établir une ligne de défense d'une centaine de kilomètres à huit kilomètres seulement de la frontière, pour prévenir une attaque irakienne.

« Le fait est, dit Thomas, que cet associé subalterne, Pemberton-Oakes, n'a pas digéré que nous continuions à prêter d'énormes sommes d'argent aux Irakiens pour les aider à maintenir leur armée. Il a déclaré qu'ils étaient des ennemis, que nous étions plus ou moins en guerre avec eux, et que donc nous ne devions leur apporter aucune sorte d'aide. Il a ajouté que nous ne devions traiter qu'avec les Koweïtiens par raison de principe — je crois que c'est le terme qu'il a employé —

même si leurs besoins d'emprunt étaient presque négligeables et si la banque n'avait pas grand-chose à en tirer à long terme. Nous étions tous là à placer notre mot et à peser le pour et le contre, lorsque quelqu'un a eu la brillante idée de demander à Mark son opinion.

— Et quelle était son opinion ? » demande Mildred d'un ton résigné.

Thomas se met à glousser. « Il a dit que selon lui le cas était parfaitement clair. Nous devions prêter de l'argent aux deux camps, bien entendu, et si la guerre éclatait nous devions en prêter encore davantage, afin que les hostilités durent le plus longtemps possible, que les pertes en hommes et en équipement deviennent de plus en plus lourdes, et que l'endettement envers nous ne cesse de s'aggraver de part et d'autre. Il fallait voir leurs mines ! Mon Dieu, c'était probablement ce que tout le monde pensait, mais lui était le seul à le dire crûment. » Il se tourne vers Mark, dont le visage est resté parfaitement fermé tout au long de ce récit. « Tu vas faire du chemin dans la banque, Mark, mon vieux. Oh oui, tu vas faire du chemin. »

Mark sourit enfin. « Sincèrement, je ne pense pas que la banque soit pour moi. J'ai l'intention d'être davantage au cœur des choses. Mais merci quand même de m'avoir donné cette occasion. J'ai certainement appris une chose ou deux. »

Il tourne les talons et traverse la pièce, en sentant que sa mère ne l'a pas un instant quitté des yeux.

*

Mortimer s'approche maintenant de Dorothy Winshaw, la robuste et rubiconde fille de Lawrence et Beatrice, qui se tient seule dans un coin de la pièce, avec aux lèvres sa moue habituelle, irritée et féroce.

« Eh bien, eh bien, fait Mortimer en s'efforçant d'injecter une note cordiale dans sa voix, comment va ma nièce préférée ? » (Dorothy, soit dit en passant, est son unique nièce, de sorte que l'épithète qu'il accole a quelque chose de perfide.) « C'est bientôt l'heureux événement. Il y a une certaine excitation dans l'air, n'est-ce pas ?

— Je suppose », répond Dorothée sur un ton rien moins qu'excité. Mortimer fait allusion au fait qu'elle épousera sous peu, à l'âge de vingt-cinq ans, George Brunwin, un des fermiers les plus aisés et les plus aimés du comté.

« Oh, allons, reprend Mortimer, tu dois bien te sentir un peu... ma foi...

— Je me sens exactement comme n'importe quelle femme qui saurait qu'elle est sur le point d'épouser le plus grand idiot du monde », réplique sèchement Dorothy.

Mortimer regarde autour de lui pour voir si le fiancé, qui a également été invité à cette réunion, a pu entendre cette remarque. Dorothy ne paraît pas s'en soucier.

« Que diable veux-tu dire ?

— Je veux dire que s'il ne devient pas vite adulte, s'il ne nous rejoint pas tous dans le vingtième siècle, lui et moi n'aurons plus un sou vaillant d'ici cinq ans.

— Mais la ferme de Brunwin est une des plus prospères à des kilomètres à la ronde. Tout le monde le sait. »

Dorothy renifle. « Ce n'est pas parce qu'il a fait une école d'agriculture il y a vingt ans que George sait comment s'en sortir dans le monde moderne.

Bon Dieu, il ne sait même pas ce qu'est un taux de conversion.

— Un taux de conversion ?

— Le rapport, explique patiemment Dorothy, comme à un ouvrier agricole à l'esprit obtus, entre la quantité de nourriture qu'on investit dans un animal et ce qu'on en retire en bout de chaîne, sous forme de viande. Vraiment, il suffit de lire quelques numéros de *Farming Express*, et tout devient parfaitement clair. Vous avez entendu parler de Henry Saglio, j'imagine ?

— Un politicien, n'est-ce pas ?

— Henry Saglio est un éleveur de volaille américain qui a promis de grandes choses pour la ménagère britannique. Il a réussi à mettre au point un nouveau type de poulet qui atteint trois livres et demie en neuf semaines, avec un taux de conversion de la nourriture de 2,3. Il utilise les méthodes les plus modernes et les plus intensives », continue Dorothy avec animation, une animation que Mortimer n'a jamais vue briller ainsi dans ses yeux. « Pendant ce temps, ce triste crétin de George continue de laisser ses poulets picorer en plein air comme si c'étaient des bêtes d'agrément. Pour ne pas parler de ses veaux, qui dorment sur de la paille et sont libres de gambader encore plus que ses maudits chiens. Et il s'étonne de ne pas en obtenir de la belle viande blanche !

— Mon Dieu, je ne sais pas..., fait Mortimer. Peut-être a-t-il d'autres choses en vue. D'autres priorités.

— D'autres priorités ?

— Eh bien, le... le bien-être des animaux. L'atmosphère de la ferme.

— *L'atmosphère ?*

— Il y a parfois dans la vie autre chose que de faire du profit, Dorothy. »

Dorothy le regarde avec des yeux ronds. C'est peut-être sa fureur de s'entendre parler sur un ton la ramenant bien des années en arrière — le ton qu'un adulte adopte envers un enfant crédule — qui provoque l'insolence de sa réplique.

« Vous savez, papa disait toujours que tante Tabitha et vous étiez les farfelus de la famille. »

Elle ôte ses lunettes, et passe vivement derrière son oncle pour se joindre à une conversation qui se déroule à l'autre bout de la pièce.

*

En attendant, dans la nursery, se trouvent deux autres Winshaw qui ont un rôle à jouer dans l'histoire de la famille. Roddy et Hilary, âgés de neuf et sept ans, ont épuisé les ressources du cheval à bascule, du train électrique, du ping-pong, des poupées et des marionnettes. Ils ont même fini par se lasser d'agiter une plume sous le nez de la nurse Gannet pour la réveiller. (La plume en question étant celle d'un moineau que Roddy a abattu avec son pistolet à air comprimé au début de l'après-midi.) Ils sont sur le point d'abandonner complètement la nursery pour descendre épier la réunion familiale — bien que, à vrai dire, l'idée de devoir pour cela parcourir de longs corridors mal éclairés les effraie quelque peu —, lorsque, soudain, Roddy a un éclair d'inspiration.

« Je sais ! lance-t-il en se jetant sur une petite voiture à pédales et en se glissant avec difficulté sur le siège du conducteur. Je vais être Youri Gagarine, ça, c'est mon vaisseau spatial, et je viens de me poser sur Mars. »

Comme tous les garçons de son âge, Roddy idolâtre le jeune cosmonaute. On l'a même emmené le voir au début de l'année, à l'exposition d'Earl's Court, et Mortimer l'a soulevé dans ses bras, de sorte qu'il a pu serrer la main de l'homme qui a voyagé parmi les étoiles. À présent, inconfortablement coincé dans la voiture trop petite pour lui, il se met à pédaler de toutes ses forces en faisant un bruit de moteur guttural. « Gagarine à Tour de contrôle. Gagarine à Tour de contrôle. Est-ce que vous me recevez ?

— Et moi, qui je suis ? demande Hilary.

— Tu peux être Laïka, la chienne russe de l'espace.

— Mais elle est morte. Elle est morte dans sa fusée. Oncle Henry me l'a dit.

— Fais juste semblant. »

Hilary se met alors à courir à quatre pattes, en aboyant comme une folle, en reniflant les rochers de Mars, en grattant la poussière. Elle s'y applique durant deux minutes.

« C'est vraiment ennuyeux, finit-elle par dire.

— Tais-toi ! Commandant Gagarine à Tour de contrôle. Je me suis posé sur Mars sans dommage et je cherche maintenant des traces de vie. Tout ce que je peux voir pour le moment, c'est quelques... hé, qu'est-ce que c'est que ça ? »

Un objet brillant sur le sol de la nursery a retenu son regard, et il pédale aussi vite qu'il peut dans sa direction ; mais Hilary arrive avant lui.

« Une demi-couronne ! »

Elle plaque sa main sur la pièce de monnaie ; ses yeux étincellent de triomphe. Le commandant Gagarine sort alors de son vaisseau spatial et se précipite sur sa sœur.

« Je l'ai vue le premier. Donne-la-moi !

— Pas question ! »

Lentement mais sûrement, Roddy place son pied droit sur la main de Hilary et commence à appuyer.

« Donne-la-moi !

— Non ! »

Ce refus devient un cri lorsque Roddy augmente sa pression jusqu'à provoquer soudain un craquement d'os broyés. Hilary continue de hurler tandis que son frère lève son pied et s'empare de la pièce avec une tranquille satisfaction. Il y a du sang sur le sol. Hilary s'en aperçoit ; son hurlement devient de plus en plus perçant et incontrôlé, et finit même par arracher la nurse Gannet à son sommeil alourdi de cacao.

*

En bas, le dîner est bien avancé. Les invités ont aiguisé leur appétit avec une soupe légère (au fromage et au potiron), et ont fait un sort rapide à leur truite (pochée au Martini avec une sauce à l'ortie). Alors qu'on attend le troisième plat, Lawrence, qui est en bout de table, s'excuse et quitte la pièce ; à son retour, il s'arrête pour dire quelques mots à Mortimer, qui est l'invité d'honneur, assis au centre. L'intention de Lawrence est de poser discrètement une question sur l'état de leur sœur.

« Comment as-tu trouvé le comportement de la vieille loufoque ? » chuchote-t-il.

Mortimer grimace et répond d'un ton réprobateur : « Si c'est de Tabitha que tu parles, alors je peux t'annoncer qu'elle se comporte très bien. Exactement comme je le prévoyais.

— Je vous ai vus tous les deux cet après-midi

faire un brin de causette sur le terrain de croquet. Tu avais l'air assez préoccupé, c'est tout. Rien ne s'est passé, n'est-ce pas ?

— Bien sûr que non. Nous avons juste fait quelques pas ensemble. » Mortimer voit alors l'occasion de changer de sujet. « Les jardins ont splendide allure, à propos. Surtout ton jasmin : son parfum était absolument entêtant. Il faudra que tu me dises ton secret, un de ces jours. »

Lawrence rit sans pitié. « J'ai parfois l'impression que tu es aussi timbré qu'elle, mon vieux. Il n'y a pas de jasmin dans notre jardin, je peux te l'assurer. Pas une brindille ! » Il lève les yeux et voit s'approcher du fond de la salle à manger une énorme soupière d'argent. « Ah, voici le plat suivant », fait-il joyeusement.

*

Alors qu'elle attaque sa selle de lièvre au curry, Rebecca entend près d'elle une toux embarrassée.

« Qu'y a-t-il, Pyles ?

— Un mot en privé, si je puis me permettre, madame Winshaw. C'est une affaire assez urgente. »

Ils se retirent dans le corridor, et Rebecca revient une minute après avec une mine livide.

« Ce sont les enfants, dit-elle à son mari. Il y a eu un accident stupide dans la nursery. Hilary s'est blessée à la main. Je vais devoir l'emmener à l'hôpital. »

Mortimer se lève à demi de son siège, d'un air de panique.

« C'est grave ?

— Je ne crois pas. Elle est juste un petit peu bouleversée.

— Je vais venir avec toi.

— Non, tu dois rester ici. Je pense que ça ne prendra pas plus d'une heure. Reste et savoure ton dîner. »

*

Mais Mortimer ne savoure pas son dîner. Le seul plaisir qu'il y trouvait était la présence de Rebecca, dont, durant les dernières années, il a fini par dépendre de plus en plus pour se protéger de sa famille détestée. Désormais, en son absence, il se trouve forcé de passer l'essentiel de la soirée à causer avec sa sœur Olivia ; cette Olivia sèche, au visage aigre, qui est si implacablement attachée à la pureté de la race des Winshaw qu'elle a même épousé un de ses cousins, et qui jacasse sans retenue sur la gestion de son domaine, sur l'anoblissement imminent de son mari pour services rendus à l'industrie, sur l'avenir politique de son fils Henry, qui du moins a été assez malin pour reconnaître que c'est le parti travailliste qui lui offre les meilleures chances d'être ministre à quarante ans. Mortimer hoche la tête avec lassitude, et jette de temps en temps un regard sur les autres convives : Dorothy, qui engouffre avec application sa nourriture ; son fiancé à tête de mouton, qui est assis d'un air morose à côté d'elle ; Mark, qui promène en tous sens ses yeux de rat calculateur, constamment sur le qui-vive ; Mildred, douce et désemparée, qui raconte quelque timide anecdote à Thomas, lequel écoute avec toute l'indifférence glaciale d'un banquier d'affaires prêt à refuser un prêt à un petit entrepreneur. Et, bien sûr, au beau milieu, Tabitha, assise toute droite, sans parler à personne. Il remarque qu'elle consulte sa montre de gousset toutes les deux minutes, et qu'à plusieurs reprises elle demande à un des valets de pied d'aller vérifier l'heure à la pendule du grand-père dans le vestibule. Sinon, elle reste parfaitement tranquille, les yeux fixés sur Lawrence. C'est presque comme si elle attendait que quelque chose se produise.

*

Rebecca revient de l'hôpital au moment où le café va être servi. Elle se glisse près de son mari et lui presse la main.

« Elle ira bien, dit-elle. La nurse Gannet la met au lit. »

Lawrence se lève, tapote la table avec sa cuiller, et propose un toast.

« Aux cinquante ans de Mortimer ! lance-t-il. Santé et bonheur pour les années à venir ! »

Des échos confus de « Santé et bonheur à Mortimer » circulent autour de la table, et les convives vident leur verre. Puis c'est un soupir de satisfaction général, et quelqu'un déclare :

« Eh bien ? Ç'a vraiment été une soirée très agréable. »

Tout le monde se tourne. Tabitha a parlé.

« Ça fait tellement de bien de sortir un peu. Vous n'en avez pas idée. Seulement, ajoute-t-elle, le visage rembruni, les yeux dans le vague, je me disais que ç'aurait été encore meilleur si Godfrey avait été là ce soir, parmi nous. »

Cette déclaration est accueillie par un silence gêné bientôt rompu par Lawrence, qui réplique, d'un ton qui se veut sincère et jovial : « Évidemment. Évidemment.

— Il aimait *tellement* Mortimer. Morty était

sans conteste son frère préféré. Il me l'a souvent dit. Il préférait de beaucoup Mortimer à Lawrence. Il était catégorique sur ce point. » Son visage se rembrunit de nouveau, et elle parcourt la table des yeux. « Je me demande pourquoi. »

Personne ne répond. Personne ne soutient son regard.

« Je suppose que c'est parce que..., continue-t-elle, je *suppose* que c'est parce qu'il savait... que Mortimer n'avait aucune intention de le tuer. »

Elle sonde les visages de ses parents, comme pour y chercher une approbation. Leur silence est total et horrifié.

Alors elle pose sa serviette sur la table, recule sa chaise, et se lève avec peine.

« Bien. Il est temps pour moi d'aller au lit. C'est le moment de grimper l'échelle et de se glisser sous les couvertures, comme me disait Nounou. » Elle se dirige vers la porte, et il est difficile de dire si elle s'adresse toujours aux convives ou si elle se parle à elle-même. « Il faut grimper, grimper, tout là-haut à l'étage, pour dire mes prières, comme une enfant sage. » Elle se retourne, et il ne fait aucun doute que sa question suivante s'adresse à son frère.

« Est-ce que tu dis toujours tes prières, Lawrence ? »

Lawrence ne répond pas.

« Si j'étais toi, je les dirais, ce soir. »

*

Vidée de toute sensation, Rebecca était étendue sur l'épais tas de coussins. Elle écarta lentement ses jambes et se massa la cuisse pour apaiser une crampe. À ses côtés, la tête lourdement appuyée sur son épaule, Mortimer finit par sombrer dans le sommeil. Il lui avait fallu près de quarante minutes pour atteindre l'orgasme. Il lui fallait de plus en plus de temps chaque fois ; et bien qu'il fût en somme un amant tendre et attentionné, Rebecca commençait à trouver éprouvants ces sortes de marathons. Son dos lui faisait mal, elle avait la bouche sèche, mais elle ne chercha pas à prendre le verre d'eau sur la table de chevet, de crainte de déranger son mari.

Il se mit à marmonner quelque chose d'endormi et d'incohérent. Elle lui caressa ses cheveux clairsemés.

« ... que ferais-je sans toi... tellement adorable... rends tout facile... supportable...

— Allons, allons, chuchote-t-elle. Nous allons rentrer demain à la maison. C'est fini.

— ... les déteste tous... que ferais-je si tu n'étais pas là... arranges les choses... parfois envie de les tuer... les tuer tous... »

Rebecca espérait que Hilary avait réussi à trouver le sommeil. La petite avait eu trois doigts cassés. Elle ne croyait pas à cette histoire d'accident, n'y avait pas cru un seul instant. Il n'y avait rien dont elle ne crût Roddy capable, désormais. Comme ces photographies avec lesquelles elle l'avait surpris un jour : un cadeau de ce sale type de Thomas...

Une demi-heure plus tard, à deux heures moins le quart du matin, Mortimer ronflait régulièrement et Rebecca avait toujours les yeux grands ouverts. Ce fut alors qu'elle crut entendre des pas feutrés dans le corridor, devant la porte de leur chambre.

Puis le tumulte commença. Des chutes, des coups, des bruits indubitables de lutte. Deux hommes se battant, de toutes leurs forces, saisissant n'importe quelle arme à portée de main. Grognant dans la bataille, criant et s'insultant. Elle venait à peine de se glisser dans son peignoir, et d'allumer la lampe, lorsqu'elle entendit une longue et terrible vocifération, bien plus forte que tout le reste. Toutes les pièces de Winshaw Towers s'éclairèrent alors, on se précipitait de toutes parts en direction de l'origine du désordre. Mais Rebecca resta où elle était, pétrifiée de peur. Elle avait reconnu cette vocifération, même si elle n'avait jamais rien entendu de semblable. C'était le cri d'un homme qui mourait.

*

Deux jours plus tard, l'histoire suivante parut dans le journal local :

TENTATIVE DE CAMBRIOLAGE À WINSHAW TOWERS

Lawrence Winshaw, dans la lutte, donne la mort à l'intrus.

Un drame a eu lieu dans la nuit de samedi à dimanche à Winshaw Towers, où une réunion de famille a été tragiquement perturbée.

Quatorze invités s'étaient rassemblés pour fêter le cinquantième anniversaire de Mortimer Winshaw, frère cadet de Lawrence — actuel propriétaire du manoir trois fois centenaire. Peu après que tout le monde fut allé se coucher, un individu s'est introduit dans la maison pour une audacieuse tentative de cambriolage qui devait finalement lui coûter la vie.

L'intrus semble avoir pénétré dans la maison par la fenêtre de la bibliothèque, qui est normalement verrouillée. De là, il s'est glissé dans la chambre de Lawrence Winshaw, où a suivi une violente altercation. Finalement, en parfait état de légitime défense, Mr Winshaw a maîtrisé son assaillant et lui a porté un coup fatal sur le crâne avec le gratte-dos à tête de cuivre qu'il garde toujours à son chevet. La mort a été instantanée.

La police n'a pas encore été en mesure d'identifier l'agresseur, qui ne paraît pas être de la région, mais elle admet que le cambriolage a été le motif de l'intrusion. Il n'est pas question, a ajouté un porte-parole, d'engager des poursuites contre Mr Winshaw lequel, dit-on, est encore en état de choc après l'incident.

L'enquête va néanmoins se poursuivre, et nos lecteurs peuvent compter sur nous pour leur transmettre toute nouvelle information.

*

Le dimanche matin, le lendemain de sa soirée d'anniversaire, Mortimer se sentit divisé dans ses loyautés. Le sentiment de famille, ou du moins le petit résidu qui pouvait en subsister au fond de lui, lui dictait de rester auprès de son frère pour le soutenir dans cette épreuve ; mais, en même temps, il ne pouvait pas se cacher l'impatience de Rebecca de quitter Winshaw Towers pour rentrer dans leur appartement de Mayfair. La décision, en définitive, n'était pas difficile à prendre. Il était incapable de refuser quoi que ce fût à sa femme ; de plus il resterait toute une flopée de parents à qui on pouvait sûrement faire confiance pour aider Lawrence à se remettre. À onze heures, leurs valises attendaient dans le vestibule d'être transportées dans la Bentley argent, et Mortimer s'apprêtait à aller présenter ses derniers respects à Tabitha, qui n'avait pas encore émergé de sa chambre après le choc des événements de la nuit.

Mortimer aperçut Pyles au fond du couloir et lui fit signe d'approcher.

« Est-ce que le docteur Quince est venu voir Miss Tabitha ce matin ? demanda-t-il.

— Oui, Monsieur. Il est venu tôt, vers neuf heures.

— Ah bon... Je suppose... j'espère qu'aucun domestique n'imagine qu'elle ait quoi que ce soit à voir avec... ce qui s'est passé.

— Je ne peux pas savoir ce qu'imaginent les autres domestiques, Monsieur.

— Non, évidemment. Eh bien, si vous voulez bien vous occuper de faire porter nos valises dans la voiture, Pyles, je pense que je vais moi-même échanger quelques mots avec Miss Tabitha.

— Très bien, Monsieur. Sauf que... je crois qu'elle a une autre visite en ce moment même.

— Une autre visite ?

— Un monsieur qui s'est présenté il y a dix minutes, Monsieur, en demandant à voir Miss Tabitha. C'est Burrows qui l'a reçu et je crains de devoir dire qu'il l'a fait monter dans la chambre de Miss Tabitha.

— Ah bon... Dans ce cas, il vaut mieux que j'aille voir de quoi il s'agit. »

Mortimer grimpa rapidement les nombreuses volées de marches menant à l'appartement de sa sœur, puis s'arrêta devant sa porte. Il ne perçut aucune voix à l'intérieur : pas avant qu'il ne frappe et n'entende, après un long silence, le timbre fêlé et inexpressif de Tabitha lancer : « Entrez ! »

« Je viens te dire au revoir, commença-t-il en découvrant qu'elle était finalement seule.

— Au revoir », fit Tabitha. Elle tricotait une grande chose rouge et informe, et un numéro ouvert de *Spitfire !* était posé sur le bureau à côté d'elle.

« Nous devrions nous voir davantage à l'avenir, continua-t-il nerveusement. Peut-être viendras-tu nous rendre visite à Londres ?

— J'en doute, répondit-elle. Le docteur est revenu me voir ce matin, et je sais ce que cela signifie. Ils vont essayer de me reprocher ce qui s'est passé cette nuit, et me mettre de nouveau à l'écart, ajouta-t-elle avec un rire qui secoua ses épaules osseuses. Peu importe ce qu'ils vont faire. J'ai laissé passer ma chance, désormais.

— Ta chance... ? » répéta Mortimer. Mais il s'arrêta net. Il s'éloigna vers la fenêtre en s'efforçant de trouver un ton dégagé pour reprendre : « Oui, bien sûr, il y a quelques... circonstances dont il faut tenir compte. La fenêtre de la bibliothèque, par exemple. Pyles jure qu'il l'a verrouillée comme d'habitude, et pourtant cet homme, ce cambrioleur, quel qu'il soit, ne semble pas l'avoir forcée d'aucune façon. Je ne pense pas que tu saches quoi que ce soit... »

Mais il se tut brusquement.

« Regarde ce que ton bavardage m'a fait faire, dit Tabitha. J'ai sauté une maille. »

Mortimer comprit qu'il était en train de perdre son temps.

« Bien, je vais partir, dit-il.

— Bon voyage », répondit Tabitha sans lever les yeux.

Mortimer s'arrêta avant de franchir la porte.

« À propos, dit-il, qui était ton visiteur ? »

Elle lui lança un regard vide.

« Mon visiteur ?

— Pyles m'a dit que quelqu'un a demandé à te voir il y a quelques minutes.

— Eh bien, il s'est trompé. Il s'est complètement trompé. »

Mortimer poussa un profond soupir et s'apprêtait à sortir, mais quelque chose le retint ; il se retourna avec un froncement de sourcils. « Est-ce que je me fais des idées, dit-il, ou est-ce qu'il y a une curieuse odeur ici ?

— C'est le jasmin, répondit Tabitha en lui adressant pour la première fois un regard rayonnant. N'est-ce pas délicieux ? »

3

Youri était mon seul et unique héros à cette époque. Mes parents conservaient toutes ses photographies parues dans les journaux et dans les magazines, et je les fixais avec des punaises au mur de ma chambre. Ce mur a été retapissé à présent, mais bien des années après que j'eus ôté les photos on pouvait encore y voir les marques de punaises, parsemées en une galaxie fantasque d'étoiles. Je savais qu'il était récemment venu à Londres : je l'avais vu à la télévision parcourir les rues sous l'accueil des foules. J'avais entendu parler de sa visite de l'exposition d'Earl's Court, et j'étais dévoré d'envie en apprenant qu'il avait serré la main de centaines d'enfants chanceux. Pourtant, il ne me serait jamais venu à l'idée de demander à mes parents de m'y emmener. Un voyage à Londres aurait été pour eux une entreprise aussi lointaine et audacieuse qu'un départ pour la lune elle-même.

Pour mon neuvième anniversaire, cependant, mon père proposa, sinon un voyage sur la lune, du moins une incursion dans la stratosphère sous la forme d'une journée de randonnée à Weston-super-Mare. On me promit une visite à l'aquarium et au train miniature, récemment ouverts, et, s'il faisait beau, quelques brasses dans la piscine découverte. C'était la mi-septembre : le 17 septembre 1961, pour être précis. Mes grands-parents furent invités à se joindre à nous — les parents de ma mère, veux-je dire, car nous n'avions rien à faire avec ceux de mon père ; en fait, nous n'entendions jamais parler d'eux, aussi loin que je puisse m'en souvenir, même si je savais qu'ils étaient encore en vie. Peut-être mon père gardait-il secrètement le contact ; mais j'en doute. Il n'était jamais facile de savoir ce qu'il pensait, et même maintenant je ne saurais dire s'ils lui manquaient ou non. Il s'entendait à peu près bien avec grand-papa et grand-maman, en tout cas, et, au long des années, il avait bâti une tranquille muraille de défense contre les taquineries amicales mais obstinées de grand-papa. Je crois que c'est ma mère qui les avait invités à venir ce jour-là, probablement sans le consulter. Mais il n'y eut pas l'ombre d'une dispute entre eux. Mes parents ne se disputaient jamais. Mon père se contenta de marmonner vaguement qu'il espérait qu'ils s'installeraient à l'arrière.

Mais ce furent bien entendu les femmes qui s'assirent derrière, me prenant en sandwich. Grand-papa se plaça sur le siège du passager, une grande carte routière ouverte sur les genoux, en arborant ce sourire lointain et facétieux qui indiquait assez que mon père allait passer un rude moment. Ils avaient déjà discuté de la voiture à prendre. La Volkswagen de mes grands-parents était vieille et peu sûre, mais grand-papa ne manquait jamais une occasion de déverser son mépris sur les modèles anglais que mon père, qui travaillait dans un atelier de mécanique du coin, contribuait à construire et achetait par loyauté envers ses employeurs et son pays.

« Croisons les doigts », dit grand-papa alors que mon père mettait la clef de contact ; et, lorsque le moteur démarra au premier tour : « On n'est jamais au bout de ses surprises. »

On m'avait offert un petit échiquier de voyage pour mon anniversaire, et grand-maman et moi nous mîmes à jouer durant le trajet. Ni elle ni moi ne connaissions les règles, mais nous refusions de l'admettre, et nous parvînmes à improviser quelque chose qui tenait des dames et du baby-foot. Ma mère, perdue comme toujours dans ses réflexions, se contentait de regarder par la vitre : à moins qu'elle n'écoutât les conversations à l'avant.

« Que se passe-t-il ? demandait grand-papa. Tu essaies d'économiser l'essence ou quoi ? »

Mon père ne releva pas cette remarque.

« Tu peux faire du quatre-vingts à l'heure ici, tu sais, continua grand-papa. C'est limité seulement à quatre-vingts.

— Je ne veux pas arriver trop tôt. Nous ne sommes pas pressés.

— Dis plutôt que cette vieille guimbarde va se mettre à se déglinguer si tu dépasses le soixante-dix. Nous voulons arriver d'une seule pièce, après tout. Tiens bon, tout de même, je crois que cette bicyclette derrière nous veut nous dépasser.

— Regarde, Michael, des vaches ! lança ma mère pour détourner l'attention.

— Où ça ?

— Dans les champs.

— Ce petit a déjà vu des vaches, dit grand-papa. Laisse-le tranquille. Est-ce que vous n'entendez pas un grincement ? »

Personne n'entendait de grincement.

« Je suis sûr d'entendre un grincement. Comme un bruit de pièce qui se détache. » Puis, en se tournant vers mon père : « Quel morceau de cette voiture as-tu dessiné, Ted ? Le cendrier, j'imagine.

— La colonne de direction, répondit froidement mon père.

— Regarde, Michael, des moutons ! »

Nous nous garâmes au bord de la mer. Les lambeaux de nuages qui striaient le ciel me firent songer à du sucre filé, provoquant des associations de pensées qui nous menèrent inévitablement à une baraque près de la jetée, où mes grands-parents m'achetèrent une énorme boule de barbe-à-papa gluante et rose, et un bâton de sucre d'orge que je gardai pour plus tard. En temps normal, mon père aurait dit quelque chose au sujet des conséquences fâcheuses — dentaires et psychologiques — d'une telle faveur à mon égard, mais comme c'était mon anniversaire il laissa passer. Je m'assis sur un mur bas face aux vagues et me mis à engloutir ma barbe-à-papa, en savourant le délicieux contraste entre son incroyable douceur et sa texture légèrement piquante, jusqu'à me sentir écœuré au bout des trois quarts. Tout était tranquille en bord de mer. Niché dans mon bonheur, je ne prêtais guère attention aux passants, mais je garde un souvenir diffus de couples convenables se promenant bras dessus bras dessous, et de quelques vieilles personnes à l'allure plus décidée, en habits de messe.

« J'espère que ce n'est pas une erreur d'être venus ici un dimanche, dit ma mère. Ce serait terrible si tout était fermé. »

Grand-papa adressa à mon père un de ses clins d'œil les plus éloquents, mêlant une sympathie moqueuse à la reconnaissance amusée d'une situation familière.

« On dirait qu'elle te met une fois de plus le nez dedans, dit-il.

— Eh bien, me dit ma mère en m'essuyant la bouche avec un mouchoir en papier, par quoi veut commencer mon grand garçon pour son anniversaire ? »

Nous allâmes d'abord à l'aquarium. C'était probablement un très bel aquarium, mais j'en garde le souvenir le plus flou : il est étrange de constater que ma famille a soigneusement organisé pour moi ces divertissements, mais que ce sont les paroles échappées, les gestes et les intonations incontrôlés, qui se sont attachés à ma mémoire comme des mouches sur du papier collant. Je me souviens nettement, en tout cas, que le ciel commençait à se couvrir lorsque nous sortîmes, et qu'une violente brise marine gâcha pour ma mère les joies du pique-nique que nous fîmes sur la plage, en plaçant en demi-cercle nos chaises longues : je peux encore la voir bondir à la poursuite des sacs en papier qui s'envolaient, et distribuer tant bien que mal des sandwiches dont l'emballage capricieux flottait au vent. Il y eut beaucoup de restes, et elle finit par les offrir à l'homme qui nous avait loué nos chaises. (Comme toutes les personnes de leur génération, mes parents avaient le don d'engager la conversation avec des inconnus sans difficulté apparente. C'était un don que j'espérais avoir moi-même un de ces jours — une fois sans doute qu'auraient disparu les timidités de l'enfance et de l'adolescence —, mais ce ne fut jamais le cas, et je me rends compte maintenant que cette aisance dont ils semblaient jouir partout où ils allaient était plus une affaire d'époque que de maturité.)

« Il est fameux, ce jambon, déclara l'homme après y avoir mordu. Moi, je l'aime avec un peu de moutarde.

— Nous aussi, dit grand-papa. Mais Sa Majesté n'en veut pas.

— Sa maman le gâte, dit grand-maman en souriant dans ma direction. Elle le gâte, et même elle le pourrit. »

Je fis semblant de ne pas avoir entendu, et je fixai avec de si grands yeux la dernière part de gâteau au chocolat que ma mère me la tendit sans un mot, en mettant ironiquement un doigt devant la bouche comme une conspiratrice. C'était mon troisième morceau. Maman n'employait jamais du chocolat à cuire ordinaire : elle mettait toujours du bon chocolat au lait dans ses gâteaux.

Je commençais à sentir que je ne pourrais plus attendre davantage pour me jeter à l'eau comme promis, mais elle me déclara que je devais d'abord digérer. Dans l'espoir de tromper mon impatience, mon père m'emmena faire quelques pas au bord de la mer, qui était à marée basse, sur une étendue grise de sable boueux qui se perdait presque à l'horizon et où trottaient comme des explorateurs en herbe quelques gamins obstinés, une épuisette dans une main et un parent réticent dans l'autre. Nous nous promenâmes au hasard durant une demi-heure, et enfin on me permit d'aller à la piscine. Il n'y avait pas beaucoup de monde : quelques personnes prenant le soleil sur des chaises longues ou sur des matelas au bord de l'eau, et les rares nageurs s'agitaient vigoureusement, avec force cris et éclaboussures. Il y avait un mélange confus de musiques. Des haut-parleurs déversaient de la musique sirupeuse, mais ils devaient rivaliser avec de nombreux transistors, qui diffusaient n'importe quoi, de Cliff Richard à Kenny Ball et ses Jazzmen. L'eau scintillait d'une manière irrésistible. Je ne pouvais pas comprendre pourquoi des gens préféraient rester allongés sur le dos à écouter la radio face à l'appel d'un tel bonheur aquatique. Mon père et moi sortîmes ensemble des cabines du vestiaire : cet après-midi-là, je trouvais qu'il était de loin l'homme le plus beau et le plus fort de la piscine, mais aux yeux de ma mémoire nos corps maigres et blancs paraissent à présent également enfantins et vulnérables. Je courus devant lui et m'arrêtai au bord de l'eau, en savourant un bref mais délicieux moment d'attente. Puis je plongeai ; après quoi, je hurlai.

La piscine n'était pas chauffée. Pourquoi diable avais-je pensé qu'elle le serait ? Une chape de glace m'enveloppa et je fus aussitôt paralysé par le contact, mais ma première réaction — due non seulement à la sensation physique, mais aussi à la détresse encore plus poignante de ne pas trouver le plaisir espéré — fut d'éclater en sanglots. Combien de temps cela dura, je l'ignore. Mon père a dû m'extirper de l'eau ; ma mère a dû descendre précipitamment de la galerie de spectateurs où elle était assise avec mes grands-parents. Elle m'entourait de ses bras, tous les regards étaient tournés vers moi, et je restais inconsolable. On m'a dit par la suite qu'on avait l'impression que jamais plus je ne m'arrêterais de pleurer. Mais on parvint tout de même à me changer, à m'habiller, et à m'entraîner dans un monde extérieur qui était maintenant tout obscurci par la menace d'une pluie torrentielle.

« C'est une honte », déclara grand-maman. Elle disait son fait à l'un des responsables de la piscine, épreuve qu'on ne souhaiterait à personne. « On devrait avertir les gens. Il devrait y avoir une affiche indiquant la température de l'eau. Nous allons écrire pour nous plaindre.

— Pauvre petit agneau, dit ma mère, alors que je continuais de geindre. Ted, tu devrais courir à la voiture pour prendre les parapluies. Sinon, nous allons attraper la mort. Nous allons t'attendre ici. »

« Ici » voulait dire un abribus au bord de la mer. Nous écoutions tous quatre la pluie tambouriner sur le toit de verre. Grand-papa chantonna *Cher cœur qui bat,* et cela — indice certain que la journée, selon lui, plongeait la tête la première dans le désastre — fut pour moi le signal de reprendre mes sanglots avec une énergie redoublée. Quand mon père revint, avec deux parapluies et une capuche de plastique soigneusement pliée, ma mère le regarda en silence, d'un air de panique ; mais il avait visiblement réfléchi à la situation, et son ingénieuse suggestion fut : « Peut-être qu'il y a quelque chose au cinéma. »

Le plus proche, et le plus grand, était l'Odéon, où l'on donnait *La Lame nue* avec Gary Cooper et Deborah Kerr. Mes parents jetèrent un coup d'œil sur l'affiche et s'empressèrent de partir, tandis que je m'attardais avec envie, fasciné par le parfum exotique de plaisir défendu que suggérait le titre, et intrigué par une annonce que le directeur du cinéma avait placardée bien en évidence : PERSONNE, ABSOLUMENT PERSONNE, NE SERA ADMIS DANS LA SALLE DURANT LES TREIZE DERNIÈRES MINUTES DU FILM. Grand-papa me prit rudement par la main pour m'éloigner.

« Et pourquoi pas celui-là ? » fit mon père.

Nous étions en face d'un bâtiment plus petit et moins imposant, qui se présentait comme « le seul cinéma indépendant de Weston ». Maman et grand-maman se penchèrent pour lire attentivement la distribution du film. Les lèvres de grand-maman formèrent une moue dubitative et le front de maman se plissa doucement.

« Tu penses que ça a l'air bien ?

— Sid James et Kenneth Connor. Ça devrait être drôle. »

Ce fut grand-papa qui déclara cela, mais toute son attention, je le remarquai, était retenue par l'image d'une splendide actrice blonde appelée Shirley Eaton, qui était la troisième vedette du film.

« Pour tous publics », fit remarquer mon père.

Je criai alors : « Maman ! Maman ! »

Elle suivit des yeux la direction de mon doigt. J'avais découvert une annonce indiquant qu'il y avait un documentaire sur le programme spatial russe, intitulé *Dans les étoiles avec Gagarine*. De plus, vantait la notice, c'était EN COULEURS, bien que je n'eusse nullement besoin de cet argument supplémentaire. Je me lançai alors dans mon numéro habituel de supplication, à grand renfort d'yeux écarquillés, même si je commençais à sentir que ce n'était pas vraiment nécessaire, car mes parents s'étaient déjà décidés. Nous nous glissâmes dans la file d'attente. Lorsque nous fûmes près d'acheter nos billets, la caissière abaissa sur moi, du haut de son guichet, un regard incrédule, et demanda : « Êtes-vous sûr qu'il ait l'âge de voir le film ? » J'agrippai alors anxieusement la main de mon père, en éprouvant soudain la même sensation nauséeuse que lorsque j'avais plongé dans la piscine non chauffée. Mais grand-papa ne l'entendait pas de cette oreille. « Contentez-vous de vendre des billets, ma chère, dit-il, et mêlez-vous de vos affaires. » Quelqu'un gloussa derrière nous. Puis nous nous coulâmes dans l'atmosphère lourde de la salle obscure, et je m'enfonçai profondément dans le havre de félicité de mon siège, papa à ma droite, et grand-maman à ma gauche.

Six ans plus tard, Youri devait mourir, son Mig-15 piquant inexplicablement hors des nuages et s'écrasant au sol dans une tentative d'atterrissage. J'étais alors assez grand pour m'être imprégné de la méfiance dominante envers les Russes, pour avoir eu vent des sombres rumeurs sur le KGB et sur le mécontentement qu'avait dû inspirer mon héros dans son pays pour avoir tellement séduit les Occidentaux qui l'accueillaient. Peut-être Youri avait-il signé sa propre condamnation le jour où il avait serré les mains de tous ces enfants à Earl's Court. Quelle que soit l'explication, je suis incapable de retrouver ou même d'imaginer l'état d'innocence qui avait dû être le mien durant cet après-midi de naïve et bruyante célébration de son exploit. J'aurais bien aimé, pourtant. J'aurais bien aimé qu'il restât un objet d'adoration aveugle, au lieu de devenir un autre mystère ambigu, insoluble, de l'âge adulte : une histoire sans réel dénouement. Je devais bientôt en découvrir l'existence.

CENTRAL

seul cinéma indépendant de Weston

----tél. 474----

Dimanche 17 septembre et en semaine

Les moins de seize ans ne sont admis
qu'accompagnés le dimanche

Début de séance à 16 h 30 le dimanche
et à 13 h 30 en semaine

Sidney JAMES Shirley EATON Kenneth CONNOR

dans

À CHACUN SON DÛ

Film à 15 h 00 - 17 h 50 - 20 h 45 en semaine

pour tous publics

- en début de programme -

DANS LES ÉTOILES AVEC GAGARINE

LE FILM OFFICIEL RUSSE

commentaires de **Bob DANVERS-WALKER**

début à 13 h 40-16 h 30-19 h 25 en semaine

pour tous publics

Au moment où les lumières s'éteignaient pour la deuxième fois, et où le visa de censure apparaissait sur l'écran pour annoncer le grand film, ma mère se pencha et se mit à chuchoter par-dessus ma tête : « Ted, il est presque six heures.

— Et alors ?

— Eh bien, combien de temps va durer le film ?

— Je n'en sais rien. Une heure et demie, je suppose.

— N'oublie pas qu'il nous faut faire tout le chemin du retour. Nous arriverons bien après l'heure où il se couche

— Ça n'a pas d'importance, pour une fois. C'est son anniversaire, après tout. »

Je dévorais des yeux le générique. Le film était en noir et blanc et la musique, quoique non dénuée de facétie, me parut d'une certaine manière de mauvais augure.

« Et puis il y a le dîner, continuait ma mère. Qu'allons-nous faire pour le dîner ?

— Oh, je n'en sais rien. Nous nous arrêterons quelque part.

— Mais alors nous arriverons encore plus tard.

— Ne peux-tu pas te taire ? Regarde tranquillement le film. »

Mais je remarquai que durant plusieurs minutes ma mère ne cessa de se pencher dans le reflet de l'écran pour consulter sa montre. Après quoi, j'ignore ce qu'elle a pu faire, car j'étais trop captivé par le film.

Il racontait l'histoire d'un homme doux et nerveux (incarné par Kenneth Connor) surpris un soir dans son appartement par l'arrivée d'un sinistre notaire. Ce notaire venait lui annoncer la mort récente d'un oncle, ajoutant qu'il lui fallait aussitôt se rendre dans le Yorkshire, où devait avoir lieu la lecture du testament, dans la maison de famille, Blackshaw Towers. Kenneth prend donc le train pour le Yorkshire en compagnie d'un ami, un bookmaker pragmatique (joué par Sidney James), et là il apprend que Blackshaw Towers est situé au fond des landes, à grande distance du village le plus proche. Ne trouvant pas de taxi, ils acceptent de monter dans un corbillard qui les abandonne au beau milieu des landes, dans un épais brouillard.

Quand enfin ils parviennent à la maison, ils entendent de lointains hurlements de chiens.

Sidney déclare : « Pas exactement un camp de vacances, hein ? »

Kenneth répond : « Cet endroit donne la chair de poule. »

Le public avait l'air de trouver ça drôle, mais moi j'avais déjà affreusement peur. On ne m'avait encore jamais emmené voir quelque chose comme ça : bien que ce ne fût pas à proprement parler un film d'horreur, tous les détails y étaient, et l'atmosphère lugubre, la musique dramatique, la sensation continuelle que quelque chose de terrible allait se produire, tout contribuait à provoquer en moi un étrange mélange d'épouvante et d'exaltation. Une part de moi brûlait de prendre la fuite pour retrouver dehors ce qui restait de lumière du jour ; mais l'autre part était décidée à ne pas bouger de mon siège avant de savoir le fin mot de l'histoire.

Kenneth et Sidney se faufilent dans le vestibule de Blackshaw Towers et s'aperçoivent que l'intérieur de la maison est aussi inquiétant que le laissait présager l'extérieur. Ils sont accueillis par un majordome décharné et rébarbatif appelé Fisk, lequel les conduit à l'étage pour leur montrer leurs chambres. À son grand désarroi, Kenneth se trouve non seulement relégué dans l'aile est, loin de son ami, mais dans la chambre même où a trépassé feu son oncle. Ils redescendent et sont présentés aux autres membres de la famille de Kenneth : ses cousins et cousine Guy, Janet et Malcolm, son oncle Edward, et sa tante Emily, une folle pour qui le temps semble s'être arrêté depuis la Première Guerre mondiale. Au moment où le notaire s'apprête à lire le testament, un autre personnage paraît : une belle jeune femme blonde incarnée par l'actrice Shirley Eaton. Elle est là parce qu'elle a soigné l'oncle de Kenneth durant sa maladie fatale. Il n'y a pas assez de chaises pour tout le monde autour de la table, de sorte que Kenneth est obligé de prendre appui sur le genou de Shirley, position dont il semble parfaitement ravi.

On fait la lecture du testament et il apparaît que le défunt ne laisse rien du tout à ses parents : ils s'estiment victimes d'une mauvaise plaisanterie, se disputent âprement, et soudain, au moment où on va finalement monter se coucher, toutes les lumières s'éteignent dans la maison. Une tempête fait rage dehors et Fisk déclare que le générateur a dû sauter. Kenneth et Sidney proposent d'aller vérifier avec lui. Dans le hangar qui abrite le générateur, ils découvrent que l'engin a été mis en pièces. Ils retournent dans la maison, mais, en chemin, ils voient avec stupéfaction l'oncle Edward assis sur une chaise longue au milieu de la pelouse, sous une pluie battante.

« Que diable fait-il là ? » demande Sydney.

Kenneth dit en riant : « C'est inouï. Il va attraper la... attraper la... »

Il éternue violemment, et l'oncle Edward tombe raide de sa chaise. Il est mort.

« Sid, est-ce qu'il est... ? » fait Kenneth.

« Ma foi, s'il ne l'est pas, il a le sommeil drôlement lourd », répond Sidney.

Il y eut un terrible coup de tonnerre, et ma mère se pencha vers mon père pour lui chuchoter : « Ted, allons-nous-en, maintenant. »

Mon père, qui était en train de rire, lui répondit :

« Pourquoi ?

— Ce n'est pas un film pour lui », dit ma mère.

Pendant ce temps, Kenneth déclare : « Enfin, je veux dire, on ne peut pas le laisser ici, n'est-ce pas ? Transportons-le là-bas, dans la serre. »

Kenneth, Sid et le majordome tentent alors de soulever la masse corpulente de l'oncle sous les rires redoublés de la salle.

Même grand-maman éclata de rire. Mais ma mère regarda de nouveau sa montre, et mon père, craignant sans doute que je ne fusse effrayé, me frotta la tête et approcha son bras pour que je pusse m'y accrocher.

Kenneth et Sid rentrent dans la maison et annoncent au reste de la famille que l'oncle Edward a été assassiné. Sid veut alors téléphoner à la police, mais il découvre que la ligne est coupée. Kenneth déclare qu'il va retourner chez lui, mais le notaire lui fait remarquer qu'on ne peut traverser la lande par un temps pareil, et que de plus, s'il s'en allait maintenant, il serait le premier à être soupçonné du meurtre de l'oncle Edward. Il conseille à chacun d'aller aussitôt se coucher et de verrouiller la porte de sa chambre.

Fisk déclare alors : « Ce n'est que le début. Il y en aura bientôt un autre, croyez-m'en.

— Bonne nuit, joyeux luron », lance Sidney.

Kenneth et Sidney montent se coucher, mais, livré à lui-même, Kenneth trouve vite le moyen de se perdre dans le dédale de la vieille maison. Il ouvre la porte de ce qu'il croit être sa chambre et s'aperçoit que la pièce est déjà occupée par Shirley, vêtue seulement d'une combinaison, et sur le point d'enfiler sa chemise de nuit.

« Dites donc, que faites-vous dans ma chambre ? demande Kenneth.

— Ce n'est pas votre chambre, répond Shirley. Je veux dire, ce n'est pas votre valise, n'est-ce pas ? »

Elle presse pudiquement sa chemise de nuit contre sa poitrine.

« Oh, bon Dieu, non, fait Kenneth. Attendez un instant, ce n'est pas mon lit, non plus. J'ai dû me perdre. Je suis désolé. Je vais... je vais me retirer. »

Il s'apprête à partir, mais s'arrête au bout de quelques pas. Il se retourne et voit Shirley qui serre avec inquiétude sa chemise de nuit.

Ma mère s'agitait dans son fauteuil.

Kenneth reprend : « Sauriez-vous par hasard où se trouve ma chambre, mademoiselle ? »

Shirley secoue la tête et répond d'un ton navré : « Non, je crains que non.

— Oh », fait simplement Kenneth. Puis, après un silence : « Je suis désolé. Je vais m'en aller, maintenant. »

Shirley hésite, comme pour prendre une décision : « Non. Attendez. » Elle lui fait un geste pressant de la main. « Tournez le dos une minute. »

Il se tourne et aperçoit alors dans un miroir pivotant son propre reflet avec, au fond, celui de Shirley. Elle se présente de dos ; elle est en train d'ôter sa combinaison, en la faisant passer par-dessus sa tête.

« Un... un petit instant, mademoiselle », dit Kenneth.

Ma mère essayait d'attirer l'attention de mon père.

Kenneth fait pivoter en hâte le miroir.

« Vous êtes un ange », dit Shirley en se tournant

vers lui. Elle achève de faire passer sa combinaison par-dessus sa tête et se met à dégrafer son soutien-gorge.

« Allons-y, maintenant, dit ma mère. Il est déjà beaucoup trop tard. »

Mais papa et grand-papa fixaient l'écran de leurs yeux écarquillés, tandis que la belle Shirley Eaton enlevait son soutien-gorge le dos tourné à la caméra et que Kenneth se retenait héroïquement de jeter un coup d'œil dans le miroir qui lui aurait permis de capter une délicieuse image de son corps. Moi aussi je la dévorais des yeux, je suppose, je pensais n'avoir jamais rien vu d'aussi ravissant, et à partir de ce moment-là, ce ne fut plus à Kenneth qu'elle parlait, mais à moi, à ma petite personne de neuf ans, car c'était désormais moi qui m'étais perdu dans les couloirs, et, oui, c'était moi que je voyais sur l'écran, dans la chambre de la plus belle femme du monde, coincé dans cette vieille maison sombre au milieu de ce terrible orage dans ce petit cinéma minable et plus tard dans ma chambre et par la suite à jamais dans mes rêves. C'était moi.

Shirley surgissait dans mon dos, le corps moulé dans sa courte chemise de nuit, et elle me disait : « Vous pouvez vous retourner maintenant. »

Ma mère se leva, et une femme derrière elle lança : « Asseyez-vous, bon sang. »

Sur l'écran, je me retournais, regardais Shirley, et lui déclarais :

« Superbe ! Très affriolant ! »

Elle rejetait sa chevelure d'un air gêné.

Ma mère me saisit la main pour me tirer de mon siège. Je poussai un petit gémissement de protestation.

« Chut ! » fit la femme derrière nous.

« Que faites-vous ? demanda grand-papa.

— On s'en va, voilà ce qu'on fait, répondit maman. Et vous aussi vous venez, à moins de préférer rentrer à pied à Birmingham.

— Mais le film n'est pas encore terminé. »

Je m'asseyais avec Shirley sur le grand lit. Elle me disait : « J'ai une proposition à vous faire. »

« Allons-y, puisqu'il le faut, dit grand-maman. Je suppose que nous nous arrêterons pour dîner. »

Sur l'écran, je disais : « Oh, vraiment ? »

Dans la salle, je dis : « Maman, je veux rester jusqu'à la fin.

— Il n'en est pas question.

— Bien, fit mon père. Il semble que nous ayons reçu nos ordres de route.

— Je ne bouge pas, dit grand-papa. Ça me plaît, à moi.

— Écoutez, si vous continuez comme ça, je vais appeler le directeur », dit la femme derrière nous.

Shirley s'approchait un peu plus de moi pour me dire : « Pourquoi ne resteriez-vous pas ici ? Je n'ai pas envie de passer seule une nuit pareille. Nous nous tiendrons compagnie. »

Ma mère me prit sous les aisselles pour m'arracher de mon siège, et pour la deuxième fois ce jour-là j'éclatai en sanglots : en partie par réel désespoir, et en partie, sans aucun doute, à cause de l'affront subi. Personne ne m'avait plus soulevé de cette façon depuis des années. Elle me transporta ainsi sur toute la rangée, puis descendit vers la sortie.

Sur l'écran, je ne savais trop comment répondre à l'offre de Shirley. Je marmonnais quelque chose, mais dans la confusion je ne pus distinguer quoi. Je voyais papa et grand-maman nous suivre dans la travée et grand-papa se lever à contrecœur de son siège. Pendant que ma mère ouvrait la porte donnant sur le froid escalier de béton et sur l'air salin, je pus jeter un dernier coup d'œil sur l'écran. Je sortais de la chambre, mais Shirley ne s'en rendait pas compte car elle tapotait le lit en me tournant le dos.

Elle disait : « Je serai très bien sur le... » Mais, se retournant, elle s'arrêta net, en voyant que j'étais parti.

« ... sur le canapé », acheva-t-elle.

Toute la famille se retrouva dehors. « Laisse-moi descendre, laisse-moi descendre ! » criai-je. Et lorsque enfin ma mère me déposa à terre, je tentai aussitôt de grimper de nouveau les escaliers pour retourner dans la salle, mais mon père me rattrapa en me disant : « Où crois-tu aller comme ça ? » Je compris alors que tout était fini. Je le bourrai de coups de poing et essayai même de lui griffer la joue avec mes ongles. Pour la première et seule fois de sa vie, il jura et me gifla violemment en plein visage. Après quoi, nous retrouvâmes tous notre calme.

*

Sur le trajet du retour, je fais semblant de dormir, mais en réalité mes paupières ne sont pas tout à fait closes et je peux voir la lumière jaune des phares des autres voitures jouer sur le visage de ma mère. Lumière et ombre. Ombre et lumière.

« Nous ne connaîtrons jamais la fin, dit grand-papa.

— Oh, tais-toi donc ! » dit grand-maman, du

fond de la voiture, en lui donnant une chiquenaude sur l'épaule.

Je ne pleure plus, je ne boude même plus. Quant à Youri, il est parfaitement oublié, je me souviens à peine avoir vu un documentaire dont l'annonce m'excitait tant deux heures auparavant. Tout ce qui me reste en tête, c'est l'atmosphère effrayante de Blackshaw Towers, et la scène inexplicable dans la chambre où cette femme tellement belle demande à Kenneth de passer la nuit avec elle, et d'où il s'enfuit alors qu'elle a le dos tourné.

Mais pourquoi s'est-il enfui ? Parce qu'il avait peur ?

Je regarde ma mère, et je suis sur le point de lui demander si elle a compris pourquoi Kenneth a pris la fuite au lieu de passer la nuit avec une femme qui l'aurait fait se sentir heureux et en sûreté. Mais je sais qu'elle ne me répondrait pas vraiment. Elle répondrait simplement que c'était un film idiot, que la journée a été longue, et que je dois aller me coucher et l'oublier. Elle ne se rend pas compte que je ne pourrai jamais l'oublier. Et c'est en ruminant ces idées intimes que je fais semblant de dormir, étendu la tête sur ses genoux et les paupières mi-closes, juste pour distinguer les reflets jaunes des phares sur son visage. Lumière et ombre. Ombre et lumière.

PREMIÈRE PARTIE

Londres

AOÛT 1990

Kenneth demanda : « Sauriez-vous par hasard où se trouve ma chambre, mademoiselle ? »

Shirley secoua la tête et répondit d'un ton navré : « Non, je crains que non.

— Oh », fit simplement Kenneth. Puis, après un silence : « Je suis désolé. Je vais m'en aller, maintenant. »

Shirley hésita, comme pour prendre une décision : « Non. Attendez. » Elle lui fit un geste pressant de la main. « Tournez le dos une minute. »

Il se tourna et aperçut alors dans un miroir pivotant son propre reflet avec, au fond, celui de Shirley. Elle se présentait de dos ; elle était en train d'ôter sa combinaison, en la faisant passer par-dessus sa tête.

« Un... un petit instant, mademoiselle », dit Kenneth.

Ma main, posée entre mes jambes, me démangeait.

Kenneth fit pivoter en hâte le miroir.

« Vous êtes un ange », dit Shirley en se tournant vers lui. Elle acheva de faire passer sa combinaison par-dessus sa tête et entreprit de dégrafer son soutien-gorge.

Ma main se mit à remuer et à frotter mollement la toile rude de mon jean.

Shirley disparut derrière la tête de Kenneth.

Kenneth déclara : « Un... un joli visage n'est pas tout, vous savez. »

Il maintenait le miroir baissé, en essayant de ne pas le regarder, mais il ne pouvait s'empêcher d'y jeter de temps en temps un coup d'œil, qui provoquait sur son visage une expression de douleur physique. Shirley enfilait sa chemise de nuit.

« Tout ce qui brille n'est pas or », reprit Kenneth.

Shirley réapparut derrière lui, le corps moulé dans sa courte chemise de nuit, et elle lui dit : « Vous pouvez vous retourner, maintenant. »

Il se retourna et la regarda avec ravissement.

« Superbe ! Très affriolant ! »

Shirley rejeta sa chevelure d'un air gêné.

Ma main s'arrêta, se dirigea vers le bouton de pause, mais je me ravisai.

Kenneth se mit à arpenter la pièce et déclara d'un ton de bravade : « Ma foi, j'imagine que vous devez avoir peur, avec toutes les choses qui se sont passées ici ce soir.

— Oh non, pas vraiment », répondit Shirley. Elle s'assit sur le grand lit au lourd cadre de chêne.

Kenneth s'approcha vivement d'elle en disant : « Eh bien, moi si.

— J'ai une idée », fit alors Shirley en se penchant en avant.

Kenneth se détourna et se remit à arpenter la pièce. Il déclara, comme en se parlant à lui-même : « Oh, j'en ai une ou deux moi aussi.

— Venez vous asseoir ici, dit Shirley en tapotant le matelas. Allons, venez. »

Un orchestre se mit à jouer, mais aucun d'eux

ne le remarqua. Kenneth s'assit à côté d'elle, et elle reprit : « J'ai une proposition à vous faire.

— Oh, vraiment ? » fit Kenneth.

Shirley s'approcha un peu plus de lui pour lui déclarer : « Pourquoi ne resteriez-vous pas ici ? Je n'ai pas envie de passer seule une nuit pareille. Nous nous tiendrons compagnie. »

À ces mots, Kenneth se pencha vers Shirley. Ils parurent un instant près de s'embrasser.

J'attendis.

Kenneth se détourna et répondit : « Oui, c'est... c'est très tentant, mademoiselle, mais, eh bien... » Il se leva et marcha de nouveau en tous sens. « Je... vraiment, nous nous connaissons à peine... »

Il se dirigea vers la porte. Shirley parut être sur le point de dire quelque chose, mais elle ne prononça rien de distinct, et se mit à ouvrir les draps et à tasser les oreillers. On la voyait faire, reflétée dans le miroir en pied en face du lit. Elle ne s'aperçut pas que Kenneth était près de la porte. Il se retourna pour lui jeter un dernier regard, et s'esquiva vivement.

Tout en s'affairant sur le lit, Shirley reprit : « Je serai très bien sur le... » Mais, se retournant, elle s'arrêta net, en voyant que Kenneth était parti.

« ... sur le canapé », acheva-t-elle.

J'appuyai sur le bouton de rembobinage.

Shirley se figea un instant, la bouche ouverte, le corps tremblant. Puis elle se tourna, aplatit les draps, Kenneth revint dans la chambre, Shirley parut dire quelque chose, se rassit sur le lit, Kenneth parut dire quelque chose, s'assit à côté d'elle, ils parurent parler, il se leva et marcha en arrière, s'éloignant rapidement d'elle, elle se leva, Kenneth arpenta la pièce et parla, elle se passa la main dans les cheveux, il détourna le regard, elle se cacha derrière lui, se mit à enlever sa chemise de nuit, le visage de Kenneth se tordit à plusieurs reprises, il fit pivoter le miroir, Shirley remit son soutien-gorge, réapparut derrière lui, renfila sa combinaison par la tête, dit quelque chose, Kenneth replaça en hâte le miroir, et Shirley se glissa dans sa combinaison.

J'appuyai sur le bouton de pause.

Le visage de Kenneth et le dos de Shirley se reflétaient dans le miroir. Ils tremblaient. Je pressai de nouveau le bouton de pause. Ils bougèrent lentement. Je le pressai encore une fois, et encore une fois. Ils se mirent à bouger par gestes saccadés. Shirley remuait les bras. Encore une fois. Encore une fois. Elle se tortillait. Elle ôtait sa combinaison. Elle la faisait passer par-dessus sa tête. Kenneth regardait. Il savait qu'il ne devait pas regarder. Shirley avait presque complètement enlevé sa combinaison. Elle avait les bras au-dessus de la tête.

Ma main, posée entre mes jambes, me démangeait.

Kenneth articula quelque chose, très lentement. Il abaissa le miroir, en dehors de son champ de vision. Il le tint incliné, afin de ne pas pouvoir le regarder.

Shirley se tourna vers lui, et articula quelque chose. Ce n'étaient que quatre mots, mais qui prirent beaucoup de temps. Puis elle se remit à faire passer sa combinaison par-dessus sa tête. Elle acheva de l'ôter en sept gestes saccadés. Elle mit ses mains derrière son dos. Ses doigts s'activèrent sur la fermeture de son soutien-gorge.

Ma main se mit à remuer et à frotter mollement la toile rude de mon jean.

Shirley se tourna. Elle fit un pas. Elle disparut derrière la tête de Kenneth.

Kenneth se mit à articuler quelque chose.

Quelqu'un frappa à la porte.

« Oh, merde ! » fis-je en bondissant de mon siège. J'éteignis le magnétoscope. L'écran du téléviseur passa du noir et blanc à la couleur et le son revint : une voix d'homme, très grave et très sonore. Il y avait un homme sur l'écran. Il entourait de ses bras un enfant. Quelque documentaire. Je baissai le son, et vérifiai que ma braguette était bien boutonnée. Je jetai un coup d'œil autour de moi. Mon appartement était en plein désordre. Je décidai qu'il était trop tard pour y remédier, et allai répondre à la porte. Qui pouvait-ce bien être, un jeudi soir, à neuf heures et quart ?

J'entrouvris la porte. C'était une femme.

*

Elle avait des yeux bleus perçants et très intelligents, des yeux qui auraient certainement plongé tranquillement dans les miens si je ne les avais pas détournés, préférant m'attarder sur son teint pâle légèrement moucheté et sa chevelure richement cuivrée. Elle me souriait à demi, juste assez pour laisser voir sa belle dentition régulière, et pour me faire sentir que je devais lui rendre son sourire, aussi difficile que ce pût m'être. Je parvins à produire ce qui dut avoir l'air d'une sorte de petit rictus sinistre. C'était peu ordinaire, et vraiment excitant, de découvrir ce genre de personne sur mon seuil ; mais mon plaisir était modéré non seulement par la gêne de l'interruption, mais aussi par le sentiment intense et troublant que j'avais déjà vu cette femme quelque part :

qu'elle devait s'attendre, en fait, à ce que je la reconnusse et à ce que je me souvinsse même de son nom. Dans sa main gauche, elle tenait une feuille de papier-machine, pliée en deux ; sa main droite oscillait sur son flanc, comme si elle cherchait une poche où la glisser.

« Bonsoir, dit-elle.

— Bonsoir.

— Je ne vous dérange pas, j'espère ?

— Pas du tout. J'étais en train de regarder la télévision.

— C'est seulement pour... voilà, je sais que nous ne nous connaissons pas vraiment, mais j'ai pensé que je pouvais venir vous demander une faveur. Est-ce possible ?

— Bien sûr. Voulez-vous entrer ?

— Merci. »

Tandis qu'elle franchissait la porte, je tentai de me souvenir depuis combien de temps je n'avais pas eu de visite dans mon appartement. Probablement pas depuis la venue de ma mère : deux, ou peut-être trois ans auparavant. Ce devait être aussi la dernière fois que j'avais fait la poussière et passé l'aspirateur. Que diable avait-elle voulu dire par : « nous ne nous connaissons pas vraiment » ? C'était une curieuse manière de se présenter.

« Puis-je prendre votre manteau ? » demandai-je.

Elle me lança un regard surpris : je m'aperçus alors qu'elle n'avait pas de manteau ; elle portait juste un jean et un chemisier de coton. Je trouvai cela un peu déconcertant, mais je réussis à dissimuler mon embarras en faisant écho à son rire nerveux. Il faisait chaud dehors, après tout, et encore assez clair.

« Alors, fis-je une fois que nous nous fûmes tous deux assis. En quoi puis-je vous être utile ?

— Eh bien, voici de quoi il s'agit. » Elle entreprit de s'expliquer, mais mon attention fut aussitôt retenue par les taches du dos de sa main, et je me mis à essayer de deviner son âge, car ses traits, et en particulier ses yeux, avaient l'allure fraîche et ouverte de la jeunesse, et auraient fait croire qu'elle avait tout juste trente ans, mais j'en vins à me demander si elle n'était pas au moins aussi âgée que moi, au milieu de la quarantaine, peut-être, et je tentais de me décider lorsque je me rendis compte qu'elle avait fini de parler, qu'elle attendait ma réponse, et que je n'avais pas écouté un traître mot de ce qu'elle avait dit.

Il y eut un long silence gêné. Je me levai, mis les mains dans mes poches, et me dirigeai vers la fenêtre. Il ne me restait guère qu'à me retourner au bout de quelques secondes pour demander aussi poliment que possible : « Pourriez-vous me répéter tout cela ? »

Elle fut prise au dépourvu mais fit de son mieux pour ne pas le laisser paraître. « Bien sûr », répondit-elle, et elle recommença ses explications, mais cette fois-ci, étant près de la fenêtre, je m'aperçus que je faisais face à la télévision, et je ne pus m'empêcher de regarder l'homme basané, moustachu et souriant à l'écran, assis les bras autour d'un petit garçon, et qui semblait vouloir tellement être aimé par cet enfant debout, tout raide, les yeux perdus sous l'attention de cet oncle bienveillant au sourire figé et à l'épaisse moustache noire. Il y avait quelque chose de si intrigant dans cette scène, quelque chose de si appuyé et de si anormal, que j'en oubliai que j'étais censé écouter ma visiteuse, et ce fut seulement quand elle eut à peu près fini que je me rendis compte que j'avais perdu le fil.

Il y eut un nouveau silence, encore plus long et plus gêné que le précédent. Je réfléchis soigneusement à l'attitude à adopter ; puis je traversai la pièce d'un air pensif et nonchalant, pour m'appuyer enfin le postérieur à la table, de sorte que je me trouvai légèrement penché en face de mon interlocutrice. Je déclarai alors : « Pensez-vous pouvoir parvenir à répéter clairement tout ça, par hasard ? »

Elle me considéra intensément durant quelques secondes. « Puis-je vous demander quelque chose, Michael ? dit-elle enfin. Est-ce que vous vous sentez bien ? »

C'était une bonne question, étant donné les circonstances ; mais je n'avais pas le cœur d'y répondre honnêtement.

« C'est à cause de mon pouvoir de concentration, fis-je. Il n'est plus ce qu'il était. Trop de télévision, j'imagine. Si vous pouviez... juste une fois encore... j'écoute, maintenant. J'écoute vraiment. »

Il y eut un moment d'incertitude. Je n'aurais pas du tout été surpris qu'elle se levât pour partir. Elle regarda sa feuille de papier-machine et parut sur le point de renoncer complètement à la tâche visiblement ingrate de me faire écouter quelques simples mots d'anglais. Cependant, après avoir poussé un profond soupir, elle se remit à parler : d'une voix lente, distincte et mesurée. Il était clair qu'elle me donnait ma dernière chance.

Et je l'aurais écoutée, je l'aurais vraiment écoutée, car elle excitait ma curiosité, en plus du reste, mais ma tête tournait, tous mes sens chaviraient, parce qu'elle connaissait mon nom, elle m'avait effectivement appelé par mon prénom. Michael, elle avait dit : « Puis-je vous demander quelque chose, Michael ? », et je ne puis dire depuis combien de temps quelqu'un m'avait appelé par mon prénom, sans doute pas depuis la visite de ma mère — deux, ou peut-être trois ans — et le plus drôle, c'était que si elle savait mon nom, alors je devais probablement savoir le sien, ou j'avais dû le savoir autrefois, ou elle supposait que je le savais, nous avions dû être présentés l'un à l'autre à un moment donné, et j'étais tellement occupé à m'efforcer d'associer un nom à son visage, et d'associer son visage à une circonstance où je l'aurais vu, que j'oubliai complètement de prêter attention à ses phrases lentes, distinctes et mesurées, si bien que lorsqu'elle eut fini je compris que nous devions tout reprendre, en repassant par quelque chose de bien plus pénible qu'un nouveau silence gêné.

« Vous n'avez pas écouté un seul mot, n'est-ce pas ? » fit-elle enfin. Je secouai la tête.

« J'ai compris, ajouta-t-elle en se levant vivement. Je perds mon temps, ici. »

Elle me lança un regard accusateur, que je soutins, n'ayant plus grand-chose à perdre.

« Puis-je vous demander quelque chose ? » fis-je à mon tour.

Elle haussa les épaules. « Pourquoi pas ?

— Qui êtes-vous ? »

Elle écarquilla les yeux, et j'eus l'impression qu'elle avait reculé d'un pas, alors qu'en fait elle n'avait pas bougé.

« Je vous demande pardon ?

— J'ignore qui vous êtes. »

Elle eut un sourire triste et incrédule.

« Je suis Fiona.

— Fiona ? »

Ce prénom se perdit dans mon esprit avec un bruit mat : il n'éveillait aucun écho. « Devrais-je le savoir ?

— Je suis votre voisine, dit Fiona. J'habite en face de chez vous, de l'autre côté du couloir. Je me suis présentée à vous il y a quelques semaines. Nous nous croisons dans l'escalier trois ou quatre fois par semaine. Vous me dites bonjour. »

Je clignai des paupières, et m'approchai avec grossièreté pour la regarder de plus près. Je me crispai pour faire un énorme effort de mémoire. Fiona... je ne me rappelais toujours pas avoir entendu ce prénom, pas récemment, en tout cas, et si je commençais à sentir que quelque chose en elle évoquait une lointaine familiarité, cette sensation avait des origines obscures, et ressemblait moins à un souvenir de rencontres de voisinage qu'à l'impression de tomber sur la photographie d'un défunt dont les traits jaunis présentent l'ombre d'une vague ressemblance de famille. Fiona...

« Lorsque vous vous êtes présentée, repris-je, est-ce que je vous ai répondu quelque chose ?

— Pas grand-chose. Je vous ai trouvé assez peu amical. Mais je n'ai pas l'habitude de renoncer facilement : c'est pourquoi j'ai essayé de nouveau.

— Merci, dis-je en m'asseyant dans un fauteuil. Merci. »

Fiona resta debout près de la porte. « Je dois m'en aller, n'est-ce pas ?

— Non... je vous en prie... si vous pouvez me supporter un moment de plus. Nous pourrions arriver à quelque chose. Asseyez-vous, s'il vous plaît. »

Fiona hésita et, avant de venir s'asseoir en face de moi sur le canapé, elle ouvrit la porte d'entrée et la laissa béante. Je fis mine de ne pas le remarquer. Elle se posa au bord du canapé, le dos arqué et les mains croisées avec raideur sur les genoux.

« Qu'étiez-vous en train de dire ? repris-je,

— Vous voulez que je répète tout ?

— Brièvement. En quelques mots.

— J'étais en train de vous demander de me parrainer. Je cherche des parrains pour une course cycliste au profit de l'hôpital. » Elle me tendit la feuille de papier-machine, dont presque la moitié était couverte de signatures.

Quelques lignes en haut expliquaient la nature de l'événement, et à quoi servirait l'argent. Je les lus rapidement et déclarai : « Soixante kilomètres me paraissent être une distance terriblement longue. Vous devez être entraînée.

— Ma foi, je n'ai encore jamais rien fait de semblable. J'ai pensé que ça me ferait sortir. »

Je repliai en deux le papier, le mis de côté et réfléchis un instant. Je me sentais gagné d'une nouvelle énergie, et l'envie de rire, aussi étrange que cela pût paraître, était presque irrésistible. « Savez-vous ce qui est drôle ? fis-je. Puis-je vous dire ce qui est drôle ?

— Dites-le, je vous en prie.

— C'est la plus longue conversation que j'aie eue avec quiconque depuis... depuis quelque chose comme deux ans. Plus de deux ans, je pense. La plus longue. »

Fiona eut un rire incrédule. « Mais nous avons à peine parlé.

— C'est pourtant vrai. »

Elle rit de nouveau. « Mais c'est ridicule. Vous étiez sur une île déserte ou quoi ?

— Non. Je suis resté ici. »

Elle secoua la tête d'un air perplexe. « Comment ça se fait ?

— Je n'en sais rien : je n'en éprouvais pas le besoin, c'est tout. Cela n'a pas été délibéré ; l'occasion ne se présentait pas, voilà tout. C'est très facile ; vous seriez surprise. J'imagine qu'autrefois on était bien obligé de parler aux autres, dans les magasins ou ailleurs. Mais, maintenant, on fait ses courses au supermarché, on retire de l'argent aux distributeurs, et on n'a pas besoin de parler. »

Une pensée me traversa l'esprit : j'allai décrocher le téléphone ; la ligne était toujours branchée.

« Est-ce que ma voix vous paraît étrange ? Quel timbre a-t-elle ?

— Elle a un bon timbre. Tout à fait normal.

— Et cet appartement. Est-ce qu'il a une odeur ?

— Un peu... de renfermé, oui. »

Je pris la commande du téléviseur dans l'idée de l'éteindre. Le petit garçon au regard perdu, au dos aussi tendu et raide que celui de Fiona lorsqu'elle s'était assise sur mon canapé, n'était plus sur l'écran : mais l'oncle bienveillant au sourire figé et à l'épaisse moustache noire continuait de parader, cette fois en uniforme militaire et entouré d'hommes du même âge, de la même nationalité, et du même aspect. Je le regardai quelques secondes et sentis se dessiner un autre souvenir.

« Je sais qui c'est, dis-je en agitant le doigt dans sa direction. C'est... quel est son nom... le président de l'Irak...

— Michael, tout le monde connaît son nom. C'est Saddam Hussein.

— C'est ça. Saddam. » Puis, avant d'éteindre le téléviseur, je demandai : « Qui était ce petit garçon avec lui ? Celui qu'il essayait d'entourer de ses bras ?

— Vous n'avez pas vu les nouvelles ? C'était un des otages. Il les a exhibés à la télévision, comme du bétail. »

Cela ne m'éclairait guère, mais ce n'était pas le moment de demander des explications plus poussées. J'éteignis le poste et déclarai, en étant attentif au ton de ma voix : « Je suis navré, vous devez me trouver très grossier. Puis-je vous servir à boire ? J'ai du vin, du jus d'orange, de la bière, de la limonade, et même un fond de whisky, je crois. »

Fiona hésita.

« Nous pouvons laisser la porte ouverte, si vous préférez. Ça ne m'ennuie pas du tout. »

Elle se mit alors à sourire, s'enfonça dans le canapé, croisa les jambes, et répondit : « Ma foi, pourquoi pas ? Très volontiers.

— Du vin ?

— Je crois que je vais prendre du jus d'orange, si vous voulez bien. Je n'arrive pas à me débarasser de ce mal de gorge. »

*

Ma petite cuisine avait toujours été la pièce la plus propre de l'appartement. Je n'époussetais jamais ni ne passais l'aspirateur, parce que la poussière ne saute pas aux yeux du visiteur de passage, et qu'il est possible d'y rester aveugle, mais je ne pouvais supporter la vue de taches, de miettes et de traces d'eau sur les surfaces blanches. Par conséquent, lorsque je me rendis dans la cuisine et allumai les deux spots de cent watts qui balayaient impitoyablement de leur violent éclat les angles et les recoins immaculés, je repris confiance en moi. La nuit tombait maintenant, et, m'approchant de l'évier, la première chose que je vis fut le reflet spectral de mon propre visage dans la fenêtre de mon quatrième étage. C'était le visage auquel s'était adressée Fiona durant ces dernières minutes. Je le fixai attentivement en essayant d'imaginer ce qu'elle en avait pensé. Les yeux étaient bouffis par le manque de sommeil, et injectés de sang d'avoir trop regardé la télévision ; des rides profondes commençaient à apparaître aux coins de la bouche, bien qu'elles fussent en partie dissimulées par une barbe de deux jours ; la ligne de la mâchoire était encore passablement nette, mais trois ou quatre ans de plus la borderaient probablement d'un double menton ; les cheveux, autrefois fauves, étaient désormais grisonnants et avaient terriblement besoin d'une bonne coupe ; il y avait une tentative pour les séparer par une raie, mais tellement vague qu'on aurait été excusable de ne même pas s'en apercevoir. Ce n'était pas un visage avenant ; les yeux, d'un bleu sombre et velouté, pouvaient bien avoir autrefois suggéré des puits de possibilités, mais à présent ils étaient opaques et voilés. En même temps, il était honnête : c'était un visage qui inspirait confiance.

Et si on regardait au-delà du visage, que voyait-on ? Je le sondai dans le crépuscule. Je n'y vis pas grand-chose. Quelques lumières étaient allumées de l'autre côté de la cour, et un brouhaha confus de téléviseurs et de chaînes stéréo se répandait par les fenêtres ouvertes. C'était une soirée d'août poisseuse, caractéristique d'un été qui semble prendre un malin plaisir à mettre au supplice les nerfs des Londoniens, à les tremper jour et nuit dans une intense chaleur citadine. Je baissai les yeux, et je remarquai un mouvement d'ombres dans les jardins. Deux ombres, dont une très petite. Une vieille femme promenait son chien, en luttant sans doute pour l'empêcher de zigzaguer dans les buissons à la recherche de plaisirs nocturnes et secrets. J'entendais les efforts excités du petit animal, seuls sons distincts en dehors des sifflements intermittents de sirènes, dans la rumeur assourdie et monotone de Londres.

Je m'éloignai de la fenêtre, pris un carton de jus d'orange dans le réfrigérateur, mis trois ou quatre glaçons dans un verre. J'y versai le jus d'orange, et le bruit mat des glaçons qui s'entrechoquaient me réjouit. Puis je me servis une bière et apportai les boissons dans le salon.

M'arrêtant à la porte, je tentai de regarder cette pièce avec la même objectivité que j'avais accordée au reflet de mon visage : d'imaginer l'impression qu'elle avait dû produire sur Fiona. Elle me regardait, je n'avais donc pas autant de temps de réflexion, mais quelques observations rapides se présentèrent : le fait que les rideaux, qui étaient là avant mon installation, et les tableaux, qui avaient été achetés bien des années auparavant, ne reflétaient rien de mes goûts actuels ; le fait que de nombreuses surfaces — la table, l'appui de la fenêtre, le sommet du téléviseur, la cheminée — étaient jonchées de papiers, de magazines, de vidéocassettes, au lieu de quelques bibelots bien choisis qui auraient donné à l'ensemble de l'allure et de la personnalité ; le fait que les rayons de bibliothèque, que j'avais moi-même installés, étaient à peu près vides de livres, dont les cartons s'empilaient vertigineusement dans la chambre d'ami, et étaient chargés, en revanche, d'autres vidéocassettes entassées horizontalement et verticalement, certaines préenregistrées, certaines emplies de bribes d'émissions et de films diffusés par la télévision. C'était, pensai-je, une pièce qui présentait un aspect assez proche de celui du visage reflété dans la fenêtre de la cuisine : il avait le pouvoir d'être accueillant, mais semblait pour le moment s'être transformé, par un mélange d'indifférence et d'abandon, en quelque chose de disgracieux et presque d'inquiétant dans sa neutralité.

La première chose que dit Fiona au sujet de l'appartement, après que nous eûmes échangé quelques mots, fut qu'il avait besoin de quelques plantes en pot. Elle chanta les louanges des cyclamens et des hibiscus. Elle se montra lyrique sur les mérites des cinéraires et des asparagus. Elle s'était récemment prise de passion pour les cinéraires, affirma-t-elle. Il ne m'était jamais venu à l'idée d'acheter des plantes, et j'essayai d'imaginer ce que ce serait de partager cette pièce avec un organisme vivant et croissant au milieu de mon monceau moisi de films et de magazines. Je me versai une autre bière et lui proposai un autre jus d'orange, mais cette fois elle me demanda d'y mettre de la vodka. Je puis dire que c'était une femme chaleureuse et amicale car, lorsque je m'assis à côté d'elle pour signer sa liste de parrainage, et que nos jambes en vinrent à se frôler, elle n'en parut pas mécontente : elle ne s'écarta nullement. Tout en inscrivant le montant de ma contribution, je sentis le contact de sa cuisse, et je me demandai comment cela s'était produit, et si en fait ce n'était pas elle qui s'était approchée de moi. Il devint très vite évident qu'elle n'était pas pressée de s'en aller, qu'elle désirait pour une raison ou pour une autre continuer de me parler, à moi qui avais si peu à lui offrir en retour, et je ne pus que conclure de son comportement à la fois tranquille et intrépide qu'elle devait avoir un affreux besoin de compagnie, car, bien que je fusse un piètre compagnon ce soir-là, et que mon premier accueil dût certainement l'avoir effrayée, elle insistait et devenait de plus en plus détendue et de plus en plus bavarde. Je ne me souviens pas au juste combien de temps elle resta, ni de quoi nous parlâmes, mais je garde en mémoire le plaisir que me procura cette conversation imprévue, et il dut s'écouler beaucoup de temps et plusieurs verres avant que je ne me sentisse fatigué et mal à l'aise. Je ne sais pas pourquoi, car je passais un moment vraiment agréable, mais j'eus soudain le désir intense de me retrouver seul. Fiona continuait de parler, il se peut même que je lui aie répondu, mais mon attention commençait à se relâcher, et elle ne la retrouva qu'en déclarant quelque chose qui me surprit beaucoup.

« Vous ne pouvez pas me zapper, dit-elle.

— Pardon ?

— Vous ne pouvez pas me zapper. »

Elle fit un signe de tête en direction de mes mains. J'étais de nouveau dans le fauteuil en face d'elle et, sans m'en rendre compte, j'avais ramassé la télécommande du magnétoscope. Je la pointais vers elle, et mes doigts étaient appuyés sur la touche de pause.

« Je crois qu'il vaut mieux que je m'en aille », reprit-elle en se levant.

Comme elle se dirigeait vers la porte, sa liste à la main, je tentai de sauver la situation en lâchant soudain : « Je pense que je vais m'acheter une plante. Ça fera du changement. »

Elle se retourna.

« Il y a un pépiniériste sur le chemin de mon travail, dit-elle à voix basse. Si vous voulez, je vous rapporterai une plante. Je vous l'apporterai demain.

— Merci. C'est très gentil. »

Et elle sortit. Une fois que la porte fut refermée, j'éprouvai durant quelques secondes une sensation singulière : une sensation de solitude. Mais cette solitude était teintée de soulagement, et le soulagement prit bientôt le dessus, m'inonda, me calma, et me mena doucement vers le fauteuil et mes deux vieilles amies, mes fidèles compagnes, les télécommandes du téléviseur et du magnétoscope, posées toutes deux sur les bras. Je rallumai les appareils, appuyai sur la touche de lecture, et Kenneth reprit :

« Un... un joli visage n'est pas tout, vous savez. »

*

Le lendemain matin, je me réveillai avec le sentiment que quelque chose de subtil et de capital s'était produit. L'événement, quel qu'il fût, ne se prêtait manifestement pas à l'analyse à ce stade, mais, en attendant, j'étais impatient de profiter de son symptôme le plus immédiat : un sursaut d'énergie physique et intellectuelle tel que je n'en avais pas connu depuis longtemps. Depuis des mois, toutes sortes de tâches déplaisantes s'étaient accumulées comme des nuages bas à mon horizon mental, mais ce matin-là j'eus l'impression que leur poids s'était allégé et qu'elles se dessinaient devant moi sans menace, avec bienveillance, même, comme des marches de pierre qui me mèneraient progressivement à un brillant avenir. Je ne perdis pas de temps au lit. Je me levai, pris une douche, me préparai un petit déjeuner, lavai la vaisselle et entrepris de passer l'aspirateur dans tout l'appartement. Après quoi, je fis la poussière, et j'en enlevai des couches tellement épaisses que je dus secouer le chiffon par la fenêtre après chaque passage. Puis, un peu fatigué, je me mis à ranger au hasard. Je m'inquiétais surtout de savoir si je retrouverais certains papiers là où je les avais laissés plusieurs mois auparavant, car je voulais m'y replonger l'après-midi même. Je les découvris après une recherche d'une trentaine de minutes, et je les disposai en pile sur mon bureau fraîchement nettoyé.

C'était sans aucun doute une journée exceptionnelle, et, pour mieux le prouver, je fis une autre chose encore plus exceptionnelle. Je sortis me promener.

Mon appartement se trouvait à l'arrière d'un gros bâtiment qui donnait sur le Battersea Park. Je l'avais acheté, sept ou huit ans auparavant, en grande partie pour son emplacement, mais j'en avais très rarement profité. Les circonstances m'obligeaient parfois à traverser le parc, il est vrai, mais ce n'était pas la même chose que de le faire à dessein, pour les plaisirs de la méditation, et, en fait, je ne prêtais pas attention à mon environnement dans ces cas-là. Il se trouve que je ne comptais pas davantage y prêter attention ce jour-là, effectuant cette promenade essentiellement dans l'espoir qu'elle m'aiderait à prendre une certaine décision, que j'avais beaucoup trop longtemps différée, comme tant d'autres choses dans ma vie. Mais il me sembla que dans mon nouvel état d'éveil intérieur j'étais également moins susceptible que d'habitude de me fermer aux choses environnantes, et je m'ouvris en effet à l'aspect du parc, qui jusqu'alors ne m'avait pas paru l'un des plus attirants de Londres. L'herbe était desséchée, les fleurs flétries et grises sous le soleil, mais je n'en fus pas moins saisi. J'avais l'impression de voir tout cela pour la première fois. C'était l'heure du déjeuner, et des hordes d'oisifs se doraient dans l'éclat d'un ciel inconcevablement bleu ; des soupçons de vêtements aux couleurs criardes couvraient à l'occasion leurs corps écarlates, et ils dodelinaient de la tête sous les caresses du soleil, au rythme infernal de leurs transistors ou de leurs baladeurs. (C'était un tumulte de musiques diverses.) Les poubelles regorgeaient de bouteilles, de canettes et de papiers gras. L'ambiance semblait être à la fête, avec toutefois une nuance d'énervement et de rancœur — sans doute à cause de la chaleur qui confinait à l'insupportable, et parce que chacun sentait au fond de lui-même que ce n'était pas vraiment l'endroit pour profiter de l'été. Combien d'entre nous rêvaient d'être à la campagne, l'authentique campagne, dont ce parc n'était qu'une vile parodie ? Au nord-ouest, non loin du fleuve, il y avait une ébauche de jardin clos, et, m'y asseyant quelques minutes, je songeai au jardin de la ferme de Mr Nuttal, où je jouais autrefois avec Joan. Mais ici, au lieu du silence enchanteur que je considérais alors comme naturel, j'entendais le fracas des camions et le ronflement des avions, et il n'y avait ni pinsons ni étourneaux pour nous épier dans les arbres, seulement des pigeons balourds et des freux noirs gros comme des poulets.

Quant à la décision, j'y parvins en peu de temps. Au début de la semaine, j'avais reçu un relevé bancaire, et je l'avais ouvert ce matin pour m'apercevoir, sans grande surprise, que j'étais terriblement à découvert. Par conséquent, il fallait faire quelque chose de la pile de manuscrits à présent posée sur mon bureau. Avec de la chance — peut-être avec l'aide d'un miracle — je pourrais en tirer quelque argent ; mais il me faudrait tout relire aussi vite que possible, afin de me faire une idée de la manière d'approcher les éditeurs potentiels.

J'entrepris cette tâche dès mon retour dans l'appartement, et j'avais réussi à lire environ soixante-dix pages lorsque Fiona se présenta en début de soirée. Elle portait deux grands sacs en papier, dont l'un débordait de feuillage.

« Mince alors ! fit-elle. Vous avez l'air différent. »

(Je me souviens encore de ses exclamations plutôt absurdes : « Mince ! » ou « Sapristi ! »)

« Vraiment ? dis-je.

— Je vous ai vu dans un de vos mauvais jours, n'est-ce pas ? Hier soir, veux-je dire.

— Peut-être. Je me sens plus... réceptif, ce soir. »

Elle posa les sacs sur le sol en déclarant : « Je les ai apportées directement. Elles ont besoin d'être rempotées. Si je peux les laisser ici, je vais aller me rafraîchir, et puis je reviendrai vous donner un coup de main. »

Lorsqu'elle fut partie, je jetai un coup d'œil dans les sacs. L'un contenait des plantes, et l'autre deux gros pots en terre et deux soucoupes, ainsi que les commissions et un journal. Il y avait longtemps que je n'avais pas parcouru ce tabloïd particulier, mais, me souvenant que c'était vendredi, je le sortis du sac, je feuilletai rapidement. Quand j'eus trouvé, vers le milieu, ce que je cherchais, je souris intérieurement, et me mis à lire la page : sans beaucoup d'intérêt, au début, mais, au bout de quelques lignes, je fronçai les sourcils : un écho tintait dans ma mémoire. Je me rendis dans la chambre d'ami, la pièce qui me servait de bureau (et où je n'allais jamais), et en revins avec un épais dossier bourré de coupures de presse. J'y étais plongé quand Fiona réapparut.

Elle emporta ses sacs dans la cuisine et se mit à rempoter ses plantes. J'entendis le bruit des ustensiles qu'elle manipulait et des robinets qu'elle ouvrait et fermait. À un moment donné, elle lança : « Je dois dire que votre cuisine est impeccable.

— Je viens vous aider dans une minute, répondis-je. J'apprécie vraiment votre geste, vous savez. Il faut que je vous rembourse.

— Ne soyez pas stupide.

— Ah ! »

Je venais de trouver la coupure qui m'intéressait. Je la sortis du dossier avec un petit cri de triomphe. C'était la confirmation de mes facultés de mémoire, en dehors du reste. J'étalai sur la table le journal du jour, l'ouvris à la bonne page, plaçai à côté la coupure et relus soigneusement les deux articles. Mes sourcils se plissèrent un peu plus. Fiona revint dans la pièce avec une des plantes, en déclarant : « J'aimerais bien boire quelque chose.

— Oh, bien sûr, je suis désolé. J'étais en train de regarder cette chronique. Qu'en pensez-vous ? »

Quand elle comprit que je parcourais son journal, Fiona protesta : « Je ne l'ai pas acheté, vous savez. Je l'ai trouvé dans le métro. » Elle jeta un regard sur les deux photos identiques de Hilary Winshaw qui illustraient chaque page, et elle grimaça. « Cette femme épouvantable ? J'espère que vous n'allez pas me dire que vous êtes un de ses fans.

— Pas du tout. Mais elle m'intéresse d'un point de vue professionnel. Lisez ça pendant que je vous sers à boire, et dites-moi ce que vous en pensez. »

La chronique paraissait depuis plus de six ans déjà, et portait toujours le titre de UN PEU DE BON SENS. La photographie qui la surmontait n'avait pas changé non plus. C'était là, chaque vendredi, que la papesse de la télévision et des médias prononçait ses oracles sur tout ce qui inspirait son imagination fantasque, et traitait avec une égale conviction de sujets aussi divers que la sécurité sociale, la situation internationale, ou la longueur des ourlets des vêtements de la famille royale lors de ses dernières sorties. Depuis des années, elle semblait tenir des milliers et des milliers de lecteurs sous le charme, par son habitude attendrissante d'avouer une ignorance presque totale de ce dont elle choisissait de parler — sa spécialité à cet égard étant d'exprimer les opinions les plus catégoriques sur des livres ou des films controversés qu'elle admettait joyeusement ne pas avoir eu le temps de lire ou de voir. Une autre caractéristique efficace était sa façon d'inclure généreusement le lecteur dans son cercle d'intimes, en s'étendant interminablement sur ses soucis domestiques, d'un ton qui s'élevait à une juste indignation lorsqu'elle évoquait les caprices des maçons, plombiers et décorateurs qui paraissaient se succéder en permanence dans son énorme maison de Chelsea. Détail intéressant, quoique peu connu, le fait de déverser ces torrents d'insanités rapportait annuellement à Miss Winshaw l'équivalent de six fois le salaire d'un instituteur qualifié et huit fois celui d'une infirmière des hôpitaux. Et j'en ai eu la preuve.

Les deux chroniques que je comparais montraient Hilary dans une de ses humeurs politiques. Quoiqu'elles fussent distantes d'environ quatre ans, je les présente ici comme Fiona et moi les lûmes ce jour-là : côte à côte.

UNE DÉPÊCHE tombe ce matin sur mon bureau. Elle vient d'un groupe appelé SODI — soi-disant Soutien de la Démocratie en Irak.

On y prétend que le président Saddam Hussein est un dictateur, une brute qui se maintient au pouvoir par la torture et l'intimidation.

Eh bien, j'ai un petit conseil à donner à cette bande d'idiots : *vérifiez les faits !*

Qui a lancé les programmes sociaux qui ont tellement amélioré l'éducation et le système de santé dans tout l'Irak ?

Qui a récemment assuré aux Irakiens un salaire minimum et le droit à la retraite ?

Qui a installé de nouveaux systèmes plus efficaces d'irrigation et d'égouts, accordé des prêts généreux aux

Ce n'est pas souvent qu'un programme de télévision peut me rendre physiquement malade, mais celui d'hier soir était exceptionnel à ce titre.

Qui donc dans le pays n'a pas eu l'estomac retourné en voyant, au journal de vingt et une heures, Saddam Hussein paradant ignoblement avec les « otages » qu'il se propose d'utiliser comme bouclier humain ?

C'est un spectacle qui me hantera pour le restant de mes jours : celui d'un petit garçon sans défense et visiblement terrifié, caressé et tripoté par l'un des dictateurs les plus vicieux et les plus impitoyables au pouvoir dans le monde.

S'il peut sortir le moindre bien d'une exhibition aussi révoltante, ce sera de faire reprendre leurs esprits aux soi-disant partisans de la « paix » et

agriculteurs, et promis « la santé pour tous » en l'an 2000 ?

Qui a inspiré une estime telle que le président Reagan a ordonné de rayer son nom de la liste des dirigeants politiques accusés de soutenir le terrorisme ?

Et qui d'autre, parmi tous les dirigeants du Moyen-Orient, est passé à l'acte et a attiré autant d'industriels *britanniques* pour contribuer à la reconstruction de son pays ?

La réponse, c'est la « brute », le « tortionnaire » Saddam Hussein.

Reconnaissez-le, gens du SODI ! C'est des ayatollahs hystériques que vous devriez vous plaindre. La vie en Irak n'est peut-être pas parfaite, mais elle est meilleure maintenant qu'elle ne l'était depuis très, très longtemps.

Laissez donc Saddam Hussein tranquille. J'affirme que c'est un homme avec qui nous pouvons traiter.

de les pousser à admettre que nous ne pouvons plus rester passifs et laisser impunis les crimes abominables de ce Chien Enragé du Moyen-Orient.

Je ne parle pas seulement de l'invasion du Koweït. Les onze années de la présidence de Saddam ne sont qu'une longue histoire écœurante de tortures, d'intimidations, de meurtres et de brutalités de toutes sortes. Ceux qui ne me croient pas devraient jeter un coup d'œil sur les tracts d'information du SODI (Soutien de la Démocratie en Irak).

Il n'y a plus aucun doute : l'époque des échappatoires bien-pensantes est révolue ; le temps de l'action est venu.

Prions pour que le président Bush et Mrs Thatcher le comprennent vite. Et prions surtout pour que le courageux petit garçon que nous avons vu hier soir sur nos écrans de télévision vive assez longtemps pour oublier sa rencontre avec l'immonde Boucher de Bagdad.

Après avoir achevé de lire, Fiona leva les yeux vers moi pendant quelques secondes.

« Je ne suis pas sûre de comprendre », dit-elle.

HILARY

Durant l'été 1969, peu avant d'aller à Oxford avec lui, Hugo Beamish invita son meilleur ami Roddy Winshaw à venir passer quelques semaines dans sa famille. Ils vivaient dans une énorme maison, assez sale et en pagaille, au nord-ouest de Londres. Hilary, la sœur de Roddy, fut également conviée. Elle avait quinze ans.

Hilary trouva ce séjour atrocement fastidieux. C'était peut-être légèrement mieux que de passer l'été en Toscane avec ses parents (encore !), mais le père et la mère de Hugo se révélèrent presque aussi ennuyeux — elle était écrivain, lui travaillait à la BBC —, et sa sœur Alicia n'était qu'une horrible raseuse couverte d'acné, avec des dents de lapin.

Alan Beamish était un homme aimable qui se rendit vite compte que Hilary ne s'amusait pas. Un soir, au dîner, alors que Roddy et Hugo discutaient bruyamment de leurs perspectives de carrière, il remarqua qu'elle repoussait son tas de pâtes tièdes au bord de son assiette, et il lui demanda soudain :

« Et vous, qu'imaginez-vous faire dans une dizaine d'années ?

— Oh, je n'en sais rien », répondit-elle. Hilary

n'avait pas beaucoup réfléchi à ce problème, car elle considérait comme évident (et à juste titre, bien entendu) qu'une activité prestigieuse et bien payée finirait tôt ou tard par lui tomber toute rôtie entre les mains. De plus, elle détestait l'idée de faire part de ses aspirations à ces gens-là. « Je pense que je travaillerai pour la télévision », improvisa-t-elle enfin avec indolence.

« Ah, mais vous savez bien sûr qu'Alan est producteur », intervint Mrs Beamish.

Hilary ne le savait pas. Elle avait cru qu'il était plus ou moins comptable, ou au mieux technicien. Mais elle n'en fut pas pour autant impressionnée ; cependant, dès ce moment, Alan, pour sa part, décida de la prendre sous son aile.

« Connaissez-vous le secret de la réussite à la télévision ? lui demanda-t-il un autre jour, en fin d'après-midi. C'est très simple. Il suffit de la regarder, c'est tout. Il faut la regarder tout le temps. »

Hilary hocha la tête. Elle ne regardait jamais la télévision. Elle estimait que c'était indigne d'elle.

« Maintenant, je vais vous dire ce que nous allons faire », reprit Alan.

Ce qu'ils allaient faire se révéla être, au grand effroi de Hilary, de s'asseoir devant le téléviseur pour le regarder durant toute une soirée — Alan lui commentant chaque émission, lui expliquant comment elle était faite, combien elle coûtait, pourquoi on l'avait programmée à cette heure-là, et quel public elle visait.

« Tout est dans la programmation, déclara-t-il. Une émission a de l'impact ou non suivant son heure de diffusion. Une fois que vous aurez compris ça, vous aurez déjà un point d'avance sur tous les brillants jeunes diplômés avec qui vous serez en concurrence. »

Ils commencèrent par les nouvelles de BBC1 à six heures moins dix, suivies par un magazine intitulé *En ville et alentour*. Puis ils passèrent sur ITV et regardèrent *Le Saint*, avec Roger Moore.

« C'est le genre de séries que réussissent le mieux les compagnies indépendantes, déclara Alan. On peut très facilement les vendre à l'étranger, même en Amérique. Gros budget, gros travail de repérage, et mise en scène nerveuse. C'est un peu mince, à mon goût, mais ce n'est pas une critique. »

Hilary bâilla. À sept heures vingt-cinq, ils regardèrent une histoire de médecin écossais avec sa gouvernante, qui paraissait très lente et très provinciale. Alan expliqua que c'était un des programmes les plus populaires. Hilary n'en avait jamais entendu parler.

« On commentera demain cet épisode dans chaque pub, dans chaque bureau, dans chaque usine de Grande-Bretagne, dit-il. C'est ça la grande force de la télévision : elle forme un lien entre toutes les parties de la nation. Elle annule les différences de classe et contribue à créer un sentiment d'identité nationale. »

Il se montra aussi lyrique au sujet des deux programmes suivants : un documentaire appelé *Ascension et chute du Troisième Reich*, et l'édition de neuf heures du journal, d'une durée d'un quart d'heure.

« La BBC est respectée dans le monde entier pour la qualité et l'objectivité de ses nouvelles. Grâce au Service mondial, on peut allumer une radio presque n'importe où dans le monde pour entendre des bulletins impartiaux qui font autorité, entremêlés de programmes plus légers, obéissant aux plus hauts critères de divertissement musical. C'est une de nos plus grandes réussites d'après-guerre. »

Jusqu'alors, Hilary s'était simplement ennuyée, mais la suite la consterna. Elle dut assister à un épouvantable spectacle comique intitulé *Plus près, mon chéri*, truffé de plaisanteries grasses qui faisaient hurler de rire le public du studio, et puis ils virent une chose appelée *C'est renversant !* montrant une série de jeux de plein air imbéciles. Elle commençait à se tordre de gêne et de rage. Inconsciemment, elle communiqua son agitation au bout de ses doigts qui se mirent à grappiller dans une coupe de fruits posée près du canapé : elle pela chaque grain de raisin avec ses ongles effilés avant de le porter à sa bouche. Les petites peaux s'entassèrent sur sa jupe.

« Ce n'est pas du tout mon genre de spectacle, fit Alan. Mais je ne le méprise pas. Il faut voir les choses qui plaisent au plus grand nombre. Tout le monde a le droit de s'amuser. »

Ils terminèrent par BBC2 pour regarder une émission intitulée *Oh là là !* et inspirée des farces de Feydeau. Les vedettes du soir étaient Donald Sinden et Barbara Windsor. Hilary s'endormit au beau milieu et se réveilla juste à temps pour voir la fin d'une émission d'astronomie présentée par un énergumène au costume mal coupé.

« Voilà, vous avez tout vu, dit fièrement Alan. Des nouvelles, des divertissements, des émissions comiques, des documentaires, et des dramatiques en quantité égale. Aucun autre pays au monde n'offre une telle gamme. » Avec sa voix douce et mélodieuse et sa touffe de cheveux gris, il commençait à avoir l'air, aux yeux de Hilary, d'un curé de la pire espèce. « Et tout est dans les mains de gens comme vous. Des jeunes gens de talent dont la tâche, dans les années à venir, sera de poursuivre la tradition. »

À la fin des vacances, Roddy et Hilary prirent le train pour aller chez leurs parents, dans le Sussex.

« Je trouve que le vieux Beamish est vraiment épatant, déclara Roddy en prenant une cigarette. Et pourtant, Henry m'a dit qu'il est terriblement de gauche. » Il alluma sa cigarette. « Mais il n'a pas déteint sur Hugo, Dieu merci. En tout cas, on ne s'en douterait pas, non ? »

Hilary regardait par la vitre.

*

Extrait de DIX NOMS À SUIVRE *: article illustré dans* Tatler, *octobre 1976.*

> La ravissante Hilary Winshaw est une toute récente diplômée de Cambridge qui a bien l'intention de faire sensation dans son nouvel emploi à... la télévision où elle va suivre une formation de productrice. Hilary a déjà des vues très nettes sur le travail qui l'attend : « Je pense que la télévision forme un lien entre toutes les parties de la nation, déclare-t-elle. Elle est incomparable pour annuler les différences de classe et pour créer un sentiment d'identité. Et c'est une tradition que j'ai résolument l'intention de maintenir et de développer. »
>
> Sur notre photo, Hilary est prête à affronter l'hiver en cape de vison des fourrures Renée, 30 Dover Street, W1 (£ 3 460), chandail de cachemire beige à col roulé de Pringle, 28 Old Bond Street, W1 (£ 52,50), gants montants en poil de chameau de Herbert Johnson Ladies Shop, 80 Grosvenor Street, W1 (£ 14,95), et bottes de veau gold à talons hauts de Midas, 36 Hans Crescent, SW1 (£ 129).

*

— télévision S.A. Extrait des minutes de la réunion du Conseil de direction du 14 novembre 1983. Confidentiel.

... Il a été ici réaffirmé que personne ne sous-estime la contribution de Miss Winshaw aux succès de programmation de la société durant ces sept dernières années. Toutefois, Mr Fisher a fait remarquer que la décision de Miss Winshaw d'acheter la société de production américaine TMT pour £ 120 millions en 1981 n'a jamais été soumise à l'examen du conseil. Il a demandé une clarification sur quatre points :

1) savait-elle qu'au moment de l'achat TMT était déficitaire de $ 32 millions par an ?

2) savait-elle que ses vols hebdomadaires pour Hollywood, l'achat de son appartement à Los Angeles, et le coût d'entretien de ses trois voitures de fonction, ont été cités comme principaux facteurs dans l'estimation, faite par les conseillers en gestion indépendants Webster Hadfield, que les frais de la société étaient de 40 % trop élevés ?

3) savait-elle que sa politique d'acheter des dramatiques à petit budget de TMT, et sa proposition de les remonter en y ajoutant des séquences supprimées du montage initial (afin d'accroître le temps de diffusion — parfois d'une trentaine de minutes — et d'augmenter ainsi le rendement du coût d'achat) a nettement pesé sur le jugement récent de la Haute Autorité reprochant à la société de se trouver au-dessous d'un seuil de qualité acceptable.

4) est-ce que le doublement de son salaire à

£ 210 000 par an, approuvé par le conseil en 1982, a été une rétribution réaliste de son accroissement de travail depuis l'acquisition de TMT ?

Mr Gardner a alors déclaré qu'il aurait réfléchi deux fois avant d'accepter ce travail s'il avait su qu'il s'embarquait sur un navire en perdition, et il a demandé qui avait eu l'idée d'employer cette maudite bonne femme.

Mr Fischer a répondu que Miss Winshaw avait rejoint la société sous la recommandation de Mr Alan Beamish, le distingué producteur, précédemment à la BBC.

Mrs Rawson, sur un point de procédure, a demandé que Miss Winshaw cesse de grappiller, car quelqu'un pourrait vouloir manger du raisin, et qu'il n'y ait plus de possibilité de pertes dans aucun domaine des activités de la société...

À 16 h 37, il a été convenu par vote de 11 contre 1 que le contrat de Miss Winshaw était résilié sur-le-champ, et qu'elle obtiendrait un dédommagement raisonnable qui serait fonction de l'état actuel des finances de la société.

La séance a été levée à 16 h 41.

Dans le numéro du Guardian *du 26 novembre 1983*

BIEN des sourcils se sont levés à la nouvelle du départ de Hilary Winshaw de... la télévision. Ce n'est pas tant à cause du fait qu'elle a été évincée (plusieurs observateurs le prédisaient depuis quelque temps) qu'en raison du montant de son dédommagement : £ 320 000, si on en croit les rumeurs. Ce n'est pas une mince récompense pour avoir, en deux ans, mené au bord de la faillite cet organisme autrefois rentable.

Cette générosité sans précédent aurait-elle quelque chose à voir avec son cousin Thomas Winshaw, directeur de la Stewards, la banque d'affaires qui a de gros intérêts dans la société ? Et serait-il vrai que la très éclectique Miss Winshaw va tenir une chronique dans un certain quotidien dont le propriétaire se trouve être également un des plus importants clients de la Stewards ? Suivez mon regard, comme on dit...

*

La réputation de Hilary l'avait précédée, et elle découvrit le premier jour que ses nouveaux collègues ne l'accueillaient guère chaleureusement. Eh bien, pensa-t-elle, qu'ils aillent se faire foutre. Elle n'aurait besoin de venir dans les locaux qu'un ou deux jours par semaine. Et encore.

Elle avait sa propre table de travail avec son nom dans un coin retiré du bureau collectif. Ses seuls instruments étaient une machine à écrire et une pile de journaux concurrents. On avait décidé que le titre de sa rubrique serait SIMPLE BON SENS. Elle devait emplir presque une page entière de tabloïd, en commençant par un long débat d'opinion et en terminant sur une note plus personnelle et plus cancanière.

C'était en mars 1984. Elle ramassa le premier journal qu'elle avait sous la main et en parcourut les titres. Puis, au bout de deux minutes, elle le referma et se mit à sa machine à écrire.

Sous le titre de LA POLITIQUE DE LA CUPIDITÉ, elle écrivit :

La plupart d'entre nous, qui se serrent la ceinture au cœur de la récession, admettraient que ce n'est pas le moment de frapper à la porte du gouvernement pour réclamer plus d'argent.

Et la plupart d'entre nous, avec encore tout frais à l'esprit les images du terrible « Hiver du Mécontentement », reconnaîtraient qu'une nouvelle vague de grèves est la dernière chose dont le pays ait besoin.

Mais nous avons compté sans le néomarxiste Arthur Scargill et son cupide Syndicat national des Mineurs.

Mr Scargill menace déjà d'une « action dans l'industrie » — ce qui bien sûr veut dire *inaction* en langage courant — si on ne l'arrose pas, lui et ses camarades, d'une nouvelle tournée de primes et d'augmentations.

Eh bien, moi, je dis : Honte sur vous, Mr Scargill ! Alors que nous nous tenons tous les coudes pour remettre le pays sur pied, qui êtes-vous donc pour nous ramener à l'Âge obscur des troubles dans l'industrie ?

Comment osez-vous placer votre égoïsme cupide avant l'intérêt de la nation ?

Hilary regarda sa montre. Il lui avait fallu un peu moins d'une douzaine de minutes pour écrire son premier article : pas mal pour une débutante. Elle l'apporta au rédacteur adjoint, qui prit la feuille, y jeta un coup d'œil, puis la posa sur son bureau d'un air las.

« Ils ne demandent pas de l'argent, déclara-t-il.

— Pardon ?

— Les mineurs. Ce n'est pas pour cela qu'ils font grève. »

Les sourcils de Hilary se plissèrent. « Vous en êtes sûr ?

— Parfaitement sûr.

— Mais je pensais que toutes les grèves étaient faites pour réclamer de l'argent.

— Eh bien, celle-ci est causée par des fermetures de puits. La Direction nationale du Charbon prévoit d'en fermer vingt cette année. Ils font la grève parce qu'ils ne veulent pas perdre leur emploi. »

D'un air encore dubitatif, Hilary reprit son article.

« Je suppose qu'il faut donc que j'y change une ou deux choses, dit-elle.

— Une ou deux. »

De nouveau à son bureau, elle parcourut plus attentivement plusieurs journaux. Cela lui prit près d'une demi-heure. Puis, sentant qu'elle maîtrisait son sujet, elle se remit à taper — et cette fois-ci termina en moins de sept minutes et demie.

ON DIT que s'il y a une chose que savent faire les Écossais c'est d'être prudents avec leur argent. Et Ian MacGregor, président de la Direction nationale du Charbon est du moins un bon vieil Écossais habile qui a derrière lui toute une vie d'expérience dans les affaires.

Mr Arthur Scargill, de son côté, vient d'un tout autre contexte : c'est un agitateur syndical patenté, un marxiste reconnu, un fauteur de troubles tous azimuts dont les petits yeux de fouine pétillent à l'idée d'en découdre.

Je pose donc cette question : à laquelle de ces deux personnes feriez-vous plutôt confiance pour l'avenir de l'industrie minière britannique ?

Car c'est là l'enjeu du conflit minier. Malgré toute la rhétorique alarmiste de Mr Scargill au sujet des emplois, des familles et de ce qu'il se plaît à appeler « la communauté », le problème n'est pas vraiment celui-là. Le problème est celui de l'efficacité. Si un domaine d'activité ne rapporte pas, on l'abandonne. C'est une des premières — et des plus simples — leçons que doit apprendre un homme d'affaires.

Malheureusement, Mr Scargill, dans sa naïveté, ne semble pas encore l'avoir apprise.

C'est pourquoi, lorsqu'il s'agit des cordons de la bourse de l'industrie, je confierais toute décision au prudent Mr MacGregor — et sans hésiter !

Le rédacteur adjoint lut deux fois cet article puis leva les yeux avec l'ombre d'un sourire :

« Je crois que vous êtes assez qualifiée pour ce genre de chose », déclara-t-il.

*

L'engagement de Hilary s'était fait contre l'avis du rédacteur en chef, Peter Eaves, lequel l'ignora complètement durant plusieurs semaines. Un lundi soir, cependant, tous deux se trouvèrent au bureau au même moment. Hilary rédigeait un entretien avec une ancienne amie de Cambridge, une actrice qui avait publié un livre sur sa collection d'ours en peluche, tandis que Peter et son adjoint examinaient diverses mises en page pour la une du lendemain. En allant prendre un café à la machine automatique, Hilary s'arrêta pour jeter un œil critique.

« Celle-ci ne me pousserait pas à acheter le journal », dit-elle.

Ils ne prêtèrent pas attention à sa remarque.

« Je veux dire, elle est ennuyeuse. Qui a envie d'entendre encore parler de syndicats ? »

On venait de recevoir la nouvelle d'un surprenant verdict de la Cour suprême. Au cours du mois de mars, le ministre des Affaires étrangères

Geoffrey Howe avait ordonné aux fonctionnaires du Centre général des Télécommunications de Cheltenham de ne plus être syndiqués, en affirmant que c'était en désaccord avec l'intérêt national. Les syndicats avaient contre-attaqué en entamant une procédure auprès de la Cour suprême, et aujourd'hui, à l'étonnement général, le juge s'était prononcé en leur faveur. Il avait déclaré que l'action gouvernementale était « contraire au droit naturel ». La une provisoire juxtaposait des photos de Mrs Thatcher et du juge Glidewell, sous le gros titre de CONTRAIRE AU DROIT NATUREL, et, en plus petits caractères, LE PERSONNEL EN LIESSE FÊTE SA VICTOIRE LÉGALE.

« Je pense, dit Peter d'un ton mesuré, que vous estimerez que c'est une nouvelle très importante. Épargnez-nous vos opinions sur le sujet, voulez-vous ?

— Je suis sérieuse, répliqua Hilary. Qui se soucie de savoir si une poignée de fonctionnaires peuvent ou non être syndiqués ? La belle affaire ! De plus, pourquoi raconter une histoire qui nuit au gouvernement ?

— Peu importe à qui nous nuisons, rétorqua Peter, tant que cela fait vendre.

— Ma foi, vous n'allez pas beaucoup vendre de cette manière. » Et Hilary regarda sa montre. « Je peux vous proposer une bien meilleure première page dans vingt minutes, peut-être moins.

— Je vous demande pardon ?

— Je vais l'écrire et vous donner la photo. »

Hilary revint à son bureau, décrocha le téléphone et forma le numéro personnel de son amie de Cambridge. À la suite de leur entretien, elles avaient parlé, entre autres, d'une connaissance commune — une autre actrice — qui venait de donner naissance à son troisième enfant. Elle n'avait plus son corps d'autrefois, mais cela ne l'avait apparemment pas empêchée de tourner des scènes déshabillées pour un téléfilm qui devait être diffusé dans quelques mois. L'amie de Hilary, qui se trouvait vivre avec le monteur du film, avait mentionné en passant qu'elle avait eu accès à certaines chutes, qui valaient le coup d'œil.

« Écoute, veux-tu être un amour ? lui demanda Hilary. Fais-moi tout de suite livrer quelques clichés. Nous allons nous amuser. »

Puis elle se mit à taper :

**IL VA Y AVOIR DES NIBARDS
À DIX HEURES !**

Ces coquins de la BBC nous réservent un régal juteux pour l'automne, avec un film tellement osé qu'il sera programmé bien après l'horaire fatidique de neuf heures.

Ce spectacle torride aura pour vedette ***, dont les trois jeunes enfants seront certainement très surpris de voir leur maman faire des galipettes à trois dans une scandaleuse scène de lit avec l'idole américaine ***

Le reste ne fut pas long à inventer. La chronique de Hilary emplit la une du lendemain, et la décision de la Cour suprême fut réduite à un petit paragraphe, en bas, dans un coin.

Plus tard dans la soirée, Peter Eaves l'invita à dîner.

*

Extrait du « Journal de Jennifer », Harpers and Queen, *décembre 1984.*

UN BEAU MARIAGE.

Samedi après-midi, je suis allée à St-Paul pour assister au mariage de Peter Eaves, le célèbre directeur de journal, et de Hilary Winshaw, fille de Mr et Mrs Mortimer Winshaw. La mariée était adorable dans une ravissante robe de soie parcheminée, avec un diadème de perles et de diamants pour maintenir son voile de tulle. Ses demoiselles d'honneur portaient de très jolies robes de soie pêche...

La réception a eu lieu à l'hôtel Savoy, et s'est achevée d'une façon très spectaculaire. Tous les invités ont été menés sur la terrasse au bord de la Tamise, où le marié a fait à la mariée la surprise d'un merveilleux cadeau : un hydravion privé, à quatre places, noué d'un énorme ruban rose. L'heureux couple est monté dedans, et a décollé pour débuter avec éclat sa lune de miel.

*

Le gouvernement a donc fait paraître son Livre blanc sur l'avenir de la télévision, et déjà les chochottes geignardes de l'establishment télévisuel ont pris les armes !

Ils veulent nous faire croire que la déréglementation va nous conduire à une télévision de style américain (d'ailleurs, qu'y aurait-il de mal à ça ?). Mais la simple vérité, c'est qu'il y a un mot qui terrifie plus que tout autre cette bande de libéraux de Hampstead.

Ce mot est : le « choix ».

Et pour quelle raison en ont-il peur ? Parce qu'ils savent fort bien que, si on nous en donne la possibilité, très peu d'entre nous « choisiront » de regarder l'épouvantable série de drames intellectuels et d'agit-prop de gauche qu'ils voudraient nous infliger.

Quand donc ces ramollis autoproclamés de la mafia télévisuelle comprendront-ils que ce que veut le public britannique, à la fin d'une journée de travail, c'est un peu de détente et un peu de distraction ? Et pas être « éduqué » par un pédant de critique barbu présentant trois heures de mime bulgare unijambiste !

Moi, je dis bravo à la déréglementation si elle donne les coudées franches aux vrais goûts du public et nous propose davantage de nos spectacles préférés, avec des gens comme Brucie, Noel et Tarby.

(NB. faire vérifier les noms par le suppléant.)

En attendant, la prochaine fois que vous découvrirez que les seules choses à la télé sont un de ces assommants documentaires sur les paysans péruviens, ou un quelconque film « d'art et d'essai » incompréhensible (avec des sous-titres, naturellement), souvenez-vous qu'il y a toujours un « choix » qu'on ne peut pas nous ôter.

Ce choix est d'appuyer sur le bouton d'arrêt et d'aller se fournir dans le magasin de vidéo le plus proche.

SIMPLE BON SENS, *novembre 1988*

*

« Que diable es-tu en train de regarder maintenant ?

— Tu rentres un peu tard, non ?

— Je travaillais, figure-toi.

— Oh, je t'en prie !

— Je te demande pardon ?

— Mais, putain, tu es tellement transparente, ma pauvre chérie.

— Qu'est-ce que c'est que cette ânerie, au fait ?

— Je n'en sais rien, un jeu télévisé. Un de ces

gros machins bien lourds que tu as récemment portés aux nues dans ta chronique.

— Je ne sais pas comment tu peux regarder cette merde. Pas étonnant que tu saches plaire aux débiles mentaux qui lisent ton journal. Tu ne vaux pas mieux qu'eux.

— Dois-je détecter un peu d'irritabilité postcoïtale, par hasard ?

— Oh, pitié !

— Je ne comprends pas pourquoi tu continues de t'envoyer en l'air avec Nigel si ça te met de mauvaise humeur.

— Ça t'excite d'imaginer ça, n'est-ce pas ?

— Ça excite tout le monde au journal, dirais-je, car tu n'es pas exactement discrète en ce domaine.

— C'est vraiment le comble, venant de toi ! Je suppose que te faire sucer par une connasse de secrétaire, dans ton bureau, *avec la porte ouverte*, je suppose que c'est de la discrétion, ça ?

— Écoute, fais-moi une faveur, veux-tu ? Va te faire foutre et crève ! »

*

Dans Hello ! *magazine, mars 1990.*

HILARY WINSHAW ET SIR PETER EAVES

L'équipe mari et femme nage en plein bonheur avec l'arrivée de leur petite Josephine, mais « notre amour l'un pour l'autre n'avait pas besoin d'être consolidé ».

L'AMOUR maternel brille dans les yeux de Hilary Winshaw tandis qu'elle tient bien haut dans ses bras sa petite Josephine babillante, âgée d'un mois, dans la serre de la ravissante maison de l'heureux couple, à South Kensington. Ils ont longtemps attendu leur premier enfant — Hilary et Sir Peter se sont mariés il y a près de six ans, après s'être rencontrés au journal dont il est toujours rédacteur en chef et où elle continue de tenir une chronique hebdomadaire très populaire — mais, comme Hilary le confie à *Hello !* dans cet entretien exclusif, Josephine valait la peine d'attendre !

Dites-nous, Hilary, comment vous êtes-vous sentie quand vous avez vu pour la première fois votre petite Josephine ?
Eh bien, tout d'abord, complètement épuisée ! J'imagine que la plupart des gens considéreraient que j'ai eu un accouchement facile, mais je ne suis certainement pas pressée de recommencer, je vous l'affirme ! Mais dès que j'ai vu Josephine, tout a été effacé. Ça en valait vraiment la peine. C'était un sentiment merveilleux.
Commenciez-vous de désespérer d'avoir un enfant ?
On ne perd jamais espoir, je suppose. Nous ne sommes jamais allés consulter des médecins, ce qui était peut-être stupide de notre part. Mais quand vous êtes avec quelqu'un qui vous convient parfaitement, quand deux personnes sont aussi heureuses ensemble que Peter et moi, alors vous ne pouvez pas vous empêcher de croire que votre rêve se concrétisera un jour, d'une façon ou d'une autre. Nous sommes tous deux idéalistes en ce domaine.
Et est-ce que Josephine vous a rapprochés encore plus ?
Euh... oui, inévitablement. J'hésite à le dire parce que, pour être franche avec vous, il me semble

difficile d'imaginer comment nous aurions pu être plus proches que nous l'étions déjà. Notre amour l'un pour l'autre n'avait vraiment pas besoin d'être consolidé.

Le bébé paraît avoir vos yeux, et je crois même distinguer quelque chose du nez des Winshaw, là ! Voyez-vous une ressemblance avec Sir Peter ?

Pas encore, non. Je pense que les bébés peuvent développer peu à peu une ressemblance avec leur père. Je suis sûre que ça viendra.

Est-ce que vous allez abandonner votre chronique pour quelque temps ?

Je ne crois pas. Évidemment, je veux passer le plus de temps possible avec Josephine ; et, bien entendu, Peter peut largement me payer un congé de maternité. C'est commode que votre mari soit également votre patron ! Mais je détesterais laisser tomber mes lecteurs. Ils sont tellement fidèles, et ils ont tous été tellement gentils, à m'envoyer des cartes et toutes sortes de témoignages d'amitié. Ça redonne vraiment confiance en l'être humain.

Je dois dire que, comme lecteur assidu de votre chronique, je suis assez surpris de ne pas voir de maçons ici !

Je sais... J'ai tendance à en parler sans arrêt, n'est-ce pas ? Mais nous avons fait tellement de travaux, récemment. Cette serre est une nouveauté, par exemple, et également toute cette partie avec la piscine. Ça a pris plus de temps que prévu, car les voisins nous ont empoisonnés. Ils ont même voulu faire un procès à cause du bruit, vous vous rendez compte ? En tout cas, ils ont déménagé à présent, et tout a été résolu à l'amiable.

Et maintenant je crois que nous allons découvrir un autre aspect de vos talents.

Oui, je travaille à mon premier roman. Plusieurs éditeurs m'ont sollicitée et j'ai le plaisir de pouvoir dire qu'il sortira au printemps prochain.

Pouvez-vous nous dire un mot du sujet ?
Eh bien, en fait, je ne l'ai pas encore commencé, mais je sais qu'il sera palpitant, avec plein d'amour et de sophistication, j'espère. Bien sûr, ce qu'il y a de bien, c'est que je pourrai travailler à la maison, nous avons fait construire pour cela ce cher petit bureau donnant sur le jardin, de sorte que je resterai près de Josephine. Ce qui est tout ce que je désire, car je ne crois pas que je pourrais supporter d'en être séparée un seul moment !

*

Hilary jeta un regard mauvais à sa fille dont le visage se contorsionnait pour lancer un nouveau hurlement.

« Que se passe-t-il encore ? demanda-t-elle.

— Juste des gaz, je pense », répondit la nurse.

Hilary s'éventa avec le menu.

« Ne pourriez-vous pas l'emmener dehors un instant ? Elle nous fait honte devant tout le monde. »

Une fois la nurse sortie, Hilary se tourna vers son convive.

« Je suis désolée, Simon, qu'étiez-vous en train de dire ?

— Je disais qu'il faut penser à un titre. Un seul mot, de préférence. Vengeance, ou Désir, ou Luxure, ou quelque chose de ce genre.

— Mon Dieu, est-ce qu'on ne peut pas laisser ça aux commerciaux ? J'ai déjà assez de souci en devant écrire ce satané machin. »

Simon hocha la tête. C'était un grand et bel homme dont l'expression légèrement vague masquait un sens féroce des affaires. Il avait été hautement recommandé : Hilary l'avait choisi dans une liste de sept ou huit agents.

« Écoutez, je suis navré que l'enchère ait été assez décevante, dit-il. Mais les éditeurs sont vraiment prudents en ce moment. Il y a quelques années un nombre de six chiffres n'aurait présenté aucun problème. En tout cas, vous ne vous en êtes pas trop mal sortie. J'ai lu récemment que les mêmes gens ont tout juste versé sept cent cinquante livres à un nouvel écrivain pour son premier roman.

— Est-ce qu'on n'aurait pas pu se montrer un peu plus exigeant, tout de même ?

— C'était impossible. Une fois qu'ils sont montés à quatre-vingt cinq mille, il n'était plus question pour eux d'aller au-delà. Je puis vous l'assurer. »

Ils commandèrent des huîtres suivies de langouste. Quand la serveuse se fut éloignée, Simon reprit : « Est-ce que nous ne devrions pas commander quelque chose pour... comment s'appelle-t-elle... pour Maria ?

— Qui ?

— La nurse.

— Ah, oui, en effet, je suppose que nous devrions. »

Hilary rappela la serveuse et commanda un hamburger.

« Et que mange Josephine ?

— Oh, des saletés en pot qu'on trouve dans les supermarchés. Ça entre par un trou et ça sort par l'autre sous la même forme. C'est complètement dégoûtant. Et elle crie tout le temps. Franchement, si je dois vraiment me mettre à ce livre, il vaut mieux que je parte durant quelques semaines. Peu importe où... peut-être de nouveau à Bali, ou dans les îles de la Grande Barrière, dans n'importe quel bled, ça m'est égal. Mais je ne peux rien faire avec cette petite crétine qui piaille à côté de moi. Franchement, je ne peux pas. »

Simon lui posa la main sur le bras avec sympathie. Au moment du café, il déclara : « Une fois que vous aurez bouclé ce roman, pourquoi ne pas écrire un livre sur les joies de la maternité ? Ça a un énorme succès, de nos jours. »

*

Hilary détestait la plupart des femmes, les considérant plus comme des concurrentes que comme des alliées, et donc elle se sentait toujours à l'aise au club Heartland, institution pesante et calcifiée, à grande majorité masculine, où son cousin Henry aimait à venir traiter ses affaires informelles.

Henry avait rompu avec le parti travailliste peu avant la deuxième élection générale de 1974, et, bien qu'il n'eût jamais officiellement rejoint les conservateurs, il s'était montré durant toutes les années quatre-vingt un de leurs soutiens les plus bruyants et les plus fidèles. Durant cette période, il était devenu un personnage familier du public, ses traits de bouledogue surmontés de cheveux blancs hirsutes (et rendus un rien bohème par un sempiternel nœud papillon à pois) ne cessant d'apparaître dans les débats télévisés, où il profitait pleinement de son indépendance envers les partis pour se rallier servilement à n'importe quelle orientation politique cynique que le gouvernement décidait d'adopter. Ce fut en raison de ces interventions, mais encore plus pour avoir participé durant une décennie à toutes sortes de comités consultatifs, qu'il figura sur la liste des nouveaux pairs de 1990. Le papier sur lequel il priait Hilary de venir était fièrement surmonté de son nouveau titre : Lord Winshaw de Micklethorpe.

« Est-ce que tu as jamais songé à travailler de nouveau pour la télévision ? lui demanda-t-il en versant deux cognacs d'un flacon de cristal.

— Bien sûr, j'aimerais beaucoup, répondit Hilary. J'y étais drôlement forte, en plus.

— Eh bien, j'ai entendu dire qu'il y aurait bientôt un poste vacant dans une des sociétés de télévision indépendante. Je vais me renseigner, si tu veux.

— En échange de quoi ? » fit malicieusement Hilary, alors qu'ils s'asseyaient de part et d'autre de la cheminée éteinte. C'était une chaude soirée de la fin juillet.

« Oh, de pas grand-chose. Nous nous demandions simplement si toi et tes collègues du journal ne pourriez pas turlupiner un peu plus ceux de la BBC. Il y a comme un sentiment général qu'ils échappent à tout contrôle.

— Qu'as-tu en tête ? Des gros titres ou seulement la chronique ?

— Un peu des deux, dirais-je. Je pense vraiment qu'il y a urgence, car, comme tu le sais, la situation actuelle est parfaitement inacceptable. Tout est dirigé par les marxistes. Ils n'en font aucun mystère. Je ne sais pas si tu as vu récemment le journal de neuf heures, mais ils ne font même plus semblant d'être impartiaux. En particulier sur le Service de santé : la façon dont ils ont rendu compte de nos réformes est lamentable, tout à fait lamentable. Chaque soir, ils déversent sur tout le pays, car c'est un véritable déluge, un torrent de mensonges et de propagande antigouvernementale. C'est intolérable. » Il porta son verre de cognac à sa face bilieuse et engloutit une grande gorgée qui parut le rasséréner. « À propos, reprit-il, le Premier ministre a adoré votre titre de jeudi.

— Quoi, LES LESBIENNES TRAVAILLISTES INTERDISENT LES CLASSIQUES DE LA LITTÉRATURE ENFANTINE ?

— Oui, c'est ça. Elle s'est tordue de rire. Et Dieu sait que nous avons besoin de rigoler un peu par les temps qui courent. » Son visage s'assombrit de nouveau, et il continua : « On parle d'un nouveau changement de pouvoir, tu sais. Heseltine pourrait prendre le départ. Folie. Pure folie.

— Ce poste vacant dont tu as parlé..., s'empressa de dire Hilary.

— Oh, ça. » Henry mentionna le nom d'une des plus importantes sociétés indépendantes. « Tu sais qu'il y a eu un remaniement là-bas et ils ont un nouveau président. Heureusement, nous avons été en mesure d'y placer un de nos partisans. Il vient des finances, donc non seulement il s'y connaît en chiffres, mais, ce qui est encore mieux, il ne connaît absolument rien à son nouveau domaine. Une de ses premières tâches sera de se débarrasser de ce vieux gauchiste déconnecté de Beamish.

— Donc, ils vont devoir engager quelqu'un à la tête de l'actualité.

— Exactement.

— C'est lui qui m'a donné un premier coup de pouce sais-tu ? Au milieu des années soixante-dix.

— Je sais. » Henry vida son verre et reprit le flacon. « Mais même ton pire ennemi, ajouta-t-il sèchement, ne saurait t'accuser d'être sentimentale. »

*

Lorsque Hilary se présenta pour rencontrer Alan Beamish, on la conduisit, comme convenu, non dans le bureau de celui-ci, mais dans une salle de réunion impersonnelle qui donnait sur le vestibule.

« Je suis navré, fit Alan. Un contretemps idiot. On doit repeindre mon plafond, ou quelque chose de ce genre. Je me serais arrangé, mais on ne m'a prévenu que ce matin. Voulez-vous un café ? »

Il n'avait pas beaucoup changé. Ses cheveux étaient plus gris, ses mouvements plus lents, et il ressemblait encore plus à un vieux curé : mais, sinon, Hilary avait l'impression que l'épouvantable soirée de télévision qu'il lui avait infligée avait eu lieu la veille, et non une vingtaine d'années auparavant.

« J'ai été plus que surpris par votre appel, reprit-il. Pour être franc, je ne crois pas que nous ayons beaucoup à nous dire, vous et moi.

— Oh, mais si. Par exemple, je pourrais être venue vous demander des excuses pour m'avoir traitée de barbare dans votre petite diatribe dans *The Independant*. »

Alan avait fait récemment paraître, sous le titre de « Les Barbares sont à notre porte », un article sur le déclin de la télévision, où il présentait Hilary comme le comble de tout ce qu'il détestait dans le climat culturel actuel (ce dont elle avait été plutôt ravie, faut-il préciser).

« Je maintiens tout ce que j'ai écrit, répliqua-t-il. Et vous savez fort bien que vous en avez autant à mon service. Vous m'avez attaqué à longueur de chronique durant des années... sinon moi, du moins mon action.

— Est-ce que vous regrettez de m'avoir aidée à

mes débuts, demanda Hilary, en voyant quelle furie vous avez déchaînée dans le monde ?

— Oh, vous auriez obtenu tôt ou tard ce que vous vouliez. »

Hilary prit sa tasse de café et s'assit sur le rebord de la fenêtre. Un soleil brillant pénétrait dans la pièce.

« Votre nouveau patron n'a pas dû être vraiment enchanté par cet article, reprit-elle.

— Il n'en a pas parlé.

— Comment vont les choses depuis qu'il est en place ?

— Assez mal, si vous voulez le savoir, répondit Alan. C'est un désastre, en fait.

— Ah ? En quel sens ?

— Plus d'argent pour les programmes. Plus d'enthousiasme, non plus : du moins plus d'enthousiasme du genre que je veux susciter. Je veux dire, vous ne croiriez pas leur attitude envers cette affaire du Koweït. Il y a des mois que je dis que nous devrions faire une émission sur Saddam Hussein et l'armement de l'Irak. Nous sommes dans la situation grotesque d'avoir passé les dernières années à lui vendre des armes, et maintenant nous faisons volte-face et nous l'appelons la Bête de Babylone parce qu'il s'est mis à les utiliser. On aurait dû y penser un peu plus tôt. Je veux dire, il y a à peine quelques semaines, j'ai été en pourparlers avec un cinéaste indépendant qui travaille à un documentaire sur ce sujet depuis des années, de sa propre initiative. Il m'a montré quelques prises magnifiques. Mais tout le monde ici s'est récusé. On ne veut pas en entendre parler.

— Oh, c'est vraiment dommage. »

Alan regarda sa montre.

« Écoutez, Hilary, je suis sûr que vous n'avez

pas fait tout ce chemin pour regarder notre cour, aussi belle qu'elle soit. Ça ne vous ennuierait pas d'en venir au fait ?

— Cette photo qui illustrait votre article, répondit-elle d'un air absent. Est-ce qu'elle venait de votre bureau ?

— Oui, en effet.

— Était-ce ce Bridget Riley accroché au mur ?

— C'est ça.

— Vous l'aviez acheté à mon frère, n'est-ce pas ?

— Oui.

— Des rectangles verts et noirs, en diagonale.

— C'est bien lui. Pourquoi me demandez-vous ça ?

— Eh bien, c'est qu'il me semble voir dehors deux hommes le charger dans une camionnette.

— Que diable... ? »

Alan bondit vers la fenêtre. Il aperçut en bas une camionnette de déménagement garée devant les escaliers : les affaires de son bureau étaient entassées sur le goudron baigné de soleil, ses livres, son fauteuil pivotant, ses plantes, ses papiers et ses tableaux. Hilary souriait.

« Nous avons pensé que c'était la meilleure façon de vous l'apprendre, reprit-elle. Il vaut mieux régler ces choses-là le plus rapidement possible.

— Nous ? parvint-il à articuler.

— Y a-t-il quelque chose dont vous devez me mettre au courant avant de partir ? » Comme aucune réponse ne venait, elle ouvrit sa serviette et déclara : « Écoutez, voici votre ordre de licenciement, et j'ai même inscrit l'adresse du bureau de chômage le plus proche. Il est ouvert jusqu'à quinze heures trente aujourd'hui, vous avez donc tout le temps. » Elle lui tendit la feuille, mais il ne la prit pas. Elle la posa sur le rebord de la fenêtre, son sourire s'élargit, et elle secoua la tête. « Les barbares ne sont plus à la porte, Alan. Malheureusement, vous avez laissé la porte grande ouverte. Nous sommes donc entrés, et maintenant nous avons les meilleurs sièges et nous pouvons poser nos pieds sur la table. Et nous avons l'intention de rester ici longtemps, très longtemps. »

Elle referma sa serviette et se dirigea vers la porte.

« Et maintenant, comment se rend-on d'ici à votre bureau ? »

SEPTEMBRE 1990

1

Ce fut purement par hasard que je me trouvais écrire un livre sur les Winshaw. L'histoire de ce qui m'y a mené est assez compliquée et peut probablement attendre. Il suffit de dire que s'il n'y avait pas eu une rencontre complètement fortuite lors d'un voyage en train de Londres à Sheffield en juin 1982, je ne serais jamais devenu leur historien officiel et ma vie n'aurait pas pris ce tournant décisif. C'est, quand on y songe, une confirmation amusante des théories exposées dans mon premier roman, *Accidents en perspective*. Mais je doute que beaucoup de gens s'en souviennent.

Les années quatre-vingt ne furent pas une bonne période pour moi, en somme. Tout d'abord, ce fut peut-être une erreur d'accepter la commande des Winshaw ; peut-être aurais-je dû continuer d'écrire des fictions dans l'espoir de pouvoir en vivre un jour. Après tout, mon deuxième roman avait suffisamment attiré l'attention, et j'avais connu à tout le moins quelques moments de gloire isolés — comme la semaine où un journal du dimanche m'avait consacré dans les règles une chronique habituellement vouée à des écrivains beaucoup plus célèbres, sous le titre de « La première histoire que j'ai écrite ». (Il fallait fournir un texte de jeunesse avec l'une de vos photographies d'enfance. L'effet d'ensemble était assez attendrissant. J'ai conservé la coupure quelque part.) Mais ma situation financière restait désespérée — le grand public demeurant d'une indifférence impitoyable envers les produits de mon imagination — et j'avais donc d'excellentes raisons économiques pour miser sur Tabitha Winshaw et son offre particulièrement généreuse.

Les termes de cette offre étaient les suivants. Il apparaissait que dans sa longue réclusion de pensionnaire de l'asile d'aliénés de Hatchjaw-Bassett, Miss Winshaw, alors âgée de soixante-seize ans et selon toute apparence plus folle que jamais, s'était mis en tête, dans sa pauvre tête confuse, que le moment était venu de livrer au monde l'histoire de sa glorieuse famille. Face à l'opposition implacable de ses parents, et en puisant dans ses ressources personnelles qui étaient loin d'être négligeables, elle avait créé un fonds de dépôts à cet effet et s'était assuré les services de la Peacock Press, discrète société privée spécialisée dans la publication (contre de modiques honoraires) de mémoires militaires, de chroniques familiales, et de souvenirs de personnalités publiques de second plan. Leur rôle était de trouver un écrivain adapté, d'une expérience et d'un talent convenables, auquel on verserait un salaire annuel de plusieurs milliers de livres pendant toute la période de recherche et de rédaction, à condition de communiquer chaque année aux éditeurs un état de ses travaux — une « partie substantielle » du manuscrit définitif — qui était alors soumis à l'approbation du commanditaire. Pour le reste, ni le temps ni l'argent ne semblaient comptés. Tabitha souhaitait que fût établi le compte rendu le plus complet, le plus honnête, et le plus à jour possible. Il n'y avait pas de date limite à la dernière livraison.

L'histoire de ce qui m'a conduit à trouver ce travail est, je le répète, longue et compliquée, et doit attendre son tour ; mais, lorsque cette offre se présenta, je n'hésitai guère à l'accepter. La perspective d'un revenu régulier était en soi irrésistible, et, à dire vrai, je n'étais pas pressé d'entreprendre une nouvelle fiction. Cela me parut donc une solution parfaite. J'achetai mon appartement de Battersea Park (l'accession à la propriété était plus facile à l'époque) et me mis au travail avec une certaine ardeur. Inspiré par la nouveauté même de ma tâche, j'écrivis les deux premiers tiers du livre en deux ans, en fouillant les origines de la gloire des Winshaw et en consignant avec une absolue candeur tout ce que j'y trouvais ; car il y fut parfaitement clair pour moi dès le début que je m'occupais d'une famille de criminels, dont la richesse et le prestige étaient fondés sur toutes sortes d'escroqueries, crapuleries, tricheries, supercheries, finasseries, manigances, détournements, vols, cambriolages, pillages, saccages, falsifications, spoliations, déprédations. Non que les agissements des Winshaw fussent *ouvertement* criminels, ni même jugés comme tels par la bonne société ; en fait, autant que j'aie pu le déterminer, il n'y eut qu'un seul délinquant reconnu dans la famille. (Je fais bien sûr allusion au grand-oncle de Matthew, universellement considéré comme le plus brillant pickpocket et cambrioleur de son époque — son exploit le plus fameux et le plus audacieux ayant eu lieu, est-il besoin de le rappeler, dans la maison de campagne d'une famille rivale, les Kenway de Britteridge, où, durant une visite guidée en compagnie de dix-sept touristes, il parvint sans être remarqué à dérober la pendule Louis XV du grand-père, estimée à plusieurs dizaines de milliers de livres.) Mais l'on peut dire que chaque penny de la fortune des Winshaw — qui remonte au dix-septième siècle, quand Alexander Winshaw entra dans les affaires en s'assurant une part lucrative du fructueux commerce des esclaves — eut pour origine, d'une façon ou d'une autre, l'exploitation éhontée des faibles, et j'estimais par conséquent que l'expression « criminels » leur convenait à la perfection, et que j'accomplissais une mission fort utile en portant leurs méfaits à la connaissance du public, tout en me tenant scrupuleusement dans les limites de ma commande.

Cependant, au milieu des années quatre-vingt, je dus me rendre compte que j'avais perdu presque tout enthousiasme pour ce projet. C'est à cette époque, d'une part, qu'eut lieu la mort de mon père. Depuis des années je n'étais plus vraiment proche de mes parents, mais mes années d'enfance — une enfance heureuse et paisible — avaient établi entre nous des liens d'affection, et d'empathie, que n'avait pas rompus notre séparation physique. Mon père n'avait que soixante et un ans à sa mort, et sa perte m'affecta profondément. Je passai plusieurs mois dans les Midlands, afin de faire tout mon possible pour réconforter ma mère, et lorsque je revins à Londres et aux Winshaw, ce fut avec un indubitable sentiment de dégoût.

Il me paraissait certain qu'au bout de deux ou

trois ans supplémentaires je finirais par abandonner complètement le livre, mais c'est alors que se produisit un changement significatif dans la nature de mes recherches. J'en étais aux chapitres de la fin, dans lesquels je devais avoir l'honneur insigne de célébrer les exploits des membres de la famille qui avaient encore le bonheur d'être parmi nous ; et ce fut là que je commençai à me heurter à une sérieuse opposition, non seulement de ma conscience, mais aussi des Winshaw eux-mêmes. Certains d'entre eux, je suis navré de le dire, se montrèrent inexplicablement réservés devant mes questions, et même se mirent à manifester une pudeur déplacée lorsque je les poussai à parler des détails de leur éclatante carrière. Cela devint donc une part de mon travail que de me préparer à affronter des scènes pour le moins déplaisantes. Thomas Winshaw me jeta à la rue lorsque je lui demandai de préciser la nature de ses responsabilités dans l'incident des hélicoptères Westland qui avait provoqué la démission de deux ministres en 1986. Henry Winshaw tenta de jeter mon manuscrit au feu au club Heartland lorsqu'il comprit que j'attirais l'attention sur quelques petits désaccords entre le programme socialiste qui lui avait permis d'accéder au pouvoir et son rôle consécutif (pour lequel on se souviendra sans doute davantage de lui) comme porte-parole en vue de l'extrême droite et, surtout, comme l'artisan du démembrement clandestin de la Sécurité sociale. Et je me demande parfois, maintenant encore, si c'est par pure coïncidence que je fus agressé dans la rue en rentrant tard un soir chez moi, deux jours seulement après une rencontre avec Mark Winshaw, au cours de laquelle je lui avais demandé — avec un peu trop d'insistance, sans doute — de me donner plus d'informations sur son poste de « coordonnateur des ventes » à la société d'import-export Vanguard, et sur les véritables raisons de ses fréquents voyages au Moyen-Orient durant les périodes les plus sanglantes de la guerre entre l'Iran et l'Irak.

Plus je fréquentais ces misérables menteurs, voleurs, arrivistes de Winshaw, moins je les supportais, et plus je trouvais difficile de conserver le ton de l'historien officiel. Et moins je pouvais avoir accès à des faits réels et démontrables, plus je devais faire appel à mon imagination pour poursuivre ma narration, reconstituer des incidents dont je n'avais entrevu que les contours, spéculer sur des motifs psychologiques, et même inventer des conversations. (Oui, inventer : je ne recule pas devant le mot, même si j'ai reculé devant les faits durant près de cinq ans.) Ainsi, mon dégoût pour ces gens-là fit renaître ma personnalité littéraire, et cette renaissance produisit un changement de fond, un changement de perspective, un changement irréversible dans tout le caractère de mon livre. Il se mit à revêtir l'aspect d'une exploration, d'une expédition intrépide, opiniâtre, dans les coins les plus sombres, les replis les plus secrets, de l'histoire de la famille. Ce qui signifiait, je ne m'en rendais que trop bien compte, que je serais incapable de m'arrêter, que je ne considérerais pas mon voyage comme terminé, tant que je n'aurais pas trouvé la réponse à cette question fondamentale : Tabitha Winshaw était-elle réellement folle, ou subsistait-il une part de vérité dans sa conviction que Lawrence avait été, d'une façon détournée et obscure, responsable de la mort de son frère ?

Il n'est guère surprenant que ce fût là un autre sujet sur lequel la famille répugnait à me donner la moindre information concrète. Au début de 1987, j'eus la chance d'obtenir un entretien avec Mortimer et Rebecca dans un hôtel de Belgravia. Ils se montrèrent de loin les plus abordables et les plus coopératifs des Winshaw, et cela malgré le grave état de santé de Rebecca : c'est largement à cet entretien que je dois ma maigre connaissance des péripéties du cinquantième anniversaire de Mortimer. Lawrence était mort deux ans auparavant et ils se trouvaient maintenant en possession de Winshaw Towers, ainsi que l'avait autrefois redouté Rebecca, mais ils y passaient aussi peu de temps que possible. En tout cas, elle aussi décéda, quelques mois après ma visite ; et peu après, Mortimer, brisé par cette disparition, revint passer ses derniers jours dans la demeure familiale qu'il avait toujours si cordialement détestée.

Mes investigations devinrent alors encore plus sporadiques et décousues, pour, un beau jour, cesser complètement. J'ai oublié la date exacte, mais ce fut le jour où ma mère devait venir chez moi. Elle arriva un soir, nous sortîmes dîner dans un restaurant chinois de Battersea, et puis elle décida de retourner chez elle en voiture la nuit même. Après quoi, je ne sortis plus, ni ne parlai à personne, durant deux ou peut-être trois ans.

*

Un samedi matin, je m'installai à mon bureau pour me remettre à mon manuscrit. Comme je le craignais, c'était un vrai fatras. Certaines parties ressemblaient à un roman, d'autres à un ouvrage historique, tandis que la fin prenait un ton effrayant de pamphlet contre la famille. Le pis, c'est qu'il n'avait même pas de conclusion, qu'il s'arrêtait brusquement de la façon la plus frustrante. Lorsque je quittai enfin ma table de travail, tard dans l'après-midi de ce samedi d'été chaud et moite, les obstacles qui entravaient l'achèvement du livre avaient du moins pris à mes yeux une certaine précision et une certaine clarté. Je devais décider une fois pour toutes si je le présenterais comme une œuvre fictive ou historique, et rassembler de nouveau mes efforts pour me plonger dans les mystères de la maladie de Tabitha.

Le lundi matin, je franchis trois pas décisifs :

— Je fis deux copies du manuscrit, et en adressai une au directeur littéraire responsable de la publication de mes romans.

— J'envoyai l'autre copie à la Peacock Press, dans l'espoir que cela me vaudrait un nouveau versement (mon salaire n'était plus versé depuis trois ans) ou qu'il horrifierait tellement Tabitha qu'elle annulerait notre accord et me libérerait complètement de mon contrat.

— Je fis passer l'annonce suivante dans les principaux journaux :

RECHERCHE D'INFORMATIONS.
Écrivain, rassemblant documents officiels sur les Winshaw du Yorkshire, cherche informations sur tous aspects de l'histoire de cette famille. En particulier, aimerait avoir des nouvelles de quiconque (témoins, anciens domestiques, personnes concernées, etc.) peut éclairer d'un jour nouveau les événements du 16 septembre 1961, et les incidents qui s'y rapportent.
CURIEUX S'ABSTENIR. Prière de contacter Mr M. Owen,
c/o The Peacock Press, 116 Providence Street, London W7.

C'était tout ce que je pouvais faire pour le moment En tout cas, mon regain d'énergie fut de courte durée, et je passai l'essentiel des jours suivants avachi devant mon poste de télévision, à regarder tantôt Kenneth Connor prendre la fuite devant la belle Shirley Eaton, tantôt les actualités. Le visage de Saddam Hussein me devint familier, et je me mis à comprendre ce qui l'avait récemment rendu si célèbre : comment il avait annoncé son intention d'annexer le Koweït, en affirmant que c'était historiquement une « partie intégrante de l'Irak » ; et comment le Koweït avait demandé aux Nations unies un soutien militaire que lui avaient promis le président américain, Mr Bush et son amie le Premier ministre britannique, Mrs Thatcher. J'appris que des otages ou « hôtes » américains et britanniques étaient détenus dans des hôtels en Irak et au Koweït. Je vis de fréquentes rediffusions de la scène où Saddam Hussein traînait ces otages devant les caméras de télévision et entourait de ses bras le petit garçon réticent et tremblant.

Fiona se présenta deux ou trois fois. Nous buvions et nous bavardions, mais quelque chose dans mon comportement avait dû la décourager, car elle me quittait tôt pour aller se coucher. Elle me disait qu'elle avait du mal à trouver le sommeil.

Parfois, alors que la chaleur m'empêchait de dormir, j'entendais sa toux sèche et irritée. Les murs de notre immeuble ne sont pas très épais.

2

Au début, ma stratégie ne parut guère porter de fruit. Mais soudain, au bout de deux ou trois semaines, je reçus des appels téléphoniques des deux éditeurs, et parvins à fixer deux rendez-vous pour le même jour : avec la Peacock Press dans l'après-midi et, dans la matinée, avec la maison nettement plus prestigieuse qui s'était plu autrefois (bien des années auparavant) à me considérer comme l'un de ses jeunes écrivains les plus prometteurs. C'était un petit éditeur réputé qui, durant près d'un siècle, avait traité ses affaires dans une maison géorgienne de Camden, mais qui avait été récemment absorbé par une firme américaine et s'était transporté au septième étage d'une tour près de Victoria. Une petite moitié du personnel avait survécu au changement : parmi eux, mon directeur littéraire, chargé des fictions, un diplômé d'Oxford d'une quarantaine d'années appelé Patrick Mills. Je le rencontrai peu avant le déjeuner, vers onze heures trente.

Le trajet aurait dû être très simple. Je devais d'abord me rendre à pied à la station de métro, ce qui voulait dire traverser le parc, puis l'Albert Bridge, passer devant les forteresses pour riches de Cheyne Walk, remonter la Royal Hospital

Road jusqu'à Sloane Square. Je ne m'arrêtai qu'une fois, pour acheter du chocolat. C'était une matinée accablante de chaleur, et il n'y avait pas moyen d'échapper à l'épaisse fumée noire que dégageaient les voitures et les poids lourds, camions et bus, empoisonnant l'atmosphère au point de me forcer pratiquement à retenir ma respiration pour franchir les passages cloutés. Mais lorsque je parvins au métro et descendis l'escalier mécanique, je m'aperçus que le quai était bondé. C'était un incident de service et il n'avait pas dû y avoir de rame depuis près d'un quart d'heure. Quoique la station de Sloane Square ne soit pas très profonde, j'eus l'impression, sur l'escalator, d'être Orphée pénétrant lentement dans les Enfers, prêt à affronter une triste et pâle peuplade pour qui la lumière du jour que je venais de quitter n'était déjà plus qu'un lointain souvenir.

... *perque leves populos simulacraque functa sepulchro...*

Quatre minutes plus tard, une rame de la District Line arriva, pleine à craquer de corps écrasés, suant et suffoquant. Je n'essayai même pas d'y monter, mais dans l'émeute qui s'ensuivit je réussis à me placer au bord du quai pour attendre le train suivant. Ce fut, deux minutes après, une rame de la Circle Line, bondée comme la précédente. Les portières s'ouvrirent, des passagers congestionnés plongèrent au cœur de la foule en attente, je montai tant bien que mal et absorbai alors l'air vicié et stagnant : je pus dire dès la première bouffée qu'il avait déjà parcouru une bonne centaine de fois les poumons de chaque individu dans le wagon. D'autres personnes s'entassèrent derrière moi et je me trouvai coincé entre un jeune col blanc dégingandé — au costume droit et au teint cireux — et la vitre qui nous séparait des passagers assis. En temps normal, j'aurais préféré tourner le nez vers la vitre, mais, tentant de le faire, je rencontrai à hauteur de visage une grande couche visqueuse de sueur et de graisse provenant des têtes qui s'y étaient précédemment appuyées, de sorte que je n'eus d'autre choix que de me retourner pour me retrouver nez à nez avec cet avocat-conseil, ce super-cambiste à la noix. On s'efforçait encore de monter, des gens coinçaient les portes, elles s'y prirent à trois ou quatre fois pour se refermer, nous fûmes poussés encore plus l'un contre l'autre, sa peau blafarde et boutonneuse touchait presque la mienne, et nous nous soufflions une haleine lourde au visage. La rame s'ébranla, la moitié des passagers debout perdirent leur équilibre, un maçon vêtu de son seul bleu de travail fut projeté contre mon épaule gauche. Il s'excusa de s'accrocher à moi, puis tendit le bras pour saisir une poignée, de sorte que j'eus le nez en plein sur son aisselle moite et faisandée. Aussi discrètement que possible, je portai mes doigts à mes narines, et me mis à respirer par la bouche. Mais je me consolai en me disant que cela n'avait pas d'importance, que je descendais à la prochaine station, Victoria, que ce n'était que l'affaire de deux ou trois minutes.

Mais le train ralentit, et lorsqu'il s'arrêta tout à fait dans les ténèbres du tunnel, je calculai qu'il n'avait guère parcouru que trois ou quatre cents mètres. L'atmosphère devint alors plus lourde encore. Nous ne restâmes sans doute pas immobiles plus d'une minute, mais cette minute parut une éternité, et un soulagement visible se lut sur tous les visages lorsque nous repartîmes enfin. Ce fut de courte durée. Au bout de quelques secondes, les freins crissèrent de nouveau, et cette fois-ci l'arrêt du train prit des allures redoutablement définitives. Tout sembla aussitôt plongé dans le silence ; tout juste entendait-on au fond du wagon le chuintement d'un baladeur, qui s'accentua lorsque celle qui le portait ôta ses écouteurs pour écouter les annonces. En un rien de temps, l'atmosphère devint insupportablement chaude et humide : je sentis les barres de chocolat que je n'avais pas mangées se liquéfier dans ma poche. Nous nous regardâmes avec angoisse — certains levaient les sourcils d'un air désespéré, d'autres grommelaient ou juraient à voix basse, et ceux qui portaient un journal ou des documents commençaient à s'en éventer.

Je m'efforçai de considérer le bon côté des choses. Si je devais m'évanouir — ce qui paraissait parfaitement possible — alors il n'y avait aucun risque de tomber et de me blesser, parce qu'il n'y avait nulle part où tomber. De même, il n'y avait aucun danger de mourir d'hypothermie. Il est vrai que l'aisselle de mon voisin pouvait perdre ses charmes dans une heure ou deux : mais peut-être aussi gagnerait-elle à mûrir, comme un bon fromage. Je parcourus du regard notre assemblée, et me demandai lequel d'entre nous craquerait le premier. Il y avait plusieurs candidats possibles : un vieillard frêle et desséché qui s'accrochait faiblement à un pilier ; une femme grassouillette vêtue, on ne savait pourquoi, d'un épais chandail de laine et dont le visage était déjà cramoisi ; un grand type asthmatique qui portait une boucle d'oreille et une montre Rolex et qui prenait régulièrement des bouffées d'inhalateur. Je changeai d'appui, fermai les yeux et comptai très lentement jusqu'à cent. Ce faisant, je remarquai que le niveau de bruit dans le wagon augmentait légèrement : les gens commençaient à se parler, et la femme au chandail de laine s'était mise à gémir doucement : Oh mon Dieu oh mon Dieu oh mon Dieu oh mon Dieu, lorsque soudain les lumières s'éteignirent. Nous fûmes plongés dans une obscurité totale. À quelques pas de moi une femme poussa un petit cri, et ce fut une nouvelle bordée de plaintes et d'exclamations. C'était une sensation effrayante, d'être non seulement immobilisé mais à présent de ne rien voir, même si du moins j'avais la compensation d'échapper à l'acné bourgeonnant de mon yuppie de choc. Mais la peur était palpable, une peur générale qui avait pris la place de la gêne et de l'inconfort. Il y avait du désespoir dans l'air, et je décidai autant que possible de battre en retraite avant d'en être contaminé, de me retrancher dans les profondeurs de mon esprit. Pour commencer, j'essayai de me convaincre que la situation aurait pu être pire : mais il était difficile de faire pire — un rat courant dans le wagon, peut-être, ou un musicien des rues se mettant spontanément à gratter sa guitare pour nous réchauffer le cœur avec quelques couplets d'*Imagine*. Non, je devais faire davantage d'efforts. Je tentai donc de me perdre dans une rêverie érotique, basée sur l'hypothèse que le corps plaqué contre moi n'était pas celui d'un agent de change boutonneux mais celui de Kathleen Turner, portant un mince chemisier de soie presque transparente et une mini-jupe incroyablement courte et incroyablement serrée. J'imaginai les contours fermes et généreux de sa poitrine et de ses fesses, un éclat de désir voilé et réticent dans ses yeux, la pression irrépressible de son bassin contre mes jambes — et tout d'un coup, à ma grande horreur, je me mis à avoir une érection ; dans un mouvement de panique, je me cabrai de tout mon corps pour tenter de me détacher de l'homme d'affaires dont la braguette était déjà en contact direct avec la mienne. Mais il était trop tard : sauf erreur, lui aussi bandait, soit qu'il eût également essayé le même tour que moi, soit qu'il eût mal interprété mon attitude et que je fusse exposé à de sérieux ennuis.

À ce moment-là, Dieu merci, les lumières revinrent, et un murmure de soulagement parcourut le wagon. Les haut-parleurs se mirent à crachoter, et nous entendîmes la voix traînante d'un employé de métro nous expliquer, sans vraiment s'excuser pour le retard, que la rame connaissait des « difficultés techniques » qui seraient résolues aussi vite que possible. Ce n'était pas la plus satisfaisante des explications, mais du moins nous ne nous sentions plus irrémédiablement seuls et abandonnés, et tant que personne ne nous poussait à prier ensemble et à entonner des cantiques pour nous remonter le moral, je pouvais, me semblait-il, trouver encore quelques minutes de patience. Cependant, le type à l'inhalateur semblait aller de plus en plus mal. Je suis navré, dit-il, alors que son souffle devenait de plus en plus court et haletant, je ne pense pas pouvoir tenir le coup bien longtemps, et son voisin se mit à bredouiller des choses rassurantes, mais je percevais la rancœur silencieuse des autres passagers, à l'idée d'être bientôt confrontés à un évanouissement ou à une attaque. En même temps, je percevais quelque chose d'autre, quelque chose de très différent : une forte et écœurante senteur de viande qui commençait à recouvrir les relents de sueur et autres odeurs corporelles. Sa source devint vite évidente lorsque l'homme d'affaires dégingandé ouvrit sa mallette pour en sortir un paquet portant l'emblème d'une célèbre chaîne de fast-food. Je le regardai avec stupeur en pensant : Non, il ne va pas faire ça, il ne peut pas vouloir faire ça ; mais si, avec un vague grognement d'excuse : « Ça risque de refroidir », il ouvrit toutes grandes ses mâchoires, engloutit une énorme bouchée de cheeseburger gluant et tiède, se mit à la mastiquer avidement, avec des claquements humides de poisson sur l'étal, et des filets de mayonnaise aux coins des lèvres. Il n'était pas question de pouvoir détourner les yeux ou me boucher les oreilles : j'étais contraint de voir chaque brin de salade et chaque tendon de viande se prendre entre ses dents, d'entendre le mélange visqueux de fromage et de pain mâchouillé se coller à son palais et être délogé par sa langue fouineuse. Puis les choses se firent brumeuses, le wagon s'assombrit, le sol se déroba sous mes pieds, j'entendis quelqu'un dire : Attention, il se sent mal !, et la dernière chose dont je me souvienne, c'est d'avoir pensé : Pauvre type, ce n'est pas étonnant, avec l'asthme qu'il a, et puis plus rien, aucun souvenir de ce qui s'est passé ensuite, du noir et du vide durant je ne sais combien de temps.

*

« Vous avez l'air assez crevé, me dit Patrick une fois que nous nous fûmes assis.

— Eh bien, c'est seulement que je ne suis pas beaucoup sorti ces temps derniers. J'ai oublié comment c'était. »

Apparemment, le métro s'était remis en route deux ou trois minutes après mon évanouissement, puis l'homme d'affaires, l'asthmatique et la femme au chandail de laine m'avaient tous trois emmené dans la salle des urgences de la station Victoria, où je m'étais lentement remis en m'étendant et en prenant une tasse de thé fort. Il était presque midi lorsque j'arrivai au bureau de Patrick.

« Ç'a dû être un trajet étouffant, par une journée pareille, n'est-ce pas ? fit-il en hochant la tête avec sympathie. Vous aimeriez sans doute boire quelque chose.

— En effet, j'aimerais bien, puisque vous en parlez.

— Moi aussi. Malheureusement, mon budget ne permet plus ce genre de choses. Je peux vous offrir un verre d'eau, si vous voulez. »

Patrick avait l'air encore plus déprimé qu'à notre dernière rencontre, et son nouveau cadre semblait fait pour s'accorder à cette humeur. C'était une pièce minuscule, badigeonnée d'un beige impersonnel, avec une fenêtre de verre fumé donnant sur un parking et un mur de briques. Je m'étais attendu à y trouver des affiches annonçant les nouvelles parutions, mais les murs étaient nus, décorés seulement d'un grand calendrier glacé fourni par un éditeur rival et accroché en plein milieu de la pièce, derrière la tête de Patrick. Son visage avait toujours été allongé et lugubre, mais je ne lui avais jamais vu les yeux aussi endormis, ni une moue aussi mélancolique et résignée. Malgré tout, je pense qu'il était assez content de me voir et, en apportant deux gobelets en plastique remplis d'eau pour les poser sur le bureau, il parvint à esquisser l'ombre d'un sourire.

« Eh bien, Michael, reprit-il en se rasseyant, le moins qu'on puisse dire, c'est que vous avez gardé le profil bas ces dernières années.

— Ma foi, j'ai travaillé, comme vous avez pu le voir », répliquai-je en mentant.

Nous jetâmes tous deux les yeux sur mon manuscrit posé entre nous sur le bureau.

« L'avez-vous lu ? demandai-je.

— Oh, oui, je l'ai lu, répondit-il. Je l'ai lu, le problème n'est pas là. »

Il tomba dans le silence.

« Et... ?

— Dites-moi une chose, Michael. Vous souvenez-vous de la date de notre dernière rencontre ? »

Il se trouvait que je m'en souvenais. Mais, sans me laisser le temps de répondre, il poursuivit :

« Je vais vous le dire. C'était le 14 avril 1982.

— Il y a huit ans, fis-je. Vous vous rendez compte ?

— Huit ans, cinq mois, sept jours. Ça fait un bout de temps, même en comptant large.

— En effet.

— Nous venions de publier votre deuxième roman. Vous aviez une excellente presse.

— Ah oui ?

— Des portraits dans les magazines. Des entretiens dans les journaux.

— Mais pas de ventes.

— Oh, les ventes seraient venues, Michael. Les ventes seraient venues si seulement vous vous étiez...

— ... accroché.

— Accroché, exactement. » Il prit une longue gorgée d'eau dans son gobelet. « Peu après, vous m'avez écrit une lettre. J'imagine que vous ne vous souvenez pas de ce que vous me disiez dans cette lettre. »

Je ne m'en souvenais que trop bien. Mais, avant que je ne pusse prononcer un mot, il ajouta :

« Vous me disiez que vous n'alliez plus écrire de roman pendant quelque temps, parce qu'un autre éditeur vous avait commandé un important ouvrage historique. Un éditeur rival, dont vous n'avez jamais révélé le nom, je crois juste de le préciser. »

Je hochai la tête, en attendant de voir où il voulait en venir.

« Je vous ai écrit deux ou trois lettres par la suite. Vous n'avez jamais répondu.

— Eh bien, vous savez ce que c'est, quand on est... plongé dans quelque chose.

— J'aurais pu insister. J'aurais pu vous harceler. J'aurais pu vous tomber dessus. Mais j'ai préféré ne pas le faire. J'ai décidé d'attendre en coulisse, et de voir ce qui se tramait. C'est une des parties les plus importantes de mon travail, être prêt à attendre en coulisse, et voir ce qui se trame. Il y a des moments où on sait par instinct qu'il faut agir ainsi. Surtout lorsqu'on traite avec un auteur auquel on tient. Un auteur dont on se sent proche. »

Il se tut de nouveau et m'adressa ce qui selon lui devait être un regard lourd de sens. Comme j'en ignorais le sens, je n'y prêtai pas attention et pivotai légèrement sur ma chaise.

« Je me sentais très proche de vous, à l'époque, Michael. Je vous ai découvert. Je vous ai sorti de ce tas de boue. En fait, corrigez-moi si je me fais des idées... vous auriez dû avoir des raisons, à cette époque, de me considérer non simplement comme votre éditeur, mais comme votre ami. »

Je n'éprouvais aucune envie de le corriger sur

ce point, mais je ne pouvais me décider à faire oui ou non de la tête, et je ne fis donc ni l'un ni l'autre.

« Michael, dit-il en se penchant en avant, accordez-moi une faveur.

— Je vous l'accorde.

— Permettez-moi, pour un instant, de vous parler en ami, et non en éditeur. »

Je haussai les épaules. « Allez-y.

— Eh bien, voilà. Je vous parle donc en ami, et non en éditeur... et j'espère que vous ne le prendrez pas mal... puis-je vous dire... dans un esprit de critique constructive et d'intérêt personnel... que vous avez une sale gueule. »

Je le regardai dans les yeux.

« Vous avez l'air d'avoir vieilli de vingt ans, Michael. »

Je cherchai mes mots. « Quoi... vous voulez dire que j'ai l'air vieux ?

— Le fait est que vous aviez toujours l'air tellement jeune. À l'époque, vous faisiez dix ans de moins que votre âge, et maintenant vous faites dix ans de plus. »

Je réfléchis un instant, résistant à répliquer que, dans ce cas, étant donné les huit années qui s'étaient écoulées, c'est de trente ans que je devrais paraître plus vieux. Mais je ne dis rien, ma bouche s'ouvrant et se fermant comme celle d'un poisson hors de l'eau.

« Alors, qu'est-il arrivé ? demanda Patrick. Que s'est-il passé ?

— Eh bien, je ne sais pas... je ne sais vraiment pas par quoi commencer. » À cet instant, Patrick se leva, mais je continuai de parler. « Les années quatre-vingt n'ont pas été une bonne période pour moi, dans l'ensemble. Je suppose que ç'a été le cas pour beaucoup de gens. » Il avait ouvert un placard et semblait regarder à l'intérieur. « Mon père est mort il y a quelques années, et ç'a été un rude coup pour moi, et puis... eh bien, comme vous le savez probablement, depuis que j'ai rompu avec Verity, je n'ai pas eu beaucoup...

— Ai-je l'air d'avoir vieilli ? » demanda brusquement Patrick. Je me rendis compte qu'il se regardait dans un miroir.

« Pardon ? Non, pas vraiment.

— J'en ai pourtant l'impression. » Il se rassit, et s'affala avec exagération. « Tout cela me semble si loin, votre arrivée dans le bureau, plein de promesses et d'ardeur juvénile.

— Eh bien, comme je le disais, tant de choses se sont passées depuis : d'abord la mort de mon père, qui a été un choc terrible, et puis...

— Je déteste ce travail, vous savez. Je déteste vraiment la tournure qu'il prend.

— Je suis navré de l'apprendre. » J'attendis des commentaires, mais il n'y eut qu'un lourd silence. « En tout cas, repris-je, depuis que Verity et moi nous sommes séparés, je n'ai pas eu beaucoup de succès en matière...

— Je veux dire, ce n'est plus le même genre de travail, à présent. Le métier est devenu méconnaissable. Nous recevons toutes nos instructions d'Amérique et personne ne prête la moindre attention à ce que je dis dans les réunions du comité de lecture. Tout le monde se fout éperdument de la fiction, de la véritable fiction, et les seules sortes de... valeurs dont on tient compte sont celles qui peuvent être ajoutées au bilan financier. » Il se versa un autre gobelet d'eau et en avala une grande lampée comme si c'était du whisky sec. « Et maintenant, voici... voici quelque chose qui va vous faire rire. Vous allez en tomber par terre.

J'ai lu un nouveau roman l'autre jour, en manuscrit. Voulez-vous savoir qui en est l'auteur ?

— D'accord. Dites-le-moi.

— Une de vos amies. Quelqu'un sur qui vous en savez long.

— Je donne ma langue au chat.

— Hilary Winshaw. »

De nouveau, je me trouvai à court de mots.

« Oh oui, ils courent tous après ça, maintenant. Il ne leur suffit pas d'être riches comme des cochons, d'occuper les postes les plus influents à la télévision, d'avoir deux millions de lecteurs qui paient pour gober chaque semaine leurs foutaises domestiques : ces salauds veulent en plus l'immortalité ! Ils veulent que leur nom figure dans le catalogue de la British Library, ils veulent que s'y trouvent les six exemplaires réglementaires, ils veulent pouvoir glisser leur beau volume relié entre Shakespeare et Tolstoï dans la bibliothèque de leur salon. Et ils vont y arriver. Ils vont y arriver parce que les gens comme moi savent trop bien que même si on pense avoir découvert un nouveau Dostoïevski, on n'en vendra pas le quart de ce que pourrait faire n'importe quelle merde écrite par un type qui présente la météo à leur putain de *télévision* ! »

Il hurla presque ce dernier mot. Puis il se rassit et se passa la main dans les cheveux.

« Et à quoi il ressemble, son livre ? demandai-je après lui avoir laissé le temps de se calmer un peu.

— Oh, c'est les âneries habituelles. Des vedettes des médias, dynamiques et impitoyables. Du sexe toutes les quarante pages. Des vieux trucs, une trame mécanique, des dialogues débiles, comme si c'était écrit par un ordinateur. Et ç'a probablement été écrit par un ordinateur. Vide, creux, factice, fabriqué. De quoi faire vomir tout être civilisé, vraiment. » Il fixait le vide d'un regard sinistre. « Et le pire, c'est qu'ils n'ont même pas accepté mon offre. Quelqu'un m'a devancé de dix sacs. Les salauds. Je sais seulement que ce sera le gros succès du printemps. »

Il ne paraissait pas y avoir de moyen facile de rompre le silence qui s'ensuivit. Patrick regardait derrière moi avec des yeux exorbités de grenouille, comme s'il avait complètement oublié que j'étais dans la pièce.

« Écoutez, dis-je enfin en consultant ma montre avec ostentation, je dois vraiment partir car j'ai un autre rendez-vous dans peu de temps. Si vous pouviez simplement me donner votre opinion sur le machin que je vous ai envoyé... »

Le regard de Patrick se tourna lentement vers moi pour me fixer. Un sourire triste et rêveur se dessina sur son visage. Il ne m'avait sans doute pas entendu.

« Mais, après tout, ce sont peut-être des peccadilles, fit-il. Il se passe peut-être des choses bien plus importantes dans le monde, et alors mes petits problèmes ne comptent pas beaucoup. Peut-être serons-nous bientôt en guerre.

— En guerre ?

— Eh bien, ça commence à prendre cette tournure, non ? La Grande-Bretagne et la France ont envoyé des troupes supplémentaires en Arabie saoudite. Dimanche, nous avons expulsé des gens de l'ambassade d'Irak. Et maintenant l'Ayatollah s'y met et appelle à la guerre sainte contre les États-Unis. » Il haussa les épaules. « Je vous le dis, les conséquences de cette situation paraissent très graves, vues d'ici.

— Vous voulez dire que dès que les combats commenceront, Israël sera impliqué et la situation au Moyen-Orient dégénérera. Et puis, si les Nations unies cèdent sous la pression, la Guerre froide sera relancée et nous pourrions nous attendre à un conflit nucléaire localisé ? »

Le regard de Patrick exprima de la pitié pour ma naïveté.

« Ce n'est guère ce qui me préoccupe, répondit-il. Le fait est que si nous ne mettons pas une biographie de Saddam Hussein en librairie dans les trois ou quatre mois à venir, nous allons être baisés par tous les autres éditeurs. » Il eut soudain un éclat désespéré dans les yeux. « Peut-être pourriez-vous en écrire une pour nous ? Qu'en dites-vous ? Six semaines de recherches, six semaines de rédaction. Vingt mille livres d'avance si nous conservons les droits pour la presse et pour l'étranger.

— Patrick, je n'en crois pas mes oreilles. » Je me levai, arpentai la pièce, et le regardai droit dans les yeux. « Je ne peux pas croire que vous soyez l'homme avec qui j'ai eu toutes ces discussions il y a huit ans. Toutes ces histoires autour de la... permanence de la littérature ; la nécessité de voir au-delà de la simple actualité. Je veux dire, qu'ont fait de vous toutes ces années d'édition ? »

Je m'aperçus que j'avais enfin retenu son attention, et, à la façon dont son visage s'allongea, que mon message avait été reçu. Je décidai donc d'enfoncer le clou.

« Vous aviez une telle foi en la littérature, Patrick. Je n'avais jamais vu une foi pareille. Je m'asseyais devant vous pour vous écouter parler et c'était comme... comme une révélation. Vous m'appreniez les vérités éternelles, les valeurs qui transcendent les générations et les siècles, et qui sont inscrites dans les grandes œuvres d'imagination de toutes les cultures. » Je ne pouvais sûrement pas continuer bien longtemps à débiter ces âneries. « Vous m'appreniez à oublier les vérités quotidiennes, les vérités éphémères, les vérités qui paraissent importantes un jour et dépassées le lendemain. Vous me faisiez voir qu'il y avait une vérité supérieure à tout ça. » Je frappai du doigt le manuscrit sur le bureau. « La fiction... c'est ça qui est important. C'est ce en quoi vous et moi croyions autrefois, et c'est ce à quoi je suis revenu aujourd'hui. Je pensais que vous le comprendriez plus que tout autre. »

Il se tut un instant et, lorsqu'il reprit, ce fut d'une voix tremblante d'émotion.

« Vous avez raison, Michael. Je suis désolé, vraiment désolé. Vous êtes venu ici pour avoir mon avis sur quelque chose que vous avez écrit, quelque chose qui vous tient à cœur, et tout ce dont je vous parle, c'est de mes problèmes personnels. » Il me fit signe de me rasseoir. « Allons, installez-vous, et parlons de votre livre. »

Décidé à conserver mon avantage, je levai la main pour l'arrêter, et lui déclarai : « Ce n'est peut-être pas le bon moment. J'ai cet autre rendez-vous, et puis vous avez sans doute besoin d'un peu plus de temps de réflexion pour prendre une décision, donc pourquoi ne pas nous...

— J'ai déjà pris une décision pour votre livre, Michael. »

Je m'assis aussitôt. « Vraiment ?

— Oh oui. Je ne vous aurais pas fait venir si je ne m'étais pas décidé. »

Nous ne dîmes rien durant quelques secondes. C'est moi qui rompis le silence. « Et alors ? »

Patrick s'enfonça dans sa chaise avec un sourire agaçant. « Je pense qu'il vaudrait mieux d'abord que vous m'en parliez un peu. Parlez-moi du contexte. Pourquoi avoir écrit un livre sur les Winshaw ? Pourquoi avoir écrit un livre qui semble avoir commencé comme un essai historique et qui se transforme en roman ? Qu'est-ce qui a bien pu vous en donner l'idée ? »

Je répondis longuement à toutes ces questions, avec précision et véracité. Après quoi, nous gardâmes un instant le silence. Et je repris : « Alors ?

— Alors... je n'ai guère besoin de vous dire que nous avons un sérieux problème avec ce livre, Michael. Il est franchement diffamatoire.

— Ce n'est pas un problème, répliquai-je. Je peux tout changer : les noms, les faits, les lieux, les époques. C'est seulement une esquisse, voyez-vous, c'est seulement une base. Je peux effacer mes pistes, rendre l'ensemble pratiquement méconnaissable. Ce n'est qu'un début.

— Hum, fit pensivement Patrick en se tapotant la bouche avec les doigts. Et alors, qu'est-ce qu'il en restera, exactement ? Il en restera un livre à scandale, au ton fielleux et vindicatif, manifestement écrit dans un esprit de malveillance, et même parfois... vous me permettrez de le dire... empreint de futilité. »

Je poussai un soupir de soulagement. « Donc, vous allez le publier ?

— Je pense. À condition que vous y apportiez les changements nécessaires et, bien sûr, quelque chose qui ait l'air d'un dénouement.

— Bien sûr. Je suis justement en train d'y travailler, et j'espère arriver à quelque chose... bientôt. Très bientôt. » Dans mon allégresse, j'éprouvai un soudain élan de chaleur envers Patrick.

« Vous savez, j'étais certain que ce livre serait parfait pour le marché actuel, mais je ne puis vous dire à quel point j'avais besoin de l'entendre de votre bouche. J'étais embêté, voyez-vous, qu'il soit si différent de mes autres romans...

— Oh, pas si différent que ça, dit-il en agitant la main.

— Vous le pensez ?

— Il y a un net lien stylistique entre ce machin et votre livre précédent, par exemple. J'ai pu aussitôt reconnaître votre voix. À plusieurs égards, il y a les mêmes qualités, et les... » Mais il n'acheva pas.

« Les... ? demandai-je.

— Pardon ?

— Vous alliez dire quelque chose. Les mêmes qualités et les...

— Oh, peu importe. Vraiment.

— Les mêmes faiblesses, c'est ce que vous alliez dire, n'est-ce pas ? Les mêmes forces, et les mêmes faiblesses.

— Eh bien oui, si vous voulez le savoir.

— Et qu'est-ce que cela signifie ?

— Oh, nous ne voulons pas vous ennuyer avec ça maintenant.

— Allons, Patrick, dites-moi tout.

— Eh bien... » Il se leva et s'approcha de la fenêtre. Le parking et le mur de brique ne parurent pas l'inspirer. « Je ne pense pas que vous vous souveniez, n'est-ce pas, de ce dont nous avions parlé lors de notre dernière rencontre. De la dernière conversation que nous avons eue, il y a bien des années. »

Je m'en souvenais très précisément.

« Pas à brûle-pourpoint, non.

— Nous avions beaucoup parlé de votre travail.

Nous avions beaucoup parlé de votre travail précédent, et de votre travail futur, et de votre travail en chantier, et j'avais hasardé une petite critique qui a semblé vous perturber, jusqu'à un certain point. Je ne pense pas que vous vous en souveniez, n'est-ce pas ? »

Je m'en souvenais presque mot pour mot.

« Je n'arrive pas à mettre le doigt dessus.

— J'avais laissé entendre... ma foi, pour être franc, j'avais laissé entendre que vos livres manquaient d'un certain élément de passion. Vous ne vous en souvenez pas ?

— Ça ne me dit rien.

— Non que cette réserve ait eu en soi de quoi vous offenser. Mais j'ai également laissé entendre... et là j'ai été un rien présomptueux, j'imagine... que l'explication à cela pouvait être qu'il manquait également un certain élément de passion dans... voyons, comment dirai-je ?... dans votre vie. À défaut d'un meilleur mot. » Il me regarda intensément, assez intensément pour être poussé à me demander : « Vous vous en souvenez, n'est-ce pas ? »

Je soutins son regard jusqu'à me sentir submergé par l'indignation. « Je ne sais pas comment vous pouvez dire ça, bredouillai-je. Ce livre est plein de passion. Plein de colère, en tout cas. S'il communique quoi que ce soit, c'est ma haine pour ces gens, pour leur diabolisme, pour le mal qu'ils font partout, avec leurs calculs, leurs intérêts, leur influence, leurs privilèges, leur mainmise sur tous les centres de pouvoir ; pour nous avoir tous coincés, pour avoir dépecé dans les règles ce foutu pays pour se le partager, en croyant prendre chacun son dû. Vous ne savez pas ce que c'est, Patrick, que d'être obligé de fréquenter cette famille durant des années ; d'avoir eu, jour après jour, les Winshaw pour seule compagnie. Pour quelle raison croyez-vous que le livre ait pris cette tournure ? Parce que le rédiger de cette façon, dire la *vérité* à leur sujet, était le seul moyen de m'empêcher d'aller les tuer. Ce que d'ailleurs quelqu'un devrait faire un de ces jours.

— D'accord, très bien, laissez-moi alors le dire d'une autre...

— Vraiment, ça me renverse, de vous entendre dire qu'il n'y a pas de passion là-dedans.

— Eh bien, "passion" n'est peut-être pas le mot juste. » Il hésita, mais rien qu'une seconde. « En fait, ce n'est même pas le mot que j'ai employé lors de notre dernière rencontre. Pour parler brutalement, Michael, j'ai fait remarquer qu'il y avait une absence de *sexe* dans vos livres... sexe est le terme exact que j'ai employé, maintenant que j'y réfléchis... et alors j'ai continué en me demandant si cela pouvait signifier... *pouvait*, je ne suis pas allé plus loin dans mes spéculations... qu'il y avait aussi une absence identique... parallèle... concomitante... de... sexe... dans votre... Laissez-moi le formuler d'une autre manière : il n'y a pas de *dimension sexuelle* dans vos livres jusqu'à présent, Michael, et je me suis seulement demandé si cela pouvait être parce qu'il n'y a pas... ou du moins pas beaucoup... de dimension sexuelle dans votre... dans votre vie. C'est ainsi.

— Je vois, dis-je en me levant. Patrick, je suis déçu. Je ne pensais pas que vous étiez de ce genre d'éditeur qui demandent à leurs auteurs de mettre du sexe dans leurs livres pour aider à la vente.

— Non, ce n'est pas ce que je dis. Ce n'est pas du tout ce que je dis. Je dis simplement qu'il y a un aspect capital de l'expérience de vos personnages qui n'a pas trouvé d'expression ici. Vous l'évitez. Vous tournez autour, comme pour vous préserver. Si je ne vous connaissais pas autant, je dirais que vous en avez peur.

— Je ne veux pas en entendre davantage, fis-je en me dirigeant vers la porte.

— Michael ? »

Je me retournai.

« Je vous enverrai un contrat par la poste ce soir.

— Merci. » Je m'apprêtai à sortir, mais quelque chose me retint, et j'ajoutai : « Vous avez touché un point sensible, vous savez, en me parlant d'un... élément qui manque à ma vie.

— Je sais.

— De toute façon, les bonnes scènes de sexe sont très difficiles à écrire.

— Je sais.

— Merci tout de même. » Puis, sur une dernière idée : « Nous devrions déjeuner ensemble, comme dans le temps.

— La boîte ne me donne plus de budget pour les repas avec les auteurs, répondit Patrick. Mais si vous connaissez un endroit bon marché, nous pourrions partager. »

Et il se versa un autre gobelet d'eau tandis que je sortais.

3

Ma rencontre avec Patrick avait duré plus longtemps que prévu, et j'arrivai presque en retard à Vanity House. J'avais espéré déjeuner quelque part en chemin, mais je n'en eus pas le temps, et je dus donc me contenter d'avaler encore du chocolat. J'essayai une de ces nouvelles barres appelées Twirls : des spirales de chocolat croustillant recouvertes d'une riche substance crémeuse et succulente. Pas mal, en fait, même s'ils avaient du culot de la prétendre « nouvelle », alors que sa conception devait beaucoup au Ripple — qui paraissait plus ferme, cependant, plus consistant et plus nourrissant. J'avais également acheté une tablette de Maltesers, mais je n'eus pas envie de l'ouvrir.

Je me réjouissais d'aller à la Peacock Press, en partie pour une raison qui paraîtra sans doute idiote. La première personne à laquelle j'avais parlé là-bas — la personne qui m'avait contacté pour le livre sur les Winshaw — était une femme du nom d'Alice Hastings, et nous avions établi, pensais-je, une complicité immédiate. Je dois ajouter qu'elle était jeune et très belle, et l'attrait de ce projet venait en grande partie de la perspective de la voir de nouveau. Mais ce ne fut pas le cas. Après la première rencontre, je fus confié aux soins d'une certaine Mrs Tonks, femme mûre au parler franc, nullement revêche, qui se chargea pleinement de veiller au progrès du livre. Elle prit sa tâche au sérieux et fit de son mieux pour me faire sentir qu'on s'occupait de moi : à chaque Noël, par exemple, elle m'envoyait, enveloppés dans un papier-cadeau, ses livres préférés parmi les parutions de l'année. Ce fut ainsi que ma bibliothèque se trouva ornée d'ouvrages de choix comme *Les grands plombiers d'Albanie* ; *La mauvaise haleine à travers les âges* ; l'essai novateur du révérend J. W. Pottage : *Il était une fois les plinthes* ; et des mémoires franchement inoubliables — bien que le nom de leur auteur m'échappe — titrés *Une vie dans l'emballage, fragments autobiographiques* ; *volume IX : Les Années polystyrène.* J'appréciais fort cette générosité, mais elle ne me faisait pas pour autant oublier Alice, et dans les rares occasions (pas plus de trois ou quatre) où j'allai au bureau, je ne manquai pas de demander à la rencontrer. Mais le hasard voulut qu'elle fût toujours inaccessible, sortie déjeuner, ou bien partie en vacances, ou encore en rendez-vous avec un auteur. Pourtant, même huit ans après l'avoir vue, je ressentis une douce nostalgie sexuelle, poignante et absurde, en entrant dans le bâtiment, et l'espoir de l'apercevoir ou d'échanger quelques mots avec elle me fit accélérer le pas et appuyer d'un moulinet de la main sur le bouton du neuvième étage.

Cependant, ce jour-là, même la perspective de la modestie efficace de Mrs Tonks était joyeuse : traiter avec elle paraissait délicieusement simple après mon entretien avec Patrick. Tel était du moins mon espoir, en essuyant devant le miroir une trace de chocolat sur ma lèvre inférieure, dans l'ascenseur qui me faisait monter en souplesse.

Toutefois, j'eus le sentiment que quelque chose d'autre se préparait lorsque Mrs Tonks, au lieu de me faire attendre à la réception, se précipita pour m'accueillir dès qu'elle apprit que j'étais arrivé. Son gros visage de femme d'affaires était plus rouge encore que d'habitude, et ses doigts tripotaient nerveusement les pompons de laine qui ornaient sa poitrine pendante.

« Monsieur Owen, dit-elle aussitôt, j'ai essayé de vous téléphoner durant toute la matinée. Je voulais vous épargner un trajet inutile.

— Vous n'avez pas eu le temps de jeter un coup d'œil au manuscrit ? demandai-je en la suivant dans son grand bureau confortable, joliment décoré de bonsaïs et de toiles abstraites.

— J'avais l'intention de le lire aujourd'hui, avant notre rendez-vous, dit-elle en me faisant signe de m'asseoir, mais les circonstances s'y sont opposées. Il y a eu quelques perturbations. Pour tout vous dire, nous avons été cambriolés la nuit dernière. »

Comme toujours, je ne trouvai rien d'intelligent à répondre à cela. Ma réaction fut de dire quelque chose comme : « C'est épouvantable », suivi de « j'espère qu'on ne vous a rien pris de précieux. »

« On ne nous a rien volé, déclara Mrs Tonks. Sauf votre manuscrit. »

J'en eus le souffle coupé.

« Il se trouvait dans le tiroir supérieur de mon bureau, poursuivit-elle. Il semble que le cambrioleur n'ait pas mis longtemps à le trouver. Nous n'avons pas encore fait de déclaration à la police : nous avons voulu vous en parler d'abord. Monsieur Owen, est-ce qu'il y a une raison pour quc ça se soit produit maintenant, si peu de temps après nous l'avoir remis ? Avez-vous fait récemment quelque chose qui ait pu indiquer que vous avez repris vos recherches ? »

Je réfléchis un instant et répondis : « Oui. » Arpentant la pièce avec colère (contre moi-même), je parlai de l'annonce passée dans le journal. « C'était une sorte de déclaration de guerre. Un défi codé. Eh bien, quelqu'un l'a visiblement relevé.

— Vous n'auriez pas dû faire ça, dit Mrs Tonks. Vous n'auriez pas dû donner notre adresse, sans nous consulter d'abord. En tout cas, ça laissait le champ libre. N'importe qui a pu faire ça.

— Non, je ne crois pas, répliquai-je en sentant me venir un soupçon. Certains membres de la famille ont déjà manifesté leur désir de détruire ce livre, et je ne serais pas du tout surpris... »

Mrs Tonks n'écoutait pas.

« Je pense que nous allons devoir en parler avec Mr McGanny, fit-elle. Suivez-moi, voulez-vous ? »

Elle m'emmena à la réception et disparut un moment dans un autre bureau, en me laissant seul avec la secrétaire. Bercé par le doux cliquetis de son clavier d'ordinateur, je me perdis en conjectures sur la manière dont les Winshaw, ou plus probablement un homme de main, avaient pu dérober mon manuscrit. Le candidat le plus manifeste était Henry : après tout, il avait déjà tenté de le brûler. Mais aucun des autres n'était exclu. Cependant, il était peu probable qu'ils aient pensé détruire ainsi le livre : ils avaient sûrement dû se dire que j'en avais plusieurs copies, donc leur but était sans doute de savoir jusqu'où j'avais poussé mes investigations. Je décidai de ne plus me tourmenter avant de posséder quelques éléments supplémentaires. Pour le moment, il me fallait poser une autre question, bien plus urgente.

Je m'approchai du bureau de la secrétaire et déclarai d'un ton faussement détaché : « Je me demandais... est-ce que par hasard Miss Hastings est ici cet après-midi ? »

La secrétaire leva vers moi un regard vide et ennuyé.

« Je ne suis qu'une intérimaire », répondit-elle.

À cet instant précis, Mrs Tonks réapparut et me fit signe de la suivre. Je n'avais jamais rencontré Mr McGanny, le directeur général de la Peacock Press, et je ne savais pas à quoi m'attendre. En premier lieu, la somptuosité de son bureau me prit au dépourvu : un étalage de fauteuils de cuir, et une énorme baie vitrée donnant sur le parc. Quant à l'homme lui-même, je lui donnai une cinquantaine d'années : un visage de cheval — de pur-sang, peut-être, mais du genre maigre et rusé — et, au lieu de l'accent écossais que j'avais supposé, la diction suave d'Oxford ou de Cambridge, d'un Anglais éduqué dans les écoles privées.

« Asseyez-vous, Owen, asseyez-vous, fit-il. » Il était installé à son bureau, et Mrs Tonks était debout près de la fenêtre. « Il y a eu des histoires avec ce livre sur les Winshaw. Qu'allons-nous faire ?

— Je pense que mon type d'enquête a pris une allure trop polémique pour certains membres de la famille, répondis-je. Je pense qu'ils ont voulu avoir un avant-goût précis de ce que je m'étais proposé d'écrire.

— Hum. Eh bien, c'est une façon drôlement tordue d'y arriver, c'est tout ce que je puis dire. Je vais être franc avec vous, Owen, ajouta-t-il en se penchant en avant. Je n'approuve pas la polémique.

— Je vois.

— Mais les choses ont toujours deux facettes. Ce n'est pas moi qui vous ai commandé ce livre, et je me fiche de ce que vous y mettez. C'est l'affaire de Miss Winshaw. C'est à elle de juger de ce qu'il en est, et il me semble que cet arrangement vous laisse plutôt les mains libres, car, comme nous le savons tous, et il n'y a aucune raison de tourner autour du pot, il lui manque une ou deux cases, pour parler poliment.

— En effet.

— Maintenant, je vais vous dire le fond de ma pensée, Owen. Je crois comprendre que, par ses notaires, Miss Winshaw a conclu avec vous un accord financier assez confortable.

— On peut dire ça.

— Et il n'y a rien de mal à vous apprendre qu'elle a agi de même envers vos serviteurs. Par quoi je veux dire notre société. Donc, reprit-il en toussant, le fond de l'histoire c'est qu'il n'y a aucune urgence à finir ce livre. Vraiment aucune urgence. Plus ça dure, mieux ça vaut, pourrait-on dire. Et, du même coup, continua-t-il en toussant de nouveau, j'espère qu'il n'est pas question que vous l'abandonniez sous prétexte de telle ou telle tentative d'intimidation... »

Un interphone sonna sur son bureau.

« Oui ? » fit-il en pressant un bouton.

La voix de la secrétaire répondit : « J'ai finalement pu joindre le lieutenant-colonel Fortescue, monsieur. Il affirme qu'il a envoyé un chèque par la poste la semaine dernière.

— Hum. Adressez-lui le courrier habituel. Et ne me dérangez plus pour rien.

— Mais, monsieur, votre fille a également téléphoné.

— Je vois... pour annuler le dîner, j'imagine. Elle doit préférer voir un nouveau petit ami.

— Pas exactement : elle a dit que son audition pour cet après-midi avait été reportée et qu'elle allait donc vous rejoindre plus tôt. Elle est déjà en chemin.

— Ah, très bien, merci. »

Mr McGanny réfléchit quelques secondes puis se leva brusquement.

« Eh bien, Owen, je crois que nous nous sommes tout dit pour le moment. Nous sommes tous deux des hommes très occupés. Comme l'est bien sûr Mrs Tonks. Il n'y a aucune raison de traîner quand il y a du travail en attente.

— Je vous raccompagne jusqu'à l'ascenseur, fit Mrs Tonks en venant me prendre par le bras.

— Ravi de vous avoir enfin rencontré, Owen, dit Mr McGanny en me poussant vers la porte. Il faut plier mais ne pas rompre, n'est-ce pas ? »

Mais je fus mis dehors avant d'avoir le temps de répondre.

« Comment rentrez-vous ? demanda Mrs Tonks, qui me surprit en descendant avec moi par l'ascenseur. Vous prenez un taxi ?

— Ma foi, je n'y ai pas vraiment réfléchi...

— Je vais vous en appeler un », dit-elle. Et, d'un pas déterminé, elle m'accompagna dans la rue pour héler une voiture.

« Vraiment, ce n'était pas nécessaire, fis-je en ouvrant la portière et en m'attendant presque à la voir monter avec moi.

— N'en parlez pas. Nous aimons choyer nos

auteurs. Surtout », en minaudant, « ceux qui sont importants. »

La voiture partit et s'immobilisa presque aussitôt à un feu rouge. Je vis alors un autre taxi passer en sens inverse pour s'arrêter devant l'entrée principale de Vanity House. Une femme en sortit, je me tournai avec curiosité pour mieux la voir, en supposant que c'était la fille de Mr McGanny, mais non, à ma grand surprise, et à mon grand — et irrationnel — ravissement, ce n'était nulle autre qu'Alice Hastings.

« Alice ! lançai-je par la fenêtre. Alice, bonjour ! »

Penchée pour payer le chauffeur, elle ne m'entendit pas. Le feu passa au vert, et mon taxi se remit en route. Je dus donc m'en tenir au plaisir de constater qu'elle travaillait toujours pour l'édition et qu'elle n'avait pratiquement pas changé depuis notre première et seule rencontre, pour autant que j'aie pu le voir.

Quelques minutes plus tard, mon chauffeur ouvrit la vitre qui nous séparait pour me dire : « Excusez-moi, mon vieux, mais est-ce que par hasard vous connaissez quelqu'un qui voudrait vous suivre ?

— Me suivre ? Pourquoi ?

— Regardez cette 2CV bleue. Deux voitures derrière nous. »

Je me retournai pour jeter un coup d'œil.

« C'est difficile à dire avec ces embouteillages, reprit-il, mais elle continue de nous suivre après deux carrefours, et donc je me suis demandé...

— Ce n'est pas impossible, répondis-je en m'efforçant d'apercevoir le chauffeur de la Citroën.

— Eh bien, je vais accélérer un peu, et on va voir ce qui se passe... » Il ne dit plus rien jusqu'à ce que nous ayons presque atteint Battersea. « Non, nous l'avons perdue, fit-il alors. J'ai dû me faire des idées. »

Je poussai un long soupir de soulagement et m'enfonçai dans mon siège. Ç'avait été une longue journée. Tout ce que je voulais, c'était passer la soirée seul dans mon appartement avec la télévision et le magnétoscope. J'avais vu suffisamment de gens pour un bon moment. C'était épuisant. Je ne voulais même pas voir Fiona.

Le chauffeur me rendait la monnaie par la vitre lorsqu'une 2CV bleue accéléra bruyamment pour nous dépasser.

« Ah ben ça alors, ça me les coupe ! fit mon chauffeur en la regardant. Elle nous suivait vraiment. Vous devriez faire attention, mon vieux : j'ai l'impression que quelqu'un en a après vous.

— Vous avez peut-être raison, murmurai-je tandis que la voiture disparaissait au coin de mon immeuble. Il se peut très bien que vous ayez raison. »

En même temps, je ne pouvais m'empêcher de penser : Une vieille 2CV déglinguée ? Est-ce que même Henry Winshaw pouvait être fourbe à ce point ?

HENRY

21 novembre 1942

Seize ans aujourd'hui ! Les parents m'ont offert ce super carnet de cuir où je vais noter mes pensées les plus secrètes à partir de maintenant[1].Et bien sûr £ 200 sur mon compte d'épargne que je ne pourrai pas toucher pendant encore cinq ans. C'est embêtant !

Dans l'après-midi, ils ont organisé un goûter vraiment génial. Binko, Puffy, Meatball et Squidge étaient tous là, et aussi une ou deux représentantes du beau sexe, comme l'exquise Wendy Carpenter, qui ne m'a pas beaucoup parlé, malheureusement[2]. Thomas était prétentieux et se donnait de grands airs, comme d'habitude. Mais la grande surprise, ç'a été de voir oncle Godfrey tomber du ciel. Apparemment, il était en congé à

1. *Note de l'éditeur* : Henry Winshaw est resté fidèle à cette décision. Son journal peut être considéré comme un des plus prolifiques qu'aient laissés nos hommes politiques. Il comporte environ quatre millions de mots au total, et son édition s'est révélée être une tâche énorme, mais on espère du moins pouvoir en publier le premier volume l'année prochaine. En attendant, ces quelques courts extraits serviront de hors-d'œuvre.

2. Cette timidité semble avoir été vite surmontée : Miss Carpenter a épousé Henry Winshaw au printemps 1953.

Winshaw Towers, et il a fait tout ce chemin en voiture rien que pour venir nous voir ! Dans son uniforme de la Royal Air Force, il avait une allure terrible ! Il est monté avec moi dans ma chambre pour voir mes Spitfires miniatures, et alors on a eu une conversation drôlement sérieuse sur El Aleimen, qui était juste ce qu'il fallait pour remonter le moral de tout le monde. Il a dit que les types regardaient déjà vers un avenir bien meilleur après la guerre, et il s'est mis à parler avec enthousiasme de quelque chose appelé le Rapport Beaveredge[1](?), qui prétend, paraît-il, que le niveau de vie va s'élever pour tous, même pour les ouvriers et les gens du même genre. Avant de partir, il m'a glissé un billet de cinq livres dans la poche sans dire un mot. C'est vraiment l'oncle le plus chic qu'un mec comme moi peut avoir.

15 décembre 1942

La pire journée que j'aie connue, de loin. Des scènes affreuses à Winshaw Towers, où nous sommes allés rendre hommage à la mémoire du pauvre oncle Godfrey. Personne n'arrive à croire qu'il est mort : il y a à peine un mois, il est venu à mon anniversaire[2]. La cérémonie était sinistre,

1. *Social Insurance and Allied Services (Assurance sociale et Services alliés)* par William Henry Beveridge (1879-1963) est devenu le livre de référence de la législation sociale britannique d'après guerre et a en particulier jeté les bases de la Sécurité sociale (voir plus bas, *passim*).

2. Godfrey Winshaw (né en 1909) avait été abattu par les Allemands au-dessus de Berlin le 30 novembre 1942. Pour un exposé plus complet, quoique assez hypothétique, de la crise familiale qui s'ensuivit, voir Michael Owen ; *The Winshaw Legacy : A Family Chronicle (Le Legs des Winshaw : Une chronique familiale)* (Peacock Press, 1991).

avec mamie et papie qui avaient l'air effondrés, et la chapelle qui était glaciale, avec le vent qui hurlait dehors. Tout y était. La veille, nous avons dormi dans la maison même, et l'ambiance était terriblement lugubre. La nouvelle a rendu complètement timbrée la pauvre tante Tabs ; elle s'est mise à accuser oncle Lawrence d'avoir assassiné son propre frère ! Elle s'est jetée sur lui dans le couloir quand il est descendu pour le dîner ; elle a essayé de le frapper à la tête avec un maillet de croquet. C'est paraît-il la sixième fois que ça se produit. On a essayé de me cacher ce qui se passait, mais alors que nous étions tous à table des médecins sont arrivés et j'ai pu entendre la pauvre vieille tatie hurler pendant qu'ils l'emmenaient à la porte. Et puis j'ai entendu partir l'ambulance et nous ne l'avons plus revue. Maman dit qu'on l'a emmenée dans un endroit où « on s'occupera bien d'elle ». J'espère qu'elle va se rétablir vite.

En tout cas, je comprends ce qu'elle peut ressentir. La cérémonie nous a serré la gorge, et j'ai été d'humeur sombre durant tout le reste de l'après-midi, plein de pensées profondes sur la futilité de la guerre et de tout le boucan qu'on fait autour. Pendant le trajet de retour en voiture, je me suis mis à composer mentalement une sorte de poème :

À la mémoire d'oncle Godfrey

Pleurez, pleurez, tristes guerriers,
Celui d'entre vous qui a succombé !
Le vent qui hurle autour de nous,
Chaque goutte de pluie, chaque feuille qui tombe,
Tout est en deuil du fils de Matthew
Si cruellement tué par le Hun Immonde.

Nous l'appelions notre « oncle God »
Mais de la victoire il n'entendra pas l'ode
Maintenant qu'il gît sous le gazon,
Et nourrit les fleurs du Yorkshire [1]
Tandis que de la guerre continue le char.
Las, quelle joie amère, si jamais nous gagnons !

Quand papa est venu me dire bonsoir, je lui ai déclaré que je ne croyais pas pouvoir supporter d'aller à la guerre. Cette seule idée est trop épouvantable. Je ne sais pas ce que je ferai lorsqu'arrivera mon ordre de mobilisation. Mais il m'a répondu de ne pas m'inquiéter pour ça et a ajouté quelque chose de mystérieux sur les rouages et les pistons. Je n'ai pas bien compris ce qu'il a voulu dire, mais je me suis couché en me sentant étrangement réconforté.

12 novembre 1946

Après d'empoisonnants travaux pratiques avec Mr Goodman, mon nouveau — et en fait assez décrépi — professeur de probabilités, suis allé faire un tour à pied dans les jardins de Magdalen. Oxford superbe par cette soirée d'automne. Me sens de plus en plus chez moi ici. Après quoi, ai finalement décidé d'assister à une réunion de l'Association des conservateurs. Papa sera très content. (Je dois lui écrire à ce sujet.)

Et maintenant, cher Journal, je vais te confier une information ultra-secrète : le fond de l'histoire, c'est que JE CROIS QUE JE SUIS AMOUREUX.

1. Ces deux vers n'ont pas grand sens, étant donné que le corps de Godfrey Winshaw n'a malheureusement jamais été rapatrié d'Allemagne. L'excès de chagrin a dû aveugler sur ce point l'impressionnable jeune Henry.

Oui ! Pour la toute première fois ! À la tête de l'Association, il y a une fille de Somerville appelée Margaret Roberts et je dois dire qu'elle est à tomber par terre[1] ! Une chevelure châtain absolument superbe — j'avais envie de m'y enfouir le visage. La plupart du temps, je n'ai rien pu faire d'autre que la regarder avec les yeux écarquillés, mais j'ai fini par avoir le cran de me lever pour lui dire combien la réunion m'avait plu. Elle m'a remercié et m'a dit qu'elle espérait me revoir. Qu'on essaie de m'en empêcher !

Elle a fait un discours éblouissant. Tout ce qu'elle a dit était vrai. Entièrement vrai. Je n'avais jamais entendu parler aussi clairement.

Mon cœur et mon esprit t'appartiennent, Margaret. Tu peux en faire ce que tu veux.

11 février 1948

Oncle Lawrence m'a rendu visite aujourd'hui. C'est une bonne nouvelle, parce que je n'ai déjà plus un rond (à la moitié du trimestre !) et qu'on peut toujours compter sur le vieux pour vous glisser quelque chose dans la poche avant de s'en aller. Gillam était dans ma chambre quand l'oncle est arrivé, à midi et demi environ, donc il est venu déjeuner avec nous. J'ai craint des étincelles, car ils ne tarderaient certainement pas à parler politique, mais finalement tout s'est passé dans la bonne humeur. Gillam est entièrement acquis aux travaillistes — c'est un sujet que nous avons toujours essayé

1. Margaret Hilda Roberts (née à Grantham, Lincs., le 13 octobre 1925), puis Margaret Thatcher, puis baronne Thatcher of Kesteven, devint présidente de l'Association des conservateurs de l'université d'Oxford en automne 1946.

d'éviter entre nous, car mon opinion intime est qu'il ne peut dire que des âneries. Quoi qu'il en soit, oncle Lawrence a vite flairé en lui un bevaniste[1] endurci, et s'est mis à le tarabuster à tout propos. Il lui a demandé ce qu'il pensait d'un système de Sécurité sociale et naturellement Gillam lui a répondu avec transport. Mais alors, a dit l'oncle, dans ce cas, comment se fait-il que tous les médecins y soient opposés ? — car il paraît que vendredi dernier l'Ordre des médecins a de nouveau voté contre le principe. Gillam a dit quelque chose de peu convaincant sur les forces réactionnaires à combattre, et alors l'oncle lui a coupé l'herbe sous les pieds en répliquant qu'en fait, en tant qu'homme d'affaires, il trouvait très sensée l'idée d'avoir un système de santé centralisé, parce que en définitive on pouvait le gérer comme une affaire, avec des actionnaires, un conseil d'administration et un directeur, la seule façon de s'assurer de son efficacité étant de lui appliquer la loi des affaires, c'est-à-dire d'en tirer du profit. Tout cela était bien sûr une abomination absolue pour Gillam. Mais l'oncle était complètement lancé, il a continué en affirmant que la Sécurité sociale, bien gérée, pouvait se révéler l'affaire la plus profitable de tous les temps, parce que les soins de santé sont comme la prostitution, une chose pour laquelle la demande est fondamentale et inépuisable. Il a déclaré que si quelqu'un pouvait se faire nommer administrateur d'une Sécurité sociale privatisée, il deviendrait vite l'homme le plus riche et le plus puissant du pays.

1. Aneurin « Nye » Bevan (1897-1960) député travailliste pour Ebbw Vale qui fit adopter en 1946 la loi sur la Sécurité sociale. Biographie : *Aneurin Bevan*, par Michael Foot (2 vol., Londres, 1962 et 1973).

Gillam a objecté que cela ne se produirait jamais, parce que l'élément qui était en jeu — la vie humaine — ne pouvait être quantifié. La qualité de la vie, a-t-il dit, n'est pas une chose pour laquelle on peut fixer un prix, et il a ajouté : malgré tout ce que peuvent en dire les Winshaw. C'était une allusion assez flatteuse à un court article que j'ai donné l'année dernière à la Société pythagoricienne, sous le titre de « La Qualité est quantifiable » — dans lequel j'ai voulu montrer (assez frivolement, il faut dire) qu'il n'y avait aucun état, spirituel, métaphysique, psychologique, émotionnel, qui ne pouvait trouver son expression dans une formule mathématique. (Cet article semble avoir fait un certain bruit : Gillam a dit à l'oncle, en passant, que son titre était régulièrement cité chaque fois que mon nom venait dans la conversation.)

Après le déjeuner, je suis allé prendre le thé avec l'oncle dans ma chambre. Je l'ai félicité de s'être si bien moqué de Gillam, mais il m'a répondu qu'il avait parlé très sérieusement, et que je ferais bien de ne pas oublier ce qu'il avait dit sur la Sécurité sociale. Il m'a demandé ce que je comptais faire en quittant Oxford et je lui ai répondu que je n'avais rien décidé, mais que j'entrerais probablement dans l'industrie ou dans la politique. Il m'a alors demandé : quel bord politique ? et je lui ai dit que je n'en savais rien, et il m'a déclaré que ça ne faisait pas beaucoup de différence pour le moment, que tout le monde était beaucoup trop à gauche, par réaction contre Hitler. Puis il a dit qu'il y avait plusieurs sociétés où il pourrait me trouver un poste, si je voulais : il n'était pas question de commencer à la base, alors que je pouvais aussitôt faire partie de la direction. Je n'avais jamais été beaucoup attaché à oncle Lawrence jusqu'à présent, mais maintenant il me paraît vraiment être un chic type. Avant de s'en aller, il m'a donné quatre-vingts livres en billets de dix, ce qui va largement me permettre de voir venir les prochaines semaines [1].

*

SERVICE DE TRANSCRIPTION DE LA BBC
TITRE DE L'ÉMISSION : « Sujets du moment »
18 juillet 1958
PRÉSENTATEUR : Alan Beamish [2]

BEAMISH : ... Nous allons maintenant poursuivre avec une nouvelle rubrique que nous avons appelée « Député de base » et qui, nous l'espérons, fera l'objet d'une programmation régulière. Si nous voulons connaître la position du Premier ministre sur un sujet particulier, ou... euh... celle du Chef de l'Opposition, par exemple, nous savons où nous

1. Là se trouve une regrettable lacune dans le journal. Soit que Henry Winshaw n'ait pris aucune note durant les années 1949-1959, soit, ce qui est plus probable, que les volumes correspondants aient été irrémédiablement perdus. Quelle qu'en soit l'explication, nous manquons de témoignage sur son ascension rapide dans l'industrie après son passage à Oxford, sur sa désignation comme candidat travailliste en 1952, sur son mariage l'année suivante, et sur son élection au Parlement en 1955 (à l'occasion, ironiquement, d'un désastre électoral des travaillistes dans tout le pays). Dans mes recherches de tout document susceptible de donner un aperçu du flair politique du jeune député, j'ai pu seulement déterrer dans les archives de la BBC le compte rendu suivant.

2. Alan Beamish (1926-) remarquable journaliste de radio et de télévision, qui a débuté sa carrière comme correspondant politique de la BBC, puis s'est fait un nom comme producteur inventif dans les années soixante et soixante-dix, tout en apparaissant de temps en temps devant les caméras. Après une expérience malheureuse à la télévision privée, il a brusquement pris sa retraite en 1990.

informer. Il suffit de lire les journaux ou d'écouter la radio. Mais que dire... euh... du député ordinaire, du député sans portefeuille, du député de base, qui est élu pour défendre au mieux les intérêts de sa circonscription ? Que pense-t-il de... euh... des grandes questions politiques du jour ? Pour nous aider à le savoir, j'ai le plaisir d'accueillir dans le studio notre premier invité pour cette série, Henry... euh... Winshaw, député travailliste de Frithville et Ropsley. Bonsoir, Mr Winshaw.

WINSHAW : Bonsoir. Eh bien, ce que le gouvernement ne veut pas comprendre...

BEAMISH : Un instant, Mr Winshaw. Si vous me permettez de vous interrompre avec quelques... euh... petites informations biographiques, pour que les téléspectateurs puissent se familiariser avec vous...

WINSHAW : Oh, oui, certainement, allez-y.

BEAMISH : Donc, vous êtes né dans le Yorkshire, je crois, et vous avez un diplôme de mathématiques de... euh... l'université d'Oxford. Après vos années d'études, vous êtes entré dans l'industrie. Vous étiez, si je ne me trompe, président du conseil d'administration de Lamber and Cox au moment où vous vous êtes présenté comme candidat du parti travailliste.

WINSHAW : En effet, c'est cela.

BEAMISH : Vous avez été élu au parlement en 1955, mais vous avez conservé votre poste chez Lambert, et en même temps vous avez continué à être... euh... un membre actif du conseil d'administration de Spraggon Textiles and Daintry Ltd.

WINSHAW : Eh bien, j'ai toujours pensé qu'il était très important de garder le contact avec... hum... le monde productif, au ras des pâquerettes, pour ainsi dire.

BEAMISH : Naturellement, compte tenu de vos rapports étroits avec... euh... les affaires industrielles, vous devez avoir une opinion précise sur la récente décision de Mr Amory[1] d'assouplir les restrictions de crédit.

WINSHAW : Ça, sûrement. Et ce que le gouvernement refuse tout simplement de comprendre c'est que...

BEAMISH : Mais avant d'aborder ce sujet, je pense que nous devrions peut-être considérer les choses dans une perspective... euh... plus globale, car après tout un seul événement a ces jours-ci dominé les débats de la Chambre des communes, et c'est bien sûr la... euh... révolution en Irak[2]. Vous avez dû suivre ces débats avec intérêt.

WINSHAW : Ah ! Eh bien, je ne suis pas allé à la Chambre cette semaine aussi souvent... hum... aussi souvent que je l'aurais voulu. Mes obligations professionnelles ont... je veux dire mes obligations de député dans ma circonscription, bien entendu... ont été... hum... très prenantes.

BEAMISH : Mais, par exemple, quel peut être selon vous l'impact de l'insurrection du général de brigade Kassem sur l'équilibre du pouvoir ?

WINSHAW : Eh bien... eh bien, comme vous le savez, la situation dans tout le Moyen-Orient est très délicate.

1. Derick Heathcoat Amory (1899-1981), premier vicomte Amory, député conservateur de Tiverton et chancelier de l'Échiquier de 1958 à 1960.

2. Au matin du 14 juillet 1958, la radio de Bagdad annonça que l'Irak avait été « libéré d'une bande corrompue installée par l'Impérialisme ». Le roi Faïçal, le prince héritier Abdul Ilah et le général Nuri es-Saïd furent assassinés lors du coup d'État, et un régime républicain fut proclamé. À la requête du roi Hussein des troupes de parachutistes britanniques furent envoyées en Jordanie pour surveiller la région.

BEAMISH : C'est vrai. Mais je crois juste de dire que ç'a été un coup d'état particulièrement meurtrier, même pour la région.

WINSHAW : En effet.

BEAMISH : Pensez-vous que Mr Macmillan[1] va se heurter à des problèmes pour reconnaître le nouveau gouvernement ?

WINSHAW : Oh, je suis sûr qu'il sait à quoi ils ressemblent. Je suppose qu'il est très au courant de ce qui se passe dans ce coin de la planète.

BEAMISH : Non, ce que je veux dire, Mr Winshaw... ce que je veux dire, c'est que certains milieux s'inquiètent de l'effet que pourra avoir l'instauration brutale d'un régime gauchiste sur nos perspectives commerciales avec l'Irak. Et aussi bien entendu sur nos relations en général.

WINSHAW : Personnellement, je n'ai pas d'amis ni de relations en Irak, mais ceux qui en ont là-bas seraient bien avisés de les faire revenir tout de suite, dirais-je. Ça sent vraiment mauvais là-bas, pour le moment.

BEAMISH : Laissez-moi le formuler d'une autre façon. Il y a eu une vive émotion à la Chambre lorsque Macmillan a décidé d'envoyer des troupes dans la région. Pensez-vous que nous allons devoir faire face à un autre Suez ?

WINSHAW : Non, je ne le pense pas, et je vais vous dire pourquoi. Suez, voyez-vous, c'est un canal : un très grand canal, n'est-ce pas, qui traverse l'Égypte. Il n'y a aucun canal en Irak. Absolument aucun. C'est là un facteur essentiel qui a été négligé par les gens qui ont essayé de faire cette comparaison.

1. Harold Macmillan (1894-1984), plus tard comte de Stockton. Député conservateur de Bromley et Premier ministre de 1957 à 1963.

Donc je crois vraiment que cette comparaison ne résiste pas à l'examen.

BEAMISH : Enfin, Mr Winshaw, ne voyez-vous pas de l'ironie dans le fait que ce coup d'état... tellement contraire, jusqu'à nouvel ordre, à nos intérêts nationaux... ait été accompli par une armée entraînée et équipée par les Britanniques ? Les gouvernements britannique et irakien ont traditionnellement coopéré de très près en ce domaine. Pensez-vous qu'il faille maintenant rompre ce cordon militaire ?

WINSHAW : Eh bien, j'espère sincèrement que non. J'ai toujours pensé que les cordons militaires irakiens étaient très seyants, et je sais qu'il y a beaucoup d'officiers britanniques qui les arborent avec fierté. Ce serait un triste jour pour notre pays si une telle chose arrivait.

BEAMISH : Eh bien, je crois que nous avons dépassé notre temps d'antenne, et il ne me reste plus qu'à vous remercier, Henry Winshaw, d'avoir accepté notre invitation. Et maintenant, à vous Alastair, pour notre reportage.

WINSHAW : Est-ce qu'il y a un bar ici ?

BEAMISH : Euh, je crois que nous sommes encore à l'antenne.

*

5 février 1960

Le choc de ma vie. N'ayant pas grand-chose à faire ce matin, j'ai traîné à la Chambre vers onze heures. L'ordre du jour n'était pas prometteur : seconde lecture du projet des corps publics (admission de la presse aux séances). Ce devait être le premier discours du nouveau député de Finchley, une certaine Margaret Thatcher : le diable m'emporte si ce n'est pas la même personne que cette Margaret Roberts qui m'avait tapé dans l'œil à l'Association des conservateurs d'Oxford ! Bon Dieu, il y a quinze ans ! Elle a fait un début tout à fait splendide — tout le monde l'a félicitée avec effusion — quoique j'aie la honte de devoir avouer que je n'ai pas compris la moitié de ce qu'elle a dit. Pendant qu'elle parlait, les années ont paru s'effacer, et j'ai dû finir par la regarder bouche bée comme un adolescent frustré. Ces cheveux ! Ces yeux ! Cette voix !

Ensuite, je me suis approché d'elle dans le corridor pour voir si elle me reconnaissait. Je crois que oui : mais elle ne me l'a pas dit. Elle est mariée, maintenant, bien sûr (à un chef d'entreprise, ou quelque chose de ce genre), avec des enfants (des jumeaux)[1]. Quelle fierté, quelle magnifique fierté doit éprouver cet homme ! Elle était en train de partir pour le retrouver, et nous n'avons parlé que quelques minutes. Puis j'ai dîné seul à la Chambre, et je suis rentré dans ma piaule. J'ai téléphoné à Wendy, mais je n'avais pas grand-chose à dire. Elle avait l'air saoule.

Quel boulet elle est devenue ! Même son nom — Wendy Winshaw — semble absurde. Je n'ose plus me montrer en public avec elle. Ça fait maintenant 3 ans et 247 jours qu'il n'y a pas eu de coït (avec elle, veux-je dire).

J'ai demandé à Margaret ce qu'elle pensait de Macmillan et de ses vents de réformes[2]. Elle ne

1. Margaret Roberts avait épousé Dennis Thatcher, alors directeur général de l'Atlas Preservative Co., en décembre 1951. Leur fils Mark et leur fille Carol naquirent deux ans plus tard. (L'Atlas fut vendue à la Castrol pour £ 560 000 en 1965.)

2. Le 3 février 1960, Macmillan avait fièrement déclaré au parlement sud-africain, au Cap, qu'« un vent de réforme souffle sur le continent ». Certains membres de son propre parti

s'est pas beaucoup prononcée, mais j'imagine qu'elle n'en pense pas moins. Ni elle ni moi ne pouvons nous permettre de jouer cartes sur table à ce stade.

J'ai le sentiment, comme je l'ai eu dès notre première rencontre, mais sans doute maintenant avec davantage de raisons, que nos destinées sont inextricablement liées.

20 septembre 1961

Cet après-midi, coup de téléphone impertinent du Whip, qui a eu vent de notre petit contretemps à Winshaw Towers ce week-end [1]. Ne me demandez pas comment — la chose était dans le journal local, mais Lawrence a certainement fait en sorte que ça n'aille pas plus loin. Maudite famille ! Si jamais ça commence à sentir le roussi... eh bien, qu'ils ne comptent pas sur moi !

En tout cas, le Whip voulait s'informer sur la maladie de Tabitha, et savoir si nous n'avions pas d'autres déséquilibrés mentaux cachés dans notre grenier. J'ai fait de mon mieux pour le rassurer, mais il n'a pas eu l'air entièrement convaincu. Si ça parvient aux oreilles de Gaitskell [2] (ce dont je

avaient considéré comme dangereusement progressiste sa position en ce domaine.

1. Le 16 septembre 1961, un individu s'était introduit dans la demeure familiale dans des circonstances assez mystérieuses, et avait trouvé la mort lors d'un violent affrontement avec Lawrence Winshaw. L'incident avait suscité peu de commentaires sur le moment, mais on peut en trouver une version nettement dramatisée dans Owen, *op. cit.*

2. Hugh Todd Naylor Gaitskell (né en 1906), député de South Leeds et chef du parti travailliste de 1955 jusqu'à sa mort soudaine en 1963.

suis certain), qu'en sera-t-il de mes perspectives ministérielles ?

14 juillet 1962

Vertueuse indignation dans les journaux à propos du remaniement ministériel de Macmillan. Je dois dire que virer sept ministres en une nuit me semble un très joli tour. Pour ma part — non que je puisse dire ça à quiconque, bien entendu — j'admire son cran, et j'en suis agréablement surpris. Franchement, nous devrions nous montrer aussi impitoyables dans notre parti, et nous débarrasser de tous les béni-oui-oui qui ont permis aux communistes de s'infiltrer — le grabuge de Glasgow en étant la meilleure preuve[1]. J'avais espéré, pour être honnête, que toutes ces absurdités auraient disparu avec Bevan. Quelle place y a-t-il pour moi si le parti glisse de plus en plus vers la gauche ? On dit que Wilson pourrait être notre prochain chef, ce qui compléterait le désastre. D'abord, cet homme me déteste et me méprise. Il ne me salue jamais, ni aux réunions, ni à la Chambre[2]. Sept satanées années que je m'assieds sur ces bancs, et je veux être pendu si ça ne finit pas par me rapporter quelque chose.

1. Le 6 mai 1962, le discours de Gaitskell à Glasgow avait été interrompu par des partisans de l'unilatéralisme, ce qui avait fait supposer une infiltration des trotskistes parmi les jeunes travaillistes.

2. Harold Wilson (1916-), baron Wilson of Rielvaux, devint en effet chef du parti travailliste le 14 février 1964. Il est possible, cependant, que Winshaw ait surestimé l'étendue de son animosité à son égard. J'ai pu trouver un témoignage de l'attitude de Wilson dans un entretien qu'il a accordé au *Times* en novembre 1965. Le nom de Winshaw est mentionné à propos de l'abolition de la peine de mort (à laquelle il était opposé), et le Premier ministre a alors demandé : « Qui donc ? »

8 novembre 1967

Brève mais humiliante conversation avec Richard Crossman[1] dans le salon de thé cet après-midi. Il m'a ostensiblement abordé pour me féliciter pour ma nomination, mais il y avait de la moquerie là-dessous. Je l'entendais dans sa voix. Le salaud ! Alors, sous-secrétaire du parlement, c'est un pas de plus vers le perchoir, n'est-ce pas ? Il n'y a pas lieu de me faire des illusions, pourtant. Le fait est que si j'étais de l'autre bord, je serais près de la tête du cabinet fantôme, à présent. Je me bats du mauvais côté, cela devient de plus en plus évident. Wilson et sa bande de copains n'ont pas la moindre idée de ce que peut être un homme capable. Ils n'ont aucune vision.

C'est le noir complet sur le front financier, aussi. Sous ce gouvernement bancal, il devient impossible aux affaires de progresser — c'est comme pédaler dans la choucroute. Les profits ont chuté de 16 % à l'Amalgamated, de 38 % à l'Evergreen. Dorothy semble s'en sortir assez bien, cependant, donc sa proposition d'un poste hors de la direction commence à me paraître de plus en plus séduisante. Dois-je me retirer à la prochaine élection et abandonner complètement cette course de rats ?

Évidemment, rien ne me garantit que je pourrais rempiler, de toute façon. Ce ne sont certainement pas les rares apparitions de Wendy dans le patelin qui pourront m'y aider. Sale idiote : avec

1. Richard Homard Stafford Crossman (1907-1974), député travailliste de Coventry East, était à l'époque président de la Chambre des communes. Curieusement, son journal tout aussi copieux ne fait aucune allusion à cette conversation.

tout ce qu'elle ingurgite, elle a de la chance de ne pas avoir eu d'accident. Elle aurait pu se tuer.

(Dangereuse façon de penser, Winshaw. Très dangereuse.)

19 juin 1970

Eh bien, nous avons mérité de perdre[1]. Maintenant le pays va avoir le gouvernement le plus ferme qu'il ait connu depuis la guerre, et c'est une bonne chose. Toute cette complaisance dégueulasse a besoin d'être secouée.

Margaret a enfin obtenu un cabinet ministériel : l'éducation. Elle y fera merveille, j'en suis persuadé.

Keith Joseph[2] est à la santé. Je sais à peine qui il est. Il ne m'a pas fait grande impression. Tout ce que j'ai remarqué en lui, c'est un éclair maniaque dans l'œil, ce que j'ai trouvé un peu déconcertant.

Ma majorité est tombée à 1 500. Pour être franc, j'ai été étonné qu'elle soit si importante — mais ces gens voteraient pour n'importe quel fantoche portant l'étiquette « travailliste ». Quelle sinistre farce !

27 mars 1973

Les débats sur les réformes Joseph de la Sécurité sociale[3] ont traîné un jour de plus, à cause de

1. Démentant les sondages, les conservateurs avaient obtenu une majorité de 31 sièges à la Chambre, avec 46,4 % des suffrages nationaux. Edward Heath (1916-) devint Premier ministre.

2. Keith Sinjohn Joseph (1918-), baron Joseph of Portsoken. Ministre de la Santé (1970-1974) puis de l'Industrie (1974-1981) et de l'Éducation (1981-1986).

3. La loi de réorganisation de la Sécurité sociale (1973) est passée en troisième lecture le 19 juin à la Chambre des communes avec une majorité de 11 voix.

pinaillages habituels et du peu de talent de l'orateur. Je ne suis pas resté tout le temps — je suis entré et sorti durant la journée. Le projet n'est pas vraiment ce qu'il devrait être, mais c'est un pas dans la bonne direction : une administration plus efficace, davantage d'éléments extérieurs dans les divers conseils — des « civils » ; je suppose que ça veut dire des hommes d'affaires. Ça pourrait bien être le début d'un processus de démantèlement. Je dois donc chercher les moyens de faire ma sortie.

Le vote a finalement eu lieu vers 22 h 15. J'ai fait mon devoir, apparemment comme il convenait. Mais je vais essayer d'aborder Sir Keith un de ces prochains jours pour lui faire comprendre de quel côté je me suis vraiment mis. Il a l'air d'être un type capable de garder un secret.

3 juillet 1974

J'ai oublié de le noter sur le moment, mais Wendy est morte la semaine dernière. Personne n'en a vraiment été surpris — moi moins que tout autre. Vingt cachets d'aspirine et un plein flacon de scotch. Elle n'a jamais rien fait à moitié, cette femme.

Obsèques ce matin. J'ai filé sur l'autoroute et je suis arrivé juste à temps. Une affaire discrètement réglée — pas de famille, Dieu merci ! Je suis rentré aussitôt après à Londres pour entendre Castle[1] parler de la grève des infirmières. Mes pires crain-

1. Barbara Anne Castle (1910-), baronne Castle of Blackburn : député travailliste de Blackburn et à l'époque ministre de la Santé. La grève en question était celle projetée par l'équipe paramédicale de l'hôpital de Charing Cross, qui refusait de s'occuper de quarante suites indépendantes installées pour des clients privés.

tes ont été confirmées — elle veut supprimer progressivement les lits privés dans les hôpitaux. C'est de la démence. Je commence à voir notre victoire électorale (si on peut dire) pour ce qu'elle est : un désastre national. Ça ne peut pas continuer. Wilson ne peut pas gouverner longtemps sans majorité et quand il annoncera la prochaine date électorale, je me retirerai. Dieu veuille que ce soit bientôt.

7-10 octobre 1975

Assisté au congrès des conservateurs dans ma nouvelle fonction de journaliste. Le rédacteur en chef veut une trentaine de feuillets par jour, ma mission étant de déterminer si l'élection de Margaret[1] signifie une rupture définitive avec l'ancien style du parti. Il pense que c'est intéressant d'avoir sur cette question le point de vue d'un homme venu de la gauche, mais il va probablement avoir une surprise en lisant ce que j'ai à dire[2].

Tout le monde ici remarque le contraste avec la mascarade des travaillistes à Blackpool la semaine dernière — le parti paraît se disloquer et on a prévenu Wilson contre les éléments extrémistes dans les sections des jeunes, mais ça, j'aurais pu lui en parler il y a des siècles. Il y a des années que les marxistes se sont infiltrés. Il suffisait d'ouvrir les yeux pour s'en apercevoir.

Le sommet de cette semaine a été le superbe

1. Le remportant sur Edward Heath, Margaret Thatcher devint le 10 février 1975 la première femme à la tête d'un grand parti politique en Grande-Bretagne.

2. Il l'a sûrement été. L'article en question avait pour titre « The Dawn of a Golden Age » (« L'aube d'un âge d'or ») et ne révélait guère une obédience socialiste.

discours de Joseph. Il a déclaré qu'il n'y avait rien de tel que le « moyen terme » et que le seul consensus possible était de se baser sur l'économie de marché. Certains délégués ont eu l'air assez stupéfaits, mais laissons-leur quelques années et ils comprendront la justesse de cette attitude.

Ce n'est qu'un début. Je le sens. Fallait-il vraiment tout ce temps pour en arriver là ?

18 novembre 1977

Le parti m'a freiné et entravé durant vingt ans. Vingt années perdues. Rien ne pouvait me faire plus plaisir que de le voir se décomposer sous mes yeux. L'élection du leader était une farce, et maintenant nous avons à Downing Street un nouveau locataire que je ne peux décrire que comme un nabot politique, qui n'a aucune idée sur la façon de gouverner, et qui n'a pas de mandat du peuple[1]. Chaque voix a été obtenue à l'arraché, et il devra passer la plupart de son temps à tenter d'apaiser les libéraux.

Reg Prentice[2] a annoncé qu'il rejoignait les conservateurs. Le crétin. Le vrai pouvoir est entre les mains des médias, et dans les coulisses où se fait la politique : s'il ne l'a pas compris après toutes ces années au parlement, c'est qu'il est encore plus débile que je ne le pensais. Il est parfaitement

1. Winshaw fait allusion à James Callaghan (1912-), baron Callaghan of Cardiff. Ses rivaux pour prendre la tête du parti avaient été Michael Foot et Denis Healey

2. Reginald Ernest Prentice (1912-), baron Prentice of Daventry, justifia son changement d'allégeance politique dans un ingénieux volume : *Right Turn (Le bon tournant)* (1978). Il devint par la suite secrétaire d'État à la Sécurité sociale durant deux ans dans le premier gouvernement de Mrs Thatcher.

évident que Margaret sera Premier ministre dans un an ou deux, et l'important maintenant est de commencer à mettre en place la législation. Ils vont avoir à agir vite une fois qu'ils seront là.

Le projet de loi sur la Sécurité sociale prend forme. J'ai réussi à les convaincre que la première chose à faire était de renoncer à supprimer les lits privés. Les mesures plus radicales devront attendre, mais pas longtemps. Nous avons besoin de l'intervention de quelques types venus des affaires, pour établir un bilan sérieux et démontrer que le système actuel n'est qu'une belle pagaille. Si le responsable d'une chaîne de supermarchés, par exemple, venait voir de près comment ça fonctionne en ce moment... il aurait probablement une attaque.

J'ai une idée : pourquoi ne pas suggérer Lawrence ? Je pense qu'il a du moins gardé sa clairvoyance, et qu'on peut compter sur lui pour parvenir aux bonnes conclusions. Ça vaut la peine d'essayer, en tout cas.

Je la vois, maintenant, et je parle avec elle, plus que jamais. Jours heureux.

23 juin 1982

Très agréable déjeuner avec Thomas dans la salle à manger privée de la Stewards [1]. Remarquable porto — je vais pousser le Club à en acheter, pour remplacer le sirop de framboise qu'on y sert en ce moment. Faisan un peu trop cuit. Je me suis presque cassé une dent sur un plomb.

1. Puissante et respectable banque d'affaires à laquelle Thomas Winshaw (1924-1991) fut longtemps associé, d'abord comme administrateur puis comme président.

Thomas s'est montré d'accord pour nous aider à bazarder les Telecom [1]. J'ai d'abord dû argumenter un peu, mais je lui ai fait remarquer que si sa banque voulait prospérer sous le gouvernement de Margaret, alors elle devait se montrer un peu plus ferme dans ses pratiques. Ce qui l'a convaincu, bien sûr, c'est de lui parler du genre de dividendes qu'il pourrait en tirer. J'ai aussi prédit qu'il y aurait encore bon nombre de privatisations dans les quelques années à venir, et j'ai ajouté que si la Stewards voulait avoir sa part du gâteau, elle devait participer tôt au processus. Il m'a demandé de préciser ce qui viendrait ensuite et je lui ai répondu que ce serait pratiquement tout : l'acier, le gaz, le pétrole, les chemins de fer, l'électricité, l'eau, tout ce qu'on voudra. Je ne suis pas certain qu'il m'ait cru pour les deux derniers. Attends voir, lui ai-je dit.

C'est la conversation la plus longue que nous ayons eue depuis une trentaine d'années, je crois. Je suis resté jusqu'à cinq heures, à parler de choses et d'autres. Il m'a montré son nouveau jouet, une machine qui permet de visionner des films sur ce qui ressemble à un disque d'argent, et dont il a paru absolument enchanté. Je ne crois pas que ça prenne vraiment, mais je ne le lui ai pas dit. Il a assisté à ma dernière intervention à la Chambre, et il m'a dit que je m'en étais très bien sorti. Je lui ai demandé s'il avait remarqué que je n'avais répondu à aucune question, et il m'a dit que non, pas vraiment. Il faut que je le répète aux relations

1. Le projet de privatisation des Télécommunications britanniques fut présenté à la Chambre des communes en novembre 1982 : mais il ne fut voté que le 12 avril 1984, lors du deuxième mandat de Mrs Thatcher.

publiques : ils seront ravis. Ils nous ont tous entraînés intensivement à cet exercice durant ces dernières semaines, et je dois dire que ça paraît payant. J'ai chronométré l'enregistrement de la séance hier soir, et j'ai découvert avec étonnement que 23 secondes seulement après qu'on m'eut interrogé sur le *Belgrano,* je parlais déjà de l'infiltration militante dans le parti travailliste. Parfois je me surprends moi-même.

18 juin 1984

Les réformes avancent, mais pas aussi vite que je l'espérais. Tout le monde à la commission semble avoir un calendrier plein, et ce n'est qu'aujourd'hui que nous avons pu nous réunir, une deuxième fois, depuis que l'examen a été annoncé. Cependant, le rapport Griffiths[1] nous a beaucoup fait avancer ; c'est un sacré coup de fouet, car il donne en quelque sorte le coup de grâce à l'idée d'une gestion de « consensus ». Une femme de la commission (de teinte plutôt rose, j'imagine) s'est mise à le contester, mais je lui ai cloué le bec en citant la définition que Margaret a donnée du consensus : « un processus d'abandon de toute croyance, de tout principe, de toute valeur et de toute politique » et « une chose à laquelle personne ne croit et personne ne s'oppose ». C'est très clair, je pense.

Ce que nous allons finir par recommander — si j'ai quelque chose à y voir — c'est la participation

1. Sir (Ernest) Roy Griffiths (1926-), directeur général de la Sainsbury's, fut président de la commission d'enquête sur la gestion de la Sécurité sociale qui publia son rapport en 1983. Il critiqua vivement son « manque de ligne de gestion clairement définie ».

d'administrateurs extérieurs à tous les niveaux, *rémunérés en fonction des résultats*. C'est le point crucial. Nous devons nous débarrasser de cette idée enfantine selon laquelle les gens peuvent être motivés par autre chose que l'argent. Si jamais je dois participer à ce spectacle, j'aurai besoin d'être sûr d'avoir des collaborateurs qui ont des raisons pour faire de leur mieux.

Je suis monté ce soir dans la salle de télévision du Club pour regarder les nouvelles de neuf heures et j'ai vu des scènes extravagantes près des mines [1]. Tout une bande de mineurs à l'allure de gangsters se sont lancés, sans provocation, à l'assaut de policiers armés seulement de matraques et de dispositif antigrève. Certains lançaient des pierres quasi meurtrières, et lorsque la police a voulu les disperser, ces bandits ont fait obstruction, en essayant de faire se cabrer les chevaux. Qu'est-ce que Kinnock [2] va dire de ça ? Je me le demande.

29 octobre 1985

Je suis allé participer au dernier journal, où j'ai découvert que le présentateur n'était autre que mon vieil ennemi Beamish. Il a dû y avoir des magouilles, car il est bien connu que ce type est pratiquement communiste et n'a rien à faire à la tête d'un débat télévisé prétendument impartial. En tout cas, je pense avoir réussi à très bien m'en sortir. Pour présenter « l'autre point de vue », ils ont

1. Cet affrontement entre les mineurs et la police eut lieu à Orgreave et fut le plus violent de la grève qui dura un an.

2. Neil Kinnock (1942-) : d'abord chef du parti travailliste, puis animateur de l'émission politique, *Ooh-Er, There Goes My Majority ! (Aïe ! Voilà ma majorité !)* à la télévision.

déniché une doctoresse laide comme une guenon, une geignarde du genre Sécurité sociale qui a déblatéré sur la « bonne volonté » et sur le « manque chronique de subventions » avant que je ne la remette à sa place en citant quelques faits. Je pensais en avoir fini avec elle, mais elle est venue m'aborder ensuite, dans le hall, et a prétendu que son père m'avait connu à Oxford. Un certain Gillam, paraît-il. Ça ne me dit rien du tout — en fait, ça avait tout l'air d'être un moyen d'entamer la conversation, et comme elle n'avait plus tellement l'air d'une gorgone en dehors des projecteurs, je lui ai demandé si elle avait envie de prendre un verre avec moi, pour constater qu'il n'y avait aucune animosité entre nous. Rien à faire, inutile de dire. Elle a pris la mouche et elle a décampé. (Elle a l'air un peu gouine, maintenant que j'y songe. C'est bien ma chance[1].)

*

Extrait de Le Ver dans le fruit : mémoires d'un téléjournaliste désillusionné, *par Alan Beamish (Cape, 1993).*

... Je peux même préciser l'incident qui le premier m'a convaincu du début de l'effondrement de la qualité des débats télévisés dans ce pays. C'était en octobre 1985, durant une de mes présentations occasionnelles du dernier journal. L'invité était Henry Winshaw (ou Lord Winshaw,

1. Le docteur Jane Gillam, à qui Henry Winshaw fait ici allusion, a cessé d'exercer en 1991 pour devenir journaliste indépendante, traitant surtout de sujets de santé. Pour un récit différent de son apparition à la télévision avec Winshaw, voir l'extrait suivant.

comme nous avons tous pris l'habitude de l'appeler une ou deux années avant sa mort) et le sujet était la Sécurité sociale.

C'était, vous vous en souviendrez, au plus fort du thatcherisme, et les quelques mois précédents avaient vu une série de mesures drastiques qui avaient assommé et complètement désorienté la partie la plus libérale de l'électorat : annonce en juin de coupes radicales dans les avantages sociaux, abolition du Conseil du Grand Londres en juillet, la BBC forcée de déprogrammer un documentaire comportant une interview des chefs de la Sinn Fein, et plus récemment, opposition implacable de Mrs Thatcher aux sanctions contre l'Afrique du Sud, ce qui l'avait isolée lors du congrès des premiers ministres du Commonwealth. En même temps, la question de la Sécurité sociale continuait à bouillonner en coulisse. Une révision politique fondamentale avait été mise en route et il y avait une inquiétude montante dans le corps médical quant aux baisses de ressources et à la « privatisation déguisée ». Nous pensâmes qu'il serait intéressant d'inviter un des architectes de la réforme de la Sécurité sociale et de la confronter à une personne du corps médical, travaillant en première ligne dans un hôpital.

Dans ce but, nous fîmes venir une jeune doctoresse appelée Jane Gillam, qui avait récemment participé à un débat radiophonique et avait impressionné tout le monde par son engagement et la précision de ses arguments. J'ai le souvenir d'une grande femme, aux cheveux noirs de jais coupés au carré, et dont les petites lunettes cerclées d'or encadraient des yeux bruns impressionnants et combatifs : et pourtant il fut évident dès le début qu'elle ne pourrait pas tenir tête à Winshaw. Lointaine était l'époque où je l'avais interrogé pour cette vieille rubrique, « Député de base », durant laquelle s'était révélé par mégarde son point de vue fumeux sur la politique étrangère. Il était impossible de faire le lien entre le député nerveux au visage frais d'alors et le vieux boutefeu rougeaud et bouffi qui frappait la table avec le poing, les yeux furieux, et aboyait comme un chien enragé pour répondre aux questions du docteur Gillam. Ou plutôt, pour ne pas y répondre : car, à ce stade de sa carrière, Winshaw avait depuis longtemps abandonné tout discours rationnel dans les débats politiques, et sa méthode consistait entièrement à énumérer des statistiques en les entrecoupant de bordées de tir dispersé. Et ainsi, en consultant la transcription de ce débat, j'ai découvert que lorsque le docteur Gillam a soulevé la question d'une restriction délibérée des subventions pour préparer le terrain de la privatisation, la réponse de Winshaw a été :

« 17 000 000 en cinq ans 12,3 % du PNB 4 % de plus que la CEE 35 % supérieur à l'URSS 34 000 MG pour chaque HAS × 19,24 en termes réels 9,586 pour chaque FHSA rectifications saisonnières à 12 900 000 + 54,67 *a* 19 % incl TVA s'élevant à 57 % dépendant de l'IPR par le IHSM £ 4,52 la Sécurité sociale est entre de bonnes mains avec nous. »

En réponse de quoi, le docteur Gillam a déclaré :

« Je ne conteste pas la vérité de vos chiffres, pas plus que je ne conteste la vérité de ce que je vois chaque jour de mes propres yeux. Le problème, c'est que ces deux vérités se contredisent. Chaque jour, je vois mon équipe travailler davantage d'heures, sous une plus grande pression, pour un salaire moindre, et je vois des malades attendre davantage de temps, pour de plus mauvais soins, dans de plus mauvaises conditions. Ce sont des faits, je le crains. Et on ne peut pas les nier par des chiffres. »

À quoi Winshaw a répliqué :

« 16 % ! 16,5 % ! Jusqu'à 17 % sous un DMU avec 54 000 extra IALS et SERP ! 64 % PRP comme promis par CIP et £ 38 000 = $ 45 000 + ¥ 93 000 000 divisé par $\sqrt{451}$ à la puissance 68,7 périodique ! 45 % IPR, 73 % FEN, 85,999 % CFC et 9 1/2 semaines de plus que sous le dernier gouvernement travailliste. »

En réponse de quoi, le docteur Gillam a déclaré :

« Ce que je veux dire, c'est qu'on ne peut pas rendre les services sociaux plus efficaces en les rendant plus tributaires des coûts. Si on fait ça, on anéantit leurs vraies ressources, car les services sociaux reposent sur la bonne volonté des équipes, et, dans des conditions favorables, cette bonne volonté est quasiment infinie. Mais si on continue à la saper, comme vous le faites en ce moment, et à la remplacer par des considérations financières contingentes, alors on finira par avoir des services sociaux moins efficaces et plus coûteux, et une Sécurité sociale qui sera une pierre qui ne cessera de grossir autour du cou du gouvernement. »

La troisième et dernière réplique de Winshaw au docteur Gillam a été :

« 60 CMO, 47 DHA, 32 TQM, 947 NAHAT, 96 % en 4 ans, 37,2 en 11 mois, 78,225 x 295 : 13 1/2 + 63,5374628374, ce qui laisse £ 89 000 000 pour le DTI, le DMU, le DSS, le KLF, le ERM et le NHSTA de l'AEGWU, 43 % de plus, 64 % de moins, 23,6 % au-dessus du plafond et de la barre des 100-1. Et c'est tout ce que j'ai à dire en ce domaine. »

Après quoi, il a quitté le studio avec l'air vainqueur d'un homme qui a conquis les médias. Et j'imagine qu'il l'a fait, d'une certaine façon.

*

6 octobre 1987

Enfin, enfin, une autre réunion complète du Comité d'étude — la première depuis la victoire de Margaret en juin [1]. Le premier Livre Blanc [2] est terminé et on va se mettre au travail sur un deuxième et un troisième [3].

Les prochaines réformes iront beaucoup plus loin. Nous allons enfin pénétrer au cœur des choses. Pour rappeler à chacun quelles sont nos priorités, on a affiché sur le mur, en grosses lettres

LIBERTÉ

COMPÉTITION

CHOIX

J'ai également pris une ferme décision pour le mot « hôpital ». Ce mot est exclu de nos discussions : nous parlons désormais d'« unités pourvoyeuses ». Car leur seul but, dans le futur, sera de pourvoir à des services qui leur seront *achetés* par les autorités et par les médecins en vertu de *contrats négociés*. L'hôpital devient un magasin,

1. Mrs Thatcher avait obtenu un troisième mandat le 11 juin 1987, avec une majorité globale de 101 sièges et 42,2 % des suffrages nationaux.

2. *Promoting Better Health (Promouvoir un meilleur système de santé)* (1987).

3. *Travailler pour les patients* et *S'intéresser aux gens* (tous deux 1989).

les soins deviennent une marchandise, tout fonctionne selon les règles des affaires : produire beaucoup, vendre bon marché. La magnifique simplicité de cette idée m'émerveille.

L'ordre du jour a été la génération de revenus. Je ne vois aucune raison pour que les unités pourvoyeuses ne fassent pas payer les places de parking aux visiteurs, par exemple. Et on peut aussi les encourager à louer leurs locaux pour des services annexes. Il est absurde que des pavillons fermés restent inutilisés alors qu'on pourrait en faire des boutiques vendant des fleurs, des fruits, ou tout ce que des visiteurs ont envie d'apporter à un parent ou un ami malade. Des hamburgers, pourquoi pas ? Des babioles, des souvenirs.

Vers la fin de la réunion, quelqu'un a abordé le sujet des Années de Vie à Qualité Ajustée. C'est une de mes idées favorites, je dois dire. Elle consiste à considérer le coût d'une opération, puis à estimer non seulement le nombre d'années dont elle prolonge la vie du patient, mais aussi la *qualité* de cette vie. On y met tout simplement un chiffre. Ainsi, on peut déterminer le rendement de chaque opération : quelque chose d'aussi simple qu'un remplacement de la hanche reviendra environ à £ 700 par AVQA, tandis qu'une transplantation cardiaque s'élèvera plutôt à £ 5 000, et qu'une hémodialyse complète frisera froidement £ 14 000 par AVQA.

Je l'ai répété toute ma vie : la qualité est quantifiable !

Cependant, la plupart des membres du comité pensent que le public n'est pas encore prêt pour ce concept, et ils ont peut-être raison. Mais ça ne saurait être long. Nous nous sommes sentis pleins d'ardeur après les résultats de l'élection. Les privatisations se sont succédé à un rythme étonnant — Aerospace, Sealink, les chantiers navals Vickers, le gaz l'année dernière, British Airways en mai. Le tour de la Sécurité sociale ne saurait tarder.

Quel dommage que Lawrence ne soit plus de ce monde pour voir ça ! Mais mon action rendra hommage à sa mémoire.

Il ne nous faut jamais oublier que nous devons tout cela à Margaret. Si nos ambitions se concrétisent, c'est entièrement grâce à elle. Je n'ai jamais vu de femme aussi déterminée, ni une telle énergie de caractère. Elle piétine ses opposants comme de la mauvaise herbe sur son chemin. Elle les renverse d'une chiquenaude. Elle est tellement splendide dans la victoire. Comment pourrais-je la rembourser — comment aucun de nous peut-il espérer la rembourser — de tout ce qu'elle a fait ?

18 novembre 1990

On a reçu la communication ce soir vers 9 h. Rien n'a été encore décidé, mais on s'est mis à jauger l'opinion des fidèles.

J'ai été un des premiers à être sollicité. Les sondages sont désastreux : elle devient de plus en plus impopulaire. En fait, ça dépasse l'impopularité, à présent. La vérité de l'affaire, c'est que le parti ne sera pas réélu avec Margaret à sa tête.

« Éjectez cette garce, ai-je dit. Et vite. »

Rien ne doit nous empêcher de continuer[1].

1. Margaret Thatcher fut destituée de la tête de son parti le 22 novembre 1990. Son successeur, John Major, mena les conservateurs à une quatrième victoire électorale successive, pour la première fois de leur histoire, assurant par là une continuité dans la politique de la santé. Mais, ce triomphe, Henry Winshaw ne devait pas vivre assez pour y assister.

OCTOBRE 1990

1

« Le fait est, dit Fiona, que je ne fais plus vraiment confiance à mon médecin. Pour ce que je peux en voir, il consacre désormais la plupart de son énergie à essayer de réduire ses frais pour équilibrer son budget. Je n'ai pas eu le sentiment d'être réellement prise au sérieux. »

Je faisais de mon mieux pour être attentif à ce qu'elle me disait, mais je ne pouvais pas m'empêcher d'épier du regard les autres dîneurs qui commençaient à emplir le restaurant. Il me vint alors l'idée que j'étais mal habillé. Les hommes, dans l'ensemble, ne portaient pas de cravate, mais tout dans leur tenue avait l'air coûteux, et Fiona elle-même semblait avoir bien prévu l'ambiance : elle portait une veste à chevrons sans col sur un tee-shirt noir, et un pantalon de lin écru qui laissait voir ses chevilles. Et je ne pus qu'espérer qu'elle n'avait pas remarqué les traces d'usure de mon jean ni les taches de chocolat qui parsemaient mon chandail depuis plus longtemps que je ne pouvais m'en souvenir.

« Je veux dire, ce n'est pas comme si j'étais une

petite nature qui court le consulter chaque fois qu'elle a pris froid, continua-t-elle. Et voilà deux mois que ça traîne, maintenant, cette grippe ou je ne sais quoi. Je ne peux pas continuer à prendre sans arrêt des jours de congé.

— Oh, le samedi est probablement son jour le plus occupé. Il est obligé de faire vite.

— Je pense que je mérite mieux qu'une main posée sur mon front et quelques antibiotiques, c'est tout. » Elle grignota un cracker aux crevettes et avala une gorgée de vin. « En tout cas, reprit-elle en souriant, en tout cas, c'est très gentil à vous, Michael. Très gentil et très inattendu. »

S'il y avait là une intention ironique, elle parvint à ne pas m'atteindre. Je n'en revenais pas encore d'être assis en face de quelqu'un — une femme, en plus — à une table pour deux dans un restaurant. J'imagine qu'une partie de moi, la partie la plus verbale et la plus persuasive, avait simplement renoncé à croire qu'une telle chose pût arriver ; et pourtant, rien n'aurait su être plus facile à obtenir. J'avais passé la soirée précédente avachi devant la télévision, à devenir presque enragé d'ennui bien que mes intentions eussent été très louables. J'avais accumulé au cours des années des vidéocassettes que je n'avais pas encore vues, et j'avais espéré que cette fois-ci je trouverais l'énergie nécessaire pour en voir entièrement au moins une. Mais il en ressortit que je m'étais une fois de plus laissé entraîner par un optimisme excessif. Je regardai la première moitié de l'*Orphée* de Cocteau, les trente premières minutes du *Pather Panchali* de Satyajit Ray, les dix premières minutes des *Contes de la lune vague* de Mizoguchi, le générique de *Solaris* de Tarkovski, et les bandes-annonces précédant *L'Ami américain* de Wim

Wenders. Après quoi, j'abandonnai, et restai assis devant un écran silencieux, en vidant tranquillement une bouteille de vin du supermarché. Cela dura jusqu'aux alentours de deux heures du matin. Autrefois, je serais allé me coucher après m'être versé un dernier verre, mais cette fois-ci je ne me sentis pas d'humeur à m'en tenir là. Fiona avait frappé chez moi deux heures auparavant et je ne lui avais même pas répondu ; elle avait dû voir la lumière sous la porte et se dire que je ne voulais pas la voir. Or soudain, assis seul dans ces ténèbres animées par le scintillement du poste, il me parut absurde de préférer la compagnie d'un écran aveugle et muet à celle d'une femme attirante et intelligente. Ce fut surtout la colère qui me poussa à accomplir un acte impétueux et égoïste. Je sortis sur le palier et appuyai sur la sonnette de l'appartement de Fiona.

Elle m'ouvrit au bout d'une minute ou deux. Elle portait un léger peignoir de style japonais, qui laissait voir le haut de sa poitrine couvert de taches de rousseur et d'une mince couche de sueur : pourtant, il m'avait semblé que la température avait fortement baissé dans la soirée.

« Michael ? fit-elle.

— Je ne me suis pas montré très aimable ces temps derniers, lançai-je d'un trait. Je viens m'excuser. »

Elle dut être surprise, bien sûr, mais elle réussit à faire comme si de rien n'était.

« Ce n'était pas nécessaire.

— Il y a certaines choses... il y a sans doute certaines choses que vous devriez savoir sur moi, dis-je. Des choses dont j'aimerais vous parler.

— Ah, mais c'est magnifique, Michael. Avec plaisir. » Elle essayait visiblement de m'être agréable. « Mais, nous sommes au milieu de la nuit...

— Je ne veux pas dire maintenant. Je pensais peut-être... un de ces soirs. »

Cela parut l'étonner plus que tout. « Êtes-vous en train de m'inviter à dîner ?

— Je suppose que oui.

— Quand ?

— Demain soir ?

— D'accord. Où ? »

J'étais coincé, car je ne connaissais qu'un seul restaurant dans le quartier et je ne désirais pas y retourner. Mais il n'y avait pas beaucoup de choix.

« Le Mandarin ? À neuf heures ?

— Très volontiers.

— Parfait. Nous pourrions prendre un taxi, mettons dix minutes avant, mais en fait ce n'est pas très loin, nous pourrions y aller à pied, et nous arrêter en passant... »

Je me rendis compte que je parlais à une porte fermée. Je retournai dans mon appartement.

Fiona étalait maintenant de la sauce aigre-douce sur une crêpe, qu'elle roula ensuite avec des petits morceaux de canard et des tranches de concombre. Ses doigts s'activaient proprement.

« Alors, Michael, quelles sont ces révélations sur vous-même que vous brûliez de me faire ? Je suis tout ouïe. »

Je souris. J'avais été nerveux toute la journée à l'idée de partager de nouveau un repas avec quelqu'un, mais je commençais maintenant à me sentir tranquillement euphorique. « Il n'y a aucune révélation, répondis-je.

— Donc, hier soir... c'était juste un moyen subtil de me voir en peignoir, n'est-ce pas ?

— C'était une impulsion, c'est tout. Je m'étais seulement dit que mon comportement avait dû vous paraître étrange. Vous savez... cette façon de me renfermer, de vous répondre à peine parfois, de passer des heures devant la télévision. Vous avez dû vous demander ce qui pouvait bien se passer.

— Pas vraiment, fit Fiona en mordant dans sa crêpe roulée. Vous vous enfermez parce que le monde vous fait peur. Vous n'avez probablement jamais appris à avoir des relations authentiques avec les gens. Vous avez cru que j'étais incapable de m'en apercevoir ? »

Décontenancé, j'essayai de mordre dans ma crêpe, mais je ne l'avais pas correctement pliée et son contenu gicla au moment où je l'approchai de ma bouche.

« L'essentiel, c'est de faire un effort, dit Fiona. Si c'est de dépression que nous sommes en train de parler, alors laissez-moi vous dire que je suis passée par là. Mais, vous savez... Prenez par exemple ce tour en bicyclette auquel j'ai participé l'autre semaine. C'était atroce. Atroce et complètement épuisant. Mais j'ai du moins rencontré des gens, on a pris un verre ensuite, et j'ai eu deux invitations à dîner. Ça n'a pas l'air d'être grand-chose, mais au bout d'un moment on se rend compte... qu'il n'y a rien de pire que de rester seul. Rien. » Elle s'enfonça dans sa chaise et s'essuya les doigts sur sa serviette. « Bon, ça n'est qu'une idée. Peut-être ne devrions-nous pas être graves dès le début de la soirée. »

Je m'essuyai également les doigts. J'eus l'impression d'ôter des flots de sauce qui couvrirent ma serviette de grandes taches brunes.

« Vous avez bien choisi l'endroit, reprit Fiona

en parcourant des yeux la salle confortable, à la fois animée et intime. Vous y êtes déjà venu ?

— Non, non. J'ai lu un article quelque part. »

C'était bien sûr un mensonge, car c'était là que ma mère et moi avions eu cette dernière dispute explosive dont notre relation avait encore à se remettre. J'avais fait le vœu de ne jamais y revenir, de peur qu'un serveur me reconnût et fît une remarque embarrassante, car nous avions fait une sorte d'esclandre, mais, maintenant, la présence de Fiona me calmait et me stimulait, et ma crainte me parut grotesque. C'était après tout un des restaurants les plus populaires du quartier, et quand je pensais aux milliers de clients qui avaient dû y venir ces deux ou trois dernières années... Vraiment, c'était de la prétention que de supposer que cet incident avait pu être mémorable.

Un serveur vint nous débarrasser de nos assiettes. « Bonsoir, monsieur, fit-il en s'inclinant légèrement. Ravi de vous revoir après tout ce temps. Est-ce que votre mère va bien ? »

Et il s'en alla. Je restai muet un bon moment, incapable de soutenir le regard de Fiona qui était rieur tandis que sa bouche gardait une expression poliment perplexe. « Eh bien, oui, admis-je enfin. Je suis venu ici avec ma mère il y a longtemps. Nous avons eu une terrible prise de bec et... ma foi, c'est une chose dont je n'ai pas vraiment envie de parler.

— Je croyais que c'était le but de cette soirée, dit Fiona. Me parler de certaines choses.

— Oui, en effet. Et je vais le faire. C'est seulement qu'il y a des choses, des domaines... » Je m'empêtrais, et il était clair que je devais me jeter à l'eau si je voulais regagner sa confiance. « Écoutez, vous pouvez me poser n'importe quelle question. N'importe laquelle. Posez-moi une question.

— Très bien : quand avez-vous divorcé ? »

J'étais en train de boire ; je posai vivement mon verre sur la table, en renversant du vin sur la nappe. « Comment savez-vous que j'ai divorcé ?

— C'était sur la couverture du livre que vous m'avez montré. »

C'était la vérité : je n'avais pas été long à essayer d'impressionner Fiona en lui montrant un exemplaire de mon premier roman, dont la jaquette contenait ce petit brin d'information biographique. (Ç'avait été l'idée de Patrick : il avait prétendu que ça me rendrait plus intéressant.)

« Vous n'allez pas le croire, c'était en 1974. » Moi-même je ne parvenais guère à le croire.

Fiona haussa les sourcils. « Comment s'appelait-elle ?

— Verity. Nous nous étions rencontrés au lycée.

— Vous avez dû vous marier très jeune.

— Nous avions tous deux dix-neuf ans. Aucun de nous deux n'était encore sorti avec quelqu'un. À vrai dire, nous ne savions pas ce que nous faisions.

— Vous êtes amer en y pensant ?

— Je ne crois pas. Je considère ça seulement comme une jeunesse gâchée... gâchée innocemment, pas en prenant de la drogue ou en couchant avec n'importe qui, ce qui aurait probablement été très drôle, mais ça... c'est un chemin retors vers la conformité.

— Je n'ai jamais aimé ce prénom, Verity, dit Fiona avec décision. Je connaissais une Verity au collège. C'était une bégueule. Elle tenait beaucoup à ce qu'on dise la vérité, mais je ne crois pas qu'elle-même l'ait jamais dite. Si vous voyez ce que je veux dire.

— Vous pensez donc que les noms sont importants ?

— Certains, oui. Certaines personnes finissent par ressembler à leur nom, comme certaines autres à leur chien. Elles ne peuvent pas s'en empêcher.

— J'en ai trouvé un curieux aujourd'hui. Findlay. Findlay Onyx. »

Je dus répéter très distinctement les syllabes avant d'être sûr que Fiona m'avait bien compris. Puis je lui expliquai comment j'étais tombé sur ce nom.

Dans la journée, je m'étais rendu à la bibliothèque de journaux de Colindale pour y chercher d'autres articles concernant le drame de Winshaw Towers le soir du cinquantième anniversaire de Mortimer. On se souvient sans doute que le journal local avait promis de tenir ses lecteurs au courant de la suite. Je m'étais donc naïvement attendu à ce qu'il y eût une série d'articles détaillant les progrès de l'enquête. Mais voilà, j'avais compté sans le fait que les Winshaw se trouvaient posséder le journal en question, et que Lawrence Winshaw était Grand maître d'une loge qui comprenait plusieurs représentants de la gendarmerie parmi ses membres les plus influents. L'enquête n'avait donc pas été divulguée, ou, ce qui était encore plus probable, elle n'avait pas du tout été menée. Il n'y avait qu'un seul élément intéressant, une brève annexe au reportage que j'avais déjà lu, qui était plus énigmatique qu'instructive. On y déclarait qu'aucune nouvelle information n'avait surgi, mais que la police était impatiente d'interroger un détective privé qui avait opéré dans la région — le susmentionné Mr Onyx. Il semblait que quelqu'un qui répondait à la description de la victime (qu'on n'avait pas encore identifiée) avait été vu dînant avec ce détective dans un restaurant de Scarborough le soir de la tentative de cambriolage ; de plus, selon un notaire du coin qui avait été le mandataire de Tabitha Winshaw, Mr Onyx était allé voir celle-ci à l'institut Hatchjaw-Bassett en trois occasions durant le mois, sans doute pour affaires. Pour faire bonne mesure, l'écho précisait qu'il était également recherché pour attentat à la pudeur, sous trois chefs d'accusation en vertu de l'article 13 de la loi sur les délits sexuels (1956). Après quoi, il ne fut plus question du mystérieux incident. Les gros titres de l'édition suivante concernaient une aubergine géante qui avait poussé dans un potager de la région.

« Donc, il semblerait qu'il s'agit de ça, dis-je pendant qu'on nous servait des crevettes à la vapeur pleines d'ail et de gingembre. Ce type avait une soixantaine d'années, et il y a peu de chance qu'il soit encore en circulation. Ce qui veut dire que l'affaire a été plus ou moins étouffée.

— Et maintenant, c'est vous le petit détective, n'est-ce pas ? fit Fiona en prenant une portion modeste. Mais est ce que tout cela a un sens ? Je veux dire, est-ce vraiment important, ce qui a pu se passer il y a trente ans ?

— Certains le pensent, visiblement, puisqu'ils sont prêts à dévaliser mon éditeur et à suivre mon taxi.

— Mais cela fait plus d'un mois. »

Je haussai les épaules. « Je persiste à croire que je suis sur la piste de quelque chose. Le problème, c'est de savoir quelle direction prendre maintenant.

— Je pourrais peut-être vous aider, dit Fiona.

— M'aider ? Comment ça ?

— J'ai l'habitude de faire des recherches. En fait, c'est mon travail. Je fais des résumés d'articles scientifiques, puis on les classe et on les insère dans un énorme livre de référence destiné aux bibliothèques universitaires. Le nom de Winshaw revient souvent... vous seriez surpris. Thomas, par exemple, est encore attaché à quelques grandes sociétés pétrochimiques. Et puis bien sûr il y a Dorothy Brunwin... n'était-elle pas une Winshaw, à l'origine ? Chaque année, il y a toute une flopée d'articles sur une de ses merveilleuses inventions, comme par exemple une nouvelle façon de traiter les parties les plus dégoûtantes de l'anatomie d'un poulet afin de les faire passer pour de la viande. Ça nous ramène tout le temps aux années cinquante, donc je pourrais vérifier toutes les références de l'époque... on ne sait jamais, on y trouvera peut-être une piste cachée.

— Merci. Ça m'aiderait, en effet. Votre travail a l'air intéressant, ajoutai-je sans davantage de sincérité. Vous le faites depuis longtemps ?

— J'ai commencé... il y a juste deux ans. C'était quelques semaines avant que mon divorce ne soit finalement prononcé. » Elle me regarda dans les yeux en souriant. « Eh oui, vous n'êtes pas le seul à avoir eu un fiasco en ce domaine.

— Ma foi, d'une certaine manière, c'est une consolation, dis-je.

— Est-ce que vous avez eu des enfants avec Verity ?

— Nous *étions* des enfants : nous n'avions pas besoin d'en avoir. Et vous ?

— *Il* a eu des enfants. Il avait trois filles de son premier mariage, mais il n'avait pas la permission de les voir. Avec de bonnes raisons, j'imagine. C'était un maniaco-dépressif, un chrétien régénéré. »

Je ne sus quoi répondre. Un gros morceau de bœuf couvert de sauce d'huître tomba de mes baguettes pour atterrir sur ma chemise, ce qui nous divertit un instant. Puis je déclarai : « Évidemment, je ne vous connais pas très bien, mais quelque chose me dit qu'il n'était pas votre type.

— C'est vrai : vous ne me connaissez pas très bien. Oh si, c'était parfaitement mon type. Voyez-vous, malheureusement, je suis de ces personnes... qui ont tendance à donner.

— Je l'ai remarqué.

— Regardez, par exemple, comment je vous ai submergé de plantes vertes.

— Et comment vous donnez de l'argent aux vagabonds... même s'ils ne vous en demandent pas. »

Je faisais allusion à un vieillard qui l'avait abordée devant le restaurant. Il avait simplement demandé l'heure, mais elle avait aussitôt sorti vingt pence de son porte-monnaie pour les lui glisser dans la main. Il avait pris un air plus interloqué que ravi, et c'était moi qui avais dû lui dire qu'il était neuf heures moins le quart — ce dont il m'avait remercié en s'éloignant.

« En effet, reconnut-elle. J'ai de la pitié pour les gens.

— Même s'ils n'en veulent pas ?

— Mais personne n'en veut vraiment, n'est-ce pas ? Même en étant dans une situation désespérée. C'est ce qu'on découvre, en fin de compte. » Elle soupira et agita son verre d'un air pensif. « En tout cas, reprit-elle, je ne me remarierai pas par pitié, c'est certain.

— Sa situation a l'air assez désespérée, en effet.

— Eh bien, sa première femme et lui avaient été d'ardents évangéliques durant une période. Ils avaient ces deux petites, mais le troisième accouchement avait été épouvantable. Le résultat, c'est qu'elle a perdu la foi, et qu'elle l'a abandonné par vengeance, en emmenant leurs trois filles, Faith, Hope, et Brenda.

— Ça a duré combien de temps ?

— Quoi, lui et moi ? Près de cinq ans.

— Ça fait un bail.

— Ça fait un bail. » Elle prit dans son bol un dernier morceau de poivron vert et le fourra dans sa bouche. « Il y a même des moments... des moments de grande faiblesse, je dois dire... Où il me manque un peu.

— Vraiment ?

— Eh bien, c'est agréable d'avoir quelqu'un près de soi, juste comme ça, n'est-ce pas ? Il a été très réconfortant quand ma mère est morte, par exemple. Très gentil.

— Et votre père ? Est-ce qu'il est... encore...

— En vie ? Je n'en ai aucune idée. Il a pris la fuite quand j'avais dix ans.

— Des frères et sœurs ? »

Elle secoua la tête. « Je suis enfant unique. Comme vous. »

Après cela, nous restâmes silencieux à contempler les débris de notre repas. Fiona avait soigneusement replacé ses baguettes sur leur support, et, à part quelques grains de riz dispersés, rien ne salissait son côté de la nappe. Le mien avait l'air d'avoir servi de toile à Jackson Pollock pour une œuvre abstraite particulièrement agressive composée entièrement de nourriture chinoise authentique. Nous commandâmes du thé et une coupe de lychees.

« Eh bien, reprit Fiona. Je ne dirais pas exactement que vous vous êtes ouvert à moi ce soir, après toutes vos promesses. Je ne dirais pas que vous avez mis votre âme à nu devant moi de l'autre côté de la table. Tout ce que j'ai appris, c'est que vous vous êtes marié à un âge ridicule, et que vous passez plus de temps à voir des films qu'à parler aux gens.

— Je ne me contente pas de voir des films, répondis-je après un court silence durant lequel j'eus la sensation d'être sur un plongeoir au-dessus d'eaux incertaines. Je m'en obsède. »

Elle attendit plus d'explications.

« Un seul film, en fait. Et vous n'en avez probablement jamais entendu parler. »

Je lui dis le titre et elle secoua la tête.

« Mes parents m'ont emmené le voir quand j'étais petit. Nous sommes sortis du cinéma au milieu de la séance, et depuis j'ai l'étrange sentiment que... qu'il n'a jamais vraiment fini. Que... que je l'habite depuis.

— Il s'agissait de quoi ?

— Oh, c'est un film stupide. Il raconte l'histoire d'une riche famille qui se réunit dans une grande maison de campagne pour la lecture d'un testament, et dont tous les membres sont supprimés l'un après l'autre. C'est une comédie, bien sûr, mais ce n'est pas ainsi que je l'ai vu sur le moment. Il m'a fait mourir de peur, et je suis tombé follement amoureux de l'héroïne, qui était incarnée par Shirley Eaton... ce nom vous dit quelque chose ?

— Vaguement. Est-ce qu'elle ne connaît pas une fin horrible dans un film de James Bond ?

— Dans *Goldfinger*, en effet. On la recouvre de peinture dorée et elle meurt asphyxiée. Mais dans cet autre film, elle a une scène avec Kenneth Connor, où elle l'invite à rester dans sa chambre pour la nuit ; il est très attiré par elle, et elle est très gentille et raisonnable en même temps que très belle, ce serait donc une chose délicieuse à tout point de vue, mais il ne peut s'y résoudre. Il y a toutes ces choses terribles qui se passent dans la maison, un meurtrier maniaque qui rôde, et pourtant il trouve que c'est moins effrayant que l'idée de passer la nuit seul avec cette femme merveilleuse. Je n'ai jamais oublié cette scène : elle ne m'a pas quitté depuis trente ans. Il doit y avoir une raison.

— Ma foi, elle n'est pas difficile à deviner, n'est-ce pas ? dit Fiona. C'est l'histoire de votre vie ; c'est pour ça que vous ne l'avez jamais oubliée. » Elle prit le dernier lychee dans la coupe. « Ça ne vous ennuie pas que je termine ? C'est tellement rafraîchissant.

— Allez-y. De toute façon, mes papilles réclament du chocolat. » Je demandai l'addition. « Peut-être trouverons-nous une boutique ouverte sur le chemin du retour. »

*

À l'extérieur, il était manifeste que la vague de chaleur était passée, et je remarquai même que Fiona frissonnait alors que nous marchions en direction de notre immeuble. Nous nous arrêtâmes devant un kiosque nocturne, où j'achetai un Aero et un Toblerone blanc : j'offris à Fiona la moitié de l'Aero, et je fus soulagé de la voir refuser. Nous prîmes la Battersea Bridge Road puis coupâmes par des rues de traverse. Il y avait une légère brume dans l'air. C'était un quartier tranquille et mal éclairé, les maisons étaient trapues et lugubres, les petits jardins étaient négligés, et il n'y avait presque aucun signe de vie, sauf parfois un chat décampant à notre approche. Sans doute sous l'effet de l'alcool et de la réussite manifeste de la soirée, l'atmosphère devint entêtante, imprégnée de la certitude qu'un avenir semblable, et même meilleur, s'ouvrait, et je me sentis envahi d'un fol optimisme que je devais exprimer en paroles, même obliques.

« J'espère que nous pourrons remettre ça, bégayai-je. Je n'ai pas passé une aussi bonne soirée depuis... eh bien, disons, depuis mémoire d'homme.

— Oui, c'était agréable. Très agréable. » Mais il y avait quelque chose d'incertain dans l'acquiescement de Fiona, et je ne fus pas surpris d'entendre sa voix prendre un ton mitigé. « Seulement, je ne veux pas que vous pensiez... Écoutez, je ne sais vraiment pas comment le dire.

— Allez-y, fis-je tandis qu'elle hésitait.

— Eh bien, ce n'est plus mon affaire de venir au secours des gens. C'est tout. Je voudrais seulement que vous le compreniez. »

Nous continuâmes en silence. Au bout d'un moment, elle ajouta : « Non que je pense vraiment que vous ayez besoin d'être secouru. Peut-être d'être secoué un peu.

— C'est assez juste. » Puis je posai une question évidente : « Est-ce que c'est votre affaire de secouer les gens ?

— Peut-être. C'est possible », répondit-elle avec un sourire.

Je crus sentir l'imminence d'un moment critique de changement de vie : un de ces tournants où il faut s'efforcer de saisir au vol l'occasion, quitte à échouer et à la voir retourner dans l'invisibilité. Je compris donc que je devais au moins continuer de parler, même s'il ne me restait pas grand-chose à dire.

« Vous savez, j'ai toujours eu une idée négative de la chance ; j'ai toujours eu le sentiment que si la chance peut orienter nos vies, alors c'est que tout est arbitraire et absurde. Il ne m'était jamais vraiment venu à l'esprit que la chance pouvait aussi apporter le bonheur. Je veux dire, c'est la chance seule qui a fait que nous nous sommes rencontrés, la chance seule qui a fait que nous vivons dans le même immeuble, et maintenant nous sommes ici, deux êtres... »

Fiona s'arrêta et m'immobilisa avec son bras. Elle posa très doucement un doigt sur ma bouche en faisant : « Chut. » Je fus saisi par l'intimité de son geste. Puis elle me prit la main, croisa ses doigts avec les miens, et nous nous remîmes à marcher. Elle pencha son corps contre le mien. Au bout de quelques instants, elle se pencha encore plus, jusqu'à me frôler l'oreille avec ses lèvres. Je me raidis délicieusement dans l'attente de ses paroles.

« J'ai l'impression qu'on nous suit, chuchota-t-elle. Écoutez. »

Stupéfait, je lâchai sa main et j'épiai le silence pour tenter de capter quelque chose d'autre que le bruit irrégulier de nos pas. Et, oui, il y avait bien quelque chose : un écho fidèle, quelque part derrière nous. Nous nous arrêtâmes, et il se fit encore entendre une seconde ou deux avant de cesser ; et il reprit quand nous repartîmes. Nous étions filés avec soin.

« Je crois que vous avez raison », dis-je. C'était une de mes remarques les plus vaines.

« Bien sûr, j'ai raison. Les femmes sentent ça. Elles sont bien obligées.

— Continuez de marcher, dis-je. Je vais me retourner pour jeter un coup d'œil. »

Mais la brume s'était épaissie, et je ne pus rien voir au-delà d'une vingtaine de mètres. Il était impossible de savoir s'il y avait un mouvement derrière les nappes grises de brouillard. Pourtant, les pas étaient encore audibles. Je pris alors le coude de Fiona pour la forcer à marcher deux fois plus vite. Nous n'étions plus très loin de chez nous, mais j'eus soudain l'idée de faire un détour pour égarer notre suiveur.

« Que faites-vous ? murmura-t-elle alors que je l'entraînais dans une rue à droite.

— Restez contre moi et continuons de marcher, répondis-je. Nous allons bientôt en être débarrassés. »

Je tournai encore à droite, puis à gauche, puis nous rebroussâmes chemin sur le trottoir qui bordait une rangée de maisons à deux étages. Ensuite nous traversâmes deux fois la rue, et coupâmes par une petite allée qui nous mena presque au bord du Battersea Park. Nous nous arrêtâmes alors pour tendre l'oreille. Il y avait le grondement habituel de la circulation, et les échos d'une fête à quelques rues de distance. Mais plus de bruit de pas. Nous poussâmes un soupir de soulagement, et Fiona lâcha ma main, comme si elle s'apercevait soudain qu'elle s'y agrippait depuis dix minutes.

« Je pense que nous l'avons perdu, dit-elle.

— Si toutefois il y avait quelqu'un.

— Il y avait quelqu'un. J'en suis sûre. »

Nous fîmes le reste du trajet par la rue principale, mais un espace nouveau s'était établi entre nous. Un petit sentier bordé à la diable par des buissons de laurier menait à l'entrée de notre immeuble, et c'était là que j'avais espéré tenter de donner un premier baiser à Fiona, juste avant d'ouvrir la porte. Mais l'humeur n'y était plus. Elle avait encore l'air tendue, elle serrait son sac contre sa poitrine, et j'étais tellement énervé que je m'acharnai sur la serrure pendant ce qui parut une éternité avant de me rendre compte que j'avais sorti une mauvaise clef. Puis, lorsque j'eus enfin ouvert et que je m'apprêtai à entrer, Fiona poussa soudain un cri — quelque chose entre un raclement de gorge et un hurlement — et bondit avant moi en me saisissant le bras pour m'entraîner avec elle ; puis elle claqua vivement la porte et s'y appuya le dos en respirant fortement.

« Qu'est-ce que c'est ? Que se passe-t-il ? demandai-je.

— Il était là, dehors... j'ai pu le voir... son visage dans les buissons.

— Qui donc ?

— Bon Dieu, je n'en sais rien. Il se dissimulait, il nous épiait. »

Je pris la poignée de la porte.

« C'est ridicule. Je vais jeter un coup d'œil.

— Non... Michael, s'il vous plaît, non. » Elle m'arrêta d'une main inquiète. « J'ai très nettement vu son visage, et... et je l'ai reconnu.

— Vous l'avez reconnu ? Alors, qui est-ce ?

— Je ne saurais dire. Je ne l'ai pas exactement reconnu, mais... j'ai déjà vu son visage. Je suis certaine de l'avoir déjà vu. Je ne crois pas que ce soit vous qu'il suive, Michael. Je crois plutôt que c'est moi. »

Je me dégageai et déclarai : « Eh bien, nous allons en avoir le cœur net. » J'ouvris la porte et me glissai dehors. Fiona me suivit mais s'arrêta sur les marches.

Il faisait froid désormais, et tout était tranquille. De minces nappes de brume flottaient dans l'air en formant d'étranges anneaux opalescents autour des réverbères. J'arpentai le sentier, les pelouses, et regardai de chaque côté de la rue. Rien. Puis je fouillai les buissons ; je plongeai ma tête dans les branches, en agitant le feuillage et en faisant craquer les rameaux. De nouveau rien.

Sauf que...

« Fiona, venez ici un instant.

— Jamais de la vie.

— Regardez, il n'y a personne. Je veux seulement voir si vous remarquez quelque chose. »

Elle s'accroupit derrière moi.

« C'est le buisson où vous l'avez aperçu ?

— Je crois que oui.

— Respirez profondément. »

Nous inhalâmes ensemble en deux longues bouffées inquisitrices.

« C'est étrange », fit-elle après avoir réfléchi un moment. Je savais ce qui allait suivre. « Il n'y a pas dc jasmin par ici, n'cst-cc pas ? »

2

Deux ou trois soirs après notre dîner au Mandarin, Fiona et moi regardions *Orphée*. Elle s'était assez vite remise de sa frayeur, et maintenant c'était moi qui avais du mal à dormir. Quelques heures avant l'aube, j'étais encore parfaitement éveillé, à écouter avec fatigue l'accalmie ronronnante qui, à Londres, est ce qui s'approche le plus du silence.

... *Le silence va plus vite à reculons. Trois fois**...

Mes pensées étaient vertigineuses et incohérentes, je ruminais sans raison des bribes de conversations, des souvenirs désagréables et de vaines angoisses. Quand l'esprit s'engage dans cette voie, il est clair que la seule façon d'en sortir est de quitter son lit : et pourtant, c'est la dernière chose qu'on se sente capable de faire. C'était seulement lorsque ma bouche devenait insupportablement aigre et sèche que j'avais la force d'aller boire un verre d'eau dans la cuisine ; après quoi, je pouvais être certain de trouver enfin un peu de sommeil, car la chaîne avait été rompue.

... *Un seul verre d'eau éclaire le monde. Deux fois**...

La sonnerie de mon réveil était réglée pour neuf heures, mais je me réveillais invariablement plus tôt. Ce que je percevais d'abord en reprenant péniblement conscience, ce n'était pas le grondement de la circulation ou du survol d'un avion, mais le sifflement obstiné d'un merle qui saluait les premières lueurs du jour dans un arbre, devant la fenêtre de ma chambre.

... L'oiseau chante avec ses doigts. Une fois...*

Alors je restais à demi endormi dans mon lit, à épier les pas du facteur dans l'escalier. D'une certaine manière, je n'ai jamais perdu cette foi enfantine dans la capacité d'une lettre à transformer mon existence. La simple vue d'une enveloppe sur mon paillasson peut encore m'emplir d'espoir et d'impatience, si éphémères soient-ils. Les enveloppes brunes ont rarement cet effet, il faut dire ; et les enveloppes à fenêtre, jamais. Mais il y a l'enveloppe blanche, à l'adresse écrite à la main, ce glorieux rectangle de pure possibilité qui a pu se révéler à l'occasion n'être rien de moins que l'annonce d'un monde nouveau. Et ce matin-là, alors que de ma chambre je jetais un regard lourd et interrogatif dans le couloir, je vis une enveloppe de ce genre glisser silencieusement sous ma porte d'entrée, me projetant ainsi non seulement dans un avenir inconnu, mais également dans mon enfance, plus de trente ans en arrière, à l'époque où les lettres commencèrent à jouer un rôle important dans ma vie.

*

MM. D. Charge, G. Nérateur et I. Zolan
Électriciens depuis 1945 (soit 8h - 1/4)
24, Allée Lectrick
Branchey s/Secteur

26 juillet 1960,

Cher Mr Owen,

Veuillez nous excuser du retard que nous avons pris pour brancher l'électricité à votre nouveau domicile, c'est-à-dire la deuxième étable à gauche dans la ferme de Mr Nuttall.

La vérité est que nous avons été court-circuités par la défection de notre nouvelle recrue, qui a fait des étincelles. Nous nous sommes donc rendu compte que vous êtes sans électricité depuis plusieurs semaines, sans avoir prise sur nous.

Quelle ligne allons-nous adopter maintenant, demanderez-vous ? Soyez assuré, Mr Owen, que votre branchement sera fait a.m.p.e.r.e. * et, dans l'attente, acceptez s'il vous plaît ce cadeau comme gage de notre bonne volonté — un mois de consommation courante de pains au lait (ci-inclus).

Bien cordialement,

A. Daptateur
(Responsable des Réclamations)

* (après maints palabres et retards excessifs)

*

Dans l'ancien temps, il suffisait d'une courte promenade pour aller de la maison de mes parents à l'orée d'un bois. C'était là où les faubourgs de Birmingham commençaient à se fondre dans la campagne ; nous habitions un petit coin tranquille et respectable, un peu trop chic et embourgeoisé pour les moyens de mon père, et chaque week-end, d'habitude le samedi après-midi, nous allions faire dans ce bois une de ces longues balades doucement contraignantes qui sont maintenant au cœur de mes souvenirs les plus anciens et les plus heureux. Il y avait plusieurs directions possibles, dont chacune avait sa désignation fonctionnelle, mais en même temps intensément romantique et évocatrice : « la clairière », « les étangs », « le chemin dangereux ». Cependant, j'avais ma préférée, et, même si nous avons dû la prendre plus souvent que les autres, elle avait toujours un attrait particulier, plein d'éclat et (déjà) de nostalgie. On l'appelait simplement « la ferme ».

On y aboutissait tout d'un coup. On tournait autour du bois, le long d'un sentier qui était large et bien entretenu mais qui ne paraissait pas beaucoup emprunté : aux yeux de ma mémoire, en tout cas, cette vision paradisiaque reste secrète et isolée. Car c'était bien le paradis : après une série de détours, de montées et de descentes qui semblaient mener au plus profond de la forêt, on tombait, quand on s'y attendait le moins, sur une nichée de granges et de remises de brique rouge avec, au centre, une ferme couverte de lierre au charme inouï. Un verger aux arbres chargés de fruits dorés bordait un côté de la maison, et nous devions plus tard découvrir qu'elle masquait, derrière elle, un minuscule jardin muré, soigneusement quadrillé par des allées de gravier et des haies naines de buis. Mieux encore, près de la clôture en fil de fer qui délimitait la propriété, il y avait une petite mare boueuse où nageaient des canards et où les oies venaient boire en se dandinant. Par la suite, nous ne manquions jamais d'apporter un sac de papier brun empli de pain rassis ; j'en jetais aux canards ou parfois, dans un élan d'audace, j'en tendais un morceau à travers la clôture jusqu'à ce qu'une oie vînt me l'arracher des doigts.

« Ce doit être la ferme qu'on voit de la route, dit mon père lorsque nous la découvrîmes par hasard. Celle devant laquelle je passe en voiture en allant au travail.

— Je me demande s'ils vendent des produits, dit ma mère. Je parie que ce serait moins cher qu'au village. »

Et ce fut là désormais qu'elle voulut acheter ses œufs et ses légumes, et cette coutume prit vite un aspect social autant que pratique. Manifestant une fois de plus sa capacité à nouer une amitié avec des inconnus, ma mère ne fut pas longue à gagner la confiance de Mrs Nuttall, la femme du fermier, dont les monologues pittoresques et interminables sur les peines et les joies de la vie bucolique imposaient au moins une demi-heure de préambule, même pour quelque chose d'aussi simple en apparence que l'achat d'un sac de pommes de terre. Pour m'éviter l'ennui en ces circonstances, on me présenta à un garçon de ferme appelé Harry, qui me laissa assister à ses travaux, et même me permit parfois de nourrir les porcs, ou de m'asseoir sur le siège du conducteur de la moissonneuse-batteuse. Les mois passant, mes participations aux activités de Harry devinrent de plus en plus fréquentes, longues et intenses, et je devins un personnage familier dans la ferme, bien connu de tous les travailleurs y compris de Mr Nuttall lui-même. Ce fut vers cette époque, aussi, que mes parents décidèrent que j'avais l'âge de me promener seul en bicyclette dans les environs, de sorte que je me rendis encore plus souvent dans ce domaine enchanté. Ma mère me préparait parfois des sandwiches, et je les avalais assis dans le verger, ou au bord de la mare aux canards, avant de me mettre à explorer les bâtiments ; je ne manquais jamais d'aller voir les veaux — mes animaux préférés — ni de grimper sur les meules de foin empilées derrière la grange principale, où j'étais sûr de trouver toute une bande de chats maigres et tigrés. Ils somnolaient, je m'étendais à côté d'eux, captivé par le profond mystère de leur ronronnement, hypnotisé par leur impénétrable demi-sourire, qui me faisait envier leurs rêves.

*

J'étais à cette époque amoureux d'une fille appelée Susan Clement, qui était assise à côté de moi en classe. Elle avait de longs cheveux blonds, des yeux bleu pâle, et, à y songer, je pense qu'elle m'aimait aussi, mais je n'ai jamais pu en être certain car, même si j'ai passé des semaines, et peut-être des mois, à soupirer après elle, il m'aurait été plus facile de m'envoler pour la lune que de trouver les mots justes pour exprimer mes sentiments. Mais je me souviens vivement de la nuit où je me suis soudain aperçu qu'elle était dans mon lit. Cette sensation ne m'était pas complètement inconnue, car la même année il m'était arrivé de dormir avec Joan, pendant des vacances où nos familles avaient campé ensemble ; mais je n'avais pas voulu la toucher ni être touché par elle ; j'avais reculé devant l'idée, en fait. Or, avec Susan, la première chose dont je me rendis compte, ce fut — réalité stupéfiante et palpable qui me fit presque évanouir de joie — qu'elle me touchait, que je la touchais, que nous étions emboîtés, emmêlés, enroulés comme des serpents endormis. J'avais l'impression que nos deux corps se fondaient l'un dans l'autre, que le monde entier pénétrait en nous, que dans la chaleur humide de mon lit et l'obscurité de ma chambre aux rideaux tirés, nous ne devenions qu'un long et doux frémissement, où chaque mouvement, chaque rapprochement, créait de nouvelles vagues de plaisir, qui nous faisaient rouler l'un sur l'autre comme dans un berceau, jusqu'à ce que la tension devînt insupportable et que je dusse cesser. Et dès que j'eus cessé, je me réveillai, seul et affligé.

C'est mon premier souvenir sexuel et un des trois seuls rêves d'enfance dont je puis maintenant me souvenir avec précision.

*

Joan habitait à quelques maisons de la nôtre. Nos mères devinrent amies alors qu'elles étaient toutes deux enceintes, et on peut donc dire que nous avons grandi ensemble. Nous allâmes dans la même école, et même à cet âge nous avions la réputation d'être du genre intellectuel, ce qui contribua à nous rapprocher. D'une certaine façon, non seulement j'avais décidé que je serais écrivain, mais mon premier livre avait déjà paru, à un seul exemplaire, conçu, illustré et calligraphié par moi-même. Dans un récit épicé de joyeux anachronismes, je racontais des anecdotes extraites des dossiers d'un détective victorien ; mon héros était inspiré, sans beaucoup de considération pour les rigueurs de la loi sur le copyright, par un personnage d'une des bandes dessinées qui formaient le fond de mes lectures de l'époque. Joan avait également des aspirations littéraires : elle écrivait des histoires d'amour historiques, concernant d'habitude l'une ou l'autre des femmes de Henri VIII. Mais, selon moi — non que j'eusse la brutalité de le lui dire —, son travail manquait de maturité. Ses caractérisations étaient faibles comparées aux miennes, et son orthographe n'était pas fameuse. Néanmoins, nous aimions nous montrer nos œuvres.

Une ou deux fois, nous nous rendîmes ensemble à la ferme de Mr Nuttall. C'était une courte promenade à bicyclette, pas plus d'une dizaine de minutes, mais le chemin était fabuleux — une pente juste assez raide pour prendre de la vitesse en roue libre, le vent nous fouettant le visage et nous sifflant aux oreilles, en faisant jaillir de douces larmes d'excitation aux coins de nos yeux. Le trajet du retour était bien sûr une tout autre affaire. Nous devions d'habitude descendre et pousser nos bécanes. Comme nous étions des enfants consciencieux — assez bizarrement, pensera-t-on —, nous savions que nos parents s'inquiéteraient si nous ne revenions pas au bout de deux heures, ce qui signifiait que nos visites tendaient à être haletantes et précipitées. Nous emportions des livres, des crayons et du papier, mais, d'ordinaire, par manque d'application, nous finissions par passer la plupart de notre temps avec Harry et les animaux. C'est du moins mon principal souvenir du printemps et du début de l'été 1960 : avant que Joan et moi ne franchissions le pas capital de nous installer ensemble.

Un mot d'explication sur ce point. Depuis quelques semaines, je convoitais parmi les bâtiments une étable vide qui, apparemment, n'avait pas d'amateurs. Je me mis alors à harceler ma mère jusqu'à ce qu'elle cédât et allât poliment demander s'il m'était possible d'en profiter. « Il est en train d'écrire un livre, expliqua-t-elle avec une fierté contenue, et il a besoin d'un endroit tranquille où il puisse avoir la paix. » Mrs Nuttall ne fut pas longue à transmettre cette requête à son mari, lequel en fut tellement flatté qu'il prit personnellement l'affaire en main. Et, dès ma visite suivante, en ouvrant la lourde porte grinçante de ma nouvelle et sombre retraite, je découvris qu'elle avait été munie d'un bureau (en fait, je pense, un vieil établi), d'une petite chaise de bois, et que l'ampoule nue qui pendait des poutres au bout d'un fil avait été artistiquement ornée d'un abat-jour vert pâle. Au cours de l'été, je transportai dans ce havre obscur tous les livres et les bibelots de ma chambre ; Mrs Nuttall me prêta deux vases et me fournit régulièrement en iris et en chrysanthèmes ; et Harry parvint même à installer un hamac temporaire, fixé aux murs dans un coin à l'aide de deux gros clous qui étaient supposés (assez présomptueusement, je dois dire) pouvoir supporter le poids de mon corps allongé. Bref, j'avais une nouvelle demeure, et il me semblait qu'aucun bonheur n'aurait su être plus parfait.

Mais je devais bientôt découvrir qu'il en existait un. Un matin, au début des vacances scolaires, je découvris dans mon étable une enveloppe blanche qu'on avait glissée sous la porte. L'adresse était écrite de la main de mon père. C'était la première lettre que je recevais.

*

Association des Résidents de la Ferme Nuttall
La Volaille
Caquetis-les-Bassecour
Recolteshire

19 juillet 1960

Cher Mr Owen,

Permettez-moi de venir vous exprimer, de la part de tous nos amis résidents, la joie que nous avons éprouvée en apprenant votre décision d'être locataire de l'étable vide de Mr Nuttall.

Cette nouvelle a rempli d'allégresse toute la ferme. Certains animaux en ont même la chair de poule, et brûlent de promener leurs plumes dans votre nouvelle tanière. Les vaches sont au septième ciel. Quant aux chevaux, bien entendu, ils sont particulièrement heureux de vous voir v-hennir.

Il se peut que vous trouviez d'abord que quelques petits oiseaux ont tendance à être d'une humeur de buse et à faire les bécasses. Mais vous devez garder à l'esprit que la plupart de ces animaux, loin d'être aussi instruits que vous, sont restés bêtes comme des ânes. Bref, j'espère que vous ne serez pas chatgriné par leurs rat-yeux-riz.

N'hésitez pas à venir fouiner par ici chaque fois que vous en aurez envie, car mes épouses et moi même sommes toujours heureux de recevoir des visites. Nous sommes fatigués de toujours percher au même endroit, et l'atmosphère commence vraiment à cocoter.

Très cordialement,

Bertrand Lecoq
(Maître Coquin)

*

L'autre rêve dont je me souviens est le plus bref des trois, mais il était si frappant et si effrayant qu'il m'a fait hurler à pleine voix au point que mon père est sorti en courant de sa chambre pour venir me calmer. Lorsqu'il m'a demandé ce qui n'allait pas, j'ai pu seulement lui répondre que j'avais fait un cauchemar, dans lequel un homme se penchait sur mon lit, en me dévisageant si intensément que j'avais la certitude qu'il allait me tuer. Mon père s'est assis à côté de moi et m'a caressé les cheveux. Après quoi, j'ai dû me rendormir.

J'aurais pu lui dire quelque chose d'autre — même si je ne l'avais pas vraiment compris sur le moment — pour lui expliquer pourquoi ce rêve avait été si terrifiant. La vérité est que j'avais reconnu l'homme penché sur mon lit. Je l'avais reconnu parce que c'était moi. C'était moi, devenu un homme mûr, contemplant l'enfant que j'étais, moi avec un visage ravagé par les ans et sillonné comme une sculpture antique par des traces de douleur.

*

La photographie était un des passe-temps favoris de mon père. Il avait un petit appareil à boîtier en cuir avec un flash qu'il avait bricolé lui-même, et, en guise de chambre noire, il couvrait de papier noir la fenêtre de la salle de bains et emplissait la baignoire de produit à développer ; mais, un jour, il se trompa dans la dose et brûla l'émail, et ma mère lui interdit de recommencer. Ce fut toutefois avant cet incident qu'il vint à la ferme de Mr Nuttall pour prendre quelques clichés de Joan et moi au sommet de notre bonheur domestique.

Oui, nous vivions désormais ensemble. Ou, du moins, nous écrivions ensemble — car j'avais accepté avec circonspection de me lancer dans une collaboration qui transporterait mon détective victorien à l'époque des Tudor afin de résoudre une énigme criminelle sur l'ordre de Henri VIII lui-même. (Toute cette histoire, me semble-t-il, était largement inspirée de *La Machine à explorer le temps*, que mon père m'avait lu à haute voix le soir, avant l'heure du coucher.) Pour cela, nous avions obtenu une deuxième chaise de Mrs Nuttall, et nous nous asseyions l'un en face de l'autre, à écrire des chapitres alternés et à nous les passer de part et d'autre de l'établi, entre des pauses pour nous rafraîchir et chercher l'inspiration en arpentant le minuscule jardin. Inutile de dire que cette aventure n'aboutit pas à un succès : nous n'achevâmes jamais notre livre, et, vingt ans plus tard, lorsque nous nous trouvâmes l'évoquer, aucun de nous ne fut capable de se souvenir de ce qu'était devenu le manuscrit.

Cependant, ce fut durant cette brève période de partenariat créatif que mon père fit ses photographies. Il nous saisit dans des poses caractéristiques : Joan assise toute droite, avec un grand sourire ardent et confiant qui illuminait son visage, et moi pris à moitié de dos, penché avec concentration, un crayon à la bouche. Mon père fit deux tirages des négatifs, et nous en donna un à chacun. Joan me déclara par la suite qu'elle avait conservé le sien durant de longues années dans un tiroir secret, au milieu de ses butins les plus précieux. J'avais pour ma part épinglé le mien dans ma chambre ; mais il ne fut pas long à être perdu, comme il arrive à la plupart des trésors d'enfance.

*

Banque Magouille
Hôtel des Profits
Rue du Lucre
Grippesouville

23 juillet 1960

Cher Mr Owen,

Nous avons été fort intéressés d'apprendre que vous avez récemment obtenu une augmentation d'argent de poche de 6 pence par semaine. Votre revenu hebdomadaire s'élevant maintenant à 3 shillings, nous avons pensé que vous aimeriez être informé de quelques-uns de nos nouveaux placements.

Pouvons-nous vous recommander, par exemple, notre compte-crédit Super Bonus ? Ce système associe un investissement minimum à un rendement maximum. Ainsi, un de nos clients, qui a ouvert son compte il y a un mois seulement, a déjà augmenté son avoir de plus de 6 shillings 6 pence.

À moins que, vivant parmi les animaux, vous ne préfériez considérer notre Compte Spécial Monnaie de Singe. Vous fournissez la monnaie, nous fournissons le singe — et vous pouvez finir par réunir toute une ménagerie. Au bout d'une année, vous pouvez vous retrouver avec un magot de plus de 1 livre 1 shilling (ce que nous appelons un « magot chinois ») en déposant seulement 6 pence par semaine : loin de nous l'idée d'entamer davantage vos finances.

À propos, comme nous avons le plaisir de vous compter parmi nos clients les plus importants, vous êtes maintenant habilité à vous joindre à notre club de rencontre, qui se réunit chaque mardi à « L'auberge des Picaillons » pour une soirée de grand divertissement et de cuisine de premier ordre : on y sert de la galette de blé et de l'omelette à l'oseille arrosées de toutes espèces de liquide, et nous serions heureux de vous avoir parmi nous.

Monétairement vôtre,

Leroy Midas
(Directeur)

*

Il y a un autre rêve dont je me souviens très clairement, et que je fis plusieurs années après, alors que j'avais quinze ans. Le mercredi 27 mars 1968, aux petites heures du matin, je rêvai que je volais dans un petit avion à réaction qui, soudain, sans raison apparente, se mit à piquer. J'entends encore le ronronnement tranquille du moteur se transformer en crachotements rauques, et je vois un mur dense de nuages gris surgir de nulle part. Le hublot se fracasse violemment, des éclats de verre volent autour de moi, se plantent dans mes bras et mes épaules, un appel d'air surpuissant me plaque lourdement contre le fuselage, nous plongeons à une vitesse incroyable, je suis creux, mon corps est une coquille vide, ma bouche est ouverte, tout ce qui était à l'intérieur de moi est laissé loin derrière, dans le ciel, le bruit est assourdissant, gémissements du moteur et sifflements d'air, et pourtant je m'entends parler, je répète une phrase, soit à moi-même soit à un interlocuteur invisible, obstinément, sans emphase, je rabâche : « Je tombe. Je tombe. Je tombe. » Et puis c'est un dernier hurlement de métal, le fuselage se déchire et commence à partir en morceaux, tout l'avion finit par exploser en un million de particules, et je tombe en chute libre, sans autre repère que le ciel bleu, mais la terre apparaît, elle se précipite vers moi, je vois nettement les mers et les continents, les côtes, les îles, les fleuves, les grands lacs. Je ne souffre plus, je n'ai plus peur, j'ai déjà oublié ce que je ressentais : je remarque simplement que l'ombre de la terre s'est mise à avaler l'azur délicat, et ce passage du bleu au noir est progressif et vraiment superbe.

Alors je me suis réveillé, sans trembler, ni transpirer, ni crier pour appeler mon père, mais en prenant conscience, avec une sensation de décompression et même de regret, de la banalité de ma chambre obscure et de la nuit silencieuse. Je me suis retourné, et je suis resté éveillé quelques minutes avant de sombrer de nouveau, cette fois dans un sommeil limpide et sans rêves.

Ce fut deux jours plus tard, le vendredi matin, au petit déjeuner, que mon père me passa son exemplaire du *Times* et que j'appris que Youri Gagarine avait trouvé la mort avec son copilote, leur biplace d'entraînement s'étant écrasé à Kirzhatsk au moment même où je faisais mon rêve. Le dernier message qu'on eût entendu de Youri était cette constatation tranquille : « Je tombe », tandis qu'il essayait d'éloigner son appareil d'une zone peuplée. D'abord, je ne voulus pas le croire, pas avant d'avoir vu dans le journal du lendemain une photographie montrant le bâtiment où on avait exposé ses cendres, le Siège de l'armée soviétique ; et, s'enroulant tout autour, piétinant dans les rues sombres, un cortège funèbre de six personnes de front et de quatre kilomètres de long.

*

... Si vous dormez, acceptez vos rêves. C'est le rôle du dormeur... *

L'enveloppe glissa sur le sol. Aussitôt, réveillé par son arrivée comme rien d'autre n'aurait su me réveiller, je bondis de mon lit et me précipitai dans le couloir pour la ramasser. Elle était affranchie au tarif rapide et l'adresse tracée d'une main libre et élégante. Trop impatient pour aller chercher un couteau dans la cuisine, je l'ouvris grossièrement avec mon pouce, puis l'emportai dans le salon et me mis à lire le message suivant, dont chaque phrase accrut ma stupéfaction :

Cher Mr Owen,

Cette notule brève et trop hâtive est pour vous présenter des excuses et vous faire une proposition.

D'abord, les excuses. Permettez-moi d'être le premier à admettre que je suis le responsable de plusieurs forfaits contre votre bien et contre votre personne. Ma seule justification — mon seul titre, en fait, à votre indulgence et à votre pardon — est que j'ai toujours agi pour des motifs d'humanité. Depuis plusieurs années maintenant, je m'intéresse passionnément au cas de Miss Tabitha Winshaw, dont je considère la longue réclusion abusive comme l'une des plus flagrantes injustices que j'aie rencontrées dans ma carrière professionnelle. Par conséquent, lorsque j'ai appris, par votre petite annonce dans le *Times*, que vous aviez entrepris une enquête sur des circonstances qui ne sont pas étrangères à sa situation, ma curiosité a été aussitôt aiguisée.

Vous devez pardonner les excentricités, Mr Owen (ou puis-je vous appeler Michael ? car je dois admettre que j'ai l'impression, ayant lu vos deux excellents romans, que nous sommes déjà des amis intimes) vous devez pardonner les excentricités, dis-je, d'un vieil entêté qui, au lieu de vous approcher directement, a préféré d'abord sonder le terrain, selon ses propres méthodes, éprouvées de longue date. Je dois avouer que c'est moi, Michael, qui ai pénétré dans les bureaux de vos remarquables éditeurs pour y dérober votre manuscrit ; et c'est moi qui ai suivi votre taxi le lendemain même ; c'est moi qui, dans le désir d'avoir un contact personnel avec vous, vous ai abordé devant un restaurant de Battersea, et qui ai eu le privilège — et l'étonnement, dois-je ajouter — de recevoir une pièce de vingt pence des mains de votre charmante compagne. (Vous trouverez ci-joint un chèque correspondant au remboursement de cette somme). Et c'est moi, vous avez déjà dû le deviner, qui vous ai suivi tous deux du restaurant jusqu'à votre domicile, au grand regret de mes jambes âgées contraintes de suivre votre rythme, et qui, bien malgré moi, à cause d'une erreur de position, ai donné à votre compagne une regrettable frayeur au moment même — si j'ai bien compris la situation — où vous vous apprêtiez à goûter une délicieuse intimité.

Pouvez-vous pardonner ce triste catalogue d'agissements répréhensibles ? Je ne puis qu'espérer que ma franchise servira du moins de circonstance atténuante.

Et maintenant, Michael, voici la proposition. Il me semble évident que, comme opérateurs indépendants, nous avons mené aussi loin que possible nos enquêtes respectives. Le temps est venu de joindre nos forces. Laissez-moi vous assurer que j'ai en ma possession une masse d'informations qui vous seraient très utiles pour votre travail, et que je suis prêt à vous les communiquer toutes. Pour ma part, je ne demande, en retour, à voir qu'un seul élément : à savoir un bout de papier mentionné au début de votre fascinante histoire, une note rédigée par Lawrence Winshaw et que vous présentez — avec l'élégance et la concision qui caractérisent, je dois le dire, tout votre récit —, comme : « rien de plus remarquable qu'un message gribouillé par Lawrence, demandant au majordome de lui servir un souper léger dans sa chambre ». Je suis persuadé que ce bout de papier — que je me suis autrefois efforcé en vain de retrouver, mais que les obscurs caprices du sort semblent avoir maintenant mis entre vos mains — est d'une importance capitale pour prouver l'innocence et la santé d'esprit de Miss Winshaw ; qu'il est codé, qu'il contient une piste cachée qui peut fort bien avoir échappé — vous ne le prendrez pas mal, j'en suis sûr — à quelqu'un qui n'a pas bénéficié de mes expériences diverses et multiples en la matière.

Nous devons nous voir, Michael. Il n'y a pas deux façons de s'y prendre. Nous devons fixer un rendez-vous, et il n'y a pas de temps à perdre. Puis-je faire une petite suggestion malicieuse, pour un endroit approprié ? J'ai noté qu'a lieu jeudi prochain à la Galerie Narcisse de Cork Street (propriété de Roderick Winshaw, comme vous le savez sûrement) le vernissage — comme il se doit — d'une exposition d'œuvres probablement insipides d'un jeune membre de la petite aristocratie. Je crois que nous pouvons être assurés que l'attrait d'un tel événement pour les aficionados londoniens ne sera pas irrésistible au point de nous empêcher de nous retrouver à cause d'une trop grande affluence. J'y serai à dix-neuf heures trente pile. J'anticipe le plaisir de votre compagnie, et, en frémissant davantage à cette idée, les débuts de ce qui sera, j'en suis convaincu, une association professionnelle chaleureuse et féconde.

Cette lettre s'achevait par un simple « très cordialement » suivi du paraphe suivant :

(Détective)

RODDY

1

Depuis un quart d'heure, Phoebe restait dans un même coin de la galerie. Son verre était poisseux dans sa main, le vin était devenu tiède et imbuvable. Personne n'était venu lui parler, ni même n'avait remarqué sa présence. Elle se sentait invisible.

Pourtant, elle connaissait trois des invités. Elle avait reconnu Michael, quoiqu'elle ne l'eût rencontré qu'une fois, il y avait de cela plus de huit ans, alors qu'il s'apprêtait à travailler à sa biographie des Winshaw. Comme il grisonnait, à présent ! Il ne se souvenait probablement pas d'elle, et de plus, il était absorbé dans une vive discussion avec un retraité aux cheveux blancs qui semblait très loquace et n'avait cessé depuis son arrivée de dénigrer les tableaux exposés. Et puis il y avait Hilary : c'était fort bien, mais elles n'avaient de toute façon rien à se dire.

Et puis, bien sûr, il y avait Roddy lui-même. Elle avait plus d'une fois croisé son regard coupable qui s'était aussitôt détourné avec panique : il n'avait manifestement aucune intention de faire la paix. Ce n'était guère surprenant ; à la vérité, elle n'était guère venue à ce vernissage que pour l'embarrasser. Mais elle avait été naïve de croire qu'elle y réussirait. Car c'était elle, en fait, qui se sentait gênée, en le voyant évoluer avec aisance parmi ses amis et ses collègues, bavarder et échanger des ragots. Elle était certaine que tout le monde apprendrait qui elle était, et quel était son rapport distant et présomptueux avec la galerie. L'idée même lui mettait le feu aux joues. Mais elle ferait front. Elle tiendrait bon, agrippée à son verre.

Ce soir, après tout, elle ne risquait rien de comparable aux flots d'humiliation qui l'avaient submergée lorsqu'elle avait franchi pour la première fois ces portes, un an auparavant.

*

Phoebe avait toujours peint, d'aussi loin qu'elle pût s'en souvenir, et son talent avait d'emblée paru évident à tout le monde, sauf à elle-même. Par la suite, son professeur de dessin avait fait de son travail des éloges de plus en plus appuyés, mais il n'avait guère été suivi en cela par ses collègues, qui l'avaient trouvée décevante dans les matières académiques. En quittant le lycée, elle n'avait pas eu le courage d'entrer dans une école de peinture, et elle avait entrepris à la place une formation d'infirmière. Quelques années plus tard, ses amis parvinrent à la persuader que c'était une erreur, et elle alla suivre un cours de trois ans à Sheffield, où son style changea rapidement. Tout d'un coup, elle entrevit une infinité de libertés insoupçonnées ; en quelques semaines avides et incrédules, elle découvrit les fauves, les cubistes, les futuristes, et les expressionnistes abstraits. Déjà habile dans les portraits et les paysages, elle se mit à composer des toiles surchargées de détails incongrus, inspirées par une fascination pour l'univers physique qui la poussa à consulter des ouvrages invraisemblables, comme des traités de médecine, de zoologie, et d'entomologie. C'était la première fois qu'elle lisait intensément, et dans une édition Penguin d'Ovide elle trouva la source de sa première série de toiles importantes, illustrant les fluctuations, l'instabilité et la continuité du monde animal et du monde humain. Sans s'en rendre compte — car elle voulait que rien ne vînt gêner son ivresse durant cette période — elle abordait un territoire dangereux : elle se plaçait dans cette frange dédaignée entre l'abstrait et le figuratif, entre l'expressif et le décoratif. Elle s'apprêtait à devenir invendable.

Mais avant même d'être en position de s'en apercevoir, elle recula : elle eut une crise de confiance, abandonna ses cours au bout de la deuxième année, et reprit ses études d'infirmière. Elle ne peignit plus durant plusieurs années. Lorsqu'elle s'y remit, ce fut avec un regain de passion, et un sentiment d'urgence. Elle partagea un atelier en location à Leeds (où elle vivait à présent), et y passa tous ses moments de veille. De petites expositions suivirent, dans des bibliothèques, dans des centres d'éducation pour adultes, et elle eut parfois des commandes, guère originales ni stimulantes. Mais elle commença du moins à acquérir une sorte de réputation locale.

Un de ses anciens maîtres de Sheffield, avec qui elle avait plus ou moins gardé contact, l'invita à venir prendre un verre pour lui déclarer qu'il était temps d'exposer son travail dans une galerie londonienne. Pour faciliter les choses, il lui suggéra de s'adresser de sa part à la galerie Narcisse de Cork Street. Phoebe le remercia avec réserve, car elle doutait un peu de l'efficacité de cette recommandation. Le cher maître se vantait en effet beaucoup d'avoir de l'influence sur Roderick Winshaw, mais c'était un continuel sujet de plaisanterie parmi ses élèves, qui n'avaient jamais pu en voir la preuve. Il avait certes fait ses études en même temps que Roddy, mais rien ne laissait supposer qu'ils avaient été proches, ni que le grand marchand d'art avait depuis entretenu des relations avec lui. (Invité un jour à donner une conférence à l'école d'art, il n'avait pas paru se souvenir de quoi que ce fût.) Néanmoins, c'était une occasion, aimablement offerte, à ne pas négliger inconsidérément. Phoebe téléphona à la galerie dès le lendemain matin, tomba sur une secrétaire chaleureuse et serviable, et obtint un rendez-vous pour la semaine d'après. Elle passa les journées suivantes à préparer son dossier.

*

En refermant derrière elle la porte vitrée de la galerie, Phoebe eut l'impression de faire taire tout d'un coup le tumulte dément de Londres ; elle avait pénétré dans un havre silencieux, aseptisé et fermé. C'était un simple espace rectangulaire avec, au fond, un bureau où était assise une jeune femme blonde extraordinairement belle, qui paraissait avoir quelque cinq ans de moins que Phoebe. Dès qu'elle la vit entrer, elle lui lança, avec un sourire figé, un *hello !* menaçant. Phoebe y répondit en marmonnant, puis, trop intimidée pour aller de l'avant, elle chercha une contenance en regardant les tableaux exposés. Ils étaient épouvantables : c'était encourageant. Elle respira profondément, contraignit ses jambes réticentes à la conduire vers le bureau, et alors, sous le regard insolemment inquisiteur de la réceptionniste, une idée importune lui vint à l'esprit. Elle avait passé les derniers moments de la matinée, juste avant de prendre le train, à vérifier les clichés de son dossier ; mais elle se rendait compte à présent qu'elle aurait dû les employer à quelque chose de bien plus utile : à choisir sa toilette avec soin.

« Puis-je vous aider ? demanda la blonde.

— Je m'appelle Phoebe Barton. Je suis venue présenter mon travail. Je crois que je suis attendue. »

Et elle s'assit, sans y être expressément invitée.

« Vous voulez dire que vous avez rendez-vous ? fit la secrétaire en feuilletant les pages de son agenda.

— Oui.

— Quand l'avez-vous pris ?

— La semaine dernière.

— Je n'étais pas là la semaine dernière, lança-t-elle comme un reproche. Vous avez dû tomber sur Marcia, notre intérimaire. Elle n'est pas habilitée à prendre des rendez-vous.

— Pourtant elle m'a fixé le jour et l'heure.

— Je suis navrée, mais rien n'est noté ici. J'espère que vous n'avez pas fait des kilomètres. Je veux dire, ça me ferait mal que vous soyez venue de loin, de Chiswick ou un endroit comme ça.

— Je viens de Leeds, déclara Phoebe.

— Ah, fit la secrétaire avec un hochement de tête. Oui, bien sûr. Votre accent... » Elle referma l'agenda et soupira bruyamment. « Bon, puisque vous avez fait tout ce trajet... Je suppose que vous avez apporté des clichés, n'est-ce pas ? »

Phoebe sortit son dossier, fit le geste de le lui tendre, mais elle se ravisa. « Voyez-vous, j'étais censée le montrer à Mr Winshaw, dit-elle. C'est un ami de mon ancien maître, et on m'a dit que...

— Roddy est en réunion », répliqua la femme. Elle prit le classeur, l'approcha de la lumière, et jeta un regard sur les diapositives durant peut-être une demi-minute. « Non, ce n'est pas pour nous. Je regrette. »

Et elle rendit le dossier. Phoebe se mit à trembler, sous l'effet conjugué d'un sentiment de mépris pour cette désinvolture et de la conscience de sa propre impuissance.

« Mais vous les avez à peine regardés.

— Je suis désolée. Ce n'est pas du tout ce que nous cherchons en ce moment.

— Et que cherchez-vous donc ?

— Vous devriez peut-être essayer auprès d'une plus petite galerie, déclara l'autre en éludant la question avec un sourire glacial. Certaines accueillent des peintres amateurs. J'ignore quels sont leurs tarifs. »

Au même instant, un grand homme bien bâti d'une trentaine d'années surgit de la porte du fond et s'avança dans la galerie.

« Tout va bien, par ici, Lucinda ? » demanda-t-il. Il fit mine d'ignorer Phoebe, mais celle-ci se sentit froidement jaugée.

« Il y a eu un petit malentendu, je crois. Cette demoiselle, Miss Barton, avait l'impression d'avoir un rendez-vous avec vous, et elle a apporté des clichés de son travail.

— C'est parfait. J'attendais Miss Barton », répondit-il. Et il tendit sa main, que serra Phoebe. « Roderick Winshaw. Pourquoi n'irions-nous pas dans mon bureau, pour que je puisse examiner tout ça ? » Puis, se tournant vers la réceptionniste : « Ce sera tout, Lucy. Vous pouvez aller déjeuner. »

Dans son bureau, Roddy jeta un coup d'œil encore plus rapide sur les clichés. Il savait déjà ce qu'il voulait obtenir de cette nouvelle venue si appétissante.

« Harry m'a parlé de votre travail », déclara-t-il mensongèrement, après un effort pour se remémorer le prénom de cet ancien camarade qu'il faisait tout pour éviter depuis une vingtaine d'années. « Mais je suis heureux d'avoir l'occasion de vous rencontrer en personne. Il est très important d'établir un rapport personnel. »

Pour établir ce genre de rapport, il commença par inviter Phoebe à déjeuner. Au restaurant, elle fit de son mieux pour feindre de ne pas être étonnée par le menu, et parvint à ne pas s'exclamer sur les prix, qui à première vue lui avaient paru être une erreur de typographie. Après tout, c'était lui qui payait.

« Voyez-vous, aujourd'hui, sur le marché, déclara Roddy la bouche pleine de blinis et de saumon fumé, il est naïf de penser pouvoir lancer une œuvre indépendamment de la personnalité de l'artiste. Il faut une image, quelque chose que puissent promouvoir les journaux, les magazines, les médias. Peu importe la qualité des tableaux : si vous n'avez rien à dire d'intéressant sur vous-même dans les interviews, à la critique de l'*Independent*, par exemple, alors ça ne vaut pas la peine de tenter le coup. »

Phoebe écoutait en silence. Cet intérêt déclaré pour sa personne était un aveu suffisant de ce qu'il cherchait.

« Bien sûr, il est également important que vous soyez photogénique, ajouta-t-il avec un sourire narquois. Mais je suppose qu'il n'y a aucun problème en ce domaine. »

Roddy avait l'air étrangement agité. Il essayait manifestement d'impressionner Phoebe par son charme et ses attentions, mais le restaurant devait être plein de personnes qu'il connaissait, car il passait son temps à lancer des regards par-dessus l'épaule de sa convive pour s'assurer qu'il avait été remarqué par les dîneurs importants. Chaque fois qu'elle tentait de parler de peinture, où elle croyait voir du moins un intérêt commun, il changeait aussitôt de sujet. Il demanda l'addition au bout d'une quarantaine de minutes, avant même le dessert et le café. Il avait un autre rendez-vous à deux heures.

« C'est vraiment la barbe, dit-il. Un journaliste qui fait un papier sur les jeunes artistes prometteurs : il veut que je lui donne quelques noms, j'imagine. Je l'aurais envoyé balader, mais on est bien obligé de se montrer coopératif si on veut de bons articles sur la galerie. Est-ce que par hasard vous auriez un nom à me suggérer ? »

Phoebe secoua la tête.

« Écoutez, je suis désolé d'être aussi pressé, reprit Roddy en baissant les yeux et en donnant à sa voix un ton de sincérité pudique. J'ai l'impression de ne pas avoir eu le temps de vous connaître. »

Phoebe trouva cette remarque parfaitement ridicule, étant donné qu'ils avaient réglé en cinq minutes tout ce qu'ils avaient à se dire, mais elle se surprit à répliquer : « Oui, c'est vrai.

— Où logez-vous à Londres ? demanda-t-il.

— Je rentre ce soir, répondit-elle.

— Est-ce vraiment nécessaire ? J'étais en train

de penser que vous pourriez rester chez moi, si vous voulez. J'ai un grand appartement.

— C'est très gentil à vous, dit Phoebe, aussitôt prise de soupçon. Mais je dois travailler demain.

— Bien sûr. Mais, écoutez, nous devrions nous revoir bientôt. Je veux étudier de plus près vos œuvres. Il faut que vous m'en parliez.

— Ma foi, je ne viens pas très souvent, avec ce travail, et le prix du billet...

— Oui, je comprends, ce doit être très difficile pour vous. Mais je me rends parfois à Leeds. Ma famille possède quelque chose dans cette région du monde. » Il consulta sa montre. « Saleté de rendez-vous ! Je voudrais vous dire... pourquoi n'iriez-vous pas maintenant dans mon appartement ? C'est juste au coin de la rue, et je pourrais vous y rejoindre dans une heure ou deux. Nous pourrions... eh bien, poursuivre notre conversation, et vous auriez tout le temps de prendre un train dans la soirée. »

Phoebe se leva. « Jolie tentative, même si elle manque un peu de subtilité », fit-elle. Elle mit son sac en bandoulière et poursuivit : « Si j'avais su que c'était là le genre de rapport que vous aviez en tête, je vous aurais épargné les frais d'un repas coûteux. Est-ce que je peux récupérer mes clichés, je vous prie ?

— Je vous les renverrai par la poste, si vous y tenez vraiment », répondit Roddy. Et, fasciné, il la regarda tourner les talons pour sortir du restaurant sans un mot. Ce serait encore plus drôle qu'il ne l'avait imaginé.

*

« C'est un saligaud », dit le soir même Phoebe à

sa colocataire, Kim. Elle essayait en vain de se consoler devant une tasse de café, dans leur cuisine.

« Est-ce qu'ils ne sont pas tous comme ça ? demanda Kim. Est-ce que c'était du moins un beau saligaud ?

— Là n'est pas la question », répliqua Phoebe. (Elle était contrariée de devoir s'avouer qu'elle l'avait trouvé assez beau, bien qu'un peu trop conscient de l'être.)

Mais elle ne pensa plus à Roddy jusqu'en fin de semaine, où elle reçut un coup de téléphone surexcité de son père, qui lui demandait si elle avait vu le *Times* du samedi. Elle sortit l'acheter, et découvrit qu'elle y était citée parmi quelques jeunes peintres dont les carrières s'épanouiraient certainement dans les dix années à venir.

« *Je n'aime pas faire de prophéties : l'histoire peut si facilement nous donner tort, déclare le célèbre marchand londonien Roderick Winshaw, mais de tous les nouveaux artistes que j'ai vus récemment, j'ai été très impressionné par Phoebe Barton, une jeune femme de Leeds qui promet de produire de grandes choses dans l'avenir.* »

Kim estima qu'il fallait téléphoner à Roddy pour le remercier, mais Phoebe, qui pourtant avait de la peine à dissimuler sa joie, s'y refusa. Toutefois, lorsqu'il l'appela quelques jours plus tard, la première chose qu'elle lui dit fut : « J'ai vu ce que vous avez déclaré dans le journal. C'était très aimable.

— Oh, ça, fit Roddy d'un ton évasif. Ce n'est pas grand-chose. J'ai reçu depuis quelques demandes à votre sujet, mais il est encore trop tôt. »

Le cœur de Phoebe se mit à palpiter. « Des demandes ? fit-elle.

— Je vous appelle, reprit Roddy, pour savoir si vous seriez libre ce week-end. Je dois aller dans notre vieille demeure de famille, et je me demandais si vous accepteriez de venir avec moi. Nous pourrions voir de près votre travail. Nous irions en voiture. Je pourrais passer vous prendre à Leeds samedi après-midi. »

Phoebe réfléchit un instant. Tout un week-end seule avec Roderick Winshaw ? Un déjeuner avec lui avait déjà été suffisamment éprouvant. L'idée était redoutable.

« Pourquoi pas ? répondit-elle enfin. Ce serait un plaisir. »

2

Roddy jeta un coup d'œil sur le lotissement de HLM et décida qu'il n'était pas question d'y laisser sa Mercedes de sport. Il ne fut guère plus satisfait de la garer plus haut dans la rue, devant ce qui paraissait être une sorte d'école ou de maison des jeunes : les deux voyous qui le regardaient sortir et verrouiller les portières semblaient tout prêts à briser les vitres ou à crever les pneus dès qu'il aurait le dos tourné. Il espérait que Phoebe serait prête et qu'il n'aurait pas à s'attarder plus de quelques minutes dans ce coin perdu.

Il sonna l'interphone de la tour où elle habitait et s'annonça. Pour toute réponse, la porte d'entrée s'ouvrit d'un petit coup sec. Il lança un dernier regard sur le lotissement — des gosses s'amusant au soleil dans une aire de jeux, de jeunes mères revenant de leurs courses, chargées de paquets, poussant des landaus — et puis il entra dans le hall. Il était humide, il sentait mauvais, et l'ascenseur avait l'air particulièrement sinistre ; mais grimper à pied au onzième étage l'aurait mis en sueur et hors d'haleine, et il voulait faire la meilleure impression possible. Il serra donc les dents, se boucha le nez, et fut soulagé de monter assez vite et sans encombre. Puis il dut s'engager dans un couloir obscur, à peine éclairé par des ampoules de 40 watts qui semblaient nier la lumière radieuse de l'extérieur ; il était sur le point de se perdre, quand une porte s'ouvrit sur Phoebe, qui lui faisait signe. Aussitôt, il reprit courage : elle avait l'air, dans ce cadre ingrat, plus ravissante que jamais, et les doutes qui l'avaient assailli durant tout le trajet se dissipèrent dans un nuage de désir.

« Entrez, dit-elle. Je suis presque prête. Kim vient de faire du thé. »

Roddy la suivit à l'intérieur et fut étonné de se retrouver dans un salon clair et spacieux. Un jeune homme en tee-shirt et jean élimé était avachi dans un canapé devant la télévision, à passer d'un programme à l'autre, de *Premières Loges* à une comédie en noir et blanc sur BBC2. Il ne leva pas les yeux.

« C'est Darren, dit Phoebe. Darren, voici Roderick Winshaw. »

Darren grommela.

« Il est venu en voiture de Londres, continua Phoebe en prenant la télécommande pour éteindre le poste. Je suis sûre qu'il a besoin de se détendre.

— Hé, je suis en train de regarder ! »

Le téléviseur resta donc allumé, et Phoebe se retira dans sa chambre pour terminer ses bagages. Roddy s'esquiva dans la cuisine, où une jeune femme soignée aux cheveux dorés versait le thé.

« Vous devez être Roddy, fit-elle en lui tendant une tasse. Je suis Kim. Je partage cet appartement avec Phoebe. C'est un concubinage, ajouta-t-elle en gloussant. Vous prenez du sucre ? »

Roddy secoua la tête.

« Nous sommes tous tellement contents que

quelqu'un d'important s'intéresse enfin à elle, reprit Kim en se servant trois cuillerées de sucre. Elle avait bien besoin de ce coup de veine.

— Oui, en effet, j'ai bien l'intention de... faire tout mon possible », déclara Roddy, pris au dépourvu.

Phoebe réapparut avec un grand carton sous le bras. « Est-ce qu'il y aura de la place pour ça dans la voiture ? » demanda-t-elle.

Roddy poussa un soupir. « Ça risque d'être juste.

— Eh bien, continua Phoebe d'un air sceptique, vous avez dit que vous vouliez les voir. C'est pour ça que vous êtes ici, n'est-ce pas ?

— Je pensais que c'était des diapositives.

— Pas uniquement. » Son visage s'éclaira. « Nous pouvons les regarder maintenant, si vous voulez. Ça ne prendra qu'une heure ou deux. »

C'était évidemment la dernière chose qu'il voulait.

« En fait, je suis certain que ça entrera dans la voiture, dit-il. Il faudra simplement avancer un peu les sièges.

— Merci, fit-elle en lui lançant un sourire. Je vais chercher ma valise. »

Darren se montra en traînant les pieds. « Où est mon thé ?

— Je croyais que tu devais aller chez Sainsbury's, lui dit Kim en lui versant une cuillerée de sucre.

— Ça ne ferme qu'à six heures.

— Oui, mais il ne restera plus rien.

— Le match de rugby commence dans une minute.

— Darren, qu'est-ce que tes haltères font dans

ma chambre ? demanda Phoebe déjà prête à partir.

— Il y a davantage de place chez toi. Pourquoi, elles t'encombrent ?

— Bien sûr qu'elles m'encombrent, mon vieux. Je ne veux plus les voir quand je reviendrai, d'accord ?

— D'accord, puisque tu en fais toute une histoire.

— Eh bien, merci pour le thé, fit Roddy qui n'en avait pas bu une gorgée. Nous y allons ?

— Jolie veste, remarqua Darren alors que Roddy le dépassait pour sortir de la cuisine. Ça vient de Next, non ? »

La veste en question, en lin couleur crème, avait été faite sur mesure et avait coûté plus de cinq cents livres.

« Ça vient de Charles de Jermyn Street, répondit Roddy.

— Ah, oui, c'est ce que je pensais. Je me disais bien que ça venait d'un endroit comme ça. »

Phoebe lui appliqua sur la joue un baiser dédaigneux, puis ajouta pour son amie : « Au revoir, Kim. Je t'appellerai pour te dire quand je rentrerai.

— Très bien, sois prudente. Amuse-toi bien, et ne fais rien... ne fais rien que tu aies à regretter. »

Heureusement, Roddy était déjà trop loin pour entendre.

*

« C'est un idiot, ce garçon, déclara Phoebe alors qu'ils prenaient l'A1 en direction de Thirsk. Il passe son temps à traîner dans l'appartement. Il commence vraiment à me déprimer.

— Votre amie me semble très gentille.

— Mais vous ne trouvez pas que c'est affligeant de voir une amie choisir un partenaire qui ne lui convient pas du tout ? »

Roddy accéléra pour se mettre à trois mètres de la voiture qui les précédait, et lui adressa de furieux appels de phares. Il avait fait jusque-là cent quarante de moyenne.

« Je vois ce que vous voulez dire, répondit-il. Ça me fait penser à un de mes amis. Il a été fiancé deux ans à une cousine de la duchesse de... Pas vraiment jolie, il faut dire, mais elle a des relations fabuleuses. Il espérait entrer à l'Opéra, voyez-vous. Et puis, tout d'un coup, sans un mot d'avertissement, il a tout rompu, et il s'est acoquiné avec une parfaite inconnue : une institutrice, s'il vous plaît. Personne, mais *personne* n'avait jamais entendu parler d'elle. Et, de plus, ils se sont mariés. À bien y songer, ils ont l'air très heureux, mais je persiste à croire qu'il aurait dû serrer les dents et rester avec Mariella. Il dirigerait sans doute déjà l'Opéra national. Vous voyez ce que je veux dire ?

— Je ne pense pas que nous parlions tout à fait de la même chose », répondit Phoebe.

Ils se turent quelques minutes.

« Ça me paraît très semblable », reprit enfin Roddy.

*

Ils traversèrent Helmsley avant de se diriger vers les North York Moors. Le soleil brillait encore, et Phoebe trouva que les landes, qu'elle avait souvent parcourues et qu'elle avait toujours considérées comme épouvantablement mornes, paraissaient ce jour-là chaleureuses et accueillantes.

« Vous avez vraiment de la chance d'avoir une maison de famille par ici, dit-elle. Ce doit être un endroit merveilleux pour un enfant.

— Oh, je n'y ai pas passé beaucoup de temps dans mon enfance. Dieu merci ! C'est l'endroit le plus sinistre de la terre, si vous voulez mon avis. Je n'y viens que si j'y suis obligé.

— Et qui vit dans cette maison en ce moment ?

— Personne, à vrai dire. Il y a une domesticité minimale, une cuisinière, un jardinier, et ce vieux majordome qui doit être dans la famille depuis cinq cents ans, et c'est tout. C'est assez vide, comme vous voyez. » Il prit une cigarette et la fit allumer par Phoebe. « Oh, et, bien sûr, il y a mon père.

— Je ne savais pas qu'il était encore en vie.

— Oui, si on peut dire ça », fit Roddy avec un sourire.

Ne sachant comment prendre cette remarque, Phoebe poursuivit : « Connaissez-vous le portrait que John Bellany a fait de son père ? J'adore ce tableau : il est tellement riche, et plein de détails, il vous raconte tant de choses sur le modèle, et en même temps il exprime tellement de chaleur et d'affection. Il est vraiment radieux.

— Je connais cette œuvre, oui. Je ne suis pas sûr que je la recommanderais comme investissement, en ce moment. Écoutez, reprit-il en fixant Phoebe de ses yeux mi-moqueurs mi-impérieux, j'espère que vous n'allez pas me faire parler de peinture tout le week-end. J'en ai mon compte à Londres.

— Et de quoi d'autre allons-nous parler ?

— De tout. De n'importe quoi.

— “L'art est comme l'air que je respire, déclara Phoebe. Ce que les autres appellent le monde réel m'a toujours paru pâle et insipide en comparaison.”

— Eh bien, c'est possible, mais, pour ma part, j'ai toujours trouvé cette sorte d'attitude un rien affectée.

— Oui, mais ce n'est pas moi qui l'ai dit : c'est vous. Dans l'*Observer*, en avril 1987.

— Vraiment ? Ma foi, c'est le genre de chose que les journalistes attendent de vous, dans mon domaine. Mais il ne faut pas prendre ça au pied de la lettre. » Il tira une bouffée de sa cigarette, et sa voix prit un ton plus tranchant, plus menaçant. « Savez-vous ce que j'étais supposé faire ce soir ? J'étais invité à dîner chez le marquis de..., dans son appartement de Knightsbridge. Il doit s'y trouver un des producteurs de théâtre les plus puissants de Londres, un membre de la famille royale, et une actrice américaine incroyablement belle, vedette d'un film qui se donne en ce moment dans tout le pays. Elle est venue en avion de Hollywood uniquement pour cette occasion.

— Et que suis-je censée répondre à ça ? Tous ces gens doivent manifestement vous ennuyer, si vous avez préféré aller avec moi au fin fond de la campagne.

— Pas nécessairement. Je considère ce week-end comme une séance de travail. Après tout, mon gagne-pain dépend de la fréquentation de jeunes talents : et je considère que vous avez vraiment du talent. » Il estima sans doute que le compliment était bien placé, car cela lui donna le courage d'ajouter : « Ce que je veux dire, ma chère, c'est que j'attends de ce week-end quelque chose de plus amusant que quelques heures passées dans le salon à discuter de l'influence de Vélasquez sur Francis Bacon. » Et, avant que Phoebe n'eût le temps de répliquer, il aperçut quelque chose au loin qui le fit s'écrier : « Voilà, on y est. Ce bon vieux domaine ! »

*

La première impression qu'eut Phoebe de Winshaw Towers ne fut guère encourageante. Perché presque au sommet d'une grande corniche menaçante, l'ensemble, à contre-jour, projetait des ombres profondes sur le terrain qu'il dominait. Les jardins n'étaient pas encore visibles ; mais on pouvait déjà distinguer des bois touffus qui masquaient l'approche de la maison, et, au pied de la colline, de vagues et sinistres étendues d'eau. Quant à l'agglomérat insensé de tours gothiques, néo-gothiques, sous-gothiques et pseudo-gothiques qui donnait son nom à la demeure, il faisait plus que tout songer à une énorme main noire noueuse et déformée, écartant ses doigts vers le ciel pour saisir le soleil couchant comme une pièce de monnaie brunie prête à tomber dans son étreinte.

« Ce n'est pas exactement un camp de vacances, n'est-ce pas ? fit Roddy.

— Il n'y a pas d'autres maisons alentour ?

— Il y a un petit village à sept ou huit kilomètres, de l'autre côté de la colline. Et c'est tout.

— Qui diable a bien pu choisir de vivre dans un endroit aussi isolé ?

— Dieu seul le sait. Le corps principal de la maison a été construit en 1625, dit-on. Elle n'est entrée dans la famille qu'une cinquantaine d'années plus tard. Un de mes ancêtres, Alexander, l'a achetée, et s'est mis à l'agrandir. C'est pourquoi il ne reste presque plus rien du bâtiment de brique d'origine. Cet étang, poursuivit-il en faisant par la vitre un geste en direction de la rive qu'ils longeaient, est connu sous le nom de lac Cavendish, quoique ce ne soit pas vraiment un lac, car il est artificiel. Mon arrière-grand-oncle Cavendish Winshaw l'a fait creuser il y a environ cent vingt ans. J'imagine qu'il espérait y faire du canotage et pêcher la truite. Mais pensez donc ! On risque d'attraper une pneumonie mortelle si on y reste plus de cinq minutes. Je me suis toujours dit que Cavendish, et aussi Alexander, puisqu'on en parle, devaient appartenir à... eh bien, au côté excentrique de la famille.

— Que voulez-vous dire, au juste ?

— Oh, vous ne saviez pas ? Il y a chez les Winshaw une longue et honorable tradition de trouble mental. Elle se poursuit encore, pour tout dire.

— Comme c'est fascinant ! s'écria Phoebe. Quelqu'un devrait écrire un livre sur votre famille. » Cette remarque était faite sur un ton assuré et malicieux qu'un interlocuteur plus sensible que Roddy aurait su percevoir.

« Quelqu'un *était* effectivement en train d'écrire un livre sur nous, puisque vous y faites allusion, répondit gaiement Roddy. Je l'ai même rencontré une fois ; j'ai eu un entretien avec lui il y a quelques années. Il était du genre fouineur, je dois dire. En tout cas, tout ça s'est tassé. C'était du bon boulot. »

Ils s'étaient engagés dans l'allée principale. La voiture fut aussitôt plongée dans un sombre tunnel végétal. Le chemin avait dû autrefois être suffisamment large pour le passage d'un grand véhicule, mais il était désormais à l'abandon, et les vignes, les lierres, toutes sortes de feuilles et de branches frôlaient constamment le toit et le pare-brise. Ils émergèrent enfin dans un espace dégagé, mais c'était la même désolation dans ce qui restait de jour : les pelouses étaient mangées de mauvaise herbe, les sentiers et les massifs de fleurs à peine distincts, et la plupart des bâtiments annexes paraissaient sur le point de s'écrouler, avec des carreaux brisés, des murs effrités, des portes battantes sur leurs charnières rouillées. Roddy semblait ne rien remarquer de tout cela : il continuait de conduire avec une concentration impénétrable, et il arrêta la voiture dans la cour pavée, devant l'entrée principale.

Ils sortirent du véhicule. Phoebe regarda autour d'elle, muette de stupeur, prise d'une crainte étrange et inhabituelle. Elle se rendait compte que Roddy s'était arrangé pour la mettre dans une situation d'isolement et de vulnérabilité, et elle se mit à frissonner. Tandis qu'ils prenaient leurs bagages dans le coffre, elle leva les yeux et aperçut au premier étage quelque chose qui bougeait derrière une des multiples fenêtres à meneaux. Elle ne le distingua qu'un bref instant : un visage pâle, tiré, tordu, surmonté d'une touffe hirsute de cheveux gris, épiant les nouveaux venus avec le regard malveillant de la folie. C'était suffisant pour lui glacer le sang.

*

Roddy se laissa tomber sur le lit et épongea d'un mouchoir de soie son visage rouge comme une betterave.

« Ouf ! Je ne m'attendais pas à ça, je dois dire.

— Je vous ai proposé de le porter moi-même », dit Phoebe en s'approchant de la baie vitrée.

Il avait longuement tiré sur la sonnette, puis tambouriné à la porte d'entrée, mais il n'avait obtenu aucune réponse, et avait donc été obligé d'ouvrir avec ses propres clefs, puis avait insisté pour porter seul tous les bagages, en glissant malaisément sous son bras le grand carton de Phoebe. Elle l'avait suivi en silence, saisie par l'atmosphère de délabrement lugubre qui régnait dans toute la maison. Les tapisseries tendues aux murs étaient râpées et déchirées ; les lourds rideaux de velours des paliers étaient déjà tirés, masquant le soleil mourant ; deux armures en équilibre précaire dans des alcôves opposées semblaient prêtes à s'effondrer en un tas de rouille ; et même les têtes du malheureux gibier dont le destin était d'orner les salles exprimaient un profond désespoir.

« Pyles doit être par là, mais je suis certain qu'il est déjà ivre mort, expliqua Roddy en tâchant de reprendre sa respiration. Voyons si on peut faire quelque chose. »

Il saisit le cordon de sonnette qui pendait au-dessus du lit et le tira violemment six ou sept fois. Les coups résonnèrent au loin dans les profondes entrailles de la maison. « Ça devrait marcher », dit-il en s'étalant sur le sommier avec de pénibles halètements. Au bout de cinq minutes, des pas se firent entendre dans le couloir, terriblement lourds et lents, irréguliers, claudicants. Un accompagnement de respiration sifflante grandissait à mesure qu'ils approchaient, et ils s'arrêtèrent enfin devant la porte, tandis que continuait l'affreux sifflement. Puis ce fut des coups bruyamment frappés.

« Entrez donc ! » lança Roddy. La porte s'ouvrit

en craquant sur un personnage miteux et cadavérique dont les yeux encadrés de sourcils broussailleux parcoururent la pièce avec des clignements soupçonneux, avant de se poser sur Phoebe appuyée contre la fenêtre. Elle lui rendit son regard avec stupeur. L'odeur d'alcool était tellement forte qu'elle eut l'impression qu'elle pourrait s'enivrer rien qu'en la respirant.

« Quel plaisir de vous revoir parmi nous, jeune monsieur Winshaw, grogna le majordome d'une voix rauque et inexpressive, le regard toujours fixé sur la visiteuse.

— Vous avez eu mon message, j'imagine ?

— Oui, monsieur. On a préparé votre chambre ce matin. Cependant, je ne savais pas... c'est-à-dire, je ne me souviens pas qu'on m'ait dit... que vous viendriez avec... », il se racla la gorge et s'humecta les lèvres, « ... avec une compagne. »

Roddy se leva. « Miss Barton, Pyles, est une jeune artiste que j'espère pouvoir représenter professionnellement dans un proche avenir. Elle va rester ici un jour ou deux. J'ai pensé que cette chambre serait la plus confortable pour elle.

— Comme il vous plaira, monsieur. Je vais descendre dire à la cuisinière qu'il y aura quatre personnes à dîner.

— Quatre ? Pourquoi, qui doit venir ?

— J'ai reçu un coup de téléphone de Miss Hilary en début d'après-midi, monsieur. Elle arrive ce soir, en avion, je crois, et elle a également l'intention de venir avec... », il toussa de nouveau, et lécha les bords ridés de ses lèvres, « ... avec un compagnon.

— Je vois. » La nouvelle ne paraissait pas vraiment enchanter Roddy. « Eh bien, dans ce cas, nous serons certainement cinq à table. Car j'imagine que mon père voudra dîner avec nous.

— Je crains que non, monsieur. Votre père a eu un petit ennui cet après-midi, et il s'est déjà retiré dans sa chambre. Le médecin lui a conseillé de ne plus rien faire aujourd'hui.

— Un ennui ? Quelle sorte d'ennui ?

— Un accident très regrettable, monsieur. C'est entièrement de ma faute. Je l'ai emmené cet après-midi faire sa petite promenade, et alors, je ne sais pas comment ça s'est passé, j'ai perdu le contrôle de sa chaise roulante, elle a dévalé une pente, et elle est allée s'écraser. Elle s'est écrasée contre le poulailler.

— Mon Dieu... est-ce que... est-ce qu'il y a eu des blessures ?

— Un poulet a été décapité, monsieur. »

Roddy le scruta du regard, en se demandant s'il plaisantait. « C'est parfait, Pyles, dit-il enfin. Je suis sûr que Miss Barton désire se rafraîchir après son voyage. Vous pouvez dire à la cuisinière que nous serons quatre ce soir.

— Très bien, monsieur, fit le majordome en se traînant vers la porte.

— À propos, qu'aurons-nous à dîner ?

— Du poulet, monsieur », répondit Pyles sans se retourner.

De nouveau seuls, Phoebe et Roddy gardèrent un silence gêné, puis il déclara enfin avec un rire gauche : « Il devrait vraiment être mis au vert. Mais je me demande qui d'autre on pourrait trouver pour s'occuper d'un endroit pareil.

— Pensez-vous que je doive aller voir votre père ? S'il y a quelque chose que je puisse faire...

— Non, non, le médecin aura pensé à tout. Il vaut mieux ne pas s'en mêler.

— Votre majordome paraît être terriblement boiteux.

— Oui, le pauvre type. » Il se leva et se mit à arpenter nerveusement la pièce. « Cela remonte à dix ou quinze ans, quand mon oncle, Lawrence, vivait encore ici. On avait beaucoup d'ennui avec les braconniers, et on avait posé des pièges contre eux. Pyles s'est pris la jambe dans l'un d'eux, en fin de soirée, à ce qu'il me semble. Pauvre diable, on ne l'a retrouvé que le lendemain matin. La douleur a dû être atroce. C'est sans doute alors qu'il s'est mis à boire. On dit même que... que sa tête en a pris un coup. Ça l'a rendu un peu étrange... mentalement, veux-je dire. »

Phoebe ne répondit rien.

« Je vous avais avertie que c'était un endroit bizarre.

— Est-ce que je dois m'habiller pour le dîner ? demanda-t-elle enfin.

— Bon Dieu, non. Pas pour moi, et certainement pas pour ma chère sœur et son soi-disant compagnon. Ça me fait penser que je ferais bien d'aller allumer les signaux d'atterrissage. Pyles est capable d'oublier. Pourquoi ne repasserais-je pas vous prendre dans une dizaine de minutes ? Je pourrais vous faire faire un petit tour du propriétaire avant la nuit.

— Et votre père ?

— Eh bien quoi, mon père ? »

Le sourire de Roddy était parfaitement vide.

*

C'était le crépuscule. Sur la terrasse dominant le lac Cavendish, Phoebe et Roddy buvaient un Château-Lafite 1970 qu'on avait fait monter de la cave. Ils avaient fait hâtivement le tour de la maison. Roddy avait étalé avec lassitude ses connaissances sur les colonnes ioniques et les arcs en plein cintre, et Phoebe avait fait de son mieux pour s'exclamer sur les damiers de briques, les pierres d'angle en saillie, et les fines sculptures des tympans. Mais, à présent, il apparaissait que Roddy avait d'autres choses en tête. Tandis que Phoebe regardait au loin les deux rangées parallèles de lampes d'atterrissage qui sillonnaient le lac, les yeux de Roddy étaient fixés sur son profil. Elle sentait qu'il allait dire quelque chose de malvenu, et elle s'armait par avance.

« Vous êtes très belle, fit-il enfin.

— Je ne vois vraiment pas en quoi cela nous intéresse, répondit-elle lentement et non sans sourire.

— C'est pour ça que vous êtes ici, et nous le savons tous deux, continua Roddy en se rapprochant d'elle. J'ai un cousin qui s'appelle Thomas. Nettement plus âgé que moi ; il doit aller sur ses soixante-dix ans, maintenant, je pense. C'est un personnage important en ville. Quand il était jeune, à la fin des années cinquante et au début des années soixante, il a prêté de l'argent à des compagnies cinématographiques. Ça lui permettait de traîner dans les studios, de faire des connaissances.

— Quel est le rapport ?

— Attendez, laissez-moi finir. J'avais seulement huit ou neuf ans, à l'époque, et Thomas... eh bien Thomas, vous savez, était... un peu noceur. Un sacré coureur. Il me montrait des photos.

— Des photos ?

— Oui, des chutes de films qu'il avait financés, des choses plutôt juteuses pour la plupart, des scènes de nus. Mais il y avait une photographie, un portrait convenable, tête et épaules, d'une actrice appelée Shirley Eaton. Et j'en étais vraiment mordu. Je la mettais sous mon oreiller avant de m'endormir, vous imaginez ? Bien sûr, j'étais très jeune. Mais, le plus drôle, c'est que...

— Que je lui ressemble étonnamment ?

— Eh bien oui, en effet, dit-il en fronçant les sourcils. Quoi, on vous l'a déjà dit ?

— Non, mais je l'ai vu venir. Et maintenant, je suppose que vous voulez me faire l'honneur de vous aider à vivre vos fantasmes d'enfant, n'est-ce pas ? » Roddy ne répondit rien. Phoebe contemplait toujours la nuit, en savourant le silence, mais elle aperçut bientôt une lumière rouge clignotant dans le ciel. « Regardez là-haut ce qui arrive, dit-elle.

— Ma sœur chérie, je suppose », fit Roddy. Il posa son verre de vin sur la balustrade et déclara : « Allons vers l'embarcadère pour l'accueillir convenablement. »

Pour descendre vers le lac, il leur fallut traverser trois pelouses pleines de mauvaises herbes, reliées par des sentiers où on risquait sans cesse de trébucher sur des pierres, des racines, des creux et des bosses. Au bord de l'eau, le débarcadère consistait en quelques marches de bois pourri. Ils arrivèrent au moment même où l'avion se posait sur le lac dans des gerbes d'écume argentée par la lune ; il glissa vers eux et accosta dans un mouvement gracieux quoique bruyant. Une portière s'ouvrit et les tresses blond cendré de la chroniqueuse la mieux payée de Grande-Bretagne firent leur apparition.

« Roddy ? fit-elle en perçant du regard l'obscurité. Veux-tu être un amour et prendre ce sac, s'il te plaît ? »

Elle lui tendit son bagage, et sortit de l'appareil, suivie d'un bond par un personnage musclé, bronzé, carré d'épaules et de mâchoire, qui referma la porte d'un geste souple et sportif.

« Tu connais Conrad, mon pilote ?

— Enchanté, fit Roddy en sentant ses phalanges broyées par la poigne de l'athlète.

— Et je ne crois pas..., enchaîna Hilary en apercevant Phoebe dissimulée dans l'ombre.

— Je te présente Phoebe Barton, déclara Roddy tandis que Phoebe s'avançait timidement. Je l'ai invitée pour le week-end. C'est une jeune artiste de grand talent.

— Oh, naturellement, dit Hilary en la jaugeant froidement du regard. Tes jeunes artistes ont toujours du talent. C'est la première fois que vous venez dans la maison de l'horreur, ma chère ? »

Phoebe sentait qu'on attendait d'elle un mot d'esprit, mais tout ce qu'elle trouva à répondre fut : « Oui.

— Dans ce cas, continua Hilary en ouvrant le chemin sur les marches, bienvenue au château des Baskerville. En avant, tout le monde ! Je suis affamée. Le vol a été épouvantable. »

3

La table aurait pu sans peine accueillir vingt dîneurs. Les quatre qui s'y trouvaient s'étaient regroupés à un bout, et les arches de cette salle pompeuse et caverneuse rendaient chétif le son de leurs voix. Phoebe et Conrad n'avaient cependant pas grand-chose à dire, et, durant les vingt premières minutes, le frère et la sœur se lancèrent dans une conversation mondaine et affectueuse (malgré les propos désobligeants que Roddy avait tenus sur Hilary avant son arrivée), consistant entièrement en ragots grivois sur des amis communs. Il arrivait à Phoebe de lire les critiques dans les journaux et de regarder les émissions d'art à la télévision, et elle reconnut donc certains noms appartenant à ce petit cercle fermé, complaisant et autoproclamé qui, pour le meilleur et pour le pire, semblait être au cœur de ce qu'on présentait comme la vie culturelle de Londres. Ce qu'elle ne pouvait pas vraiment comprendre, c'était la curieuse note de déférence qui persistait au fond des anecdotes les plus infectes et les plus triviales : elle avait le sentiment que Roddy et Hilary attribuaient en fait une grande importance à tout ce que faisaient ou disaient ces gens-là ; qu'ils les considéraient, au fond, comme des sortes de colosses arpentant la scène nationale. Pourtant, elle aurait pu parcourir la liste entière de ses amis, collègues, voisins et patients sans trouver une seule personne à qui tous ces noms auraient dit quelque chose. Ce flot d'histoires pour initiés et de plaisanteries de caste se déversa continûment jusqu'au moment où Roddy donna à la conversation un tour plus personnel, en demandant des nouvelles de la santé de son beau-frère.

« Oh, Peter est en vadrouille à La Barbade, répondit Hilary. Il ne sera pas de retour avant mardi.

— Tu n'as pas voulu l'accompagner ?

— On ne me l'a pas proposé, mon cher. Il est parti avec cette garce de rédactrice.

— Ma foi, fit Roddy avec un sourire, tu as toujours dit que tu voulais un mariage ouvert.

— C'est une expression assez intéressante, non, un mariage "ouvert". Ça fait penser à une fosse ou à un égout. C'est parfaitement approprié à notre cas. » Elle essuya d'un air absent les traces de rouge à lèvres sur son verre de vin. « En fait, ce n'est pas un si mauvais bougre. Il m'a offert un joli Matisse pour mon anniversaire. »

Phoebe ne put contenir sa stupéfaction. « Vous *possédez* un Matisse ? »

Hilary lui lança un regard tranchant. « Bon Dieu, mais elle parle ! » Puis, se tournant de nouveau vers son frère : « L'ennui, c'est qu'il jure horriblement avec le vert du salon de musique. Nous allons devoir redécorer tout ce bazar.

— À propos de cadeaux, reprit Roddy, te rends-tu compte que c'était l'anniversaire de notre père il y a deux semaines ?

— Oh, merde ! J'ai complètement oublié. Et toi ?

— Ça m'était sorti de l'esprit.

— Au fait, pourquoi ne dîne-t-il pas avec nous ?

— Il a eu un petit accident cet après-midi, paraît-il. Sa chaise roulante est partie en roue libre.

— Encore Pyles ?

— Naturellement.

— Oh, dans ce cas, fit-elle en gloussant, peut-être devrions-nous lui glisser quelques billets pour le convaincre de faire son travail jusqu'au bout la prochaine fois. J'imagine qu'il faudra bien que j'aille voir ce pauvre vieux demain à un moment de la journée. » Elle écarta son assiette à moitié pleine et remarqua que Conrad s'activait avec la sienne. « Tu n'as pas besoin de finir, chéri. Nous ne serons pas choqués.

— C'est délicieux, objecta le pilote.

— Non, ce n'est pas délicieux, répliqua-t-elle comme si elle tançait un enfant attardé. C'est de la merde.

— Ah bon ? fit-il en posant sa fourchette. Je ne m'y connais pas beaucoup en cuisine, ajouta-t-il à l'adresse de tout le monde.

— Conrad est américain, précisa Hilary comme si cela expliquait tout.

— Est-ce que vous possédez d'autres toiles de peintres célèbres ? intervint Phoebe.

— Elle a vraiment l'air d'avoir une seule idée en tête », remarqua Hilary à la cantonade. Puis, en se frottant du doigt le menton pour faire mine de fouiller sa mémoire. « Voyons voir... il y a ce Klee, un ou deux Picasso, et quelques dessins de Turner... plus quelques affreuses croûtes de protégés de mon frère.

— Pourquoi les avoir achetées, si vous trouvez que ce sont des croûtes ?

— Oh, vous savez, je suis très naïve en ce domaine. Roddy m'a dit qu'elles étaient bonnes, et je l'ai cru. Nous sommes tous à sa merci. » Elle réfléchit un instant et se pencha en avant. « Sauf vous, bien entendu. Après tout, vous êtes une professionnelle. Vous avez certainement une opinion sur les artistes qu'il représente.

— Je n'en connais que ce que j'ai vu la semaine dernière à la galerie.

— Et alors ?

— Alors... »

Phoebe hésita en regardant Roddy, puis elle se jeta à l'eau. « Alors j'ai trouvé ça épouvantable. Un travail rudimentaire qui n'aurait même pas été accepté dans un atelier convenable. Des pastels insipides et ces effroyables paysages prétendument naïfs... sauf qu'ils ne le sont même pas. Oh, ils sont assez *léchés* pour paraître naïfs, mais on les dirait bâclés par une petite jeune fille gâtée qui a du temps à tuer entre deux fêtes mondaines. Mais l'artiste est très jolie en photo. Je suis sûre qu'elle fait beaucoup d'effet dans la réalité.

— Hermione a beaucoup de talent, répliqua sèchement Roddy. Oui, en effet, j'ai connu son frère à Oxford, mais les artistes que je représente ne viennent pas tous de ce monde, ou de relations personnelles. Je visite les ateliers, vous savez, pour découvrir de nouveaux talents. Tenez, je viens de prendre un garçon de Brixton, d'un milieu parfaitement ouvrier. Ce qu'il fait est vraiment périlleux, très novateur. Il prend d'énormes toiles, les place sous un certain angle, puis il y projette des pots de peinture pour obtenir... »

Phoebe n'y tenait plus. « Ce genre de truc était amusant cinq minutes dans les années soixante, coupa-t-elle avec impatience. Les gens de votre sorte s'y laissent prendre si facilement.

— Oh, elle a son franc-parler, cette petite, remarqua Hilary.

— Eh bien, c'est grave, voyez-vous. Car c'est comme ça qu'on gonfle les réputations et qu'on impose la médiocrité. Et vous faites tellement monter les prix que lorsqu'un bon peintre réussit quand même à passer à travers les mailles du filet aucune petite galerie ne peut se le payer et il finit dans des collections privées. Vous ne faites rien d'autre que de dépouiller le pays de sa culture. C'est aussi simple que ça. » Et elle but une gorgée de vin pour se calmer.

« Il y a longtemps qu'elle prépare ce petit discours ? demanda Hilary.

— Ma foi, c'est un point de vue, dit Roddy, et elle a le droit de le soutenir. » Il se tourna vers Conrad pour tenter d'alléger l'atmosphère. « Et vous, que pensez-vous de tout ça ?

— Je ne m'y connais pas beaucoup en art, répondit Conrad.

— Allons, bois un coup, chéri, dit Hilary en lui remplissant son verre. Tu t'en sors très bien.

— Je n'ai pas l'intention d'entamer une dispute, reprit Phoebe qui s'était mise à se méfier de Hilary. J'avais l'impression que vous étiez d'accord avec moi sur ce point. J'ai cru que vous rejetiez tout le marché de l'art moderne comme du pur snobisme. »

Hilary écarquilla les yeux et d'abord ne répondit rien. Elle tendit la main gauche vers une coupe de fruits posée entre deux candélabres d'argent, y saisit une grappe, et se mit à peler les grains en glissant ses ongles effilés entre la peau et la chair pourpre.

« Est-ce que nous nous sommes déjà rencontrées ? demanda-t-elle soudain.

— Non, je ne crois pas, répondit Phoebe. Pourquoi ?

— Je voulais simplement savoir, répondit l'autre en continuant de grappiller, ce qui vous rend si péremptoire sur mes opinions personnelles.

— Écoutez, intervint Roddy, les yeux fixés sur le mouvement des doigts de sa sœur, si nous devons continuer sur ce ton, pourquoi n'irions-nous pas nous installer confortablement dans le fumoir ?

— Je me fonde seulement sur ce que j'ai lu dans une de vos chroniques, poursuivit Phoebe. Je me souviens qu'il était question d'un Rothko acquis pour des centaines de milliers de livres par un homme d'affaires, ou quelqu'un du même genre, pour sa collection privée, et que vous avez déclaré que c'était du pur gaspillage, que cet argent aurait dû être consacré à des écoles ou à des hôpitaux. »

Il y eut un silence avant que Hilary ne répondît, d'une voix légèrement étranglée : « Elle nous sort vraiment des choses étonnantes. » Puis, se tournant de nouveau vers Phoebe : « C'est seulement le genre de connerie qu'on donne aux journaux. Je ne grave pas ça dans le marbre, vous savez. De plus, cette chronique s'adresse à des millions de lecteurs, et vous ne vous imaginez tout de même pas que je fais part au grand public de mes opinions intimes, ni de rien de ce qui m'est intime.

— C'est ce que je croyais.

— Voyez-vous, il y a quelque chose qu'on appelle le monde réel, continua Hilary. En avez-vous entendu parler ? » Elle attendit en vain une réponse. « Tout le monde ne peut pas décider d'être un artiste enfermé dans sa tour d'ivoire pour produire un tableau quand l'envie lui en prend. Songez à ceux qui travaillent sur commande, avec des dates limites, et toutes sortes de contraintes. Il faudrait vraiment que vous compreniez ce que peut ressentir quelqu'un qui est rivé à son clavier pour noircir quatre colonnes que la rédaction attend dans la demi-heure.

— Je ne vis pas de ma peinture, répliqua Phoebe. Je suis infirmière visiteuse. Interrogez les gens de ma profession, et vous verrez qu'ils savent ce que veut dire travailler sous pression.

— Je vais vous donner un exemple de pression, déclara Hilary en entamant sa quatrième grappe. La pression, c'est se terrer dans un hôtel du fin fond du Kent avec trois collègues et un télécopieur en sachant qu'il faut pondre un programme d'automne avant jeudi matin.

— C'est possible, dit Phoebe. Mais on peut également dire que la pression, c'est de n'avoir que vingt livres dans son sac, et se demander comment les faire durer jusqu'à la fin de la semaine. Ou s'apercevoir qu'on est de nouveau enceinte deux jours après que votre mari a perdu son travail. C'est le genre de problème que je rencontre chaque jour, chez des gens qui n'ont même pas la consolation de penser que les décisions qu'ils ont à prendre sont prestigieuses et auront du retentissement sur d'autres vies que la leur. »

Un sourire s'étala sur le visage de Hilary, et elle se tourna vers son frère. « Mon chéri, elle est renversante. Je dois vraiment te féliciter. Où diable l'as-tu trouvée ? Te rends-tu compte de ce que tu as amené ici ? Je crois que tu nous as déniché une authentique socialiste de la vieille école, grand teint et pure laine. C'est terriblement rare, tu sais. Et tu as réussi à la capturer et à la transporter jusqu'ici, vieux malin ? Penses-tu qu'elle va se reproduire en captivité ? »

Roddy se leva brusquement.

« Très bien, Hilary, ça suffit maintenant. Laisse-la tranquille.

— C'est un peu tard pour venir galamment à la rescousse, non ?

— Tu deviens grossière.

— Elle ne couchera pas avec toi, tu sais. Tu aurais dû le comprendre tout de suite. »

Roddy se tourna vers leurs invités. « Je dois m'excuser pour ma sœur. Il est clair qu'elle a eu une semaine très dure. Tout de même, ça ne justifie pas ses manières. Vous reconnaîtrez qu'elles sont épouvantables.

— Je ne m'y connais pas beaucoup en manières », dit Conrad.

Hilary l'entoura d'un bras et lui posa un baiser sur la joue. « Conrad ne s'y connaît pas beaucoup en quoi que ce soit, fit-elle, sauf en pilotage et en baise. » Elle se leva, le prit par la main, et l'attira gentiment vers elle. « Je pense qu'il est temps pour moi de vérifier ses connaissances dans le second domaine. Bonne nuit, vous deux. » Et elle ajouta à l'adresse de Phoebe : « Ç'a été très instructif, ma chère. Je n'aurais manqué ça pour rien au monde. »

Quand ils furent sortis, Roddy et Phoebe restèrent quelque temps silencieux.

« C'était très aimable à vous, dit-elle enfin. Merci. »

Il la regarda, peut-être pour voir s'il n'y avait pas là quelque ironie.

« Je vous demande pardon ?

— De prendre parti pour moi. Vous n'étiez pas obligé de le faire.

— Oh, vous savez... elle avait vraiment dépassé les limites.

— Elle ne paraît pas avoir une haute opinion des raisons qui vous ont poussé à m'inviter. »

Roddy haussa les épaules comme pour s'excuser et déclara : « Elle a peut-être raison.

— Quel est le marché ?

— Le marché ?

— Je couche avec vous, et j'obtiens... quoi ? Une exposition collective ? Une exposition personnelle ? Des articles dans les journaux ? Une introduction auprès d'un tas de gens riches et influents ?

— Je pense que vous brûlez un peu vite les étapes.

— Et est-ce que nous n'allons faire ça qu'une fois, ou est-ce que ce doit être le début de quelque chose de plus sérieux ? »

Roddy s'approcha du feu où les deux barres d'un chauffage électrique faisaient de leur mieux pour combattre le froid mortel de la salle. Il semblait s'apprêter à se lancer dans un discours.

« Oh, vous avez parfaitement raison, commença-t-il avec difficulté. Il était clair que je voulais coucher avec vous... comme n'importe quel homme normalement constitué... et je savais que la seule façon de pouvoir vous... persuader était de vous proposer de vous aider dans votre carrière, aide que je suis certainement en position de vous apporter. Mais il se trouve que..., hésita-t-il avec un rire gêné en se passant la main dans les cheveux, voyez-vous, je suis furieux de devoir reconnaître que les propos de ma sœur peuvent avoir la moindre influence, mais l'entendre pérorer de cette façon m'a fait comprendre que mes suppositions, mes présomptions, puis-je dire, étaient vraiment... Eh bien, toute cette histoire m'a soudain paru terriblement vulgaire. Et je sens que je vous dois des excuses. Je suis vraiment navré de vous avoir emmenée ici sous... de faux prétextes.

— Vous devez croire que je suis très innocente, répondit Phoebe en le rejoignant près du feu, si vous imaginez que je suis venue ici sans me douter de quelque chose.

— Alors, pourquoi êtes-vous venue ?

— Ma foi, c'est une bonne question. Laissez-moi vous dire deux choses. » Elle s'appuya contre la cheminée, en croisant de temps en temps le regard de son interlocuteur. « La première, c'est que même si je pense sincèrement que vous ne connaissez pas grand-chose en art, que le pouvoir que vous exercez est malsain, et que vos tractations puent à plein nez, je ne vous trouve pas complètement repoussant. »

Roddy poussa un grognement. « Voilà un bon point, j'imagine.

— La seconde, poursuivit Phoebe en hésitant, les yeux fermés, puis en reprenant sa respiration, c'est une chose que je n'ai jamais eu le courage de dire à personne jusque là, mais... voyez-vous, au cours des années, j'ai fini, avec beaucoup de difficulté, par acquérir une certaine... confiance en moi. En ma peinture, veux-je dire. En fait, j'en suis venue à penser qu'elle est vraiment bonne. Ça doit vous paraître très arrogant, conclut-elle avec un sourire.

— Pas du tout.

— Ça n'a pas toujours été le cas. À une certaine époque, je n'avais plus aucune foi en moi. C'est assez... pénible d'en parler, mais... eh bien, c'est arrivé quand j'étais élève. J'avais abandonné mes études d'infirmière pour suivre des cours de peinture. Je partageais un logement, et, une fois, quelqu'un est venu passer quelques jours chez nous.

Un jour, en revenant de faire des courses, je l'ai trouvé dans ma chambre. Il regardait un de mes tableaux qui n'était qu'à moitié achevé, moins qu'à moitié, en fait. Et c'était comme si... il m'avait vue toute nue. Et plus que ça. Il s'est mis à en parler, et je me suis alors aperçu que ma toile signifiait pour lui tout autre chose que pour moi. J'avais donc complètement échoué à m'exprimer à travers elle. C'était un sentiment très étrange. Quelques jours après, notre visiteur est parti sans prévenir, sans dire au revoir à personne. Il a laissé un grand vide derrière lui, et je n'ai plus supporté de voir mes tableaux, ni que quelqu'un d'autre les voie. Le résultat, c'est que j'ai demandé à la propriétaire si on pouvait faire du feu dans la cour, et que j'ai brûlé tout ce que j'avais fait, toutes les toiles, tous les dessins. J'ai quitté l'atelier et j'ai repris mon travail d'infirmière à plein temps. Et durant toute cette période je n'ai absolument rien peint. Cela ne veut pas dire que je n'y pensais plus. Je continuais de visiter les galeries, de lire tous les magazines d'art. Je sentais un vide à l'intérieur de moi, à l'endroit où je peignais, et je cherchais quelque chose pour le remplir, *quelqu'un*, devrais-je plutôt dire, je courais après un tableau, n'importe lequel, qui puisse rétablir le contact. Connaissez-vous ce sentiment ? Vous devriez, dans votre travail : tomber sur un artiste qui s'adresse directement à vous, qui parle le même langage, qui confirme toutes vos intuitions mais qui exprime en même temps quelque chose de parfaitement neuf. » Roddy garda un silence obtus. « Vous ne comprenez pas, n'est-ce pas ? Bon, de toute façon, inutile de dire que ça ne s'est jamais produit. Mais ce qui s'est produit, c'est que deux années plus tard j'ai reçu par la poste un paquet envoyé par un de mes anciens professeurs d'atelier. On avait fait le ménage, et on avait trouvé quelques dessins de moi qu'on avait voulu me renvoyer. Je les ai donc déballés, et je me suis mise à les regarder. Curieusement, il s'y trouvait une première version de la toile qui m'avait causé tant d'ennuis en n'étant pas comprise par notre visiteur. En la revoyant, et en revoyant tout le reste, je me suis rendu compte à quel point il avait eu tort, et à quel point j'avais eu tort de réagir aussi violemment. Car, après tout ce temps, j'ai compris que c'était du bon travail. J'ai compris que j'étais sur le chemin de quelque chose. J'ai compris que personne n'était, je ne dirais pas meilleur que moi, je n'ai pas cette fatuité, mais n'était sur la même voie, ne tentait le même genre de chose. Ça m'a redonné confiance, m'a fait sentir que j'avais fait des choses qui étaient au moins aussi dignes d'intérêt que tant d'autres œuvres qui sont achetées, vendues, commandées, exposées. Et je n'ai plus vraiment perdu cette confiance. Je sens que... je mérite quelque chose. Vous aurez compris, j'imagine, que je suis décidée. Je pense que rien au monde n'a plus d'importance pour moi, maintenant, que de trouver un public pour mon travail. »

Elle prit quelques gorgées dans son verre et releva une mèche sur son front. Roddy ne dit rien durant un moment.

« Ce que nous pourrions sans doute faire, déclara-t-il enfin, c'est regarder vos tableaux demain et voir ce que nous pouvons arranger. » Phoebe hocha la tête. « Et maintenant, je pense qu'il est temps d'aller se coucher », reprit-il. Elle lui lança un regard interrogateur. « Chacun de son côté », précisa-t-il.

Ils montèrent ensemble le grand escalier, et, à l'entrée du couloir est, ils se souhaitèrent bonne nuit en échangeant un baiser formel.

4

Phoebe se sentit minuscule dans le lit à baldaquin. Le matelas était mou et déformé. Elle se trouva rouler dans le profond creux du centre, malgré son désir de dormir au bord, du côté de la fenêtre. Le sommier craquait à chacun de ses mouvements ; mais la maison tout entière semblait ne jamais cesser de craquer, de gémir, de chuchoter, de siffler, comme si le repos lui était impossible, et, pour tenter d'oublier cet inquiétant accompagnement sonore, Phoebe s'efforça de concentrer son esprit sur les étranges événements de la journée. Elle était contente, au fond, de la tournure qu'avaient prise les choses avec Roddy. Avant même d'arriver à Winshaw Towers, elle s'était faite malgré elle à l'idée de coucher avec lui si c'était une condition absolue à la promotion de son travail. Elle était bien heureuse de ne pas y avoir été obligée. Apparemment, quelque chose de bien mieux et de bien plus inattendu semblait se dessiner : un sentiment de compréhension mutuelle. Elle dut même admettre, à sa grande surprise, qu'elle commençait à avoir confiance en lui. Et, à la chaude lueur de cette nouvelle confiance, elle se laissa aller à ce rêve commun à tous les artistes, quelles que soient la vertu de leurs intentions et la rigueur de leurs principes : un rêve de reconnaissance, de succès, d'applaudissements. Ses ambitions étaient trop modestes pour viser à une réputation mondiale et à des gains considérables ; mais elle brûlait de voir ses œuvres appréciées par d'autres peintres ; de toucher le cœur, de ravir les yeux de quelques individus du public ; d'être exposée dans sa ville, pour offrir quelque chose aux personnes avec qui elle avait grandi, pour rembourser à ses parents la foi et la patience qu'ils lui avaient accordées et qui lui avaient été si précieuses durant ses pires périodes de doute. Exaltée par la pensée qu'une partie, ou la totalité, de cette aventure pût être miraculeusement possible, elle étendit ses jambes sous les draps gris et moisis en ajoutant de nouveau un charmant concert de grincements aux gémissements furtifs de toute la maison.

Mais, tout d'un coup, elle entendit un bruit différent. Il venait du côté de la porte, qu'elle avait pris la précaution de verrouiller avant de se coucher. Elle se dressa dans son lit et alluma la lampe de chevet qui répandit dans la chambre une lueur faible et insignifiante. Elle tourna les yeux vers la porte et se crut soudain la vedette d'un banal film d'horreur à petit budget : la poignée tournait ; il y avait dans le couloir quelqu'un qui essayait d'entrer.

Elle bondit du lit et s'approcha de la porte sur la pointe des pieds. Elle portait une épaisse chemise de nuit de coton boutonnée par-devant, qui lui tombait sous les genoux. La poignée remuait toujours.

« Qui est là ? demanda-t-elle bravement d'une voix légèrement tremblante.

— Phoebe ? Vous êtes réveillée ? » C'était la voix de Roddy : un chuchotement appuyé.

Phoebe soupira avec exaspération. « Bien sûr que je suis réveillée, répondit-elle en entrouvrant. Si je ne l'étais pas avant, je le suis maintenant.

— Puis-je entrer ?

— J'imagine que oui. »

Elle ouvrit complètement la porte et Roddy, en kimono de satin, se glissa à l'intérieur pour aller s'asseoir sur le lit.

« Que se passe-t-il ?

— Venez un instant ici », fit-il en tapotant le matelas.

Elle s'assit à côté de lui.

« Je n'arrivais pas à dormir », déclara-t-il.

Il paraissait estimer que l'explication était suffisante.

« Et alors ?

— Alors j'ai pensé que je pourrais venir vous demander si vous alliez bien.

— Mais oui, je vais bien. Je veux dire, je n'ai pas contracté de maladie mortelle dans la dernière demi-heure.

— Ce n'est pas ça... je suis venu voir si vous n'étiez pas trop perturbée.

— Perturbée ?

— Par l'attitude de ma sœur, et... oh, je ne sais pas, par tout le reste. J'ai pensé que tout cela, c'était peut-être un peu trop pour vous.

— C'est très gentil à vous, mais je vais bien. Vraiment. Je suis une petite dure à cuire, vous savez, ajouta-t-elle avec un sourire. Êtes-vous certain que ce soit la raison de votre venue ?

— Bien sûr que oui. Enfin, en grande partie. » Il se rapprocha d'elle. « Si vous voulez savoir, j'étais couché et je réfléchissais à l'histoire que vous m'avez racontée. Au fait que vous ayez brûlé toutes vos peintures. Et j'ai pensé... dites-moi si je me trompe... que c'est le genre d'histoire qu'on ne raconte pas à n'importe qui. Il m'a semblé, poursuivit-il en l'entourant d'un bras, que vous commenciez peut-être à m'aimer un peu.

— C'est possible, répondit Phoebe en s'écartant légèrement.

— Le courant passe entre nous, n'est-ce pas ? Ce n'est pas une illusion de ma part. Quelque chose commence à se nouer entre nous.

— C'est possible », répéta Phoebe d'une voix blanche. Elle se sentait étrangement absente, et elle s'aperçut à peine que Roddy posait doucement sa bouche sur la sienne. Mais elle remarqua bien son second baiser : le contact de sa langue qui se glissait entre ses lèvres humides. Elle le repoussa doucement en déclarant : « Écoutez, je ne suis pas sûre que ce soit une bonne idée.

— Vraiment ? Alors je vais vous dire ce qui serait une bonne idée. Le 13 novembre.

— Le 13 novembre ? reprit-elle en se rendant vaguement compte qu'il s'était mis à lui déboutonner sa chemise de nuit. Qu'y aura-t-il le 13 novembre ?

— Le vernissage de votre exposition, bien entendu. » Il défit le dernier des trois boutons.

Phoebe se mit à rire. « Vous êtes sérieux ?

— Naturellement. » Elle sentit sa chemise de nuit glisser par-dessus ses épaules. Dans la faible lueur de la lampe, sa peau irréprochable avait une couleur uniforme, d'un ocre doré. « J'ai jeté un coup d'œil sur mon agenda. C'est la première date possible.

— Mais vous n'avez pas encore vu mes tableaux, protesta Phoebe tandis qu'il lui caressait le cou, puis le dos, avec un doigt.

— Ça va un peu bouleverser mes plans, continua Roddy en profitant de son étonnement pour lui planter un autre baiser sur la bouche, mais quelle importance ? » Et il se mit à lui masser les seins.

Elle se sentit renversée sur les oreillers. Des doigts fouillèrent entre ses cuisses. Elle avait la tête qui tournait. Le 13 novembre, c'était dans six semaines à peine. Avait-elle suffisamment de tableaux pour une exposition complète ? Des tableaux dont elle fût suffisamment contente ? Aurait-elle le temps d'achever les deux grandes toiles qui n'étaient qu'à moitié entamées dans son atelier ? Ces idées l'enivraient et la rendaient soumise. Son esprit courait si vite à cette perspective que rien ne lui parut plus simple de laisser Roddy s'étendre sur elle, son kimono ouvert, révélant des bras vigoureux et un torse imberbe. Il lui écartait les jambes avec ses genoux, il promenait activement sa langue sur le bout de ses seins, mais elle reprit ses esprits et tout son corps se crispa pour résister.

« Écoutez, Roddy... il faut que nous en discutions.

— Je sais. Nous devons discuter d'une centaine de choses. Des prix, par exemple. »

En dépit d'elle-même, elle se mit à vibrer sous ses mains et écarta un peu plus les jambes. « Les prix ? fit-elle avec effort.

— Il faut les faire monter le plus possible. J'ai des clients japonais prêts à payer trente ou quarante mille livres pour une grande toile. Mettons deux mètres sur trois. De l'abstrait, du figuratif, du minimalisme, n'importe quoi : ça leur est égal. C'est agréable, au fait ?

— Trente ou quarante mille... ? Mais je n'ai rien peint qui... Oui, oui, c'est agréable.

— Attendez un instant. »

Il pivota et prit quelque chose dans le tiroir de la table de chevet. Phoebe l'entendit déchirer le paquet et dérouler l'objet en caoutchouc.

« Il va falloir bien sûr transporter l'exposition à New York après quelques semaines à Londres », continuait Roddy. Il s'était assis le dos tourné. Ses doigts s'activaient avec une dextérité issue d'une longue pratique. « Je suis en quelque sorte jumelé avec une galerie de Manhattan, donc j'imagine qu'il n'y aura aucun problème. Eh bien, qu'en pensez-vous ? demanda-t-il en s'allongeant de nouveau sur le dos.

— Je pense que vous êtes fou », répondit Phoebe avec un gloussement joyeux. Il l'invita des yeux. Elle comprit, accepta, se redressa, le chevaucha, en lui frôlant le visage avec sa chevelure. « Et je ne pensais pas devoir faire une chose pareille. »

Mais elle la fit.

Roddy s'endormit peu après. Il était couché sur le côté, le visage tourné vers le mur, en prenant les trois quarts du lit. Phoebe somnola plus capricieusement. Son esprit dansait encore sur l'air de toutes ces promesses, envahi par les visions des triomphes à venir. À un moment donné, elle fut réveillée par des voix venant de la fenêtre. Elle se leva, écarta les rideaux, et elle aperçut en bas, au clair de lune, deux silhouettes se courant l'une après l'autre sur la pelouse, avec un maillet à la main. Le caquetage perçant de Hilary dominait le rire plus contenu de Conrad qui expliquait « qu'il ne s'y connaissait pas beaucoup en croquet ». Ils avaient l'air tous deux nus.

Phoebe retourna au lit, essaya de pousser Roddy, n'y parvint pas, et n'eut guère d'autre solution que de se coller contre son dos. Elle l'entoura un instant de son bras ; mais elle renonça vite : c'était comme câliner un bloc de marbre.

*

À son réveil, elle entendit de bruyants gémissements provenant d'une chambre lointaine. Elle était seule dans le lit ; elle estima qu'il devait être entre neuf et dix heures ; dehors, le temps était gris et bruineux. Elle enfila hâtivement un chemisier et un pantalon sur sa chemise de nuit, des pantoufles pour ses pieds nus, et alla jeter un coup d'œil dans le couloir. Pyles s'avançait en boitant avec un plateau contenant les restes frigorifiés d'un petit déjeuner intact.

« Bonjour, Miss Barton, lança-t-il froidement.

— Que se passe-t-il ? demanda-t-elle. On dirait que quelqu'un est en train de souffrir.

— Mr Winshaw, je le crains, souffre des conséquences de ma négligence d'hier. Les contusions sont plus graves qu'on ne le pensait.

— Est-ce qu'on est allé chercher le médecin ?

— J'ai cru comprendre que le docteur ne veut pas être dérangé le dimanche.

— Alors je vais aller m'occuper de lui. »

Et, comme cette proposition était accueillie par un silence stupéfait :

« Je *suis* une infirmière qualifiée, précisa-t-elle.

— Je ne crois pas que ça servira à grand-chose, maugréa le majordome.

— Tant pis. »

Elle se précipita dans le couloir, s'arrêta devant la chambre d'où provenaient les gémissements, puis frappa à la porte et entra aussitôt. Mortimer Winshaw — dont elle avait aperçu à son arrivée le visage pâle et tordu derrière une fenêtre — était assis dans son lit, les mains agrippées à ses couvertures et les dents serrées de douleur. Il ouvrit les yeux à son entrée, hoqueta, et remonta ses draps jusqu'à son menton, comme si la décence lui imposait de dissimuler son pyjama taché de jaune d'œuf.

« Qui êtes-vous ? demanda-t-il.

— Je m'appelle Phoebe, répondit-elle. Je suis une amie de votre fils. » Mortimer grogna d'indignation. « Je suis également infirmière, continua-t-elle. J'ai entendu vos plaintes depuis ma chambre et j'ai pensé pouvoir faire quelque chose pour vous aider. Vous devez être très mal.

— Qu'est-ce qui me prouve que vous êtes une vraie infirmière ? fit-il après un silence.

— Vous n'avez que ma parole, dit-elle en soutenant son regard. Où avez-vous mal ?

— Par là, en bas. » Mortimer écarta les draps et baissa le pantalon de son pyjama. Sa cuisse droite était gravement enflée et meurtrie. « Cette brute de majordome. Il a probablement essayé de me tuer. »

Phoebe examina les contusions et enleva complètement le bas du pyjama.

« Voyons si cela vous fait mal. »

Elle lui leva la jambe et vérifia l'amplitude de l'articulation de la hanche.

« Évidemment, ça fait un mal de chien, gémit Mortimer.

— Bon, en tout cas, il n'y a rien de cassé. Vous

vous sentirez sans doute mieux avec des analgésiques.

— Il y a des pilules dans le coffre, là-bas. Des centaines. »

Elle lui fit prendre deux Coproxanol avec un verre d'eau.

« Je vais vous faire une compresse glacée. Ça aidera à désenfler. Vous permettez que je vous enlève ce pansement ? »

Il avait le tibia mal bandé dans un tissu jaunâtre qui visiblement aurait dû être changé depuis longtemps.

« Au fait, pourquoi est-ce que mon tordu de fils amène ici des infirmières ? demanda-t-il tandis qu'elle défaisait le pansement en découvrant un vilain ulcère.

— Oh, je peins également, expliqua-t-elle.

— Ah. Et vous avez du talent ?

— Ce n'est pas vraiment à moi de le dire. »

Elle prit du coton dans le coffre, de l'eau dans le lavabo du cabinet de toilette contigu, et se mit à nettoyer l'ulcère.

« Vous avez la main délicate, dit Mortimer. Une main de peintre et d'infirmière. Très bien. Ce sont des vocations aussi exigeantes l'une que l'autre, dirais-je. Est-ce que vous avez un atelier ?

— Pas pour moi toute seule. J'en partage un avec une autre femme peintre.

— Ça n'a pas l'air très commode.

— Oh, je m'arrange. Quand vous a-t-on changé ce pansement ? demanda-t-elle en enroulant un bandage propre autour du tibia décharné.

— Le médecin vient deux fois par semaine.

— Il faudrait le changer tous les jours. Depuis combien de temps êtes-vous en chaise roulante ?

— Un an, à peu près. Ça a commencé avec une

ostéoarthrite, puis il y a eu ces ulcères. » Il la regarda un instant s'activer, et reprit : « Vous êtes jolie, non ? » Phoebe sourit. « Ça change de voir une jeune femme par ici.

— Il y a pourtant votre fille.

— Quoi, Hilary ? Ne me dites pas qu'elle est ici !

— Vous ne le saviez pas ? »

Mortimer serra les lèvres.

« Laissez-moi vous donner un avertissement sur ma famille, au cas où vous ne l'auriez pas encore deviné, dit-il enfin. C'est la pire bande de salauds, de rapaces, de voleurs, d'escrocs, de traîtres, de criminels, qui ait jamais rampé sur le sol terrestre. Et j'y inclus mes propres rejetons. »

Phoebe, qui s'apprêtait à nouer le pansement, s'arrêta pour le regarder avec surprise.

« Il n'y a jamais eu que deux personnes bien dans toute cette famille : Godfrey, mon frère, qui est mort pendant la guerre, et ma sœur Tabitha, qu'ils ont réussi à enfermer dans une maison de fous depuis un demi-siècle. »

Phoebe avait une bonne raison pour ne pas avoir du tout envie d'entendre ça.

« Je vais aller chercher une vessie à glace.

— Avant que vous ne vous en alliez, dit Mortimer alors qu'elle se dirigeait vers la porte, je voudrais vous demander combien on vous paie.

— Pardon ?

— À l'hôpital, là où vous travaillez.

— Oh, pas beaucoup, vraiment pas beaucoup.

— Venez travailler pour moi, poursuivit-il. Je vous donnerai un bon salaire. » Il réfléchit, et avança une somme de six chiffres. « On ne s'occupe pas de moi, ici. Je n'ai personne à qui parler. Et vous pourriez peindre. La moitié des pièces ne servent à personne. Vous pourriez installer un atelier, vraiment grand. »

Phoebe se mit à rire. « C'est très gentil à vous, répondit-elle. Et le plus drôle, c'est que si vous me l'aviez demandé hier, j'aurais sans doute accepté. Mais j'ai l'impression que je vais renoncer pour de bon à mon travail d'infirmière. »

Mortimer ricana et déclara méchamment : « Je n'en donnerais pas ma main à couper. » Mais Phoebe était déjà sortie.

*

Quand elle eut fini de donner des soins, Phoebe fit sa toilette, s'habilla, et descendit dans la salle à manger où elle vit Pyles débarrasser les assiettes et les plats.

« J'aurais voulu un petit déjeuner, dit-elle.

— Le petit déjeuner est terminé, répondit-il sans lever les yeux. C'est trop tard.

— Je peux me préparer moi-même des toasts, s'il y a quelque part un grille-pain. »

Il la regarda comme si elle était folle.

« Je crains que ce ne soit pas possible, insista-t-il. Il reste des rognons froids. C'est tout. Et un peu de ris de veau.

— Tant pis. Savez-vous où se trouve Roddy en ce moment ?

— Autant que je sache, le jeune Monsieur Winshaw est dans la bibliothèque, avec Miss Hilary. »

Et il indiqua à Phoebe une direction compliquée qui, suivie à la lettre, la mena dans une sorte de laverie au sous-sol. Sans se laisser démonter, elle reprit les escaliers et erra durant une dizaine de minutes dans les couloirs, jusqu'à entendre les voix rieuses du frère et de la sœur derrière une porte entrouverte. Elle l'ouvrit complètement et se retrouva dans une grande salle à la fois glaciale et étouffante. Roddy et Hilary avaient étalé son dossier sur une table et le parcouraient rapidement en jetant à peine un coup d'œil sur ses œuvres. Hilary leva les yeux et cessa brusquement de rire en voyant Phoebe sur le seuil.

« Eh bien, eh bien, fit-elle. Mais c'est Florence Nightingale en personne ! Pyles nous a raconté votre petit acte de bienfaisance.

— Voulez-vous que nous parlions de ce que vous êtes en train de regarder ? demanda Phoebe en ignorant cette remarque et en se dirigeant droit vers Roddy.

— Peut-être devrais-je vous laisser organiser seuls votre brillant avenir, les tourtereaux, dit Hilary. Apéritif sur la terrasse dans une demi-heure ?

— Mettons un quart d'heure, répondit Roddy. Ce ne sera pas long. »

Hilary referma la porte derrière elle et son frère recommença de feuilleter le dossier au hasard. En le voyant faire, Phoebe se mit à trembler d'anxiété. Elle ne savait pas ce qui était le plus éprouvant, de son silence sur les peintures ou de sa façon de faire comme si rien ne s'était passé entre eux la veille. Elle se tenait à côté de lui ; elle lui prit un instant le bras, mais il ne réagit pas. Alors elle s'éloigna vers la fenêtre. Au bout de trois minutes, il referma le dossier d'un coup sec. Une image, une simple aquarelle de toits couverts de neige dont elle avait à contre-cœur accepté la commande pour des cartes de Noël, restait seule sur la table. Roddy la ramassa, et alla l'appliquer contre un mur en essayant de la placer à différentes hauteurs. Puis il la remit sur la table.

« Cinquante pour celle-là », dit-il.

Phoebe ne comprit pas.

« Je vous demande pardon ?

— Franchement, c'est plus que ça ne vaut. Mais je me sens généreux ce matin. C'est à prendre ou à laisser.

— Vous me proposez d'*acheter* cette peinture... pour cinquante livres ?

— Oui. Elle masquera assez bien cette tache d'humidité, vous ne pensez pas ?

— Mais, et les autres, alors ?

— Les autres ? Eh bien, pour être franc, j'espérais trouver quelque chose de plus excitant. Je ne vois vraiment rien là qui justifie un investissement. »

Phoebe eut besoin de réfléchir un instant.

« Espèce de salaud, murmura-t-elle enfin.

— Oh, il ne faut pas en faire une affaire personnelle, répliqua Roddy d'un ton dégagé. Tous les goûts sont dans la nature. Au fond, tout est subjectif.

— Après tout ce que vous m'avez dit la nuit dernière !

— Mais je n'avais pas encore vraiment vu votre travail la nuit dernière. Comme d'ailleurs vous n'avez pas manqué de me le faire remarquer. »

Elle fronça les sourcils et déclara d'une voix creuse : « Est-ce que vous plaisantez ?

— Ma chère, répondit-il, la galerie Narcisse a une réputation internationale. Je pense que c'est vous qui plaisantez, si vous vous êtes imaginée qu'un seul de ces... barbouillages d'élève avait la moindre chance d'y avoir sa place.

— Je vois. » Elle regarda par la fenêtre, qui

était grise de poussière. « Est-ce que vous n'avez pas pris beaucoup de peine pour tirer un coup rapide ? Je veux dire, j'ignore quels sont vos critères en ce domaine, mais je ne pense pas que ç'ait été quelque chose de grandiose.

— Oh, mais j'ai aussi le plaisir de votre compagnie pour le week-end. Ce n'est pas à dédaigner. Vous restez pour le déjeuner, j'espère ? »

Phoebe respira profondément et s'avança vers lui. « Sale petit tas de merde. Appelez-moi un taxi. Tout de suite.

— Comme vous voudrez. Je vais lui dire d'attendre au bout de l'allée, d'accord ? »

Ce furent les derniers mots qu'il prononça. Il referma la porte derrière lui et la laissa abasourdie, rapetissée par les énormes dimensions de la salle. Dans les heures suivantes, elle réussit à contenir sa rage, à garder le silence et un regard froid. Elle ne répondit rien au conducteur qui l'emmena à la gare d'York en ne cessant de bavarder. Mais ce n'était pour son esprit en feu qu'un bruit insignifiant, comme des parasites de radio. Elle n'échangea aucune parole avec les passagers du train, ni du bus qui la ramenait chez elle. Enfin de retour dans sa chambre, elle découvrit non seulement que les haltères de Darren encombraient toujours le passage, mais qu'il avait dans ses exercices brisé la vitre d'une précieuse gravure de Kandinsky. Elle se laissa tomber lourdement sur le lit et s'abandonna aux pleurs : larmes lavant sa honte et sanglots étranglés par sa haine.

Plus tard dans la semaine, elle téléphona à Mortimer pour lui dire qu'elle avait reconsidéré son offre. Il en fut tellement ravi qu'il ajouta deux mille livres au salaire qu'il lui avait proposé.

*

Et maintenant, plus d'un an après, debout dans un coin de la galerie, un verre poisseux à la main, contenant du vin devenu tiède et imbuvable, elle ne voyait aucune raison de regretter sa décision. Elle était heureuse d'avoir échappé à l'atmosphère de plus en plus pénible de l'appartement ; Mortimer s'était révélé être un patient exigeant (enclin à exagérer violemment ses maux) et un interlocuteur désagréable (incapable de se concentrer plus d'un instant sur un autre sujet que sa haine obsessionnelle, presque meurtrière, pour sa famille), mais elle n'était obligée de lui tenir compagnie que quelques heures par jour. Le reste du temps, elle était libre de se consacrer à son travail, et elle disposait pour cela à l'étage d'une grande pièce lumineuse qui lui servait d'atelier. C'était une existence solitaire, mais elle pouvait accueillir des amis, et partir parfois pour le week-end. La dignité et l'utilité de son ancienne fonction d'infirmière lui manquaient, mais elle se consolait à l'idée qu'elle y reviendrait tôt ou tard. Non qu'elle eût la moindre intention d'abandonner Mortimer, qui devenait de plus en plus dépendant d'elle ; mais il était évident que sa prochaine maladie grave serait pour lui la dernière.

Autant qu'elle le sût, Roddy ignorait complètement qu'elle eût pris ce travail : il n'était pas revenu à Winshaw Towers depuis leur fameux week-end ensemble. Lors du dernier anniversaire de Mortimer, Roddy avait eu pour seul geste d'affection filiale d'envoyer une carte de vœux avec une invitation pour le prochain vernissage de sa galerie, ne craignant certes pas que son père invalide s'y rendît. Mortimer, avec un sourire narquois, avait donné l'invitation à Phoebe en lui permettant d'en profiter si elle en avait envie. Et c'était ce qu'elle avait fait.

N'en pouvant plus d'être ignorée par tout le monde, elle se décida à aborder Michael pour renouer connaissance, mais elle s'aperçut qu'il remettait son manteau et s'apprêtait à partir avec son interlocuteur. Elle posa sur une table son verre à moitié plein et traversa la cohue pour les suivre dans la rue. Ils étaient déjà à bonne distance, engagés dans une vive discussion ; elle renonça à leur courir après. Elle les regarda disparaître à un carrefour. L'air de novembre était mordant ; prise de frissons, elle boutonna sa veste jusqu'au col. Elle consulta sa montre et vit qu'elle avait tout juste le temps de prendre le dernier train pour York.

NOVEMBRE 1990

« Quittons cette réunion sordide », me dit Findlay en me prenant par le bras. Il fit un geste vers les tableaux. « Ces bricoles, ces babioles, ces bibelots tapageurs d'une société décadente, ne les infligeons plus à nos regards. Cette puanteur de richesse mal acquise et d'autosatisfaction me suffoque. Je ne peux pas supporter un instant de plus la compagnie de ces gens-là. Un peu d'air frais, pour l'amour du ciel ! »

Et il m'entraîna vers la porte, puis dans la nuit hivernale de Piccadilly. Dès que nous fûmes dehors, il s'appuya lourdement contre un mur, en se passant une main sur le front et en éventant de l'autre son visage pâle et tiré.

« Quelle famille ! gémit-il. Je ne peux pas me trouver en leur présence plus de quelques minutes sans me sentir physiquement malade. Ils me donnent la nausée.

— Mais il n'y en avait que deux membres, objectai-je.

— C'était une bonne chose : sinon, on aurait pu me reconnaître. Certains Winshaw ont des souvenirs tenaces. Il le faut bien, car ils ont un tas d'épouvantables secrets à cacher. »

Seuls Roddy et Hilary étaient présents au vernissage, et aucun des deux — bien qu'ils m'eussent rencontré en de nombreuses occasions — n'avait paru s'apercevoir de ma présence. En d'autres circonstances, j'aurais mis un point d'honneur à attirer leur attention, mais ce soir-là j'étais trop occupé à jauger ma nouvelle relation. C'était un petit homme, aux épaules tombantes, au corps tout noué par ses quatre-vingt-dix et quelques années ; mais l'aplomb avec lequel il maniait sa canne à pommeau doré, et sa spectaculaire chevelure blanche et ondulée, réussissaient à tromper sur son âge. Il était impossible de ne pas être saisi tout de suite par le violent parfum de jasmin dont il avait l'habitude (m'expliqua-t-il plus tard) de s'inonder avant de sortir ; ainsi, l'une des énigmes qui m'avaient hanté ces dernières semaines était finalement éclaircie.

« Maintenant, monsieur Owen..., commença-t-il.

— Michael, je vous en prie.

— Maintenant, Michael, nous devons nous mettre au travail. Je sens que je me rétablis. Mes pauvres os se dérouillent. Je peux recommencer à marcher. Où allons-nous ?

— Oh, ça m'est égal.

— Il y a évidemment par ici beaucoup de pubs où les messieurs de mon genre aiment se retrouver, mais ce n'est peut-être pas le moment d'y aller. Il ne faut pas que nous soyons distraits. L'intimité est d'une importance capitale. J'ai une voiture garée pas loin, si toutefois nos amis en uniforme ne l'ont pas enlevée. Je n'admire pas beaucoup la police ; cela fait bien des années que nous sommes à couteaux tirés ; c'est une des choses que vous allez bientôt apprendre à mon sujet.

Mon appartement se trouve à Islington, à vingt minutes de trajet, environ. Est-ce que ça vous va ?

— Ça me semble parfait.

— J'espère que vous avez apporté le document nécessaire », ajouta-t-il tandis que nous nous mettions à descendre Cork Street.

Il faisait allusion au bout de papier jauni, à ce message griffonné près de cinquante ans plus tôt par Lawrence Winshaw, que sa sœur Tabitha, dans sa simplicité, avait cru être une preuve de culpabilité, mais je dois dire que son insistance sur ce point me parut assez effrontée. C'était un homme qui avait récemment volé mon manuscrit dans les bureaux de mon éditeur, qui m'avait suivi jusque chez moi à deux reprises, et qui avait fait à Fiona une peur mortelle. Certes, il m'avait écrit une lettre d'excuse, mais il ne me semblait cependant pas qu'il fût en position d'imposer ses conditions.

« Je l'ai apporté, répondis-je. Mais je ne suis pas encore sûr de vouloir vous le montrer.

— Allons, allons, fit-il en me donnant avec sa canne de petits coups réprobateurs sur la jambe. Nous sommes dans le même bateau. Nous avons le même objectif, parvenir à la vérité ; et nous y parviendrons plus vite si nous collaborons. D'accord, mes méthodes sont légèrement irrégulières. Mais elles l'ont toujours été, et on ne peut pas changer les habitudes de toute une vie. Or j'ai suivi cette affaire durant presque toute ma vie.

— Mais vous vous êtes tout de même occupé d'autres affaires entre-temps ?

— Oh, un petit recouvrement de dettes, un petit divorce par-ci par-là. Rien qui mérite le nom d'enquête. Ma carrière, voyez-vous, a été un peu... comment dirais-je ?... un peu sporadique. Mes activités professionnelles ont souvent dû être suspendues pour des raisons de... eh bien, de bon plaisir.

— De bon plaisir ?

— Le bon plaisir de Sa Majesté, pour être précis. La cabane. La taule. J'ai passé une bonne partie de ma vie en prison, Michael : en fait, croyez-le ou non, j'ai écopé de deux mois avec sursis cette année encore. Je suis un récidiviste, comme on dit, ajouta-t-il avec un rire sans gaieté. Expression tristement ironique, quand on songe que cette persécution, cet acharnement dont j'ai été l'objet durant toute ma vie, est ce que je dois payer pour quelques bons moments saisis au passage dans l'obscurité des toilettes publiques ou des salles d'attente des gares de banlieue. Qui pourrait penser que notre société serait si cruelle ? Punir un homme pour la plus naturelle de ses inclinations, pour avoir cédé à son malheureux besoin solitaire de contact furtif avec des inconnus ! Ce n'est pas notre faute si nous ne pouvons pas toujours faire ça derrière des portes closes ; s'il nous faut parfois chercher des endroits adéquats. Nous n'avons pas choisi de prendre cette direction, après tout. » Sa voix, qui s'était peu à peu teintée de colère, se calma soudain. « Mais je ne dis ça qu'en passant. Non, ce n'a pas été ma seule affaire durant ces trente dernières années, pour répondre à votre question, mais c'est la seule que je n'aie pas menée à son terme. Non que je n'aie pas mes soupçons, mes théories personnelles. Mais ce dont je manque, c'est d'une preuve

— Je vois. Et quelles sont exactement vos théories personnelles ?

— Eh bien, il va me falloir un certain temps pour vous les exposer. Attendons au moins d'être en voiture. Est-ce que vous faites de l'exercice, Michael ? Est-ce que vous allez au gymnase, ou quelque chose de ce genre ?

— Non. Pourquoi me demandez-vous ça ?

— Oh, c'est simplement que vous avez des fesses exceptionnellement fermes. Pour un écrivain, veux-je dire. C'est la première chose que j'aie remarquée chez vous.

— Merci, fis-je à défaut de savoir vraiment quoi répondre.

— Si vous sentez mes mains s'égarer dans cette direction durant notre entretien, n'hésitez pas à réagir. Je suis un tripoteur de plus en plus incorrigible, je le crains. Plus je vieillis, moins je suis capable de maîtriser ma malheureuse libido. Mais on ne peut pas faire grief de ses faiblesses à un vieillard.

— Non, bien sûr que non.

— Je savais que vous comprendriez. Nous y sommes : c'est la 2CV bleue. »

Il nous fallut un certain temps pour nous installer dans la voiture. Les vieilles articulations de Findlay grincèrent bruyamment lorsqu'il s'assit sur le siège du conducteur, puis, cherchant avec peine à placer sa canne, il fit tomber ses clefs que je dus ramasser en me contorsionnant sous le levier de vitesse, au risque de me froisser un muscle. Le moteur ne se mit en marche qu'au bout de quatre tentatives, et ce fut sans avoir desserré le frein à main ni avoir embrayé que Findlay essaya de faire partir la voiture. Je m'enfonçai dans le siège en me préparant à un voyage chaotique.

« Lorsque j'ai appris que vous écriviez ce livre, ç'a été une grande surprise, me déclara-t-il tandis que nous nous dirigions vers Oxford Street. Je suis ravi de pouvoir affirmer que je n'ai pratiquement pas songé à cette épouvantable famille durant une dizaine d'années. Puis-je vous demander ce qui a bien pu pousser un si charmant et, permettez-moi de vous le dire, si beau jeune homme à s'intéresser à cette bande de misérables ? »

Je lui racontai l'histoire de la commande de Tabitha.

« Étrange, fit-il. Très étrange. Il doit y avoir un plan derrière tout ça. Je me demande ce qu'elle manigance. Est-ce que vous avez été en contact avec son notaire ?

— Son notaire ?

— Réfléchissez-y, mon cher garçon. Une femme enfermée dans un asile d'aliénés n'est guère en position de créer toute seule un fonds de dépôt. Elle a eu besoin d'engager un représentant pour agir en son nom, de même qu'elle a engagé un détective privé il y a trente ans. J'imagine qu'elle continue de traiter avec le même bonhomme, si toutefois il est encore en vie. Il s'appelait Proudfoot, un homme de la région assez peu scrupuleux pour être influencé par la quantité d'argent qu'impliquaient les intérêts en jeu.

— Et c'est lui qui vous a d'abord contacté : c'est ainsi que vous vous êtes intéressé aux Winshaw ?

— Voyons, par quoi vais-je commencer ? » Nous attendions à un feu rouge, et Findlay parut se plonger dans une profonde rêverie, dont il fut heureusement arraché par un furieux coup d'avertisseur de la voiture qui nous suivait. « Tout cela me semble si loin, maintenant. J'ai l'impression que j'étais un jeune homme. Ridicule. J'avais déjà la cinquantaine bien entamée. Je pensais à la retraite. Je projetais de longs jours de débauche au soleil, en Turquie, au Maroc, dans un pays de ce genre. Eh bien, voyez ce qu'est devenu ce projet... Pour moi, le Sud s'est résumé à Londres. En tout cas, mes affaires étaient établies à Scarborough, elles tournaient doucettement, l'argent rentrait... le seul nuage à l'horizon étant comme d'habitude la tendance de la police locale à me tomber dessus chaque fois que je me livrais à de petites polissonneries innocentes. Les choses ont empiré en ce domaine, lorsque j'y songe, parce que durant quelques années j'ai profité d'une sorte d'arrangement mutuel avec certain inspecteur, mais il a malheureusement été muté dans le Nord-Ouest. C'était une beauté : Herbert, je crois me souvenir... un mètre quatre-vingt-dix de muscles et des fesses rondes comme des pêches mûres... » Il soupira et tomba un instant dans le silence. « Je suis navré. Je crois avoir perdu le fil...

— Les affaires tournaient doucettement..., dis-je.

— C'est ça. Et puis, un après-midi... au début de 1961, je crois... ce notaire, Proudfoot, s'est présenté chez moi. Dès qu'il a prononcé le nom de Tabitha Winshaw, j'ai compris que quelque chose de très particulier avait franchi mon seuil. Tout le monde connaissait les Winshaw et leur vieille sœur folle, voyez-vous. C'était un sujet de légende local. Et maintenant, ce personnage débraillé et assez repoussant — avec qui mes relations se sont réduites au minimum, ai-je le plaisir de pouvoir dire — m'apportait un message de cette femme en personne. Elle avait eu vent de ma réputation, semblait-il, et elle avait un travail à me confier. Ça avait l'air à première vue d'un simple petit travail inoffensif. Je vous demande pardon. Vous êtes chatouilleux ?

— Un peu, répondis-je. De plus, vous devriez garder les deux mains sur le volant en conduisant.

— Vous avez raison, bien sûr. Vous savez, j'imagine, que Godfrey n'était pas seul dans l'avion lorsqu'il a été abattu. Il y avait un copilote. Apparemment, Tabitha y avait réfléchi, et avait décidé de retrouver la trace de la famille de ce malheureux garçon, pour leur donner une réparation financière, en expiation, estimait-elle, de la traîtrise dont avait été victime son frère. Mon travail était donc de la retrouver.

— Et vous y êtes parvenu ?

— À cette époque, Michael, j'étais au sommet de mes capacités, mentales et physiques. Une mission de ce genre ne présentait vraiment aucune difficulté pour un homme de mon talent et de mon expérience : ce n'était l'affaire que de quelques jours. Mais je suis allé plus loin ; j'ai réussi à offrir à Tabitha plus que ce pour quoi elle m'avait engagé. J'ai retrouvé l'homme en question. »

Je le regardai avec surprise. « Le copilote ?

— Eh oui. Je l'ai découvert vivant, en parfaite santé, habitant à Birkenhead, avec une histoire très fascinante à raconter. Il s'appelait Farringdon. John Farringdon. Et c'est l'homme que Lawrence Winshaw a matraqué à mort de la façon que votre manuscrit décrit avec tant de verve. »

Il me fallut quelques secondes pour comprendre. « Mais comment a-t-il survécu à la catastrophe ?

— Il a sauté en parachute au dernier moment.

— Est-ce que cela signifie... est-ce que cela signifie que Godfrey a également survécu ?

— Malheureusement non. J'en ai entretenu l'espoir durant un moment. Ç'aurait été un coup magnifique de ma part. Mais Farringdon était tout à fait formel sur ce point. Il avait lui-même vu Godfrey dévoré par les flammes.

— Comment diable avez-vous déniché cet homme ?

— Eh bien, il semble qu'il ait été pris par les Allemands et emprisonné pour le restant de la guerre. Après quoi, il est rentré chez lui, impatient de retrouver sa famille, mais il a découvert qu'on avait annoncé sa mort, et que sa mère n'avait pas survécu à la nouvelle. Elle était morte une semaine après l'avoir apprise, et son père s'était remarié un peu plus d'un an après. Tout ce chagrin... pour rien. Alors il a gardé pour lui la vérité, s'est installé dans une autre ville, a pris le nom de Farringdon, et a commencé une longue existence solitaire et agitée, en essayant de se bâtir une nouvelle vie sur ces fondations en ruine. Il y avait un autre membre de sa famille, un lointain cousin, qu'il avait mis dans la confidence en essayant de récupérer quelques papiers personnels ; et c'est cette personne qui m'a mis sur la voie. Il ne m'a jamais vraiment dit toute la vérité, mais il voulait que je la connaisse, j'en suis sûr. Il a fait une ou deux allusions précautionneuses, suffisantes pour m'entraîner en Allemagne, pour découvrir les débuts d'une piste. Ah, quelle heureuse époque ! ajouta-t-il en soupirant de nouveau. Tabitha payait toutes mes dépenses. C'était le printemps dans la vallée du Rhin. J'ai noué une trop brève amitié avec un jeune vacher appelé Fritz : un rêve de dieu bronzé, tout frais émoulu des versants ensoleillés des Alpes allemandes. Depuis, je craque pour tout ce qui porte *lederhosen*. » Nous étions arrivés à Islington, et il prit une rue de traverse. « Il faut être indulgent pour les petits souvenirs d'un vieillard, Michael. Les meilleures années de ma vie sont loin derrière moi, désormais. Seuls restent les souvenirs. » Il se gara de travers, à près d'un mètre du trottoir, en laissant l'arrière de la voiture saillir dangereusement dans le flot de la circulation. « Voilà, nous y sommes. »

Nous nous étions arrêtés devant une rangée de petites maisons, dans l'une des ruelles les moins élégantes d'Islington. Findlay me fit entrer, puis grimper un escalier sans tapis jusqu'au dernier étage, sous les toits, où il ouvrit la porte sur une pièce qui me laissa ébahi : car je crus me trouver devant la parfaite réplique de l'appartement décrit par Conan Doyle dans *Le Signe des quatre,* où Sherlock Holmes rencontre pour la première fois le mystérieux Thaddeus Sholto. Les rideaux et les tapisseries les plus lourds et les plus chatoyants drapaient en effet les murs, écartés çà et là pour révéler un tableau richement encadré ou un vase oriental. Le tapis était noir et ambre, et tellement doux et épais que les pieds s'y enfonçaient délicieusement comme dans un lit de mousse. Il y avait même deux grandes peaux de tigre jetées en travers, comme pour accentuer l'atmosphère de luxe exotique, et un énorme narguilé sur une carpette dans un coin. Pour compléter cet *hommage**, une lampe en forme de colombe d'argent pendait d'un fil doré presque invisible au centre de la pièce ; elle répandait en brûlant un parfum subtil.

« Bienvenue dans mon humble nid, fit Findlay en se débarrassant du manteau de pluie qu'il avait jeté sur ses épaules. Vous excuserez tout ce kitsch, cet orientalisme de bazar. J'ai été élevé par des parents frustes, dans un décor austère et mesquin. Toute ma vie a été une tentative pour corriger cette grisaille. Mais je n'ai jamais été riche. Ce que vous voyez ici est une expression de ma personnalité. De la volupté à bas prix. Étendez-vous sur l'ottomane pendant que je vais préparer du thé. Est-ce que du Lapsang vous convient ? »

L'ottomane, vue de près, se révéla être un banal canapé-lit enfoui sous des couvertures pseudo-turques élimées, mais elle était assez confortable. La minuscule cuisine de Findlay s'ouvrait sur le salon, de sorte qu'il nous fut facile de continuer à bavarder pendant qu'il s'affairait avec la bouilloire et la théière.

« C'est un merveilleux appartement, déclarai-je. Il y a longtemps que vous êtes ici ?

— Je m'y suis installé au début des années soixante, presque aussitôt après mes démêlés avec les Winshaw. En partie pour échapper aux attentions de la police, comme j'ai dit : mais il y avait des raisons plus générales. Après toutes ces années, l'étroitesse, l'insularité, les petites vanités de la vie provinciale, c'en était trop pour un homme de mon tempérament. Oh, mais tout ce quartier était très différent à l'époque : il avait du style, avant que ne s'y installent les courtiers, les conseillers en gestion, et autres larbins du capital. Il était bohème, vibrant, excitant. Des peintres, des poètes, des acteurs, des musiciens, des philosophes, des pédés, des gouines, des danseurs ; et même le détective de service. Orton et Halliwell vivaient juste au coin de la rue, savez-vous ? Joe venait me voir à l'occasion, mais je ne peux pas dire que j'aie aimé l'homme. Avec lui c'était à peine commencé que c'était déjà fini. Il n'y avait pas là une seule once d'affection. Et puis, tous deux ont connu une fin trop horrible, qu'on ne souhaiterait à aucun ennemi. Il se trouve que j'ai été en mesure d'éclairer les autorités sur un ou deux petits détails, mais mon nom n'apparaît pas dans les rapports officiels. »

Tout intéressants que me paraissaient ces souvenirs, j'étais impatient d'en revenir au vif du sujet. « Vous me parliez de ce copilote, repris-je vivement.

— Un homme dangereux, Michael. Un homme désespéré », répondit Findlay. Il émergea de la cuisine et me tendit une tasse de porcelaine fêlée emplie de thé fumant. « Mais nullement un mauvais homme. Il était capable de sentiments intenses et d'une grande loyauté envers les individus, dirais-je. Mais un homme aigri, détruit par les épreuves. Il n'avait jamais réussi à se fixer ; il avait erré dans le pays durant des années, en travaillant dans des usines, à des emplois passagers, frôlant de plus en plus la marge où l'entreprise privée commence à se confondre avec le crime. Tirant un bon parti d'un mélange de dons et de charme personnel. Car il était vraiment charmant ; et beau, d'une façon sculpturale. Ses yeux étaient comme du velours bleu, je m'en souviens, et il avait les cils les plus longs et les plus épais du monde : assez semblables aux vôtres, si vous me permettez ce petit compliment. »

Je détournai le regard avec gêne.

« J'aurais presque pu tenter ma chance, mais ses goûts le portaient trop visiblement dans l'autre direction. Un authentique étalon. Il prétendait avoir conquis quelques cœurs en son temps, et il était facile de le croire. Bref, c'était un gredin charismatique : nullement exceptionnel, en cette période d'après guerre, même s'il avait plus d'excuse qu'un autre pour tourner mal.

— Et que lui avez-vous dit, exactement ?

— Eh bien, d'abord, je lui ai déclaré que j'agissais pour le compte de la famille de feu Godfrey Winshaw. Cette simple déclaration a eu un effet extraordinaire sur lui. Il s'est aussitôt animé avec passion. Il était clair que Godfrey lui avait inspiré des sentiments d'amitié extrêmement dévoués.

— Il semble en avoir inspiré à tout le monde : Tabitha en est l'exemple le plus extrême.

— En effet. Cela nous a tout naturellement conduits à aborder le sujet de l'accident d'avion, et a soulevé en moi la question épineuse de savoir si j'allais lui parler de la théorie excentrique de Tabitha. Mais il se trouva que ce point pouvait difficilement être éludé, car Farringdon avait la même idée sur l'affaire. Il était convaincu que les Allemands avaient été informés. Il prétendait que leur avion avait été intercepté bien avant de parvenir à destination, et bien avant d'avoir pu être repéré par radar, dans des circonstances normales. D'une façon ou d'une autre, l'ennemi avait été averti de leur mission. » Findlay vida sa tasse et scruta les feuilles de thé restantes, comme si elles pouvaient expliquer le passé. « Je me suis aussitôt aperçu que durant les dix-huit dernières années de la vie de cet homme il n'y avait pas eu un seul jour où il n'eût pensé à l'accident, où il n'eût douloureusement tenté d'en démêler l'énigme, en se demandant qui avait bien pu être le traître. En se demandant ce qu'il ferait à ce scélérat si jamais le destin le mettait sur son chemin. » Il posa sa tasse et secoua la tête. « Un homme dangereux, Michael. Un homme désespéré. »

Il était debout près de la fenêtre. Il tira les lourds rideaux mangés des mites après avoir jeté un dernier regard sur la nuit, où s'était mise à tomber une pluie froide.

« Il commence à se faire tard, dit-il. Peut-être pourriez-vous dormir ici ? Nous reprendrions notre conversation demain matin. C'est un petit appartement, et il n'y a malheureusement qu'un lit, mais...

— Il n'est que neuf heures vingt », fis-je remarquer.

Findlay eut un sourire navré et s'assit devant moi d'un air déconfit. « C'est inutile, je le sais. Vous percez à jour le manège d'un vieillard solitaire et pathétique. Évidemment, je vous dégoûte. Essayez de ne pas trop le montrer, Michael. C'est tout ce que je demande.

— Oh, ce n'est pas ça du tout.

— Pas de mots gentils, s'il vous plaît. Vous êtes venu opérer une simple transaction, j'en ai conscience. Tout ce que vous attendez de moi, ce sont des informations. Quand vous les aurez obtenues, vous vous débarrasserez de moi comme d'un vieux chiffon.

— Loin de là, je... »

Il me fit taire d'un geste impérieux. « Je reprends, dit-il. Je n'avais aucune intention de laisser cet odieux notaire partager ma gloire et donc, de retour dans le Yorkshire, j'ai aussitôt demandé un entretien personnel avec Tabitha ; et je l'ai obtenu. J'ai alors découvert qu'on ne pouvait atteindre l'asile que par un long trajet en voiture à travers les landes, et, lorsque je l'ai enfin aperçu, j'ai été pris d'une sinistre inquiétude. Il n'y a probablement qu'un seul endroit plus lugubre et plus désolé dans toute la région. Je veux dire bien sûr Winshaw Towers.

« On m'a introduit dans l'appartement privé de Tabitha. Il se trouvait au sommet d'une des tours de l'établissement. Je puis vous assurer que je n'ai pas eu l'impression de parler à une folle. Sa chambre était certes dans un terrible désordre. On pouvait à peine se déplacer au milieu de piles d'affreux magazines, tous concernant l'aviation, les bombardiers, l'histoire militaire. Mais la femme elle-même paraissait parfaitement saine d'esprit. Bref, je lui ai fait part de ma découverte, et elle a réagi avec calme. Elle a déclaré qu'elle avait besoin d'un peu de temps pour digérer cette information, et m'a demandé si cela ne m'ennuyait pas d'aller me distraire dans le jardin durant une demi-heure. J'y suis donc allé et, lorsque je suis revenu dans sa chambre, elle m'a tendu une lettre adressée à Mr Farringdon. Et ce fut tout. Je ne lui ai pas posé de question sur son contenu ; je l'ai simplement postée quand je suis revenu en ville.

« Puis j'ai pris l'habitude de ce trajet : j'ai dû le faire trois ou quatre fois par la suite, car, peu après avoir envoyé la lettre, j'ai vu arriver à Scarborough Farringdon lui-même. Ce devait être en septembre. Tabitha avait apparemment demandé à le voir, en me confiant la tâche de l'escorter jusqu'à l'asile. Ils ont eu de nombreux entretiens prolongés dans les jours qui ont suivi. Mais personne n'a jamais su ce dont ils ont parlé, pas même moi. J'attendais sur un banc dans les jardins ; je regardais les landes et je lisais Proust... je crois que j'ai pu lire la plus grande partie des deux premiers volumes... et lorsque nous rentrions en voiture, mon passager gardait un silence farouche, ou alors parlait de tout sauf de ce qui nous préoccupait. Ce n'est qu'à notre toute dernière visite que j'ai été de nouveau admis en présence de Tabitha, et cette fois c'est Farringdon qui a été banni dans les jardins.

« “Mr Onyx, m'a-t-elle déclaré, vous avez prouvé que vous êtes un homme intègre. Le temps est venu pour moi de vous confier quelques secrets concernant ma famille. Je suis sûre que vous saurez les garder pour vous.” Je ne peux pas rendre le ton de sa voix, je le crains. Le mimétisme n'a jamais fait partie de mes talents. “Dans quelques jours, grâce aux bons offices de mon frère Mortimer, a-t-elle continué, je vais pouvoir sortir de ma réclusion pour la première fois depuis une vingtaine d'années.” Je me souviens l'avoir félicitée par quelque formule maladroite, mais elle m'a fait taire. “Ce sera seulement temporaire, j'en suis certaine. Mon frère Lawrence s'oppose implacablement à toute idée de me rendre complètement la liberté. C'est parce que c'est un menteur et un assassin. — Les termes me paraissent forts, ai-je remarqué. — Ce n'est que la vérité, a-t-elle répliqué. Voyez-vous, j'ai une preuve écrite de sa perfidie, et j'ai maintenant l'intention de vous la remettre pour plus de sécurité.” Je lui ai demandé quelle forme avait cette preuve, elle m'a parlé de ce message dont vous connaissez bien le contenu, me semble-t-il. Elle espérait que ce message se trouverait encore dans la chambre d'ami où elle s'installait toujours lorsqu'elle allait à Winshaw Towers, dans la poche d'un gilet qu'elle avait vu pour la dernière fois dans le tiroir du fond de la penderie. Elle se proposait de le récupérer dès que possible pour me le confier ; et, dans ce but, nous sommes convenus de nous rencontrer l'après-midi même de l'anniversaire de Mortimer, à la limite du domaine, près d'un endroit abritant, croyez-le ou non, les sépultures des divers chiens qui ont eu le triste destin de devoir partager la vie de famille des Winshaw.

— Tabitha vous a donc retrouvé là-bas, intervins-je, mais vous avez été interrompus par Mortimer, lequel a cru qu'elle parlait toute seule dans les buissons.

— En effet. Heureusement, il n'a pas remarqué ma présence, même si l'odeur de ce parfum exotique à bon marché pour lequel j'ai toujours eu un faible, un faible excessif, m'a-t-on souvent dit, n'a guère pu échapper à son attention. En tout cas, cela n'a rien changé, car Tabitha et moi avions déjà conclu notre affaire, sans aucun succès, dois-je hélas préciser. Le message ne se trouvait nulle part dans sa chambre, et elle n'avait pas le temps de le chercher ailleurs. La maison est énorme. Il aurait fallu pour cela des journées, peut-être des semaines entières. Cependant, ajouta-t-il avec un sourire glacial, vous avez apparemment réussi là où même moi, le fameux, l'infâme, le redoutable Findlay Onyx, je me suis heurté à l'échec le plus complet. Auriez-vous la bonté de me dire comment vous y êtes parvenu ?

— Eh bien, je n'ai pas grand-chose à en dire. Je n'ai vraiment aucun mérite. Il semble que, peu après la mort de Godfrey et l'internement de Tabitha, Lawrence ait trouvé les vêtements laissés dans la chambre, et les ait mis dans une malle au grenier. Après sa mort à lui, Mortimer et Rebecca se sont installés dans la maison. Ils ont sans doute voulu faire un peu de rangement, et ils sont tombés sur le message, que Mortimer a bien sûr aussitôt reconnu. Il n'avait certainement pas oublié toute l'histoire que cela avait causé à l'époque. Mais ça n'avait pour lui qu'une valeur de curiosité, et donc, quand je l'ai rencontré quelques années plus tard pour parler du livre que j'étais en train d'écrire, il m'a donné ce bout de papier. C'est aussi simple que ça. »

Findlay poussa un soupir d'admiration.

« Remarquable, Michael, remarquable. L'économie de vos méthodes me stupéfie. J'espère seulement qu'à la lueur d'une disparité aussi flagrante, vous n'allez pas me considérer comme parfaitement indigne de recevoir vos confidences. En d'autres termes, le moment est peut-être enfin venu de me faire part du contenu de ce vestige énigmatique.

— Mais vous n'avez pas encore fini votre histoire. Que s'est-il passé ensuite, dans la soirée, lorsque...

— Patience, Michael. Un peu de patience, je vous prie. J'ai satisfait votre curiosité sur de nombreux points : n'ai-je pas droit, en retour, à des satisfactions semblables, ou du moins équivalentes ? »

Je le lui concédai en hochant lentement la tête.

« C'est juste. Il se trouve dans mon portefeuille, dans la poche de ma veste. Je vais le chercher.

— Vous êtes un gentleman, Michael. Un gentleman de la vieille école.

— Merci.

— Juste une chose, avant que vous ne le fassiez.

— Oui ? fis-je alors que j'étais sur le point de me lever.

— Je suppose qu'une petite branlette vite faite est hors de question ?

— Je le crains. Mais je prendrais volontiers une autre tasse de thé. »

Findlay se retira tout penaud dans la cuisine. Je l'y rejoignis après avoir pris mon portefeuille.

« J'ignore ce que vous espérez en tirer, dis-je en sortant le bout de papier jauni et en le dépliant soigneusement sur la table. Comme je l'ai indiqué dans mon livre, ce n'est qu'un message de service, où Lawrence demande qu'on lui monte un souper dans sa chambre. Il ne prouve rien du tout, sauf peut-être la folie de Tabitha.

— C'est à moi d'en juger, si ça ne vous fait rien », répliqua Findlay. Il prit une paire de lunettes à double foyer dans la poche de sa chemise et se pencha pour examiner la pièce à conviction cruciale qui lui avait échappé durant une trentaine d'années. Je dois dire, à ma grande honte, que j'éprouvai une satisfaction mauvaise en voyant une soudaine déception assombrir son visage.

« Oh, fit-il.

— Je vous l'avais dit. »

Le message de Lawrence ne consistait qu'en trois mots, inscrits en petites majuscules : BISCUIT, FROMAGE et CÉLERI.

La bouilloire se mit à siffler. Findlay éteignit le gaz, emplit la théière, puis se pencha de nouveau sur la table. Il scruta le papier durant presque une minute : le tourna en tous sens, le présenta à la lumière, le renifla, se gratta la tête et le lut encore à plusieurs reprises.

« C'est tout ce qu'il y a ? demanda-t-il enfin.

— C'est tout.

— Eh bien, alors, ça confirme qu'elle est folle à lier. »

Il acheva de préparer le thé, et nous retournâmes dans le salon, où nous restâmes quelque temps assis dans un silence qui chez moi était d'expectative, chez lui pensif et mécontent. Il se leva pour regarder une fois encore le message, qu'il avait laissé dans la cuisine, et le rapporta sans dire un mot. Au bout d'un moment, il le posa sur un guéridon en grognant, et il reprit : « Bon, j'imagine que vous voulez connaître la suite.

— Si ça ne vous ennuie pas.

— Il n'y a pas grand-chose à raconter. J'avais

prévu de dîner avec Farringdon ce soir-là. Scarborough n'a jamais été réputé pour sa gastronomie, même à l'époque, mais il y avait un petit restaurant italien que je fréquentais autrefois, pour y faire des rencontres, Michael, je veux être parfaitement franc avec vous, et c'est là que j'ai retrouvé Farringdon autour de quelques bouteilles de Chianti, pendant que les Winshaw se réunissaient pour leur malheureuse soirée d'anniversaire. Ce devait être son dernier repas, ajouta-t-il en secouant tristement la tête. Je n'en avais aucune idée, à ce moment-là. J'ignorais même qu'il avait manigancé quelque chose avec Tabitha. Bien sûr, tout est clair, rétrospectivement. Des années de rancœur latente ; des désirs abstraits de vengeance rendus soudain concrets ; ces longues conversations secrètes dans la chambre de l'asile, qui avaient dû éveiller en lui une frénésie meurtrière. Je ne peux que spéculer sur les liens formés, sur les vœux prononcés, sur les serments échangés, entre ces deux complices infortunés. Il était d'humeur sombre, comme vous pouvez imaginer, et peu enclin à parler, ce que, stupide que j'étais, j'attribuais à la fatigue du voyage. Il était retourné pour quelques jours à Birkenhead, voyez-vous, et il n'en était revenu que dans l'après-midi. Je n'avais pas bien compris les raisons de ce séjour, mais vers la fin de la soirée il a eu la bonté de me les exposer.

« À la fin du repas, il m'a montré une grande enveloppe de papier bulle qu'il avait apportée avec lui. C'était apparemment pour la chercher qu'il était rentré chez lui. “Mr Onyx, j'ai une faveur à vous demander, m'a-t-il alors déclaré. Je voudrais vous confier cette enveloppe pour quelques heures seulement. Et si je ne me présente pas à votre bureau demain matin à neuf heures, promettez-moi de la remettre dès que possible entre les mains de Miss Winshaw." La demande m'a paru extraordinaire, et je le lui ai dit ; mais il n'a absolument rien révélé de la mission qu'il devait accomplir dans la nuit. "Dites-moi au moins ce qu'elle contient", ai-je imploré, avec raison, je pense que vous en conviendrez, Michael. Et, après quelques instants d'hésitation, il m'a répondu : "Ma vie". Assez spectaculaire, non ? J'ai tenté d'alléger l'atmosphère en déclarant que si le contenu de cette lettre représentait sa vie, alors elle semblait ne pas tenir beaucoup de place. "Évidemment, elle ne tient pas beaucoup de place. C'est ce à quoi elle a été réduite, à cause d'un traître ; quelques documents, des souvenirs de la vieille époque de la RAF ; une seule photographie, la seule trace de moi que j'aie pu laisser ces vingt dernières années. Je veux qu'elle les ait, malgré tout. Elle n'est pas folle, Mr Onyx, c'est pour moi un fait certain. Ils n'ont aucun droit de l'enfermer dans cet asile. Mais il y a eu une terrible injustice, et, quoi qu'il m'arrive, c'est la personne qui peut en conserver la mémoire." Eh bien, j'ai pris l'enveloppe, et nous nous sommes souhaité bonne nuit. Je sentais qu'un drame se préparait, mais mon travail n'était nullement de me mettre en travers... du destin, de la fatalité, appelez ça comme vous voulez. Je savais que les événements dont j'étais involontairement devenu le témoin devaient être menés à leur terme. Et donc nous nous sommes séparés, moi pour aller me coucher, et Farringdon, comme je l'ai découvert par la suite, pour voler d'abord la voiture de quelque citoyen malchanceux, tâche aisée, pour un homme de son expérience, puis se rendre à Winshaw Towers, y pénétrer par la fenêtre de la bibliothèque, que Tabitha, je suppose, avait laissée ouverte pour lui, et courir au désastre en attentant à la vie de Lawrence. »

Je réfléchis un instant. « Tel que vous me l'avez décrit, j'ai peine à croire qu'il n'ait pas réussi à venir à bout d'une mauviette comme Lawrence.

— Peut-être. Mais Lawrence s'était fait tellement d'ennemis au cours des années qu'il avait sans doute estimé utile d'apprendre à se défendre. De plus, je soupçonne qu'il était sur ses gardes : il sentait que quelque chose se préparait cette nuit-là. Farringdon aurait dû profiter de l'effet de surprise, mais je parie qu'il n'a pas pu s'empêcher d'échanger d'abord quelques mots. Ça a certainement permis à l'autre de réagir.

— Et je suppose que lorsqu'il ne s'est pas présenté à votre bureau le lendemain matin, vous vous êtes précipité à Winshaw Towers ?

— Vous me devancez magnifiquement, Michael. Vos pouvoirs d'induction dépassent l'entendement. J'y étais peu après dix heures. Vous savez probablement que bien qu'on puisse l'apercevoir de loin dans les landes, la maison n'est accessible que par un chemin sinueux dans un bois touffu. J'ai pu y dissimuler ma voiture et continuer à pied sans attirer l'attention. À cette époque, et d'ailleurs il doit toujours être là, les lieux étaient patrouillés par un majordome exceptionnellement lugubre et rebutant nommé Pyles, et je savais que, malgré l'évidente confusion, j'aurais peu de chance de l'éviter. J'ai donc attendu de le voir disparaître en direction des communs, et alors je n'ai eu aucune difficulté à convaincre un valet à demi idiot de me laisser passer, en prétendant être un collègue du docteur Quince.

— Le médecin de famille.

— C'est ça ; un charlatan qu'ils soudoyaient tous les trois ou quatre ans pour s'assurer que Tabitha resterait bien sous les verrous. J'avais croisé sa voiture sur la route, et donc je savais qu'il leur avait déjà rendu visite. J'ai prétendu qu'on m'avait fait venir pour donner un deuxième avis. Comment décrire l'état d'esprit de Tabitha ce matin-là ? Elle m'a raconté ce qui s'était passé, très calmement, sans paraître sous le choc, mais, sous le calme apparent, je pouvais percevoir un tel découragement, une telle déception... Son dernier espoir s'était envolé, la liberté lui était dérobée... Je suis tout sauf sentimental, Michael ; la sensibilité féminine m'est complètement étrangère, et pourtant, ce matin-là, si absurde que cela paraisse, j'ai eu le cœur presque brisé. Je lui ai tendu l'enveloppe de Farringdon ; elle l'a rangée sans l'ouvrir dans son sous-main ; et à ce moment précis Mortimer a frappé à la porte pour lui faire ses adieux. Je n'ai eu que le temps de me cacher ; je me suis précipité dans son cabinet de toilette et j'ai vivement fermé la porte, pendant qu'elle ramassait son tricot et reprenait son air absent coutumier. Quand j'ai pu enfin sortir, je n'ai échangé que quelques mots avec elle. Elle avait dans son sac une considérable somme d'argent, et elle a insisté pour me payer l'ensemble de mes services. Il ne me restait plus qu'à prendre congé. Je suis sorti par une porte dérobée et j'ai pris un chemin détourné jusqu'à ma voiture. Et ce fut la fin de mes rapports avec Tabitha Winshaw. Je ne l'ai pas revue depuis. »

Le regard de Findlay se perdit dans le vague. Une profonde mélancolie semblait l'envahir ; je ne trouvai rien à dire sur le moment.

« C'était une matinée radieuse, reprit-il soudain. Un soleil éclatant. Un ciel d'un bleu intense. Les feuilles avaient tourné à l'or. Connaissez-vous vraiment cette partie du monde, Michael ? Elle me manque parfois, aujourd'hui encore. Winshaw Towers se trouve au bord de la lande de Spaunton, et comme je ne pouvais pas me décider à rentrer en ville, je suis allé en voiture jusqu'à un coin tranquille et j'ai marché durant des heures, à ruminer les curieux événements des semaines écoulées, à me demander ce qu'ils signifiaient et où ils m'avaient mené. C'est ce jour-là qu'a germé l'idée de rentrer à Londres, je pense. C'était un dimanche, mais il n'y avait pas beaucoup de promeneurs : j'avais plus ou moins l'endroit pour moi tout seul, et le soleil brillait aimablement sur mes projets et mes résolutions.

— Vous aviez de la chance, dis-je. Je me souviens également de ce dimanche, mais il pleuvait. Du moins là où j'étais.

— Allons, allons, vous brodez, Michael, répliqua Findlay avec un gloussement incrédule. Vous n'étiez qu'un petit garçon à l'époque. Comment votre mémoire peut-elle distinguer ce dimanche-là d'un autre ?

— Je m'en souviens nettement. C'était mon neuvième anniversaire, et mes parents m'avaient emmené à Weston-super-Mare. Il a plu dans l'après-midi, et nous nous sommes donc réfugiés dans un cinéma. » Cette information ne parut pas beaucoup impressionner Findlay, et comme nous risquions tous deux de sombrer dans une torpeur nostalgique, je décidai qu'un brusque changement de ton s'imposait. « À propos, qu'avez-vous l'intention de faire de ce papier ? Le conserver ? »

Il relut le message et me le restitua. « Non, Michael. Il ne m'est plus d'aucune utilité. De toute façon, je le garde en mémoire.

— Est-ce que vous n'allez pas l'analyser ? Chercher des traces d'encre invisible ?

— Quelle conception pittoresque vous avez du métier de détective ! Mes procédés paraissent bien prosaïques en comparaison. Je dois vous décevoir. »

Son sarcasme était plus malicieux que tranchant ; j'essayai donc de répondre sur le même ton.

« C'est vrai, dis-je. J'ai été formé par les méthodes de Sherlock Holmes et d'Hercule Poirot. J'ai même tenté d'écrire des histoires de détective, autrefois, quand j'étais petit. J'espérais que vous y jetteriez un coup d'œil froid et expert, puis que vous me regarderiez à travers des paupières mi-closes en me déclarant quelque chose d'impressionnant du genre : "Élémentaire, mon cher Owen." »

Il sourit. « Ma foi, tout n'est pas perdu, Michael. Nous pouvons encore travailler ensemble, nous avons des voies à explorer, et, de plus... » Il se tut brusquement, avec un pétillement passager dans les yeux. « De plus... voyez-vous, il se peut que vous teniez ici une piste.

— Il se peut ? Quelle piste ?

— Eh bien, c'est vraiment singulier, n'est-ce pas ? C'est bien ce qu'il y a d'étrange.

— Je crains de ne pas vous suivre.

— Le mot "biscuit", Michael. Il aurait dû être au pluriel, non ? *Un* biscuit, à prendre avec un morceau de fromage et une branche de céleri ? Ça n'a pas l'air très copieux, n'est-ce pas, même pour grignoter. »

Je cherchai une raison et déclarai sans guère de

conviction : « Eh bien, c'était durant la guerre. Peut-être que les rationnements... »

Findlay secoua la tête. « Quelque chose me dit, reprit-il, que les restrictions n'ont pas dû peser très gravement sur le train de vie des Winshaw. Ils ne m'ont jamais donné l'impression d'être du genre à se serrer la ceinture. Non, ça commence à me paraître plus intéressant que je ne le croyais au début. Il faudrait réfléchir davantage.

— Et il y a un autre mystère, ne l'oubliez pas. »

Findlay attendit la suite.

« Vous ne vous souvenez pas ? Tabitha croyant entendre des voix allemandes dans la chambre de Lawrence, et pensant l'enfermer à double tour, alors qu'il était semble-t-il dans la salle de billard.

— Oh, il y a une explication parfaitement plausible à cela. Mais nous devrons visiter la maison pour la vérifier. En attendant, j'ai pensé que nous pourrions aborder le problème sous un autre angle.

— C'est-à-dire ?

— C'est-à-dire qu'il y a une partie de l'histoire, une composante, qui fait tache dans le tableau. Un acteur qui a l'air si mal à l'aise au milieu des autres qu'on se demande s'il ne joue pas un drame entièrement différent. Je parle de vous, Michael.

— De moi ? Qu'est-ce que j'ai à y voir ? On m'a simplement entraîné dans cette affaire. Ça aurait pu être n'importe qui.

— Ça *aurait pu* être n'importe qui, naturellement. Mais ce n'est pas le cas. Il se trouve que c'est vous. Il doit y avoir une raison à ça, et il doit être possible de la découvrir. Dites-moi, Michael, ne pensez-vous pas qu'il soit temps pour vous de rencontrer Tabitha Winshaw ? Elle n'en a plus pour longtemps, après tout.

— J'ai tergiversé, je sais. Et puis j'ai toujours eu le sentiment que les éditeurs voulaient m'en décourager.

— Ah, oui, vos insondables éditeurs. Une sacrée organisation, je dois dire. J'ai été très impressionné par leurs bureaux, ou ce que j'ai pu en voir, lors de ma brève visite clandestine. J'ai même pris un de leurs catalogues, ce qui vous choquera sans doute. » Il alla chercher dans son bureau une brochure luxueuse sur papier glacé et se mit à la feuilleter. « La liste est assurément éclectique, murmura-t-il. Prenez ça, par exemple : *Lâchez tout sur les Boches : Un joyeux récit des bombardements de Dresde*, par le lieutenant-colonel “Œil-de-Lynx” Fortescue, décoré de la Victoria Cross. Ça a l'air franchement hilarant, je dois dire. Et cet autre : *Une approche luthérienne des films de Martin et Lewis*. Ou mieux encore : *Les Plinthes de A à Z*, par le révérend J. W. Pottage — “indispensable complément”, est-il précisé, “à son précédent ouvrage qui a fait date”. Une vraie corne d'abondance, non ?

— À qui le dites-vous, répliquai-je. J'en reçois des échantillons à chaque Noël.

— C'est bien généreux de leur part, vous ne trouvez pas ? Il ne semble pas y avoir de restriction d'argent dans leur secteur. Le type qui dirige la boîte — McGanny, n'est-ce pas ? — doit être un fin renard. J'ai le sentiment que ça doit valoir la peine de regarder leurs affaires de plus près. »

Je fus déçu par cette nouvelle direction d'enquête, et je ne pus m'empêcher de le dire : « En quoi cela va-t-il nous aider à découvrir ce que Lawrence manigançait en 1942 ?

— Peut-être en rien, Michael. Mais ce n'est sans doute pas là le vrai mystère.

— Quelle est votre idée, exactement ? »

Findlay se leva de son fauteuil pour s'asseoir à côté de moi. « Mon idée, répondit-il en fermant comme une serre sa main sur ma cuisse, c'est que le vrai mystère, c'est vous. Et j'ai bien l'intention de le percer. »

*

Kenneth demanda : « Sauriez-vous par hasard où se trouve ma chambre, mademoiselle ? » Shirley secoua la tête et répondit d'un ton navré : « Non, je crains que non.

— Oh », fit simplement Kenneth. Puis, après un silence : « Je suis désolé. Je vais m'en aller, maintenant. »

Je réfléchissais à ce que Findlay avait dit de moi : « Un acteur qui a l'air si mal à l'aise au milieu des autres qu'on se demande s'il ne joue pas un drame entièrement différent. » Ça me paraissait curieusement perspicace, et décrire avec justesse ce que je ressentais en m'occupant des Winshaw. Ce soir-là, par exemple...

Shirley hésita, comme pour prendre une décision. « Non. Attendez. » Elle lui fit un geste pressant de la main. « Tournez le dos une minute. »

Il se tourna et aperçut alors dans un miroir pivotant son propre reflet avec, au fond, celui de Shirley. Elle se présentait de dos ; elle était en train d'ôter sa combinaison, en la faisant passer par-dessus sa tête.

... quitter l'appartement de Findlay, prendre le bus 19, éprouver cet accablement caractéristique en retrouvant le sud-ouest de Londres, rentrer chez moi. Toute cette banalité, ce cadre trop familier, donnait l'air d'une fantaisie grotesque à son récit et aux horreurs gothiques qu'il suggérait...

« Un... un petit instant, mademoiselle », dit Kenneth.

Il fit pivoter en hâte le miroir.

« Vous êtes un ange », dit Shirley en se tournant vers lui. Elle acheva de faire passer sa combinaison par-dessus sa tête et entreprit de dégrafer son corsage.

... Est-ce qu'ils avaient les mêmes soucis que moi, ces gens absurdes ? Est-ce qu'ils avaient même le genre de sentiments que je pouvais comprendre ? Ne suffisait-il pas de dire qu'ils venaient d'un monde différent ? C'était plus net, plus catégorique que ça : ils menaient un genre d'existence entièrement différent. Une existence qui me faisait vraiment horreur...

Shirley disparut derrière la tête de Kenneth.

Kenneth déclara : « Un... un joli visage n'est pas tout, vous savez. »

Il tenait le miroir incliné, en essayant de ne pas le regarder, mais il ne pouvait s'empêcher d'y jeter de temps en temps un coup d'œil, qui provoquait sur son visage une expression de douleur physique. Shirley enfilait sa chemise de nuit.

... et une existence qui avait failli me faire perdre, ces dernières années, je m'en rendais compte à présent, tout sens de la vie telle qu'elle devrait être vécue. Qui m'avait presque anéanti, en fait, ou qui du moins m'avait anesthésié, m'avait plongé dans un sommeil dont j'aurais bien pu ne plus émerger si Fiona n'avait pas frappé à ma porte, pour me sortir de ma gangue...

« Tout ce qui brille n'est pas or », reprit Kenneth.

Shirley réapparut derrière lui, le corps moulé

dans sa chemise de nuit courte, et elle lui dit : « Vous pouvez vous retourner, maintenant. »

Il se retourna et la regarda avec ravissement.

« Superbe ! Très affriolant ! »

J'éteignis la télévision. Kenneth et Shirley s'estompèrent sur l'écran et j'allai dans la cuisine me verser un autre verre.

Désormais, chaque fois que j'y allais, et que je voyais mon reflet dans la vitre, je me souvenais de la première fois où Fiona était venue, et comment elle avait été obligée de s'y prendre à plusieurs fois pour me faire comprendre qu'elle me demandait mon parrainage pour sa randonnée cycliste.

Le reflet était toujours là. Et, au-delà, que voyait-on ? Pas grand-chose. Tout rêveur que j'étais, je n'avais pas le pouvoir de l'Orphée de Cocteau, qui pouvait plonger dans les miroirs comme dans un liquide, pour pénétrer dans des mondes imaginaires. Non, je ressemblais davantage à Kenneth Connor — et je lui ressemblerais toujours —, en me forçant à ne pas regarder dans le miroir une réalité splendide et terrifiante qui se révélait à quelques pas derrière mon dos.

Sauf que la nuit précédente j'avais vu un nouveau reflet : très brièvement, parce que j'avais dû fermer les yeux devant sa beauté, mais il avait été si net et si présent que j'en cherchais à présent les traces, en m'imaginant presque que la vitre avait pu en conserver la mémoire.

*... Les miroirs feraient bien de réfléchir davantage. Trois fois**...*

Fiona s'était présentée avec un petit fuchsia qu'elle se proposait d'ajouter à la forêt verdoyante qui envahissait tous les espaces libres de mon appartement. Elle portait un vieux chandail et un jean, et elle n'avait pas voulu rester boire ni bavarder : elle voulait rentrer se coucher, bien qu'il fût à peine huit heures. Elle avait eu une longue journée de travail, semblait-il, et elle avait de nouveau de la température. Malgré cela, elle avait paru chercher des prétextes pour ne pas partir tout de suite ; elle avait vérifié l'état de toutes les plantes ; mais je sentais qu'elle avait l'esprit ailleurs. Elle avait l'air d'avoir quelque chose à dire, quelque chose d'important. Dans la cuisine, sous les lumières crues, je lui avais de nouveau proposé de prendre un verre, une bière, un gin, une vodka, un soda, ou un jus d'orange, et elle s'était soudain appuyée contre le réfrigérateur en me demandant si je voulais bien lui accorder une faveur.

« Oui, naturellement, répondis-je.

— Pensez-vous pouvoir ausculter ma gorge ?

— Ausculter votre gorge ? »

Elle renversa la tête, regarda vers le plafond, et déclara : « Palpez-la simplement. Palpez-la et dites-moi ce que vous en pensez. »

Si c'était une ouverture, pensai-je, si c'était de cette façon que tout allait recommencer, alors ce n'était pas à cela que je m'étais attendu. Pas du tout. J'avais perdu toute capacité de contrôler la situation : j'avais l'impression de m'enfoncer sous terre, et je m'avançai vers elle d'un pas de somnambule, en tendant les doigts pour entrer en contact avec la peau blanche à la base de son cou. Puis je remontai lentement jusqu'à un fin duvet de cheveux. Elle restait parfaitement tranquille et silencieuse.

« Comme ça ? dis-je.

— Un peu plus vers la gauche. »

Je découvris presque aussitôt de quoi il s'agissait : une petite boule dure de la taille d'une olive, bien logée sous la peau. J'appuyai dessus puis la pinçai doucement entre mon pouce et mon index.

« Est-ce que ça fait mal ?

— Non.

— Qu'est-ce que c'est ?

— Je ne sais pas.

— Qu'a dit le médecin ?

— Rien. Il n'a pas eu l'air très intéressé. »

J'ôtai ma main et reculai, en cherchant un indice dans ses yeux bleus. Elle soutint mon regard d'un air inexpressif.

« Vous avez toujours eu ça ?

— Non. Je l'ai remarqué il y a quelques semaines.

— Est-ce que ça grossit ?

— Difficile à dire.

— Vous devriez aller revoir le médecin.

— Il pense que c'est sans importance. »

Je n'avais plus rien à répondre : je me sentais enraciné sur place. Fiona me regarda un instant, puis croisa les bras et voûta les épaules, en se repliant sur elle-même.

« Je suis vraiment fatiguée, reprit-elle. Je dois m'en aller.

— D'accord. »

Mais je reposai alors ma main sur son cou et nous nous rapprochâmes d'une façon d'abord maladroite mais insistante, et bientôt nous nous embrassâmes violemment : je l'étreignis sans un mot, protégé par son silence, et, tournant les yeux vers notre reflet dans la vitre de la cuisine, je crus apercevoir un nœud, tissé de ses craintes muettes et de mes désirs affamés, qui résisterait aux pires assauts que l'avenir pouvait nous réserver.

DOROTHY

Serrer quelqu'un dans ses bras, être câliné de temps à autre en retour : c'est important. La femme de George Brunwin ne le serrait jamais dans ses bras, et il y avait plusieurs années qu'il n'avait pas pris de maîtresse. Néanmoins, il avait régulièrement besoin de longues et tendres étreintes, d'extases dérobées, la plupart du temps, dans les coins sombres de la ferme qu'il s'était plu autrefois à dire sienne. Le dernier objet consentant de ses avances était un veau appelé Herbert.

Mais, contrairement à la rumeur locale, George n'avait jamais eu de rapports sexuels avec un animal.

Bien qu'il ne se le fût sans doute jamais formulé clairement, une de ses convictions les plus profondément enracinées était qu'une vie dénuée d'attachement physique ne valait pas la peine d'être vécue. Sa mère s'était montrée experte en caresses, câlineries, cajoleries, chatouilles ; pour lui ébouriffer les cheveux, lui tapoter le derrière, le faire sauter sur ses genoux. Son père même n'avait jamais été hostile à une bonne poignée de main ou une embrassade virile. George avait grandi dans l'idée que ces délicieux contacts, ces élans spontanés d'intimité sans retenue étaient la matière même d'une relation affectueuse. De plus, la vie dans la ferme de son père était amplement rythmée par les cycles de reproduction des animaux, et George s'y était sans doute révélé exceptionnellement sensible, car il avait très tôt développé un sain appétit sexuel. À cet égard, il n'aurait su trouver une partenaire moins adaptée (mais on ne lui avait guère laissé le choix en ce domaine) que Dorothy Winshaw, qu'il avait épousée au printemps 1962.

Ils avaient passé leur lune de miel dans un hôtel avec vue sur le lac Derwent : et c'était dans ce même hôtel, vingt ans plus tard, que George se trouvait boire seul par une poisseuse soirée de juin. Tout embué d'alcool qu'il était, son esprit ruminait un souvenir désagréablement précis de leur nuit de noces. Dorothy ne l'avait pas exactement repoussé, mais sa complète passivité avait été une forme avouée de résistance, empreinte, pour augmenter l'humiliation, d'un ennui marqué et d'une ironie sous-jacente. Malgré la précaution de ses travaux d'approche, George n'avait rencontré au bout de ses doigts fouineurs qu'une sécheresse resserrée. Continuer dans ces conditions aurait été pour ainsi dire commettre un viol (pour lequel il n'avait pas la force physique, en plus du reste). Il avait fait trois ou quatre autres tentatives dans les semaines qui avaient suivi, après quoi il avait abandonné le sujet, autant que ses espoirs. En se souvenant de cette époque dans un brouillard éthylique, il trouvait risible, absurde, d'avoir seulement songé à consommer son mariage. Entre Dorothy et lui, il y avait eu une totale incompatibilité physique. Une union sexuelle entre eux aurait été aussi impossible qu'entre ces dindons difformes dont sa femme avait dû récemment assurer la reproduction par insémination artificielle : la viande autour de leurs bréchets avait été si monstrueusement gonflée par des injections chimiques et un élevage sélectif que leurs organes sexuels ne pouvaient plus entrer en contact.

Pourquoi George ne haïssait-il pas sa femme ? Était-ce parce qu'elle l'avait enrichi (financièrement) au-delà des plus folles attentes ? Était-ce parce qu'il éprouvait malgré lui une certaine fierté dans le fait qu'elle eût bâti, à partir d'une modeste ferme familiale fonctionnant paisiblement selon les anciennes méthodes, un des plus grands empires agrochimiques du pays ? Ou est-ce que la haine avait simplement été noyée au cours des années par les flots de whisky qu'il absorbait quotidiennement avec de moins en moins de prétention au secret ? En tout cas, sa femme et lui menaient désormais des vies séparées. Chaque jour de la semaine, elle se rendait en ville, où, dans un sinistre faubourg perdu, s'élevait l'énorme complexe des bureaux et des laboratoires : le siège mondial de la Brunwin Holdings Public Limited Company. George n'y avait pas mis les pieds depuis plus de quinze ans. Il n'était pas doué pour les affaires, il ne comprenait rien à la science, et il n'avait que dédain pour le jeu de l'oie puéril de la Bourse des valeurs, qui semblait préoccuper si fort la plupart des dirigeants ; il avait donc choisi de se retrancher dans une version imaginaire de temps plus heureux. Il y avait une petite étable en briques rouges qui était parvenue à réchapper du programme d'expansion de Dorothy (elle avait fait démolir presque tous les bâtiments d'origine pour les remplacer par des batteries d'élevage en lugubre acier gris), et c'était là qu'il passait la plus grande partie de ses journées, avec pour seuls compagnons sa bouteille de whisky et l'un ou l'autre des animaux chétifs qu'il avait réussi à arracher à leur incarcération pour tenter de leur rendre la santé : par exemple, des poulets dont les pattes ne pouvaient plus supporter les corps disproportionnés, ou du bétail à l'arrière-train déformé par trop d'injections d'hormones. Longtemps, Dorothy ignora l'existence de cette obscure retraite, car elle s'imposait rarement d'inspecter son domaine : mais lorsqu'elle la découvrit par hasard, elle ne put dissimuler son mépris furieux pour la sentimentalité de son mari.

« Il avait une patte cassée, lui dit George en lui bloquant l'entrée de l'étable où Herbert se terrait dans un coin. Je n'ai pas pu supporter de le voir chargé dans un camion avec les autres.

— Ce sont tes sales pattes que je vais casser si tu ne laisses pas tranquille mon stock, cria Dorothy. Je pourrais signaler à la police ce que tu étais en train de faire.

— Je le dorlotais, c'est tout.

— Dieu tout-puissant ! Et est-ce que tu as fait ce que je t'ai demandé : est-ce que tu as parlé à la cuisinière de notre dîner de vendredi soir ? »

Il la regarda d'un air vide.

« Quel dîner de vendredi soir ?

— Le dîner que nous allons donner pour Thomas, Henry, et les gens de Nutrilite. » Dorothy avait l'habitude d'avoir une cravache à la main : elle la fit claquer contre sa cuisse avec exaspération. « Tu ne t'en souviens même pas, apparemment. Tu ne te souviens jamais de rien. Tu n'es qu'un sale poivrot, une vieille épave irrécupérable. Dieu tout-puissant ! »

Et elle s'en alla furibonde. En la voyant s'éloigner, George se sentit brusquement dessoûlé.

Il se demanda soudain : Pourquoi ai-je épousé cette femme ?

Puis il se rendit au bord des lacs pour mieux y réfléchir.

*

Il s'était mis à boire pour combattre la solitude. Pas la solitude qu'il avait parfois éprouvée lorsqu'il dirigeait lui-même la ferme, et qu'il passait des journées entières dans l'isolement royal des landes, en compagnie de vaches et de moutons. C'était plutôt la solitude des chambres d'hôtel spartiates du centre de Londres : en fin de soirée, avec pour perspective une nuit d'insomnie, et pour unique distraction la bible Gideon et le dernier numéro du *Magazine de la Volaille*. Il avait passé plusieurs nuits de ce genre peu après son mariage avec Dorothy, car elle l'avait persuadé qu'il avait tout intérêt à adhérer au conseil de l'Union nationale des Fermiers. Il s'y était soumis durant un peu plus d'un an, mais il avait découvert à la longue qu'il n'était guère doué pour les activités des groupes de pression, et qu'il n'avait rien en commun avec les autres membres du groupe, dont aucun ne partageait son enthousiasme pour la vie de fermier. (Il avait eu l'impression que c'était justement pour y échapper que la plupart étaient entrés au conseil.) Et lorsqu'il avait renoncé à cette position, et que Dorothy avait pris sa place, elle lui avait fait clairement comprendre qu'elle n'avait aucune confiance en lui pour s'occuper de la ferme en son absence. Sans prendre la peine de consulter son mari, elle avait fait passer une annonce pour engager un gérant à plein temps, et George s'aperçut ainsi qu'il avait été tout bonnement licencié.

Entre-temps, Dorothy était passée à l'action. Profitant pleinement des relations parlementaires de son cousin Henry (dans un camp comme dans l'autre), elle s'était très vite mise à courir les cocktails et les dîners où elle pouvait rencontrer les personnages les plus influents des ministères des Finances et de l'Agriculture. Dans les restaurants les plus chic, dans les soirées privées les plus somptueuses, elle s'efforçait de convaincre fonctionnaires et députés de la nécessité d'accorder des subventions toujours plus considérables aux agriculteurs qui désiraient se convertir aux nouvelles méthodes d'élevage intensif : ce fut grâce à ses efforts (et aux efforts de ses semblables) que le gouvernement se mit à augmenter les subventions et à consentir des abattements d'impôts pour favoriser des constructions d'étables en béton et des achats de matériel d'équipement. Les petits fermiers qui résistèrent à ces innovations se trouvèrent vite incapables de soutenir les prix proposés aux consommateurs par ces concurrents fortement subventionnés.

Dès qu'elles apprirent que des masses d'argent public étaient consacrées à l'encouragement de l'élevage intensif, les institutions financières se mirent à placer leurs pions. Dorothy avait une tête d'avance sur ses rivaux en ce domaine, car Thomas Winshaw était en passe de devenir l'un des membres les plus puissants de la banque. Quand il eut vent de la direction que prenait la politique gouvernementale, il se mit à investir massivement dans l'agriculture, et fut plus qu'heureux d'offrir à Dorothy des prêts substantiels pour ses divers programmes d'expansion, avec les terres pour garantie (le montant de sa dette l'obligeant à augmenter chaque année les rendements de son sol et de ses bêtes). Dès le début, son but avait été de s'assurer des profits en contrôlant chaque étape de la production. Elle avait commencé par racheter toutes les petites fermes de la région et par les mettre sous contrat. Puis, une fois qu'elle eut établi son emprise sur tous les producteurs d'œufs, de poulets, de porcs, de légumes du nord-est de l'Angleterre, elle se mit à élargir sa sphère d'action, à développer toute une série de branches spécialisées : Les Œufs Exprès (slogan : « À gober par ceux qui ne gobent pas n'importe quoi »), Le Porc du Traiteur (« Le porc sans torts »), Les Légumes du Jardin (« Des légumes qui ne vous carottent pas »), Les Poulets Plumés (« Si on les plume, ce n'est pas pour vous plumer »). La marque Brunwin était réservée à ce qui, en termes de profit, était le joyau de la couronne de la firme : la section des plats surgelés et des desserts instantanés, dont le slogan était simplement : « Brunwin, c'est fantastique ! » Chacune de ces compagnies était fournie par des centaines de fermiers sous contrat dans tout le pays, dont la tâche — si jamais ils parvenaient ainsi à gagner leur vie — était d'employer tous les antibiotiques et tous les pesticides possibles pour satisfaire les exigences de rendement fixées par Dorothy au siège de la Brunwin Holdings PLC. Ces fermiers étaient également tenus de passer toutes leurs commandes de nourriture auprès d'une société appelée Nutrilite (une branche de Brunwin Holdings) et de les compléter par des additifs chimiques obtenus auprès d'une autre compagnie appelée Kemmilite (une branche de Brunwin Holdings). De cette façon, les coûts de fonctionnement interne étaient réduits au minimum.

Il avait fallu beaucoup de temps à Dorothy pour bâtir son empire. Mais il était en pleine prospérité au moment où George effectuait son séjour au bord du lac Derwent. Par exemple, les chiffres pour cette période montrent que les Œufs Exprès fournissaient au pays plus de vingt-deux millions d'unités par semaine, tandis que le bilan annuel des Poulets Plumés était de plus de cinquante-cinq millions : de poulets, bien sûr, pas de livres.

*

Un après-midi, alors que j'avais une vingtaine d'années, j'eus une dispute avec Verity chez mes parents, et, lorsque ce fut fini, je sortis marcher un peu pour me calmer. Elle s'était moquée, comme d'habitude, de mes aspirations d'écrivain, et je m'apitoyais à juste titre sur moi-même en dévalant un sentier en direction du bois que j'explorais enfant lors de mes promenades du dimanche. Il y avait sans doute derrière cela une intention à demi consciente. Je voulais revoir le décor de ces temps heureux (et, bien sûr, de mes premières tentatives littéraires) parce que je sentais qu'il restaurerait d'une façon ou d'une autre ma certitude d'être un individu extrêmement rare et sensible, à la mémoire gorgée d'émotions esthétiques. Je me dirigeai donc vers ce qui avait été la ferme de Mr Nuttall, que je n'avais pas visitée depuis plus de dix ans.

Lorsque je tombai sur la clôture de fil barbelé et sur des bâtiments inconnus, je crus d'abord que ma mémoire m'avait joué un tour, et m'avait conduit au mauvais endroit. J'avais l'impression de me trouver en face d'une sorte d'usine. Tout ce que je pouvais voir, c'était une longue suite de hangars de bois, avec, au bout de chacun, un énorme réservoir métallique soutenu par des piliers et obstruant sinistrement le ciel nuageux. Tout déconcerté, je parvins à me glisser sous la clôture pour aller voir de plus près. Les hangars n'avaient pas de fenêtres ; mais, en grimpant sur le côté d'un des réservoirs, je pus jeter un coup d'œil à travers un trou entre les planches de bois.

Durant quelques secondes, je ne vis que du noir, et je me sentis oppressé par une atmosphère d'humidité poussiéreuse, lourde de relents d'ammoniaque. Puis, peu à peu, des formes commencèrent à émerger de l'obscurité. Mais ce que j'aperçus est difficile à décrire, car ça n'avait pas de sens, et ça continue aujourd'hui encore à ne pas en avoir. J'avais l'impression d'assister à une scène d'un film jailli de l'imagination extravagante d'un metteur en scène surréaliste. Je regardais ce que je ne saurais appeler qu'un océan de poulets, un tunnel sombre, long et large, dont le sol était couvert de volailles à perte de vue. Dieu seul sait combien il pouvait y avoir de volatiles dans ce hangar : des milliers, des dizaines de milliers, peut-être. Ce qui me frappa le plus, ce fut une sensation de grand calme ; rien ne bougeait : ils étaient trop entassés pour pouvoir faire le moindre mouvement. Mais, quelques minutes plus tard, le calme fut rompu par le bruit d'une porte qu'on ouvrait et par l'apparition d'un petit rectangle de lumière au bout du tunnel. Deux silhouettes se dessinèrent dans l'encadrement, et soudain ce fut toute une agitation de plumes.

« Nous y voici, dit l'un des hommes.

— Mince alors ! » fit l'autre. Leurs voix résonnaient, assourdissantes.

« Je vais faire un peu de lumière », reprit le premier, et il alluma une torche.

« C'est ici que vous les entassez ?

— Nous faisons de notre mieux. » Je supposai que c'était le propriétaire qui venait de répondre. Ce n'était pas Mr Nuttall, mais je me souvenais que ma mère avait récemment déclaré que la ferme était passée en d'autres mains.

« Je trouve qu'il fait déjà assez chaud, continua l'autre.

— Oh non, il faut qu'il fasse beaucoup plus chaud que ça.

— Et le système s'est détraqué quand, selon vous ?

— Au cours de la nuit dernière.

— Et la lumière aussi a sauté ?

— Non, non, on doit les laisser dans le noir. Ces poulets ont six semaines. Ils se battraient si nous leur donnions de la lumière, voyez-vous.

— Bon, tout ce que je peux faire, c'est vérifier votre circuit. La plupart du temps, c'est la prise de terre qui flanche.

— Peut-être, mais nous l'avons remplacée l'année dernière. Nous avons installé un système entièrement nouveau parce que l'ancien était très défaillant. Une nuit, il y a eu une catastrophe. Tous les ventilateurs ont sauté. Le lendemain matin, j'ai trouvé neuf mille cadavres de poulets sur le sol. Neuf mille, nom d'un chien ! Il a fallu s'y mettre à quatre pour tout nettoyer. Ça nous a pris toute la matinée. Nous avons dû les sortir à la pelle.

— Bon, je vais quand même y jeter un coup d'œil. Où est-ce que ça se trouve ?

— Au fond du hangar, près de la grande trémie. »

Il y eut un bref silence. Puis le second reprit : « Oui, mais comment est-ce que je vais y arriver ?

— En marchant, bien sûr. Qu'est-ce que vous croyez ?

— Je ne peux pas traverser. Il n'y a pas la place de passer, avec tous ces poulets.

— Allons, ils ne vont pas vous faire de mal.

— Mais si moi je leur fais du mal ?

— Ne vous inquiétez pas pour ça. Je veux dire, tâchez de ne pas trop en piétiner. De toute façon, il y en a toujours quelques-uns qui crèvent. Ça n'a pas d'importance.

— Vous êtes un sacré farceur, mon vieux », fit l'autre en tournant le dos.

Et il s'échappa par la porte. Je vis le fermier lui courir après.

« Que faites-vous ?

— Il n'est pas question que je piétine des malheureux poulets pour aller réparer votre foutu circuit.

— Mais écoutez, comment voulez-vous... »

Leurs voix s'estompèrent. Je descendis de mon perchoir et époussetai mes vêtements. En revenant vers la clôture, je vis une camionnette sortir du bois et s'arrêter dans le sentier. Elle arborait l'inscription POULETS PLUMÉS — DÉPARTEMENT DU GROUPE BRUNWIN. *Le nom, à cette époque, m'était inconnu.*

*

Dorothy croyait fermement à la recherche et au développement, et au cours des années le Groupe Brunwin s'assura une réputation d'innovation technologique, en particulier dans l'élevage des poulets. Voici quelques-uns des problèmes qu'elle avait cherché à résoudre :

1. AGRESSIVITÉ : Les poulets de Dorothy étaient abattus à sept semaines (à environ un quinzième de leur longévité naturelle). Ils étaient élevés avec pour chacun un espace de vingt-cinq centimètres de côté. Entassées de cette façon, les volailles se donnaient des coups de bec et parfois se dévoraient entre elles.

SOLUTION : Après avoir expérimenté des lunettes rouges spéciales fixées sur les becs (ne distinguant plus les couleurs, les poulets devaient ainsi être incapables de picorer les crêtes rouges de leurs voisins), Dorothy les avait ensuite remplacées par des œillères, pour plus d'efficacité. Mais cette solution était encore trop encombrante, et elle avait alors songé à une bonne méthode pour couper les becs. Elle avait d'abord opéré avec une lampe à souder. Mais bientôt ses techniciens lui proposèrent une petite guillotine équipée de lames chaudes. C'était assez efficace, mais les lames étaient parfois trop chaudes, et provoquaient des cloques dans la gorge ; de plus, comme il était nécessaire de couper une quinzaine de becs par minute, une précision parfaite n'était pas toujours possible, et il y avait de nombreux cas de narines brûlées et de têtes mutilées. Les terminaisons nerveuses endommagées du bec se rabougrissaient en entraînant de douloureuses névrites chroniques. En dernier recours, Dorothy fit diffuser de la musique douce dans les batteries. Manuel et son orchestre montagnard était son choix de prédilection.

2. **DEUXIÈME PÉRIODE DE PRODUCTION D'ŒUFS :** Durant de nombreuses années, les poules de batterie étaient envoyées à l'abattage après une seule période de ponte, au bout d'environ quinze mois. Mais Dorothy estima possible de les garder pour une deuxième année de ponte.
   SOLUTION : Mue forcée. Elle découvrit qu'elle pouvait abréger la période de mue des poules, durant laquelle elles ne pondent pas, en les traumatisant par de brusques changements d'éclairage et des privations d'eau et de nourriture.

3. **POULETS MÂLES :** Les mâles d'une couvée n'engraissent pas, et n'ont, par conséquent, pas de valeur économique pour la consommation. Il faut donc les détruire dès la naissance, si possible, mais comment procéder ?
   SOLUTION : Durant un moment, Dorothy expérimenta un moulin spécial capable de réduire en bouillie mille poulets en deux minutes. La bouillie obtenue pouvait servir de nourriture ou d'engrais. Cependant, ces moulins étaient coûteux à installer. L'asphyxie par retrait d'oxygène, ou par l'usage de chloroforme ou de dioxyde de carbone, était une solution possible. Mais, finalement, rien n'était plus économique que la bonne vieille méthode d'étouffement. Le plus simple était d'entasser des milliers de poulets dans des sacs fermés. Comme cela, les volatiles périssaient à la fois de suffocation et d'écrasement.

4. **ASSOMMER AVANT D'ABATTRE :** Avant de se résoudre à la méthode habituelle d'eau chargée d'un cou-

rant électrique à basse tension, Dorothy avait essayé de faire breveter une sorte de petite chambre à gaz à travers laquelle devaient passer les poulets avant d'être hissés sur le tapis roulant. Elle découvrit cependant que le battement frénétique des ailes dans la chambre causait une perte d'environ cent grammes de gaz par volaille, et ce système fut abandonné donc pour des raisons économiques.

Elle avait toujours trouvé difficile de rentabiliser le coût des méthodes d'abattage. L'équipement électrique pour assommer les bêtes dans ses abattoirs était à la fois cher et lent (en tout cas si on l'employait correctement). À cet égard, elle était assez traditionaliste, étant intimement convaincue que rien n'était supérieur à un coup de merlin bien appliqué pour assommer un bœuf ou un porc. De plus, elle continuait de proposer un abattage conforme aux rituels religieux, même si certains juifs et musulmans s'étaient mis à s'opposer à cette usurpation : la clientèle existait toujours, affirmait-elle, et il fallait la satisfaire. Cependant, elle sentait que ses concurrents conservaient un léger avantage dans l'abattage, surtout parce que George l'avait manifestement trop négligé avant qu'elle ne prît tout en main. Elle avait été stupéfaite de découvrir qu'il n'avait presque aucune expérience personnelle en ce domaine : elle l'avait une fois surpris en train de pleurer en s'efforçant d'achever une vache qui souffrait de mastite. Son maillet, pointé au centre du crâne, avait glissé et crevé un œil de la bête. Et il restait pétrifié, tremblant de tous ses membres, en voyant la bête se débattre sous la douleur. Dorothy avait donc dû prendre une pince, saisir par les narines l'animal sanguinolent et beuglant, et lui donner le coup de grâce en frappant violemment avec le marteau. « Ah, les hommes ! » avait-elle grogné avec mépris. Et elle était allée se changer avant de prendre un gin tonic en apéritif.

*

Un soir, alors que j'avais vingt-quatre ans, j'allai assister à un festival de films français organisé par le ciné-club de l'université. On projeta d'abord Le Sang des bêtes, *court documentaire de Georges Franju sur un abattoir parisien. La salle s'était à moitié vidée avant la fin.*

C'était un public typique de ciné-club : amateurs endurcis de films d'horreur, pour la plupart, qui trouvaient malin d'admirer ces navets américains à petit budget qui montrent des adolescents coupés en morceaux par des psychopathes, ou des cauchemars de science-fiction pleins d'effets spéciaux sanguinolents. Mais qu'y avait-il dans ce film précis, tellement délicat et mélancolique à maints égards, pour faire crier de dégoût les femmes, et pousser les hommes vers la sortie ?

Je ne l'ai plus revu, mais de nombreux détails me sont restés. Un magnifique cheval de trait blanc s'agenouillant sous le coup du maillet, en déversant des flots de sang ; des veaux pris de convulsions après avoir eu la gorge tranchée, leur sang bouillonnant sur le sol ; des rangées de moutons décapités, dont les pattes s'agitent encore furieusement ; des vaches à qui on plante un pieu dans le crâne, jusqu'à la cervelle. Et puis, en contrepoint, une douce voix féminine qui nous présente les tristes faubourgs de Paris — les terrains vagues, jardins des enfants pauvres... à la limite de la vie des camions et des trains*... *Les ouvriers chantant* La Mer *de Trenet en dépeçant les carcasses* — « ses blancs moutons, avec les anges si purs* »... *Un troupeau de moutons, poussant des bêlements d'otages en étant conduits à l'abattoir par l'imposteur,* le traître*, *qui connaît le chemin et qui sait que sa propre vie sera épargnée :* les autres suivent comme des hommes*... *Les sifflements, les rires des ouvriers qui plaisantent* avec la simple bonne humeur des tueurs*..., *brandissant leurs marteaux, leurs couteaux, leurs haches et leurs fendoirs* sans colère, sans haine*...

Je ne parvenais pas à oublier ce documentaire et, les semaines suivantes, durant les moments d'ennui à la bibliothèque universitaire, je consultai des catalogues de livres et de magazines de cinéma pour voir si l'on avait écrit quelque chose à son sujet : dans l'espoir, peut-être, que le maillet de la critique académique porterait un coup fatal aux images qui continuaient de me hanter horriblement la mémoire. Mais ce ne fut pas ce qui se produisit : car, après bien des recherches, je tombai sur un long et brillant essai dont l'auteur semblait avoir percé le secret de cette effrayante véracité. Après l'avoir lu, j'ouvris mon cahier pour y recopier ces lignes :

> Tout dans ce film nous rappelle que ce qui est inévitable dans l'existence peut être également insupportable à l'esprit,
> que ce qui est justifiable peut être en même temps atroce...
> que, tout comme cette Folle,
> notre Mère Nature,
> cette autre Folle,
> notre Mère Société, est un système de mort autant que de vie...

*

« Alors, demanda Henry, quoi de neuf à la ferme ?

— Oh, rien de bien nouveau, répondit Dorothy. Les affaires ne vont pas mal, mais elles pourraient aller beaucoup mieux si nous n'étions pas empoisonnés à longueur de temps par tous ces tarés d'écologistes. C'est assez bon, ça, non ? »

« Ça », c'était des œufs de caille frais, préparés avec des poivrons rouges et verts, qui constituaient le hors-d'œuvre. Henry et Dorothy soupaient ensemble dans une salle à manger privée du club Heartland.

« J'avais justement quelque chose à te dire à ce sujet, poursuivit Dorothy. Nous avons eu des nouvelles inquiétantes des États-Unis. As-tu entendu parler d'un produit appelé sulphadimidine ?

— Je ne crois pas. De quoi s'agit-il ?

— Eh bien, c'est inestimable pour les éleveurs de porcs. Absolument inestimable. Comme tu le sais, nous avons fait d'énormes progrès dans les niveaux de production depuis une vingtaine d'années, mais il y a eu un ou deux effets secondaires. Des maladies respiratoires, par exemple : mais la sulphadimidine peut nous débarrasser au moins des pires, vois-tu.

— Où est le problème, alors ?

— Oh, les Américains l'ont testée sur des rats et prétendent qu'elle provoque des cancers. Et, apparemment, ils vont faire passer une loi contre.

— Hum. Et est-ce qu'on ne peut pas employer d'autres produits ?

— Rien d'aussi efficace. Évidemment, on pourrait éviter ces maladies en faisant un élevage moins intensif, mais...

— Mais ce serait absurde. Il n'est pas question d'interdire quelque chose qui peut t'aider à rester compétitive. J'en dirais un mot au ministre. Je suis certain qu'il comprendra ton point de vue. Et puis des tests sur des rats ne prouvent rien du tout. De plus, nous avons une longue et honorable tradition : celle d'ignorer les avis de nos conseillers indépendants. »

Le plat principal consistait en une côte de porc caramélisée accompagnée de pommes de terre à l'ail. La viande (comme les œufs de caille) venait de chez Dorothy : son chauffeur l'avait apportée en voiture dans l'après-midi, et elle avait donné au chef des instructions détaillées pour la préparer. Elle gardait, dans un enclos derrière sa ferme, un petit troupeau de porcs élevés en plein air, pour son usage personnel. Comme Hilary (qui ne regardait jamais ses propres programmes de télévision), Dorothy n'avait jamais eu la moindre intention de consommer les produits qu'elle était trop heureuse d'imposer à un public résigné.

« Ces écologistes nous tapent sur le système autant qu'à toi, reprit Henry en attaquant le plat avec gourmandise. Ils ont bousillé le marché du veau, par exemple. »

C'était vrai : les plus importants producteurs de veau de Grande-Bretagne avaient récemment dû détruire leurs box étroits et revenir à un élevage en plein air. Sous la pression du public, le directeur général avait admis que le système intensif était « moralement répugnant ».

« Eh bien, je trouverai encore un usage à ces box, déclara Dorothy. On peut les exporter, après tout. Et puis, ce sentimentalisme autour des veaux est complètement stupide. Ce sont des créatures absolument dégoûtantes. Sais-tu ce qu'ils font si on ne leur donne pas d'eau pendant quelque temps ? Ils se mettent à boire leur propre urine. »

Henry secoua la tête d'un air incrédule à l'écoute de ces extravagances du royaume animal, et il emplit de nouveau leurs verres de Sauternes. Pendant ce temps, Dorothy découpait soigneusement le gras de sa viande pour le mettre au bord de son assiette. « En tout cas, nous allons devoir prendre garde aux groupes de pression, dit-elle. J'ai le sentiment qu'ils vont élever de plus en plus la voix.

— Tu n'as pas à t'inquiéter pour ça, répondit Henry. Les journaux ne vont pas se mettre à parler d'une chose aussi barbante que la production alimentaire, et si jamais ils le font, le public ne s'y intéressera pas, car il est trop stupide. Tu sais ça aussi bien que moi. De plus, la plupart des données sont protégées par la loi sur les secrets d'État. C'est absurde, mais c'est ainsi. Et, de toute façon, quand un de ces cinglés en blouse blanche pond un rapport idiot, qu'est-ce qui nous empêche de produire des statistiques qui prouvent exactement le contraire ?

— Tu as raison, bien sûr, fit Dorothy avec un sourire. On a tendance à oublier que tout le monde n'est pas aussi sceptique que toi...

— Ça m'étonne de t'entendre dire ça, répliqua Henry en s'enfonçant dans son siège pour desserrer sa ceinture avec une grimace de plaisir. Je ne suis pas sceptique de nature. Je suis plutôt idéaliste. Et puis, je crois presque tout ce que disent les nutritionnistes de l'heure. La différence, c'est que j'inclinerais plus à être encouragé qu'alarmé par les conséquences sociales.

— C'est-à-dire ? »

Henry se tut un instant, d'un air absent, en essuyant du bout du doigt la sauce au bord de son assiette. « Disons-le ainsi : savais-tu que nous avons le projet de supprimer les repas gratuits pour plus d'un demi-million d'écoliers dans les cinq prochaines années ?

— Ça ne sera pas une décision très populaire, me semble-t-il.

— Oh, évidemment, ce sera un tollé, mais ça passera, et il y aura certainement quelque chose d'autre pour préoccuper les gens. L'important, c'est que nous allons économiser beaucoup d'argent, et, en attendant, toute une génération d'enfants des familles pauvres et ouvrières aura pris l'habitude de ne manger rien d'autre que du chocolat et des biscuits toute la journée. Ce qui veut dire qu'ils finiront par s'affaiblir, physiquement et mentalement. » Cette constatation fit lever les sourcils à Dorothy. « Mais oui, renchérit son cousin. Un régime de sucreries retarde le développement du cerveau. Nos garçons l'ont prouvé, ajouta-t-il avec un sourire narquois. Et, comme le savent tous les généraux, à la guerre, le secret de la victoire, c'est de démoraliser l'ennemi. »

Le repas se conclut par un pudding aux pommes, baignant dans un coulis au miel et au gingembre. Les pommes, naturellement, provenaient du verger de Dorothy.

*

Ingrédients : Amidon modifié, poudre de sirop de glucose, sel ; intensificateurs de saveur : glutamate de sodium, 5-ribonucléotide de sodium ; dextrose, matière grasse végétale, poudre de tomate, protéine végétale hydrolysée ; extrait de levure, poudre de queue de bœuf, poudre d'oignon, épices, parfums artificiels ; colorants E150, E124, E102 ; caséine, correcteur d'acidité E460 ; émulsifiants E471, E472b ; antioxydant E320.

Lorsque j'avais vingt-cinq ans, je rendis une fois visite à mes parents pour le week-end. Il y eut beaucoup de week-ends semblables durant mes années d'université, mais celui-ci se distingue parce que ce fut la première fois que je remarquai à quel point leurs habitudes alimentaires avaient radicalement changé depuis mon enfance. Cela devait dater de mes onze ans, quand ils avaient décidé de m'envoyer dans une école payante. À partir de ce moment-là, ils parurent ne jamais avoir assez d'argent. Les augmentations de salaire de mon père étaient rares et modestes, et je pense qu'il regrettait d'avoir acheté une maison dans un quartier aussi coûteux. Jusqu'alors employée à mi-temps, ma mère se mit à enseigner à plein temps. Mais elle mettait un point d'honneur à nous préparer chaque soir un repas complet. Cependant, elle nous servait de plus en plus des plats tout préparés, et cette habitude se confirma dans les années soixante-dix lorsqu'ils achetèrent un grand réfrigérateur qu'ils placèrent dans le garage. Mon père, loin de se plaindre, avait pris goût à ce genre de nourriture, en partie parce qu'elle lui rappelait les déjeuners qu'il partageait avec ses collègues à la cantine de son usine. Je me souviens que lors de ce week-end j'avais vu le réfrigérateur empli de plus de vingt boîtes d'une des in-

ventions les plus assassines du Groupe Brunwin : des beignets de hamburger avec des frites. Tout ce qu'il y avait à faire, c'était de passer toute la barquette au four, et voilà, on avait un repas appétissant dans son assiette au bout de vingt minutes. Mon père m'expliqua que c'était très commode lorsque, deux soirs par semaine, ma mère faisait des heures supplémentaires à l'école, et qu'il devait préparer seul son dîner. Je lui fis remarquer que cela ne me semblait pas être une nourriture très équilibrée, mais il me répondit qu'il le complétait par deux autres plats Brunwin, une soupe en poudre comme hors-d'œuvre, et un dessert instantané au chocolat ou à la fraise.

Ingrédients : Sucre, huile végétale hydrogénée, amidon modifié ; émulsifiants E477, E322 ; parfums artificiels, lactose, caséine, acide fumarique ; agents gélifiants E339, E450a ; poudre de lactosérum, stabilisant E440a ; colorants E110, E160a ; antioxydant E320.

Durant toutes ces années, je m'en aperçois maintenant, mon père se bouchait les artères à force de matières grasses saturées. Il est mort d'une crise cardiaque, peu après son soixante et unième anniversaire.

Est-ce que cela signifie que Dorothy a tué mon père ?

*

Les rapports sur la réussite de Dorothy dans l'élevage des porcs sont tout aussi impressionnants. Voici quelques-unes des difficultés qu'elle a su vaincre :

1. **MALADRESSE :** Dès qu'elle se mit à enfermer ses truies dans des box de béton, elle découvrit que les bêtes perdaient leur instinct naturel : elles devenaient maladroites et s'allongeaient parfois sur leur portée de porcelets en les allaitant.
   SOLUTION : Installer des barres de protection, pour que les porcelets aient accès aux tétines sans risquer d'être écrasés.

2. **CANNIBALISME :** N'ayant plus la possibilité de fouiller la terre avec leur groin, les truies, pour satisfaire cet instinct, se mettaient à dévorer leurs porcelets.
   SOLUTION : Empêcher les truies de bouger dans leur box en les coinçant étroitement à l'aide d'une installation appelée : « damoiselle de fer ». Une lampe à infra-rouge détourne les porcelets de leur mère, et cela réduit en plus la période de sevrage à deux ou trois semaines, au lieu des huit habituelles.

3. **MALADIES :** Malheureusement, les porcelets ainsi traités étaient sujets à de graves maladies pulmonaires que ne pouvaient juguler entièrement les antibiotiques et un strict contrôle de la température ambiante.
   SOLUTION : Embryotomie. On s'est aperçu qu'on pouvait, dans des conditions d'aseptie, extraire des porcelets vivants de la matrice de leur mère morte et qu'on obtenait ainsi ce qu'on a appelé des « portées à risque minimal de maladies ».

4. **MORSURES DE QUEUES ET SAVEUR DE SANGLIER** : Les porcelets sevrés entassés dans des enclos développaient un instinct agressif, dont les manifestations les plus courantes étaient des morsures à la queue. La « saveur de sanglier » est un arrière-goût puissant et répugnant que certains bouchers (en particulier ceux des supermarchés) trouvent à la viande des porcs mâles.
   SOLUTIONS : Couper les queues et castrer. De préférence avec un instrument contondant, qui, en écrasant l'organe, réduit le saignement.

5. **DIFFORMITÉS** : Dorothy, lors d'un examen de 2000 de ses porcs gardés sur un sol en béton, découvrit que 86 pour cent des bêtes souffraient de claudication et de graves déformations des sabots.
   SOLUTION : Aucune. Comme elle le fit un jour sèchement remarquer à un journaliste du *Magazine des Fermiers* : « Je ne vais pas payer pour élever des animaux qui se tiennent bien sur leurs pattes. »

*

Un soir, alors que j'avais trente-sept ans, je revins chez moi avec un petit sac de plastique, à moitié empli de provisions faites au supermarché du coin. J'avais rapporté une bouteille de lait, quelques canettes de soda, un paquet de biscuits au chocolat, quatre barres de Mars, du pain, et une portion de saucisses-purée « chauffez et mangez » du Groupe Brunwin, que je mis aussitôt au four, avant de ranger mes autres achats dans le réfrigérateur et dans les placards.

Vingt-cinq minutes plus tard, au moment d'éteindre le four, je ramassai le paquet vide dans la poubelle pour vérifier si j'avais bien suivi les instructions. Ce fut alors que tout se produisit. Ce fut, j'imagine, une sorte d'épiphanie. Il ne faut pas oublier que je n'avais à cette époque parlé à personne depuis plus d'un an : j'étais peut-être devenu fou, mais je ne le crois pas. Je ne me mis pas à rire hystériquement, ni rien de ce genre. Toutefois, j'éprouvai ce qu'on pourrait appeler un rare moment de lucidité : un éclair d'intuition, subtil et fugitif, mais suffisant pour provoquer un changement radical, sinon dans ma vie, du moins dans mon régime à dater de ce jour-là.

Ce n'était pas tant à cause de l'illustration du couvercle, même si elle pouvait me donner à réfléchir. Une famille de quatre attablée pour le dîner ; un père sain aux dents blanches, deux enfants aux joues rouges et aux yeux brillant de gourmandise, et la mère, jeune et jolie, servant à son mari une portion de saucisses-purée avec un visage illuminé par une sorte d'extase religieuse, comme si ce plat, couronnant une journée d'honnêtes activités et de dévouement conjugal, était l'ultime justification de son être. On est chaque jour submergé par de pareilles sottises, et je suis immunisé contre elles. Mais au dos de l'emballage se trouvait une photographie à laquelle je ne m'attendais pas. Elle avait pour légende « suggestion de présentation ». Elle montrait une portion de saucisses et de purée sur une assiette, les saucisses d'un côté, la purée de l'autre. L'assiette était sur une table, entre un couteau et une fourchette. Et c'était tout.

Je contemplai un instant cette image, et un soupçon mauvais s'empara de moi. J'eus soudain le sentiment que quelqu'un, quelque part, savourait une monstrueuse plaisanterie à mes dépens. Et pas seulement à mes dépens, mais aux dépens de tous. Cette photographie me parut une insulte dirigée contre moi en particulier et contre le monde en général. Je sortis la barquette du four et la jetai dans la poubelle. Ce fut le dernier produit Brunwin que j'achetai.

Je me souviens que j'ai eu faim ce soir-là.

*

En revenant du lac Derwent, George arrêta sa voiture au bord de la route, à une quinzaine de kilomètres de sa ferme ; il resta ainsi un moment devant un portail, à regarder les landes. Il était raisonnablement sobre, il n'avait pas la gueule de bois (en fait, il n'avait plus jamais la gueule de bois), mais il avait la curieuse impression d'être écrasé par un lourd pressentiment. Comme d'habitude, revoir sa femme le rendait nerveux ; et, pour aggraver les choses, elle devait recevoir ses insupportables cousins Thomas et Henry le lendemain soir, ainsi que deux gérants de Nutrilite. Il était censé avoir discuté du menu avec la cuisinière, mais il avait complètement oublié de le faire, et Dorothy serait probablement furieuse.

Il avait été absent durant trois jours : trois jours gaspillés, car il n'était parvenu à aucune décision importante concernant son mariage, même si ç'avait été la raison première de son voyage, il devait maintenant le reconnaître. Il savait en tout cas qu'il ne serait jamais capable de quitter Dorothy en sachant qu'il lui laisserait ainsi le contrôle absolu de la ferme ; et, dans ces conditions, il lui semblait qu'il ne pouvait rien faire d'autre que de continuer comme avant. Bien sûr, il y avait les animaux. Si pitoyable que cela puisse paraître, il sentait qu'il ne ratait pas complètement sa vie tant qu'il était encore en mesure d'apporter un peu de réconfort aux créatures qui avaient le plus souffert des traitements de sa femme. Il était déjà impatient de les revoir, de retrouver son étable et de boire à leur santé, en débouchant la bouteille de whisky qu'il gardait cachée derrière des briques déchaussées du mur.

Il arriva chez lui tard dans l'après-midi. La voiture de Dorothy était garée dans la cour, mais il parvint à se rendre aux cuisines sans être vu. La cuisinière était assise les pieds sur la table, à lire un magazine. En le voyant arriver, elle n'eut aucun sursaut coupable et elle reprit tranquillement son travail : même s'il ne s'en était jamais aperçu, il était depuis longtemps entendu qu'il n'avait absolument aucune autorité sur le personnel.

Il demanda si tout était en place pour le dîner du lendemain soir, et elle lui répondit que c'était décidé, qu'ils auraient du veau, que Dorothy elle-même avait choisi l'animal et l'avait emmené à l'abattoir il y avait moins d'une heure.

George sentit son cœur chavirer. Il se précipita vers l'étable et ouvrit la porte d'un coup de pied.

Herbert n'était pas encore mort. Il était pendu par les pattes à une poutre, et son sang s'écoulait d'une blessure à son cou dans un seau déjà aux trois quarts plein. Sinon, il n'y avait personne dans l'étable.

Pris de sanglots, George courut vers la ferme où il trouva Dorothy dans son bureau, tapant sur le clavier de son ordinateur.

« Oh, bonsoir, chéri, fit-elle. Déjà de retour ? »

Puis, comme George ne répondait pas, elle ajouta : « Je suis navré pour ton petit ami, chéri, mais c'était vraiment le moins flasque et le plus beau du lot. Il fallait que ce soit lui. »

Elle fit pivoter sa chaise, le regarda, soupira, et sortit de la pièce. Une minute plus tard, elle revint avec un fusil.

« Pour l'amour du ciel, dit-elle en lui tendant l'arme, va l'achever si tu en as envie. Il n'aura pas aussi bon goût, mais peu importe. L'essentiel, c'est d'épargner tes sentiments. »

George prit le fusil et s'en alla. Dorothy revint à son clavier et tendit l'oreille. Il y eut deux coups de feu, à quelques secondes d'intervalle.

« Le crétin, murmura-t-elle. Il ne peut même pas atteindre un veau du premier coup à trois pas de distance. »

Elle ne parvint jamais à établir avec une certitude absolue lequel de ses employés avait raconté l'histoire aux *Nouvelles du Monde*. Elle finit par mettre à la porte un ouvrier agricole appelé Harold, mais c'était faire d'une pierre deux coups, car il devenait encombrant : il n'était plus tout jeune, il avait les poumons attaqués par la poussière des récoltes et il n'était plus utile à grand-chose. Certes, il était peu probable que ce soit lui le fautif. Mais de toute façon, ce n'était qu'un petit écho en page neuf : quelques lignes sinistrement cocasses sous le titre de UN FERMIER PERVERS SE DONNE LA MORT PAR AMOUR POUR UN VEAU. Ses conseillers en relations publiques lui assurèrent que personne ne prendrait cela au sérieux, et l'incident fut en effet à peu près oublié au bout de quelques mois.

Il doit dater de juin 1982.

JUIN 1982

1

Le mot existait, je le savais, mais je n'arrivais pas à le trouver.

... *convaincre... s'imposer... briller...*

J'avais l'intention de prendre le train de 15 h 30, mais cet article m'avait pris plus de temps que prévu, et maintenant j'étais en retard. J'entassai en vrac des vêtements pour cinq jours dans un sac, ainsi que deux livres et de quoi écrire. J'avais espéré dicter mon papier par téléphone au journal avant de partir, mais je n'en avais plus le temps. Il me faudrait le faire une fois arrivé à Sheffield. C'était toujours la même chose : c'était toujours les deux dernières lignes, la conclusion impartiale, la chute ironique, qui exigeaient un temps et des efforts démesurés.

Je laissai un message à mon colocataire, verrouillai toutes les portes, puis, sac en main, grimpai l'escalier de fer forgé qui reliait notre entresol à la rue. C'était une journée d'été chaude et sans vent, mais, comme je n'avais pas mis le nez dehors depuis plus de quarante-huit heures — temps qu'il m'avait fallu pour lire le livre et formuler mes réactions —, le soleil, l'air extérieur me parurent aussitôt revigorants. Notre appartement se trouvait dans une petite rue proche de Earl's Court Road, à quelques minutes à pied de la station de métro. C'était un quartier vivant, un peu populeux, un peu louche ; son agitation continuelle pouvait être parfois accablante, mais, cette fois-là, elle me mit vraiment de bonne humeur. Pour la première fois, j'avais le sentiment de partir pour une grande aventure.

Se rendre d'Earl's Court à St Pancras représentait un trajet ennuyeux de vingt minutes sur la ligne Piccadilly. Comme d'habitude, j'avais un livre en main, mais je ne parvenais pas à me concentrer. J'étais parcouru par des flots d'anxiété et de plaisir anticipé. Ce serait étrange de revoir Joan : pas seulement de la revoir (ce que je faisais presque chaque Noël, quand nous rendions visite à nos parents), mais de passer du temps avec elle, de renouer connaissance. Au téléphone, elle avait paru amicale, confiante, autoritaire. Elle m'avait proposé de venir d'un ton dégagé, comme si ce n'était qu'une idée en passant, et je me disais maintenant qu'elle n'y avait probablement pas mis d'intention particulière — je ne serais qu'un hôte parmi d'autres à caser dans un programme hebdomadaire chargé — alors que pour moi ce séjour promettait quelque chose d'une importance extrême : une occasion de retrouver une identité juvénile et optimiste que j'avais quelque peu perdue durant mon absurde mariage, et dont Joan était désormais le seul témoin restant.

Telles étaient mes pensées tandis que je me dirigeais vers King's Cross ; ou du moins une partie d'entre elles. Car, pour être franc, je passai le plus clair du trajet à regarder les femmes dans le wagon. J'étais divorcé depuis huit ans, et, plus encore, je n'avais pas fait l'amour à une femme depuis plus de neuf ans ; j'étais donc devenu un voyeur invétéré, je rêvais à toutes les occasions possibles avec ce regard lourd, intense et furtif qui caractérise le mâle vraiment désespéré (et dangereux). Je m'aperçus vite qu'il n'y avait en fait que deux créatures dignes de mon intérêt. L'une était assise sur la même banquette latérale, près des portières — une petite personne tranquille, aux vêtements coûteux : le type même de la blonde froide et classique, le genre Grace Kelly. Elle était montée à Knightsbridge. Puis, à l'autre bout du wagon, une brune plus grande, à l'air plus ascétique : je l'avais remarquée sur le quai à Earl's Court, mais ses traits restaient masqués par un fin rideau de cheveux sombres et par le journal où elle semblait absorbée. Je risquai de nouveau vers la blonde un regard de côté qu'elle croisa et soutint (à moins que je ne me fisse des idées) durant un fragile instant, sans encouragement, mais sans réprimande. Je me lançai alors dans mon rêve favori : elle descendait à la même station, prenait la même correspondance, allait dans la même ville — miraculeuses coïncidences qui nous rapprocheraient en m'évitant utilement de devoir prendre les événements en main. Et plus nous nous approchions de King's Cross, plus j'avais envie de la voir rester. À chaque arrêt, j'éprouvais un regain d'appréhension poignante, et la perspective de pouvoir entrer en conversation avec elle me paraissait de plus en plus désirable, tandis que son visage, sa silhouette, prenaient une allure de perfection de plus en plus grande. Leicester Square. Covent Garden. Holborn. J'étais certain qu'elle allait descendre à Holborn, mais non, elle avait l'air de s'enfoncer de plus en plus confortablement dans son siège, et toute son attitude s'imprégnait de langueur séduisante (nous étions les seuls passagers restant dans cette partie du wagon, et je me sentais complètement emballé). Encore deux arrêts. Si seulement... Si seulement... Nous entrions maintenant dans la station de King's Cross, je la regardais désormais sans vergogne, et il me parut clair qu'elle n'avait pas l'intention de descendre là : c'était moi qui allais mettre fin au rêve, et, pour aggraver les choses, je lui dérobai, avant l'ouverture des portes, un dernier regard, qu'elle soutint d'un air interrogatif, indolent, paralysant et transparent. Une fois sur le quai, je me sentis du plomb dans les jambes ; des liens invisibles m'attachaient au wagon, et m'empêchaient de bouger. Il repartit ; je me retournai, et ne parvins pas à revoir la blonde. Durant les minutes suivantes, me rendant à St Pancras, où j'achetai mon billet et tuai le temps devant un kiosque à journaux, je sentis un poids sur mon estomac, avec le sentiment meurtri d'avoir une fois encore survécu à l'un de ces drames minuscules qui menaçaient de se répéter à l'infini chaque jour.

Installé dans le train pour Sheffield, je ruminai, en attendant son départ, cet incident humiliant, et je maudis une fois de plus le mauvais sort qui avait fait de moi un homme d'imagination, et non d'action : condamné, comme Orphée, à errer dans le monde souterrain des fantasmes, alors que mon héros Youri n'avait pas hésité à s'envoler hardiment parmi les étoiles. Quelques mots bien choisis, c'est tout ce qu'il aurait fallu, et pourtant je n'avais même pas pu les imaginer : moi, un écrivain publié, bon Dieu ! Au lieu de quoi, j'en étais réduit à échafauder des scénarios toujours plus ridicules : l'objet de mon attrait se rendait soudain compte qu'elle avait laissé passer sa station, elle sautait à Caledonian Road, hélait un taxi, et elle arrivait juste à temps pour bondir dans mon train au moment où il s'ébranlait. Je fermai les yeux et tâchai de penser à autre chose. Quelque chose d'utile, pour une fois. Le mot : c'était ce sur quoi je devais me concentrer, le mot qui m'échappait... Je devais absolument trouver la phrase finale avant d'arriver à Sheffield. C'était vital.

...incapable de *s'élever*... de *s'envoler*... de *transcender*...

Ce stratagème réussit d'une façon surprenante. J'étais tellement préoccupé que je n'entendis pas le coup de sifflet du chef de gare ; je m'aperçus à peine que le train se mettait en marche ; je ne me rendis qu'obscurément compte que la porte de mon wagon s'ouvrait pour laisser monter une créature agitée et essoufflée qui se laissa tomber sur un siège à quelques rangées du mien. Le train avait déjà pris de la vitesse dans les faubourgs de Londres lorsque je levai les yeux pour découvrir qu'il s'agissait de la brune que j'avais remarquée dans le métro. Mais l'inévitable frisson d'excitation ne dura qu'un bref instant. Il fut bientôt submergé par quelque chose de bien plus puissant : une extraordinaire vague d'émotion, mélange de ravissement, de confusion, et, d'abord, d'incrédulité obstinée. Car comment se pouvait-il qu'elle lût, non plus son journal, mais un mince volume avec ma photographie en couverture ?

*

C'est, je suppose, le rêve de tout écrivain. Et

comme il se réalise très rarement même dans la vie des célébrités littéraires, il est facile d'imaginer à quel point sa concrétisation pouvait paraître miraculeuse à un jeune auteur inconnu comme moi, avide de trouver des preuves de la pénétration de son œuvre dans la conscience du public. Les brefs articles respectueux que j'avais obtenus dans les journaux et les revues littéraires — que, dans certains cas, j'avais presque appris par cœur — pâlissaient jusqu'à l'insignifiance face à l'idée soudaine que le vaste monde pouvait cacher quelque chose d'entièrement différent, quelque chose d'insoupçonné, de vivant et d'arbitraire : un lectorat. Ce fut mon premier sentiment. Et puis, naturellement, je me rendis compte que m'était enfin offerte l'occasion longtemps attendue, le prétexte à toute épreuve, la parfaite amorce de conversation : car il serait certainement impoli de *ne pas* me présenter en la circonstance. La seule question était comment, et quand, franchir le pas.

Je décidai d'agir subtilement. Il ne convenait pas de mettre les pieds dans le plat, de m'asseoir en face d'elle pour dire quelque chose de stupide comme « je vois que vous êtes en train de lire un de mes livres », ou, pis encore, « j'aime les femmes qui ont bon goût en littérature ». Il valait bien mieux faire en sorte qu'elle le découvrît elle-même. Ma foi, ça ne devait pas être très difficile. Au bout de quelque minutes, je me levai pour aller m'installer avec mes bagages sur un siège séparé du sien par l'allée centrale. Cela suffit pour qu'elle me regardât avec surprise, peut-être avec ennui. « J'essaie seulement d'éviter le soleil », déclarai-je, ce qui était absurde, étant donné que ma nouvelle place était aussi ensoleillée que la précédente. Elle ne répondit rien ; elle me sourit d'un air à demi contraint, et se replongea dans son livre. Je m'aperçus qu'elle en était environ à la page cinquante, à peu près au quart du livre : elle tomberait bientôt sur la scène la plus désopilante de tout le roman (c'était du moins ainsi que j'avais tâché de l'écrire). Je m'enfonçai dans mon siège et l'épiai discrètement du coin de l'œil, tout en m'assurant qu'elle aurait, si elle levait les yeux, un aperçu de mon profil sous l'angle choisi par le photographe de studio que j'avais moi-même engagé à grands frais. Elle parcourut dix ou douze pages en autant de minutes, sans la moindre manifestation d'hilarité : pas même l'ombre d'un sourire, encore moins les accès de fou rire que j'avais naïvement pensé provoquer chez le lecteur avec ce passage. Que diable se passait-il avec elle ? En édition courante, mes romans avaient des ventes pitoyables — cinq ou six cents exemplaires, tout au plus ; comment donc celui-ci avait-il réussi à aboutir entre les mains d'une personne si visiblement insensible à mes intentions et à mon style ? Je regardai plus attentivement son visage ; je distinguai un net manque d'humour dans l'expression de ses yeux et la forme de sa bouche, et toute une mine solennelle qui semblait lui plisser le front de façon permanente. Elle continuait de lire. J'attendis cinq minutes de plus, avec une impatience croissante. Je remuai ostensiblement sur mon siège, je me levai même pour prendre dans mon sac sur le porte-bagages des choses dont je n'avais pas besoin ; finalement, j'en fus réduit à feindre une bruyante quinte de toux, jusqu'à la faire lever les yeux d'un air méfiant.

« Excusez-moi, mais est-ce que par hasard vous essayeriez d'attirer mon attention ? demanda-t-elle.

— Non, non, pas du tout, répondis-je en sentant soudain le feu me monter aux joues.

— Voudriez-vous une pastille contre la toux ?

— Non, ça va, merci. »

Elle reprit sa lecture sans un mot de plus, et je me plongeai de nouveau dans un silence déconcerté, en ayant peine à croire à la difficulté de l'entreprise. La situation était devenue plus que gênante, elle s'enfonçait dans les ténèbres de la stupidité impuissante. Le seul recours était de déclarer : « Oui, en fait, j'essayais d'attirer votre attention. »

Elle leva les yeux et attendit mon explication.

« C'est... c'est à propos du livre que vous êtes en train de lire.

— Et alors ?

— Eh bien, vous n'avez rien remarqué sur la photographie de couverture ? »

Elle retourna le volume. « Non, je ne vois pas... » Puis, promenant son regard entre la photo et mon visage, elle déploya un sourire incrédule. « Oh, c'est... » Il illuminait tout son visage, ce sourire ; il changeait brusquement tout ; elle était soudain radieuse et chaleureuse. Puis il se transforma en un rire. « Et vous êtes assis ici... Je veux dire, c'est incroyable. Je suis une de vos plus fidèles admiratrices, vous savez. J'ai lu tous vos livres.

— Mes deux livres, rectifiai-je.

— Tous les deux, en effet. C'est-à-dire, j'ai lu le premier, et je suis en train de lire celui-ci. Et il me plaît énormément.

— Est-ce que ça ne vous ennuie pas que... ? demandai-je en désignant la place à côté d'elle.

— Si ça ne m'ennuie pas ? Comment est-ce que ça pourrait... je veux dire, c'est tellement extraordinaire. C'est... c'est vraiment le rêve de tout lecteur, n'est-ce pas ?

— Et de tout écrivain aussi », dis-je en m'asseyant auprès d'elle.

Et nous restâmes un instant à nous sourire timidement, en ne sachant par où commencer.

« Je vous ai observée, à l'instant, repris-je. Vous étiez en train de lire la grande scène, celle du mariage, n'est-ce pas ?

— Le mariage, en effet. C'est un passage magnifique, tellement émouvant.

— Hum... Vous pensez vraiment ? J'avais tâché de le rendre drôle, voyez-vous.

— Oh, mais il est drôle. Je veux dire, il est, euh, émouvant... et il est drôle. C'est ça qui est si bien vu.

— Mais vous n'aviez pas l'air de rire beaucoup.

— Oh, si, je riais. Je riais intérieurement, je vous assure. Je ne ris jamais à haute voix quand je lis. Ça tient uniquement à moi.

— En tout cas, grâce à vous, j'ai gagné ma journée. » Elle me répondit par le même sourire, en y ajoutant le geste irrésistible de rejeter légèrement ses cheveux en arrière. « Je me serais présenté, bien sûr, mais vous connaissez déjà mon nom. »

Elle comprit l'allusion. « Oh, je suis désolée. J'aurais dû le faire tout de suite. Je m'appelle Alice. Alice Hastings. »

*

Le train approchait de Bedford. J'avais bavardé avec Alice durant sans doute une demi-heure ; j'étais allé chercher des sandwiches et du café au bar, nous avions échangé nos opinions sur la guerre des Malouines, et sur les mérites de divers auteurs contemporains, en tombant la plupart du temps d'accord. Elle avait un beau visage légèrement chevalin, un cou long et gracieux, et sa voix était chaude, grave, fruitée. Les dernières années avaient été un tel désert à cet égard : le mariage sans issue avec Verity, puis la décision, au milieu des années soixante-dix, d'aller en faculté, où mes camarades de premier cycle m'avaient semblé avoir un tel don pour enchaîner les aventures purement physiques que j'avais fini par me sentir nigaud comme un adolescent, malgré mon titre officiel d'étudiant « adulte ». C'est peut-être pour cela que la vie d'écrivain m'avait toujours paru attirante, en raison du refuge qu'elle offrait à l'attardé social, de l'éclat de légitimité qu'elle conférait à la solitude. Patrick avait vu juste en se moquant du manque de « dimension sexuelle » dans mes livres ; mais c'était un souvenir que je repoussais ; cette conversation me cuisait encore, et j'ignorais quand je me sentirais de nouveau prêt à affronter les railleries de mon éditeur.

« Au fait, où allez-vous ? » me demanda Alice. Et, lorsque je lui eus répondu : « Vous avez de la famille, là-bas ?

— Non, je vais voir une amie. Elle vit là depuis plusieurs années maintenant. Elle est assistante sociale.

— Ah, je vois. C'est... c'est une de vos petites amies ?

— Non, non, pas du tout. Absolument pas. Non, Joan et moi, ça remonte à... très longtemps. Je veux dire... » Je m'avisai soudain qu'il y avait un moyen rapide et facile de la mettre au courant de la situation. « Avez-vous vu cet article sur moi, il y a deux mois, dans un supplément du dimanche : "La Première Histoire que j'ai écrite ?"

— Oui. Je l'ai adoré. Vous deviez être drôlement précoce pour écrire cette irrésistible parodie d'histoire policière à douze ans.

— J'avais huit ans, rectifiai-je gravement. Et je croyais écrire une histoire parfaitement sérieuse. En tout cas, à cette époque, Joan était... eh bien, je suppose, ma meilleure amie. Elle habitait près de chez nous, et nous allions ensemble jouer dans une ferme ; la photographie qu'on voit dans le magazine, celle qui me montre assis à un bureau avec un air très sérieux et intellectuel, a été prise dans une étable qui nous servait de tanière. Je savais qu'elle conviendrait parfaitement pour l'article ; Joan avait posé avec moi, mais il suffisait de couper la photo en deux. Seulement, il y avait des années que j'avais perdu la mienne. J'ai d'abord téléphoné à mes parents, mais ils ne savaient absolument pas où elle pouvait se trouver, alors j'ai téléphoné à Joan, qui, à ma grande surprise, avait soigneusement conservé la sienne. Elle me l'a envoyée, et... ma foi, c'était rudement bien d'avoir repris contact, car nous n'avions plus grand-chose à nous dire depuis... je ne sais pas, depuis mon bref mariage, j'imagine. Après quoi, nous nous sommes de nouveau téléphoné, et elle a fini par me demander si je ne voulais pas venir passer quelques jours chez elle. Je me suis dit : pourquoi pas ? Et voilà, j'y vais.

— Elle a l'air encore assez attachée à vous, fit Alice en souriant.

— Qui, Joan ? Oh, non. En fait, nous nous connaissons à peine. Nous étions deux gamins.

— Il me semble pourtant que si elle a gardé votre photo durant tout ce temps... Et puis, vous êtes un auteur publié, à présent. Vous devez avoir beaucoup de prestige à ses yeux.

— Non, jc vous assurc. Tout cela, c'est juste en souvenir du bon vieux temps. »

Malgré mes efforts pour amoindrir l'affaire, je m'aperçus que l'existence de Joan commençait à mettre Alice mal à l'aise. Un pincement de jalousie naissante, peut-être ? Déjà ? Telle fut du moins mon interprétation, dans ma joie fallacieuse, et mon soupçon ne fut que confirmé lorsqu'elle consulta sa montre et changea de sujet avec une brusquerie sans vergogne.

« Est-ce que vos livres vous rapportent beaucoup d'argent, Michael ? »

La question aurait pu être impertinente ; mais si Alice avait pris un risque, c'était un risque bien calculé : j'étais prêt désormais à tout lui dire.

« Oh, mon Dieu, pas beaucoup, vraiment pas. Ce n'est pas vraiment le but de la chose.

— Non, en effet. Je vous ai demandé ça uniquement parce que... eh bien, voyez-vous, je travaille moi-même dans l'édition, et je connais les sommes qui sont en jeu. Je sais que ce ne doit pas être facile pour vous.

— Vous travaillez dans l'édition ? Pour qui ?

— Oh, vous n'avez jamais dû en entendre parler. J'ai bien peur de travailler dans le domaine le moins avouable. Un terme épouvantable, que j'ai peine à prononcer. » Elle se pencha vers moi pour murmurer d'un ton lugubre : « Édition à compte d'auteur. »

Je souris avec indulgence. « Vous savez, lorsqu'on y songe, la plupart des éditions se font au compte de l'auteur. Je ne parviens certainement pas à gagner ma vie avec mes livres, et leur rédaction me prend un temps considérable que je pourrais consacrer à un travail lucratif, de sorte qu'on peut aussi bien dire que je paie pour être publié.

— Oui, mais nous, nous publions n'importe quelle ânerie. Des romans pitoyables, des autobiographies à mourir d'ennui... des bouquins que n'accepterait raisonnablement aucune librairie digne de ce nom.

— Et vous vous occupez de les éditer ?

— Oui. Enfin, mon travail est de rassurer ces pseudo-écrivains au téléphone, de leur dire que leurs livres en valent la peine, ce qui bien sûr n'est jamais le cas. Et parfois je dois trouver des écrivains, ce qui est un peu plus délicat : il y a des gens qui veulent faire paraître un livre sur l'histoire de leur famille, par exemple, et nous devons trouver quelqu'un qui se charge de l'écrire. En fait, c'est ce que je cherche, en ce moment.

— Quelle arrogance d'imaginer avoir une famille intéressante à ce point !

— Eh bien, il s'agit de gens assez célèbres, voyez-vous. Avez-vous entendu parler des Winshaw ?

— Les Winshaw de Henry Winshaw, voulez-vous dire ? Ce maniaque qui ne quitte pas l'écran de télévision ? »

Elle se mit à rire. « C'est ça. Eh bien, sa tante, oui, je crois que c'est la tante de Henry, veut faire écrire un livre sur sa famille. Seulement, elle veut le confier à... à un écrivain correct. Pas à n'importe quel tocard.

— Bon sang, il faut être masochiste pour signer un contrat pareil, non ?

— Sans doute. Mais ils sont tous pourris d'argent, et elle semble prête à payer une somme ahurissante pour ce travail. »

Je me frottai le menton d'un air pensif, en commençant à saisir la tournure que prenait notre conversation. « Voyez-vous, on dirait... on dirait *presque* que vous cherchez à m'engager. »

Alice se remit à rire ; elle avait l'air sincèrement choquée par cette idée. « Vous ? Grand Dieu, non ! Je veux dire, vous êtes un *authentique* écrivain, vous êtes *connu*, jamais, dans mes rêves les plus fous, je n'imaginerais...

— Mais jamais, dans vos rêves les plus fous, vous n'auriez imaginé me rencontrer dans un train, n'est-ce pas ?

— Non, mais... Oh, vraiment, c'est ridicule, ça ne vaut même pas la peine qu'on en parle. Vous devez avoir tellement à faire, tellement de projets de romans...

— Il se trouve que je n'ai aucun projet de roman en ce moment. J'ai parlé avec mon éditeur il y a quelques semaines, et nous sommes restés dans une impasse.

— Mais... voyons, vous n'allez pas me dire que vous êtes sérieusement intéressé ?

— Ma foi, nous n'avons pas encore parlé des conditions. »

Elle m'en parla, et j'essayai d'empêcher mes yeux de s'écarquiller et ma mâchoire de tomber, mais ce n'était pas facile. Je m'efforçai de prendre un air froid et assuré durant les quelques secondes qu'il me fallut pour en tirer des conséquences : pourrais-je, par exemple, me permettre de quitter l'entresol d'Earl's Court pour m'acheter un appartement ? pourrais-je vivre confortablement pendant quelques années de la somme qu'elle m'indiquait ? Mais j'avais besoin de savoir quelque chose d'autre, quelque chose d'encore plus important, avant de m'engager dans cette voie périlleuse.

« Et ce livre, demandai-je, c'est votre projet, n'est-ce pas ? C'est votre enfant ?

— Oh oui, absolument. Nous aurions... eh bien, j'imagine que nous aurions à travailler ensemble. »

Une voix annonça par haut-parleur que le train allait arriver à Kettering. Alice se leva.

« Écoutez, c'est ici que je dois descendre. J'ai été ravie de vous rencontrer, mais... vous savez, vous n'êtes pas obligé d'être poli. Vous n'êtes pas vraiment intéressé, n'est-ce pas ?

— Ce n'est pas complètement hors de question. Pas du tout. »

Encore ce rire. « Je n'arrive pas à y croire. Franchement, je n'y arrive pas. Attendez, je dois avoir une carte quelque part... » Elle fouilla dans son sac. « Prenez ça, et appelez-moi quand vous aurez eu le temps d'y réfléchir un peu. »

Je pris la carte et y jetai un coup d'œil. Le nom de l'édition, la Peacock Press, était inscrit en rouge, avec, au-dessous, cette précision : « Hortensia Tonks, directeur littéraire ».

« Qui est-ce ? demandai-je en montrant ce nom du doigt.

— Oh, ça... ma patronne, si l'on peut dire. On ne m'a pas encore donné ma propre carte : je suis assez nouvelle dans la maison. Mais, qui sait », et, là, je m'en souviens nettement, elle me toucha légèrement l'épaule, « vous pourriez être mon sésame pour une promotion. Attendez un peu que je leur annonce que j'ai intéressé *Michael Owen* au livre sur les Winshaw ! Attendez un peu. » Elle biffa le nom inconnu de moi et inscrivit à la place le sien, d'une grande écriture pointue. Puis elle me serra la main d'une façon formelle. « Eh bien, au revoir, en tout cas. »

Le train était sur le point de s'arrêter. Avant de la laisser descendre, je demandai : « Combien de temps allez-vous rester chez votre sœur ? »

Elle se retourna, toujours souriante. « Deux jours. Pourquoi ?

— Vous voyagez léger, me semble-t-il. »

J'avais soudain remarqué qu'elle n'avait pas de bagages ; seulement un petit sac à main noir.

« Oh, j'ai des affaires chez elle. C'est très agréable, c'est presque une résidence secondaire pour moi. »

Et elle ouvrit la porte du wagon en me laissant, de son sourire radieux et de son signe de main, une image finale qui s'estompa lentement au fil des huit longues années qui s'écoulèrent jusqu'à ma deuxième, et dernière, rencontre avec Alice Hastings.

2

... incapable de *luire*... incapable *d'irradier*... Presque. J'en étais très près, maintenant. Très près.

*

Je reprenais courage à mesure que le voyage se poursuivait. Les livres que j'avais apportés avec moi restaient fermés sur la tablette, et je me livrais à une contemplation rêveuse du paysage. Nous avions dépassé Derby, et les usines et les entrepôts de briques qui avaient bordé notre trajet laissaient maintenant place à la riche verdure de la campagne : des frisonnes paissaient sur des pâturages ondoyants semés de belles fermes de grès et de petits villages blotissant leurs quelques toits d'ardoises au cœur d'un vallon. Et puis d'énormes tas de charbon se mirent à apparaître au bord de la voie, Chesterfield annonçant le début de la région minière, et dessinant sur le ciel des grues et des échafaudages de puits, et, curieusement, un clocher biscornu qui me plongea dans la nostalgie, en me ramenant plus de quinze ans en arrière au souvenir d'une stupide série télévisée sur des curés. J'étais perdu dans ma mémoire tandis que nous traversions des tunnels et des tranchées rocheuses. Les rails s'enfonçaient tellement dans les arbres que Sheffield me prit complètement par surprise ; j'en aperçus tout d'abord des rangées de petites maisons se découpant sur un ciel d'un bleu méditerranéen, au bord d'une saillie inconcevablement haute, presque une falaise. Et ce fut tout d'un coup un spectaculaire paysage citadin : les installations sidérurgiques, les cheminées d'usine s'estompèrent devant la pureté des collines où s'élevait audacieusement la cité, avec des phalanges de tours s'accrochant aux pentes raides. Rien ne m'avait préparé à une beauté aussi soudaine, aussi austère.

« Beauté austère » : pourquoi donc employais-je cette expression ? S'appliquait-elle vraiment à la ville ? N'était-ce pas plutôt au visage d'Alice, qui se mêlait à la sombre dignité de ces bâtiments et les rendait fascinants à mes yeux rêveurs ? C'était certainement à Alice que je pensais lorsque Joan émergea de la foule de la gare, avec un sourire empressé et des signes de la main qui me déprimèrent aussitôt. Elle avait pris du poids, elle ne s'était pas maquillée, elle avait l'air gauche, et presque laide. (Ces remarques sont désobligeantes, je le sais ; mais il me faut être honnête.) Elle me serra dans ses bras, m'appliqua un baiser mouillé sur la joue, et puis m'emmena vers sa voiture.

« N'allons pas tout de suite à la maison, dit-elle. Je vais d'abord te montrer un peu la ville. »

Je suis des Midlands par la naissance, et du Sud par adoption. Je n'ai jamais vécu dans le nord de l'Angleterre, et je l'ai toujours considéré de loin, avec un mélange de crainte et de fascination. Je trouvais extraordinaire, par exemple, d'avoir pu m'y rendre en moins de deux heures et demie de train, et de débarquer dans une ville qui procurait des sensations si radicalement différentes de celles de Londres. Je me demandais si cela tenait à l'architecture, ou aux visages des passants, à leurs vêtements, ou encore à l'idée que de belles et vastes étendues de landes se déployaient à quelques kilomètres seulement. Joan m'apprit le surnom de Sheffield — « la République socialiste du sud du Yorkshire » — et fit l'éloge de David Blunket qui à cette époque se trouvait à la tête du conseil municipal travailliste. Venant de Londres, où l'opposition à Mrs Thatcher était virulente mais fatalement fragmentaire et dispersée, je fus aussitôt empli d'envie à la pensée d'une communauté qui pouvait si bien s'unir autour d'une même cause.

« Il n'y a rien de semblable dans le Sud, déclarai-je. La moitié des socialistes que je connais se sont ralliés aux sociaux-démocrates. »

Ma remarque provoqua le rire de Joan. « Ici, ils ont été mis en déroute lors des dernières élections. Même les libéraux n'ont obtenu que quelques sièges. » Quelques minutes après, alors que nous passions devant la cathédrale, elle reprit : « J'y ai récemment assisté à une messe commémorative pour les victimes du naufrage du *Sheffield*.

— Elles étaient toutes originaires du coin ?

— Oh, non, pas du tout. Mais les cadets de la marine étaient rattachés au navire, et l'équipage venait souvent ici pour visiter des centres d'éducation, ce genre de trucs. Nous avons tous été consternés par ce naufrage. On l'appelait le "Sheff des Mers". La cathédrale était bondée : il y avait des centaines de gens à la porte. La queue s'étendait dans York Street.

— J'imagine qu'on devait être furieux contre la guerre.

— Non, pas tout le monde, répondit Joan. Tout le monde n'y était pas opposé. Mais ce n'était pas l'essentiel. Je ne sais pas comment décrire ça, mais, vraiment... c'était comme si chacun avait perdu un proche. » Elle m'adressa un sourire. « C'est une ville très chaleureuse, vois-tu. Pour cette raison, on ne peut pas s'empêcher de l'aimer. »

Je me sentais déjà un touriste en pays étranger.

*

Joan habitait dans une petite maison de briques sombre non loin de l'université. Il y avait trois chambres à coucher, et elle en louait deux à des étudiants pour aider à payer ses créances. Ce fut une surprise pour moi : je m'étais attendu à être seul avec elle durant mon séjour. Elle me proposa de prendre sa chambre ; elle dormirait dans le salon. Bien sûr, je refusai, et je me trouvai confronté à la perspective de passer cinq nuits en bas sur un canapé, et d'être chaque matin brutalement réveillé par Joan et ses locataires allant prendre leur petit déjeuner dans la cuisine.

Ces locataires, en fait, n'étaient pas à l'université. Ils étaient en IUT. Il y avait Graham, qui suivait des cours de cinéma, et une étudiante en art très timide et taciturne, appelée Phoebe. Il devint vite manifeste qu'il ne serait pas facile de les éviter : Joan régimentait sa maison ; elle inscrivait sur un grand tableau de service, dans la cuisine, des instructions en encre de trois couleurs pour les courses, le linge, et les menus de chaque repas. J'eus l'impression qu'on m'invitait à partager une sorte de vie communautaire — et, pour aggraver encore les choses, qu'on avait beaucoup discuté de ma visite ; que Joan m'avait fait énormément mousser, qu'en chantant les louanges de cet exotique émissaire du monde littéraire londonien elle avait tenté d'élever les autres à un état d'enthousiasme auquel ils semblaient s'être montrés étrangement réticents.

Cette situation me parut claire dès le premier dîner que nous partageâmes ce mardi soir. C'était au tour de Joan de faire la cuisine. Il y avait des avocats garnis, de la purée de carotte, du riz brun, et une tarte à la rhubarbe. La salle à manger était petite, et elle aurait pu être accueillante si un petit effort avait été fait dans ce sens : mais nous mangions à la lumière blafarde d'une ampoule nue, sous le regard menaçant d'affiches de mouvements politiques et de films étrangers (où je ne reconnus que le *Tout va bien* de Godard) — toutes appartenant à Graham, ainsi que je l'appris bientôt. Durant un bon moment, je fus plus ou moins exclu de la conversation, qui portait sur les cas dont s'occupait Joan et les examens universitaires tout proches. Je dus me satisfaire, si le terme peut convenir, de mastiquer la saine nourriture de Joan et de remplir les verres.

« Je suis désolée, Michael, lança finalement Joan. Tout cela ne doit pas te dire grand-chose. Je me disais que tu aimerais peut-être m'accompagner demain dans mes visites pour te rendre compte de ce que je fais. Ça pourrait te servir un de ces jours : te fournir un sujet de roman.

— Oh, certainement, répondis-je en m'efforçant d'avoir l'air intéressé, mais en n'y parvenant guère, je le crains.

— À moins, reprit-elle, manifestement refroidie

par mon ton, que tu n'aics apporté du travail. Je détesterais gêner ta Muse.

— Vous travaillez à un nouveau livre ? demanda Graham en reprenant du riz.

— D'une certaine manière.

— Graham a lu ton premier roman, déclara Joan. N'est-ce pas, Graham ?

— Je l'ai commencé. » Il avala une énorme bouchée et la fit passer avec une gorgée de vin. « Mais je n'ai pas pu aller au-delà des deux premiers chapitres.

— C'est déjà ça », fis-je. Mais l'orgueil ne me permit pas de m'en tenir là. « Est-ce que je peux vous demander pourquoi ?

— Eh bien, pour être franc, je ne comprends pas vraiment comment on peut continuer à écrire des romans. Je veux dire, c'est complètement dépassé. C'est dépassé depuis qu'on a inventé le cinéma. Oh, bien sûr, il y en a certains qui font encore des trucs formels intéressants — Robbe-Grillet et les gens du *nouveau roman* * — mais un artiste moderne qui veut travailler sérieusement sur le récit ne peut désormais le faire qu'au cinéma. C'est un reproche général. Et, plus précisément, le problème, avec le roman anglais, c'est qu'il n'a aucune tradition d'engagement politique. Tout ce que je peux voir, c'est des écrivains qui se masturbent intellectuellement dans les limites établies par la morale bourgeoise. Il n'y a aucun radicalisme. En fait, il n'y a en ce moment dans ce pays qu'un ou deux romanciers qui ne me donnent pas l'impression de perdre mon temps. Et je crains que vous n'en fassiez pas partie. »

Il y eut un silence choqué. Joan, en tout cas, avait l'air visiblement choquée, et Phoebe plongeait le nez dans son assiette. Quant à moi, j'avais trop souvent entendu des discours semblables lors de mon passage à l'université pour être ébranlé par celui-là.

« Et qui sont ces romanciers ? demandai-je avec calme.

— Eh bien, par exemple... »

Graham prononça un nom qui me fit sourire : d'un petit sourire intimement ravi, car c'était exactement le nom auquel je m'attendais. La balle était dans mon camp, étant donné qu'il s'agissait justement de l'écrivain dont je m'étais trouvé faire la critique du dernier livre. Et, oui, j'avais trouvé le mot. Le mot qui de tout temps attendait d'être appliqué à son cas.

C'était, dirais-je, un écrivain ayant une dizaine d'années de plus que moi, dont les trois minces romans avaient été ridiculement surestimés par la presse nationale. Parce qu'il avait fait parler ses personnages dans des dialectes grossièrement rendus, qu'il les avait placés dans des conditions d'un sordide improbable, il avait été sacré réaliste social ; parce qu'il avait appliqué quelques trucs narratifs rudimentaires, laborieusement imités de Sterne et de Diderot, il avait été sacré pionnier expérimental ; et comme il envoyait régulièrement aux journaux des lettres critiquant la politique gouvernementale en des termes qui m'avaient toujours paru d'un gauchisme des plus timides, il avait été sacré radical. Mais ce qui m'agaçait le plus, c'était sa réputation d'humoriste. On lui avait à plusieurs reprises attribué une ironie enjouée, une finesse satirique, qui justement me semblaient absolument absentes de son œuvre, tout empreinte de lourds sarcasmes et d'une lamentable tendance à pousser du coude le lecteur pour bien lui signaler la plaisanterie. C'était à cet aspect de son style que j'avais réservé ma raillerie finale. « C'est devenu une routine, avais-je écrit, de faire l'éloge de Mr *** pour son subtil mélange d'esprit et d'engagement politique ; et de laisser entendre que nous tenons là un moraliste ironique enfin digne de notre époque impitoyable. Après tout, nous avons cruellement besoin de romans qui manifestent une certaine compréhension du coup de force idéologique qui s'est récemment imposé dans notre pays, qui puissent traduire ses conséquences en termes humains et démontrer qu'une réponse appropriée est non seulement la consternation et la colère, mais aussi un fou rire incrédule. Pour beaucoup de gens, semble-t-il, il faut simplement laisser du temps à Mr *** pour qu'il écrive un tel roman ; mais, pour notre part, nous n'en sommes guère convaincu. Quelles que soient par ailleurs ses aptitudes pour une semblable entreprise, je crains, finalement, que comme satiriste il ne demeure à jamais incapable de... »

Et c'était là que mon inspiration m'avait longtemps fait défaut. De quoi était-il incapable, exactement ? Le mot que je cherchais avait quelque chose à voir en partie avec l'impact du style, en partie avec l'ampleur de la vision. Ce n'était pas qu'il manquât de compassion, ou d'intelligence, ou de technique, ou d'ambition : ce dont il était incapable, c'était... c'était de communiquer sa vigueur au lecteur, et de s'imposer par la seule force de son écriture. C'était de présenter un caractère d'évidence, et en même temps de constituer une inspiration. Je tenais le mot, il était à ma portée. Il était incapable de *luire*, il était incapable d'*irradier*, il était incapable de...

... rayonner.

Oui, c'était ça. De rayonner. Exactement ça. Je ne parvenais déjà plus à comprendre pourquoi il m'avait fallu tant de temps pour trouver le mot juste. Et un sentiment presque mystique de sa justesse me submergea tout d'un coup : non seulement j'étais convaincu qu'il formait une chute parfaite pour mon article, mais je sentais également, comme par télépathie, qu'il décrivait la qualité que l'auteur lui-même désirait le plus violemment, de tout son cœur, se voir attribuer. Je m'étais introduit, insinué, au fond de son âme : quand mon article paraîtrait, le vendredi matin, il en serait profondément blessé, blessé à vif. J'eus alors une sorte d'hallucination, née en partie de mon imagination et en partie de lointains souvenirs d'un film anonyme en noir et blanc, probablement américain : un homme dans la foule d'une ville balayée par le vent, achetant, tôt le matin, un journal au coin d'une rue, l'ouvrant dans un café, en cherchant impatiemment la page littéraire ; dévorant un sandwich au bar, mastiquant de plus en plus lentement, puis froissant le journal avec dégoût, le jetant dans une corbeille, et sortant précipitamment du café, le visage livide de déception et de fureur. Je savais — je le savais avec certitude depuis que j'avais trouvé le mot juste — que ce serait la scène, à peine exagérée, qui aurait lieu vendredi matin, lorsque l'auteur sortirait acheter le journal, ou le prendrait sous son paillasson, juste après avoir appris de son agent par téléphone la nouvelle de mon exploit. J'ai honte, aujourd'hui, de devoir avouer le plaisir que cette idée me procura ; ou, du moins, de devoir avouer que j'étais tout prêt à prendre pour du plaisir le flot venimeux de satisfaction qui me gonfla le cœur.

Tout ce que je répliquai à Graham fut : « Je me disais bien que ça pourrait être lui.

— Ce n'est pas votre tasse de thé, j'imagine, fit-il sur un ton qui voulait dire que c'était à ajouter à ma longue liste d'imperfections.

— Il a ses qualités », concédai-je. Puis je déclarai d'un air détaché : « En fait, je viens d'écrire un article sur son dernier livre. Ce coup de téléphone que je devais donner avant le dîner, ajoutai-je à l'adresse de Joan, c'était pour le dicter au journal. »

Joan rougit de fierté, et lança à ses locataires : « Vous vous rendez compte ? On téléphone de mon petit salon, les mots courent sur la ligne jusqu'à Londres, et quelques jours après, ça paraît dans le journal.

— Ce sont les miracles de la technique moderne », grommela Graham en se mettant à empiler les assiettes.

*

Le lendemain, un mercredi humide et brumeux, ne fut pas très réussi. Je décidai d'accepter la proposition de Joan et de l'accompagner dans ses visites, mais ce fut une expérience déprimante. Son travail consistait la plupart du temps à pénétrer à l'improviste dans les familles, pour poser des questions discrètes aux enfants sous le regard torve des parents, qui souvent se retiraient avec humeur dans la cuisine pour préparer un thé qu'on ne buvait jamais. J'assistai en effet à deux de ces rencontres, mais, dans les deux cas, ma présence fut manifestement si mal vue que je passai le reste de la journée à attendre dans la voiture, en piochant dans la pile de journaux et de magazines entassés sur le siège arrière, que Joan revînt des barres de HLM où elle s'engouffrait.

On déjeuna dans un pub du centre-ville. Joan commanda un pâté de légumes, et moi un steak avec une tourte aux rognons, ce qui lui inspira un soupir de réprobation. Le soir, c'était au tour de Graham de faire la cuisine. Le plat qu'il nous avait préparé avait peut-être un nom ; mais tout ce que je peux dire, c'est qu'il consistait en une masse de lentilles et de noix, carbonisée au point de former une croûte noire qu'il avait raclée au fond d'une casserole, le tout accompagné d'un magma de pâtes de blé complet qui avait la texture de rubans de caoutchouc. Nous mastiquâmes dans un silence pesant.

« Tu devrais montrer à Michael ce que tu fais, dit enfin Joan à Graham. Il pourrait faire quelques commentaires intéressants.

— Oh, ça me plairait beaucoup », déclarai-je.

*

Graham me fit asseoir sur son lit et alluma le gros téléviseur qui encombrait un coin de sa chambre. L'écran prit une bonne minute pour s'éclairer.

« Cuvée soixante-dix, expliqua-t-il. Il est un peu à bout de course, je dois dire. »

C'était le matin. La brume de la veille s'était levée, et la journée promettait d'être lumineuse, mais étouffante. Non que le soleil entrât dans la pièce : la chambre de Graham était constamment dans la pénombre ; sa fenêtre ornée de rideaux de dentelle donnait sur la cour. Il était dix heures et demie, nous étions seuls dans la maison, et nous prenions un deuxième thé, fort et sucré.

« Est-ce que vous avez vous aussi un magnétoscope ? me demanda-t-il en s'agenouillant pour introduire une cassette dans l'appareil.

— Je ne peux pas m'en offrir un avec ce que je gagne, répondis-je. J'attends que les prix baissent. On dit qu'ils vont s'effondrer.

— Vous n'imaginez tout de même pas que je me le suis acheté. Personne n'en achète, tout le monde les loue. Dix livres par mois, c'est tout, chez Rumbelows. »

Je pris une gorgée de thé et répliquai méchamment : « Lorsque j'étais étudiant, on dépensait son argent pour des livres.

— Oh, je vous en prie, fit Graham avec un geste vers les rangées de cassettes réparties sur la commode et le rebord de la fenêtre. Tout ça, ce sont mes livres. C'est le support de l'avenir, pour le cinéma. Presque tout notre travail à la fac se fait en vidéo, désormais. Ces petites merveilles peuvent maintenant contenir trois heures. Savez-vous combien coûteraient trois heures en seize millimètres ?

— Je vois ce que vous voulez dire.

— Vous n'êtes pas très forts pour les problèmes pratiques, vous autres les écrivains, n'est-ce pas ? Vous restez dans votre tour d'ivoire. »

Je ne relevai pas cette remarque.

« Est-ce que votre appareil a un arrêt sur image ?

— Bien sûr. Ça tremble un peu, mais ça fait l'affaire. Pourquoi ? En quoi ça vous intéresse ?

— Oh, rien... c'est seulement que c'est bien d'avoir toutes les commandes. »

L'image apparut. Graham ferma soigneusement les rideaux et s'assit sur le lit à côté de moi.

« Allons-y. C'est mon travail de fin d'année. On va voir ce que vous en pensez. »

Ce fut une expérience moins pénible que je ne le craignais. Le film de Graham ne durait qu'une dizaine de minutes. C'était une œuvre polémique, assez peu subtile, mais efficace, sur le conflit des Malouines, intitulée « La Guerre de Mrs Thatcher ». Le titre était à double sens, car il avait réussi à trouver à Sheffield une retraitée appelée Mrs Thatcher ; il avait mêlé des plans de bateaux de guerre en action et des extraits de discours du Premier ministre à des scènes de la vie de son obscure homonyme : elle allait faire ses courses, elle préparait ses repas frugaux, elle regardait le journal télévisé, et ainsi de suite ; parallèlement, on l'entendait en voix off commenter les difficultés qu'elle avait à s'en sortir avec sa retraite, elle se demandait à quoi avaient servi les impôts qu'elle avait payés tout au long de sa vie ; un montage sec illustrait ses propos par des images de matériel militaire coûteux et meurtrier. Le film s'achevait sur le célèbre discours du Premier ministre devant le parti conservateur écossais, dans lequel elle parlait de la guerre comme d'un combat entre le bien et le mal et déclarait qu'on devait « aller jusqu'au bout », suivi d'un long plan montrant l'autre Mrs Thatcher chargée de commissions dans une rue abrupte et inhospitalière. Le tout s'achevait par deux commentaires inscrits sur un écran noir : « Mrs Emily Thatcher vit d'une retraite de £ 43,37 par semaine » ; « Le coût de la guerre des Malouines est déjà estimé à £ 700 000 000. »

Graham arrêta la cassette.

« Alors, qu'en pensez-vous ? Allons, soyez franc.

— J'ai beaucoup aimé. C'était très bien.

— Écoutez, essayez un instant d'oublier votre

politesse de petit bourgeois londonien. Parlez crûment, pour une fois.

— Je vous l'ai dit, c'était très bien. Puissant, et direct... et véridique. Il y a de la vérité, là-dedans.

— C'est bien certain ? Voyez-vous, il y a tellement de contraintes, même pour un petit film comme celui-ci. Il faut faire toutes sortes de choix. Il faut choisir les cadrages, la durée des plans, leur enchaînement. Est-ce que tout ce traficotage ne devient pas suspect quand on fait quelque chose qui se présente explicitement comme un film politique ? Est-ce que ça ne met pas en question le rôle même du cinéaste, en poussant à se demander, non pas : "Est-ce la vérité ?", mais : "De qui est-ce la vérité ?"

— Vous avez parfaitement raison. Pourriez-vous me montrer comment fonctionne l'arrêt sur image ?

— Bien sûr. » Graham prit la télécommande, rembobina la cassette durant quelques secondes, et la remit en marche. « Ce que je veux dire, c'est que je manipule non seulement le public, mais aussi le sujet. Mrs Thatcher a envahi les Malouines, et moi j'ai envahi la vie de cette vieille femme, sous le même prétexte : nous prétendons tous deux le faire pour leur bien. » Il appuya sur le bouton de pause, et l'image s'immobilisa en tremblant sur la vieille femme en train d'ouvrir une boîte de conserve. « Dans un sens, le seul processus honnête aurait été de révéler mon intervention, de faire soudain pivoter la caméra pour me montrer moi, le metteur en scène, dans la même pièce qu'elle. C'est sans doute ce qu'aurait fait Godard.

— Est-ce qu'on peut se débarrasser de ces lignes sur l'écran ? »

Il appuya à plusieurs reprises sur le bouton de pause.

« C'est un peu flou, non ? continuai-je.

— La technique s'améliorera. Et encore, est-ce que ça dépasserait le stade de l'autoréférence gratuite, voilà ce que je me demande. Parce que je sais exactement ce que vous allez me dire : vous allez me dire que toute tentative de mise au premier plan de l'auteur risque d'être un simple recours au formalisme, une stratégie futile pour mettre l'accent sur le signifiant aux dépens du signifié, ce qui ne changerait rien au fait fondamental qu'au bout du compte toute vérité est idéologique.

— Est-ce que tous les appareils ont cette commande, demandai-je, ou bien est-ce qu'il faut acheter ce qu'il y a de plus cher sur le marché ?

— Ils l'ont tous, répondit-il. C'est leur plus grand argument de vente. C'est une grande évolution, quand on y songe : pour la première fois de l'histoire, le contrôle du temps cinématographique est aux mains du spectateur, et non plus seulement du metteur en scène. On pourrait dire que c'est le premier vrai pas en direction d'une démocratisation du spectacle. Mais, évidemment, ajouta-t-il en éteignant l'appareil et en allant ouvrir les rideaux, il serait naïf de prétendre que c'est pour ça que les gens l'apprécient. À la fac, nous appelons ça le PDB.

— Le PDB ?

— Le Paradis du Branleur. Toutes ces vedettes à poil. Plus de scène frustrante où une actrice superbe enlève le bas pendant une fraction de seconde et disparaît aussitôt du plan. À présent, vous pouvez la mater aussi longtemps que vous voulez. Pour l'éternité, en théorie. Ou du moins tant que la bande tient le coup. »

Je détournai le regard vers la fenêtre. « Ça pourrait en effet... avoir son utilité, déclarai-je.

— En tout cas, ç'a été agréable de bavarder avec vous, reprit Graham. Ça aide toujours, d'avoir le point de vue critique de quelqu'un d'objectif. »

Il y eut un court silence, au bout duquel je sortis de ma rêverie en prenant de nouveau conscience de sa présence. « Il n'y a pas de quoi, fis-je. J'ai trouvé ça très intéressant.

— Écoutez, je vais descendre en ville. Est-ce que je peux vous rapporter quelque chose ? »

*

Je me trouvai pour la première fois seul dans la maison. J'associe toujours à des moments semblables une sorte de paix totale, ou mieux encore qui s'insinue, prend racine, monte la garde. Tout le contraire d'un silence mort, elle vibre de possibilités. Elle palpite de l'absence de tout événement à venir. On n'a pas de silence pareil à Londres : aucun silence qu'on puisse écouter, savourer, dans lequel on puisse se vautrer. J'en vins à marcher sur la pointe des pieds ; les bruits de pas ou les ronflements des voitures au-dehors me paraissaient terriblement envahissants. J'essayai de lire un journal, mais n'y parvins pas plus d'une minute ou deux. Le départ de Graham avait complètement changé le caractère de la maison ; elle avait pris un aspect magique ; c'était comme si j'avais réussi à m'introduire dans un temple interdit ; l'envie de l'explorer s'empara de moi.

Je grimpai l'escalier, tournai à droite dans le

couloir, et entrai dans la chambre de Joan. C'était une pièce accueillante et lumineuse donnant sur la rue. Il y avait un grand lit, soigneusement fait, avec un duvet rose et plusieurs coussins bleu pâle posés autour des oreillers. Au beau milieu, trônait un personnage ancré dans l'une des couches les plus profondes de ma mémoire : un ours en peluche jaune et usé appelé Barnabas, son compagnon de lit depuis sa plus tendre enfance. Je remarquai que ses yeux étaient désormais dépareillés : l'un était bleu, l'autre était noir. Elle avait dû le réparer récemment, et une image émouvante me traversa brièvement l'esprit : Joan assise au bord de son lit, une aiguille et du fil à la main, cousant patiemment un petit bouton pour rendre la vue à ce vestige usé des temps heureux. Je ne le touchai pas. Je regardai les rayons de livres bien rangés, les photos de famille, le bureau avec son papier à lettres orné, et la lampe Liberty. Dans un coin, il y avait des classeurs plus fonctionnels et une boîte de carton pleine de documents. Sur la table de chevet, il n'y avait qu'un verre vide, un paquet de mouchoirs en papier, et un magazine dont la couverture montrait deux bombardiers verts en plein vol, avec pour légende : « Le Mark I Hurricane — triomphe de la technique britannique ». Je l'ouvris en souriant. C'était le supplément du dimanche où avait paru ma petite histoire de détectives. Je me demandai si Joan avait simplement oublié de le jeter, où s'il était là exprès, pour lui permettre de s'y plonger chaque soir avec ravissement avant de s'endormir. Je n'en aurais pas été surpris.

Mais, si c'était le cas, qui étais-je donc pour me moquer d'elle ? Moi-même, j'avais suffisamment lu et relu cette chose, et à présent encore je ne pouvais m'empêcher de m'asseoir sur le lit pour m'immerger de nouveau dans les eaux tièdes de cette petite gloire passagère.

Michael Owen (voir l'introduction) est né à Birmingham en 1952 et a récemment obtenu des critiques enthousiastes pour ses romans *Accidents en perspective* et *Une touche d'affection.*

Michael n'avait que huit ans lorsqu'il créa son premier personnage fictif, un détective victorien portant le nom pittoresque de Jason Rudd. C'était le héros de nombreuses aventures, la plus longue et la plus palpitante étant Le Château du mystère, *dont nous proposons ici le début. Ce n'est malheureusement pas la première de la série — un précédent épisode, comportant un personnage nommé Thomas Watson, et mentionné dans cet extrait, a été perdu — mais Michael nous assure qu'elle constitue une bonne introduction à l'univers de Rudd et de son assistant Richard Marple, qu'il décrit comme « des épigones de Sherlock Holmes et de Watson, avec une saine pincée de surréalisme ».*

LE CHÂTEAU DU MYSTÈRE

Chapitre Un

Jason Rudd, célèbre détective du dix-neuvième siècle, était assis à une table de bois sculpté, en face de son ami Richard Marple, qui l'avait accompagné dans de nombreuses aventures.

Jason était de taille moyenne et avait les cheveux blonds. Il était à peu près le plus brave des deux, mais Richard était également courageux. Richard était très grand et avait les cheveux noirs, mais c'était Jason qui était le cerveau. Il ne pouvait pas agir sans Richard.

Vous voyez, Richard pouvait accomplir des exploits sportifs, mais pas Jason. C'était l'équipe la plus formidable de toute l'Angleterre.

Mais pour l'heure, ils jouaient aux échecs. L'échiquier était vieux et sale, malgré les efforts de Jason pour le nettoyer. Jason déplaça son cavalier et sourit.

« Échec », dit-il.

Mais Richard déplaça son fou et prit le cavalier de Jason.

« Zut ! »

Jason resta immobile en retenant sa respiration. Il faisait toujours ça quand il réfléchissait. Il déplaça sa reine.

« Échec et mat !

— Vous avez gagné. Bien joué ! »

Ils se levèrent pour se serrer la main puis se rassirent.

« Je m'ennuie terriblement, déclara Jason. J'ai besoin de quelque chose qui me fasse penser. Je veux dire, les échecs, c'est très bien, mais j'aimerais bien m'occuper d'un cas comme l'affaire Thomas Watson. À propos, comment va Thomas ?

— Pas très bien, je le crains. Son bras n'est pas encore guéri.

— Est-ce qu'il est en danger de mort, ou pis encore ?

— Il est en danger de mort.

— Vraiment ? C'est regrettable. Il faut que nous allions le voir. Pourquoi pas demain ou après-demain ?

— Demain me semble convenir.

— Donc rendez-vous est pris ?

— Certainement, si ma femme est d'accord. Euh, quelle heure est-il, s'il vous plaît ?

— Dix heures cinq.

— Alors je ferais mieux d'y aller.

— Très bien, dit Jason. Est-ce que je vous raccompagne à la porte ?

— Non merci, ce n'est pas la peine. »

Jason regarda Richard mettre son manteau. Il entendit la porte s'ouvrir et se refermer.

Richard sortit dans la rue. Sur le chemin du

retour, un homme sortit de l'ombre et lui bloqua le passage.

« Je m'appelle Edward Whiter », dit l'homme.

Il avait un accent américain, une barbe et des dents jaunes.

« Vous êtes Richard Marple ?

— En effet.

— J'aimerais vous voir tout de suite, ainsi que Mr Jason Rudd.

— Pour quelle raison ?

— Je veux vous parler. C'est à propos d'une affaire macabre et je voudrais que vous m'aidiez.

— Quand voulez-vous que nous nous voyions ?

— Demain.

— Je regrette, mais c'est impossible.

— Il le faut absolument.

— Pourquoi ?

— Parce que nous ne voulons pas que nos domestiques y croient.

— Qu'ils croient à quoi ? »

Edward baissa la voix et chuchota : « À la malédiction.

— La malédiction ? Quelle malédiction ?

— La malédiction du château Hacrio.

— Très bien. Je vais vous emmener voir Jason. Je suis certain qu'il sera très intéressé.

— C'est parfait. » L'homme parlait maintenant avec un accent anglais. C'était beaucoup plus agréable à l'oreille. Il enleva sa fausse barbe et sourit.

« J'ai été ravi de faire votre connaissance, monsieur Marple », dit-il. Richard, assez surpris, lui tendit la main. Ils se serrèrent la main.

« Je... j'ai été ravi de faire votre connaissance monsieur... Monsieur Whiter.

— Appelez-moi Edward, s'il vous plaît. Maintenant, allons-y. Où habite Mr Rudd ? »

*

« Je voudrais vous raconter une histoire, monsieur Rudd. Je crois qu'elle va beaucoup vous intéresser. Puis-je commencer ?

— Certainement.

— Alors voilà. C'était la nuit. Il y avait un terrible orage autour du château Hacrio. Des cris étouffés se faisaient entendre de l'intérieur. Le Chevalier Noir assommait à mort Walter Bimton avec une masse d'armes. Au revoir, monsieur Rudd. »

Il se leva et sortit de la pièce. Jason entendit la porte d'entrée s'ouvrir et se refermer.

« Un visiteur très surprenant. Je me demande pourquoi il est parti aussi vite.

— Je ne sais pas, répondit Richard. Que pensez-vous de cette histoire ?

— C'était très intéressant. Il faut trouver le château Hacrio. Ce sera très intéressant pour nous de faire une enquête.

— Oui.

— Cependant, je suis à présent plus intéressé par Edward Whiter. Pourquoi est-il parti si rapidement ? Enfin, il a dit à peine quelques mots avant de s'en aller.

— En effet, Jason. Je me le demande aussi. Peut-être aurons-nous la réponse plus tard ?

— Peut-être. En attendant, avez-vous entendu parler du château Hacrio ?

— Non, pas du tout, et je ne sais pas non plus de quoi il peut avoir l'air.

— Moi non plus, reconnut Jason. Mais je ne crois pas que ce soit utile.

— Vous avez probablement raison. Est-ce que vous avez une idée sur le mystère qui l'entoure ?

— Oh oui, je pense.

— Vraiment ?

— Oui. » Jason baissa la voix. « Je pense qu'il est maudit. »

*

Je refermai le magazine, après avoir jeté un dernier coup d'œil à cette photo stupide qui me montrait dans l'étable de Mr Nuttall, arborant un air d'introspection précoce, puis je le posai sur la table de chevet de Joan. C'était bien étrange de relire cette histoire ; c'était comme d'écouter une voix inconnue sur un magnétophone, en refusant obstinément d'admettre que ce pût être la mienne. J'étais tenté de la considérer comme un pont jeté vers le passé, un moyen de rebrousser chemin jusqu'à me retrouver face à face avec le petit innocent de huit ans qui l'avait écrite et qui m'était à présent parfaitement étranger. Or il était évident que cela m'en disait moins sur le genre d'enfant que j'avais été que sur les livres que je lisais à l'époque : des histoires de gentils enfants petits-bourgeois qui passaient ensemble leurs vacances dans des maisons de campagne délabrées, pleines de trappes et de passages secrets ; des épisodes de bandes dessinées gothiques, dont les images effrayantes et criardes étaient à la limite de ce que pouvaient accepter les parents ; des aventures d'adolescents américains, enviables et inaccessibles, qui fondaient des clubs de détectives, et avaient une curieuse propension à visiter des maisons sinistres, des châteaux hantés, et des îles mystérieuses. Il y avait des années que je ne lisais plus ce genre d'histoires. Ma mère avait donné presque tous mes livres d'enfant à la paroisse. Mais j'étais certain que Joan avait gardé les siens : et j'avais parfaitement raison. Je sortis un exemplaire à tranche colorée, dont la couverture illustrée me restitua aussitôt l'odeur poussiéreuse des plaisirs passés. Je fus tenté de descendre avec ce livre pour le lire dans le salon, mais un instinct puritain m'arrêta, en me dictant que j'avais mieux à faire que de me vautrer ainsi dans la nostalgie. Je le remis donc en place, sortis dans le couloir sur la pointe des pieds, repris mon programme d'exploration (guère plus noble), et entrai dans la chambre de Phoebe.

C'était la plus grande des trois chambres à coucher ; et aussi la plus encombrée, car visiblement elle servait également d'atelier. Toutes sortes de pots de peinture, de pinceaux trempant dans du solvant, de journaux étalés sur le sol, et de chiffons striés de traces colorées, témoignaient de la nature de son travail ; et, devant la fenêtre, bien exposée à la lumière, se trouvait un chevalet supportant une grande toile recouverte d'un drap blanc. Je dois admettre que jusqu'alors je n'avais guère éprouvé de curiosité envers Phoebe : j'avais vaguement remarqué qu'elle était très séduisante (elle me rappelait curieusement Shirley Eaton, qui avait si longtemps représenté pour moi l'idéal de la beauté féminine), mais cela m'aurait sans doute plus impressionné si je n'étais pas demeuré sous le charme de ma rencontre avec Alice ; et puis, elle ne m'avait rien dit d'intéressant — en fait, elle n'avait presque rien dit du tout — depuis mon arrivée. Cependant, il y avait quelque chose d'irrésistible dans l'idée d'espionner son travail en cours ; quelque chose d'assez analogue à l'idée pernicieuse de la surprendre nue. Je relevai un coin du drap, et découvris une zone alléchante, peinte d'un gris verdâtre. Je soulevai un peu plus le drap, jusqu'à une bande aguichante d'un rouge cuivré, qui semblait sourire au bord de la toile. C'était plus que je ne pouvais supporter, et, d'un mouvement brusque, j'arrachai le reste du drap. Le tableau m'apparut tout entier dans sa splendeur inachevée.

Je le contemplai durant plusieurs minutes avant de lui trouver un sens. Tout ce que je pus d'abord distinguer, ce fut un patchwork de couleurs, très frappant en lui-même, mais assez oppressant et déroutant. Puis, peu à peu, se dessinèrent à mes yeux des courbes et des lignes qui prirent l'aspect d'un vertigineux tourbillon de mouvement et d'énergie prêt à m'engloutir. Finalement, des formes se mirent à émerger, et je m'appliquai alors à la tâche ingrate d'y mettre un nom : ce globe, qui dominait la partie gauche, et cette autre chose qui ressemblait à une sorte de grand filet... Pouvait-il s'agir d'une banale nature morte confuse et figée ? Une grossière esquisse de terrain vague — la cour de la maison de Joan, par exemple — avec un ballon et une vieille raquette dans un coin ? Cela me paraissait de plus en plus probable, et je sentais mon excitation retomber, quand soudain...

« Je vous en prie, ne regardez pas ! »

Phoebe était sur le seuil de la chambre, serrant un sac en papier contre sa poitrine. Je ne pus que répondre : « Oh, pardon, je suis désolé, je... j'étais seulement curieux. »

Elle alla poser le sac sur son bureau, et en sortit un bloc de papier et des crayons.

« Ça m'est égal que vous soyez venu dans ma chambre, reprit-elle. Mais je n'aime pas qu'on regarde mon travail.

— Je suis désolé. J'aurais dû... vous demander la permission.

— Ce n'est pas ça. » Elle recouvrit la toile avec le drap et se mit à arranger le bouquet de gypsophiles qui se flétrissait dans un pot de confiture au bord de la fenêtre.

« C'est très bon », déclarai-je. Je la sentis se raidir, mais je persistai à gaffer : « Je veux dire, mettre autant de puissance dramatique dans un tableau, alors que vous traitez seulement des objets quotidiens ; c'est remarquable. Ce ballon, cette raquette... qui y aurait songé ? »

Phoebe se tourna vers moi, les yeux baissés, et elle dit d'une voix sourde : « Je n'ai pas grande confiance dans mes talents de peintre.

— Pourquoi ? Vous devriez.

— C'est le dernier d'une série de six tableaux inspirés de la légende d'Orphée.

— Si les autres sont aussi bons que celui... Je vous demande pardon ? fis-je, en réagissant avec retard.

— Celui-ci représente sa lyre et sa tête décapitée qui flottent sur les eaux de l'Hébros. »

Je m'assis sur le lit. « Ah.

— Maintenant vous comprenez pourquoi je n'aime pas montrer mon travail. »

Il ne paraissait y avoir aucune issue au silence qui suivit. Je regardais dans le vague, trop agité pour inventer une excuse, tandis que Phoebe, s'asseyant à son bureau, se mettait à tailler un crayon. J'en étais presque arrivé à la conclusion que le mieux que j'avais à faire, c'était de me lever et de sortir sans un mot, lorsque Phoebe demanda brusquement : « Est-ce qu'elle a beaucoup changé ? »

Cette question me désarçonna.

« Pardon ?

— Joan. Est-ce qu'elle a beaucoup changé, depuis que vous la connaissez ?

— Oh, non, pas vraiment. » Puis, après un moment de réflexion : « Eh bien, pour être franc, je ne saurais dire. En fait, je ne l'ai jamais vraiment connue adulte. Je ne l'ai connue qu'enfant. C'est un peu comme si je la voyais pour la première fois.

— Oui, j'ai remarqué. Vous avez presque l'air de ne pas vous connaître. »

Je haussai les épaules, plus par tristesse que par indifférence. « C'était peut-être une mauvaise idée de venir.

— Non, je ne crois pas, dit Phoebe. Elle attendait ça depuis des semaines. Et elle est très contente de vous avoir, je peux vous l'affirmer. Elle est très différente depuis que vous êtes ici. C'est également ce que pense Graham.

— Différente en quoi ?

— Moins... moins désespérée, je suppose. »

Cette réponse ne me plut guère.

« Je pense qu'elle se sent seule ici, voyez-vous. Et son travail peut être très éprouvant. Nous faisons tous deux de notre mieux pour lui remonter le moral. Je sais qu'elle redoute l'été, quand nous ne sommes plus là pour lui tenir compagnie. Oh, ça ne nous pèse pas, s'empressa-t-elle d'ajouter. Nous nous entendons très bien avec elle ; il y a seulement une ou deux choses qui paraissent... eh bien, dépasser le cadre de nos obligations. Comme de devoir jouer à des jeux de société...

— Des jeux de société ?

— Très souvent, après le dîner, elle veut qu'on joue au Monopoly, au Jeu de l'Oie, à des choses de ce genre. »

Je ne répondis rien ; j'étais pris d'un frisson.

« En tout cas, vous n'avez rien à craindre de ce côté-là. Elle ne voudra pas jouer tant que vous serez ici, c'est certain. Elle n'en aura pas besoin. »

*

« Et maintenant... qui veut faire une petite partie de Scrabble ? »

Joan nous interrogea des yeux, pleine d'espoir, et nous fîmes tous de notre mieux pour éviter son regard. Graham se mit à ramasser précipitamment les assiettes, Phoebe vida interminablement son verre de vin, et, quant à moi, je m'appliquai soudain à essayer de traduire l'affiche du syndicat ouvrier polonais qui me fixait depuis trois soirs. Mais je me rendis bientôt compte que les autres comptaient sur moi pour venir à leur rescousse, et je déclarai donc : « En fait, j'aimerais passer une heure ou deux seul avec mon cahier, si ça ne t'ennuie pas. Les idées me sont venues en foule aujourd'hui. »

C'était un mensonge éhonté, mais c'était la seule excuse que pouvait accepter Joan. « Oh, très bien, fit-elle. Je détesterais gêner ta Muse. Mais si tu travailles à un nouveau roman, tu dois me promettre quelque chose.

— Quoi donc ?

— Que je serai la première personne à le lire quand tu l'auras fini. »

J'eus un sourire embarrassé. « Oh, ça, c'est un lointain projet ; je doute qu'il voie le jour avant des années. En attendant, je dois m'occuper d'autre chose. J'essaie de faire une incursion en dehors de la fiction. » Il était difficile de dire, d'après la mine de Joan, si cette révélation l'impressionnait ou la déconcertait. « On m'a proposé d'écrire l'histoire d'une famille célèbre. C'est un honneur, si tu veux savoir.

— Oh... et de qui s'agit-il ? »

Je le lui dis, et Graham éclata d'un rire incrédule.

« Quoi, cette bande de vampires ? Eh bien, vous

devez être drôlement dans la dèche, c'est tout ce que je peux dire. » Et il disparut dans la cuisine avec les assiettes et le reste des excellentes aubergines préparées par Phoebe. On pouvait encore l'entendre murmurer : « Les Winshaw ! Elle est bien bonne, celle-là. »

Joan le suivit du regard, les yeux pleins d'étonnement.

« Je ne comprends pas ce qu'il veut dire. Qu'est-ce que ces Winshaw ont de si particulier ? » Elle se tourna vers moi pour obtenir une explication, mais la réaction de Graham m'avait plongé dans un silence morose. « Et toi, est-ce que tu sais de quoi il parle ? demanda-t-elle à Phoebe. Est-ce que tu as entendu parler de ces Winshaw ? »

Phoebe hocha la tête. « J'ai entendu parler de Roderick Winshaw. C'est un marchand d'art. Il devait venir ici il y a quelques semaines, pour faire une conférence sur le moyen de survivre sur le marché, mais il ne s'est pas présenté.

— Eh bien, Michael, reprit Joan, il faut s'attendre à tout, avec toi. Je veux tout savoir. J'insiste.

— Eh bien, voilà...

— Non, pas maintenant, dit-elle avec un geste impérieux. Tu as du travail à faire, je le sais. Non, demain, tu auras tout le temps de me raconter ça. En fait, nous aurons toute la journée. »

C'était de mauvais augure. « *Nous* aurons ?

— Je ne te l'ai pas dit ? J'ai réussi à prendre un jour de congé. Nous irons faire un pique-nique dans les collines, tous les deux.

— Hum. Quelle bonne idée !

— Et puis, plutôt que de prendre ma vieille guimbarde, j'ai pensé que nous pourrions y aller à vélo.

— À vélo ?

— Oui. Graham nous prête sa bicyclette. C'est gentil, non ? »

Graham, qui revenait pour ramasser le reste des couverts, me lança un sourire malicieux.

« Très gentil, en effet, dis-je. Mais est-ce qu'il fera assez beau ?

— Ah, tu fais bien d'en parler. La météo prévoit de l'orage en fin de journée. Mais si nous partons tôt, nous aurons tout notre temps. Nous pourrions nous lever, mettons... à six heures ? »

Je n'eus pas la force de protester. « Pourquoi pas ? » fis-je en tendant à Graham mon verre et ma fourchette.

*

Cette nuit-là, je ne parvins pas à trouver le sommeil. Je ne sais pas pour quelle raison : peut-être à cause de la chaleur moite, peut-être simplement de la perspective de me lever aux aurores. Je me tournai et me retournai dans mon canapé durant plus d'une heure, chaque nouvelle position étant plus inconfortable que la précédente, et finalement je n'eus d'autre ressource que de chercher quelque chose à lire ; quelque chose qui pût me débarrasser l'esprit de la spirale épuisante des pensées qui l'encombraient. Mais il n'y avait pas de livres au rez-de-chaussée, à part ceux que j'avais apportés avec moi, et deux ou trois livres de recettes végétariennes dans la cuisine. Ce n'était pas du tout ce qu'il me fallait. J'avais besoin de quelque chose de facile mais d'absorbant, et je songeai alors aux livres pour enfants que j'avais découverts dans la chambre de Joan le jour même. Si seulement je m'étais servi quand j'en avais la possibilité !

Dix minutes plus tard, je décidai que la seule solution était de monter dans sa chambre.

J'eus de la chance. Sa porte était entrouverte, et je m'aperçus que ses rideaux étaient écartés, laissant pénétrer la lumière des réverbères. Comme les livres se trouvaient tout près du seuil, je pourrais en prendre un discrètement, sans la réveiller. Je n'hésitai qu'une seconde ou deux dans le couloir, puis j'ouvris doucement la porte et me glissai à l'intérieur. Il était environ une heure et demie du matin.

Joan était étendue sur le dos. Sa peau était argentée par la lumière qui tombait de la fenêtre. Elle ne portait pas de chemise de nuit, et elle avait presque entièrement rejeté le duvet dans son sommeil. Il y avait huit ans que je n'avais pas regardé un corps de femme nu, en chair et en os, pour ainsi dire ; et je pense juste d'ajouter que je n'en avais jamais vu d'aussi beau. Verity était mince, osseuse, avec une poitrine plate ; en comparaison, Joan, se dorant sans pudeur au feu de mon regard, avait des rondeurs d'une volupté presque immorale. Le mot « généreux » venait à l'esprit : c'était un corps généreux, généreux par la lourde grâce de ses proportions, généreux par la simplicité avec laquelle il s'exposait à ma contemplation. Je restai pétrifié, et, à présent, ces quelques instants coupables me paraissent être les plus splendides, les plus exaltants, et les plus libres, que j'aie jamais vécus. Et pourtant ils furent très brefs. En un rien de temps, Joan avait remué, s'était tournée vers moi, et je m'étais esquivé sans bruit.

3

« Regarde-moi un peu ces bras ! fit-elle en louchant vers eux et en pinçant la chair pâle qui devint rose sous ses doigts. On dirait une paysanne italienne. Ça doit être dans les gènes. Ça ne sert à rien de se lamenter. » Elle étala une épaisse couche de confiture de framboises sur une tranche de pain complet, mordit dans la tartine, puis s'essuya la bouche avec une serviette en papier. « Est-ce que tu me trouves grosse ?

— Bien sûr que non. Tu sais, l'essentiel, c'est de se sentir bien dans son corps. Il ne faut pas se forcer à avoir une silhouette particulière. »

Je dois admettre que j'avais beaucoup la silhouette de Joan à l'esprit, ce jour-là. C'était de nouveau une chaude matinée d'été et il nous avait fallu près de deux heures pour nous rendre à la campagne à vélo. Dès que nous fûmes parvenus à ce que Joan estima être un endroit convenable, nous nous assîmes par terre, et, durant les minutes suivantes, malgré ma fatigue, je savourai pleinement l'indolence voluptueuse avec laquelle elle étendait ses jambes, le battement sensuel de sa poitrine, sous un mince chemisier rose et bleu qu'elle avait sorti de son jean et dont elle avait roulé les manches. Pour ma part, j'étais trempé de sueur et je soufflais bruyamment. Au début, j'avais cru ne pas pouvoir aller jusqu'au bout du trajet. Joan m'avait entraîné dans des montées continues, en choisissant à chaque carrefour le chemin le plus abrupt. Parfois, la côte avait été si rude que je m'étais senti sur le point de tomber, tellement il était difficile d'avancer. (La bicyclette de Graham, est-il besoin de le préciser, n'avait pas de changement de vitesse.) Mais j'avais tenu bon, et d'ailleurs le trajet était devenu plus facile. Le terrain s'était aplani, et bientôt nous étions tombés sur une route fabuleuse — une descente pas trop raide, suffisante pour prendre un peu de vitesse en roue libre, avec le vent qui nous fouettait le visage et nous sifflait aux oreilles, en faisant perler aux coins de nos yeux de douces larmes d'excitation. J'eus un bref instant l'impression que les années s'envolaient comme un lourd fardeau ôté de mes épaules, et que nous redevenions des enfants dévalant vers la ferme de Mr Nutall. Elle me déclara par la suite qu'elle m'avait entendu pousser des cris de joie. Je ne m'en étais pas rendu compte sur le moment.

« Alors, reprit-elle, que vas-tu me raconter sur ton mystérieux projet ?

— Ce n'est pas encore décidé », objectai-je.

Et je lui parlai en détail de mon extraordinaire rencontre dans le train. Elle ouvrit grande la bouche lorsque je lui appris que j'avais vu dans mon wagon une femme qui lisait un de mes livres. « Comme c'est *étonnant* ! » fit-elle en m'interrompant. Puis, lorsque j'eus terminé : « Et je suppose qu'elle était jolie, n'est-ce pas, cette Alice ?

— Non, pas spécialement. » Curieusement, j'eus de la difficulté à donner cette réponse. Le simple fait de raconter cette histoire avait ravivé en moi l'image de la beauté d'Alice, et Joan me parut tout d'un coup aussi laide et gauche que lorsque je l'avais aperçue sur le quai de la gare. Je combattis de mon mieux cette impression, mais ce fut en vain : un frisson de désir me parcourut au souvenir du rire d'Alice et de l'invitation provocante que j'avais lue dans ses yeux.

« Tu as froid ? me demanda Joan. Ce n'est pas possible. »

Nous parlâmes encore un peu des Winshaw, et de mon travail, et cela nous conduisit à évoquer les histoires que nous inventions lorsque nous étions enfants.

« C'est excitant, en un sens, de penser que j'ai autrefois collaboré avec un écrivain célèbre », déclara Joan.

Je me mis à rire. « *Jason Rudd et les meurtres de Hampton Court*, dis-je. Je me demande ce qu'est devenu ce petit chef-d'œuvre. Tu ne l'as pas gardé, par hasard ?

— Tu sais très bien que c'est toi qui avais l'unique exemplaire. Et tu l'as probablement jeté. Tu as toujours été impitoyable avec les choses de ce genre. Pense que tu as dû faire appel à moi pour avoir cette photo !

— Je n'ai pas jeté la mienne. Je l'ai perdue. Je te l'ai déjà dit.

— Je ne vois vraiment pas comment tu aurais pu la perdre. En tout cas, je me souviens que tu as jeté toutes les histoires de Jason Rudd quand tu t'es mis à la science-fiction.

— La science-fiction ? Moi ?

— Mais si. C'était à l'époque où tu n'avais que Youri Gagarine à la bouche. Tu as voulu me faire lire une longue histoire où il s'envolait pour

Vénus. Quelque chose qui ne pouvait pas m'intéresser. »

Le vague souvenir d'un désaccord ancien, mais blessant, surgit en moi et me fit sourire. Pour la première fois, je me rendais compte combien c'était bon de me trouver de nouveau avec Joan ; de pouvoir sentir qu'il y avait en fait une sorte de continuité dans ma vie, que le passé n'était pas fait de vilains secrets à garder pour soi, mais était plein de choses à partager et à savourer avec quelqu'un d'autre. C'était un sentiment simple et réconfortant. Mais Joan, qui avait fini son repas, se tourna pour s'étendre à mes pieds, en s'appuyant sur ses coudes, le menton dans les mains, m'offrant ainsi une vue plongeante sur son décolleté ; et soudain je fus pris dans un réseau de pulsions contradictoires, me dictant de regarder et de ne pas regarder. Évidemment, je détournai les yeux, en faisant mine d'admirer le paysage. Il y eut alors un silence pesant, que Joan rompit en me posant la question inévitable : « À quoi penses-tu ?

— Je pense à mon article. L'auteur doit l'avoir lu, à présent. Je me demande comment il a pris ça. »

Joan pivota sur le dos, arracha une grosse touffe d'herbe, et se mit à la mâchouiller. « Est-ce que tu penses vraiment que les gens attachent de l'importance à ce qu'on dit d'eux ?

— Dans ce cas précis, oui, je le pense », répondis-je les yeux fixés sur l'horizon.

*

Des nuages orageux s'amoncelaient. Il y en avait toute une bande noire à l'ouest, et ils étaient tellement menaçants que dès quatre heures nous décidâmes qu'il était sage de rentrer. De plus, c'était au tour de Joan de préparer le dîner. « Ce ne serait pas bien de les laisser tomber, dit-elle. Ils comptent sur moi. »

De retour à la maison, elle alla directement à la cuisine pour éplucher des légumes. J'étais quant à moi si fatigué que je ne tenais plus sur mes jambes. Je lui demandai si je pouvais aller m'allonger un moment sur son lit, elle me répondit oui, bien sûr, mais en me fixant avec des yeux tellement inquiets que je me sentis obligé d'ajouter : « J'ai vraiment adoré ce pique-nique. Ça été une très bonne journée.

— Oui, n'est-ce pas ? » Elle se mit à hacher les légumes et continua, comme pour elle-même : « Je suis tellement contente que tu restes jusqu'à dimanche. Encore deux bonnes journées. »

En traversant le salon, je passai devant Graham qui parcourait les pages cinéma dans le journal.

« La promenade a été agréable ? demanda-t-il sans lever les yeux.

— Très agréable, merci.

— Vous êtes rentrés juste à temps. Ça va pisser dans une minute.

— Ça en a tout l'air.

— Je viens de lire votre article.

— Oh, vraiment ?

— Très énigmatique. »

Je restai étendu sur le lit de Joan durant une vingtaine de minutes, en me demandant ce qu'il avait bien pu vouloir dire par cette remarque. Énigmatique ? Il n'y avait rien d'énigmatique dans ce que j'avais écrit. En fait, je m'étais départi de mon style habituel pour rendre claires mes impressions. C'était plutôt Graham qui était énigmatique. Je connaissais l'article par cœur ; je me le récitai mentalement phrase par phrase, en m'efforçant de découvrir ce qui l'avait déconcerté. Cela ne me mena à rien, et je m'efforçai alors de ne plus y penser, mais je compris vite que la question ne me lâcherait pas, et je redescendis donc pour tenter d'obtenir une explication.

Graham regardait les informations régionales sur le poste de Joan. Je ramassai le journal qu'il avait posé par terre, et jetai un coup d'œil sur mon article, en m'apercevant avec plaisir qu'il avait été mis en valeur en haut de la page.

« Je ne vois pas ce qu'il y a de si énigmatique là-dedans », déclarai-je en lisant le premier paragraphe et en admirant le ton tranquillement sarcastique que j'avais réussi à glisser dans un simple résumé de l'intrigue.

« Oh, il n'y a pas de quoi en faire toute une histoire, répondit Graham. Tout ça pour un malheureux article. C'est simplement que je n'ai pas compris où vous vouliez en venir.

— Ça me semble pourtant assez clair. » J'en étais au deuxième paragraphe, où le ton commençait à devenir plus explicitement glacial. C'était là que je pouvais imaginer mon auteur soudain pris d'inquiétude.

« Écoutez, il y a visiblement une métaphore subtile ou une figure de style qui m'a échappé, poursuivit Graham. Je suis sûr que vos amis de la capitale sauront la comprendre.

— Je ne sais vraiment pas de quoi vous parlez », dis-je. Je ne pouvais m'empêcher de sourire en relisant certaines piques du troisième paragraphe ; imprimées, elles avaient l'air encore plus implacables.

« Mais qu'avez-vous essayé de dire, exactement ? Que ce type n'écrira jamais un bon roman parce qu'il ne sait pas se servir d'un crayon ? »

Je levai vivement les yeux. « Pardon ?

— La dernière phrase. Qu'est-ce qu'elle signifie ?

— Eh bien, c'est pourtant simple. Il a visiblement l'intention d'écrire des livres drôles, fantasques, méchants et satiriques, novateurs et influents, mais il n'y parviendra jamais, parce qu'il est incapable de... » Je voulus chercher le mot dans le journal pour le lire à haute voix, et soudain je vis ce qui avait été imprimé. Je fus pétrifié d'horreur : c'était un de ces moments où la réalité est tellement affreuse qu'elle dépasse l'entendement. Je froissai le journal et le lançai dans la pièce avec une fureur incontrôlable. « Les *salauds* ! »

Graham écarquilla les yeux. « Que se passe-t-il ? »

Je ne pus rien répondre tout d'abord. Je ruminai ma colère en me rongeant les ongles. « *Rayonner*, dis-je enfin. Voilà ce que j'ai écrit. Il est incapable de rayonner. »

Il ramassa le journal pour étudier de nouveau la phrase.

« Oh, *rayonner*... » Son sourire se transforma en gloussement, son gloussement en rire, et son rire devint un rugissement maniaque, irrépressible, assourdissant, qui fit accourir Joan, toujours impatiente de participer à une plaisanterie.

« Que se passe-t-il ? demanda-t-elle. Qu'y a-t-il de si drôle ?

— Regarde ça, répondit Graham d'une voix entrecoupée de hoquets de rire. Jette un coup d'œil sur l'article de Michael.

— Eh bien, et alors ? fit-elle en prenant le journal et en le parcourant avec un plissement de front qui luttait avec son sourire anticipé.

— Le dernier mot, expliqua Graham en essayant de reprendre son souffle. Lis le dernier mot. »

Joan lut le dernier mot, mais n'eut pas l'air de saisir l'énigme. Elle promena son regard entre Graham et moi, de plus en plus déconcertée par le contraste de nos réactions. « Je ne comprends pas, dit-elle enfin après avoir jeté un dernier coup d'œil. Qu'y a-t-il de si drôle à crayonner ? »

*

Ce fut un autre repas maussade. Il y avait du ragoût de haricots rouges et de la gelée d'ananas ; nous mastiquions plus bruyamment que d'habitude, parfois interrompus par une tentative vite avortée de Joan pour lancer la conversation, et par les accès de rire sporadiques de Graham, qu'il ne semblait pouvoir contenir qu'à grand-peine.

« Je continue à ne pas trouver ça drôle, déclara Joan après la quatrième ou cinquième rechute de Graham. On aurait pu espérer qu'il y ait de bons correcteurs d'épreuves dans les journaux. À ta place, Michael, je leur passerais un savon lundi matin.

— Oh, à quoi ça sert ? » dis-je en faisant rouler pensivement un haricot dans mon assiette.

La pluie se mit à battre plus fort contre la vitre, et il y eut un éclair aussitôt suivi d'un terrible coup de tonnerre, tandis que Joan nous servait une deuxième portion de gelée.

« J'adore les orages, dit-elle. Ça met de l'ambiance. » Puis, comme visiblement personne n'avait rien à ajouter à cette remarque, elle demanda joyeusement : « Savez-vous ce que j'ai envie de faire lorsqu'il y a de l'orage ? »

J'essayai de ne pas me le figurer ; la réponse, cependant, fut très inoffensive :

« J'ai envie d'une bonne partie de Cluedo. Il n'y a rien de mieux. »

Cette fois, pour une raison ou pour une autre, nos dérobades furent sans effet, si bien qu'après avoir débarrassé les couverts nous nous trouvâmes attablés autour du plateau de jeu, à nous disputer les rôles. Finalement, Phoebe fut Mlle Rose, Joan Mme Pervenche, Graham le docteur Olive, et moi le professeur Violet.

« Maintenant, il faut imaginer que nous sommes enfermés dans une grande maison de campagne, reprit Joan. Comme dans ce film dont tu me parlais toujours, Michael. » Elle se tourna vers les autres pour expliquer : « Quand Michael était petit, il a vu un film où tous les membres d'une famille étaient assassinés par une nuit d'orage dans une vieille maison biscornue.

— Vraiment ? fit Graham en tendant ses oreilles de cinéaste. Quel était le titre ?

— Vous n'en avez sans doute jamais entendu parler, répondis-je. C'était un film anglais. Il n'a pas été fait par des intellectuels marxistes.

— Oh là là, on est susceptible. »

Joan alla chercher deux chandeliers, en plaça un sur la table et l'autre sur la cheminée, alluma les bougies et éteignit l'électricité. Nous n'y voyions presque plus rien, mais l'effet, je dois dire, était effectivement angoissant.

« Alors, tout le monde est prêt ? »

Tous trois avaient déjà des crayons et des feuilles pour cocher les noms des suspects, et ce fut

Graham, bien sûr, qui remarqua que je n'avais pas de quoi écrire.

« Attendez un instant, dit-il. Je crains que Graham ne soit incapable de *crayonner*. »

Même Joan fut prise de gloussements, et Phoebe se permit un petit sourire navré qui, au contact de l'hilarité des autres, se transforma également en un rire épanoui. Je trouvai un crayon de couleur sous le panneau d'instructions de la cuisine, puis vins me rasseoir en attendant calmement la fin de l'hystérie. Il fallut pour cela un bon moment, durant lequel je pris une ferme résolution : désormais, jamais plus je n'écrirais d'articles pour les journaux.

Nous fîmes trois parties, chacune assez longue en raison des coups de bluff savants opérés surtout par Graham et par Joan. Quant à Phoebe, j'avais l'impression qu'elle n'avait pas vraiment le cœur au jeu. Ni moi d'ailleurs, au début : j'essayai de le considérer comme un problème mathématique, un exercice de déduction et de probabilités, mais, au bout d'un moment — et je suppose que cela va paraître enfantin —, mon imagination commença à intervenir et je me trouvai complètement absorbé. Aidé par les éclairs qui emplissaient brièvement la pièce de violents contrastes d'ombre et de lumière, je n'eus pas de peine à croire que c'était une nuit où pouvaient se produire des choses terribles. Dans mon esprit, le professeur Violet se mit à prendre les traits de Kenneth Connor, et j'eus de nouveau le sentiment (sentiment qui ne m'avait jamais vraiment quitté depuis cette séance de cinéma à Weston-super-Mare le jour de mon anniversaire) que mon destin était de jouer le rôle d'un petit homme timide, maladroit et vulnérable pris dans une suite d'événements cauchemardesques sur lesquels il n'avait absolument aucun contrôle. Les affiches sur le mur en vinrent à ressembler à de vieux portraits de famille, derrière lesquels pouvaient apparaître à tout moment des yeux scrutateurs, et la minuscule maison de Joan commença à prendre l'allure de la vaste et sinistre demeure de Blackshaw Towers.

Joan gagna la première partie : c'était Mme Leblanc, dans le bureau, avec la matraque. Puis Graham décida de procéder plus rigoureusement ; il alla chercher une grande feuille de papier où il nota soigneusement toutes les hypothèses des joueurs. De cette façon, il gagna la seconde partie (c'était le colonel Moutarde, dans la salle de billard, avec le revolver), mais on l'empêcha unanimement de poursuivre cette tactique. La troisième partie fut un rude combat. Il devint vite évident que le crime avait eu lieu dans le petit salon ou sur la véranda, avec le poignard ou le chandelier ; mais j'eus un net avantage au moment de nommer l'assassin, car j'avais en main deux des cartes correspondantes. Tandis que les autres continuaient de se débattre et de se lancer furieusement des hypothèses, la solution se révéla lentement à moi : le coupable, bien sûr, n'était autre que moi-même, le professeur Violet.

Dès que je m'en rendis compte, le jeu me parut intrinsèquement défectueux. Il me semblait absurde de pouvoir découvrir par simple élimination qu'on était soi-même l'assassin avant même de savoir où et comment on était censé avoir commis le crime. Il n'y avait sûrement aucune situation semblable dans la vie réelle. Je me demandais cependant ce qu'on pouvait bien ressentir en assistant au dévoilement d'un affreux mystère et en étant soudain confronté à la fausseté de sa propre attitude complaisante de témoin désintéressé ; en découvrant, tout d'un coup, qu'on est soi-même pris dans le réseau de motifs et de soupçons qu'on était supposé démêler avec un froid détachement. Inutile de dire que je ne parvenais pas à imaginer de circonstances réelles où une chose pareille pourrait m'arriver.

Mais c'était maintenant à Graham de jouer. Il alla sur la véranda par un passage secret, et pointa un doigt accusateur dans ma direction.

« Je pense, dit-il, que c'est le professeur Violet, sur la véranda, avec le chandelier. »

Il avait raison ; et nous reconnûmes notre défaite. Joan ralluma l'électricité, nous prépara du chocolat, et l'ambiance serait sans doute retombée si l'orage n'avait pas redoublé de fureur, à l'approche de minuit.

*

Cette fois, je n'avais pas l'excuse d'aller prendre un livre ; ni d'avoir chaud, d'être mal à l'aise dans mon canapé. J'aurais pu sans doute rester simplement étendu à écouter le bruit de la pluie contre la vitre, et les coups de tonnerre, et tôt ou tard j'aurais sombré dans le sommeil. Mais, au bout d'une demi-heure, quand je fus certain que tout le monde s'était couché, je rejetai mes couvertures et montai à pas de loup les escaliers, en caleçon et tee-shirt. La porte de la chambre de Joan était comme la veille entrouverte. Comme la veille, ses rideaux étaient écartés, laissant pénétrer la lumière des réverbères. Et, comme la veille, sa peau était argentée, parfois bleutée par un éclair qui zébrait la nuit. Elle était cette fois-ci plus qu'à moitié recouverte par le duvet, mais j'en fus tout de même pétrifié, en la dévorant d'un regard impuissant dans l'ombre protectrice du seuil.

Je restai ainsi à la contempler ; mais bientôt, assez étrangement, ce fut son visage que je me trouvai regarder — ce visage que j'avais vu quotidiennement durant quatre jours —, et non plus son corps qui m'avait été magiquement offert durant des moments précieux et illicites. Peut-être y a-t-il quelque chose de plus intime, de plus secret, dans un visage endormi que dans un corps nu. Ainsi en repos, les lèvres entrouvertes, les yeux clos, avec l'air de se concentrer intensément sur quelque objet lointain et intérieur, Joan était d'une beauté saisissante. Il me parut alors impossible, presque honteux, d'avoir pu la trouver laide.

Je regardais.

Et soudain elle ouvrit les yeux ; elle soutint mon regard en souriant.

« Tu vas rester là, fit-elle, ou tu vas entrer ? »

Oh, comme ma vie aurait été différente si j'avais pénétré dans sa chambre au lieu de m'esquiver dans l'obscurité avec la rapidité muette d'un songe qui s'enfuit au réveil.

*

Le samedi matin, je quittai la maison encore endormie, et je rentrai à Londres. Je ne revis pas Joan durant de longues années. Ses parents se retirèrent dans un village de la côte sud, et nous n'eûmes donc plus l'occasion de nous retrouver à Noël. Les seules nouvelles que j'eus me furent données par ma mère (avant que nous ne cessions de nous parler) : Joan avait déménagé ; elle était retournée à Birmingham, où elle avait épousé un homme d'affaires.

Le lundi matin, je téléphonai à la Peacock Press pour dire que j'acceptais d'écrire un livre sur les Winshaw.

Et, dans l'après-midi, j'achetai mon premier magnétoscope.

THOMAS

Peu de personnes se souviennent du premier magnétoscope domestique lancé par Philips en 1972. Le prix était élevé, le temps d'enregistrement limité à une heure, et finalement il se vendit surtout auprès des sociétés et des collectivités. Thomas Winshaw en acheta tout de même un, et il l'installa dans un placard derrière un des murs à lambris de chêne de son bureau de la Stewards. Mais il ne voulut pas encore investir dans cette nouvelle technique. L'invention le passionnait, et il avait bien conscience de son avenir commercial, mais il estimait que son temps n'était pas encore venu. Ça ne tarderait pas, mais il fallait encore attendre.

C'est en 1978 qu'eut lieu la première véritable percée. En avril, JVC introduisit son VHS, à £750, et trois mois plus tard Sony lança son appareil Betamax. Les deux systèmes rivalisèrent sur le marché dans les années suivantes, et le VHS l'emporta nettement. En automne 1978, quand Thomas Winshaw annonça que la banque allait investir largement dans cette industrie naissante, la première réaction des autres membres du conseil d'administration fut la consternation. Ils lui rappelèrent les déboires de la Stewards quand elle avait flirté avec l'industrie du film au début des années soixante, et évoquèrent même le désastre qu'avait frôlé dix ans auparavant la Morgan Grenfell à cause d'investissements imprudents dans le cinéma, désastre qu'elle n'avait pu éviter que grâce à une intervention de la Banque d'Angleterre. Thomas rejeta ces précédents. Il ne suggérait rien d'aussi risqué qu'une participation à des productions de films. Il proposait simplement d'acquérir une participation modeste dans la fabrication de matériel ; il était le premier à admettre que le marché des programmes était encore trop nouveau, trop instable, et, pour tout dire, trop louche. Comme d'habitude, ses intuitions étaient bonnes. En cinq années, les importations de magnétoscopes décuplèrent, et, en 1984, 35,74 % des foyers britanniques avaient un appareil, contre 0,8 % en 1979. La banque en tira de beaux profits. En 1981, ils devinrent conseillers et gestionnaires des fonds d'une société qui prit rapidement une grande part du marché de la postproduction, de la distribution, et du transfert des films sur vidéo. Avec l'aide de la Stewards, cette société fonda sa propre maison de copie vidéo, et bientôt les trois quarts de ses revenus provenaient de prestations de service. Et, de nouveau, la banque rafla de substantiels dividendes. Toutefois, Thomas commit au moins un faux pas : il s'enthousiasma pour le système de vidéodisque Philips, mis sur le marché en mai 1982 ; mais, au bout d'un an, les ventes ne dépassaient guère 8 000 appareils. La raison évidente était qu'ils ne permettaient pas d'enregistrer, et lorsque quelques mois plus tard JVC renonça brusquement à son propre système de vidéodisques et que RCA décida d'interrompre toute production d'appareils, le moins subtil des analystes industriels put aisément comprendre que cette nouvelle technologie n'avait pas réussi à prendre. Cependant, Thomas maintint son engagement dans une usine de pressage qui avait coûté dix millions de livres, dans l'Essex, et qui subissait de lourdes pertes.

Ses collègues se posèrent des questions sur ce curieux aveuglement. La quantité d'argent investi était négligeable dans le budget de la Stewards : mais c'était la première fois en quinze ans de présidence que Thomas s'obstinait à soutenir sans discuter une entreprise nettement déficitaire. Et ils n'en devinèrent jamais la vraie raison, à savoir qu'il était fasciné par la qualité technique, la perfection des arrêts sur image, du vidéodisque, ce qui satisfaisait à merveille ses besoins personnels et le ramenait à l'époque grisante où il rôdait dans les studios de cinéma pour récupérer des chutes montrant de belles jeunes actrices à divers stades de nudité. L'arrêt sur image était pour Thomas la *raison d'être** de la vidéo : il était convaincu que cela transformerait la Grande-Bretagne en une nation de voyeurs, et, parfois, lorsqu'il restait ensorcelé dans le noir, devant la télévision allumée, la braguette déboutonnée et la porte de son bureau soigneusement verrouillée, il s'imaginait que des scènes semblables se déroulaient dans tout le pays derrière des rideaux tirés, et il éprouvait alors une étrange solidarité avec la grande masse des hommes ordinaires dont il prenait bien garde, d'habitude, d'éviter les vies pitoyables.

Mais, une fois, il lui arriva d'oublier de verrouiller la porte de son bureau. C'était vers sept heures du soir et la malchance voulut que sa secrétaire, qui travaillait tard, commît la faute d'entrer sans frapper. Elle fut virée sur-le-champ ; mais l'histoire parvint tout de même jusqu'à certains bars à vin de la City, et l'expression « banque de sperme » y gagna un sens nouveau.

*

Thomas aimait toutes sortes de films. Il aimait l'illusion mensongère de l'écran : que tout un monde pût tenir entre les quatre côtés d'un rectangle, et que le spectateur pût en profiter impunément dans son fauteuil, sans contacts. Dans sa vie professionnelle (si tant est qu'il eût par ailleurs une vie personnelle), il s'efforçait toujours de se mettre à l'écart du monde, qu'il regardait comme si c'était un film muet protégé par de nombreuses vitres : la vitre d'un wagon de première classe, par exemple, ou de l'hélicoptère de Bob Maxwell (qu'il pouvait parfois emprunter), ou la glace teintée de sa limousine privée. L'informatisation des échanges internationaux, qui inquiétaient certains vieux banquiers, lui semblait une évolution parfaitement logique, comme l'abandon du parquet de la Bourse en 1986. Enfin, à son grand ravissement, les opérateurs n'avaient plus besoin d'entrer en contact, et les transactions se réduisaient à des scintillements sur un écran d'ordinateur. Il avait fait installer, dans la salle des échanges avec l'étranger de la Stewards, une caméra connectée à un moniteur dans son bureau, et là, devant un écran qui toute la journée ne montrait rien d'autre que des rangées d'employés devant leur propre écran, il se sentait tout gonflé de sensations de fierté et de puissance presque sexuelles. Il avait alors l'impression qu'il lui était possible de mettre une infinité de barrières vitrées entre lui-même et les gens (existaient-ils vraiment ?) dont l'argent formait la base d'enivrantes spéculations quotidiennes. La banque, comme il l'avait dit une fois lors d'un entretien télévisé, était devenue la plus spirituelle de toutes les professions. Il avait cité ses statistiques préférées : mille milliards de dollars de transactions quotidiennes sur le marché international. Comme chaque opération exigeait deux parties, cela voulait dire que cinq cents milliards de dollars changeaient de mains chaque jour. Savait-on quelle proportion de cet argent concernait des biens et des services effectifs ? Dix pour cent, peut-être moins. Le reste était tout en commissions, intérêts, honoraires, échanges, options : il ne s'agissait même plus de papier-monnaie. Il n'en existait pratiquement plus. Mais, dans ce cas, (objecta l'interviewer), tout le système n'était rien d'autre qu'un château de sable. Peut-être, convint Thomas en souriant : mais alors, quel splendide château...

Au spectacle de ses opérateurs devant leurs écrans papillotants, Thomas s'approchait autant qu'il lui était possible de l'amour paternel. C'étaient les fils qu'il n'avait jamais eus. Cela se passait durant l'époque la plus heureuse de sa vie, la première moitié des années quatre-vingt, quand Mrs Thatcher avait changé le visage de la City et transformé les spéculateurs financiers en héros nationaux en les appelant des « créateurs de richesse », des alchimistes capables de faire apparaître des fortunes inimaginables à partir de rien. Le fait que ces fortunes allassent directement dans leurs poches, ou dans les poches de leurs employeurs, était tranquillement ignoré. La nation, le temps d'une brève période d'ivresse, était subjuguée.

Les choses étaient très différentes lorsque Thomas avait commencé de travailler pour la Stewards : la City était encore sous le choc du Tribunal des taux bancaires, qui, durant deux semaines de décembre 1957, avait pour la première fois révélé au public certaines de ses transactions. Les députés travaillistes et les journaux populaires avaient levé des sourcils scandalisés en découvrant que des millions de livres avaient passé muscade pour le confort des hommes de cercle, pour des parties de golf le dimanche matin, ou de chasse le week-end. Même si toutes les banques d'affaires avaient été disculpées du délit de fausse information sur l'augmentation des taux bancaires, un net parfum de scandale flottait dans l'air, et il restait vrai que d'énormes quantités de titres d'État avaient été liquidés sur le marché dans les jours (et les heures) précédant l'annonce du Grand chancelier. Pour Thomas, qui était devenu président de la Stewards au printemps de cette année, ç'avait été une initiation traumatisante : Macmillan avait bien proclamé à Bedford que l'économie était forte et que le pays ne s'était « jamais si bien porté », mais les spéculateurs internationaux pensaient autrement, et ils se lancèrent dans de violentes opérations contre la livre, en puisant des millions de dollars dans les réserves d'or, et en imposant finalement une augmentation de 2 % du taux bancaire (qui s'éleva à 7 %, son niveau le plus haut depuis plus de cent ans).

« Eh bien, c'est ce qu'on pourrait appeler un baptême du feu, avait expliqué Thomas à son jeune cousin Mark, qui était entré en stage à la banque en été 1961. Nous avons tiré notre épingle du jeu, bien sûr, mais, pour être franc, je ne crois pas que je verrai une pareille crise de la livre tant que je serai à la Stewards. »

Et pourtant quelque chose de semblable eut lieu le 16 septembre 1992 (connu sous le nom de Mercredi noir), quand les spéculateurs parvinrent de nouveau à faire une rafle de plusieurs milliards de dollars dans les réserves d'or, entraînant cette fois une dévaluation de la livre. Cependant, Thomas avait raison sur un point : il ne vit pas cela. Il avait alors perdu l'usage de ses yeux.

*

Thomas appréhendait le monde uniquement à travers ses yeux : c'était pourquoi (entre autres choses) il n'éprouvait jamais le désir de toucher les femmes, ou d'être touché par elles. Tous les grands hommes ont leurs manies, et la sienne, ce qui n'est pas surprenant, était un souci névrotique de la qualité de sa vision. Il y avait dans son bureau une armoire à pharmacie qui contenait toute une gamme de bains d'yeux, de gouttes et de pulvérisateurs, et durant trente ans le seul rendez-vous régulier inscrit dans son agenda fut une visite hebdomadaire à son ophtalmologue, le lundi matin, à neuf heures et demie. Le médecin en question aurait peut-être trouvé lassante cette habitude si l'obsession de Thomas ne lui avait pas rapporté des honoraires substantiels. Il n'y avait pas une seule affection répertoriée qu'il n'ait cru à un moment ou un autre avoir contractée. Il s'était successivement imaginé être atteint de nyctalopie, amblyopie, diplopie, dyschromatopsie, achromatopsie, héméralopie ; et de blépharite, sclérite, staphylome, kératite, iritis, uvéite. Une fois, après une visite d'investigation dans des champs de houblon, il se convainquit qu'il allait attrapé la conjonctivite du houblon (irritation aiguë causée chez les cueilleurs de houblon par le duvet de la tige) ; après une visite dans un chantier naval, il crut avoir l'infection des chantiers navals (forme de kératoconjonctivite contagieuse répandue chez les ouvriers) ; après un voyage à Nairobi, la lésion de Nairobi (graves pustules provoquées par les sécrétions de certains scarabées communs dans la région). Sa mère commit une fois l'erreur de lui dire que son grand-père Matthew Winshaw avait souffert d'une forme congénitale de glaucome, et il avait annulé tous ses rendez-vous à la banque durant trois jours pour se faire examiner par des spécialistes vingt-quatre heures sur vingt-quatre. On l'examina pour le glaucome absolu, le glaucome capsulaire, le glaucome compensé, le glaucome congestif, le glaucome hémorragique, le glaucome inflammatoire, le glaucome inverse, le glaucome avers, le glaucome malin, le glaucome bénin, le glaucome à angle ouvert, le glaucome à angle fermé, le glaucome préinflammatoire, le glaucome infantile et la myxomatose. Thomas avait assuré ses yeux à la compagnie d'assurance de la Stewards, pour une somme que la rumeur établissait entre cent mille et un million de livres. Bref, il n'y avait aucun de ses organes auxquels il attachât autant de prix ; y compris celui vers lequel il ne pouvait guère empêcher sa main droite de s'égarer — comme cette fois mémorable où il reçut la Reine et le prince Charles, surpris mais poliment muets, dans son bureau tout récemment moquetté de rouge.

*

Quand le gouvernement conservateur annonça en avril 1986 qu'il supprimait les examens de l'œil gratuits dans les hôpitaux, Thomas téléphona à son frère Henry pour lui dire que c'était une grande erreur : ce serait un tollé général. Henry lui répondit qu'il exagérait. Il y aurait une bordée de protestations de la part des habitués du genre, mais tout se tasserait rapidement.

« Et j'avais raison, n'est-ce pas ? lui dit plus tard Henry.

— J'aurais du me fier à ton jugement politique, comme toujours.

— Oh, ce n'est vraiment pas compliqué. » Henry se baissa pour mettre une nouvelle bûche dans la cheminée. C'était un après-midi froid et sombre au début d'octobre 1989, et ils prenaient du thé et des muffins dans une des salles privées du club Heartland. « Le truc, c'est de faire sans cesse des choses scandaleuses. Il ne faut pas laisser aux autres le temps de réfléchir après avoir fait passer une loi révoltante. Il faut aussitôt faire passer quelque chose de pire avant que le public ne puisse réagir. Vois-tu, la conscience britannique n'a pas plus de capacité que... qu'un petit ordinateur domestique, si tu veux. Elle ne peut conserver en mémoire que deux ou trois choses à la fois. »

Thomas hocha la tête et mordit avidement dans son muffin. « Le chômage, par exemple, poursuivit Henry. Depuis quand n'a-t-il pas fait les gros titres des journaux ? Il ne fait plus hurler personne, désormais.

— Je sais, et tout ça, c'est très rassurant, mon vieux, dit Thomas, mais ce que j'aimerais, c'est une garantie concrète.

— Bien sûr, bien sûr... » Henry fronça les sourcils pour se concentrer sur l'affaire qui les préoccupait, le cas de Farzad Bazoft, journaliste britannique récemment emprisonné à Bagdad sous l'accusation d'espionnage. « Je vois très bien ce que tu veux dire. Mark et toi voulez protéger vos investissements ; je le comprends parfaitement.

— Oh, ce n'est pas seulement Mark. Nous avons beaucoup d'autres clients en plus de la Vanguard qui font de très bonnes affaires avec les emplettes de Saddam Hussein. Franchement, nous sommes tous engagés jusqu'au cou.

— Tu n'as pas besoin de me le rappeler.

— Oui, mais écoute : ça m'a tout l'air d'être une situation très délicate. C'est un sujet britannique. Et certainement, on va faire pression sur ce nouveau bonhomme des Affaires étrangères — Major, non ? — pour qu'il obtienne sa libération. »

Henry haussa les sourcils avec une innocence feinte. « Comment pourrait-il faire une chose pareille ?

— Eh bien, avec des sanctions, naturellement.

— Vraiment ? fit Henry avec un rire bruyant. Je suis stupéfait que tu puisses même l'envisager. Nous avons sept cent millions d'excédent avec l'Irak. Entre nous, il va y en avoir quatre cent ou cinq cent de plus dans un ou deux mois. Si tu crois que nous allons mettre tout ça en péril pour... »

Il s'arrêta net ; il était inutile d'achever la phrase.

« Oui, mais que va-t-il se passer pour... les petites affaires de Mark ? »

Cette fois-ci, le rire de Henry fut plus bref et plus contenu. « Disons-le ainsi : comment diable pourrions-nous imposer des sanctions sur quelque chose, si nous ne l'avons pas vendu d'abord, hein ? »

Thomas sourit. « Tu marques un point.

— Je sais que Major est en place depuis peu de

temps et nous craignons tous qu'il ne connaisse pas très bien les règles du jeu. Mais, crois-moi, c'est un bon garçon. Il fait ce qu'il dit. » Il prit une gorgée de thé. « Et, de plus, il se peut qu'il ait de l'avancement.

— Quoi, déjà ?

— Ça semble prendre cette tournure. Margaret et Nigel paraissent bien devoir être définitivement éjectés. Il va très bientôt y avoir une place libre à Downing Street. »

Thomas rumina cette information pour en peser les conséquences. Elles étaient considérables, il fallait les examiner à loisir.

« Penses-tu qu'il va être pendu ? » demanda-t-il soudain.

Henry haussa les épaules. « Eh bien, il faut dire que c'était un chancelier pourri, mais ce serait quand même excessif.

— Non, non, pas Lawson. Je veux dire ce journaliste, Bazoft.

— Oh, lui... Je dirais que oui. C'est ce qui arrive quand on est assez stupide pour espionner les usines d'armes de Saddam, j'imagine.

— Ça va provoquer des troubles.

— Eh oui, dit Henry en regardant dans le vague. Je dois avouer qu'il y a ici un ou deux espions de ce genre que j'aimerais bien voir étranglés à Ludgate Hill, si tu veux le savoir.

— De sales fouineurs.

— Justement. » Son visage se plissa brièvement sous l'effet conjugué de la malveillance et d'un souvenir. « Je me demande ce qu'est devenu ce petit écrivain miteux que cette folle de Tabs nous a mis dans les pattes il y a quelques années.

— Lui ! Bon sang, ce bonhomme m'a vraiment tapé sur le système. À quoi diable a-t-elle pensé... ? Oh, de toute façon, ce n'est qu'une pauvre vieille timbrée...

— Tu as donc parlé avec ce type ?

— Je l'ai invité à venir au bureau. Je l'ai emmené déjeuner. À la cantine. Et tout ce que j'ai obtenu en retour, c'est un tas de questions impertinentes.

— Comme ?

— Il avait une idée fixe sur la Westland, répondit Thomas. Il voulait savoir pourquoi la Stewards avait soutenu l'offre américaine alors qu'il y avait une offre européenne sur table.

— Il s'imaginait que tu te mettais sous l'aile de Margaret pour être anobli, ou quoi ?

— C'était encore plus retors que ça, je le crains. À propos, puisque tu en parles, il me semble me souvenir qu'on m'avait en effet promis quelque chose... »

Henry remua avec gêne dans son siège. « Je n'ai pas oublié, Thomas, je t'assure. Je dois la voir demain. Je soulèverai de nouveau la question.

— En tout cas, *il* a exposé cette théorie absurde selon laquelle Sikorsky aurait manigancé une énorme vente d'armes aux Saoudiens, et la seule raison pour laquelle nous nous embarquerions avec eux, ce serait que nous voudrions nous assurer une part du gâteau.

— Grotesque.

— Scandaleux.

— Et qu'as-tu répondu à ça ?

— Je l'ai envoyé balader avec quelques mots choisis que m'avait adressés autrefois, en une occasion mémorable, le grand et fort regretté Sid James.

— Oh ?

— Je lui ai dit, je cite de mémoire : “Faites-nous

une faveur, espèce de farceur : foutez le camp d'ici, et n'y revenez pas !" »

Et la pièce résonna des efforts de Thomas pour donner sa propre version du rire râpeux et inimitable du comédien.

*

Ça s'était passé à la fin du printemps 1961. Thomas était arrivé aux studios Twickenham à l'heure du déjeuner ; il s'était rendu à la cantine, où il avait aperçu trois visages vaguement familiers au coin d'une table. Il reconnut Dennis Price, encore assez célèbre pour le rôle qu'il avait tenu dans *Noblesse oblige* douze ans auparavant ; puis l'excentrique Esma Cannon, toute ratatinée, qui lui rappela irrésistiblement sa tante folle Tabitha, encore enfermée dans un asile sûr quelque part au bord des landes du Yorkshire ; enfin, indubitablement, Sid James, une des vedettes du film en tournage — un remake comique d'un vieux film avec Boris Karloff, *La Goule*, retitré *À chacun son dû*.

Thomas alla prendre un plateau, se servit de hachis de corned-beef et de pudding à la confiture, et se dirigea vers eux.

« Puis-je m'asseoir ici ? demanda-t-il.

— Nous sommes dans un pays libre, mon vieux », répondit Sid James avec indifférence.

Thomas avait été présenté aux trois acteurs quelques semaines auparavant, mais il se rendit compte qu'ils ne le reconnaissaient pas, et leur conversation, qui avait été vive, tomba lorsqu'il prit place.

« Nous nous sommes déjà rencontrés, je crois », reprit-il après avoir enfourné sa première bouchée.

Sid grommela. Dennis Price fit « Ah oui ? », et puis demanda : « Est-ce que vous travaillez en ce moment ?

— Eh bien, euh... oui, répondit Thomas avec surprise.

— Dans quoi êtes-vous ?

— Ma foi, je ne sais pas comment vous dire : mettons dans les valeurs mobilières.

— *Les Valeurs mobilières ?* s'étonna Sid. On en apprend tous les jours. Quelque chose que nous concoctent les Boultings, hein ? Un regard sur la City : Ian Carmichael en jeune employé de banque innocent, Terry Thomas en patron fourbe. Si c'est ça, ça doit être très drôle.

— Pas exactement ; je crois qu'il y a un petit malenten...

— Attendez, je sais où je vous ai déjà vu. » Sid lui scruta le visage durant un instant. « Vous n'avez pas joué le vicaire dans *Le Paradis des monte-en-l'air* ?

— Mais non, idiot, c'était Walter Hudd, dit Dennis avant que Thomas n'eût le temps de réagir. Mais vous étiez certainement le policier dans *Le Dentiste prend la mouche* ?

— Non, non, fit Esma. C'était Stuart Saunders. Ce cher Stuart. Mais est-ce que je ne vous ai pas vu dans *Attention derrière* ?

— Tu parles, j'y jouais, dit Sid. Tu t'imagines que je ne me serais pas souvenu de lui ? Non, j'y suis : dans *Suivez ce cheval*. Vous étiez un des espions.

— Ou bien dans *L'Auberge en folie* ?

— Ou dans *La Vie est un cirque* ?

— Ou dans *L'École des escrocs* ?

— Je regrette de vous décevoir, dit Thomas en levant la main. Mais vous n'y êtes pas du tout. Je ne suis pas du métier, je le crains. Quand j'ai dit que j'étais dans les valeurs mobilières, je le prenais au pied de la lettre. Je travaille dans la City. Je suis banquier.

— Oh. »

Il y eut un long silence, bientôt rompu par Esma, qui s'écria joyeusement : « Comme c'est fascinant !

— Et qu'est-ce qui vous amène dans ces contrées lointaines ? demanda Dennis. Si ça ne vous ennuie pas que je vous pose la question...

— La banque que je représente a fortement investi dans ces studios, répondit Thomas. On m'envoie de temps en temps voir comment se passent les choses. J'ai pensé que je pouvais assister au tournage cet après-midi, si ce n'est pas trop gênant. »

Dennis et Sid échangèrent des regards.

« Eh bien, je suis navré de devoir vous le dire, déclara Sid, mais je crois que vous tombez mal, mon vieux. Vous voyez, on tourne à huis clos, aujourd'hui.

— À huis clos ?

— Seulement Ken et Shirl, et les techniciens. On filme ce qu'on pourrait appeler une scène très intime. »

Thomas sourit en lui-même, on l'avait bien informé.

« Oh, je pense que ça n'embêtera personne... juste pour quelques minutes. »

Mais, cette fois-ci, il parut finalement manquer de chance. Lorsqu'il se rendit sur le plateau quelques instants plus tard, il apprit que la scène qui devait être tournée dans l'après-midi montrait Kenneth Connor entrant dans la chambre de Shirley Eaton au moment où elle se déshabillait. Mais l'assistant s'efforça de bien lui faire comprendre que les éléments extérieurs étaient indésirables.

Rageant intérieurement, Thomas se retira dans l'ombre derrière les projecteurs pour réfléchir à ce qu'il allait faire. Il entendait le metteur en scène et les deux acteurs répéter les dialogues, discuter des marques sur le sol et des angles de prise de vue ; peu après, on cria « Silence ! », puis « Moteur ! », et les caméras se mirent sans doute à tourner.

C'était intolérable. Thomas avait aperçu la belle Shirley Eaton en robe de chambre en allant à la cantine, et il ne put pas supporter l'idée d'un corps pareil échappant à ses yeux rapaces. Malgré son cœur endurci et sa tête froide d'homme d'affaires, accoutumé à bâtir et à démolir d'énormes fortunes, il en avait envie de pleurer. La situation était désespérée. Il fallait faire quelque chose.

Rôdant dans la pénombre autour du plateau, il vit le salut se présenter sous la forme d'un escabeau posé contre l'envers du décor. En appuyant son oreille sur le plâtre, il put entendre, de l'autre côté, les voix des acteurs qui essayaient une deuxième prise de la scène de lit. Il leva les yeux et remarqua deux rais de lumière à hauteur de l'escabeau. Ces trous donnaient-ils par bonheur sur le plateau ? (Il découvrit plus tard qu'ils étaient percés dans un sinistre portrait de famille, derrière lequel devait apparaître le regard scrutateur du meurtrier.) Il grimpa en silence et s'aperçut que l'écart des trous correspondait exactement à des yeux humains. Ils semblaient avoir été faits exprès. Après quelques secondes d'accoutumance à l'éclat des projecteurs, il parvint à jouir d'une vue panoramique sur la chambre interdite.

Il ne comprit pas tout de suite ce qui se passait. La scène paraissait toutefois se dérouler autour de Kenneth, de Shirley, et d'un miroir. Kenneth tournait le dos à Shirley pendant qu'elle enlevait la plupart de ses vêtements ; il pouvait la voir en reflet dans le miroir, qui était pivotant ; il faisait de son mieux pour l'incliner, par mesure de décence. Shirley était debout à côté du lit, en face du portrait à travers lequel regardaient, sans être remarqués, les yeux écarquillés de Thomas. Puis il parut y avoir une pause. Kenneth parlait avec le metteur en scène, tandis que deux jeunes assistants réglaient le miroir sur les instructions du cameraman. Finalement, le metteur en scène lança : « O.K., en place, tout le monde ! », et Kenneth alla refaire son entrée par la porte. Le silence se fit sur le plateau.

Kenneth ouvrit la porte, entra, regarda avec surprise Shirley vêtue seulement d'une combinaison, et sur le point d'enfiler sa chemise de nuit.

« Dites donc, que faites-vous dans ma chambre ? demanda-t-il.

— Ce n'est pas votre chambre, répondit Shirley. Je veux dire, ce n'est pas votre valise, n'est-ce pas ? »

Elle pressa pudiquement sa chemise de nuit contre sa poitrine.

« Oh, bon Dieu, non, fit Kenneth. Attendez un instant, ce n'est pas mon lit, non plus. J'ai dû me perdre. Je suis désolé. Je vais... je vais me retirer. »

Il s'apprêta à partir, mais s'arrêta au bout de quelques pas. Il se retourna et vit Shirley qui serrait avec inquiétude sa chemise de nuit.

Thomas s'agitait sur son escabeau.

Kenneth reprit : « Sauriez-vous pas hasard où se trouve ma chambre, mademoiselle ? »

Shirley secoua la tête et répondit d'un ton navré : « Non, je crains que non.

— Oh », fit simplement Kenneth. Puis, après un silence : « Je suis désolé. Je vais m'en aller, maintenant. »

Shirley hésita, comme pour prendre une décision : « Non. Attendez. » Elle lui fit un geste pressant de la main. « Tournez le dos une minute. »

Il se tourna et aperçut alors dans un miroir pivotant son propre reflet avec, au fond, celui de Shirley. Elle se présentait de dos ; elle était en train d'ôter sa combinaison, en la faisant passer par-dessus sa tête.

« Un... un petit instant, mademoiselle », dit Kenneth.

Thomas entendit un mouvement derrière lui.

Kenneth fit pivoter en hâte le miroir.

« Vous êtes un ange », dit Shirley en se tournant vers lui. Elle acheva de faire passer sa combinaison par-dessus sa tête et se mit à dégrafer son soutien-gorge.

Thomas sentit ses chevilles saisies par une forte paire de mains. Il sursauta et tomba presque de l'escabeau, puis regarda en bas. Il découvrit les traits grisonnants de Sid James, qui lui lança un sourire menaçant en lui chuchotant : « Allons, espèce de farceur ! Je pense qu'il est temps que nous allions tous deux faire un petit tour. »

Sid tordit le bras de Thomas derrière son dos, et l'entraîna de force dans un couloir, en ignorant les protestations confuses de l'illustre banquier.

« Je sais que vous n'allez pas le croire, disait celui-ci, mais j'étais vraiment en train de vérifier la solidité du décor. Il est essentiel que nous sachions si nos investissements...

— Écoutez, mon vieux, j'ai lu des choses dans

les journaux à propos de types comme vous. Des choses pas très jolies, pour la plupart.

— Ce n'est pas le meilleur moment pour vous le dire, continuait Thomas, mais je suis un de vos plus grands admirateurs. Peut-être pourriez-vous me donner un autographe...

— Vous avez vraiment fait une gaffe, cette fois-ci, mon vieux. Voyez-vous, Shirley est une fille adorable. Elle est très populaire, ici. Et jeune, aussi. Vous auriez de graves ennuis si on vous surprenait de nouveau en train de faire ce genre de choses.

— J'espère qu'on vous reverra bientôt à la télévision, fit désespérément Thomas en grimaçant sous la torsion de son bras. Une autre série de *La Demi-Heure de Hancock*, peut-être ? »

Ils avaient atteint la porte donnant sur l'extérieur. Sid l'ouvrit et laissa passer Thomas, lequel poussa un bruyant soupir de soulagement en se mettant à épousseter son pantalon.

Puis, se retournant vers Sid, il fut surpris de lui voir le visage tordu de fureur.

« Vous ne lisez donc pas les journaux, espèce d'abruti ? Tony et moi, c'est de la vieille histoire. Fini. Kaput.

— Je suis désolé. Je n'étais pas au courant. »

Ce fut alors que Sid James prit une profonde respiration, agita un doigt en direction de Thomas, et l'envoya balader avec les mots vigoureux qui restaient encore frais dans la mémoire du vieil homme presque trente ans après, alors qu'il évoquait en gloussant cet incident avec son frère Henry autour de l'accueillante cheminée du club Heartland.

*

Peut-être inspiré par sa visite aux studios Twickenham, Thomas, lorsqu'il devint président de la Stewards, fit percer divers trous dans certains endroits stratégiques des bureaux. Il aimait l'idée de pouvoir espionner les réunions de ses jeunes employés chaque fois qu'il en avait envie, et sentir qu'il avait cet ascendant sur toutes les personnes présentes dans les lieux. Ce fut pour cette même raison qu'il conçut son propre bureau comme un chef-d'œuvre de décoration : car les lambris de chêne étaient apparemment ininterrompus, et un visiteur essayant de partir après un entretien infructueux pouvait chercher durant plusieurs minutes la porte avant que Thomas ne vînt à son aide d'un air las et expert.

Cette caractéristique était très symptomatique du secret dont Thomas avait l'habitude d'entourer ses affaires. Ce ne fut que dans les années quatre-vingt que la banque d'affaires commença à perdre son image élitiste et réactionnaire pour prendre une sorte de prestige universel qui menaçait d'éveiller un léger (mais, selon Thomas, profondément malsain) soupçon d'intérêt public. Mais, d'une certaine manière, cette évolution s'imposa à lui. Conscient des gigantesques profits qu'on pouvait tirer de la participation au programme de privatisation du gouvernement, il prit des dispositions radicales pour que la Stewards s'assurât une part substantielle de cette entreprise qui bénéficiait d'une large publicité. Il éprouvait un grand plaisir à arracher les énormes sociétés appartenant à l'État des mains des contribuables, et à les démanteler au profit de quelques actionnaires rapaces ; l'idée d'aider à déposséder la majorité et arroser la minorité l'emplissait d'un sentiment de justice délicieux et apaisant. Cela satisfaisait en lui un instinct primordial. Seuls, peut-être, pouvaient le satisfaire davantage, et d'une façon plus persistante, les fusions et les rachats.

Durant une période, la Stewards fut en tête de la flambée de rachats qui parcourut la City durant la première moitié du règne de Mrs Thatcher. Il devint vite évident que si une banque se révélait capable, malgré les cours réels, d'aider ses clients à absorber d'autres sociétés plus rentables (et pas nécessairement plus petites), alors il n'y aurait plus aucune limite au genre de services qu'elle pouvait vendre dans l'avenir. La compétition entre les banques s'intensifia. De nouveaux termes comme « honoraires d'offre », « honoraires de succès », s'introduisirent dans le jargon de la City, et une part croissante de l'activité de Thomas fut de mobiliser des « équipes d'offre » constituées de banquiers, de courtiers, de comptables, d'avocats et de conseillers en relations publiques. De nouvelles méthodes de financement des offres furent mises au point — comme d'employer l'argent de la banque pour acheter des parts dans les sociétés visées, ou opérer de généreux versements en liquide pour maintenir les cours de l'offrant —, sur lesquelles passaient avec bienveillance les observateurs de la City. En comparaison, les diverses fusions fort contestées que Thomas avait négociées au nom de sa cousine Dorothy et de son groupe Brunwin paraissaient maintenant bien modestes.

Le procès Guinness, habilement tenu avant des élections générales pour prouver que le gouvernement était intraitable avec les malversations financières, mit passagèrement un terme aux pratiques les plus féroces. Pour trouver un exemple typique des méthodes de Thomas, il faut revenir aux années paradisiaques du début de cette décennie, lorsque les profits de la Stewards sur la finance d'entreprise s'élevaient à 25 millions de livres et qu'elle négociait trente à quarante rachats annuels. Le cas de la Phocas Motor Services est un des plus représentatifs.

La Phocas était une usine de constructions mécaniques rentable et hautement considérée basée dans les Midlands, fournissant toutes sortes de plans, matériel et accessoires à l'industrie automobile. Elle fabriquait des batteries, des dispositifs de sécurité, de chauffage et de ventilation, des autoradios, et de petits composants électriques ; elle avait une équipe permanente de recherche et de développement, étudiant des systèmes plus sûrs de freinage et de direction. Au début de 1982, on apprit qu'une multinationale travaillant dans le même domaine voulait la racheter. On avait toute raison de penser que le rachat se ferait dans des conditions amicales et bénéfiques : la société en question avait des antécédents d'expansion réaliste et de bonnes relations industrielles.

Son offre, cependant, fut contrecarrée par un magnat flamboyant qui se trouvait être un des clients les plus prestigieux de la Stewards. Il s'y connaissait très peu en industrie automobile — la plupart de ses avoirs étaient dans l'édition, la distribution et les sports — et beaucoup d'observateurs de la City eurent du mal à comprendre pourquoi il avait décidé d'intervenir ; mais son intervention promettait de faire de ce rachat un des combats les plus acharnés de l'année. Les deux sociétés avaient l'intention de racheter la Phocas avec leurs propres actions, de sorte que le rôle de leurs banquiers respectifs fut de faire monter leurs cours.

Ce ne devait pas être une lutte équitable. À la Stewards, Thomas disposait d'une gamme infinie de relations dans l'industrie et dans la City, il avait l'avantage peu négligeable d'être en termes très amicaux avec quelques-uns des membres les plus importants de la commission de rachat, et enfin, il n'était pas arrêté par les scrupules. Bref, même en se lançant dans la tactique la plus agressive, il ne risquait guère plus qu'une légère tape sur les doigts. Il est difficile de donner des détails précis, mais on croit savoir qu'il conclut un accord avec une banque d'affaires moins importante, en la persuadant d'acheter pour des millions de livres d'actions de son client ; quand la cote flamba dans les derniers jours de l'offre, cette banque vint lui déclarer qu'elle songeait à revendre ses parts ; pour éviter la catastrophe, il convainquit son client de la calmer en déposant, sans exiger d'intérêts, une somme exactement équivalente au montant actuel des actions proposées, sur un compte anonyme en Suisse. Même si cette pratique — l'emploi de l'argent d'une société (ou, si on veut pinailler, l'argent de ses employés et de ses actionnaires) pour soutenir la cote de ses actions — allait devenir un objet de poursuites légales lors du procès Guinness, Thomas ne pouvait y voir absolument rien de mal. Il appelait cela « un crime sans victime ». Il admettait que c'était un coup de poker, mais un coup qui rapportait presque toujours, selon son expérience. D'ailleurs, s'il y avait là quelque chose de risqué, ce n'était certainement pas lui qui pouvait le voir. Aveuglé par les nombreux écrans qu'il avait posés entre lui-même et le reste du monde, il n'était plus en position de saisir la moindre image fugitive des gens avec l'argent de qui il jouait.

En tout cas, le client de Thomas gagna la bataille, et peu après les raisons de son intérêt pour la Phocas apparurent clairement. En plus de sa rentabilité à long terme, la société avait un autre atout — à savoir une caisse de retraite qui avait été si bien gérée qu'elle était, à l'époque, largement bénéficiaire. Avant le rachat, la Phocas avait été sur le point d'offrir à ses employés — le savaient-ils seulement ? — une année d'exemption de contribution à la retraite ; mais une des premières décisions du magnat après avoir pris le contrôle de la société fut de licencier le gestionnaire de la caisse et de mettre un de ses hommes à sa place ; et quand son empire d'édition, de distribution et de sports s'effondra autour de lui comme un château de cartes, moins d'un an après, les commissaires convoqués pour examiner les dégâts furent stupéfaits par la rapidité et l'efficacité avec lesquelles avaient disparu les fonds de la caisse — pas seulement fondu, mais proprement disparu —, dans une vaine tentative de retarder le désastre en infusant de l'argent dans diverses imprimeries, chaînes de magasins, équipes de football en déroute, et autres aventures indignes.

Même maintenant, après tant d'années, les procédures légales pour permettre aux retraités de récupérer leur argent n'ont pas encore abouti. Aucune solution n'est en vue. Thomas Winshaw, dont la banque contrôlait tous les aspects des finances du magnat flamboyant, continue de feindre l'étonnement devant l'ampleur de la fraude, et de professer son ignorance et sa consternation.

*

Inutile de dire que je ne le crois pas. Et je devrais peut-être ajouter que j'ai un petit intérêt personnel dans cette affaire. La Phocas était la société pour laquelle travaillait mon père. Il y était resté pendant près de trente ans, et avait pris sa retraite peu après l'éclatement du scandale. L'argent qu'il avait économisé durant toutes ces années avait disparu, il avait dû vivre d'une maigre pension d'État, augmentée des quelques livres apportées par ma mère, qui avait repris son travail d'institutrice à temps partiel. Ce n'était pas la retraite qu'ils avaient envisagée.

Il ne fait aucun doute, dans mon esprit, que l'anxiété provoquée par cette situation a contribué à sa crise cardiaque.

Est-ce que cela veut dire que Thomas a participé au meurtre de mon père ?

DÉCEMBRE 1990

1

Je n'ai pas tenu un compte précis des fois où je m'arrangeai pour aller au lit avec Fiona dans les quelques semaines suivantes : encore qu'un puriste puisse contester le sens que j'attache à l'expression « aller au lit ». Cela se passait à peu près comme ceci. Elle revenait de son travail complètement épuisée, et allait aussitôt se coucher. Pendant ce temps, je préparais dans ma cuisine un petit plat : rien de vraiment copieux, car elle n'avait pas beaucoup d'appétit ; des œufs brouillés ou des croquettes de poisson faisaient en général l'affaire, et parfois je me contentais de réchauffer une boîte de soupe que je servais avec des petits pains. Je mettais le tout sur un plateau, l'emportais dans le couloir jusqu'à son appartement, et le posais sur ses jambes alors qu'elle était assise dans son lit contre une masse d'oreillers. Je m'installais près d'elle — *sur* le lit, comme on voit, et non à l'intérieur — et nous mangions ensemble notre petit souper, côte à côte, comme deux personnes mariées depuis trente ans. Pour couronner le tout, pour compléter l'illusion, nous allumions la télévision, et la regardions des heures durant, sans presque échanger une parole.

J'ai toujours associé la télévision à la maladie. Pas la maladie de l'âme, comme ont pu le dire certains commentateurs, mais la maladie du corps. Cela remonte probablement à l'époque où mon père était à l'hôpital, à la suite de la crise cardiaque qui devait l'emporter en deux ou trois semaines, à l'âge de soixante et un ans. J'étais venu de Londres dès que j'avais appris ce drame, et pour la première fois depuis de nombreuses années j'avais séjourné sous le toit de mes parents. C'était une expérience singulière, de me retrouver ainsi dans une maison désormais étrangère, dans ce faubourg qui était à la frange de la ville et de la campagne, et je passai de nombreuses matinées assis au bureau de mon ancienne chambre, à regarder le paysage qui avait été autrefois le décor de toutes mes expériences et de toutes mes aspirations, tandis qu'au rez-de-chaussée ma mère essayait de s'occuper à des tâches ménagères, ou remplissait avec gravité les grilles de mots croisés qui lui faisaient maintenant passer le temps. Mais, l'après-midi, nous nous livrions à un petit rituel, destiné, je suppose, à éloigner convenablement la crainte et le chagrin : et ce fut ainsi que la télévision entra en jeu.

Mes parents habitaient dans la périphérie de Birmingham, mais leurs vies tournaient autour d'une petite ville commerçante, paisible et assez jolie, qui se trouvait à une dizaine de kilomètres de leur maison. Elle s'enorgueillissait d'un petit hôpital, où mon père avait été admis le jour de son attaque : les visites étaient permises de deux heures et demie à trois heures et demie de l'après-midi, et de six heures et demie à huit heures du soir. Cela voulait dire que nos heures d'attente entre nos deux visites étaient les plus tendues et les plus problématiques de la journée. Nous émergions dans le parking des visiteurs sous un soleil éclatant, et ma mère, qui avait complètement perdu sa capacité (qu'elle avait conservé durant les vingt-cinq dernières années) d'organiser ses courses plus de quelques heures à l'avance, nous conduisait jusqu'au supermarché du coin pour acheter quelques plats surgelés pour le dîner. Pendant qu'elle faisait ses achats, je me promenais dans la grand-rue presque déserte — la seule rue commerçante —, tout déconcerté par l'idée qu'autrefois je ne pouvais pas concevoir de métropole plus active et grouillante. J'allais jeter un coup d'œil dans la succursale de Woolworth's où je dépensais jadis mon argent de poche pour des disques à bas prix ; chez le marchand de journaux où il n'était possible (mais je ne m'en doutais pas à l'époque) de trouver qu'une petite partie des titres disponibles à Londres ; et dans la seule librairie de la ville, qui ne comportait qu'un petit rez-de-chaussée d'environ dix mètres carrés, et qui durant des années m'avait paru digne de la bibliothèque d'Alexandrie. C'était là qu'à la fin de mon adolescence je passais des heures à regarder les couvertures des derniers livres de poche pendant que Verity fumait et piétinait dehors. La simple vue de ces livres ne manquait jamais de m'émerveiller : ils semblaient impliquer l'existence d'un monde lointain peuplé de gens de talent dévoués aux idéaux littéraires les plus élevés (ce monde où j'aurais par la suite l'occasion de tremper un pied mal assuré pour découvrir qu'il était aussi froid et revêche que la piscine qui m'avait glacé et tiré des larmes inconsolables le jour fatal de mon neuvième anniversaire).

Mais venait ensuite la partie la plus importante du rituel. Nous rentrions à la maison, nous nous préparions deux tasses de café instantané, accompagnées de biscuits, et, durant une demi-heure, nous restions devant le poste à regarder un jeu télévisé : jeu d'une ineptie, d'une frivolité affligeantes que nous suivions néanmoins avec une concentration idolâtre, comme si en rater une seule seconde allait ôter tout sens à l'expérience.

Il y avait deux parties dans cette émission : un jeu avec des nombres, où les candidats devaient se livrer à des opérations arithmétiques élémentaires (j'étais assez bon à cet exercice, tandis que ma mère s'empêtrait invariablement, et n'arrivait jamais à résoudre le problème dans les temps) ; et un jeu avec des lettres, où il s'agissait de former le mot le plus long possible avec un tirage au hasard de neuf lettres de l'alphabet. Ma mère, qui prenait cette partie au sérieux plus que moi, s'assurait toujours d'avoir un crayon et du papier sous la main, et il lui arrivait souvent de battre les candidats. J'ai encore à l'esprit son rougissement de fierté en composant un mot de huit lettres, « béchamel », à partir du tirage ELAOCMEBH, alors que le gagnant n'avait trouvé que « amoché ». Elle en fut euphorique pendant des heures : ce fut, durant ces semaines, la seule fois où je vis les rides de souci s'effacer de son visage. Et je ne peux m'empêcher de penser que c'était pour cette raison précise que nous faisions de si grands efforts pour nous trouver chaque jour devant la télévision à quatre heures et demie, même lorsque nos courses nous avaient pris plus de temps que prévu, et que nous devions alors rouler à plus de cent à l'heure dans les rues des faubourgs, par crainte de manquer le début de l'émission, et les propos stupides du présentateur, épicés d'effroyables jeux de mots, avec des mines implorantes de petit chien difforme. Il y avait cependant une autre raison qui poussait ma mère à regarder chaque après-midi ces sottises, les yeux brillant de la foi du vrai croyant ; elle attendait chaque fois l'apparition possible, la révélation, de ce Saint-Graal auquel aspirait tous les fidèles spectateurs : un splendide mot de neuf lettres formés à partir d'un de ces tirages au hasard. Je pense que pour quelques instants ça aurait fait d'elle la femme la plus heureuse du monde ; et l'ironie fut que cela se produisit une fois, et qu'elle ne le sut jamais. Le tirage était OERLTTIMA, et je découvris tout de suite la solution, mais aucun des candidats ne la trouva, et tout ce que put former ma mère, après de nombreux essais, fut un faible mot de cinq lettres : « trame ». C'est du moins ce qu'elle déclara sur le moment ; et ce n'est que maintenant que je me demande si elle n'avait pas vu aussi bien que moi le mot « mortalité », sans toutefois pouvoir se résoudre à l'inscrire au dos de sa liste de courses de l'après-midi.

En tout cas, ce furent des sujets plus sérieux qui nous occupèrent, Fiona et moi, car le changement radical que sa maladie apporta à nos habitudes de téléspectateurs coïncida avec une période de bouleversement politique dans les sphères nationales et internationales. À la fin de novembre, quelques jours après sa deuxième visite à son médecin, la crise au sein de la direction du parti conservateur éclata, et Mrs Thatcher fut obligée de démissionner. Ce fut une semaine d'excitation médiatique intense, quoique passagère, et nous pûmes nous gaver de bout en bout d'un régime d'informations, de débats nocturnes, et de bulletins exceptionnels. Puis, le jour où elle alla en consultation extérieure, nous apprîmes que Saddam Hussein avait rejeté la résolution 678 du Conseil de sécurité, ultimatum autorisant l'emploi de « tous les moyens nécessaires » si les troupes irakiennes ne se retiraient pas du Koweït avant le 15 janvier ; et bientôt on le vit à la télévision française déclarer qu'il y avait une chance sur deux de conflit armé ; et même s'il se mit à relâcher des otages pour qu'ils fussent de retour chez eux une semaine ou deux avant Noël, tout semblait indiquer que les politiciens et les chefs militaires s'apprêtaient à nous entraîner dans une foutue guerre. Mais la chose étrange, c'est que Fiona, qui était pacifiste et ne s'intéressait pas beaucoup à la politique, s'en sentit d'une certaine manière réconfortée, et je me mis à soupçonner que, comme ma mère devant ses jeux télévisés, elle avait décidé que ce serait un dérivatif à la peur qui était par ailleurs susceptible de la submerger.

Le médecin l'avait cette fois écoutée plus attentivement. Il lui ausculta le cou lorsqu'elle lui parla de son ganglion, qui avait grossi, précisa-t-elle, et il nota toutes ses informations, mais persista à déclarer qu'il n'y avait probablement pas de quoi s'inquiéter, que les fièvres et les sueurs nocturnes devaient provenir de tout autre chose, d'une infection virulente mais guérissable. Mais il fallait éviter les risques inutiles, et il l'inscrivit pour une consultation externe dans la dernière semaine de novembre. On lui fit des prises de sang et des radiographies, et elle devait aller chercher les résultats trois semaines plus tard. Entre-temps, elle devait noter sa température ; et c'était moi qui, à la fin de chacune de nos soirées, allais chercher le thermomètre, et relevais le chiffre indiqué avant d'éteindre la lumière et de retourner à mon appartement chargé du plateau et des assiettes sales.

Comme je l'ai déjà noté, il y avait de longs moments de silence entre nous ; de la part de Fiona, parce que parler lui irritait la gorge, et de ma part parce que je ne trouvais jamais rien à dire. Mais je me souviens bien d'une conversation qui eut lieu durant le temps mort entre les nouvelles de neuf heures et de dix heures, et qui débuta par une de ses remarques inattendues.

« Tu n'as pas besoin de faire ça chaque soir, tu sais, déclara-t-elle soudain.

— Je sais.

— Je veux dire, si tu as envie d'aller ailleurs, de voir d'autres gens...

— Oui, je sais.

— Ça ne doit pas être très drôle pour toi, d'être coincé ici tout le temps. Ce n'est pas comme si...

— J'aime ta compagnie. Vraiment. Je te l'ai déjà dit. » Et c'était sincère.

« Je sais, mais... Lorsque j'irai mieux, que je serai débarrassée de cette chose, je serai... beaucoup plus amusante. Et puis... vois-tu, nous pourrions alors vraiment commencer, non ? Nous pourrions essayer de réussir quelque chose. »

Je hochai la tête. « Oui, bien sûr.

— Je suis assez impressionnée, poursuivit-elle timidement. Je veux dire, tous les hommes ne... Il y a peu d'hommes que je supporterais d'avoir tout le temps à côté de moi, en restant dans mon lit. Avec toi, je me sens à l'aise. Ce qui m'impressionne, j'imagine, c'est que... tu ne cherches pas à en profiter.

— Je ne vais tout de même pas abuser de toi. Pas tant que tu es dans cet état.

— Non, mais il y a déjà deux mois que nous nous connaissons, et la plupart des gens, à notre époque, auraient... Je veux dire, les circonstances ne le permettent pas, dans notre cas, mais... tu sais bien. Tu as dû y penser. »

Évidemment, j'y avais pensé, en restant soir après soir sur le lit de Fiona, vêtue parfois d'un chandail, parfois seulement de sa chemise de nuit ; à toucher ses bras nus, à brosser les miettes sur son corps, à palper son cou pour sentir si le ganglion avait grossi, à lui mettre le thermomètre dans la bouche, à le lui ôter, à la serrer dans mes bras pour la consoler, à lui souhaiter bonne nuit en l'embrassant sur la joue. Comment toutes ces attentions auraient-elles pu rester innocentes, comment n'auraient-elles pas contenu une part de regards furtifs et d'excitation contenue ? Il y avait entre nous, et nous le savions tous deux, un fort courant sous-jacent de sensations qu'il était à la fois difficile d'ignorer et stupide de ne pas reconnaître.

Mais je me contentai de sourire. « Ne t'inquiète pas, dis-je en allant dans la cuisine pour préparer deux tasses de chocolat. Le sexe n'est jamais allé plus loin que ma tête. »

*

bretelles	*noir*	*cravache*
bas	*soutien-gorge*	*dégrafer*
orgie	*tripotage*	*culotte*
érection	*menottes*	*extensions*
fermeture éclair	*résille*	*contractions*
protubérances	*déshabiller*	*suçons*

décolleté	*jus*	*caoutchouc*
strip-tease	*moiteur*	*lisse*
tétons	*frapper*	*rose*
globes	*lécher*	*humide*
cuir	*cuisses*	*écarté*
exploration	*langue*	*tendre*
dos	*se cabrer*	*gémissements*
doucement	*oh mon Dieu*	*oui*
s'il te plaît	*continue*	*oui*

*

Je laissai les assiettes sales dans la cuisine sans les laver, puis retournai à mon bureau pour relire cette liste. Depuis ma conversation avec Patrick, j'avais résolu de lui montrer que j'étais capable d'écrire sur le sexe aussi bien que n'importe qui, que ce n'était pas un sujet que j'éviterais timidement dans mon livre sur les Winshaw. Et la situation que j'avais choisi de traiter ne présentait pas à cet égard beaucoup de difficulté. En rencontrant Findlay à la galerie Narcisse, j'avais entendu au passage des ragots concernant Roddy Winshaw : il avait autrefois séduit une jeune femme peintre qu'il avait invitée pour le week-end dans le Yorkshire. Comme j'ignorais les détails, et que j'avais décidé qu'il n'était en rien intéressant de respecter les limites entre la réalité et la fiction pour ce livre, l'incident me parut former un point de départ idéal. Mais il y avait maintenant plus de quatre nuits que j'y travaillais, et il était parfaitement évident que je n'aboutissais à rien.

Pour être franc, j'avais peu d'expérience en ce domaine. Ma connaissance des livres et des films sexuellement explicites était mince. Malgré toutes ces années où j'avais eu recours au magnétoscope pour m'exciter, je conservais, assez curieusement, une aversion fondamentale pour la pornographie (aversion probablement fondée sur des principes, si on remonte dans un passé lointain). Même dans les films les plus salaces que j'achetais, louais, ou enregistrais, il y avait d'habitude un vestige de justification artistique pour les déshabillages et les accouplements qui devenaient rapidement mon principal centre d'intérêt. Et, en fait, je n'étais entré qu'une seule fois dans un cinéma pornographique. C'était au milieu des années soixante-dix, durant les derniers et très pénibles stades de mon mariage avec Verity. Depuis des mois, notre vie sexuelle agonisait lentement mais sûrement, et, dans notre panique, nous décidâmes qu'une séance dans un cinéma spécialisé du quartier pourrait nous aider à une sorte de résurrection. Mais, malheureusement, nous manquâmes de chance. Le film que nous avions choisi avait attiré l'attention de la presse locale du soir, parce que, bien que produit par une compagnie londonienne, il avait été entièrement tourné à Birmingham. Il avait donc un énorme succès sur place, et la grande majorité du public consistait en couples mûrs — dont certains l'avaient manifestement vu plusieurs fois — qui avaient la tendance gênante d'accompagner, par exemple, une scène de fellation dans une voiture par des remarques comme : « C'est le moment où on voit passer en arrière-plan la Mini Morris de Tracy », ou « Est-ce que le cabinet du pédicure n'est pas mieux depuis qu'ils lui ont donné un coup de peinture ? » Verity et moi sortîmes du cinéma sans nous sentir vraiment stimulés, et je crois me souvenir que nous passâmes le reste de la soirée à classer des photos que nous avions prises lors d'un récent voyage aux îles Sorlingues.

J'écartai ce fâcheux souvenir, et je m'efforçai de me concentrer sur ma feuille blanche. Ce n'était pas une tâche facile, car nous n'étions qu'à cinq jours de Noël, et, le lendemain, Fiona devait aller à l'hôpital chercher les résultats de ses analyses. J'avais proposé de l'accompagner, et nous éprouvions tous deux de l'appréhension. Pour couronner le tout, j'avais reçu dans la matinée un coup de téléphone inquiétant — de Mrs Tonks en personne. Il semblait qu'il y avait eu une autre effraction : pas au bureau, cette fois, mais chez Mr McGanny, dans St John's Wood. Le cambrioleur avait réussi à ouvrir son coffre-fort et plusieurs documents personnels avaient été dérobés. Ils comprenaient des lettres de Tabitha Winshaw et, curieusement, des comptes de société pour l'année fiscale 1981/1982. Ce qui était encore plus bizarre, c'était que des photographies de famille avaient disparu des albums de Mr McGanny. Mrs Tonks me demanda si je n'avais pas une idée sur les raisons de cet acte. Naturellement, je n'en avais aucune, et l'effet de notre conversation fut d'épaissir le mystère et de nuire encore davantage à ma concentration.

Au bout de quelques minutes, je mis de côté ma liste de mots : elle s'était révélée plus inhibante que stimulante, et le seul moyen de sortir de l'impasse, décidai-je, était de me livrer à une totale spontanéité, d'écrire tout ce qui me passait par la tête, et de m'occuper plus tard des détails. J'allai donc chercher une bouteille de vin blanc dans la cuisine, m'en versai un plein gobelet, et me lançai dans ma première phrase.

Elle le suivit dans la chambre

C'était un bon début. Rien de trop compliqué. Je pris une gorgée de vin et me frottai les mains. Ce ne serait peut-être pas aussi difficile que je ne le craignais. Maintenant, une ou deux phrases pour décrire la chambre, et j'arriverais bien à quelque chose.

C'était une...

Mais qu'était-ce, au juste ? Je ne voulais rien d'élaboré, je ne voulais pas enliser le lecteur dans des descriptions prolixes. Une seule épithète bien choisie ferait l'affaire. Pourquoi pas :

C'était une grande chambre

Non, beaucoup trop plat. C'était une chambre somptueuse ? Trop cliché. Une chambre délicieuse ? Trop cucul. C'était une grande chambre somptueuse et délicieuse. Elle était somptueusement délicieuse. Elle était délicieusement grande. Pour être franc, je me foutais complètement de la chambre que c'était. Et mes lecteurs aussi, très probablement. Il valait mieux laisser tomber et faire avancer les choses.

Il l'entraîna brutalement vers le lit.

Ça n'allait pas. Je ne voulais pas que ça ait l'air d'un viol.

Il l'entraîna doucement vers le lit

Trop mou.

Il l'attira vers le lit

Il s'assit sur le lit et l'attira grossièrement vers lui

« Vous ne vous asseyez pas ? » demanda-t-il en indiquant grossièrement le lit

Il regarda grossièrement le lit et leva les sourcils d'un air provocant

Il leva un de ses sourcils

Il leva les deux sourcils

Il leva le sourcil droit d'un air provocant

Il leva le sourcil gauche d'un air suggestif
Levant les deux sourcils, l'un d'un air provocant, l'autre d'un air suggestif, il l'attira doucement en direction grossière du lit.

Il valait peut-être mieux se dispenser de ce passage. Je pouvais exactement me figurer ce que seraient les critiques de Patrick : je m'appesantissais sur ces joliesses préliminaires pour éviter d'entrer en action.

Elle portait un

Que portait-elle ?

Elle portait un chemisier

Oui ?

Elle portait un mince chemisier de mousseline
Elle portait un mince chemisier de mousseline, à travers lequel

Allons, écris-le !

à travers lequel les pointes de ses seins jaillissaient comme

Comme ?

comme deux cerises
comme deux cerises au marasquin
comme deux cerises confites
comme deux chocolats fourrés
comme deux larrons en foire
comme trois hommes dans un bateau
comme des prunes Victoria
comme les chutes de Victoria
comme un panaris

En tout cas, elle avait des seins. C'était très évident. Et lui, alors ? Je ne voulais pas être accusé de sexisme. J'étais obligé, me semblait-il, de présenter également l'homme comme un objet sexuel. Donc, par exemple :

Son pantalon noir serré ne pouvait guère dissimuler

Ou mieux encore :

À la vue du renflement de son pantalon noir serré, elle ne pouvait avoir aucun doute sur
son excitation
ses intentions
ses attributs
ses appendices
la nature de ses attributs
les dimensions de sa virilité
la virilité de ses dimensions
la dimension de sa pleine virilité palpitante
la pleine dimension de son membre chaud et palpitant

Je dus admettre que ça ne me menait nulle part. De plus, je pouvais toujours y revenir plus tard si je désirais peaufiner ces détails descriptifs. Car si je n'entrais pas vite au cœur de l'action, l'élan serait perdu.

Il lui arracha son chemisier

Non, trop agressif.

Il lui déboutonna son chemisier et te lui enleva comme
comme
comme on pèle la peau d'une banane trop mûre.

Je posai mon stylo et m'enfonçai dans ma chaise avec dégoût. Que m'arrivait-il donc ? Rien ne semblait marcher. Était-ce le vin, ou le fait que je n'aie absolument pas l'habitude de ce genre de sujet ? Je faisais tous les faux mouvements, je trébuchais à chaque pas, et, en tâtonnant, je n'exprimais rien d'autre que mon inexpérience.

Il posa une main timide et interrogative sur sa poitrine...

douce, laiteuse,
chaude, soyeuse,
soumise, haletante,
montante, tombante,
gonflée, saillante,
grosse, élastique,
charnue, joufflue, mafflue, ventrue, fessue, replète, bombée, vaste, énorme, massive, monstrueuse, prodigieuse, colossale, gigantesque, montagneuse, gargantuesque, titanesque, herculéenne
sa petite poitrine coquine
sa poitrine parfaitement proportionnée
sa poitrine aux proportions moyennes et pourtant surprenantes
sa poitrine difforme

Très bien. Oublie ça. Bois un peu plus de vin. Et maintenant réfléchis. Imagine deux jeunes gens séduisants seuls dans une chambre avec leurs corps comme unique distraction. Essaie de les voir en esprit. Et puis choisis tes mots avec confiance et précision. Sois intrépide.

Il enfouit son visage dans sa poitrine généreuse, et elle enleva sa chemise de ses épaules musclées.
Il tomba à genoux et lui renifla le nombril
Il s'allongea sur elle et leurs bouches avides se mêlèrent goulûment en un long baiser mouillé
Elle s'allongea sur lui et leurs bouches mêlées se mouillèrent avidement en un long baiser goulu

Et flûte !

elle haletait de désir
il crevait sa braguette
elle était humide entre les cuisses

il était humide derrière l'oreille
elle était sur le point de jouir
il ne savait pas s'il devait charger ou décharger

Et ce fut à ce point critique, alors que j'avais réussi à me plonger dans un état d'excitation presque insoutenable, que le téléphone se mit à sonner. Je sursautai et regardai la pendule. Il était deux heures et demie du matin. Absurdement, je me sentis obligé de ranger mon bureau et de retourner du côté blanc les feuilles écrites avant d'aller répondre. Je décrochai enfin et entendis une voix inconnue.

« Mr Owen ?

— C'est moi.

— Je suis navré de vous déranger à une heure pareille. J'espère que je ne vous ai pas sorti du lit. Je m'appelle Hanrahan. Je vous téléphone de la part d'un de mes clients, Mr Findlay Onyx, qui prétend vous connaître.

— C'est vrai.

— Je suis son avocat. Findlay vous prie de l'excuser de ne pas pouvoir vous parler lui-même, mais il est retenu au poste de police de Horsney, et il ne peut plus donner de coups de téléphone. Mais il insiste pour vous voir personnellement dès que possible. Il m'a demandé de vous prier de vous rendre au poste demain en tout début de matinée.

— Eh bien, c'est... difficile, répondis-je en songeant au rendez-vous de Fiona. Mais enfin, si c'est absolument nécessaire... je veux dire, est-ce qu'il a des ennuis ?

— Je le crains. Je pense vraiment qu'il vaudrait mieux que vous fassiez cet effort. »

Je le lui promis vaguement, mais il trancha :

« Bien. Findlay peut donc compter sur vous. » Et il raccrocha. Toute cette conversation avait été si rapide que je n'avais guère compris ce qui se passait. Je n'avais même pas réussi à demander pourquoi Findlay était retenu par la police — peut-être (et cela me parut soudain la seule explication évidente) était-ce lui qui était entré par effraction chez Mr McGanny pour lui dérober des documents relatifs à mon livre ? J'allai m'allonger dans la chambre, pour méditer sur la vraisemblance de cette hypothèse. Se pouvait-il qu'on l'ait déjà pris, alors que le cambriolage n'avait eu lieu que la veille au soir ? C'était possible. Il était vieux et amoindri, il pouvait avoir laissé derrière lui des indices évidents. Mais, si c'était le cas, pourquoi cet appel urgent ? On le relâcherait sûrement sous caution, et notre rencontre aurait pu avoir lieu plus tard, dans l'intimité de son appartement. Il n'avait aucun moyen de conclure, et je passai le reste de la nuit à ruminer ce nouvel événement dans un demi-sommeil pénible qui dura jusqu'aux premiers rayons du soleil d'hiver.

2

Le trajet en bus jusqu'au poste de police me parut prendre toute la matinée. Du moins Fiona n'aurait-elle pas ce problème-là : j'avais commandé un taxi pour elle avant de partir. J'avais fait cela également pour m'apaiser la conscience, car elle avait soudain eu l'air complètement perdue lorsque je l'avais quittée ; elle avait mis sa plus belle tenue de travail, selon cet étrange sens de la convenance qui pousse à se dire que, si on doit rencontrer son destin, alors autant être bien habillé, soit pour mieux l'amadouer, soit pour mieux lui résister. De toute façon, ma compagnie n'aurait pas changé grand-chose. C'était ce que je m'efforçais de croire pendant que mon bus s'arrêtait et repartait dans les rues de Londres, en me rapprochant d'un mystère dont, à vrai dire, je me sentais de plus en plus détaché. Ce détachement était une bonne chose : un soulagement, après toutes ces années de lutte et de désarroi. Et il ne me vint pas à l'esprit que je le perdrais avant la fin de la matinée.

À l'accueil, le brigadier ne me fit attendre que quelques minutes, puis me mena dans une cellule claire mais malpropre du rez-de-chaussée. Findlay était assis tout raide sur un banc, drapé dans son imperméable, avec dans ses cheveux blancs un halo que formait la lumière tombant de la petite fenêtre.

« Oh, Michael, dit-il en me prenant la main, vous me faites bien de l'honneur. Je regrette que notre deuxième rencontre ait lieu dans un endroit aussi sordide. Mais je crains que ce ne soit entièrement de ma faute.

— Vraiment ?

— Eh bien, vous devinez sans doute ce qui m'a conduit ici.

— J'en ai... comme une idée.

— Je n'en doute pas, Michael. Un homme avec votre intuition, votre perspicacité. Vous connaissez les défaillances auxquelles est sujet un vieillard, quand sa volonté est faible et que ses désirs, hélas, restent forts, fit-il en soupirant. Je pense que la dernière fois que nous nous sommes vus j'ai parlé de... récidive ? »

Je hochai la tête d'un air hésitant. Pour être franc, j'avais perdu le fil de nos relations.

« Eh bien, j'ai récidivé. C'est ce qui est triste, et je ne peux m'en prendre qu'à moi-même. »

La lumière commença à se faire. « Vous voulez dire que vous avez enfreint votre sursis ?

— En effet. Je me suis de nouveau trouvé soumis aux exigences d'une libido impitoyable. De nouveau, le pouvoir de la chair sur l'esprit...

— Donc ce n'est pas vous qui avez cambriolé la maison de Mr McGanny hier soir ? »

Il leva vivement les yeux, et me fit « Chut ! » en tournant un regard méfiant vers la porte. « Pour l'amour du ciel, Michael ! Vous voulez donc aggraver mon cas ? » Puis, à voix encore plus basse : « Pourquoi pensez-vous que je vous ai fait venir ici, si ce n'est pour discuter de cette histoire ? »

Je m'assis sur le banc à côté de lui et attendis ses explications. Mais je me rendis compte qu'il boudait.

« Je suis désolé, murmurai-je.

— En plus, reprit-il, vous mettez en doute ma compétence professionnelle, si vous imaginez que je suis incapable d'accomplir ce petit travail de routine sans être pris. Je me suis glissé dans cette maison, Michael, avec la grâce et l'énergie feutrée d'un chat sauvage. Le grand Raffles lui-même en aurait bavé d'envie.

— Alors que s'est-il passé ?

— Une simple perte de contrôle, Michael. Un manque de volonté, et rien d'autre. J'ai passé toute la journée d'hier à étudier les documents que j'ai empruntés... empruntés, j'insiste, car j'ai un grand respect pour la propriété... et, le soir, j'avais réussi à forger les maillons manquants de la chaîne de cette enquête déroutante. J'étais plus que satisfait. Imaginez mon exaltation, Michael. Imaginez la décharge d'adrénaline, le bouillonnement de sang, dans mon cœur usé et mes artères rigides, sous l'effet de la fierté et de l'excitation. J'ai cru soudain avoir de nouveau trente ans.

— Et alors ?

— Alors, bien sûr, je suis sorti à la recherche de quelqu'un. Les pubs étaient déjà fermés, mais à quelques rues de mon immeuble il y a un édicule public qui, grâce à une décision inhabituellement lumineuse de nos conseillers municipaux, fournit un havre jour et nuit à quiconque a besoin de se soulager, sous toutes les formes. J'ai essayé de l'éviter durant des semaines, depuis que j'ai été traîné devant les tribunaux et qu'on m'a dit que la prochaine incartade me mènerait sous les verrous. Ce qui s'est malheureusement produit ; je n'en ai que pour deux mois, mais qui peut prévoir l'effet d'une incarcération, même courte, sur une pauvre relique au cœur fragile. Bref, hier soir, les foudres de la loi m'ont paru très lointaines et inoffensives, et je me suis trouvé incapable de rester sourd à l'appel de ce refuge de douce illégalité. J'y étais à peine depuis quelques secondes lorsqu'un homme (un homme ! que dis-je ? une apparition, Michael, un rêve incarné : Adonis en personne, en blouson de cuir et en jean bleu pâle) est sorti d'une des cabines. » Et il secoua la tête, partagé entre le regret et le ravissement. « Inutile de dire que je n'ai pas pu lui résister. Et vice versa.

— Vice versa ?

— Tout juste : il a ouvert sa chemise, il a ouvert sa braguette. Je ne vais pas choquer votre sensibilité virile, Michael, par une description détaillée, une description coup par coup, si je puis dire, des civilités qui s'ensuivirent. Je vous demande seulement de vous figurer ma stupeur, ma révolte, mon dégoût, lorsqu'il m'a soudain déclaré être un commissaire, rien que ça, de la police municipale, qu'il m'a passé des menottes, et qu'il a sifflé pour faire venir un complice qui attendait à la porte. Tout cela s'est produit très vite. » Il baissa la tête et nous nous tûmes tous deux. Je cherchai des mots de consolation mais n'en trouvai aucun. Findlay reprit enfin, avec une note d'amertume : « C'est l'hypocrisie de ces gens-là que je ne peux pas supporter, voyez-vous. Les mensonges qu'ils se font à eux-mêmes et au reste du monde. Cette petite merde a pris autant son plaisir que moi.

— Comment le savez-vous ?

— Oh, je vous en prie, Michael, fit-il avec un sourire indulgent. Il me semble que ce n'était pas sa matraque qui était dure entre mes dents. Accordez-moi le crédit d'une certaine expérience en ce domaine. »

Cette rebuffade me fit taire un instant ; puis je demandai « Et que s'est-il passé ensuite ?

— Ils m'ont amené ici, et il paraît qu'ils peuvent me garder un jour ou deux. C'est pourquoi je voulais vous voir le plus vite possible. »

Il y eut des bruits de pas dans le couloir. Findlay attendit leur fin, puis se pencha vers moi d'un air de conspirateur. « J'ai fait quelques étonnantes découvertes, reprit-il à voix basse. Vous serez content d'apprendre, sans en être trop surpris, si vous connaissez déjà mon taux de réussite en la matière, que mon intuition s'est trouvée confirmée.

— Quelle intuition ?

— Faites un effort de mémoire, Michael. Rappelez-vous notre dernière conversation. Je crois me souvenir qu'à un moment donné vous avez affirmé qu'on vous avait simplement "entraîné" dans cette histoire, et je vous avais répliqué que ça ne devait pas être aussi simple. J'avais raison. » Il se tut un instant pour préparer son effet. « On vous a choisi.

— On m'a choisi ? Qui ça "on" ?

— Tabitha Winshaw, naturellement. Maintenant, écoutez attentivement. Hanrahan va vous donner un jeu de clefs de mon appartement, et vous trouverez les documents en question dans le tiroir du haut de mon bureau. Allez-y dès que possible et examinez-les bien. Vous trouverez d'abord une lettre de Tabitha à la Peacock Press, datée du 21 mai 1982, où elle avance l'idée d'un livre sur sa famille. Une question vient immédiatement à l'esprit : comment a-t-elle appris l'existence de cet éditeur ?

« La réponse toutefois était assez facile à trouver ; elle n'implique rien de plus retors que l'histoire chaotique des entreprises de McGanny. J'ai découvert des documents révélant qu'il avait, durant les trente dernières années, participé à la création de rien moins que dix-sept sociétés différentes, dont plusieurs ont fini par être placées sous administration judiciaire à la suite d'infractions aux lois fiscales. Il a dirigé des boîtes de nuit, des sociétés pharmaceutiques, des agences de rencontre, des compagnies d'assurances, des cours par correspondance, et, finalement, il s'est institué agent littéraire : c'est sans doute ce qui lui a donné l'idée de fonder la Peacock Press ; il a dû se rendre vite compte que s'il y a une catégorie de gens, parmi les membres les plus naïfs et les plus vulnérables de toute la société, qui implorent d'être escroqués, c'est bien celle de l'aspirant écrivain sans talent. Maintenant, il semble qu'une des entreprises de McGanny, au milieu des années soixante-dix, ait été une chaîne de salles de jeu qui s'est attiré, entre autres, les foudres des autorités du Yorkshire. Et qui pouvait donc se charger de sa défense en cette occasion ? Eh bien, notre vieil ami Proudfoot, le notaire de Tabitha Winshaw en personne, dont il a été le représentant légal jusqu'à sa mort prématurée, en 1984. Nous tenons donc notre maillon manquant. Tabitha a demandé à Proudfoot de lui trouver un éditeur, et Proudfoot, par miracle, avait l'homme qu'il fallait sous la main.

« Il savait que la proposition de Tabitha avait toutes les chances d'être acceptée, car les finances de l'édition étaient à l'époque dans un état désastreux. Vous le verrez vous-même dans les comptes de cette année-là, que j'ai pris soin d'inclure dans mon butin. Ajoutez à cela la tendance naturelle de MacGanny à se lancer dans des transactions cyniques, et vous admettrez qu'il lui était impossible de refuser les conditions généreuses de Tabitha. Et il ne risquait pas d'être arrêté, pas plus qu'un autre d'ailleurs, par la première et la plus extraordinaire de ces conditions. » Il me regarda intensément. « Vous devinez laquelle, n'est-ce pas ? »

Je haussai les épaules. « Je n'en ai aucune idée. »

Il se permit alors un petit rire sec. « Eh bien, d'après sa lettre, il semble qu'elle ait insisté... *insisté*, comprenez-vous ?... pour que ce soit vous, et personne d'autre, qui écriviez le livre. »

Cela me parut complètement absurde.

« Mais c'est ridicule. Je n'ai jamais rencontré Tabitha Winshaw. En 1982, nous ignorions même l'un et l'autre notre existence.

— Manifestement, elle connaissait la vôtre. »

Findlay s'appuya contre le mur et se regarda les ongles en savourant ostensiblement la confusion dans laquelle m'avait jeté cette information. Au bout d'un moment — par pure malice, j'imagine — il ajouta froidement : « Votre réputation littéraire était peut-être parvenue à ses oreilles, Michael. Elle avait sans doute lu une critique dithyrambique de l'un de vos romans, et avait décidé que vous étiez un homme dont elle ne pouvait décemment refuser les services. »

Mais je ne prêtai guère attention à cette raillerie, car j'étais assailli par de multiples questions nettement embarrassantes.

« Oui, mais écoutez, je vous ai raconté comment ce travail m'a été proposé. C'est tout à fait par hasard que j'ai rencontré dans un train cette femme, Alice Hastings.

— Pas du tout par hasard, vous le vérifierez par vous-même. » Il sortit un cure-dent de je ne sais où, et se mit à se nettoyer l'ongle du pouce.

« Mais je ne l'avais jamais vue de ma vie, continuai-je.

— Et est-ce que vous l'avez revue depuis ?

— Eh bien, non... pas vraiment.

— C'est assez curieux, non, durant... quoi ?... huit ans de rapports avec l'édition.

— En fait, dis-je sur la défensive, je l'ai aperçue il y a quelques mois, devant les bureaux. Elle sortait d'un taxi.

— Je crois me souvenir, dit Findlay en pointant vers moi son cure-dent, que quand vous m'avez raconté cette histoire, vous m'avez brièvement décrit la personne.

— En effet : de longs cheveux noirs, un cou élancé...

— ... et une tête de jument.

— Je ne pense pas avoir employé ces termes.

— Mettons un visage légèrement chevalin. C'est le détail qui m'a frappé. Ou plutôt, c'est le détail qui m'est revenu à l'esprit quand je me suis introduit dans cette maison hier soir et que j'ai vu une photo de... » (me frôlant le nez de son cure-dent) « ... de *McGanny lui-même*.

— Que dites-vous ?

— Saviez-vous que Hastings est le nom de jeune fille de la femme de McGanny ?

— Non, bien sûr que non.

— Et qu'il a une fille qui s'appelle Alice... une actrice ?

— Oui, en fait, je le savais.

— Vous saviez qu'elle s'appelait Alice ?

— Je savais que c'était une actrice. Elle lui a téléphoné pendant que j'étais dans son bureau, il y a quelques... »

Je m'arrêtai net.

« Le jour même où vous avez vu Miss Hastings sortir de son taxi ? » suggéra Findlay.

Je ne répondis pas ; je me levai et m'approchai de la fenêtre.

« Si le nom d'Alice McGanny, poursuivit-il, n'est pas vraiment connu dans les milieux théâtraux, c'est parce que la carrière de cette demoiselle, d'après ce que j'ai pu voir dans son curriculum, a obstinément refusé de démarrer. Elle fait des doublures, elle fait de la figuration, elle fait un peu de publicité, elle a des rôles avec une seule réplique, ou pas de réplique du tout, et, entre ces triomphes, elle fait des cures de désintoxication, et elle pose nue pour les magazines les plus salaces du genre. J'en ai d'ailleurs trouvé un numéro dans le coffre de McGanny, et j'ai eu la gentillesse de le prendre à votre intention, car moi je n'ai rien à en faire, je le crains. On dit que ce genre de choses peut provoquer un petit frisson chez les gens qui partagent votre triste et banal penchant. Bref, il n'est guère surprenant qu'elle soit régulièrement obligée d'emprunter de grosses sommes à son père. Et je dirais qu'en l'occurrence elle a très volontiers joué un petit rôle pour lui, à condition qu'il y mette un bon prix. »

Je regardai la fenêtre. Elle était trop haute et ne montrait rien de l'extérieur, mais c'était sans importance. J'avais devant les yeux le souvenir de notre rencontre dans le train, il y avait bien des années. Je faisais défiler les images en avant et en arrière. Ils avaient dû réussir à obtenir mon adresse — par Patrick, par exemple, ou par le journal pour lequel j'écrivais à l'époque — et puis elle avait dû m'épier durant des heures, peut-être des jours, devant mon immeuble, pendant que je restais dans mon appartement à essayer d'écrire mon fameux article... me suivre dans le métro, me suivre à King's Cross, inventer cette histoire stupide de visite à sa sœur à Kettering, sans besoin de bagage. Comment avais-je pu marcher ? Qu'est-ce qui avait bien pu m'aveugler ?

« Vous n'êtes certainement pas le seul à être tombé dans ce genre de piège, reprit Findlay comme s'il lisait dans mes pensées. Elle est assez séduisante, après tout ; même moi je peux le reconnaître. Mais c'était quand même un coup de poker, quand on y songe, de compter seulement sur ses appas. Tant qu'ils y étaient, ils auraient pu ajouter quelque chose d'autre à l'hameçon. Je m'étonne qu'ils ne l'aient pas fait.

— Ils l'ont fait. » Je me retournai, mais me sentis incapable de soutenir le regard interrogateur de Findlay. « Elle lisait un de mes romans. Ça ne m'était jamais arrivé de tomber par hasard sur un de mes lecteurs. Elle n'avait pas besoin de m'aborder. C'est moi qui me suis présenté.

— Ah, fit Findlay d'un ton grave mais avec une nette lueur d'amusement dans les yeux. Évidemment. Un truc vieux comme le monde. McGanny est bien placé pour connaître la vanité des auteurs. Après tout, c'est son gagne-pain.

— En effet. » J'arpentai vivement la cellule, impatient de mettre un terme à cette conversation. J'attendis que Findlay rompît le silence, mais, après ce qui me parut une éternité, je ne pus me retenir : « Et alors ? repris-je.

— Alors quoi ?

— Quel est le chaînon manquant ?

— Le chaînon manquant ?

— Entre Tabitha et moi. Comment m'a-t-elle découvert, pourquoi m'a-t-elle choisi ?

— Je vous l'ai déjà dit, Michael : à moins que votre nom ne soit devenu à l'époque un mot de passe parmi les innombrables lecteurs de bonne littérature du Yorkshire, je n'en ai pas la moindre idée.

— Mais vous êtes un détective : je croyais que c'était précisément ce que vous tentiez de découvrir.

— J'ai découvert beaucoup de choses, répliqua-t-il sèchement, beaucoup à votre intention, et en prenant des risques personnels considérables. Si certaines de mes découvertes vous ont troublé, alors il y a peut-être des leçons à tirer de votre propre conduite dans cette affaire. Ne rejetez pas la faute sur le messager. »

Je m'assis à côté de lui pour m'excuser, mais la porte de la cellule s'ouvrit soudain. Un agent avança la tête et déclara : « Vous n'avez plus qu'une minute » — sur un ton de politesse forcée réduite à son strict minimum, qui, avec le sinistre claquement de porte consécutif, rappela brutalement l'injustice de la situation de Findlay.

« Comment peuvent-ils vous traiter ainsi ? bredouillai-je. Je veux dire, c'est fou, de penser à vous enfermer. Vous êtes un vieil homme : qu'espèrent-ils obtenir de cette façon ? »

Findlay haussa les épaules. « J'ai été traité ainsi durant toute ma vie, Michael. J'ai cessé de me poser des questions. Grâce à Dieu, je suis resté sain de corps et d'esprit, donc je survivrai à cette épreuve, soyez-en sûr. À propos de survie, reprit-il en baissant de nouveau la voix, j'ai entendu dire que les membres d'une certaine famille éminente s'apprêtent à une perte tragique. Mortimer Winshaw est en train de s'éteindre.

— En effet, et c'est bien triste. C'est le seul qui se soit montré correct avec moi.

— Eh bien, ça sent le grabuge, Michael. Je flaire des bouleversements. Vous connaissez aussi bien que moi la nature des sentiments de Mortimer à l'égard de sa famille. S'il laisse un testament, il risque d'y avoir de mauvaises surprises ; et, s'il y a des obsèques, il faut s'attendre à ce que Tabitha y assiste ; ce sera la première fois depuis très longtemps qu'elle reverra qui que ce soit dans la bande. Vous devriez tendre l'oreille, Michael. Ça pourrait former un chapitre intéressant dans votre petite chronique.

— Merci, répondis-je. Je veux dire, merci pour toute votre aide. » Il y eut soudain dans l'air comme une atmosphère d'adieu, et je m'efforçai alors de faire une déclaration. « Vous avez pris beaucoup de peine. Je... eh bien, j'espère que vous allez en tirer quelque chose, c'est tout. Si jamais vous désirez...

— La satisfaction professionnelle, Michael. C'est tout ce que peut désirer un authentique détective. Cette affaire me nargue depuis plus de trente ans. Mais mon instinct me dit que le dénouement est proche, très proche. Je regrette seulement que les forces de la loi se soient interposées, et m'empêchent maintenant de jouer un rôle actif. » Il me prit la main et la serra dans sa poigne fragile mais déterminée. « Dans les deux mois à venir, Michael, vous serez mes yeux et mes oreilles. Ne l'oubliez pas. Je compte sur vous, à partir d'aujourd'hui. »

Il sourit courageusement, et je fis de mon mieux pour lui rendre son sourire.

3

Le matin de Noël était nuageux, sec et sans caractère. J'étais devant ma fenêtre à regarder le parc, irrésistiblement envahi, comme chaque année en cette circonstance, par le souvenir des Noëls blancs de mon enfance, lorsque la maison était surchargée de décorations faites par ma mère, que mon père passait des heures à quatre pattes pour essayer de localiser l'ampoule fautive qui empêchait notre arbre de s'illuminer, que nous ne bougions pas de tout l'après-midi, à guetter par la fenêtre l'arrivée de mes grands-parents qui venaient passer la veillée avec nous, pour rester jusqu'au Nouvel An. (C'est-à-dire les parents de ma mère, car nous n'avions rien à faire avec ceux de mon père ; en fait, je n'avais jamais entendu parler d'eux, aussi loin que remonte ma mémoire.) Durant ces quelques jours, l'atmosphère de notre maison, d'habitude si tranquille et contemplative, devenait vivante, turbulente même, et c'est peut-être à cause de ce souvenir — et du souvenir de la blancheur fabuleuse qu'on était certain, à cette époque, de voir recouvrir notre pelouse — qu'il y avait un air d'irréalité dans la grisaille silencieuse des Noëls auxquels j'avais dû tristement me résigner depuis quelques années.

Mais ce jour-là il y avait autre chose. Ni Fiona ni moi ne pouvions supporter la perspective des huit heures de programmes de Noël de la télévision, et, au milieu de la matinée, voilà que nous roulions dans une voiture louée en direction de la côte sud. Je n'avais pas conduit depuis une éternité. Par bonheur, il n'y avait pratiquement pas de circulation dans le sud de Londres et, à part une Ford Sierra rouge évitée de justesse, et quelques éraflures après un choc bruyant avec la borne d'un rond-point à la sortie de Surbiton, nous parvînmes à la campagne sans incident grave. Fiona avait proposé de conduire, mais je n'avais pas voulu en entendre parler. C'était peut-être stupide de ma part, parce qu'elle se sentait (et paraissait) beaucoup mieux qu'elle n'avait été depuis des semaines, et je pense en outre que j'avais été beaucoup plus qu'elle perturbé par l'absurde malentendu concernant le résultat de ses analyses à l'hôpital, où elle s'était présentée pour apprendre que son rendez-vous avait été annulé, que quelqu'un avait dû lui téléphoner pour l'en prévenir, que le spécialiste qui était censé s'occuper d'elle était parti manifester contre la décision de l'administration de fermer quatre services chirurgicaux juste après Noël, et qu'on la priait de revenir la semaine prochaine quand tout serait rentré dans l'ordre. Je n'avais pas pu dissimuler mon énervement lorsqu'elle m'avait raconté cette histoire, et nul doute que mes exclamations et mes piétinements frénétiques l'avaient bien plus secouée que l'épreuve d'un trajet en taxi pour perdre trois quarts d'heure dans la moiteur et le tohu-bohu de la salle d'attente des consultations externes. Je suppose que je manquais d'entraînement pour affronter ce genre de contretemps. En tout cas, elle s'en était remise — nous nous en étions tous deux remis —, et nous pouvions donc contempler avec ravissement les haies dépouillées, les fermes reconverties, le moutonnement timide des prairies brunâtres, comme deux enfants échappés d'un ghetto urbain qui découvrent pour la première fois la campagne.

Nous arrivâmes à Eastbourne vers midi. Notre voiture était la seule garée en front de mer, et durant quelques minutes nous restâmes dans la voiture à écouter en silence le doux fracas des vagues contre les galets gris.

« Tout est si tranquille », dit enfin Fiona. Et, lorsque nous sortîmes, le claquement des portières parut à la fois s'opposer et s'intégrer au calme environnant, en me faisant penser, je ne sais pourquoi, à des signes de ponctuation sur une page blanche.

Nous marchâmes sur la grève ; nos pas crissaient, et une brise capricieuse sifflait par intermittence comme un murmure à nos oreilles. Fiona déplia une couverture et nous nous assîmes au bord de l'eau, appuyés l'un contre l'autre. Il faisait extrêmement froid. Au bout d'un moment, elle demanda : « Qu'allons-nous manger ?

— Il doit bien y avoir un hôtel ou un pub ouvert quelque part, répondis-je.

— C'est Noël, fit-elle. Tout doit être plein. »

Quelques minutes plus tard, le silence presque total fut rompu par les grincements d'une bicyclette. Nous tournâmes la tête et aperçûmes un vieil homme très corpulent qui rangea son vélo contre le mur, puis descendit sur la plage d'un pas et d'un air résolus, avec un sac à dos. À environ dix mètres de nous, il posa son sac et se mit à se déshabiller. J'essayai de ne pas regarder son corps étonnamment gros et rose qui se découvrait de plus en plus. Il portait un maillot de bain en guise de sous-vêtement et, à notre grand soulagement, il s'en tint là, plia ses vêtements en un tas soigneux, prit une serviette dans son sac et la secoua. Puis il se dirigea vers la mer, en s'arrêtant à peine pour nous lancer, avec un regard complice : « Bonjour ! » Il avait gardé son bracelet-montre ; il le consulta, et revint vers nous pour préciser : « Bon après-midi, devrais-je dire. » Puis, après un instant de réflexion : « Est-ce que ça ne vous ennuie pas de surveiller mes affaires ? Si bien sûr vous comptez rester ici une minute ou deux. » Il avait l'accent du Nord : de Manchester, sans doute.

« Pas du tout, répondit Fiona.

— Quel âge a-t-il, à ton avis ? demandai-je à voix basse pendant qu'il se trempait sans broncher dans les eaux glaciales. Soixante-dix ans ? Quatre-vingts ? »

Il avait complètement plongé, maintenant, et tout ce qu'on pouvait apercevoir de lui, c'était son crâne rouge qui apparaissait et disparaissait rythmiquement. Il ne s'attarda pas très longtemps, cinq minutes, sans doute ; il commença par quelques brasses détendues, puis se lança dans un crawl vigoureux, parcourut une dizaine de fois dans les deux sens la même distance, et finit par nager sur le dos pour revenir tranquillement. Une fois sur les galets du bord, il roula dans les vagues puis sortit de l'eau en se frottant les mains et en se donnant des claques sur ses bras flasques pour rétablir la circulation.

« Ça pince, aujourd'hui, dit-il en passant devant nous. Mais je ne manquerais pour rien au monde mon petit exercice. Je ne peux pas m'en passer.

— Vous voulez dire que vous faites ça tous les jours ? demanda Fiona.

— Tous les jours depuis trente ans, répondit-il en allant se sécher. C'est la première chose que je fais chaque matin. C'est une règle. Bien sûr, aujourd'hui, c'est un peu différent : c'est Noël, tout ça. La maison est pleine de petits-enfants, et je n'ai pas pu m'échapper plus tôt, avec tous les cadeaux à ouvrir. » Fiona détourna les yeux pendant qu'il se lançait dans l'entreprise compliquée d'enlever son maillot tout en maintenant sa serviette autour de ses reins. « Vous êtes du coin ? poursuivit-il. Ou vous passez seulement la journée ?

— Nous venons de Londres, répondit Fiona.

— Je vois. Vous avez pris la fuite. Et pourquoi pas ? Vous n'avez pas pu supporter toute une journée d'enfants hystériques et de grand-mère qui se casse les dents sur les noix.

— C'est un peu ça.

— On ne peut pas vous le reprocher. Ça doit être la folie, ce matin, du côté de chez vous. » Et il rentra de quelques pouces son vaste estomac pour boucler sa ceinture. « En fait, c'est la femme que je plains. Dinde farcie, pommes de terre rôties, et deux autres plats de légumes pour quatorze personnes. C'est beaucoup demander à quelqu'un, n'est-ce pas ? »

Fiona lui demanda s'il pouvait nous recommander un endroit pour déjeuner, et il nous indiqua un pub. « Ce sera certainement bondé, mais le patron est un de mes amis, et si vous lui dites mon nom, il vous trouvera bien un coin. Dites-lui que c'est Norman qui vous envoie. Mais, à votre place, je ne perdrais pas de temps. Venez, je vais vous montrer le chemin. »

Nous le remerciâmes, et quand il eut fini de

s'habiller et eut soigneusement rangé sa serviette dans son sac, nous le suivîmes jusqu'à la route.

« Mazette, ça, c'est une belle bicyclette ! dit Fiona en la voyant de près. Une Cannondale, n'est-ce pas ?

— Elle vous plaît ? C'est son voyage inaugural. C'est un cadeau de mon aîné : on m'en a fait la surprise ce matin. J'en connais un brin sur les bicyclettes, j'en ai fait toute ma vie, voyez-vous, et je dois dire que celle-ci est une beauté. Elle pèse deux fois moins que ma vieille Raleigh : regardez, je peux la soulever d'une seule main.

— Et comment se comporte-t-elle sur la route ?

— Ma foi, assez bizarrement, pas aussi bien que je croyais. Je viens de l'extérieur de la ville et il y a une petite montée. J'ai trouvé que la grimpée était assez dure.

— C'est étrange », dit Fiona en s'agenouillant pour examiner la roue arrière. Je la regardai avec perplexité.

« On aurait pu penser qu'avec sept vitesses il n'y aurait aucun problème, n'est-ce pas ? »

Elle inspecta plus attentivement l'impressionnant dispositif de pignons et de crémaillères au centre de la roue. « Vous devez avoir un mauvais type de dérailleur, fit-elle. S'il est réglé pour la course, alors l'étalement doit être trop étroit pour vous. C'est une question de cadence. Il est conçu pour environ quatre-vingt-dix tours par minute, et vous devez plutôt en faire soixante-quinze. »

Norman eut l'air ennuyé. « C'est grave ?

— Non, pas vraiment. Vous avez de la chance, car les pignons sont remplaçables. Avec une clef et un tendeur, vous pouvez les remplacer vous-même. Enfin, ce n'est qu'une idée, conclut-elle en se levant.

— Vous pouvez faire un tour, si vous voulez, dit Norman. Vous me direz ce que vous en pensez.

— Vraiment ? Mince alors, je ne demande pas mieux ! » Elle tourna la bicyclette et enfourcha la selle. « Je vais jusqu'au rond-point et je reviens, d'accord ?

— Faites tout ce que vous voulez. »

Nous la regardâmes partir en pédalant, d'une manière d'abord incertaine, puis en gagnant de la confiance et de la vitesse. Elle s'éloigna jusqu'à ce qu'on ne distinguât plus que sa chevelure cuivrée battue par le vent.

« Elle va drôlement vite, déclara Norman.

— C'est une vieille habituée, répliquai-je en m'étonnant de la fierté que j'y mettais. Elle a fait soixante kilomètres lors d'une course cycliste de bienfaisance il y a deux mois.

— Eh bien, dites donc, fit-il en m'adressant un clin d'œil de complicité virile, vous êtes un sacré veinard, c'est tout ce que je peux dire. Pas étonnant que vous vouliez être seul avec elle par un jour pareil. Elle est superbe.

— Ce n'est pas vraiment pour ça que nous sommes ici.

— Oh ?

— Non, nous sommes venus pour... eh bien, pour des raisons de santé, je suppose que c'est ainsi qu'il faut dire. » J'éprouvai soudain un vif besoin de me confier. « Je ne puis vous dire à quel point je suis inquiet. Nous avons essayé d'obtenir un verdict des médecins, mais ça dure depuis des mois : poussées de fièvre, sueurs nocturnes, terribles maux de gorge. J'ai simplement pensé qu'un changement de décor lui ferait du bien : vous savez, les grands espaces, l'air marin. Elle n'en parle jamais, mais ça nous démolit tous les deux. Et si ça se révèle être quelque chose de grave, je ne sais pas comment je vais y faire face, vraiment je ne sais pas.

— Ah, fit Norman en détournant les yeux et en balançant son pied avec gêne. Je n'ai pas voulu vous le dire, mais, puisque vous en parlez, c'est vrai que vous avez une tête à faire peur. » Et, avant que Fiona ne réapparût, il ajouta : « Espérons seulement qu'elle ne va pas vous épuiser complètement, hein ? »

*

Nous tentâmes notre chance au pub qu'il nous avait recommandé. La partie restaurant était chaude, bondée et étouffante, mais, au nom de Norman, le patron nous trouva effectivement une table dans un coin, cernée par une famille de huit personnes toutes extrêmement bruyantes, sauf un adolescent dégingandé et terriblement enrhumé. Il ne se mouchait jamais à temps, et lorsqu'il éternuait il répandait partout des gouttelettes de morve. Nous nous passâmes de hors-d'œuvre et commençâmes directement par la dinde, qui était sèche, coupée en tranches minces jusqu'à la transparence, et servie avec un petit tas de légumes baignant dans l'eau.

« Comment se fait-il que tu t'y connaisses autant en vélos ? demandai-je à Fiona pendant qu'elle s'attaquait bravement à ce mélange décourageant. Tu t'en es sortie comme une véritable experte. »

La bouche pleine de dinde sèche, elle ne put répondre tout de suite.

« J'ai fait un résumé de plusieurs articles sur les nouveaux dérailleurs il y a deux semaines, dit-elle enfin avant de se remettre courageusement à mastiquer. J'ai une bonne mémoire pour ce genre de choses ; ne me demande pas pourquoi.

— Je ne pensais pas que ça entrait dans tes attributions.

— Oh, mes attributions sont très larges. Il ne s'agit pas seulement de journaux spécialisés ; nous couvrons un tas de sujets différents. Le cyclisme, la cybernétique, les maladies sexuellement transmissibles, les voyages dans l'espace...

— Les voyages dans l'espace ? »

Elle remarqua mon intérêt soudain.

« Quoi, c'est encore une petite obsession que tu as tenue cachée ?

— Eh bien oui, autrefois. Quand j'étais petit, je voulais devenir astronaute. C'est sans doute propre à tous les garçons de cet âge, mais ces passions ne nous quittent jamais vraiment, n'est-ce pas ?

— C'est étrange, dit-elle. Je n'aurais jamais pensé que tu avais ces goûts de macho.

— De macho ?

— Eh bien, le symbolisme de toutes ces fusées n'est pas très difficile à deviner, non ? Je suis sûre que c'est ce qui attire le mâle ordinaire : pénétrer ainsi dans des régions inconnues...

— Non, ce n'était pas ainsi que je voyais les choses. Ça va peut-être te paraître bizarre, mais c'était... », je cherchai le mot juste, ne le trouvai pas, et dus me contenter d'un à-peu-près,... « le lyrisme de l'aventure, j'imagine, qui m'attirait. » Fiona ne parut guère convaincue. « Youri Gagarine était mon héros, continuai-je. As-tu jamais lu la description qu'il a faite de ce qu'il voyait de sa fusée quand il était sur orbite ? C'est presque un poème. »

Elle poussa un rire incrédule. « Tu vas te mettre à me le réciter, n'est-ce pas ?

— Attends un peu. » Je fermai les yeux. Il y avait des années que je n'avais pas essayé de me remémorer ces lignes. « "La face diurne de la terre était nettement visible" », commençai-je. Et je poursuivis avec lenteur : « "Les continents, les îles, les grandes rivières, les grandes surfaces d'eau... Durant ce vol, pour la première fois j'ai vu de mes yeux la forme sphérique de la terre. On peut la voir s'incurver à l'horizon. Le spectacle de l'horizon est d'une beauté exceptionnelle. On peut distinguer l'étonnant changement de couleur entre la surface lumineuse de la terre et le ciel complètement noir où brillent les étoiles. La ligne de séparation est très mince, comme une pellicule impalpable qui entoure le globe. C'est d'un bleu délicat, et la transition du bleu au noir est graduelle et merveilleuse." »

Fiona avait posé son couteau et sa fourchette et elle m'écoutait le menton entre les mains.

« J'avais épinglé des photos de lui dans toute ma chambre. J'ai même écrit des histoires à son sujet. Et puis, la nuit où il est mort dans cet accident d'avion, ajoutai-je avec un rire nerveux, tu n'es pas obligée de me croire, mais la nuit où il est mort, j'ai fait un rêve étrange. J'ai rêvé que j'étais lui, tombant à pic dans un avion en flammes. Et pourtant, il y avait des années que je n'avais pas vraiment pensé à lui. » Le visage inexpressif de Fiona semblait suggérer que cette révélation la laissait sceptique, et je conclus donc, comme pour m'excuser : « Ça doit te paraître absurde, mais, en tout cas, sur le moment, ça m'a beaucoup impressionné.

— Oh non, je te crois, fit-elle enfin. J'essayais

seulement de me souvenir de quelque chose. »
Elle s'enfonça dans son siège et regarda la fenêtre, qui était maintenant fouettée par une petite pluie. « L'année dernière, j'ai dû faire un résumé d'un article de journal. Il était question de cet accident d'avion ; on avait une théorie sur ce qui avait pu se passer, fondée sur de nouvelles informations. Dans l'esprit de la glasnost, tu sais.

— Et alors ?

— J'ai oublié les détails ; de toute façon, je pense que l'ensemble n'était pas très concluant. On disait qu'un autre avion, beaucoup plus gros, lui avait coupé la route au moment où il sortait d'un nuage, en provoquant beaucoup de turbulences. Et c'est ce qui l'a déséquilibré. »

Je secouai la tête. « Ma théorie est bien meilleure. C'est en fait la théorie de beaucoup de gens. L'idée, c'est que les autorités soviétiques l'ont abattu, parce qu'il avait trop vu le monde, et qu'il allait probablement passer à l'Ouest. »

Fiona sourit : un sourire affectueux, mais de défi.

« Tu crois pouvoir tout ramener à la politique, hein, Michael ? Ça te simplifie tellement la vie.

— Je ne vois pas ce que ça a de si simple.

— Oh, je reconnais que la politique a son importance et peut être retorse. Mais j'ai toujours pensé qu'il y avait quelque chose de fallacieux dans cette sorte d'approche. Elle laisse croire qu'il y a une explication à tout, pourvu qu'on aille y voir d'un peu près. C'est ce qui t'intéresse vraiment, n'est-ce pas ? Trouver une explication à tout.

— Alors, quelle est donc l'autre explication ?

— Non, il ne s'agit pas de ça. Je veux seulement

dire qu'il y a d'autres possibilités à prendre en compte. Des possibilités plus vastes, même.

— Comme ?

— Comme... eh bien, supposons qu'il soit vraiment mort par accident. Supposons qu'il ait été victime des circonstances, rien de plus, rien de moins. Est-ce que ce ne serait pas plus effrayant que ta petite théorie de la conspiration ? Ou supposons que ce soit un suicide. Il a vu ce que personne n'avait vu avant lui... des choses incroyablement belles, d'après ce qu'il en a dit. Peut-être n'a-t-il pas pu revenir à la réalité, et sa mort dans ce cas aura été l'apogée de quelque chose d'irrationnel, d'une folie intérieure qui le consumait... bien loin de la politique et hors de portée de ta compréhension. Mais j'imagine que cette idée ne te plaît pas beaucoup.

— Ma foi, si tu as décidé d'avoir un point de vue sentimental... »

Fiona haussa les épaules. « Je suis peut-être sentimentale. Mais c'est dangereux d'être trop dogmatique, tu sais. De tout voir en noir et blanc. »

Je ne trouvai rien à répondre, et tentai pour me donner une contenance de planter ma fourchette dans trois petits pois spongieux.

« Quand vas-tu me dire pourquoi tu t'es disputé avec ta mère dans ce restaurant chinois ? » reprit-elle soudain.

Je levai les yeux et déclarai : « C'est un changement de sujet plutôt abrupt.

— Ce n'est pas du tout un changement de sujet.

— Je ne te suis pas, dis-je en triturant de nouveau ma nourriture.

— Tu as promis de me le dire il y a trois mois. Tu avais même fortement envie de me le dire, c'était évident. » Comme je ne réagissais pas, elle continua de penser à haute voix. « Qu'a-t-elle bien pu dire pour te blesser ? Te blesser au point de te couper en deux. Une moitié qui voit les choses en noir et blanc et qui refuse de lui pardonner, et une autre moitié que tu essaies d'étouffer depuis que ça s'est produit. » Je m'obstinais à me taire ; je faisais nager une tranche de dinde dans la sauce épaisse et huileuse. « Sais-tu seulement où elle est cet après-midi ? Ce qu'elle est en train de faire ?

— Je suppose qu'elle est chez elle, répondis-je enfin.

— Toute seule ?

— Probablement. » Je repoussai mon assiette, en renonçant à manger. « Écoute, on ne peut pas revenir en arrière. De toute façon, c'était mon père qui nous liait. Après sa mort, eh bien... tout était fini.

— Mais vous vous êtes quand même vus après sa mort. Ce n'est pas la vraie raison. »

Je voulais vraiment la lui dire, c'était cela le plus étrange. Je le voulais désespérément. Mais pour cela, il fallait me l'arracher morceau par morceau, et je n'en étais qu'au début. Je n'avais pas l'intention d'être désobligeant ; je n'avais pas l'intention d'être délibérément énigmatique. Ça venait comme ça, c'est tout.

« Les gens peuvent mourir plus d'une fois », dis-je simplement.

Fiona me fixa des yeux et déclara : « Passons-nous de pudding, et allons-nous-en, veux-tu ? »

*

C'était une sorte de dispute, même si aucun de nous deux n'était en mesure de dire comment elle avait commencé. Nous sortîmes du pub en silence et n'échangeâmes que quelques mots en allant vers la voiture. Sur le chemin du retour, je proposai, pour ne pas perdre la dernière demi-heure de clarté, d'aller faire quelques pas dans les Downs. Nous marchâmes bras dessus, bras dessous, en mettant de côté notre différend, quel qu'il fût, au milieu d'un paysage qui, ensoleillé, eût été charmant, mais que ce crépuscule froid et envahissant rendait nu et revêche. Fiona avait l'air très fatiguée.

En fait, j'étais stupéfait qu'elle ait pu tenir aussi longtemps, et je ne fus pas surpris de la voir bientôt s'assoupir dans la voiture. Je regardai son visage au repos, et je me rappelai l'intimité, le privilège, que j'avais ressentis la nuit où je m'étais glissé dans la chambre de Joan pour la regarder dormir durant quelques minutes. Mais la similitude était trompeuse, car observer Fiona n'était pas contempler le passé ; c'était tout le contraire. Chaque coup d'œil (quand je ne regardais pas la route) semblait me donner un aperçu de quelque chose de nouveau et d'inconcevable, quelque chose que je m'étais inutilement refusé durant des années : un avenir.

Nous nous arrêtâmes une seule fois, dans une station-service où je m'achetai des Smarties et une barre de chocolat. Quand je revins dans la voiture, Fiona dormait à poings fermés.

Et pourtant, à peine six jours plus tard...

Comment est-ce possible ?

Et pourtant, à peine six jours plus tard...

*

Je ne suis pas certain de pouvoir continuer.

4

Le surlendemain de Noël, mes traditionnels cadeaux de la Peacock Press arrivèrent par la poste. Il y avait un petit message de Mrs Tonks, qui s'excusait de les avoir envoyés plus tard que d'habitude. Je ne pus me résoudre à les regarder ni même à ouvrir le paquet. Dans l'après-midi, je me rendis dans l'appartement de Findlay pour examiner les documents qu'il avait dérobés. Je n'y lus rien de nouveau. Au lieu d'être intrigué, ou déconcerté, ou préoccupé par la lettre de Tabitha apportant la preuve concrète qu'elle avait autrefois écrit aux éditeurs pour les prier de s'assurer mes services, à un moment où j'ignorais jusqu'à son existence, je n'éprouvai qu'une toute petite étincelle d'intérêt. Les Winshaw, et leurs vies extravagantes, impitoyables, avides de pouvoir, me paraissaient plus lointains que jamais. Quant à l'enveloppe qui contenait les photographies d'Alice, je ne l'ouvris même pas.

Fiona emplissait désormais toutes mes pensées.

Le lendemain, elle devait aller à son nouveau rendez-vous à l'hôpital, et cette fois j'étais décidé à l'accompagner. Son état avait empiré depuis notre journée au bord de la mer, alors que j'avais pensé que ça lui ferait du bien. Sa toux était revenue, plus violente que jamais, et elle se plaignait d'avoir de la peine à respirer : la veille, elle avait dû s'arrêter à trois reprises pour monter ses quatre étages.

Le rendez-vous était à onze heures trente. Nous attendîmes le bus durant une éternité et arrivâmes avec quelques minutes de retard à l'hôpital, monstre victorien de briques noires plus adapté, me sembla-t-il, à l'incarcération des grands criminels qu'au traitement des malades. Mais ça n'avait pas d'importance.

Midi était passé depuis longtemps lorsqu'on appela Fiona à la salle de consultation. J'attendis dans le hall, en m'efforçant de conserver un vestige d'optimisme en face de ce décor implacablement démoralisant : les murs d'un jaune pâle écœurant, le distributeur de café détraqué, qui nous avait déjà dérobé soixante pence, le système de chauffage défectueux (un énorme radiateur de fonte était brûlant, l'autre était froid ; et les tuyaux gargouillaient, crachotaient, et secouaient des miettes de plâtre). Je n'y tins plus. Au bout de quelques minutes, je décidai d'aller faire quelques pas à l'extérieur, mais Fiona revint, rouge et agitée.

« Déjà ? dis-je. Ç'a été rapide.

— Ils n'ont pas pu retrouver mon dossier, dit-elle en se dirigeant vivement vers la sortie. »

Je courus après elle.

« Quoi ? »

Nous étions de nouveau dehors. Le froid était mordant.

« Qu'est-ce que tu viens de dire ?

— Je viens de dire qu'ils n'ont pas retrouvé mon dossier. Ils l'ont cherché ce matin et il n'y était pas. Une secrétaire a dû l'emporter. On a dû le classer. C'est à cause des vacances, disent-ils.

— Et alors, que vas-tu faire ?

— J'ai pris rendez-vous pour la semaine prochaine. »

Des flots de juste indignation m'envahirent.

« Fiona, ils ne peuvent pas continuer ainsi. Tu es malade, bon Dieu ! Tu ne peux pas laisser ta santé entre les mains de ce tas d'idiots. Nous n'allons pas tolérer ça. »

Ce n'était que vaine bravade, nous le savions tous deux.

« La ferme, Michael ! » Elle fut prise d'une furieuse quinte de toux durant une trentaine de secondes. Elle se recroquevilla contre le mur, puis se redressa. « Allez, on rentre à la maison. »

*

C'était la Saint-Sylvestre.

Nous avions l'intention de retourner au Mandarin. J'avais téléphoné à l'heure du déjeuner et réussi, avec un peu de persuasion, à obtenir une table pour le soir ; mais, en fin de journée, il fut évident que Fiona n'allait pas assez bien pour sortir, et j'improvisai donc un petit dîner pour deux à la maison. Il y avait une grande épicerie ouverte dans King's Road ; j'y achetai du poisson, des pâtes, des crevettes en boîte, et du fromage, dans l'intention de préparer des lasagnes. J'y ajoutai du vin et des bougies. Je voulais donner un petit air de fête. J'allai voir Fiona vers sept heures ; elle était assise dans son lit, un peu pâle et essoufflée. Elle avait de la température. Elle n'avait pas très faim, mais elle aimait l'idée d'un dîner en tête à tête. Cela semblait même l'amuser.

« Veux-tu que je m'habille pour la circonstance ? demanda-t-elle.

— Bien sûr ! Et moi, je peux même mettre mon vieux costume de cérémonie, si j'arrive à le retrouver. »

Elle sourit. « Je meurs d'impatience. »

Mon costume sentait le moisi, le col de ma chemise de soirée était beaucoup trop serré, mais je les mis tout de même. À neuf heures, les lasagnes mijotaient gentiment, la table était mise, le vin suffisamment frais. Je me rendis dans l'appartement de Fiona. Il n'y avait personne dans le salon, et il n'y eut aucune réponse lorsque je l'appelai. Je me précipitai dans la chambre avec appréhension.

Fiona était à genoux sur le sol en face de son placard ouvert. Elle portait une robe longue de coton bleu qu'elle n'avait pas fermé dans le dos. Elle se balançait lentement d'avant en arrière pour tenter de reprendre sa respiration. Je m'agenouillai à côté d'elle et lui demandai ce qui n'allait pas. Elle répondit en haletant qu'elle s'était sentie de plus en plus épuisée en essayant de s'habiller, et qu'en cherchant une paire de bas dans le tiroir du fond elle s'était trouvée soudain incapable de respirer. Je posai ma main sur son front ; il était brûlant, et baigné de sueur. Pouvait-elle respirer, maintenant ? Elle répondit oui, mais ajouta qu'elle ne se sentait pas encore la force de se relever. Je lui dis que j'allais appeler le médecin. Elle hocha la tête. Je lui demandai le numéro. Entre des halètements, elle parvint à prononcer : « Téléphone. »

Il y avait un carnet d'adresses près du téléphone dans le couloir. Il me fallut une minute ou deux pour me rappeler le nom du médecin. Je l'appelai.

« Docteur Campion ? » fis-je.

Mais je me rendis aussitôt compte que j'étais tombé sur son répondeur. Le message enregistré indiquait un autre numéro. Je le composai, et je tombai cette fois sur un standard. Une voix d'homme me demanda quel médecin j'essayais de joindre, et si c'était une urgence. Quand je lui eus donné des détails, l'homme me déclara que le médecin remplaçant rappellerait dès que possible.

Le téléphone sonna au bout de trois ou quatre minutes. Je me mis à expliquer au médecin ce qui n'allait pas. Je voulais être aussi bref et clair que possible, pour revenir auprès de Fiona, mais ce n'était pas facile. Comme il n'avait jamais entendu parler d'elle, qu'il ne l'avait jamais auscultée, qu'il n'avait pas vu son dossier, je dus tout reprendre depuis le début. Il me demanda alors si je pensais que c'était grave. Je lui répondis que je pensais que c'était très grave, mais je m'aperçus qu'il ne me croyait pas vraiment. Il s'imaginait que je parlais de quelqu'un qui avait un gros rhume. Cependant, je ne me démontai pas. Je lui déclarai qu'il devait absolument venir. Il répondit qu'il avait d'abord deux ou trois visites à faire — des cas urgents, affirma-t-il — mais qu'il viendrait dès que possible.

J'aidai Fiona à se recoucher. Elle respirait un peu plus facilement. Je revins dans mon appartement pour éteindre le four et les bougies. Puis j'enlevai mon costume, me rhabillai, et retournai auprès d'elle.

Elle était tellement belle, tellement.

*

Le médecin arriva vers dix heures et quart. J'essayai de me mettre en colère contre lui à cause de son retard, mais j'y renonçai devant sa gentillesse et son efficacité. Il ne fit pas grand-chose ; il écouta sa respiration, lui prit le pouls, et me posa quelques questions. Il reconnaissait qu'elle était malade.

« Il vaudrait mieux l'emmener aux urgences », déclara-t-il enfin.

Je m'attendais à tout sauf à ça.

« Aux urgences ? Mais je pensais que c'était pour les accidents.

— C'est pour tous les cas urgents », fit-il sobrement. Il arracha une page de son carnet, y inscrivit quelques mots, et la glissa dans une enveloppe. Ce faisant, il avait lui-même une respiration sifflante et exagérée. « Prenez cette lettre. C'est pour le médecin de garde. Vous avez une voiture ? »

Je secouai la tête.

« Vous aurez probablement du mal à trouver un taxi ce soir. Il vaut mieux que je vous y accompagne. C'est sur mon chemin de retour. »

Nous aidâmes Fiona à se préparer pour le trajet, à enfiler deux gros chandails sur sa robe, d'épaisses chaussettes de laine, et des bottes. Le résultat était légèrement comique. Je la soutins dans les escaliers en la portant à moitié. Quelques minutes plus tard, nous étions dans l'impeccable Renault bleue du médecin. J'essayai de rester calme, mais je m'aperçus que j'avais sans me rendre compte froissé son enveloppe en une petite boule au creux de ma main. Je fis de mon mieux pour l'aplatir avant d'arriver.

*

Le service des urgences, quoique un tout petit

peu moins décrépit que la salle des consultations externes, réussissait à avoir l'air à la fois bondé et désolé. On y était très affairé. Il y avait du verglas sur les trottoirs, et plusieurs personnes s'étaient légèrement blessées en glissant et en tombant ; et, comme c'était le réveillon, il y avait déjà une ou deux victimes de bagarres dans les pubs qui montraient des yeux au beurre noir et des contusions à la tête. Et on en attendait d'autres. En même temps, il y avait dans l'air une triste atmosphère de fête. Les murs étaient ornés de guirlandes élimées, et j'eus l'impression qu'une équipe réveillonnait discrètement dans une salle du haut. Certaines infirmières qui allaient et venaient portaient de ridicules chapeaux en papier de couleur vive, et la réceptionniste avait un poste de radio diffusant de la musique de danse. Je lui confiai la lettre du médecin et lui indiquai Fiona assise sur un banc, mais elle n'eut pas l'air de trouver ça bien important. Ce fut alors que je me rendis compte que le médecin n'avait pas été aussi efficace que je l'avais cru, car il n'avait pas téléphoné pour prévenir de notre arrivée. Elle me pria d'attendre et me déclara qu'une infirmière viendrait bientôt s'informer des détails. Nous attendîmes une vingtaine de minutes. Aucune infirmière n'arrivait. Fiona tremblait dans mes bras. Nous ne disions rien. J'allai finalement demander à la réceptionniste ce qui pouvait bien se passer. Elle s'excusa et répondit simplement que nous n'aurions plus beaucoup à attendre.

Dix minutes plus tard, une infirmière se présenta pour poser des questions. Ce fut surtout moi qui y répondis : Fiona n'en avait pas la force. L'infirmière nota les réponses sur un bloc-notes et parut enfin prendre une décision. « Suivez-moi », dit-elle. Elle nous conduisit dans un couloir, où je hasardai un timide reproche : « Il ne semble pas y avoir beaucoup de médecins ici. »

Onze heures avaient sonné depuis longtemps.

« Il n'y a qu'un médecin de garde aujourd'hui, répondit-elle. Il voit tous les cas, les graves comme les autres, et il a beaucoup de pain sur la planche. On nous a amené un grand malade, il y a peu de temps. Pas de chance, hein, pour le réveillon ? »

Je ne compris pas si elle parlait du malade ou de l'équipe, et je m'abstins donc de tout commentaire.

Elle nous fit entrer dans une cabine minuscule et sans fenêtre, où se trouvait seulement un chariot, puis elle tendit une blouse à Fiona.

« Et voilà, ma petite. Vous pouvez mettre ça ?

— Il vaudrait peut-être mieux que je sorte, dis-je.

— Ça va, il peut rester », dit Fiona à l'infirmière.

Je me tournai contre le mur pendant qu'elle se déshabillait et enfilait la blouse. Je ne l'avais jamais vue nue.

L'infirmière lui prit la température, le pouls et la tension. Puis elle s'en alla. Au bout d'un quart d'heure, le médecin de garde apparut, l'air épuisé. Il se présenta à peine, et appuya aussitôt son stéthoscope sur la poitrine de Fiona.

« Rien de très alarmant par ici », dit-il. Puis il lui prit le pouls, et regarda les notes laissées par l'infirmière. « Hum. Une petite infection pulmonaire, apparemment. Il se peut que vous deviez rester ici quelques jours. Il faut que j'aille voir ça aux admissions, et en attendant on va essayer de vous faire une radio ce soir, à condition qu'il n'y ait pas trop de monde en attente.

— On lui a déjà fait une radio », déclarai-je. Il me lança un regard interrogateur. « Pas aujourd'hui ; il y a des semaines, expliquai-je. Son médecin traitant, le docteur Campion, l'a déjà envoyée ici.

— Dans quel service ? »

Je ne m'en souvenais pas.

« Celui du docteur Searle, répondit Fiona.

— Et qu'est-ce qu'on a trouvé ?

— On n'en sait rien, dis-je. La première fois qu'elle s'est présentée, le médecin n'était pas là, et la deuxième fois, il y a deux jours, on n'a pas retrouvé son dossier. On a dit qu'on avait dû le classer.

— Hum. Dans ce cas, il doit être aux archives, et on ne pourra pas le retrouver ce soir. » Il posa les notes sur le lit. « Je vais appeler la secrétaire pour voir si elle peut mettre la main sur le docteur Bishop. C'est notre interne. Il viendra vous voir dans quelques minutes. »

Et sortit en refermant le rideau derrière lui. Je me tournai vers Fiona. Elle me rendit mon regard en souriant vaillamment.

« Bon, fit-elle. Au moins il n'a pas eu l'air de penser que ma poitrine n'était pas normale.

— Je n'ai jamais pensé que ta poitrine n'était pas normale », dis-je, assez absurdement. Je sais bien qu'on est censé plaisanter quand on est inquiet, mais sûrement pas de plaisanter aussi bêtement. Cependant, elle fit de son mieux pour rire, et c'était peut-être un tournant dans nos relations : une manière d'admettre enfin l'attrait physique que j'éprouvais pour elle depuis des semaines.

Mais ce moment fut de courte durée.

Le docteur Bishop ne fut pas long à venir. Il était jeune et dégingandé, avec des valises sous les yeux, et un inquiétant air éméché. Il me parut ne pas avoir dormi depuis une bonne trentaine d'heures.

« O.K., j'ai discuté avec l'infirmière, dit-il, et nous avons décidé que la meilleure chose à faire était de vous trouver un lit aussi vite que possible. Il y a beaucoup de travail ce soir et nous avons besoin de toute la place aux urgences, donc ce sera mieux pour nous et mieux pour vous. Le service radio est bloqué par la neige en ce moment, donc nous ne pouvons pas vous faire passer avant demain matin. Ce sera la première chose à faire. En tout cas, dès que vous serez dans le service, on pourra vous administrer votre première dose d'antibiotiques.

— Mais elle a ce ganglion à son cou, intervins-je. Je me demandais si peut-être...

— L'important, c'est de trouver un lit, coupa le docteur Bishop. C'est le plus difficile. Si nous pouvons vous trouver un lit, le reste sera de la rigolade.

— Est-ce que ça va prendre du temps ? Nous attendons déjà depuis...

— Ici, en ce moment, c'est à la fortune du pot. »

Et, sur cette remarque traumatisante, il disparut. Deux minutes plus tard, l'infirmière pencha sa tête à travers le rideau.

« Tout va bien, par ici ? »

Fiona hocha la tête.

« On est quelques-uns à prendre un verre là-haut. Des boissons sans alcool, bien sûr, mais c'est pour marquer le réveillon. Si vous avez envie de quelque chose... »

Fiona réfléchit. « J'aimerais bien un jus de fruits. Du jus d'orange, par exemple.

— On est un peu à court de jus d'orange, je crois, répondit l'infirmière. Je vais voir ce que je peux faire. Du Fanta, ça vous irait ? »

Nous lui laissâmes entendre que du Fanta ferait l'affaire, et elle nous laissa de nouveau seuls durant ce qui nous parut un temps infini. Tout ce que je trouvai à dire, ce fut de demander une fois de plus à Fiona comment elle se sentait. Elle me répondit qu'elle se sentait fatiguée. C'était tout ce dont elle s'était jamais plainte : se sentir fatiguée. Elle ne voulait pas bouger, ni s'asseoir : elle restait allongée sur le chariot, en me tenant la main. Elle la serrait fortement. Elle avait l'air terrifiée.

« Qu'est-ce qui les retient autant ? » Ce fut ma réflexion suivante, mûrement pesée. Juste avant minuit, je sortis dans le couloir pour voir ce qui se passait. J'aperçus alors le médecin de garde. Il se précipitait vers la réception. Je courus après lui, en criant « Excusez-moi », mais il fut arrêté par une équipe d'infirmières poussant un malade inconscient sur un chariot. Je me tins à quelque distance pendant qu'il posait des questions. Le malade venait apparemment d'arriver ; on l'avait trouvé à demi mort dans une voiture. Il était question d'empoisonnement par monoxyde de carbone, et on parlait à voix basse de ses chances de survie. Je n'y aurais pas prêté grande attention, mais le chariot passa près de moi, et je pus alors entrevoir le visage du malade, qui me parut vaguement familier. J'étais presque certain d'avoir déjà vu cet homme quelque part. Mais c'était une impression générique — il se pouvait que ce fût quelqu'un que j'avais croisé deux ou trois fois dans la rue —, et je l'oubliai aussitôt en sentant un tapotement sur mon épaule et en me retournant vers l'infirmière qui me déclara d'un air radieux : « Monsieur Owen ? J'ai de bonnes nouvelles pour vous. »

Je ne compris pas tout de suite, puis, mon esprit revenant tout naturellement à Fiona et au besoin urgent d'un lit pour elle, je me mis également à sourire, avec un irrésistible soulagement. Ce sourire se glaça lorsque je me rendis compte que l'infirmière essayait de mettre deux gobelets en plastique dans mes mains tendues.

« Finalement, il restait du jus d'orange, dit-elle. Oh, écoutez ! » Les cloches de Big Ben résonnaient dans le poste de radio de la réceptionniste. « Bonne année à vous, monsieur Owen. Au gui l'an neuf ! »

MARK

31 décembre 1990

Lorsqu'il devint évident qu'une guerre contre Saddam Hussein était inévitable, Mark Winshaw, pour fêter ça, décida d'organiser un réveillon de fin d'année exceptionnel. Il n'avait pas d'amis à proprement parler, mais il parvint tout de même à réunir plus de cent cinquante personnes, attirées par la promesse d'invités prestigieux, et par la réputation d'hospitalité extravagante de la maison de Mayfair. Il y avait une poignée de politiciens et de vedettes de médias (dont ses cousins Henry et Hilary), et autres célébrités, mais le gros des invités se composait d'hommes mûrs, dont l'aspect terne, gris et ventru, ne laissait guère deviner qu'ils étaient parmi les capitaines du commerce et de l'industrie les plus riches et les plus puissants du pays. Mark allait d'un groupe à l'autre, s'arrêtant à peine pour saluer et encore moins souvent pour échanger quelques mots, et conservant la plupart du temps son air hautain et insondable. Pendant ce temps, sa jeune et belle épouse allemande (il venait tout juste de se remarier) semblait se consacrer tellement aux invités que personne ne la vit parler à son mari de toute la soirée. L'atmosphère était joyeuse, mais Mark ne partageait pas l'hilarité générale. Il ne but presque pas ; il ne dansa qu'une fois ; et même lorsqu'il tomba sur une bande de top-modèles qui se poussaient avec des cris dans la piscine du sous-sol, il garda ses distances, sans ressentir la moindre excitation.

Personne ne vit là rien de surprenant : ceux qui connaissaient Mark étaient habitués à sa réserve. Il ne s'amusait manifestement pas, mais il n'avait probablement jamais appris à s'amuser, et ne se permettait sûrement jamais la moindre détente. Cette vigilance perpétuelle était la condition *sine qua non* de sa fortune. À dix heures trente-cinq, par pure routine, il monta vérifier le système de sécurité. Dans sa chambre, près de l'unique lit à une place, une porte dans le lambris donnait sur une pièce sans fenêtre contenant tout un mur d'écrans de télévision et une table de contrôle. Il alluma patiemment chacun des postes, un par un, et regarda si tout allait bien, dans la salle à manger, les cuisines, la serre, la piscine, les chambres, les ascenseurs. Et le cabinet de travail.

Si Mark éprouva un choc ou une inquiétude à voir ce qui se passait dans le cabinet de travail, rien dans ses yeux ne le révéla. Il regarda attentivement, pour s'assurer qu'il avait bien vu. Mais il n'y avait aucun doute. Un homme en smoking était penché sur son bureau. Il avait sans doute réussi à crocheter la serrure, et avait étalé des feuilles de papier. Il avait un petit caméscope et le promenait sur les documents pour les filmer.

Quand il eut fini, il rangea les papiers dans le tiroir et glissa la minuscule caméra dans la poche de son pantalon. Il promena autour de lui un regard furtif, sans apercevoir la caméra cachée derrière une applique, qui épiait tous ses mouvements. Ce fut alors que Mark le reconnut. C'était Packard.

Mark sortit de la pièce de contrôle et descendit au rez-de-chaussée, en réfléchissant calmement à la situation. Il était en colère, mais pas étonné. Il s'était attendu à quelque chose de ce genre : dans son cas, on s'attend toujours à quelque chose de ce genre. Et, en un sens, c'était prévisible, car Mark se souvenait maintenant d'un petit détail : Packard avait sur lui une petite caméra vidéo la première fois qu'ils s'étaient rencontrés.

*

1983-1990

Graham avait terminé ses études de cinéma avec des idéaux intacts, mais sept ans plus tard son radicalisme d'étudiant, selon toute apparence, n'était plus que de l'histoire ancienne : il occupait maintenant un poste de décision aux Forges des Midlands, qui fabriquaient des instruments de précision pour le marché international et étaient installées à la périphérie de Birmingham. Il avait une maison, une femme, et une voiture de fonction, passait une bonne partie de l'année à voyager à l'étranger aux frais de ses employeurs et était à tu et à toi avec une poignée d'hommes d'affaires et d'entrepreneurs parmi les plus influents de Grande-Bretagne. Sa carrière paraissait mûrement réfléchie et parfaitement lancée ; mais ses collègues de la direction eussent été choqués s'ils avaient su son but secret.

Il était venu à Birmingham peu après avoir obtenu son diplôme, pour s'occuper de la programmation d'un petit cinéma d'art et d'essai qui fit faillite quelques semaines après son arrivée, au beau milieu d'une rétrospective John Cassavetes. Graham s'inscrivit donc au chômage. Il ne travaillait plus depuis plusieurs mois, lorsqu'un de ses nouveaux colocataires se maria et lui demanda de faire une vidéo de la cérémonie. Le résultat parut présenter de telles qualités professionnelles qu'il décida de solliciter une de ces subventions à l'entreprise créées par Mrs Thatcher, d'abord pour filmer des mariages, puis pour tourner des vidéos promotionnelles pour les sociétés locales. C'était une nette entaille à son image de visionnaire subversif, mais ça rapportait bien, et il apaisait sa conscience en travaillant gratuitement pour le parti travailliste, pour des coopératives, des syndicats, des groupes féministes de la région. Le soir, il se plongeait dans des numéros de *Screen, Tribune, Sight and Sound, Morning Star,* et rêvait au documentaire qu'il tournerait un de ces jours : un long métrage utilisant toutes les ressources techniques du cinéma, qui sonderait d'une manière implacable et irrésistible la conspiration du capitalisme mondial, et notamment le commerce des armes ; un chef-d'œuvre dans l'esprit politique d'un Ken Loach ou d'un Frederick Wiseman, mais qui aurait tout l'attrait spectaculaire et les rebondissements d'un film de James Bond.

Cela semblait n'être qu'un lointain projet : mais Graham rencontra l'occasion plus tôt qu'il ne croyait, et par un biais inattendu. La Packard Promos — ainsi que s'intitulait sa société personnelle (dont il était l'unique employé) — fut contactée par les Forges des Midlands au printemps 1986. C'était le contrat le plus important qu'on lui eût jamais proposé : on lui commandait une vidéo d'une trentaine de minutes qui servirait de vitrine pour toutes les étapes de production. Le budget était relativement élevé, et il devait tourner sur une bande à haute définition avec son stéréo. Graham remplit scrupuleusement sa tâche et, lorsqu'il montra un premier montage de son film aux directeurs de la société, ce fut une grande excitation. Suivit alors une discussion animée où on lui demanda avec empressement des idées pour la présentation et la distribution du produit fini : il se rendit très vite compte qu'il traitait avec des novices, qui paraissaient excessivement impressionnés par ses propositions de routine. Le lendemain, le directeur général, un certain Mr Riley, le fit venir dans son bureau pour lui proposer un poste à la tête du marketing. Graham n'avait aucune intention de s'engager dans ce domaine, et il refusa poliment.

Deux jours plus tard, quelque chose lui fit changer d'avis. Il était en train de filmer quelques derniers plans des ateliers en vue du montage final lorsque Mr Riley apparut en compagnie d'un homme impeccablement vêtu et à l'air revêche, à qui on voulait sans doute montrer les machines les plus récentes. Lorsqu'ils aperçurent Graham et sa caméra, ils s'approchèrent et Mr Riley le pria de bien vouloir cesser de filmer durant quelques minutes : visiblement à la demande de son invité. De près, Graham finit par le reconnaître, même s'il y avait bien des années qu'il avait vu sa photo dans un article de magazine sur les ventes illégales d'armes à l'Afrique du Sud.

« Aucun problème », répondit-il en remettant le cache de sa caméra. Puis il tendit la main : « Graham Packard, de la Packard Promos. »

L'inconnu lui serra la main avec réticence. « Mark Winshaw, de la Vanguard Import et Export.

— Heureux de faire votre connaissance », dit Graham. Puis se tournant vers Mr Riley : « Un nouveau contrat en perspective ? » demanda-t-il platement.

Mr Riley gonfla la poitrine et répondit avec un mélange de fierté et d'obséquiosité : « Le début d'une collaboration longue et fructueuse, j'espère. »

Graham prit alors très vite plusieurs décisions. Si les Forges traitaient avec Mark Winshaw, cela signifiait qu'elles contribueraient, consciemment ou non, à la fabrication d'armes, probablement en destination de l'Irak, qui s'armait plus rapidement qu'aucun autre pays du Moyen-Orient. Et, d'après la remarque de Mr Riley, il s'agissait d'un gros contrat à long terme. S'il acceptait le travail qu'on lui avait proposé, il serait en position d'assister aux progrès de l'affaire, peut-être même de nouer des contacts : bref, de se glisser au cœur du réseau dont il voulait faire un sujet de film, et qui lui avait paru jusqu'alors désespérément inaccessible.

Ainsi, le soir même, avant de rentrer chez lui, il demanda à voir Mr Riley en privé, et il le surprit et le ravit en lui déclarant qu'il avait reconsidéré son offre et qu'il était prêt à accepter ce poste de marketing. Et dans les deux années qui suivirent il se montra tellement enthousiaste dans son travail qu'on lui donna rapidement de l'avancement et des responsabilités supplémentaires, qu'il passa du marketing à la planification, et de la planification à l'expansion, de sorte qu'en 1989 (peu après son mariage) sa carrière dans les Forges connut un apogée lorsqu'il fut invité à représenter la société à la Première Exposition Militaire Internationale de Bagdad qui s'ouvrit en avril, le jour de l'anniversaire de Saddam Hussein.

Dès que Mr Riley et Mark Winshaw furent sortis des ateliers, Graham se précipita avec sa caméra dans le bureau du conseil qui donnait sur la cour et le parking. Par chance, la salle était vide. Il s'agenouilla près de la fenêtre, et, ainsi dissimulé, il appuya sa caméra sur le rebord, et fit un zoom en direction des deux hommes qui bavardaient et se serraient la main près de la BMW rouge de Mark.

Le tournage du chef-d'œuvre avait commencé.

*

1990

« *La base de Qalat Saleh,* disait Graham, *contenait douze hangars souterrains de béton armé assez grands pour abriter deux douzaines d'avions, qui décollaient d'une rampe souterraine, en actionnant leurs freins et en allumant leur postcombustion.* »

En entendant sa propre voix dans les écouteurs, il la trouva plate, bien peu prenante. Mais ce n'était qu'un commentaire de travail, pour synchroniser les paroles avec les images. Quand le film serait achevé, il engagerait un acteur, quelqu'un qui fût connu pour ses sympathies gauchistes, et dont la voix s'imposerait immédiatement. Alan Rickman, par exemple, ou Antony Sher. Bien sûr, il faudrait investir de l'argent dans le projet, mais il commençait à se sentir très optimiste en ce domaine. Des discussions préliminaires avec Alan Beamish, qui était à la tête d'une des plus importantes sociétés de télévision indépendante, avaient été très encourageantes : Beamish lui avait affirmé que tant qu'il serait à ce poste, il ferait tout son possible pour soutenir son projet.

La nuit tombait. Graham alluma une lampe et tira les rideaux. La salle de montage — en fait la chambre du fond de sa maison d'Edgbaston — se trouvait directement au-dessus de la cuisine, et il entendait Joan qui, en bas, achevait les derniers préparatifs du dîner.

« *Les trois kilomètres de pistes,* disait sa voix enregistrée, *avaient été construits dans les montagnes du désert, ce qui les rendait invisibles aux observateurs, à moins d'une proximité immédiate.* »

*

Avril 1987

Dans la jeep qui les amenait de Qalat Saleh à la zone d'essai, le général irakien avait demandé son avis à Mark Winshaw.

« Pas mal, répondit Mark. Mais les baraquements me semblent assez vulnérables. »

Le général haussa les épaules. « On ne peut pas tout avoir. Les hommes sont plus faciles à remplacer que les machines.

— Vous pensez que ces portes blindées sont sûres ?

— Nous le pensons », fit le général. Il se mit à rire et entoura Mark de son bras. « Je sais, vous vouliez que nous les achetions aux Anglais uniquement parce qu'elles étaient plus chères.

— Loin de là. Je suis un patriote, c'est tout. »

Le général rit encore plus fort. Au cours des années, il avait fini par apprécier le sens de l'humour de Mark. « Vous êtes tellement vieux jeu, railla-t-il. Nous vivons à une époque d'internationalisme. Ces bases en témoignent. Des sas suisses, des générateurs allemands, des portes italiennes, des systèmes de communication britanniques, des hangars français. On ne saurait être plus cosmopolite. »

Mark ne répondit rien. Ses yeux étaient cachés par des lunettes de soleil réfléchissantes qui ne renvoyaient rien d'autre que l'image du désert.

« Un patriote ! » reprit en gloussant le général.

L'essai fut bruyant mais satisfaisant. Ils observèrent à partir d'un bunker profondément enfoui dans le sable une cible simulant un convoi de tanks iraniens, et qui explosa sous les tirs assourdissants de 155 GCT placés à plus d'une vingtaine de kilomètres. Ces canons étaient encore plus précis que n'avait pu l'imaginer Mark, et il vit, à l'éclat des yeux du général, qu'il emporterait aisément le marché. Tous deux rentrèrent d'excellente humeur à Bagdad.

« Voyez-vous, ce n'est pas que notre président n'admire pas votre pays, déclara le général en revenant au patriotisme de Mark. C'est seulement qu'il est difficile pour lui d'avoir confiance en vous. C'est une sorte de rapport d'amour-haine. Nos armées utilisent encore des manuels conçus par vos écoles militaires. Nous envoyons encore nos hommes s'entraîner dans vos bases aériennes, et profiter des compétences de vos commandos aéroportés. Rien ne vaut l'éducation militaire britannique. Je suis bien placé pour le savoir : j'ai été à Sandhurst. Si seulement votre génie militaire s'accompagnait d'intentions honorables dans le champ diplomatique ! »

Avant de revenir au centre de Badgad, ils firent un détour par le laboratoire chimique Diyala de Salman Pak, où on avait installé une usine de gaz neurotoxiques sous couvert d'unité de recherche universitaire. C'était la troisième ou quatrième visite de Mark, mais en pénétrant par les portes fortement gardées pour être escorté jusqu'à un laboratoire, il ne put s'empêcher d'être impressionné, comme auparavant, par l'ampleur et l'efficacité de l'opération.

« Le matériel allemand est le meilleur du monde, ça ne fait aucun doute, dit le général. Et vous savez pourquoi ? Parce que ce n'est pas une nation d'opportunistes. Il y a en Allemagne des gens qui croient profondément à ce que nous tentons de faire en Irak. Les Anglais pourraient en prendre de la graine. Vous et moi ne sommes pas assez vieux pour nous souvenir de la période précédant 1958, quand presque tout notre équipement provenait de Grande-Bretagne, mais on peut ressentir une certaine nostalgie de cette époque. Il n'y a aucune dignité à devoir agir clandestinement, derrière des portes closes. Nous avons besoin d'alliés, voyez-vous. Nous voulons avoir des rapports francs. Mais tout ce qui vous intéresse, c'est d'emporter des marchés. »

Durant la suite de leur visite, le général expliqua à Mark pourquoi il l'avait emmené dans ce laboratoire. Inquiets des effets secondaires de produits chimiques hautement volatils, les Irakiens voulaient trouver un fournisseur qui pût installer un nouveau système de purification de l'air dans l'usine.

« Je suis content d'apprendre que vous vous souciez de la protection de l'environnement », déclara Mark.

Son interlocuteur eut l'air de savourer cette plaisanterie encore plus que celle sur le patriotisme.

« Ma foi, nous devons assurer à nos ouvriers les

meilleures conditions possible, répliqua-t-il. Après tout, ils font d'importantes recherches dans le domaine de la science vétérinaire. »

Et, pour illustrer ces propos, il entraîna Mark dans un chenil avant de rejoindre leur voiture. Leur conversation se perdit un moment dans les hurlements des beagles sur lesquels on testait l'efficacité des gaz neurotoxiques. Les cadavres de leurs prédécesseurs étaient empilés en un grand tas d'ordures.

*

Mai 1987

Mark n'eut pas à chercher loin son usine de purification d'air. Il s'adressa à un vénérable industriel allemand qui avait déjà équipé le laboratoire de Salman Pak et s'était montré un fournisseur sérieux et rapide. Mark revoyait toujours avec plaisir sa maison dans la vallée du Rhin, où l'on signait des contrats dans un magnifique bureau sous un grand portrait de Hitler au cadre doré, pendant que sa ravissante fille servait le thé. Ce jour-là, on lui offrit un régal supplémentaire. L'industriel ouvrit un placard contenant un magnétophone à bobines, qu'il brancha sur un haut-parleur installé dans un poste TSF des années trente. Quand il mit en route la bande, une voix familière se fit entendre, et, durant une dizaine de minutes, le Führer lui-même, en pleine envolée oratoire, rugit à faire frémir les baies vitrées, les pelouses estivales, et les rives du fleuve scintillant.

« Je me rappelle où j'étais quand j'ai entendu ce discours, dit l'industriel quand la bande fut finie. J'étais assis dans la cuisine de ma mère. Les fenêtres étaient ouvertes. Le soleil jouait sur la table.

L'air était empli d'espoir et d'énergie. C'était une époque fabuleuse. Ma foi... pourquoi ne permettrait-on pas à un vieil homme d'avoir de temps en temps la nostalgie de sa jeunesse ? Certains la satisfont avec des banalités, un poème romantique ou une chanson sentimentale. Moi, ce sera toujours avec cette voix merveilleuse. » Il referma la porte du placard et la verrouilla soigneusement. « Saddam Hussein est un brave homme, reprit-il. Il me rend ma jeunesse. C'est un honneur de l'aider. Mais je ne pense pas que vous puissiez comprendre ça : vous êtes né dans une époque où les principes ne veulent plus rien dire.

— Si notre affaire est conclue, Herr...

— Vous êtes une énigme pour moi, monsieur Winshaw. Pour moi, et pour beaucoup qui sont assez vieux pour avoir servi le Reich, et qui connaissaient votre nom de famille bien avant que vous n'apparaissiez à notre porte. »

Mark se leva et reprit sa serviette. Il n'avait pas l'air intéressé.

« Je sais parfaitement ce que Saddam Hussein fabrique dans cette prétendue unité de recherche. Je sais aussi qu'Israël sera sa première cible. C'est pour cette raison que je le soutiens, bien sûr. Il va reprendre une entreprise de nettoyage qu'on ne nous a jamais permis d'achever. Est-ce que vous me comprenez bien, monsieur Winshaw ?

— J'ai pris l'habitude, répondit Mark, de ne jamais poser de question sur l'emploi...

— Allons, c'est inutile de prendre un air pudique. Vous êtes un ingénieur qualifié : un ingénieur chimiste. Je sais parfaitement que vous avez largement aidé une de nos plus grandes sociétés à fournir à l'Irak des quantités de Zyklon B, par exemple. L'entreprise de nettoyage dont je parle dépend de la libre circulation de produits semblables, mais nos lois, placées sous un absurde contrôle international, nous interdisent d'en exporter. Et ainsi, ironiquement, ce sont des chasseurs de primes comme vous qui font revivre nos idéaux. » Il attendit la réaction de Mark, mais n'en obtint aucune. « Vous savez où est fabriqué le Zyklon B, n'est-ce pas ?

— Bien sûr, dit Mark, qui avait plusieurs fois visité l'usine.

— Je me demande si vous connaissez l'histoire de cette fabrique. Elle a failli être détruite par les bombardiers alliés en 1942. Un avion britannique a été envoyé en mission secrète de reconnaissance, mais la Luftwaffe a été avertie à temps et le malheureux pilote a été abattu avec son équipage. Cela ne vous rappelle rien ?

— Je crains que non. Vous oubliez que ça s'est passé il y a très longtemps. Je n'étais même pas né. »

Le vieil homme soutint un instant son regard puis tira sur le cordon de sonnette près de la porte.

« En effet, monsieur Winshaw. Mais, je le répète, vous restez une énigme pour moi. » Et, comme Mark s'apprêtait à sortir, il ajouta : « Ma fille est dans la bibliothèque, si vous désirez la voir. »

*

Décembre 1961

Pour sa mère, Mark était depuis longtemps devenu une énigme qu'on n'aurait rien gagné à résoudre, et elle n'avait pas protesté lorsqu'il lui avait appris — plusieurs semaines après les faits — qu'il avait décidé d'abandonner sa licence de droit et qu'il avait entrepris des études d'ingénieur chimiste. La lettre par laquelle il lui communiquait cette nouvelle fut l'une des dernières qu'il lui adressa. Il était absurde de continuer à feindre d'avoir quelque chose à se dire : et les deux années qui suivirent approfondirent le gouffre d'incompréhension et d'indifférence entre mère et fils.

Sa présence au cinquantième anniversaire de Mortimer avait fourni à Mildred l'un de ses rares aperçus de la prospérité des Winshaw. Durant la plus grande part de ses longues années de veuvage, la famille sembla l'avoir oubliée, et n'offrit guère plus de soutien financier que le règlement des frais d'inscription de Mark à l'école et à l'université. À l'approche de la cinquantaine, elle s'efforçait encore de vivre sur son maigre revenu de secrétaire d'un marchand de vins américain basé à Londres. Un beau jour, celui-ci déclara son intention de liquider son affaire et de retourner en Floride, et elle se résignait déjà à la perspective de plusieurs semaines sinistres à hanter les agences d'emploi, quand il la stupéfia en lui proposant de le suivre en Amérique, en qualité, non de secrétaire, mais d'épouse. Il lui fallut trois jours pour se remettre du choc ; après quoi elle accepta.

Il vécurent confortablement dans une maison au bord de la mer près de Sarasota, avant une mort sereine, à deux mois d'intervalle, durant l'hiver 1986. Mildred ne parla plus avec son fils après son départ d'Angleterre. Leur dernière conversation eut lieu lors d'un déjeuner à Oxford, et même alors ils avaient trouvé difficile de rester polis. Elle avait fini par accuser Mark de la mépriser.

« “Mépriser” ? C'est un terme un peu fort, non ? répliqua-t-il. Seulement je ne vois pas le sens du genre de vie que vous menez. »

C'était une remarque qui lui revenait très souvent à l'esprit, quand par exemple elle restait sur la véranda avec son mari, après le dîner, à contempler l'océan et à tenter d'imaginer un endroit où elle souhaiterait se trouver.

*

1976

Mark ne parla plus jamais à sa mère après son départ pour l'Amérique, mais il la revit une fois. C'était au début de ses affaires avec l'Irak, lorsqu'on le présenta pour la première fois à un homme tranchant et corpulent nommé Hussein qui représentait le « ministère de l'Industrie » et qui paraissait pressé d'obtenir du matériel spécialisé pour la construction d'une grande usine de pesticides. Mark discuta des conditions, et comprit aussitôt que plusieurs des produits qu'il avait l'intention de fabriquer — notamment du Demeton, du Paraoxon et du Parathion — pouvaient aisément être transformés en gaz neurotoxiques. Il ne vit cependant aucune raison de ne pas soutenir ce projet auprès de clients potentiels comme faisant partie d'un programme agricole, et il promit de mettre Hussein en contact avec une firme américaine qui pourrait lui fournir les énormes cuves résistantes à la corrosion nécessaires au mélange des produits chimiques.

Des représentants de cette société furent envoyés à Bagdad, où on leur raconta des histoires convaincantes sur la détresse des fermiers irakiens qui ne pouvaient pas protéger leurs récoltes contre les sauterelles du désert. Ils rentrèrent à Miami où ils établirent des avant-projets pour une usine pilote qui formerait la main-d'œuvre locale

— qui n'avait aucune expérience dans ce domaine dangereux — à la manipulation de produits toxiques. Mais, avant même qu'ils eussent achevé leurs plans, Hussein les fit informer, par Mark, que la construction d'une usine pilote ne l'intéressait pas. Il désirait se lancer immédiatement dans une production à grande échelle. Ce n'était pas acceptable pour des Américains soucieux de sécurité, et Mark, qui espérait une commission de six millions de dollars pour ce marché, fut forcé d'intervenir et d'organiser une réunion entre les deux parties au Hilton de Miami.

Ce ne fut pas un succès. Mark regardait par la fenêtre donnant sur la plage en écoutant en silence les négociations se perdre en accusations de programme secret d'un côté, et d'ingérence de l'autre. Sans quitter des yeux le sable argenté, il entendit les Américains verrouiller leurs attachés-cases et s'en aller. Il entendit Hussein grogner et déclarer : « Ces types ont besoin d'un examen de cerveau. Ils viennent de laisser passer une chance de s'enrichir. » Mark ne répondit rien. Il était le seul dans la pièce à ne pas avoir perdu son sang-froid. L'argent lui aurait été utile, mais il s'arrangerait. Il essaierait auprès des Allemands.

La veille, il avait traversé en voiture les Everglades, en direction du golfe du Mexique. En une matinée, il s'était rendu à Naples, le long de la piste Tamiani, avec ses villages indiens reconstitués pour le bonheur des touristes, ses promenades en aéroglisseurs et ses cafés en bord de route proposant des cuisses de grenouilles et des steaks d'alligator. Puis il prit l'autoroute vers le nord par Bonita Springs et Fort Myers, et arriva à la périphérie de Sarasota tard dans l'après-midi. Il avait gardé en mémoire l'adresse de sa mère, même s'il ne l'avait utilisée pour aucune lettre. Mais il n'avait pas l'intention de lui parler. Il ne se demandait même pas pourquoi il était venu. Quand il eut trouvé la maison, il fit encore quelques centaines de mètres sur la route qui bordait l'océan, puis tourna dans un sentier de terre battue qui menait à la plage. Il gara sa voiture au bout du chemin. De là, il pouvait bien voir la maison.

Cet après-midi-là, le mari de Mildred faisait des courses en ville, mais elle-même, par hasard, se trouvait dans le jardin. Elle voulait simplement s'installer dehors pour lire un magazine ou peut-être écrire à sa belle-fille à Vancouver, mais elle s'aperçut que le jardinier avait, comme d'habitude, mal sarclé les mauvaises herbes de la pelouse, et elle s'agenouilla pour en déraciner les touffes les plus récalcitrantes. Elle se rendit compte presque aussitôt qu'un homme appuyé contre le capot de sa voiture était en train de l'observer. Elle se leva, le regarda, en se protégeant les yeux du soleil. Elle le reconnut enfin, mais ne bougea pas ; ne fit aucun signe, ne l'appela pas par son nom. Elle se contenta de lui rendre son regard. À la place des yeux, il avait des trous. De plus près, elle eût compris qu'il portait des lunettes réfléchissantes qui ne renvoyaient rien d'autre que le bleu profond du ciel. Elle resta ainsi une minute ou deux, puis elle s'agenouilla de nouveau, et se remit à arracher les mauvaises herbes. Lorsqu'elle leva les yeux, l'homme était parti.

*

Septembre 1988

À mesure que les recherches de Graham progressaient, il se dit qu'il serait utile de s'informer sur l'arrière-plan familial de Mark Winshaw, et il se souvint qu'il y avait quelqu'un qui pourrait sans doute l'aider. Le nom de Michael Owen avait disparu des pages culturelles des journaux durant les dernières années, on ne trouvait plus nulle part ses romans dans les librairies, et son livre sur les Winshaw n'avait pas encore paru. Peut-être ce projet n'avait-il mené à rien ; mais il se pouvait qu'il fût encore en train d'y travailler, et, si c'était le cas, il avait dû recueillir quantité de précieuses informations peu connues (sans savoir qu'en faire, comme l'avait laissé craindre sa profonde naïveté politique lors de leurs brèves conversations). Mais enfin cela valait la peine de risquer quelques coups de téléphone.

Le premier de ces appels fut pour Joan. Il y avait deux ou trois ans qu'ils n'étaient plus en contact, et Graham n'était même plus certain qu'elle fût encore à Sheffield ; mais elle lui répondit à la troisième sonnerie, et le ton de sa voix ne laissa pas de doute sur sa joie. Oui, elle faisait toujours le même travail. Non, elle ne louait plus de chambre à des étudiants. Non, elle ne s'était pas mariée, elle n'avait pas fondé de famille. Oui, bien sûr, elle pouvait essayer de contacter Michael de sa part, mais elle n'avait pas son adresse actuelle. Assez curieusement, elle pensait appeler Graham dans les jours suivants, car elle devait à la fin du mois assister à une conférence à Birmingham, et elle s'était demandé si ça lui aurait fait plaisir de se retrouver autour d'un verre. En souvenir du bon vieux temps. Graham répondit oui, bien sûr, pourquoi pas. En souvenir du bon vieux temps.

Le plus curieux, comme ils se le dirent tous deux après coup, c'était que durant ce « bon vieux temps » en souvenir duquel ils prétendaient se retrouver, il n'y avait pas eu un seul soir où ils se soient penchés par-dessus la table pour échanger un baiser, ou affalés sur le canapé pour s'étreindre et mêler leurs bouches, ou glissés dans le lit pour faire l'amour comme si leurs vies en dépendaient. Et pourtant, toutes ces choses se produisirent, dans l'ordre, quand Joan vint lui rendre visite à Birmingham. Et lorsqu'elles se furent produites, elle répugna étrangement à s'en aller pour retrouver sa maison, son travail, et sa vie solitaire de Sheffield. Elle y retourna pourtant, après avoir pris quelques jours de congé sans solde (qui se passèrent en grande partie dans le lit de Graham), mais ce fut pour mettre tout d'abord sa maison en vente. En même temps, elle commença à chercher du travail dans les Midlands. Cela prit du temps, parce qu'il n'était pas facile d'en trouver, même pour quelqu'un d'aussi qualifié et expérimenté que Joan ; cependant, au nouvel an, elle parvint à s'assurer un poste de directrice d'un asile pour femmes à Harborne ; elle s'installa alors avec Graham, et, un beau jour de février, ils se rendirent à la mairie la plus proche et se trouvèrent soudain mariés : lui qui s'était toujours cru un célibataire endurci, elle qui avait fini par penser qu'il était trop tard pour trouver un mari.

De sorte que le coup de téléphone de Graham à Joan ne fut pas peine perdue. Pourtant, il ne parvint pas à entrer en contact avec Michael, qui semblait être parti pour de longues vacances, ou peut-être ne répondait plus au téléphone.

*

1981

Le mariage de Mark Winshaw et de Lady Frances Carfax à la chapelle de St John's College, à Oxford, fut une affaire grandiose. La Grande-Bretagne pouvait bien être en pleine récession, cela ne semblait guère affecter les membres choisis de l'aristocratie et du monde des affaires qui assistèrent à la cérémonie et se réunirent ensuite dans la demeure de campagne de la famille Carfax pour une soirée somptueuse qui battait encore son plein (du moins selon les journaux) à quatre heures le lendemain après-midi.

Cette soirée, en fait, dura davantage que le mariage.

Mark et Lady Frances avaient quitté la fête tôt dans la soirée et pris un avion pour Nice, avant de se rendre en taxi à la villa de Mark sur la Côte d'Azur, où ils devaient passer leur lune de miel. Ils y arrivèrent peu après minuit, et dormirent jusqu'à l'heure du déjeuner, où Lady Frances emprunta une voiture de Mark pour aller acheter des cigarettes au village le plus proche. Elle avait à peine parcouru quelques centaines de mètres que la voiture explosa et quitta en flammes la route pour s'écraser sur les versants rocailleux. Elle fut tuée sur le coup.

Mark fut désespéré de cette perte. La voiture était un coupé Morgan Plus 8 1962 bleu nuit, l'une des trois ou quatre existant au monde, et elle était irremplaçable. Il appela son cousin Henry, qui demanda aux services secrets de découvrir le coupable, mais n'eut pas à attendre les résultats de l'enquête. Trois semaines plus tard, un diplomate irakien le contacta pour lui donner rendez-vous à Cavendish Square. De là, ils se rendirent en voiture dans une maison isolée de la campagne du

Kent. Une berline décapotable La Salle de 1938, blanc cassé et impeccable, était garée dans la cour.

« Elle est à vous », dit le diplomate.

Il expliqua qu'il y avait eu un malentendu amusant. Ils savaient naturellement fort bien que Mark traitait autant avec les Iraniens qu'avec eux : on ne pouvait attendre autre chose d'un négociateur digne de ce nom. Mais un informateur avait laissé entendre qu'il profitait également de sa position pour vendre des secrets militaires. Cela avait mis hors de lui Saddam Hussein, lequel avait ordonné un châtiment immédiat. On savait maintenant que cette information était fausse : on avait identifié le vrai coupable, et le problème était réglé. On ne pouvait, ajouta-t-il, que remercier le hasard d'avoir épargné la vie d'un innocent et d'un précieux ami du peuple irakien. Ils avaient pleinement conscience des dégâts causés à ses biens, et espéraient qu'il accepterait cette voiture comme gage de leur estime et de leur affection persistantes.

Les remerciements formels de Mark dissimulaient son sincère agacement devant l'incident. Son mariage avec Lady Frances aurait été utile. Il avait anticipé avec un certain plaisir l'aspect sexuel de la chose — même si, pour être franc, en termes de stimulation et d'inventivité, sa défunte épouse ne pouvait pas vraiment rivaliser avec les prostituées dont on lui offrait les services durant ses voyages à Bagdad —, mais, surtout, son père avait de nombreux contacts influents sur le marché sud-américain, qu'il brûlait de pénétrer. Il serait probablement encore en mesure d'en profiter, mais ç'aurait été plus facile si sa jeune et élégante femme avait été là pour l'aider.

Toutefois, ce qui paraissait parfaitement inacceptable à Mark, c'était que quelqu'un eût menti à son sujet, et il était décidé à prendre sa revanche. Après plusieurs mois d'enquête sporadique, il apparut que l'informateur était un éminent physicien égyptien récemment recruté pour le programme nucléaire irakien. Soucieux de plaire à ses nouveaux employeurs, il avait répété ce ragot oiseux qu'il avait surpris dans une conversation entre deux collègues ; mais il ne s'était pas soucié d'en vérifier l'authenticité. Bien que furieux d'avoir été trompés, les Irakiens avaient jugé le physicien trop précieux pour être éliminé, et il n'y avait pas eu de représailles à son encontre. Mark, toutefois, n'était pas de cet avis. Il savait que les Israéliens ne seraient que trop heureux d'une occasion de contrarier les ambitions militaires de Saddam Hussein, et quelques mots discrets glissés dans l'oreille d'un contact du Mossad suffirent à sceller le sort du malheureux Égyptien. Cela se produisit alors qu'il faisait une étape à Paris avant de se rendre à l'usine de Saclay, où on formait régulièrement des techniciens irakiens dans le cadre d'un programme de coopération nucléaire. Il monta tôt dans sa chambre d'hôtel, et, le lendemain matin, la femme de chambre découvrit son corps brisé, écrasé, au pied de son lit. Battre un homme à mort est une entreprise longue et bruyante, et Mark fut surpris par le choix de la méthode. Mais il se permit tout de même un sourire intérieur en entendant la nouvelle à la radio israélienne le lendemain soir ; et lorsqu'il entendit le présentateur ajouter « les projets irakiens pour avoir la bombe atomique ont été retardés de deux ans », il sourit de plus belle, parce que, après tout, ce retard ne pouvait guère nuire à ses propres affaires.

*

Octobre 1986

« Parle-moi un peu de ce Saddam Hussein », demanda Henry à Mark. Ils étaient assis dans un salon du club Heartland, autour d'un feu de bois ronflant, après un repas qui les avait mis au bord de la congestion. Ils avaient cessé d'échanger des nouvelles de la famille (ce qui n'était jamais long avec les Winshaw) et ils venaient d'allumer deux énormes havanes.

« Que veux-tu savoir ? fit Mark.

— Eh bien, tu l'as rencontré en personne, n'est-ce pas ? Tu as traité avec lui. Quel genre de type est-ce ? »

Mark tira une bouffée d'un air pensif. « C'est vraiment difficile à dire. Il n'a guère tendance à se livrer.

— Oui, mais écoute, dit Henry en se penchant en avant. Nous sommes là sur un terrain très délicat. Il paraît prêt à nous signer un chèque en blanc. Canons, avions, missiles, bombes, munitions... il veut tout ce qu'on lui propose, et si ce n'est pas nous qui les lui vendons, il se tournera vers les Français, les Allemands, les Yankees, ou les Chinois. Nous ne pouvons pas nous permettre de laisser passer cette occasion. Les chiffres des exportations sont déjà assez désastreux... même après les avoir truqués. Mais, vois-tu, quelques sourcils vont se lever si nous nous acoquinons trop avec un bonhomme dont la distraction favorite consiste à décharger deux mille volts dans le corps d'un prisonnier politique. Car je pense qu'il n'hésite pas à le faire.

— Rumeur malveillante, répliqua Mark en faisant des ronds de fumée. Je n'ai rien vu qui l'appuie.

— Jette un coup d'œil sur ceci, par exemple, continua Henry en sortant un tract froissé de la poche de son gilet. Ça vient d'un groupe qui s'est intitulé... attends, laisse-moi lire : oui, c'est ça, SODI, Soutien de la Démocratie en Irak. Je peux t'affirmer que c'est une lecture assez éprouvante. Qu'est-ce que tu en penses ? »

Mark parcourut le tract, les yeux mi-clos. La plupart des détails lui étaient familiers. Il savait tout des arrestations arbitraires, des rafles nocturnes, des accusations forgées de toutes pièces de dissidence et de subversion, d'appartenance à la mauvaise organisation ou de participation à la mauvaise réunion, de refus de se rallier au parti Baath ou de ralliement à la mauvaise tendance du parti Baath. Il savait tout des conditions inconcevables en vigueur au « département de Sécurité publique » de Bagdad, où les détenus étaient isolés en cellule disciplinaire des mois durant, ou croupissaient à cinquante ou soixante par cellule, à entendre la nuit des enregistrements de torture, ou des cris de torturés le jour. Et il savait tout de cette torture : des hommes et des femmes battus, brûlés, écorchés, et sodomisés avec des matraques ou des bouteilles ; marqués au fer rouge, ou bien les yeux crevés, les oreilles, le nez, les seins coupés ; des électrodes appliquées à leur nez, leurs doigts, leurs organes génitaux ; des tortionnaires portant des masques d'animaux et diffusant des enregistrements de cris de bêtes sauvages pendant leurs exploits ; des enfants torturés sous les yeux de leurs mères, enfermés les yeux bandés dans des sacs pleins d'insectes ou de chats affamés ; des hommes et des femmes étendus sur le dos, les pieds pris dans des étaux de bois, puis battus sur la plante avec des matraques, et contraints ensuite de marcher ou de courir sur un sol trempé d'eau chaude salée. Mark avait déjà entendu parler de tout ça, et c'est pourquoi il parcourut à peine le tract avant de le rendre à son cousin.

« Fortement exagéré, si tu veux mon avis, déclara-t-il. Ces groupes marginaux tendent au fanatisme. Il ne faut pas prendre pour argent comptant ce qu'ils peuvent raconter.

— Tu ne crois donc pas que Saddam Hussein puisse faire des choses pareilles ?

— Mon Dieu, il est ferme, on ne doit pas le nier, répondit Mark avec une moue. Ferme mais juste : c'est ainsi que je le décrirais.

— Une sorte de diamant brut, n'est-ce pas ?

— Un diamant brut, en effet.

— Mais qu'a-t-il l'intention de faire avec toutes ces armes ? Je veux dire, une fois qu'il aura remis l'Iran à sa place. »

Mark poussa un rire exaspéré. « Henry ! Quelle importance, ce qu'il a l'intention de faire ? S'il commence à avoir l'air de penser qu'il peut agir contre notre gré, alors nous trouverons un prétexte pour l'attaquer et pour détruire son arsenal. Et puis nous nous remettrons à lui vendre des armes. »

Henry considéra la logique de cet argument et n'y vit aucun défaut.

« Si tu permets, reprit Mark, ça ne te ressemble pas beaucoup de céder à la pruderie en ce domaine.

— Oh, il ne s'agit pas de moi, répondit Henry. Ce sont les Affaires étrangères qui m'inquiètent, et cette petite poule mouillée de Howe. C'est lui qui fait le prude à propos des ventes d'armes.

— Et alors, que va-t-il se passer ?

— Eh bien, d'après ce que tu m'as raconté, répondit Henry en s'enfonçant dans son siège, il me semble que le département du Commerce et de l'Industrie a gagné la bataille pour l'instant. Je vais leur suggérer d'envoyer quelqu'un à Bagdad dans les deux mois à venir pour proposer aux Irakiens une bonne grosse rallonge de crédit. Combien les Américains leur ont-ils donné ?

— Plusieurs milliards de dollars, je crois : mais c'est seulement pour les céréales, et ainsi de suite. Officiellement, du moins.

— Hum. Eh bien, je dirais que nous pourrions monter jusqu'à sept ou huit cent millions de livres. Qu'en penses-tu ?

— Ça me semble parfait. Ça pourrait être très utile.

— Je *suppose*, dit Henry en se penchant pour regarder Mark dans les yeux, que Saddam saura faire bon usage de cet argent. Je veux dire, le crédit est une chose, mais il faut que nous soyons sûrs d'être remboursés. »

Mark réfléchit soigneusement avant de répondre : « L'Irak a beaucoup de ressources naturelles. Évidemment, l'argent va fondre s'il continue à le dépenser à cette allure : mais n'oublie pas qu'il a un voisin richissime. Un voisin richissime et vulnérable.

— Le Koweït ? »

Mark hocha la tête.

« Tu crois qu'il va l'envahir ?

— Il n'hésiterait pas un seul instant. » Il sourit

pendant que Henry digérait cette information. « Mais il y a encore un long chemin à faire, reprit-il. Quel est l'heureux garçon qui va se charger d'apporter la bonne nouvelle à Bagdad ?

— Clark, probablement. Tu le connais ?

— Vaguement. Ça me semble être un type convenable.

— À vrai dire, c'est un excité, déclara Henry. Nous ne savons pas trop quoi en faire. Mais il nous est parfaitement acquis sur ce point. » Il froissa lentement le tract et se pencha vers la cheminée. « Eh bien, je suppose que c'est à jeter au feu.

— À la rigueur, dit Mark en intervenant à temps, tu peux le passer à Hilary. Elle pourrait l'utiliser pour une de ses fameuses descentes en flammes. »

Henry réfléchit un instant.

« Bonne idée », dit-il en remettant le papier dans sa poche.

*

20 janvier 1988

Il était près de six heures du soir, et tout le monde était rentré chez soi, mais Graham était encore dans son bureau gris sobrement meublé des Forges des Midlands, à attendre un coup de téléphone. Un magnétophone était branché sur l'appareil. Durant les deux dernières années, il avait enregistré une cinquantaine d'heures de conversation téléphonique, mais il savait qu'il ne pourrait en utiliser que quelques minutes, et il ne s'était pas encore résolu à les monter. Il allait pourtant faire vite. Il se rendait compte que le matériau qu'il avait rassemblé pour son film était gravement déséquilibré : trop de bande sonore, trop d'images fixes, pas assez de vidéo. Il était peut-être temps de prendre quelques risques sérieux.

Il attendait un appel d'un collègue haut placé qui travaillait dans l'industrie des machines-outils, et qui le jour même devait assister à une réunion à Londres, et qui lui avait promis de lui en communiquer les résultats. Il s'agissait d'une rencontre avec un secrétaire du Département du Commerce et de l'Industrie, concernant l'attribution de permis d'exportation.

Les fabricants de machines-outils qui désiraient exporter vers l'Irak se heurtaient encore à l'opposition des Affaires étrangères. Tout récemment, Geoffrey Howe avait suggéré de nouvelles restrictions, et cela avait suffi à provoquer des remous au sein de l'Association des Technologie de Machines-Outils, voix puissante dans le lobby pro-irakien en Grande-Bretagne (et dont l'un des membres les plus influents, la Matrix Churchill, avait été achetée par les Irakiens afin d'avoir un pied dans la production britannique). On avait instamment demandé au département du Commerce et de l'Industrie de clarifier sa position, et c'était le but de cette réunion, qui promettait d'indiquer nettement quelle direction prenait la politique gouvernementale.

L'appel pouvait avoir lieu à tout moment. Graham était resté toute la journée près du téléphone. Il mourait de faim, et il avait vu le bleu froid du ciel d'hiver tourner au noir.

Le téléphone sonna à six heures dix.

Plus tard, Graham écouta la cassette sur son autoradio en rentrant chez lui, et voici ce qu'il entendit :

« Graham ? Je regrette de vous avoir fait attendre aussi longtemps.

— Ça ne fait rien.

— Certains sont allés déjeuner, et ça s'est prolongé, je le crains.

— Peu importe. Alors, vous avez eu quelque chose à fêter ?

— Ç'a été une bonne réunion. Très positive.

— Alors, qu'ont-ils...

— Feu vert. Ils nous ont donné le feu vert.

— Vous voulez dire qu'ils...

— C'est la fin de l'alerte. Plus aucun problème. Nous faisons honneur au pays. Nous faisons marcher l'exportation, et ainsi de suite.

— Mais les restrictions ?

— Oh, il faudra que nous fassions un peu attention, c'est tout.

— Un peu attention ?

— Eh bien, on nous a conseillé d'être discrets sur... sur l'usage militaire des machines. De prendre garde à ce que nous disons. De dire que c'est du matériel...

— Du matériel général ?

— Oui, c'est ça, général, et d'insister sur le fait que ces machines peuvent avoir des applications...

— Pacifiques ?

— Pacifiques, oui, et de souligner l'importance de notre engagement.

— Mais enfin, ils savent tout de même...

— Oh oui, bien sûr, ils le savent parfaitement.

— Mais tout le monde va comprendre que nous vendons...

— Eh bien, comme nous l'avons dit, ils ne vont

pas se mettre à fabriquer des voitures au milieu d'une guerre, non ?

— C'est ce que vous leur avez dit ?

— Non, c'est ce que quelqu'un a dit après la réunion.

— Et ça leur est égal ?

— Oh oui, ça leur est parfaitement égal.

— Donc, ils sont d'accord pour...

— Au fond, ils se foutent complètement de ce que nous vendons.

— Alors je peux le dire au patron. Il sera...

— Drôlement content, il me...

— Je parie que tout le monde l'est.

— Ma foi, nous nous en sommes tirés le mieux possible. Vous devriez ouvrir une bonne bouteille de votre côté.

— Je pense que c'est ce que je vais faire. Je veux dire, pourquoi pas ?

— Écoutez, il faut que je m'en aille maintenant.

— Eh bien, merci d'avoir pris le temps de... téléphoner. Ça m'enlève un poids. Voyez-vous, il y a certaines choses que je cherchais à faire, et que je vais maintenant pouvoir accélérer...

— Je dois m'en aller, d'accord ? Nous nous rappellerons plus tard.

— D'accord. Nous nous rappellerons dans quelques jours.

— Dans quelques jours, d'accord.

— À bientôt. Merci de votre appel.

— Tout va pour le mieux.

— Tout va pour le mieux. Salut. »

Graham éjecta la cassette, et la radio prit le relais. Elle diffusait une vieille chanson de Huey Lewis. Ce n'était pas une de ses préférées.

*

28 avril 1989

« Je vois que vous prenez un tas de photos. Des clichés de vacances pour Madame et les gosses ? »

Graham se retourna vivement, en s'attendant à se trouver en face d'un garde en uniforme, mais il vit que celui qui s'adressait à lui était un homme trapu aux cheveux noirs, dont le sourire mielleux lui donnait l'aspect d'un gnome bienveillant. Il se présenta sous le nom de Louis et expliqua qu'il était un négociant belge. Il tendit une carte à Graham.

« Il y a tant de choses à voir, répondit Graham. J'avais envie de me souvenir de tout.

— Vous avez raison : c'est vraiment quelque chose, non ? Voyez-vous, l'anniversaire de Saddam Hussein est un grand jour à Bagdad. Tous les autobus sont couverts de fleurs et dans les écoles les enfants chantent des chansons composées exprès. Mais, cette année, il fait particulièrement bien les choses. »

La Première Exposition internationale de Matériel militaire de Bagdad était en effet digne de l'emphase de son nom. Vingt-huit pays étaient représentés, et presque cent cinquante sociétés avaient dressé des tentes et des pavillons : depuis de petites firmes comme les Forges et la Matrix Churchill jusqu'aux géants internationaux — Thomson-CSF, Construcciones Aeronauticas et British Aerospace. Toutes les vedettes étaient présentes : l'inventeur non conformiste Gerald Bull montrait un modèle grandeur nature de son supercanon au stand Astra Holdings, le concessionnaire français Hugues de l'Estoile était en concurrence amicale avec l'associé d'Alan Clark, David Hastie, pour savoir qui emporterait le contrat du Projet Fao — un programme aérospatial à long terme pour aider l'Irak à construire sa propre base de construction aérienne — tandis que Serge Dassault, fils du grand Marcel Dassault qui avait à lui seul bâti l'aéronautique militaire française, était ovationné par les Irakiens comme une pop star en arrivant dans les tribunes.

« Je pensais qu'il y aurait davantage de contrôle », déclara Graham qui avait longuement hésité à introduire son appareil photo en Irak mais qui s'en voulait maintenant de ne pas avoir emporté son caméscope.

Louis parut surpris. « Mais pourquoi ? Ce n'est pas une assemblée secrète. C'est ouvert à tout le monde, c'est ça l'idée, pour que tout le monde montre ses produits avec fierté. Il y a des journalistes qui viennent de tous les coins du globe. Nous n'avons rien à cacher. Personne ici ne fait rien d'illégal. Nous croyons tous à la dissuasion, au droit de chaque pays de se défendre. Vous n'êtes pas d'accord ?

— Eh bien, oui...

— Évidemment, vous êtes d'accord. Sinon, pourquoi votre société vous aurait-elle envoyé ici pour exposer ces splendides spécimens de la technologie moderne. Voudriez-vous me les montrer, s'il vous plaît ? »

Louis fut manifestement impressionné par ce qu'il vit au pavillon des Forges, et qui soutenait largement la comparaison avec les tristes machines-outils des années soixante exposées par les Polonais, les Hongrois et les Roumains. Il fit quelques remarques laissant entendre qu'il serait en mesure de conclure un marché avec quelques acheteurs irakiens ; mais il resta vague sur ce point. En attendant, il paraissait s'être pris d'affection pour Graham, et il lui servit de guide les jours suivants. Il l'emmena dans la tribune réservée aux personnalités pour voir les pilotes irakiens accomplir des acrobaties ébouriffantes sur des Mig-29, en volant parfois si bas que des spectateurs se jetèrent au sol. (Il n'y eut qu'un grave incident, lorsqu'un pilote égyptien survola par erreur le palais présidentiel et fut aussitôt abattu par la Garde républicaine ; son Alphajet s'écrasa dans un quartier résidentiel, faisant vingt morts parmi les civils.) Il présenta Graham au colonel Hussein Kamil Hasaan al-Majid, étoile montante du parti Baath et hôte de l'événement, qui accueillait ses amis dans un énorme pavillon ressemblant à un campement de bédouins. Il était d'ailleurs toujours prêt à le présenter aux personnages les plus influents, comme Christopher Drogoul et Paul Van Wedel, les banquiers américains de la BNL Atlanta qui avaient accordé à l'Irak un prêt à long terme de quatre milliards de dollars.

« Avez-vous remarqué leurs montres ? demanda Louis.

— Leurs montres ?

— Regardez bien leurs montres la prochaine fois que vous les verrez. Elles sont fabriquées spécialement en Suisse, avec le visage de Saddam Hussein sur le cadran. Ce sont des cadeaux personnels du président : un très grand honneur, j'imagine. Je crois qu'il y a très peu de personnes ici, peut-être trois ou quatre, qui ont eu un tel honneur. Monsieur de l'Estoile, sans doute. Et bien sûr, cela va sans dire, votre Mr Winshaw. »

Graham tenta de dissimuler son soudain intérêt. « Mark Winshaw de la Vanguard ?

— Mr Winshaw vous connaît, je crois. Vous avez déjà eu affaire à lui, n'est-ce pas ?

— En une ou deux occasions, oui. Est-ce que par hasard il se trouve ici en ce moment ?

— Oh oui, il est ici, vous pouvez en être certain. Il préfère garder un profil bas, comme vous le savez. En fait, je dois dîner avec lui ce soir même. Dois-je lui transmettre vos amitiés ?

— Oui, je vous en prie », répondit Graham. Puis, après un instant d'hésitation : « Un dîner d'affaires, j'imagine ? demanda-t-il hardiment.

— D'une certaine manière, oui. Nous appartenons tous deux à un genre de club assez fermé. En fait, ça a quelque chose à voir avec la technique. Nous nous rencontrons régulièrement pour discuter de problèmes de sécurité dans la fabrication et la distribution de nos systèmes d'armement. »

Graham comprit de quel genre de club il s'agissait : l'AESAP, Association Européenne pour la Sécurité des Armes et des Propulseurs. Mais il fut surpris d'apprendre que Mark en faisait partie. Il aurait pensé qu'il n'avait pas de temps à perdre à ces broutilles.

« En tout cas, reprit Louis, je ne crois pas qu'il sera beaucoup question d'affaires ce soir. Je pense que l'ambiance sera plus mondaine. Vous devriez venir, monsieur Packard. Vous serez le bienvenu. »

Graham accepta.

Une petite salle privée avait été réservée au fond d'un restaurant très cher et très tranquille du centre de Bagdad. Il n'y avait que cinq convives : Mark, Louis, Graham, un Hollandais sévère et un Allemand exubérant. La cuisine était française (tous avaient copieusement vilipendé la nourriture du Moyen-Orient) ; le champagne millésimé (un Cristal Roederer 77) coulait à flots. Chaque convive jouissait personnellement des attentions d'une jolie petite serveuse philippine, qui gloussait et feignait d'être ravie quand une main s'égarait grossièrement sur sa poitrine ou sous sa minijupe lorsqu'elle tentait de servir. La serveuse de Graham s'appelait Lucila : mais il crut s'apercevoir qu'on n'avait demandé son nom à aucune des autres. Il était assis entre Louis et Mark, lequel semblait nettement moins méfiant et réservé que d'habitude. Il parlait librement de son travail, de la Foire de Bagdad, et de ce qu'elle révélait des ambitions militaires de Saddam Hussein à quiconque avait des yeux pour voir. Graham enregistrait cette conversation sur un petit appareil de poche glissé dans sa veste : cela voulait dire qu'il devait faire attention au temps et s'esquiver dans les toilettes pour retourner la cassette (il en avait apporté deux de 90 minutes) avant que l'appareil ne s'arrêtât avec un cliquetis fâcheux.

Mais, pour des raisons personnelles, il effacerait ces enregistrements une fois rentré chez lui.

Louis fut le premier à disparaître à l'étage avec sa serveuse, entre le hors-d'œuvre et l'entrée. Ils s'absentèrent durant près d'une demi-heure. Dès qu'ils revinrent, ce fut le tour du Hollandais. Graham compta que la tablée à ce stade avait déjà consommé huit bouteilles de champagne. Il sentait que Lucila était déroutée de ne pas le voir agir avec elle comme auraient fait les autres convives. Elle n'était pas d'une beauté aussi conventionnelle que ses compagnes : elle avait la peau légèrement grêlée, et elle ne parvenait pas aussi bien à cacher sa tristesse derrière une façade de gaieté vide. Elle était nerveuse, et renversait parfois de la nourriture en servant. S'il avait pu se détendre, Graham aurait sans doute su la mettre à l'aise, mais c'était difficile, car il voulait rester sobre.

Comme on apportait le plat principal — un rôti de bœuf — Mark se tourna vers lui pour lui dire : « J'espère que vous n'allez pas nous trouver grossiers, monsieur Packard, mais nous devons maintenant traiter d'affaires privées. Je crois qu'il est temps pour vous de vous retirer.

— Me retirer ? »

Mark fit un geste en direction de Lucila avec un regard éloquent. Graham hocha la tête et sortit de table.

Ils montèrent dans une petite chambre inconfortable où le lit était défait : visiblement, il venait de servir. La chambre était propre mais mal meublée et mal éclairée. Il y avait sur le tapis des taches de sang qui paraissaient assez récentes. Sitôt la porte fermée, Lucila se mit à se déshabiller. Elle eut l'air déconcertée lorsque Graham lui demanda de s'arrêter. Il expliqua qu'il ne voulait pas lui faire l'amour parce qu'il était marié et qu'il trouvait que ce n'était pas bien de contraindre une femme à coucher avec un homme qu'elle connaissait à peine. Elle hocha la tête et s'assit sur le lit. Graham s'assit à côté d'elle et ils se sourirent. Il sentait qu'elle était à la fois soulagée et vexée. Il essaya de lui poser quelques questions : d'où venait-elle, que faisait-elle en Irak ? Mais elle parlait mal l'anglais et, de plus, elle semblait répugner à répondre. Ils savaient tous deux qu'il fallait laisser passer un certain temps avant de redescendre. Puis Lucila eut une idée : elle ouvrit un tiroir de la commode et en sortit un paquet de cartes. Ni l'un ni l'autre ne connaissaient de jeu digne de ce nom, et ils firent donc quelques parties de bataille. Il y avait une bouteille de champagne sur la table de chevet, ils se servirent, et furent bientôt pris de gloussements irrésistibles. Après toute la dissimulation, la vigilance et la tension perpétuelles des jours précédents, Graham se sentait soudain libéré : rien n'aurait pu lui convenir davantage que de jouer à ce jeu enfantin avec une ravissante jeune femme un peu ivre dans une chambre inconnue, et il éprouva soudain une vague de désir, que Lucila sut aussitôt lire dans ses yeux. Elle détourna le regard. Ils terminèrent la partie sur un ton plus calme, et bientôt il fut temps de retourner dans la salle de restaurant.

Mark et ses amis discutaient bruyamment mais en plaisantant. Ils traçaient au crayon des cercles sur leurs serviettes et sur la nappe. Chacun de ces cercles était divisé en segments inégaux, où étaient inscrits les lettres GB, A, PB et B. En insistant un peu, Graham parvint à obtenir de Louis quelques explications embuées d'alcool qui corroboraient ses propres soupçons, et d'où il ressortait que l'AESAP n'avait rien à voir avec des recherches en matière de sécurité. C'était un cartel informel de marchands d'armes européens destiné à résoudre un des plus grands problèmes posés par les besoins militaires de l'Irak : étant donné l'énormité de la demande, comment fournir des munitions sans augmenter la production au point d'éveiller les soupçons des gouvernements ? L'AESAP était la réponse : un forum où les principaux marchands des divers pays pouvaient répartir équitablement la tâche entre leurs fabricants.

« Voici les chiffres que nous avons fixés, déclara Louis en lui tendant une serviette portant un cercle segmenté. Ils représentent nos commissions. Nos commissions pour l'année prochaine.

— Mais le total ne fait pas cent », dit Graham.

Louis éclata de rire.

« Ce ne sont pas des pourcentages, répondit-il les yeux brillants. Ce sont des millions de dollars ! » Et il rit de plus belle en voyant l'étonnement non feint de Graham. Il se tordait, et il embrassa d'un geste large la pièce, les serveuses, ses trois amis et les reliefs déchiquetés du rôti de bœuf sur un plat d'argent. « À chacun son dû, monsieur Packard ! À chacun son dû ! »

Dans la demi-heure qui suivit, l'atmosphère autour de la table devint de plus en plus hilare, et Graham sentit que sa présence commençait à être de plus en plus déplacée.

« Vous semblez faire la moue, lui déclara Mark Winshaw à un moment donné. Vous n'avez pas l'air de nous approuver. Je ne vois pas pourquoi. Je viens d'assurer à votre associé la part du lion sur le marché irakien dans l'avenir immédiat.

— Je suis un peu fatigué, c'est tout, répondit Graham. Je crois que j'ai eu mon compte.

— À moins que, comme moi, vous ne trouviez notre petite célébration orgiaque un peu trop bruyante et vulgaire ?

— Peut-être.

— Et pourtant il paraît que vous étiez un jeune boutefeu durant vos études, monsieur Packard. »

Graham buvait une gorgée de café. Il s'arrêta net.

« Qui vous a dit ça ?

— Oh, j'ai fait une petite enquête de routine, comme tout homme d'affaires qui se respecte. Mais vous avez bien mûri ces dernières années, semble-t-il.

— En quel sens ?

— Politiquement, veux-je dire. Voyons voir :

étaient-ce les Ouvriers socialistes ou les Communistes révolutionnaires qui profitaient de vos services de trésorier ? »

Graham sourit bravement alors qu'il commençait à flancher. « Les Ouvriers socialistes, répondit-il.

— Il y a loin, n'est-ce pas, de ce foyer de révolution à ce restaurant de Bagdad.

— Comme vous dites, j'ai beaucoup mûri.

— Je l'espère, monsieur Packard. Nous jouons gros jeu ici, après tout. J'aime mieux penser que vous êtes un homme en qui on peut avoir confiance : un homme qui, par exemple, sait garder la tête froide dans les situations difficiles.

— Je crois que j'en ai déjà donné la preuve », répliqua Graham.

Mark saisit une serveuse par sa minijupe et l'attira à lui.

« Des pommes, dit-il. Nous avons besoin de pommes.

— Oui, monsieur. Vous les voulez passées au four, ou caramélisées ?

— Apporte-nous simplement cinq pommes.

— Et augmente la musique ! cria Louis. Mets-la plus fort, vraiment fort ! »

Quand elle revint, Mark fit placer toutes les serveuses contre le mur.

« Ah, j'ai compris ! fit Louis en claquant des mains avec ravissement. J'*adore* ce jeu. »

Mark posa une pomme sur la tête de chaque serveuse puis sortit un revolver de la poche de sa veste.

« Qui va commencer ? » demanda-t-il.

Malgré leur ivresse, tous se montrèrent bons tireurs — sauf Louis, dont la balle alla fracasser une applique, à un mètre de sa cible. Les femmes hurlèrent et pleurnichèrent, mais ne bougèrent pas, même après que leur pomme eut volé en éclats.

Ce fut enfin le tour de Graham. C'était la première fois qu'il avait une arme en main, mais il savait que Mark le mettait à l'épreuve de cette façon monstrueuse, et que s'il reculait, si ses nerfs ne tenaient pas le coup, il ne serait plus en sécurité et que ses semaines, voire ses jours, seraient comptés. Il pointa le revolver sur Lucila. Elle avait le visage inondé de larmes et l'incompréhension se lisait dans ses yeux terrifiés : elle semblait l'implorer au nom des rires et de l'intimité qu'ils venaient de partager dans la chambre du haut. Il avait la main qui tremblait. Il ne pouvait se décider. Il entendit Mark lui lancer : « Prenez votre temps, monsieur Packard », puis les autres battre des mains et chanter l'ouverture de *Guillaume Tell*, en la martelant des lèvres comme s'ils l'entonnaient à travers un mirliton. Enfin, alors même que Lucila poussait un premier sanglot irrépressible, il fit la chose pour laquelle il se haïrait toujours, dont le souvenir brutal le réveillerait au milieu de la nuit, trempé de sueur froide, lui ferait soudain quitter une pièce au milieu d'une conversation, la gorge nouée, ou perdre le contrôle de sa voiture sur l'autoroute, jusqu'à percuter le rail de sécurité. Il appuya sur la détente.

Et ce fut le trou noir. Il ne vit pas la balle fendre la queue de la pomme et se loger dans le mur, il ne vit pas Lucila s'effondrer à genoux et vomir sur le parquet verni. Il entendit un brouhaha de voix et de musique, il sentit vaguement qu'on lui tapotait le dos et qu'on lui faisait boire du café, mais il ne revint vraiment à lui qu'une fois assis sur la cuvette des cabinets, le pantalon aux chevilles et la tête entre les mains, dans un air empuanti par sa diarrhée, et dans un silence rythmé par l'écho d'un seul mot répété d'un ton creux et machinal.

Joan. Joan. Joan.

*

Graham avait gagné le respect de Mark Winshaw, qui s'exprima sous la forme d'un silence d'une vingtaine de mois, suivi d'une invitation pour le réveillon du Nouvel An dans sa maison de Mayfair.

*

31 décembre 1990

Graham estima qu'il fallait attendre au moins onze heures pour prendre poliment congé. Il déclara à Mark qu'il devait rentrer à Birmingham dans la nuit, pour retrouver sa femme et sa petite fille de huit mois.

« Mais je ne vous ai pas encore présenté à Helke, protesta Mark. Il faut vraiment qu'elle vous voie avant que vous ne vous en alliez. Vous êtes garé près d'ici, je suppose ? Donnez-moi vos clefs. Je vais les confier à un valet pour qu'il amène votre voiture devant la porte. »

En attendant, Graham fut obligé d'échanger quelques plaisanteries avec la nouvelle Mrs Winshaw, qui le surprit par son charme exceptionnel. Il aurait aimé la détester, car il savait que son riche industriel de père était un nazi notoire, mais il fut sous l'emprise, même lors d'un si bref entretien, de sa pâle beauté et de ses manières étrangement coquettes.

Quelques minutes plus tard, en s'effondrant sur

le siège de sa voiture, il poussa un soupir de soulagement. Il était baigné de sueur. Puis un coup porté derrière la tête lui fit perdre conscience.

On l'emmena à Clapham dans un garage fermé. Le conducteur le tira de la voiture, sans arrêter le moteur, et l'étendit sur le sol près du pot d'échappement. Il lui donna quatre ou cinq coups de pied dans le visage, et un dans le ventre. Il lui enleva son pantalon, prit le caméscope, et lui piétina les jambes. Puis il sortit en verrouillant les portes du garage.

Le coup de pied dans le ventre avait été une erreur, car il avait rendu Graham à demi conscient. Mais il fut incapable de bouger durant plusieurs minutes, et si son corps reprenait des forces, son cerveau commençait à souffrir du manque d'oxygène. Finalement, dans un effort terrible, il se traîna jusqu'au siège du conducteur. Il engagea la marche arrière, et lança la voiture contre les portes. Cela ne suffit pas à les fracasser, et il essaya de nouveau. Nouvel échec. Graham était maintenant à bout de forces.

Mais le bruit attira un groupe de passants éméchés, qui parvinrent à forcer les portes et à faire sortir la voiture dans la rue. L'un d'eux se précipita vers une cabine téléphonique.

Graham était allongé sur le trottoir, entouré d'inconnus.

Puis on le mit dans une ambulance, tous signaux allumés. Il portait un masque à oxygène.

Il se retrouva dans un hôpital. Il faisait très froid.

Big Ben carillonnait minuit.

JANVIER 1991

Je pris les gobelets de jus d'orange et les apportai dans la cabine. Fiona but le sien lentement, avec gratitude : puis elle but la moitié du mien. Elle me dit que j'avais l'air préoccupé et me demanda ce qui s'était passé.

« C'est à cause d'un type qu'on vient d'amener, répondis-je. Il est inconscient ; il paraît être en très mauvais état. Ça m'a fait un choc.

— Je suis désolée, dit Fiona. Tu commences bien tristement l'année.

— Ne dis pas de bêtises », fis-je.

Je voyais bien qu'elle s'affaiblissait. Après avoir bu, elle s'allongea sur le chariot et ne parla plus jusqu'au retour de l'infirmière.

« Les choses avancent, dit joyeusement celle-ci. Ma collègue vous cherche un lit. Dès qu'elle en aura trouvé un, on vous emmènera dans le pavillon et le docteur Bishop vous donnera des antibiotiques. Le docteur Gillam, notre adjointe, est très occupée en ce moment. Elle viendra vous voir demain matin. »

Je n'avais guère l'impression que les choses avançaient.

« Mais voilà déjà plus d'une demi-heure qu'on cherche un lit, dis-je. Quel est le problème ?

— On est serré, en ce moment, répondit-elle. On a fermé des pavillons chirurgicaux juste avant Noël, et ça s'est répercuté. Je veux dire que beaucoup de patients de chirurgie ont dû être répartis dans les autres services médicaux. Nous tenons une liste des lits disponibles mais il faut toujours la mettre à jour. Nous pensions en avoir un de libre, mais lorsque l'infirmière est allée vérifier, elle a découvert qu'il était déjà pris. En tout cas, ça ne devrait pas tarder, maintenant.

— Très bien, fis-je d'un ton lugubre.

— Cependant, il y a un petit problème.

— Oh ? »

Elle se tut un instant. Je compris qu'elle était gênée.

« Eh bien, voilà nous avons besoin de cette cabine. Je crains de devoir vous déplacer.

— Nous déplacer ? Mais je croyais que vous n'aviez pas d'autre endroit disponible. »

Ce fut pourtant ce qu'ils firent. Ils poussèrent le chariot de Fiona dans le couloir, apportèrent une chaise pour moi, et nous laissèrent ainsi. Il leur fallut encore une heure et demie pour trouver un lit. Pendant ce temps, nous ne vîmes aucun médecin : l'interne et l'insaisissable docteur Gillam, à ce que je compris, s'occupaient tous deux du nouveau venu — l'homme que j'avais vaguement reconnu —, et ils avaient apparemment réussi à le maintenir en vie. Il était presque deux heures lorsque les infirmières vinrent chercher Fiona, qui avait maintenant l'air complètement terrifiée et désespérée. Je lui serrai fort la main et posai un baiser sur ses lèvres. Puis je la regardai s'éloigner en roulant le long du couloir.

*

Le personnel m'avait vivement conseillé de rentrer chez moi pour me reposer un peu, mais je ne pus suivre que la première moitié de ce conseil. J'étais physiquement épuisé, d'autant plus que j'étais rentré à pied, et que j'étais arrivé chez moi à plus de quatre heures du matin. Mais jamais je n'avais eu aussi peu envie de dormir ; je savais qu'à quelques kilomètres de là, dans un pavillon obscur, Fiona gardait les yeux ouverts, à fixer le plafond. Comment avait-on pu mettre autant de temps pour l'y emmener ? Depuis le moment où je l'avais vue à genoux devant le placard jusqu'à celui où on lui avait enfin trouvé un lit, il s'était écoulé plus de cinq heures — durant lesquelles son état avait manifestement empiré. Et pourtant il n'y avait apparemment eu aucune négligence : tout le monde s'était montré résolu et efficace sous une pression frénétique. Alors comment avait-on pu mettre autant de temps ?

Je m'allongeai tout habillé sur mon lit, en laissant les rideaux ouverts. Être au lit était une chose très simple ; c'était du moins ce que j'avais toujours pensé. Autant que je m'en souvinsse, je n'avais guère passé qu'une douzaine de nuits dans ma vie hors d'un lit. Et les hôpitaux étaient pleins de lits. C'était ce qui caractérisait les hôpitaux : c'étaient des salles pleines de lits. Il est vrai que ma foi en la science médicale avait toujours été limitée. Je savais qu'il y avait de nombreuses maladies qu'elle était impuissante à traiter, mais il ne me serait jamais venu à l'esprit qu'une équipe de médecins et d'infirmières hautement qualifiés pût avoir autant de difficultés à simplement transférer un patient d'un endroit à un autre : d'une cabine à un lit. Je me demandais qui était responsable de cet état de choses (oui, Fiona, je croyais encore aux conspirations), quel intérêt personnel on pouvait avoir à rendre le travail de ces gens encore plus difficile qu'il ne l'était déjà.

On m'avait dit d'appeler l'hôpital vers dix heures du matin. En attendant, y avait-il quelqu'un d'autre que je pouvais contacter ? J'allai prendre le carnet d'adresses de Fiona dans son appartement. Il était plein de noms qu'elle ne m'avait jamais mentionnés, et il y avait, glissée à l'intérieur, une lettre datée de mars 1984. La plupart des personnes inscrites dans ce carnet n'avaient probablement plus eu de ses nouvelles depuis six ou sept ans. Parmi elles, sans doute, son ancien mari, le chrétien régénéré. Il me semblait me souvenir qu'ils ne s'étaient plus parlé depuis leur divorce, donc il n'y avait pas de raison de le prévenir. Elle parlait toujours avec sympathie de ses collègues de travail : peut-être pourrais-je les appeler ? Mais bien sûr pas avant un jour ou deux.

Elle était seule : vraiment très seule. Nous l'étions tous deux.

La table de mon salon était encore dressée pour notre dîner aux chandelles ; je la débarrassai ; puis je regardai l'aube du Nouvel An se lever timidement sur Battersea. Quand il fit enfin jour, je songeai à prendre une douche, mais je me préparai à la place deux tasses de café fort. La perspective d'attendre encore trois heures m'épouvantait. Je pensai à ma mère, à la façon dont elle s'était efforcée d'occuper ces tristes journées pendant lesquelles mon père était à l'hôpital. Mon appartement était jonché de vieux journaux ; j'en ramassai quelques-uns et tentai de faire des mots croisés. J'en fis une demi-douzaine en un rien de temps, puis je me plongeai dans une grille géante qui requérait l'usage de dictionnaires, d'encyclopédies et de lexiques. Cela ne parvint pas vraiment à me distraire l'esprit, mais c'était mieux que de tourner en rond. Je continuai ainsi jusqu'à dix heures moins vingt. Et j'appelai l'hôpital.

On me passa une infirmière qui me déclara que Fiona n'allait « pas trop bien », et ajouta que je pouvais venir la voir tout de suite si je voulais. Je raccrochai grossièrement sans la remercier et me cassai presque une jambe en dévalant l'escalier.

*

Le pavillon était plein mais tranquille ; la plupart des malades avaient l'air plus ennuyés que gravement malades. Le lit de Fiona se trouvait près de la salle des infirmières. Je ne la reconnus pas tout de suite, parce qu'un masque à oxygène lui couvrait le nez et la bouche. Elle était sous perfusion. Je dus lui tapoter l'épaule pour qu'elle se rendît compte de ma présence.

« Bonjour, fis-je. Je ne savais pas quoi t'apporter, alors voici un peu de raisin. Ce n'est pas très original. »

Elle ôta son masque et me sourit. Ses lèvres étaient devenues légèrement bleues.

« Il est sans pépins, ajoutai-je.

— Je le mangerai plus tard », dit-elle faiblement.

Je pris sa main, qui était glacée, et j'attendis ainsi pendant qu'elle respirait quelques bouffées d'oxygène dans le masque.

« Ils vont venir me transporter dans un autre pavillon, reprit-elle.

— Lequel ? demandai-je.
— Les soins intensifs », répondit-elle.
J'essayai de dissimuler ma panique.
« Ils m'ont mis toutes ces choses ce matin, continua-t-elle. Ça a pris une heure. C'était affreux.
— Quelles choses ? demandai-je.
— D'abord, j'ai vu le docteur Gillam, répondit-elle. L'adjointe. Elle a été très gentille, mais elle semblait furieuse contre quelque chose. Elle a demandé qu'on me fasse des radios ici. Tout de suite. J'ai dû m'asseoir dans mon lit, et on m'a mis la plaque dans le dos. J'ai dû respirer fort. C'était très pénible. Puis ils ont voulu me faire une analyse des gaz du sang, et ils m'ont planté une aiguille ici. » Elle me montra son poignet, qui portait plusieurs marques rouges. « Ils ont dû s'y prendre à plusieurs fois pour trouver l'artère.
— Quand vont-ils te transférer ? demandai-je.
— Bientôt, je pense, répondit-elle. Je ne sais pas exactement quand.
— Est-ce qu'ils t'ont dit ce qui n'allait pas ? »
Elle secoua la tête.
Le docteur Gillam vint me parler en privé. Elle me demanda d'abord si j'étais un proche parent, et je répondis que non, que j'étais seulement un ami. Elle me demanda depuis combien de temps je connaissais Fiona, et je répondis depuis environ quatre mois, et elle me demanda si Fiona avait de la famille, et je répondis non, à moins qu'elle n'eût des cousins ou des oncles dont elle ne m'avait jamais parlé. Puis je lui demandai pourquoi Fiona était tombé si brutalement malade, et elle me dit tout, en commençant par la pneumonie. Elle avait attrapé quelque part une grave pneumonie et son corps ne réagissait pas

correctement. L'explication était donnée par les radiographies (et bien sûr par les notes du spécialiste, déjà classées dans un dossier), qui révélaient de grosses tumeurs aux poumons, un lymphome, en fait. Ce terme ne me disait rien, et le docteur Gillam m'expliqua que c'était une forme de cancer, qui semblait, en l'occurrence, très avancé.

« Avancé à quel point ? demandai-je. Enfin, je veux dire, il n'est pas trop tard pour faire quelque chose, n'est-ce pas ? »

Le docteur Gillam était une grande femme dont les cheveux noir de jais étaient coupés au carré et dont les petites lunettes cerclées d'or encadraient des yeux marron impressionnants et combatifs. Elle réfléchit intensément avant de répondre.

« Si nous avions pu nous y prendre un peu plus tôt, les chances auraient été meilleures. » Elle me donna alors l'impression de cacher quelque chose. Comme Fiona un peu plus tôt, je sentais en elle une colère soigneusement rentrée. « Les choses étant ce qu'elles sont, reprit-elle, le taux d'oxygène dans son sang a beaucoup baissé. La seule chose que nous puissions faire est de la transférer aux soins intensifs et de la surveiller de près.

— Pour attendre quoi ?

— Eh bien, ce n'est pas aussi simple que ça. Voyez-vous, tout d'abord... »

Je savais ce qui allait suivre.

« Tout d'abord vous devez lui trouver un lit. »

*

Je restai à l'hôpital jusqu'à ce qu'on eût trouvé un lit. Cette fois, ça ne prit qu'une demi-heure. Il fallut pour cela plusieurs coups de téléphone, et tout parut dépendre de la possibilité de faire brûler à un malade deux ou trois étapes dans la chaîne des soins, de le faire sortir de son pavillon et de le faire attendre dans la salle de jour jusqu'à sa sortie officielle. On emmena enfin Fiona sans que je pusse rien faire. Je rentrai chez moi.

Je n'avais pas de livres de médecine mais les dictionnaires que j'avais utilisés pour mes mots croisés étaient encore ouverts sur ma table et j'y cherchai « lymphome ». Tout ce qu'on y trouvait, c'était : « tumeur ayant la structure d'une glande lymphatique ». Ainsi formulé, ça n'avait pas l'air très effrayant, mais c'était apparemment la cause de tous ces mois de fièvre et de mal de gorge, et c'était la raison pour laquelle son système immunitaire s'était presque bloqué et avait flanché dès la première infection. Je regardai de nouveau ce mot, le regardai jusqu'à ce qu'il prît l'allure d'un fatras de lettres et perdît tout sens à mes yeux. Comment ce stupide petit amas de signes jetés au hasard pouvait-il causer autant de dégâts ? Comment pouvait-il (mais ça n'allait pas arriver !) *détruire* un être humain ?

Non, ça n'allait pas arriver.

Soudain révolté à la vue d'un mot croisé inachevé, qui semblait me narguer avec méchanceté, je froissai rageusement le journal en boule et, ce faisant, je renversai le reste froid de ma deuxième tasse de café. J'allai chercher un chiffon pour éponger la tache, et fus soudain pris d'une frénésie de nettoyage. Je frottai la table, époussetai les étagères, et m'attaquai aux plinthes. Je rassemblai des chiffons, des éponges, des tampons récureurs, du Pliz, du Cif, de l'Ajax. Je frottai avec tellement de férocité que je décapai la peinture du cadre de la fenêtre et le vernis de la desserte. Mais il m'en fallait davantage. J'entassai dans le couloir les meubles de mon salon et passai l'aspirateur sur la moquette. Je passai une serpillière dans la salle de bains et briquai les robinets, le pommeau de douche et le miroir. Je récurai la cuvette des cabinets. Puis je parcourus l'appartement avec deux gros sacs-poubelles et j'y jetai tous les vieux journaux et magazines, les liasses de feuilles jaunies, tous les bouts de papiers qui traînaient. Je ne m'arrêtai qu'en tombant sur une enveloppe matelassée encore fermée, contenant les livres que m'avait envoyés la Peacock Press : alors, saisi d'une curiosité absurde, presque hystérique, je la déchirai et regardai les trois volumes. Je voulais voir quelque chose qui pût me faire rire.

Il y avait une mince brochure intitulée *Les Beautés architecturales de Croydon*, qui s'enorgueillissait, selon la page de garde, de « trois illustrations en noir et blanc ». *Les Plinthes et leurs mystères* par le révérend J.W. Pottage, promettait d'être « la contribution la plus accessible et la plus amusante tombée de la plume d'un auteur désormais reconnu comme une autorité internationale en son domaine ». Et le troisième livre semblait être un volume de plus de mémoires de guerre, sous le titre quelque peu énigmatique de *J'étais « Céleri »*.

Mais avant que j'aie eu le temps de méditer cette énigme, le téléphone sonna. Je jetai aussitôt le livre par terre pour aller répondre. C'était l'hôpital. On allait mettre Fiona en respiration artificielle, et si je voulais lui parler il me fallait venir tout de suite.

*

« Il y a eu un problème circulatoire, expliqua le

docteur Gillam. Nous l'avons traitée avec de hautes doses d'oxygène, mais le taux dans le sang est encore très faible. Il faut donc essayer le poumon artificiel. Mais quand elle y sera, elle ne pourra plus parler. J'ai pensé qu'il valait mieux que vous alliez la voir avant. »

Fiona avait déjà de la peine à parler.

« Je n'y comprends rien », fit-elle.

Puis : « Merci d'être venu. »

Puis : « Tu as l'air fatigué. »

Puis : « Que sont devenues les lasagnes ?

— Tout ira bien », dis-je.

Puis : « Est-ce que tu es bien ? »

Puis : « Les médecins sont très bons. »

Puis : « Tout ira bien. »

Il n'y avait rien d'exceptionnel dans ces propos. Je suppose que nos propos n'avaient jamais rien eu d'exceptionnel. Rien d'exceptionnellement exceptionnel, allais-je écrire. Je crois que je ne sais plus ce que je fais.

*

On me dit qu'il faudrait environ quatre-vingt-dix minutes pour préparer le poumon artificiel et le système de perfusion, et après je pourrais de nouveau la voir. Je restai quelques minutes dans la salle des visiteurs, zone d'attente assez fonctionnelle avec des sièges de skaï rigides et quelques journaux et magazines qui paraissaient mieux sélectionnés que de coutume. Puis j'allai chercher un café et parvins à trouver une cantine qui était visiblement réservée au personnel ; mais personne ne protesta lorsque je m'y assis. J'y étais installé depuis un moment, à boire du café noir et à manger deux barres et demie de Bounty, lorsque quelqu'un s'arrêta devant ma table pour me saluer.

Je levai les yeux. C'était l'infirmière qui s'était occupée de Fiona dans la matinée.

« Comment va-t-elle maintenant ? demanda-t-elle.

— Eh bien, on la met en respiration artificielle, en ce moment, répondis-je. Je suppose que cela veut dire que son état est très grave. »

Sa réponse fut évasive. « On s'occupe très bien d'elle. »

Je hochai tristement la tête et elle s'assit en face de moi.

« Et vous, comment vous sentez-vous ? » reprit-elle.

Je n'y avais pas vraiment pensé. Après deux ou trois secondes d'hésitation, je déclarai, en me surprenant moi-même : « Je ne sais pas vraiment. En colère, sans doute.

— Pas contre le docteur Bishop, j'espère ?

— Non, contre personne en particulier. Je me dis que c'est contre le destin, sauf que je ne crois pas au destin. Contre cet enchaînement de circonstances, j'imagine, qui nous a conduits... » Je m'avisai soudain que je n'avais pas bien compris sa remarque. « Pourquoi serais-je en colère contre le docteur Bishop ? repris-je.

— Eh bien, il aurait peut-être mieux valu qu'il lui donne des antibiotiques dès hier soir, répondit-elle d'un air incertain. Elle se serait sans doute sentie un peu mieux. Non que ça fasse une grande différence à long terme...

— Attendez, dis-je. Je croyais qu'on lui en avait donné hier soir. Je veux dire, on m'a dit qu'on allait lui en donner. »

Je m'aperçus qu'elle commençait à regretter de

m'avoir parlé. Elle avait dû supposer que je le savais déjà.

« Écoutez, fit-elle, il faut que je retourne au pavillon... »

Je la suivis dans le couloir, mais elle ne voulut plus répondre à mes questions, et j'y renonçai, lorsque j'aperçus le docteur Gillam sur le parking, emmitouflée dans son trench-coat. Je me précipitai vers l'entrée pour lui courir après, et la rattrapai au moment où elle cherchait ses clefs dans ses poches.

« Est-ce que je peux vous dire un mot ? demandai-je.

— Bien sûr.

— Je ne voudrais pas vous retenir, si c'est la fin de votre journée.

— Peu importe. Il y a quelque chose que vous voulez savoir ?

— Oui, en effet. » J'hésitai. Je ne voyais pas comment procéder avec tact. « Est-il vrai que le docteur Bishop a oublié de donner des antibiotiques à Fiona hier soir ? fis-je brutalement.

— Où avez-vous entendu ça ?

— Est-ce pour cette raison que vous aviez l'air en colère ce matin ? poursuivis-je.

— Si nous allions prendre un verre ? Ce serait une bonne idée », dit-elle pour toute réponse.

C'était un jour férié et tous les pubs étaient fermés. Nous étions dans un quartier perdu du sud de Londres. Tout ce que nous pûmes finalement trouver, ce fut un sinistre petit café, d'autant plus pitoyable qu'il cherchait à tromper les clients égarés en laissant croire qu'il faisait partie d'une célèbre chaîne de fast-food. Il s'appelait *Nantuck Fried Chicken*.

« Je pense que c'est moi qui ai eu le café », dit

le docteur Gillam après avoir pris une gorgée dans sa tasse de carton. Nous échangeâmes nos boissons.

« Non, ce doit être le thé, répliquai-je dubitatif après y avoir goûté.

— Vous êtes passés par une sacrée épreuve hier soir, commença-t-elle après quelques instants de réflexion. Pour dire la vérité, ce qu'on vous a fait subir était parfaitement inacceptable. Mais je crains qu'il n'y ait pas d'excuse particulière, parce que ça arrive tout le temps, et ça se serait passé partout ailleurs.

— Ce n'était pas tout à fait... ce que j'attendais, répliquai-je en ne voyant pas vraiment où cela nous menait.

— C'est mon dernier mois comme médecin », déclara-t-elle brusquement.

Je hochai la tête, encore plus dérouté.

« Je vais avoir un enfant.

— Félicitations.

— Je ne veux pas dire que je sois enceinte. Je veux dire que je ferais aussi bien d'avoir un enfant, puisque je me demande quoi faire maintenant. Le fait est que je ne peux vraiment plus supporter ce travail. Il me déprime trop.

— Alors pourquoi être devenue médecin, si la maladie vous déprime ?

— Oh, la maladie n'est qu'une chose parmi toutes celles que nous avons à combattre.

— Et quelles sont les autres ? »

Elle réfléchit. « "Ingérence" serait le terme le mieux adapté, j'imagine. » Mais elle écarta d'un geste énervé le tour que prenait la conversation. « Je suis navrée. Je n'ai pas l'intention de me lancer dans un discours politique. Nous devrions parler de Fiona.

— Ou du docteur Bishop », dis-je. Et j'ajoutai : « C'est donc vrai ?

— Voyez-vous, répondit-elle en se penchant vers moi, il est inutile de chercher des boucs émissaires. Il a dû rester de garde pendant vingt-six heures d'affilée. Et, au fond, on a fait tout ce qu'on a pu pour vous trouver un lit. J'étais horrifiée ce matin quand j'ai appris ce qui s'était passé, mais je ne sais pas pourquoi. Ça arrive tout le temps. »

J'essayai d'en tirer une conclusion. « Mais alors... de quoi sommes-nous en train de parler ? demandai-je. Quelles sont les conséquences ?

— C'est difficile à dire. Je ne crois pas que la pneumonie aurait évolué de cette façon. Pas si on l'avait aussitôt conduite dans le service, et si on lui avait fait prendre des antibiotiques hier soir.

— Écoutez, si vous êtes en train de m'expliquer que sa vie... » Je ne voulais pas le dire : comme si dire la chose risquait de la rendre réelle. « ... que sa vie a été mise en danger par la *négligence* de quelqu'un...

— Je ne parle pas de négligence. Je parle de gens qui essaient de faire leur travail dans des conditions qui sont devenues impossibles.

— Quelqu'un doit être responsable de ces conditions !

— La décision de fermer des services a été prise par les gestionnaires.

— Oui, mais sur quelles bases ? »

Elle soupira. « Ce sont des gens qui ne se sentent pas personnellement concernés par les hôpitaux. On les a bombardés de l'extérieur, avec des contrats à court terme, pour équilibrer les budgets. S'ils équilibrent les budgets avant la fin de l'année fiscale, ils auront leur prime. C'est aussi simple que ça.

— Et de qui vient cette brillante idée ?

— Qui sait ? Un secrétaire d'État, un fonctionnaire, un gourou universitaire siégeant dans un comité de politique gouvernementale. »

Un nom me traversa aussitôt l'esprit : Henry.

« Mais est-ce que la seule considération est... financière ? poursuivis-je.

— Pas toujours, répondit le docteur Gillam avec un sourire amer. Un autre service a été fermé il y a quelques jours à peine. Et vous savez pourquoi ?

— Allez-y. Je m'attends à tout.

— Les victimes de guerre.

— Mais nous ne sommes pas en guerre ! fis-je en n'étant pas certain d'avoir bien compris.

— Eh bien, manifestement, quelqu'un pense que nous le serons bientôt, à moins que Saddam Hussein ne renonce à ses lubies. Et on a demandé à un de nos hôpitaux de faire de la place pour accueillir nos braves petits soldats. »

Je ne pouvais que la croire, si inconcevable que cela pût paraître. Mais je détestais cette façon de nous pousser à considérer la guerre comme inévitable : d'où pouvait bien provenir cette charmante certitude ? En tout cas, c'était censé ne me concerner en rien — ça aurait lieu à des milliers de kilomètres, à l'autre bout du monde, à l'autre bout (ce qui était encore plus loin) de l'écran de télévision. Alors comment pouvais-je soudain accepter l'idée que cela faisait partie des forces conspirant contre Fiona — que ce monstre avait déjà rampé jusqu'à sa vie irréprochable ? C'était comme si des failles s'étaient mises à apparaître dans l'écran et que cette affreuse réalité se glissait au travers ; ou que le miroir était devenu liquide par enchantement et que, sans le savoir, j'avais pénétré dans le cauchemar, comme Orphée.

Durant toute ma vie, depuis ma séance de cinéma à Weston-super-Mare, j'avais essayé d'aller de l'autre côté de l'écran. Cela voulait-il dire que j'y étais enfin parvenu ?

*

Le docteur Gillam me prévint contre le poumon artificiel. Elle me demanda de ne pas être affolé par ce que j'allais voir. Une infirmière chaleureuse et efficace me conduisit dans le service et, comme précédemment, je fus frappé par le contraste avec le reste de l'hôpital. Tout semblait silencieux, moderne et clinique. Il y avait près du lit des appareils à l'air coûteux. Des lumières clignotaient, et je perçus vaguement un petit bourdonnement électrique qui avait un curieux effet apaisant. Je passai devant les autres lits, les yeux fixés devant moi. Je sentais qu'il aurait été indiscret de regarder les autres malades.

Mais la femme que je vis ce soir-là était-elle vraiment Fiona ? Elle n'avait aucun rapport avec celle qui m'avait accompagné à Eastbourne la semaine précédente, ni même avec celle qui était assise dans son lit et souriait à la perspective d'un dîner en tête à tête pour le réveillon du Nouvel An. Elle avait l'air d'être une victime sur l'autel d'un sacrifice. Elle avait l'air d'être attaquée par des serpents, qui étaient :

un tuyau d'oxygène planté dans sa bouche, dont les anneaux se croisaient en T

un tuyau planté dans une veine de son cou

un tuyau planté dans une artère de son poignet

un tuyau sortant de sa vessie
un indicateur de température sur son doigt
un goutte-à-goutte pour le sérum physiologique
un goutte-à-goutte pour les antibiotiques
une masse de fils, de tubes, de pompes, de crochets, de supports, de rubans, de cordons, tous connectés à un appareil cubique qui était couvert de boutons et de cadrans.

Fiona elle-même était sous sédatif ; elle était paralysée. Elle avait les paupières ouvertes, mais le regard vide. Je me demandais si elle pouvait m'entendre. Ses yeux étaient animés d'un minuscule mouvement. Du moins me l'imaginais-je.

« Tu n'as pas besoin de t'inquiéter, Fiona, dis-je. Le docteur Gillam m'a tout expliqué, et je comprends tout à présent. Il se trouve que j'avais parfaitement raison. J'avais raison, et tu avais tort. Je ne crois plus aux accidents. Il y a une explication à tout ; et il y a toujours quelqu'un à blâmer. J'ai découvert pourquoi tu es ici, vois-tu. Tu es ici à cause de Henry Winshaw. C'est ironique, n'est-ce pas ? Il veut que tu sois ici parce qu'il ne peut pas supporter que son argent ou l'argent de ses semblables serve à empêcher qu'aient lieu des choses comme celle-ci. C'est parfaitement évident. Ce n'est pas très difficile de découvrir le coupable. C'est une affaire vite résolue. Tout ce que nous avons à faire, maintenant, c'est de mettre la main sur le meurtrier et de le traîner en justice. Et d'y traîner le reste de la famille, tant que nous y sommes. Ils ont tous du sang sur les mains. Il n'y a pas de limite aux morts qu'a provoquées l'immonde commerce de Mark. Dorothy a participé au meurtre de mon père, en le nourrissant de saletés ; et Thomas l'a poignardé dans le dos, en emportant l'argent de sa retraite. Roddy et Hilary se sont certainement mis de la partie. Si l'imagination est notre sang et la pensée notre oxygène, alors le travail de Roddy est de nous couper les veines et celui de Hilary est de s'assurer qu'il n'y a plus de vie dans notre crâne. Pendant ce temps, ils restent chez eux à s'engraisser tranquillement, et nous, nous sommes ici. Nos affaires s'effondrent, nos emplois disparaissent, notre campagne étouffe, nos hôpitaux se délabrent, nos maisons sont confisquées, nos corps empoisonnés, nos cervelles se bloquent, tout l'esprit de ce fichu pays est broyé et suffoque. Je hais les Winshaw, Fiona. Regarde un peu ce qu'ils nous ont fait. Regarde ce qu'ils t'ont fait. »

Il se peut que je n'aie rien dit de tout ça. Cela devient tellement difficile de se souvenir.

*

J'allai m'asseoir sur un siège en skaï noir dans la salle des visiteurs, et je tentai de lire un journal, mais j'étais tellement fatigué que je m'assoupis. Je fis un rêve étrange, où l'hôpital était un décor de film ; j'étais assis dans l'obscurité d'une salle de cinéma, et je me regardais sur l'écran tenir la main de Fiona et lui parler. Comme ce genre de scène n'est jamais palpitant, je quittai la salle et me rendis au bar, où le docteur Gillam me servit une boisson. Je l'avalai d'un coup, puis m'assis sur une chaise de skaï noir dans un coin du bar, et m'assoupis. Je me réveillai un peu plus tard et, levant les yeux, je vis Joan debout devant moi, qui souriait en me reconnaissant. Il me fallut plusieurs secondes pour me rendre compte que je n'étais plus dans mon rêve. C'était vraiment Joan, dans la salle des visiteurs, devant mes yeux.

« Que fais-tu ici ? demandai-je.

— Oh, Michael ! »

Elle s'agenouilla et me serra dans ses bras. « C'est tellement bon de te voir. Ça fait une éternité. Ça fait des années.

— Que fais-tu ici ? » répétai-je.

Elle me dit qu'elle était mariée à Graham, et je compris que Graham était le malade que j'avais vu inconscient sur un chariot la veille au soir. Grâce aux soins que lui avaient apportés le docteur Gillam et le docteur Bishop jusqu'à l'aube, il était maintenant hors de danger, et on pensait qu'il pourrait sortir très bientôt. J'aurais dû sans doute être stupéfait de ces révélations, mais l'épuisement m'empêchait d'en saisir la portée : je ne ris même pas, ni ne me scandalisai, lorsque j'appris que Graham avait failli être tué parce qu'il essayait de faire un documentaire sur Mark Winshaw. Je me contentai d'inscrire le fait quelque part dans mon esprit pour l'ajouter à la liste déjà substantielle des méfaits de cette famille. Je parlai de Fiona à Joan, et les larmes lui vinrent aux yeux. Elle voulut de nouveau me serrer dans ses bras pour exprimer sa compassion, mais je la repoussai doucement. Il ne fallait pas que je me laisse aller. Je lui demandai donc comment elle allait et ce qu'elle faisait. Elle me répondit qu'elle faisait toujours le même genre de travail, mais qu'elle habitait maintenant à Birmingham, pas très loin de l'endroit où nous avions tous deux grandi. Aucune de ces informations ne m'atteignait vraiment, et je ne dus pas être très attentif, car je posai bientôt une question très stupide : je lui demandai pourquoi elle n'avait plus jamais cherché à me contacter.

« Nous avons fait de notre mieux, Michael, dit-elle, mais tu avais l'air de fuir tout le monde. C'est d'abord moi qui ai essayé de te joindre, puis Graham. Tu n'as jamais répondu à nos lettres, tu n'as jamais répondu au téléphone. Que pouvions-nous faire ? J'ai posé des questions à ta mère ; elle m'a dit que tu étais devenu un peu bizarre et j'ai eu l'impression que vous ne vous voyiez plus.

— Tu as donc continué de voir ma mère ? demandai-je.

— De temps en temps. Pas autant que je l'aurais voulu.

— C'est-à-dire.

— Oh, je la vois si peu, fit Joan en soupirant. C'est vraiment stupide, alors que nous habitons si près. Mais bien sûr, j'étais avec elle il y a deux jours. Nous étions tous les deux avec elle.

— Tous les deux ? Comment ça ?

— Elle était chez mes parents pour Noël. Tu le sais parfaitement, Michael, et ne prétends pas le contraire. Tu étais invité, comme d'habitude, mais bien sûr tu n'as pas voulu venir. »

Inutile de dire que je n'étais pas au courant. « Et quelle raison a-t-elle donné ?

— Elle n'en a pas donné. » Joan tourna vers moi un regard gentiment accusateur. « Écoute, je *sais* pourquoi tu n'as plus voulu me voir. C'est à cause de ce qui s'est passé à Sheffield, n'est-ce pas ? Mais c'était il y a des siècles, Michael. Nous pouvons tous deux l'oublier maintenant. »

Je voyais bien que Joan cherchait seulement à me consoler et à me rassurer, et ce n'était pas sa faute si sa présence à l'hôpital avait l'effet contraire : confronté à cette invraisemblable mise au point, je me sentais plus désorienté que jamais. Elle n'avait pas du tout vieilli durant ces huit dernières années : elle avait le même visage rond, confiant, ouvert ; ce léger embonpoint qu'elle portait néanmoins avec grâce ; cette innocence profonde qui pouvait soudain se révéler en un sourire éclatant. Et j'étais passé à côté de tout ça.

« Est-ce qu'il y a eu quelque chose avec ta mère, Michael ? reprit-elle. Tu as changé, tu sais. Tu as beaucoup vieilli. J'espère que ça ne t'ennuie pas que je te le dise, mais c'est vrai. Je t'ai à peine reconnu. J'ai même hésité à m'approcher : je n'étais pas sûre que ce soit toi. Est-ce qu'il y a eu quelque chose entre vous ? J'ai été tellement triste d'apprendre la mort de ton père. Je sais que tu étais très proche de lui. Je voulais t'écrire. Ça a dû être terrible pour toi. Ça n'avait rien à voir avec lui, n'est-ce pas, Michael ? C'était à cause de lui ? »

*

Joan avait vu juste, et il n'y avait pas lieu de le nier : j'avais en effet vieilli. Patrick aussi l'avait remarqué. Peut-être m'étais-je flatté le soir où Fiona était venue me voir pour la première fois, où j'avais contemplé mon reflet dans la fenêtre de la cuisine en essayant d'imaginer ce qu'elle pensait de moi. À moins que les événements des dernières vingt-quatre heures n'eussent laissé leur redoutable empreinte. Quelle qu'en fût la raison, j'eus de la peine à croire ce que je voyais lorsqu'un peu plus tard je me regardai dans le miroir des toilettes pour hommes. C'était le visage qui m'était apparu dans un cauchemar plus de trente ans auparavant : le visage d'un vieillard, ravagé par l'âge et strié par la douleur comme une gravure ancienne.

*

Il était environ deux heures du matin lorsque l'infirmière vint me réveiller dans la salle des visiteurs. Je dormais profondément. Elle ne me dit rien et je ne lui demandai pas pourquoi elle était venue. Je me contentai de la suivre. Elle déclara cependant quelque chose alors que nous approchions du service des soins intensifs, mais je ne parviens pas à m'en souvenir. Elle hésita avant d'ouvrir la porte. « Vous dormiez à poings fermés, n'est-ce pas ? » fit-elle.

Je ne répondis rien. « Voulez-vous que j'aille vous chercher une tasse de café ? »

Je ne répondis rien. « Bien fort ? »

Puis elle ouvrit la porte et m'introduisit dans le cinéma. Tout était silencieux. Le public paraissait endormi. Je suivis la lumière de sa torche électrique et pris place dans une rangée de devant. Puis elle s'en alla.

L'image sur l'écran n'avait pas changé. Il y avait toujours cette femme, Fiona, étendue au milieu de tuyaux, de flacons et d'appareils. Elle regardait droit devant elle, sans bouger. Et, assis à côté d'elle, il y avait Michael, son ami, son amant, son... ce qu'elle voulait. Il lui tenait la main. L'un et l'autre se taisaient.

Puis il dit : « Et maintenant je suppose que tu vas me laisser tout seul. »

Il dit cela très calmement. En fait, je ne suis pas du tout sûr qu'il l'ait dit. C'était, en tout cas, une déclaration très étrange.

Il y eut de nouveau un long silence. Je commençais à m'agiter un peu sur mon siège. J'espérais que ça n'allait pas être trop ennuyeux. En général, je n'aime pas les scènes d'agonie.

Puis il dit : « Tu peux m'entendre ? »

Nouveau silence.

Puis il dit : « Je suppose que te remercier est la chose la plus importante que j'aie à faire. Tu as été tellement bonne avec moi. » Après quoi, la scène devint nettement sentimentale. Il se mit à tenir des propos incohérents ; sa voix tremblait. Il y avait beaucoup de choses que je ne parvenais pas à comprendre, et puis il fit allusion à un secret qu'il lui avait caché, quelque chose qui avait un rapport avec un restaurant chinois et qu'il ne lui avait jamais pleinement expliqué.

Il disait : « Ce n'est pas trop tard pour te le dire, n'est-ce pas ? Ça t'intéresse toujours ? »

À mon avis, elle ne pouvait plus l'entendre. C'est du moins ma théorie. Mais il continuait. Il était du genre obstiné.

Il disait : « C'était un vendredi soir. Nous avions réservé une table au restaurant pour huit heures. Maman était arrivée chez moi vers cinq heures. Je lui trouvais l'air un peu anxieux. Bien sûr, elle venait de faire un long trajet en voiture, mais il y avait visiblement autre chose. Je lui ai donc demandé si quelque chose n'allait pas, et elle m'a répondu que oui, qu'elle avait quelque chose à me dire, des nouvelles à m'apprendre, et qu'elle se demandait comment j'allais prendre ça. Je lui ai demandé de quoi il s'agissait et elle m'a répondu qu'il valait sans doute mieux attendre d'être au restaurant. Et c'est ce que nous avons fait.

« Tu sais qu'il y a toujours du monde au Mandarin, surtout le vendredi soir. C'était bondé. Le service était lent, mais elle a voulu attendre le plat principal pour me dire ce qu'elle avait à me dire. Elle devenait très nerveuse. Et moi aussi je devenais très nerveux. Finalement, elle a respiré profondément, et elle m'a déclaré qu'il y avait quelque chose que je devais savoir au sujet de mon père. Quelque chose qu'elle voulait me dire depuis sa mort. Mais elle n'en avait pas encore trouvé le courage, parce qu'elle savait à quel point je l'adorais, que je l'avais toujours préféré à elle. Bien sûr, j'ai protesté, mais c'était vrai. Il m'écrivait des lettres, quand j'étais petit. Des lettres de correspondants fictifs, avec plein de plaisanteries farfelues. Les premières lettres que j'aie jamais reçues. Ma mère n'aurait jamais fait ça. Donc, oui, c'était vrai : je le préférais à ma mère. Je l'avais toujours préféré.

« Et alors elle s'est mise à me raconter comment ils s'étaient rencontrés, à un club de badminton où ils allaient tous deux, comme il lui a fait la cour pendant des mois, en lui demandant sans arrêt de l'épouser, alors qu'elle refusait. Cela, je le savais déjà en grande partie. Mais ce que j'ignorais, c'était la raison pour laquelle elle avait finalement accepté. Elle était enceinte. Enceinte d'un autre homme. Elle était déjà enceinte de trois ou quatre mois, et elle lui a demandé s'il voulait l'épouser pour l'aider à élever l'enfant. Et il a répondu oui.

« Alors, je lui ai demandé : "Est-ce que tu es en train de me dire que celui que j'ai appelé papa durant toutes ces années n'était pas mon père ? Qu'il n'a rien à voir avec moi."

« Et elle m'a répondu oui.

« Alors j'ai demandé : "Qui est au courant ? Est-ce que tout le monde le sait ? C'est pour ça que ses parents n'ont jamais voulu nous parler ?"

« Et elle a répondu : "Oui, tout le monde le savait. Oui, c'est pour ça qu'ils n'ont jamais voulu nous parler."

« Nous ne pouvions plus manger, comme tu l'imagines. Ma mère pleurait. Je commençais à élever la voix. Je ne sais pas pourquoi, je commençais à me sentir en colère : peut-être parce que la colère était une façon commode de masquer les sentiments que j'aurais dû éprouver. En tout cas, je lui ai demandé si elle aurait la bonté de m'apprendre qui était mon vrai père, si ce n'était pas trop demander. Et elle m'a répondu qu'il s'appelait Jim Fenchurch, et qu'elle ne l'avait vu que deux fois, une fois chez elle, à Northfield, et une autre fois dix ans après. Il était représentant. Elle était toute seule chez ses parents, et il était venu vendre un aspirateur. Ils étaient montés dans sa chambre. C'était comme ça que ça s'était passé. »

À ce moment-là, l'infirmière revint. Elle tapota l'épaule de Michael et posa une tasse de café sur la table de chevet, mais il parut ne rien remarquer. Il continuait de murmurer d'un ton monotone. Il agrippait fort la main de Fiona. L'infirmière ne ressortit pas. Elle recula de quelques pas, et resta dans l'ombre à le regarder.

« Alors j'ai perdu mon sang-froid. J'ai frappé du poing sur la table, en faisant voler deux baguettes. Et j'ai dit : "Tu as couché avec un *représentant* ? Tu as couché avec un homme qui était venu vendre un *aspirateur* ? Pourquoi as-tu fait ça ? Pourquoi ?" Et elle a répondu qu'elle n'en savait rien, qu'il était tellement charmant, tellement gentil avec elle, et qu'il était beau, aussi. Il avait des yeux ravissants. Comme les tiens, a-t-elle dit. Et ça, je n'ai pas pu le supporter. J'ai crié : "Non ! Je n'ai pas ses yeux ! J'ai les yeux de mon père !" Et elle a répondu : "Mais oui, c'est exactement ça, tu as les yeux de ton père." Alors je me suis brusquement levé pour sortir, mais tu sais combien les tables sont rapprochées au Mandarin. J'étais tellement pressé, tellement en colère, que j'ai bousculé la table d'un couple, en renversant leur théière. Mais je ne me suis pas arrêté. Je me suis précipité vers la sortie, sans regarder si ma mère me suivait. Et puis j'ai marché au hasard dans la rue. Je ne suis rentré chez moi qu'après minuit. Ma mère était partie. Sa voiture n'était plus là, et elle m'avait laissé un message que je n'ai jamais lu. Et puis quelques semaines plus tard elle m'a envoyé une lettre que je n'ai jamais ouverte. Depuis, nous ne nous sommes plus parlé. Et, après ce soir-là, je ne suis presque plus sorti de mon appartement, et je n'ai pratiquement plus parlé à personne durant deux ou peut-être trois ans. »

Il se tut un instant. Puis il reprit d'une voix plus calme : « Jusqu'à ce que tu apparaisses. »

Et puis, encore plus calmement. « Maintenant, tu sais tout. »

Alors l'infirmière s'avança et lui posa la main sur l'épaule. « C'est fini, je le crains », chuchota-t-elle. Michael hocha lentement la tête, puis se replia sur lui-même. Peut-être pleurait-il, mais je crois qu'il était seulement très fatigué.

Il resta ainsi durant environ cinq minutes. Puis l'infirmière lui fit lâcher la main de Fiona, et déclara : « Je crois qu'il vaut mieux que vous veniez avec moi. » Il se leva avec peine, lui prit le bras, et ils traversèrent tous deux l'écran, pour disparaître du cadre. C'est la dernière image que j'eus de lui.

Quant à moi, je restai sur mon siège. Je ne voulais pas partir avant que Fiona n'ait quitté l'image. Il n'y avait aucune raison de sortir du cinéma, cette fois.

SECONDE PARTIE

« *Un système de mort* »

Chapitre un

OÙ IL EST QUESTION D'UN TESTAMENT

Le bref après-midi de janvier s'estompait dans un crépuscule précoce. Une pluie fine et morne tombait en silence. Une brume froide, humide et tenace montait du fleuve et rampait furtivement dans la ville. Assourdi, angoissant, le grondement familier de la circulation londonienne pénétrait à travers ce pâle linceul.

Michael s'éloigna de la fenêtre et s'assit devant l'écran de télévision scintillant et muet. La pièce était sombre, mais il ne prit pas la peine d'allumer une lampe. Il ramassa la télécommande et passa indolemment d'une chaîne à l'autre, puis s'arrêta finalement sur un bulletin d'informations qu'il regarda durant quelques minutes avec ennui, sans comprendre, et en se rendant vaguement compte que ses paupières commençaient à se clore. Les radiateurs étaient brûlants, l'air était lourd, et bientôt il sombra dans un léger sommeil inconfortable.

Depuis deux semaines que Fiona était morte, il avait pris l'habitude de laisser entrouverte la porte d'entrée de son appartement. Il avait décidé d'avoir des rapports plus proches avec les autres résidents de son immeuble, et ce geste était destiné à manifester une intention de voisinage amical et accessible. Ce jour-là, cependant, l'effet en fut différent, car lorsqu'un inconnu d'un certain âge, vêtu de noir de la tête aux pieds, arriva sur le seuil de Michael et qu'il n'obtint aucune réponse en frappant pour s'annoncer, il put pousser la porte sans bruit et s'introduire sans être vu dans le couloir obscur. Se rendant dans le salon, l'inconnu se plaça près du poste de télévision et resta un moment impassible à contempler le corps allongé et somnolent de Michael. Quand il eut vu tout ce qu'il désirait voir, il toussa bruyamment, à deux reprises.

Michael se réveilla en sursaut, accommoda son regard endormi, et alors se trouva regarder un visage qui aurait glacé de terreur le cœur de bien des hommes courageux. Décharné, maladif et déformé, ce visage exprimait aussitôt un esprit méchant, une intelligence obtuse, et, ce qui était peut-être encore plus effrayant, une sournoiserie absolue. Toute trace d'amour, de compassion, ou de ces doux sentiments sans lesquels aucun caractère humain ne peut être dit complet, était effacée de ces traits vicieux. On pouvait même penser y lire une trace de folie. Bref, c'était un visage qui communiquait un seul message, simple et épouvantable : abandonne tout espoir, toi qui me regardes. Renonce à toute idée de rédemption, à toute possibilité de fuite. N'attends rien de moi.

Frissonnant de dégoût, Michael éteignit la télévision, et le président Bush disparut de l'écran. Puis il alluma une lampe de chevet, et distingua enfin les traits de son visiteur.

Ce n'était pas un homme à l'aspect rébarbatif : l'austérité de ses vêtements et la fixité de son regard le rendaient plus sévère que sinistre. Il avait, supputa Michael, près de soixante-dix ans ; et il parla d'une voix monocorde, grave, froide, inexpressive, avec un accent du Yorkshire.

« Pardonnez-moi d'avoir forcé votre intimité sans m'être annoncé, dit-il. Mais comme votre porte était entrouverte...

— Ça ne fait rien, répondit Michael. En quoi puis-je vous être utile ?

— Vous êtes monsieur Owen, je suppose ?

— En effet.

— Je m'appelle Sloane. Everett Sloane, notaire, du cabinet, Sloane, Sloane, Quigley et Sloane. Voici ma carte. »

Michael se redressa péniblement, prit la pièce susmentionnée, et l'examina en clignant des yeux.

« Je suis venu ici suivant les instructions de mon client, poursuivit le notaire, feu Mr Mortimer Winshaw, de Winshaw Towers.

— Feu ? s'étonna Michael. Vous voulez dire qu'il est mort ?

— C'est justement la raison de ma visite, répondit Mr Sloane. Mr Winshaw a trépassé hier. Très paisiblement, s'il faut en croire les rapports. »

Michael accueillit cette nouvelle en silence.

« Voulez-vous vous asseoir ? fit-il enfin en se rendant lentement compte de la situation.

— Merci, mais il faut que je règle vite cette affaire. Je dois simplement vous informer que votre présence est requise à Winshaw Towers demain soir, pour l'ouverture du testament.

— Ma présence... ? répéta Michael. Mais pourquoi ? Je ne l'ai rencontré qu'une seule fois. Il ne m'a sûrement pas laissé quelque chose.

— Naturellement, répondit Mr Sloane, je ne suis pas libre de discuter des termes de ce document avant que les parties concernées ne soient réunies, en temps et lieu indiqués.

— Oui, fit Michael. Je comprends ça.

— Je peux donc compter sur votre présence ?

— Tout à fait.

— Merci. » Mr Sloane se tourna pour s'en aller, mais il ajouta : « Vous devrez bien entendu passer la nuit à Winshaw Towers. Je vous conseillerais d'apporter des vêtements chauds. C'est un endroit froid et désolé ; et, en cette période de l'année, le temps peut être exceptionnellement inclément.

— Merci. J'y songerai.

— À demain, donc, monsieur Owen. Ne vous dérangez pas ; je peux trouver tout seul la sortie. »

*

Le lendemain fut empli d'une étrange atmosphère d'attente qui n'avait rien à voir avec le voyage imminent de Michael dans le Yorkshire. C'était le 16 janvier, et, à cinq heures du matin, expirait la date limite imposée par les Nations unies pour le retrait du Koweït des troupes irakiennes. L'attaque des forces alliées contre Saddam Hussein pouvait être lancée à tout moment, et, chaque fois qu'il allumait la radio ou la télévision, Michael s'attendait à apprendre que la guerre avait commencé.

En prenant le train à la gare de King's Cross en fin d'après-midi, il aperçut quelques visages familiers parmi les autres voyageurs : Henry Winshaw et son frère Thomas montaient en première classe, avec leur jeune cousin Roderick Winshaw, le marchand d'art, et Mr Sloane lui-même. Inutile de dire que Michael voyageait en seconde classe. Mais son wagon n'était pas plein, et il put sans mauvaise conscience étaler son manteau et sa valise sur deux sièges voisins ; puis il sortit un cahier et tenta de prendre des notes sur les passages les plus importants de ce qui était manifestement un livre déjà plusieurs fois parcouru.

J'étais « Céleri », publié par la Peacock Press en fin 1990, s'était révélé être les mémoires d'un officier des renseignements de l'aviation qui avait travaillé comme agent double pour le service de contre-espionnage durant la Deuxième Guerre mondiale. Même s'il ne s'y trouvait aucune information directe sur la mission catastrophique de Godfrey Winshaw, il donnait du moins une explication au message de Lawrence : BISCUIT, FROMAGE, CÉLERI, semblait-il, étaient les noms codés des agents doubles contrôlés et supervisés par quelque chose appelé la Commission Vingt, section expérimentale établie en collaboration avec le ministère de la Guerre, le quartier général des forces territoriales, le service de contre-espionnage, le service de surveillance du territoire, et autres, en janvier 1941. Se pouvait-il que Lawrence ait été un membre de cette commission ? Très probablement. Se pouvait-il également qu'il ait été en liaison radio secrète avec les Allemands, pour leur communiquer non seulement les noms codés et les identités de ces agents doubles, mais aussi des informations sur les plans militaires des Britanniques — comme les projets de bombardements des usines d'armement ? C'était difficile à prouver, cinquante ans après les événements, mais il commençait à y avoir quelque évidence dans le fait que les pires accusations de Tabitha contre la traîtrise de son frère en temps de guerre pouvaient être très proches de la vérité.

Tandis que le train prenait de la vitesse dans un paysage gris et brumeux, Michael trouvait de plus en plus difficile de se concentrer sur cette énigme.

Il posa le livre et regarda vaguement par la vitre. Le temps n'avait guère changé durant les deux dernières semaines. C'était par un après-midi semblable que, dix jours auparavant, Fiona avait été incinérée dans le décor lugubre d'un crématorium de banlieue. Très peu de gens avaient assisté à cette triste cérémonie. Elle n'avait réuni que Michael, un oncle et une tante oubliés du sud-ouest de l'Angleterre, et une poignée de collègues de travail. Les hymnes chantés étaient insupportablement grêles, et on n'était pas parvenu à se mettre d'accord pour se retrouver dans un pub. Michael n'était resté que quelques minutes. Il était rentré chez lui pour faire sommairement ses bagages, et il avait pris un train pour Birmingham.

Sa réconciliation avec sa mère avait également été un moment amer. Ils avaient passé une soirée gênée dans un restaurant de quartier. Michael avait assez naïvement supposé que sa seule réapparition emplirait sa mère d'une telle joie qu'elle en oublierait le chagrin qu'il lui avait infligé en coupant si longtemps toute relation. Mais elle exigea qu'il justifie sa conduite, ce qu'il tenta de faire par des propos hésitants et piètrement argumentés. En effet, affirma-t-il, son père était mort deux fois : la deuxième mort, et la plus accablante, étant lorsqu'il avait appris la vérité sur sa naissance. Ses deux ou trois ans de retrait du monde pouvaient donc être considérés comme une période de deuil prolongé — théorie soutenue, s'il fallait un soutien, par l'essai de Freud sur ce sujet : *Deuil et mélancolie*. Sa mère parut moins que convaincue par cet appel à une autorité scientifique, mais, la soirée s'avançant, elle s'aperçut de la sincérité du remords de son fils, et l'ambiance commença à se dégeler. Ils rentrèrent à la maison, et, autour d'une tisane, Michael se sentit la hardiesse de poser des questions sur son père inconnu.

« Et tu ne l'as jamais revu, après ce jour où... tout s'est passé ?

— Je te l'ai dit, Michael. Je l'ai revu une fois, une dizaine d'années plus tard. Et toi aussi. Je te l'ai déjà dit.

— Comment ça, moi aussi ? Je ne l'ai jamais vu ! »

Sa mère avala une gorgée et commença son histoire.

« C'était un jour de semaine, et je faisais des courses en ville. J'ai eu envie de me reposer, et je suis allée prendre une tasse de café chez Rackham's. C'était bondé, je m'en souviens, et j'ai dû attendre un moment une place libre, avec mon plateau. J'ai aperçu un monsieur tout seul à une table, l'air sinistre, et je me suis demandé si je pouvais m'asseoir à côté de lui. Et puis soudain je l'ai reconnu. Il avait vieilli, il avait terriblement vieilli, mais j'étais certaine que c'était lui. Je l'aurais reconnu partout. Donc, j'ai réfléchi une minute, puis je me suis approchée de sa table, et je lui ai dit : "Jim ?" Il a levé les yeux, mais il ne m'a pas reconnue. Alors j'ai répété : "Vous êtes Jim, n'est-ce pas ?", mais il m'a répondu : "Je regrette. Je crois que vous faites erreur." Alors j'ai dit : "C'est moi, Helen", et j'ai vu qu'il commençait à comprendre qui j'étais. J'ai demandé : "Vous vous souvenez de moi, n'est-ce pas ?", et il m'a dit oui, en effet. Alors je me suis assise et nous nous sommes mis à parler.

« Ce n'était pas drôle de parler avec lui. Ce n'était plus que l'ombre de l'homme que j'avais connu. Il avait l'air de s'en vouloir de ne pas s'être fixé, de ne jamais avoir trouvé personne avec qui fonder un foyer. Il avait l'air de penser que c'était trop tard maintenant. Alors nous nous sommes mis à parler de moi et je n'ai pas pu me retenir. Il fallait que je lui parle de toi. Je pensais peut-être qu'il s'en doutait. Mais bien sûr il ne s'en doutait pas du tout. Il a été complètement abasourdi. Il a voulu tout savoir, quand tu étais né, de quoi tu avais l'air, comment tu travaillais à l'école, et ainsi de suite. Et plus je lui disais de choses, plus il voulait en savoir. Et puis, à la fin, il m'a demandé s'il pouvait te voir. Juste une fois. J'ai réfléchi. Pour être franche, cette idée ne me plaisait pas vraiment, mais finalement j'ai dit d'accord, mais il fallait que je le demande à mon mari, car je me disais qu'il ne voudrait pas, et ainsi ça n'irait pas plus loin. Mais tu sais comment était Ted, il ne pouvait rien refuser à personne, et lorsque le soir je lui ai posé la question, il a répondu oui, ça lui était égal, c'était le moins qu'on pouvait faire pour ce pauvre homme. Alors je l'ai fait venir, et, dans la nuit, quand tu étais déjà couché, je l'ai emmené dans ta chambre, et il est resté à te regarder pendant cinq minutes, mais tu t'es réveillé, tu l'as vu, et tu t'es mis à hurler à faire voler les vitres en éclats.

— Mais c'était mon rêve, s'écria Michael. C'était mon cauchemar. J'ai rêvé que je regardais mon propre visage.

— Eh bien non, répliqua sa mère. C'était le visage de ton père. »

Michael se tut un instant. Il était trop stupéfait pour vouloir parler, mais il parvint enfin à reprendre d'une voix brisée : « Et alors ?

— Alors rien, répondit sa mère. Il est parti et nous ne l'avons plus revu. Ni entendu parler de lui. » Elle hésita, sa tasse à la main, prête à prendre une autre gorgée. « Sauf que...

— Sauf que ?

— Il m'a demandé s'il pouvait avoir une photo de toi. Oh, je me souviens bien de ce qu'il a dit de toi : "La seule trace que j'aie pu laisser de mon existence durant ces vingt dernières années." Alors, en entendant ça, je n'ai pas eu le courage de lui refuser. Et je lui ai donné la première photo que j'ai pu trouver. C'était celle que tu gardais toujours avec toi, celle où on te voyait écrire avec Joan. »

Michael leva lentement les yeux. « Tu lui as donné cette photo ? Je ne l'ai donc pas perdue ? »

Elle hocha la tête. « J'ai voulu te le dire, mais je n'y ai pas réussi. Je ne savais pas comment m'y prendre. »

C'était trop de révélations en une seule fois pour Michael, mais il parvint tout de même à demander : « Et c'était quand ? Quand est-ce que ça s'est passé ?

— Eh bien, répondit sa mère, c'était au printemps. Ça, je le sais. Et c'était avant ton anniversaire, avant le jour où nous t'avons emmené à Weston. Tu as complètement changé à partir de ce jour. Donc je suppose que c'était en... 1961. Oui, au printemps 1961. »

*

Il faisait déjà nuit lorsque Michael descendit du train à York. Les trois Winshaw et Mr Sloane, sans le remarquer, hélèrent un taxi et disparurent dans la circulation. Michael calcula que le prix d'un taxi ne lui laisserait pas grand-chose sur les soixante-dix livres qu'il avait en poche, et donc il renonça à ce moyen de transport. Le prochain bus devait partir dans quarante-cinq minutes. Il patienta dans la salle d'attente en avalant deux paquets de Mars et de Nutsy.

Le trajet en autocar dura plus d'une heure, et pendant presque la moitié du temps, alors que le véhicule usé et bringuebalant s'enfonçait dans des routes toujours plus sombres, tortueuses, étroites et isolées, Michael se trouva être le seul passager. La station la plus proche de Winshaw Towers le laissa, selon ses estimations, à une dizaine de kilomètres de sa destination. Il n'entendit tout d'abord que de lointains bêlements de moutons, le doux gémissement d'un vent qui se levait, et le martèlement de gouttes d'eau qui promettaient de tomber bientôt à verse. Les seules lumières provenaient des fenêtres de quelques maisons isolées et dispersées. Il boutonna son manteau jusqu'au col et se mit à marcher sous la pluie. Mais, au bout de quelques minutes, il entendit au loin un bruit de moteur. Il se retourna, et aperçut les phares d'une voiture distante d'environ un kilomètre, qui venait vers lui. Il posa sa valise par terre, et leva un pouce implorant. La voiture freina à sa hauteur.

« Est-ce que vous allez dans la direction de Winshaw Towers ? demanda-t-il, tandis que la vitre du conducteur se baissait en révélant le visage rasé de près d'un homme portant une casquette et une parka.

— Je passe à un kilomètre mais je n'irai pas plus près, déclara l'homme. Montez. »

Ils roulèrent quelques minutes en silence.

« C'est une bien sale nuit pour se perdre dans les landes, déclara enfin le conducteur.

— Je pensais que le bus me rapprocherait davantage, répondit Michael. Ça a l'air très mal desservi par ici.

— Libération du marché, fit l'homme. C'est un crime. » Il renifla. « Cependant, je ne voterais pas pour les autres. »

Il s'arrêta à un carrefour et repartit, en laissant de nouveau Michael à la merci du vent et de la pluie, qui semblaient avoir redoublé d'intensité. On ne voyait rien d'autre dans les ténèbres environnantes que le chemin pierreux, et l'étroite bordure de la lande, où alternaient tourbe noire, touffes de bruyère, et rochers déchiquetés. Mais, au bout de dix minutes de marche, Michael se rendit compte qu'il longeait un lac apparemment artificiel, dont une extrémité était illuminée par des rangées parallèles de signaux qui faisaient songer à une piste d'aéroport. Il put même distinguer les contours d'un petit hydravion rangé au bord de l'eau. Peu après, il tomba sur un bois touffu limité par un mur de brique qui s'interrompit enfin sur un portail en fer forgé. Michael l'ouvrit dans des grincements sinistres. Il était presque arrivé à destination.

Il s'engagea alors dans un tunnel noir, boueux, mangé de végétation, apparemment infini, qui constituait l'allée, et au bout duquel les rectangles dorés des fenêtres illuminées de Winshaw Towers prirent un air presque accueillant. Cette impression réconfortante, toutefois, ne pouvait pas survivre à un regard même rapide jeté sur l'aspect trapu et intimidant de l'édifice. En s'approchant du porche, et entendant les horribles aboiements de chiens enfermés dans quelque annexe, Michael sentit un frisson lui parcourir le corps. Il se surprit alors à murmurer ces paroles : « Pas exactement un camp de vacances, n'est-ce pas ? »

Ç'aurait pu bien sûr être une réplique de Sid James : mais il n'y avait aucun Sid James pour lui tenir compagnie. Pour le moment, il était seul à se charger du dialogue.

Chapitre deux

UN ACCIDENT PRESQUE FÂCHEUX

Dès que Michael tenta de soulever l'énorme marteau rouillé, la porte s'ouvrit vivement toute seule. Il entra et regarda autour de lui. Il se trouvait sur les dalles d'un immense vestibule délabré, éclairé par quatre ou cinq appliques fixées haut sur les lambris, et dont l'aspect crépusculaire était accentué par de sombres tableaux et des tapisseries défraîchies. Il y avait des portes de chaque côté et, en face, un large escalier de chêne. Par une porte de gauche filtraient de la lumière et des échos de conversation. Après une courte hésitation, il posa sa valise au pied de l'escalier, releva ses cheveux mouillés et emmêlés, et s'avança hardiment.

Il ouvrit la porte sur un vaste salon accueillant, où une bûche flambait joyeusement dans la cheminée, en projetant des ombres fantastiques et dansantes sur les murs. Dans un fauteuil près du feu était assise une toute petite femme voûtée, enveloppée dans un châle en fixant de ses yeux perçants d'oiseau ses doigts qui maniaient avec dextérité des aiguilles à tricoter. C'était, devina Michael, Tabitha Winshaw : sa ressemblance avec tante Emily, la vieille fille déséquilibrée jouée par Esma Cannon dans le film *À chacun son dû*, était indubitable. En face d'elle, sur un canapé, un verre de whisky à la main, les yeux flegmatiques perdus dans le vague, se trouvait Thomas Winshaw, le banquier d'affaires, tandis qu'à l'autre bout de la pièce, près de la fenêtre martelée de pluie, Hilary Winshaw tapait calmement sur le clavier d'un ordinateur portable posé sur une table. Elle s'interrompit au bout d'une phrase, leva les yeux pour chercher l'inspiration, et fut ainsi la première à remarquer la présence de Michael.

« Bonsoir. Qui est-ce donc ? fit-elle. Un inconnu dans la nuit, si jamais j'en vis.

— Pas tout à fait un inconnu », répondit Michael. Il s'apprêtait à se présenter lorsque Thomas intervint. « Bon sang, mon vieux, vous êtes en train de tremper le tapis. Qu'on appelle le majordome, pour le débarrasser de ce manteau. »

Hilary se leva pour tirer sur le cordon de la sonnette, puis s'approcha pour regarder de plus près le nouveau venu.

« Ah, mais je l'ai déjà vu quelque part », dit-elle. Puis, s'adressant à Michael : « Vous ne faisiez pas du ski à Aspen ?

— Je m'appelle Michael, Michael Owen, répondit-il. Je suis écrivain. Parmi mes œuvres inachevées se trouve une histoire de votre famille : il se peut même que certains d'entre vous en aient lu des passages.

— Quoi, Mr Owen ! s'écria Tabitha en posant ses aiguilles et en applaudissant de joie. Je me demandais si vous pourriez venir. J'avais tellement envie de vous rencontrer. Bien sûr, j'ai lu votre livre ; notre éditeur me l'a envoyé, comme vous savez ; et je l'ai lu avec le plus grand intérêt, je dois dire. Asseyez-vous donc. Il faut que nous en parlions. Il le faut vraiment. »

Thomas se leva à son tour et pointa vers Michael un doigt accusateur.

« Je me souviens de vous. Vous êtes ce fichu écrivain qui fouine partout. Vous vous êtes présenté un jour à la banque et vous vous êtes mis à me poser des questions douteuses. J'ai été obligé de vous mettre dehors, si je ne me trompe.

— Vous ne vous trompez pas, répliqua Michael en tendant une main que Thomas refusa de serrer.

— Que diable vous imaginez-vous faire ici, à vous introduire dans une réunion de famille ? Ça revient à une entrée par effraction. Vous vous exposez à de graves ennuis.

— Je suis ici pour la même raison que vous, déclara Michael sans se démonter. Je suis ici pour la lecture du testament : selon les instructions de feu votre oncle.

— Balivernes, mon vieux, pures balivernes ! Si vous espérez nous faire avaler cette histoire...

— Je crois que vous allez découvrir que Mr Owen dit la vérité », lança une voix provenant du seuil.

Tous se tournèrent pour voir Mr Sloane entrer dans la pièce. Il portait toujours son costume trois-pièces noir, et il tenait fermement dans sa main droite une mince serviette.

« Mr Mortimer Winshaw a exigé sa présence ce soir, continua-t-il en s'approchant de la cheminée pour se réchauffer. Nous ne saurons pourquoi qu'après avoir ouvert le testament. Si Mr Owen veut bien monter se rafraîchir, nous serons bientôt tous prêts pour expédier cette heureuse procédure.

— Voici votre guide », fit Hilary tandis que l'antique Pyles arrivait d'un pas traînant.

Michael le suivit dans l'escalier. Il n'avait guère l'habitude de parler avec des domestiques, et donc il attendit un peu avant de faire sa première remarque.

« Ma foi, je suis surpris par le climat, dit-il avec un gloussement nerveux. La prochaine fois, je crois que j'apporterai un suroît et des bottes.

— Le pire est encore à venir », répliqua sèchement Pyles.

Michael réfléchit un instant.

« Je suppose que vous parlez du temps, fit-il.

— Il y aura de l'orage cette nuit, grommela le majordome. Éclairs, tonnerre, et torrents de pluie capables de mouiller les morts dans leurs tombes. » Il se tut brièvement avant d'ajouter : « Mais pour répondre à votre question, non, je ne parlais pas du temps.

— Non ? »

Pyles posa la valise au milieu du couloir et tapota Michael sur la poitrine.

« La dernière réunion de famille dans cette maison a eu lieu il y a presque trente ans, dit-il. La tragédie et le meurtre sont venus nous rendre visite. Et ils recommenceront ce soir ! »

Michael recula légèrement pour tenter d'échapper à l'haleine éthylique du majordome.

« Mais, hum... que voulez-vous dire au juste ? demanda-t-il en prenant lui-même la valise et en se remettant à marcher dans le couloir.

— Tout ce que je sais, répondit Pyles en boitant derrière lui, c'est que des choses terribles auront lieu cette nuit. Des choses terribles. Estimons-nous heureux si nous nous réveillons demain matin sains et saufs dans notre lit. »

Il s'arrêta devant une porte.

« Voici votre chambre, dit-il en l'ouvrant. Je

crains que la serrure ne soit cassée depuis longtemps. »

*

Les murs et le plafond de la chambre de Michael étaient lambrissés de chêne sombre, et il y avait un petit feu électrique qui n'avait pas eu encore le temps de réchauffer l'air humide. Malgré sa lumière et celle de deux bougies posées sur une coiffeuse, tous les coins étaient plongés dans de sinistres ténèbres. Une odeur étrange de moisissure régnait dans toute la pièce, une odeur de cave pourrie. L'unique fenêtre, haute et étroite, grinçait sans cesse dans son cadre sous l'effet du vent ; les vitres paraissaient prêtes à voler en éclats. En défaisant sa valise et en plaçant sa trousse de toilette, son peigne et son rasoir, sur la coiffeuse, Michael fut envahi d'un sentiment de malaise. Si grotesques qu'eussent été les propos du majordome, ils avaient planté en lui les germes d'une peur informe et irrationnelle, et il se mit à penser mélancoliquement au salon d'en bas, avec son feu ronflant et sa présence humaine (si une assemblée de Winshaw pouvait proposer rien de semblable). Il ôta aussi vite que possible ses vêtements humides, se changea, puis sortit en refermant la porte avec un soupir de soulagement, et ne tarda pas à rebrousser chemin.

Cela, cependant, était plus facile à dire qu'à faire. L'étage présentait un dédale de corridors, et Michael s'aperçut qu'il avait été tellement troublé par les prophéties du majordome qu'il avait négligé de repérer son chemin. Après quelques minutes d'errance dans ces couloirs sombres aux tapis élimés, son malaise commença à approcher une sorte de panique. Il avait la sensation — sensation ridicule, il le savait — de ne pas être seul dans cette partie de la maison. Il aurait pu jurer avoir entendu des portes s'ouvrir et se refermer furtivement, et même, une ou deux fois, avoir entrevu une ombre mouvante dans le coin le plus obscur d'un palier. Cette sensation ne disparut pas lorsqu'il arriva enfin (au moment où il s'y attendait le moins) au sommet du grand escalier. Il s'arrêta un instant entre deux armures rouillées, l'une portant une hache, l'autre une masse.

Était-il vraiment prêt à affronter cette famille ? Il se passa la main dans les cheveux, arrangea sa veste, vérifia si sa braguette était fermée. Puis il s'aperçut qu'un de ses lacets était défait, et il s'agenouilla pour le nouer.

Il était dans cette posture depuis quelques secondes lorsqu'il entendit une voix de femme hurler derrière lui.

« Faites attention ! Pour l'amour du ciel, faites attention ! »

Il se retourna, et il s'aperçut que l'armure à la hache basculait lentement vers lui. Il se projeta en avant avec un cri, et la lame de l'arme vénérable se planta sourdement dans le sol à l'endroit même où il se trouvait un instant auparavant.

« Tout va bien ? dit la femme en se précipitant vers lui.

— Je crois », répondit Michael qui s'était en fait cogné la tête contre la rampe. Il essaya de se lever mais n'y parvint pas. La femme s'assit alors sur la marche supérieure pour lui permettre de s'appuyer sur elle.

« Est-ce que vous avez vu quelqu'un ? demanda Michael. Quelqu'un a dû pousser l'armure. »

À ce moment précis, comme pour donner une

réponse, un gros chat noir sauta de l'alcôve d'où était tombée l'armure et dévala l'escalier avec un miaulement coupable.

« Torquil ! lança la femme d'un ton de reproche. Que fais-tu hors de la cuisine ? Eh bien, voilà votre assassin, je suppose », ajouta-t-elle avec un sourire.

Une porte s'ouvrit en bas et plusieurs membres de la famille sortirent en hâte du salon.

« Quel était ce bruit ?

— Que se passe-t-il ici ? »

Deux hommes, en qui Michael reconnut Roderick et Mark Winshaw, remettaient l'armure en place, tandis que Tabitha elle-même se penchait sur lui en demandant : « Il n'est pas mort, n'est-ce pas ?

— Oh, je ne crois pas. Il s'est cogné la tête, c'est tout. »

Michael reprenait lentement ses esprits. Il put alors enfin distinguer les traits de celle qui l'avait sauvé, une femme très séduisante, à l'air intelligent, avec de longs cheveux blonds. Elle devait avoir à peine trente ans et elle lui souriait gentiment. Alors il cligna des yeux trois ou quatre fois, sous l'effet de la stupéfaction. Il connaissait cette femme. Il l'avait déjà vue. Il crut d'abord que c'était Shirley Eaton. Il cligna de nouveau des yeux, et un souvenir lointain, mais moins flou, commença à se dessiner en lui. Quelqu'un qui avait un rapport avec Joan... avec Sheffield... avec... Oui ! C'était le peintre. Le peintre qui logeait chez Joan. Ce n'était pas possible. Que pouvait-elle bien faire ici ?

« Vous êtes sûr que vous allez bien ? demanda Phoebe en voyant son changement d'expression. Vous avez l'air un peu bizarre.

— J'ai l'impression de devenir fou », répondit Michael.

En entendant ces mots, Tabitha se mit à rire hystériquement.

« Comme c'est drôle ! s'écria-t-elle. Avec moi, ça fait deux ! »

Et, sur cette remarque lumineuse, elle précéda tout le monde dans le salon.

Chapitre trois

PAS DE PANIQUE, LES GARS !

« Le testament de Mr Mortimer Winshaw, commença Mr Sloane en promenant un regard grave autour de la table, prend la forme d'une brève déclaration, qu'il a rédigée il y a quelques jours seulement. Si personne n'y voit d'objection, je vais maintenant le lire entièrement. »

Il y eut un violent coup de tonnerre, qui fit trembler les vitres et vibrer les chandeliers sur la cheminée. Les éclairs illuminèrent brièvement, comme dans une hallucination, les visages tendus, belliqueux, de la famille en attente, les rendant soudain blêmes et fantomatiques.

« "Moi, Mortimer Winshaw, reprit le notaire, inscris ces derniers mots à l'intention des membres survivants de ma famille, dans la certitude qu'ils seront tous présents pour les entendre. Je dois par conséquent commencer par souhaiter une chaleureuse bienvenue à mes neveux, Thomas et Henry, à ma nièce, Dorothy, à mon jeune neveu Mark (fils du cher et regretté Godfrey), et enfin, et surtout, à Hilary et Roderick, issus de mon propre sang (bien que j'aie presque honte de le reconnaître).

« "Aux trois autres invités, dont je ne suis pas aussi sûr de la présence, j'exprime un salut plus hésitant. J'espère de tout mon cœur que, pour un soir du moins, ma chère sœur Tabitha aura pu échapper à sa scandaleuse incarcération afin d'assister à ce qui promet d'être une réunion de famille exceptionnelle, et, dirais-je, qui ne devrait pas se répéter. J'espère aussi que se sera jointe à elle mon infirmière, si loyale et désintéressée, Miss Phoebe Barton, dont le charme, la grâce et la gentillesse ont été pour moi une source de grand réconfort durant la dernière année de ma vie. Et, enfin, j'espère que l'infortuné biographe de la famille, Mr Michael Owen, sera là pour faire un rapport complet d'une soirée qui, je crois, fournira une bonne conclusion à sa chronique attendue avec impatience.

« "Les remarques suivantes, cependant, s'adressent non à ce trio de témoins, mais aux six parents précédemment cités, dont la présence ce soir autour de cette table était courue d'avance. Et pourtant, demanderez-vous, comment puis-je prophétiser leur venue avec autant d'assurance ? Quelle force pourrait pousser ces six individus, qui traitent chacun de glorieuses affaires sur la scène mondiale, à abandonner sur-le-champ toutes leurs obligations pour venir dans cet endroit solitaire et perdu — endroit, ajouterai-je, qu'ils ont trouvé si facile d'éviter tant que j'étais en vie ? La réponse est simple : ils y seront poussés par la force qui a toujours, et uniquement, régné sur la conduite de leurs carrières professionnelles. Je fais bien sûr allusion à la rapacité : à la pure et simple rapacité dans toute sa brutalité. Peu importe que ce soient six des individus les plus riches du pays. Peu importe qu'ils sachent tous avec certitude que ma propre fortune ne s'élève qu'à une toute petite fraction de la leur. La rapacité est tellement ancrée en eux, c'est devenu tellement pour eux une façon de penser, que je sais qu'ils ne pourront pas s'empêcher de faire le voyage, ne serait-ce que pour racler le tonneau pourri du reste de mes biens.”

— C'est très poétique, tout ça, non ? intervint Dorothy en ne paraissant nullement gênée par le ton de cette déclaration.

— Il a tendance à s'empêtrer dans ses métaphores, ajouta Hilary. On racle le *fond* d'un tonneau, il me semble. Et est-ce qu'un tonneau n'est pas pourri seulement s'il contient une pomme pourrie ?

— Si je puis continuer..., dit Mr Sloane. Il ne reste qu'un paragraphe. »

On refit silence.

« “Et ce n'est donc pas pour moi un mince plaisir que d'annoncer à ces parasites — ces sangsues à forme humaine — que tous leurs espoirs sont vains. Je meurs dans un état de pauvreté tel qu'il dépasse les possibilités de leur imagination. Durant les longues et heureuses années de notre mariage, Rebecca et moi n'avions pas vécu raisonnablement. L'argent que nous avions, nous l'avons dépensé. Sans doute aurions-nous dû le thésauriser, l'investir, le faire travailler, et consacrer toute notre énergie à le renifler et à l'accroître. Mais ce n'était pas notre philosophie, je le crains. Nous avons choisi de nous amuser, et, le résultat, c'est que nous avons fait des dettes : des dettes qui restent à ce jour impayées. Des dettes si importantes que même la vente de cette maudite demeure — en supposant qu'on trouve quelqu'un d'assez stupide pour l'acheter — ne suffirait pas à les couvrir. Je lègue donc ces dettes aux six membres susmentionnés de ma famille, et leur demande de les partager équitablement entre eux. Il me reste à vous souhaiter à tous de passer ensemble une agréable soirée sous ce toit. Fait le onze janvier de l'année mil neuf cent quatre-vingt-onze. Mortimer Winshaw." »

Il y eut de nouveau un violent coup de tonnerre. L'orage était encore plus proche, et il continua un instant de gronder. Quand il se fut calmé, Mark déclara : « Vous savez tous, bien sûr, qu'il ne peut pas légalement nous y contraindre. Nous ne sommes nullement obligés de régler ses créances.

— Tu as sans doute raison, répliqua Thomas en se levant pour se servir du whisky. Mais ce n'est pas ce qu'il a voulu faire. Ce qu'il a voulu faire, c'est se payer notre tête, et, à cet égard, je dirais qu'il a plutôt réussi.

— Eh bien, ça prouve du moins qu'il restait un peu d'esprit dans sa vieille carcasse, dit Hilary.

— Combien vous payait-il ? aboya soudain Henry à l'intention de Phoebe.

— Je vous demande pardon ?

— Ce type prétend qu'il n'avait pas d'argent. Alors comment a-t-il pu se payer une infirmière privée ?

— Les gages de Miss Barton, intervint le notaire d'un ton qu'il voulait suave et apaisant, étaient pris sur une hypothèque que votre oncle avait mise sur ses biens. » Il sourit aux visages furieux rangés autour de lui.

« Ma foi, je ne sais pas si vous êtes d'accord, reprit Hilary en se levant pour sonner, mais pour ma part je prendrais bien un petit souper après tout ça. Il est dix heures passées et je n'ai rien mangé de toute la soirée. Voyons ce que Pyles peut nous faire préparer.

— Bonne idée, répondit Roddy en allant également se servir dans le meuble à boissons. Et demandons-lui d'aller chercher une bouteille à la cave, tant qu'on y est.

— Fichu temps, dit Dorothy. J'aurais pu être de retour à la ferme avant minuit. Mais il n'est pas question de prendre la route ce soir.

— Oui, on dirait que nous allons jouer les prolongations », renchérit Thomas.

Tabitha se leva de sa chaise avec raideur.

« J'espère que ça n'ennuiera personne que j'aille reprendre ma place précédente, dit-elle. Ce fauteuil est si confortable, et c'est un tel délice d'être au coin du feu, vous n'avez pas idée. Ma chambre à l'asile est tellement froide, voyez-vous, même en été. Voulez-vous venir près de moi, Mr Owen ? Il y a bien longtemps que je n'ai pas profité de la compagnie d'un véritable homme de lettres. »

Michael n'avait pas encore eu l'occasion de parler avec Phoebe, et il avait eu l'intention de se présenter de nouveau pour voir si par hasard elle se souvenait de lui ; mais il ne pouvait vraiment pas opposer un refus à la requête de sa patronne, et il alla la rejoindre près du feu. En s'asseyant, il leva les yeux vers le portrait qui était accroché au-dessus de la cheminée, en se demandant s'il n'y avait pas derrière les yeux une autre paire d'yeux qui épiaient. Il dut cependant reconnaître que c'était très improbable : le portrait était un Picasso, et les deux yeux étaient peints d'un même côté du visage.

« Maintenant, racontez-moi un peu, commença Tabitha en lui posant une petite main sèche sur le genou. Est-ce que vous avez publié un autre de vos fascinants romans ?

— Je crains que non, répondit Michael. L'inspiration semble m'avoir abandonné ces temps derniers.

— Oh, quel dommage, soupira Tabitha. Mais peu importe : je suis sûre qu'elle vous reviendra. Du moins vous êtes bien établi dans le monde littéraire, n'est-ce pas ?

— Eh bien, voyez-vous, il y a de nombreuses années que...

— Vous êtes bien connu du groupe de Bloomsbury, par exemple ? »

Michael fronça les sourcils. « Le... Bloomsbury ?

— Il y a des années que nous ne nous écrivons plus, mais Virginia et moi étions très proches, à un moment donné. Et cette chère Winifred, bien entendu. Winifred Holtby. Êtes-vous familier avec son œuvre ?

— Oui, je...

— Vous savez, si ça peut vous aider en quoi que ce soit dans votre carrière, je pourrais aisément vous donner plusieurs lettres d'introduction. J'ai une certaine influence sur Mr Eliot. En fait, pour dire la vérité, si vous pouvez garder un secret », et là elle se mit à chuchoter, « on m'a dit qu'il avait le béguin pour moi.

— Vous voulez dire... T.S. Eliot ? bredouilla Michael. L'auteur de *La Terre vaine* ? »

Tabitha partit d'un rire joyeux et musical.

« Allons, petit farceur ! s'écria-t-elle. Vous ne savez donc pas qu'il est mort depuis des années ? »

Il se joignit comme il put à son hilarité. « Oui, naturellement.

— Je parle, reprit-elle les yeux encore brillants de gaieté, de Mr George Eliot. L'auteur de *Middlemarch* et du *Moulin sur la Floss*. »

Tabitha reprit sa pelote de laine et se remit à

tricoter, en ne cessant de sourire avec indulgence. Elle mit un terme au silence abasourdi de Michael en changeant brusquement de sujet.

« Est-ce que vous avez déjà piloté un Tornado ? »

*

Le souper à Winshaw Towers ne fut pas un repas cordial, avec pour seuls plats de la viande froide, des cornichons, du fromage, et un médiocre chablis. Il n'y avait que huit convives : Henry et Mark avaient préféré rester dans leur chambre, pour regarder les nouvelles à la télévision. Ils estimaient tous deux qu'une attaque aérienne américaine en Irak était imminente. Les autres étaient rassemblés à un bout de la longue table de la salle à manger, qui était inhospitalière, et pleine de courants d'air. Les radiateurs ne fonctionnaient pas, et il manquait plusieurs ampoules au lustre. Ils mangèrent d'abord en silence. Michael sentait qu'il ne pouvait pas s'engager dans une conversation personnelle avec Phoebe dans ces circonstances, et les Winshaw eux-mêmes paraissaient ne pas avoir grand-chose à se dire. Et le vent qui hurlait constamment, la pluie qui martelait les vitres ne contribuaient pas à détendre l'atmosphère.

Cette monotonie fut enfin rompue par des coups frappés bruyamment à la porte d'entrée. Peu après, on entendit la porte s'ouvrir, et des voix dans le vestibule. Et puis Pyles entra dans la salle à manger de son pas traînant, pour s'adresser à toute l'assemblée : « Il y a un monsieur qui dit être policier. »

Michael trouva cette annonce très spectaculaire, mais les autres ne manifestèrent pas d'intérêt particulier. Ce fut finalement Dorothy qui se leva en déclarant : « Je suppose qu'il vaut mieux aller lui dire un mot. »

Michael la suivit dans le vestibule, où ils rencontrèrent Mark qui descendait le grand escalier.

« Qu'est-ce qui se passe encore ? » fit-il.

Un personnage fortement barbu aux sourcils broussailleux, à l'âge indéterminé et à l'uniforme de policier trempé de pluie, se présenta comme le brigadier Kendall, du commissariat du village.

« Par tous les diables ! s'écria-t-il avec un accent presque incompréhensible à Michael. C'est un temps à rester au coin du feu, et pas à être expédié dehors en mission.

— Que pouvons-nous faire pour vous, brigadier ? demanda Dorothy.

— Eh bien, je ne voudrais pas vous inquiéter, madame, répondit le policier, mais j'ai pensé qu'il valait mieux vous avertir.

— Nous avertir ? De quoi ?

— Je crois que Miss Tabitha Winshaw est avec vous ce soir.

— Oui, en effet. Quel mal à ça ?

— Eh bien, vous savez, je suppose, qu'à... l'hôpital où réside habituellement Miss Winshaw, il y a de nombreux cas très dangereux... des aliénés, vous comprenez... qui sont également gardés dans des quartiers de haute sécurité.

— Et alors ?

— Alors, il semble qu'il y ait eu une évasion cet après-midi. Un de ces aliénés a disparu... un égorgeur, rien moins que ça, un assassin sans pitié et sans remords. Par tous les diables ! Je ne donnerais pas cher de la peau d'un homme assez infortuné pour se trouver sur son chemin par une nuit pareille.

— Mais enfin, brigadier, l'asile se trouve à plus d'une trentaine de kilomètres. Cet incident, aussi fâcheux qu'il soit, ne nous concerne en rien.

— Oh, je crains que oui, au contraire. Voyez-vous, nous avons des raisons de penser que le véhicule de cette évasion est justement la voiture qui a amené Miss Winshaw chez vous. Le rusé gaillard a dû se cacher dans le coffre. Ce qui voudrait dire, en toute probabilité, qu'il est dans les parages. Il ne peut pas être allé bien loin, par ce temps.

— Soyons clair, brigadier, intervint Mark Winshaw. Êtes-vous en train de nous dire qu'un meurtrier maniaque rôde en liberté dans notre domaine ?

— C'est à peu près ça, monsieur.

— Et que nous conseillez-vous de faire dans ces regrettables circonstances ?

— Ma foi, il ne faut pas être pris de panique, monsieur. Ce serait mon premier conseil. Prenez simplement la précaution de verrouiller toutes les portes de la maison, de les barricader si possible, de lâcher des chiens dans le jardin, de vous munir de fusils, de pistolets, de toutes les armes dont vous pouvez disposer, et de laisser de la lumière dans toutes les pièces. Ces monstres sont sensibles à la peur, voyez-vous. Ils savent la flairer. » Après les avoir rassurés de cette façon, il planta fermement sa casquette sur son crâne et se dirigea vers la porte. « Il faut que j'y aille, maintenant, si ça ne vous fait rien. Mon collègue m'attend dans la voiture. Nous avons encore plusieurs maisons à prévenir. »

Et il sortit en laissant entrer par la porte des torrents de pluie et de feuilles tourbillonnantes. Mark, Dorothy et Michael retournèrent dans la salle à manger pour apprendre aux autres cette extraordinaire nouvelle.

« Eh bien, c'est le couronnement de cette délicieuse soirée, déclara Hilary. Nous allons donc passer la nuit avec Norman Bates dans les couloirs, n'est-ce pas ?

— Il est toujours possible de s'en aller maintenant, si quelqu'un veut tenter le coup, suggéra Mr Sloane.

— Je pourrais bien vous prendre au mot, répondit Dorothy.

— Je ne peux pas croire qu'un de mes voisins soit capable de faire des choses aussi vilaines, dit Tabitha comme en se parlant à elle-même. Ils ont tous l'air si tranquilles et si agréables. »

Certains de ses parents se mirent à toussoter.

« Il se peut que vous ne soyez pas loin de la vérité, intervint Michael en se tournant vers Hilary. Je ne sais rien de ce Norman Bates, mais il y a en effet des films où se produisent ce genre de choses.

— Comme ?

— Eh bien, comme *Le Chat et le canari,* par exemple. Est-ce que quelqu'un l'a vu ?

— Je le connais, dit Thomas. Bob Hope et Paulette Goddard.

— C'est ça. Tous les membres d'une famille se réunissent dans une maison pour la lecture d'un testament. Il y a un terrible orage. Alors un agent de police arrive pour les avertir qu'il y a un meurtrier fou dans les parages.

— Et qu'arrive-t-il aux membres de cette famille ? demanda Phoebe en regardant pour la première fois Michael dans les yeux.

— Ils sont tous assassinés, répondit-il calmement. Un par un. »

La foudre tomba plus violemment que jamais. Elle fut suivie d'un long silence. Les paroles de Michael semblaient avoir eu un puissant effet : seule Hilary restait imperturbable.

« Eh bien, pour être franche, je ne vois pas en quoi nous aurions à nous inquiéter, déclara-t-elle. Après tout, vous êtes le seul à qui on s'en soit pris.

— Oh, allons, nous savons tous que c'est un accident, répliqua Michael. Vous ne voulez sûrement pas dire que...

— Si ça ne vous fait rien, coupa Roddy, je trouve que cette conversation commence à manquer autant de goût que ce stilton. »

Et il repoussa avec dégoût son assiette de fromage.

« Et, bien sûr, vous êtes un expert en *goût* », lança Phoebe.

Cette pique était accompagnée d'un regard très éloquent qui poussa Roddy à pointer un doigt vers elle et à bégayer avec fureur : « Vous avez un certain culot, vous savez, de vous trouver ici avec nous. Vous avez passé un week-end dans cette maison, autrefois, et ça vous a largement suffi pour mettre le grappin sur mon père. Combien d'argent lui avez-vous extorqué, hein ? J'aimerais bien le savoir. Et d'ailleurs, de quoi est-il mort, au juste ? Personne ne semble s'en être soucié.

— Je ne sais pas vraiment, dit Phoebe, sur la défensive. Je n'étais pas là quand ça s'est passé.

— Écoutez, nous sommes en train de perdre notre temps, intervint Dorothy. Quelqu'un devrait aller chercher Henry pour le mettre au courant de ce qui se passe. »

Tout le monde trouva cette idée très sensée.

« Au fait, où est-il ?

— Il regarde la télévision dans l'ancienne chambre de la nurse Gannet.

— Où est-ce que ça peut bien se trouver ? Qui sait se repérer dans cette fichue maison ?

— Moi, répondit Phoebe. Je vais y aller. »

Michael fut lent à s'opposer à la tournure que prenaient les choses, parce qu'il avait été intrigué par la soudaine animosité entre Roddy et Phoebe, et qu'il commençait à se demander quel genre d'histoire elle cachait. Mais dès qu'il se rendit compte qu'elle était partie pour une mission qui pouvait s'avérer dangereuse, il en fit le reproche aux autres.

« Elle n'aurait pas dû y aller seule, protesta-t-il. Vous avez entendu ce qu'a dit le brigadier. Il se peut qu'il y ait un assassin dans la maison.

— C'est complètement absurde, railla Dorothy. Nous ne sommes pas dans un film, vous savez.

— C'est ce que vous pensez », répliqua Michael.

Et il partit à la poursuite de Phoebe. Mais il eut de nouveau l'occasion de maudire la complication diabolique des circonvolutions architecturales de la bâtisse. En haut du grand escalier, il ne sut quelle direction prendre, et s'essouffla durant plusieurs minutes à courir dans le réseau tortueux des couloirs, jusqu'à tomber soudain sur Phoebe.

« Que faites-vous ici ? s'écria-t-elle.

— Je vous cherche, bien sûr. Vous l'avez trouvé ?

— Henry ? Non, il n'y était plus. Peut-être est-il redescendu.

— Probablement. Mais allons voir encore un peu. On ne sait jamais. »

Phoebe l'entraîna dans un petit escalier puis dans trois ou quatre couloirs étroits et obscurs.

« Chut ! Écoutez ! fit Michael en lui posant la main sur le bras. J'entends des voix.

— Ne vous inquiétez pas. C'est seulement la télévision. »

Elle ouvrit la porte sur une pièce vide, meublée seulement d'une table, d'un canapé, et d'un poste portable en noir et blanc qui diffusait le journal du soir. Jeremy Paxman, hors champ, interviewait un jeune secrétaire d'État à la Défense à l'air excédé.

« Vous voyez ? fit Phoebe. Il n'y a personne. »

"Ce serait une erreur de considérer l'ultimatum de l'ONU comme une gâchette, disait le jeune secrétaire d'État. Saddam Hussein sait que nous avons le droit d'engager une action militaire. Que nous décidions d'exercer ce droit, et quand, ça, c'est une autre affaire. — Mais cela fait presque dix-neuf heures que la date limite a expiré, insistait Paxman. Vous voulez dire qu'on n'a pas encore décidé quand..."

« Oh, mon Dieu ! »

Michael venait de remarquer quelque chose. Un flot de sang coulait du canapé et se répandait sur le sol. Il regarda avec précaution par-dessus le dossier et découvrit Henry allongé à plat ventre sur le siège, un couteau de boucher planté entre les omoplates. Phoebe s'approcha et poussa un cri. Ils restèrent un instant à contempler le cadavre, sans rien dire, jusqu'au moment où ils se rendirent compte qu'une troisième personne était entrée, s'était placée entre eux, et regardait le mort d'un œil froid et indifférent.

« Poignardé dans le dos, hein ? dit sèchement Hilary. C'est bien approprié. Est-ce que cela veut dire que Mrs Thatcher est quelque part dans la maison ? »

Chapitre quatre

HURLE TOUJOURS...

Michael, Phoebe, Thomas, Hilary, Roddy, Mark et Dorothy formaient un cercle solennel autour du cadavre. Ils avaient redressé Henry en position assise, et son visage les fixait maintenant avec cette expression scandalisée et incrédule qui l'avait caractérisé dans toutes ses apparitions publiques.

« À votre avis, ça a eu lieu quand ? » demanda Roddy.

Personne ne répondit.

« Nous ferions mieux de redescendre, déclara Hilary. Je suggère que nous allions trouver Tabitha et Mr Sloane pour avoir une bonne discussion.

— Et nous allons le laisser comme ça ? fit Thomas tandis que les autres commençaient de partir.

— Je vais... je vais nettoyer un peu, si vous voulez, dit Phoebe. Je dois avoir ce qu'il faut dans mon sac.

— Je vais rester pour vous aider, proposa Dorothy. J'ai une certaine expérience avec les carcasses. »

Les autres s'en allèrent en un cortège silencieux pour se rendre dans le salon, où Tabitha continuait placidement à tricoter. Mr Sloane, assis en face d'elle, avait les traits complètement tirés d'horreur.

« Eh bien, déclara Hilary comme personne semblait ne vouloir commencer la conversation, Norman Bates semble avoir frappé sa première victime.

— C'est ce qu'il paraît.

— Mais les apparences peuvent être trompeuses », dit Michael.

Thomas se tourna vers lui.

« Que diable êtes-vous en train de raconter, mon vieux ? Nous savons qu'il y a un fou en liberté. Est-ce que vous voulez dire que vous ne pensez pas qu'il soit responsable ?

— Ce n'est qu'une des théories possibles, c'est tout.

— Je vois. Alors, dans ce cas, peut-être auriez-vous la bonté de nous apprendre quelles sont les autres, selon vous ?

— Oui, allez-y, crachez le morceau, dit Mark. Qui d'autre peut l'avoir tué ?

— Eh bien, n'importe qui d'entre nous, naturellement.

— Qu'est-ce que c'est que ces âneries ? s'écria Thomas. Comment l'un de nous aurait-il pu faire le coup alors que nous étions tous en bas à souper ?

— Personne n'a vu Henry après la lecture du testament, fit remarquer Michael. Avant le souper, nous nous sommes chacun trouvé seul à un moment où à un autre. Cela n'exclut aucun de nous.

— Vous dites n'importe quoi, objecta Mark. Il n'a pu être tué qu'il y a quelques minutes. Vous oubliez que j'ai regardé un moment la télévision avec lui pendant que vous étiez tous en train de souper.

— Ça, c'est votre version, répliqua froidement Michael.

— Est-ce que vous me traitez de menteur ? Et qu'est-ce que je faisais d'autre, selon vous ?

— Vous pouvez avoir fait n'importe quoi d'autre, pour autant que je le sache. Vous avez pu par exemple téléphoner à votre ami Saddam Hussein, pour lui communiquer une décision de dernière minute.

— Espèce de salaud ! Retirez ça !

— Je crains qu'on ne doive renoncer à cette hypothèse rocambolesque, dit Roddy qui s'était esquivé dans le vestibule et qui en revenait avec le téléphone, dont le fil avait été arraché. Comme vous voyez, les communications semblent avoir été momentanément suspendues. Je m'en suis aperçu parce que, contrairement à vous, j'ai pensé appeler la police.

— Eh bien, il est encore temps, dit Hilary. Il y a un téléphone dans ma chambre. Viens, si nous nous pressons, nous pouvons arriver avant le meurtrier. »

Mark eut un sourire supérieur en les voyant sortir en hâte.

« Je suis stupéfait que ces gens s'en tiennent encore à ces moyens primitifs, dit-il. Tu as apporté ton téléphone portable, n'est-ce pas, Thomas ? »

Le vieux banquier cligna des yeux. « Bien sûr. Je ne m'en sépare jamais. Je me demande pourquoi je n'y ai pas pensé plus tôt.

— Où l'as-tu laissé, tu t'en souviens ?

— Dans la salle de billard, je crois. J'ai fait quelques coups avec Roddy avant ton arrivée.

— Je vais le chercher. On va régler ça en un rien de temps. »

Il sortit d'un pas nonchalant, en laissant Michael et Thomas se dévisager en silence. Pendant ce temps, Mr Sloane arpentait la pièce, et Tabitha continuait de tricoter comme si de rien n'était. Bientôt, elle se mit à fredonner une chanson, en laquelle Michael reconnut vaguement « Ces merveilleux fous volants dans leurs drôles de machines ».

« Est-ce que quelqu'un a vu Pyles récemment ? » demanda brusquement Thomas, à bout de nerfs.

Mr Sloane secoua la tête.

« Est-ce qu'il ne vaudrait pas mieux que quelqu'un aille le chercher ? Il n'était certainement pas tout le temps avec nous dans la salle à manger. Qu'en dites-vous, Owen. Ne devrions-nous pas le retrouver ? »

Perdu dans ses pensées, Michael parut ne pas avoir entendu cette question.

« Très bien... Je vais aller le chercher moi-même.

— Et maintenant nous sommes trois, fit gaiement Tabitha une fois que Thomas fut sorti. Je n'ai jamais vu autant d'agitation. Quel remue-ménage ! Est-ce que nous sommes en train de jouer à cache-cache ? »

Mr Sloane lui lança un regard cinglant.

« Quelle drôle de tête vous faites, Michael ! s'écria-t-elle après avoir fredonné encore un peu. Vous n'avez pas l'esprit au jeu ? Ou peut-être êtes-vous en train de réfléchir à une fin possible pour votre livre ?

— Il y avait quelque chose d'étrange dans ces armures en haut de l'escalier, dit Michael en suivant le fil de ses pensées. J'ai l'impression qu'elles avaient quelque chose de changé, lorsque je suis repassé devant elles, à l'instant. Mais je n'arrive pas à voir quoi. »

Et, sans autre commentaire, il se leva pour se rendre dans le vestibule. Il allait monter le grand escalier lorsqu'il aperçut Pyles venant de la cuisine, un plateau en argent en équilibre précaire sur son bras.

« Alors, votre petit séjour vous plaît, Mr Owen ? demanda-t-il.

— Thomas est allé vous chercher. Vous l'avez vu ?

— Non, monsieur.

— On vous a raconté ce qui s'est passé ?

— Oh oui. Et ce n'est que le début. Il y a longtemps que je le sais, voyez-vous. Cette maison est condamnée, avec tous ceux qui s'y trouvent. »

Michael lui tapota le dos. « Continuez votre travail. »

En haut de l'escalier, il examina en détail les deux armures. Elles étaient dans la même position ; rien ne paraissait de travers. Et pourtant, il y avait dû y avoir quelque changement subtil... Michael se sentait l'esprit très obtus ; quelque chose de très important lui échappait, quelque chose qui le narguait sous ses yeux. Il regarda de nouveau.

Et alors il vit de quoi il s'agissait. Un épouvantable soupçon s'empara aussitôt de lui.

Un grand fracas provint de la salle de billard. Michael dévala l'escalier et heurta presque Mr Sloane dans le vestibule. Ils se précipitèrent ensemble pour découvrir près du billard Pyles affalé sur une chaise, son plateau renversé sur le sol.

« Je suis venu ramasser les verres vides, dit-il, et j'ai vu... »

Leurs yeux suivirent la direction de son doigt tremblant. Mark était effondré contre un mur. Michael crut d'abord qu'il avait les mains liées derrière le dos : puis il comprit que son corps avait été horriblement mutilé. La hache qui manquait à l'armure gisait, rouge et gluante de sang, sur le tapis vert de la table, et des deux blouses du billard jaillissaient hideusement les membres tranchés de Mark Winshaw. Pour compléter cette farce macabre, un message avait été tracé sur un mur avec du sang.

Il disait : PLUS UN BRAS POUR LA GUERRE !

Chapitre cinq

UNE DAME ÉGARÉE

« L'important, maintenant, dit Thomas, c'est que nous restions tous calmes et civilisés. »

Ils s'étaient de nouveau réunis dans la salle à manger, au milieu des débris de leur souper. Leurs visages, pour la plupart, étaient livides et hagards. Tabitha seule était dans une bienheureuse inconscience de la dernière et affreuse tournure qu'avaient prise les événements, tandis que Pyles, qui les avait à présent rejoints autour de la table, arborait un sourire tordu et fataliste, après avoir exprimé cette obligeante opinion : « Il y en aura d'autres avant la fin de la nuit. Beaucoup d'autres ! » Il ne manquait, parmi les membres (survivants) de la famille, que Dorothy, qui était pour le moment introuvable. À l'extérieur, l'orage ne promettait guère de se calmer.

« Je propose, poursuivit Thomas, que nous nous fondions sur l'hypothèse qu'un fou est en liberté dans la maison, et qu'il massacre au hasard quiconque se trouve sur son chemin. »

Michael soupira. « Rien ne vous gêne ? »

Tous attendirent sa réponse.

« Il n'y a jusqu'à présent aucun hasard dans ces assassinats, dit-il.

— Auriez-vous la bonté de vous expliquer ? »

Il se tourna vers Hilary. « Très bien. Qu'avez-vous dit quand vous avez vu que Henry avait été poignardé dans le dos ?

— Je ne m'en souviens pas, répondit Hilary en haussant négligemment les épaules.

— Vous avez dit : "C'est bien approprié." Ça m'a paru assez curieux sur le moment. Que vouliez-vous dire, au juste ?

— Eh bien..., fit Hilary avec un rire coupable. Nous savons tous que la loyauté n'a jamais été le trait caractéristique de la carrière politique de Henry. Certainement pas dans les derniers temps.

— En effet. Il retournait sa veste, et il poignardait dans le dos. Est-ce que nous sommes tous d'accord ? »

Le silence qui suivit parut approbateur.

« Et quant à Mark, je pense qu'aucun de nous ne se fait d'illusion sur ce qu'il trafiquait au Moyen-Orient. D'où, je suppose, le message tracé sur le mur au-dessus de son cadavre.

— Votre théorie, si je comprends bien, intervint Roddy, c'est que chacun de nous est sur le point non seulement d'être tué, mais de l'être d'une façon... appropriée, pour ainsi dire, à ses activités professionnelles.

— C'est ça.

— Eh bien, c'est une théorie ridicule, si vous permettez que je vous le dise. Ça sent le scénario d'un film d'horreur de série Z.

— C'est intéressant que vous le disiez, répliqua Michael. Peut-être certains d'entre vous ont-ils vu un film appelé *Théâtre de sang*, fait en 1973 ? »

Mr Sloane claqua la langue d'un air réprobateur. « Vraiment, il me semble que nous sommes en train de nous éloigner du sujet.

— Pas du tout. Vincent Price y tient le rôle d'un

vieil acteur qui décide de se venger de ses critiques, et de les assassiner un par un selon des méthodes inspirées par les scènes les plus macabres des tragédies de Shakespeare. »

Roddy se leva brusquement. « L'ennui, pour le moins, me pousse à proposer qu'on abandonne cette ligne d'enquête des plus oiseuses, et qu'on se mette à agir pratiquement. Je m'inquiète pour Dorothy. Je pense que nous devrions nous séparer pour partir à sa recherche.

— Un instant, dit Thomas. J'aimerais prendre notre amateur de cinéma à son propre jeu. » Il s'enfonça dans son siège et regarda Michael avec un air de défi. « N'y a-t-il pas un film où un cinglé... il se trouve que c'est un juge... invite un tas de gens dans une maison isolée et les liquide tous, étant donné qu'ils ont tous de vilains secrets à cacher, et qu'il se considère comme leur justicier, une sorte d'ange exterminateur ?

— C'est une histoire d'Agatha Christie, *Dix Petits Nègres*. Il y en a eu trois adaptations cinématographiques. Laquelle avez-vous en tête ?

— Celle que j'ai vue se passait dans les Alpes autrichiennes, avec Wilfrid Hyde-White et Dennis Price.

— Je vois. Et aussi Shirley Eaton, si je me souviens bien. »

Michael regardait Phoebe ; et il remarqua en passant que Roddy les observait tous deux.

« Eh bien, dit Thomas, est-ce que ce petit traquenard ne ressemble pas étonnamment à ce qui paraît se passer ici en ce moment ?

— Je suppose que oui.

— Très bien. Maintenant, écoutez : quel était le nom du meurtrier ? Celui qui organisait tout ce ramdam ? Vous ne vous en souvenez pas ? Je vais vous le dire. »

Il se pencha sur la table.

« Il s'appelait Owen. Mr U. N. Owen. »

Thomas se tut avec un air de triomphe. Puis il reprit : « Alors, qu'en dites-vous ? »

Michael était pris au dépourvu. « Est-ce que vous êtes en train de m'accuser ?

— Et comment ! Nous avons tous lu des passages de votre sale petit livre. Nous savons tous exactement ce que vous pensez de nous. Je ne serais pas surpris que vous nous ayez tous attirés ici pour exécuter un plan démentiel.

— Attirés ici ? Comment aurais-je pu le faire ? Vous n'allez sûrement pas m'accuser d'avoir également organisé la mort de Mortimer. »

Thomas plissa les yeux et se tourna vers Phoebe. « Ma foi, c'est peut-être là qu'intervient Miss Barton. »

Phoebe rit avec colère et s'écria : « Vous plaisantez !

— Ça me semble avoir un sens, intervint Roddy. Il est certain qu'elle en veut à la famille. Et songez à ceci : C'est Owen et elle qui sont allés voir Henry ; cinq minutes plus tard, il était mort. Ce qui fait d'eux les premiers suspects. Qu'en penses tu, Hilary ?

— Je suis entièrement d'accord. Et puis, avez-vous remarqué la façon dont ils se sont regardés durant toute la soirée ? Ils ont échangé des coups d'œil très éloquents. Je ne crois pas que ce soit la première fois qu'ils se rencontrent. Je pense qu'ils se connaissent depuis longtemps.

— C'est vrai, ça ? demanda Thomas. Vous vous êtes déjà rencontrés ? »

Phoebe lança un regard impuissant à Michael

avant d'admettre : « Eh bien, oui... Nous nous sommes rencontrés autrefois. Il y a bien des années. Mais ça ne veut pas dire...

— Ah ! Tout commence à s'éclaircir !

— Je vais vous dire autre chose, reprit Roddy. Owen s'est déjà trahi lui-même. J'étais à l'étage avec Hilary lorsqu'on a découvert Mark ; et Dorothy également, et toi aussi, Thomas : tu cherchais Pyles. Maintenant, Owen prétend qu'il était en haut de l'escalier pour examiner les armures. Donc, si l'un d'entre nous était sorti de la salle de billard, il l'aurait vu, n'est-ce pas ? Mais il a dit qu'il n'a vu passer personne ! »

Thomas se frotta les mains. « Et maintenant, essayez de vous en tirer, dit-il à Michael.

— Oh, il y a une explication parfaitement simple, répondit celui-ci. Le meurtrier n'est ni entré ni sorti par la porte. Il y a un passage qui mène de la salle de billard à l'étage.

— De quoi diable parlez-vous, mon vieux ? éclata Thomas.

— C'est pourtant vrai. Demandez à Tabitha : elle le sait. Elle le sait parce que Lawrence s'en servait pendant la guerre.

— Quelle ineptie ! » Thomas se tourna vers sa tante, qui avait écouté cette conversation avec des signes visibles d'amusement. « Vous avez entendu ça, tante Tabitha ?

— Oh oui, oui, j'ai tout entendu.

— Et qu'en pensez-vous ?

— Je pense que c'est le colonel Moutarde, dans la cuisine, avec le chandelier.

— Oh, pour l'amour du ciel ! s'écria Hilary. Nous perdons un temps précieux. Il y a plus d'une demi-heure que nous n'avons pas vu Dorothy. Il faut essayer de la retrouver.

— Très bien, dit Thomas en se levant. Mais ces deux-là ne viennent pas avec nous. »

Les rideaux de la salle à manger s'ouvraient et se fermaient grâce à un épais cordon. Thomas en coupa deux longs morceaux et ligota soigneusement Phoebe et Michael à leur chaise. La surveillance des prisonniers fut confiée à Mr Sloane (et à Tabitha, pour autant qu'elle pût les surveiller), tandis que Roddy, Hilary, Thomas et Pyles partaient à la recherche de leur parente, en convenant de se retrouver dans la salle à manger dans une vingtaine de minutes.

Hilary fut la première à revenir, suivie de près par le majordome.

« Vous avez trouvé quelque chose ? » lui demanda-t-elle.

Pyles secoua la tête. « On ne la reverra plus, répondit-il de son ton le plus lugubre. Pas en dehors du cimetière. »

Roddy arriva avec des nouvelles plus précises.

« Je suis allé jeter un coup d'œil aux garages, dans l'idée qu'elle avait pu partir sans nous prévenir.

— Et alors ?

— Alors, sa voiture est encore là, mais elle n'est plus d'aucun usage. Un énorme hêtre a été abattu par la foudre et il bloque complètement l'allée. Nous sommes tous coincés ici. »

Michael se mit à rire. « Que vous imaginiez-vous ? » fit-il. Lié à sa chaise, il n'était pas de la meilleure humeur. « Nous autres, les psychopathes, nous pensons à tout, voyez-vous », ajouta-t-il.

Roddy ne releva pas cette raillerie. « J'ai une autre idée, sœurette. Et ton avion ? Est-ce qu'on peut s'en servir ?

— Mais je ne sais pas piloter, répondit Hilary. Et mon pilote passe la nuit au village. Il ne reviendra pas avant demain matin.

— Vous voulez dire Conrad ? demanda sournoisement Phoebe. Ça me ferait plaisir de le revoir. »

Hilary lui lança un regard furieux et Roddy ne put s'empêcher d'expliquer avec un sourire narquois : « Conrad a été viré il y a quelque mois, sur ordre de Sir Peter. Son remplaçant n'a pas tout à fait le même genre.

— Croyez-vous qu'il puisse me faire faire un tour, lorsqu'il reviendra demain ? s'écria Tabitha, les yeux brillants de plaisir. J'adore les aéroplanes, vous savez. C'est quel appareil ?

— Un Buccaneer, répondit Hilary.

— Le Lake LA-4-200, je suppose ? Avec un moteur à quatre cylindres Avco Lycoming ?

— Oh, la ferme, vieille folle ! »

Hilary prit une grappe dans une coupe et se mit à la tripoter nerveusement.

« Il n'y a pas de raison de te mettre en colère, méchante fille, dit Tabitha. Un mot gentil et un beau sourire ne coûtent rien, n'est-ce pas ? Il faut toujours voir le bon côté des choses, selon moi. Il y a toujours pire.

— Tatie, commença Hilary avec lenteur. Nous sommes coincés dans une maison isolée, en plein orage, avec un meurtrier maniaque. Tous les téléphones sont coupés, nous n'avons aucun moyen de nous échapper, deux d'entre nous ont été tués et une autre est introuvable. Que pourrait-il y avoir de pire ? »

À ce moment précis, l'électricité sauta, et la maison fut plongée dans les ténèbres.

« Bon sang ! fit Roddy. Que se passe-t-il encore ? »

Il faisait un noir absolu. Les lourds rideaux de la salle à manger étaient tirés, et on n'y voyait pas à cinq centimètres devant soi. Pour accentuer l'horreur de la situation, l'orage avait décuplé, comme pour compenser par du bruit la disparition de toute lumière.

« Ce doit être les fusibles, déclara Pyles. Le disjoncteur se trouve dans la cave. Je vais aller voir tout de suite.

— Brave type », dit Roddy.

On pouvait fortement douter que le majordome réussirait dans son projet, car, dans sa recherche de la porte, il heurta lourdement divers meubles avec toutes sortes de craquements, claquements, crissements. Mais finalement il y parvint : la porte s'ouvrit et se referma en grinçant, et son pas traînant résonna sur les dalles du vestibule, pour s'estomper peu à peu. Puis les aiguilles de Tabitha cliquetèrent, et elle se remit à chantonner. Cette fois, c'était *La Marche des bombardiers*.

« Pour l'amour de Dieu, tatie, intervint Roddy. Comment diable pouvez-vous tricoter dans le noir ? Et auriez-vous la bonté de cesser de fredonner ces chansons exaspérantes ?

— Je dois dire, monsieur Owen, que votre ingéniosité force l'admiration », déclara Hilary. Son frère put distinguer dans sa voix un ton cassant et artificiel qui indiquait qu'elle était fortement agitée. « Je ne peux pas m'empêcher de me poser des questions sur le sort que vous réservez à chacun d'entre nous.

— Pour être franc, je n'y ai pas vraiment réfléchi, répondit Michael. Voyez-vous, j'improvise plus ou moins.

— Oui, mais vous avez sûrement quelques idées derrière la tête. Le dos de Henry ; les bras de Mark. Et Thomas ? À quelle partie de son anatomie avez-vous l'intention de vous attaquer ?

— Au fait, où se trouve Thomas ? demanda Roddy. Il devrait être ici depuis une éternité. La dernière fois que je l'ai vu...

— Chut ! » coupa Hilary. L'atmosphère devint brusquement plus inquiétante. « Qui bouge par ici ? »

Tous tendirent l'oreille. Était-ce un bruit de pas qu'ils avaient entendu ? Y avait-il quelqu'un (ou quelque chose) dans la pièce avec eux, une présence furtive et vigilante, rampant dans l'ombre, et maintenant toute proche ? Était-ce un bruit sur la table — autour de laquelle ils se raidissaient —, le bruit d'un objet qu'on remuait posément.

« Qui est là ? lança Hilary. Allons, répondez ! »

On n'entendit pas un souffle.

« C'est ton imagination, déclara Roddy au bout d'une minute.

— Je *n'imagine* rien », répondit Hilary d'un ton indigné. Mais l'alerte était passée.

« La peur peut jouer des tours, répliqua son frère.

— Écoute, je n'ai pas peur. »

Roddy ricana avec mépris. « Tu n'as pas peur ? Tu es terrifiée, ma vieille.

— Je ne sais pas ce qui te le fait croire.

— Ma petite chérie, après toutes ces années, je lis en toi à livre ouvert. Tout le monde peut comprendre que tu es dans tous tes états lorsque tu te mets à tripoter du raisin.

— Du raisin ? De quoi parles-tu ?

— Tu te mets à grappiller, à peler chaque grain. Tu fais ça depuis que tu es gosse.

— Je fais peut-être ça depuis que je suis gosse, mais je ne le fais pas en ce moment, je t'assure.

— Oh, arrête ! Je viens d'en prendre un grain à l'instant. »

Roddy fit rouler le grain entre son pouce et son index — il était doux et humide sans sa peau —, et le mit dans sa bouche. Alors, au lieu d'un jus frais et acidulé, sa langue sentit un contact caoutchouteux, au goût épouvantable, d'une virulence innommable.

« Seigneur ! » cria-t-il en crachant. Et il se mit à avoir de violentes nausées.

À ce moment précis, les lampes se rallumèrent. Tous clignèrent des paupières sous la soudaine lumière, et il leur fallut quelques secondes pour identifier l'objet que Roddy avait recraché en face de lui sur la table. C'était un œil à moitié mâché. Son compère était placé dans la coupe de fruits, l'autre œil injecté de sang de Thomas Winshaw, fixé pour l'éternité dans un voyeurisme torve.

Chapitre six

LA TOUCHE FINALE

« Il devrait dormir à présent », dit Phoebe. Roddy était allongé, la tête appuyée sur un oreiller. Sa respiration ralentissait peu à peu et prenait un rythme plus régulier. Phoebe lui enleva doucement le verre de la main, le posa sur la table de chevet, et rangea la boîte de comprimés dans son sac.

Hilary regardait froidement son frère. « Il a toujours été une petite nature, dit-elle. En plus, je ne l'ai jamais vu impressionné à ce point. Pensez-vous qu'il se remettra ?

— Il est simplement sous le choc. Quelques heures de repos le rétabliront.

— Ma foi, c'est ce que nous devrions tous faire. » Hilary promena son regard dans la pièce, et alla vérifier que la fenêtre était bien fermée. « Je suppose qu'il est en sécurité ici, n'est-ce pas ? Ce n'est peut-être pas prudent de le laisser dormir comme un bébé alors que notre tueur fou rôde dans les parages et risque de le liquider dès que nous aurons le dos tourné. »

Elles décidèrent que la meilleure chose à faire était de l'enfermer à clef. Phoebe estimait qu'il dormirait jusqu'au matin, et, même s'il se réveillait avant, l'ennui de se retrouver captif compterait peu en face de la nécessité d'assurer sa sécurité.

« Je crois qu'il vaut mieux que je garde la clef, déclara-t-elle en la glissant dans la poche de son jean, pendant qu'elles sortaient toutes deux dans le couloir.

— Pourquoi donc ?

— Ça me semble évident. Michael et moi étions attachés quand Thomas a été assassiné. Ça nous disculpe, non ?

— J'imagine, répondit sèchement Hilary après avoir réfléchi un instant. En tout cas, toutes mes félicitations à celui qui a fait le coup. Il a tout prévu. Couper tous les téléphones, par exemple. Je crois que je pourrai tout lui pardonner, sauf ça.

— Vous voulez dire nous empêcher de téléphoner à la police ?

— Pire que ça... Je ne peux même pas utiliser mon modem. Pour la première fois en six ans, je n'ai pas pu envoyer mon papier à temps. Et j'avais un vrai chef-d'œuvre pour le journal, sur ces fichus pacifistes du parti travailliste, et sur la manière dont la situation en Irak a dû leur clouer le bec. Enfin, ça devra attendre », fit-elle en soupirant.

Elles descendirent dans le salon, où Tabitha, de nouveau près du feu, ne tricotait plus, mais parcourait un livre épais qui, à y regarder de plus près, se révélait être le quatrième volume du *Manuel du pilote aérien*. Elle leva les yeux à l'entrée de Phoebe et de Hilary, et lança : « Vous voilà enfin ! Je commençais à croire que vous ne reviendriez jamais.

— Où sont passés Michael et Mr Sloane ? demanda Phoebe.

— Je suppose qu'ils sont toujours en vadrouille,

répondit Tabitha. Je trouve vraiment difficile de tenir le compte de toutes vos allées et venues, vous savez.

— Et il n'y a eu aucun signe de Dorothy, j'imagine ? avança Hilary.

— La seule personne que j'aie vue, déclara la vieille femme, c'est ton père. Il est venu il y a quelques minutes. Nous avons eu une charmante petite conversation. »

Phoebe et Hilary échangèrent un regard dubitatif. Hilary s'agenouilla près de sa tante et se mit à lui parler très lentement et très distinctement.

« Tatie, Mortimer n'est plus avec nous. Il est mort avant-hier. C'est pour ça que nous sommes tous ici, vous vous en souvenez ? Nous sommes venus pour l'ouverture de son testament. »

Tabitha fronça les sourcils. « Je crois que tu te trompes, ma chère. Je suis sûre que c'était Morty. Je dois dire que je lui ai trouvé mauvaise mine ; il était très fatigué et tout essoufflé, et il avait du sang partout sur ses vêtements, maintenant que j'y songe. Mais il n'était pas mort. Pas du tout. Pas comme Henry, Mark ou Thomas. » Elle sourit en prononçant ce dernier nom, et elle secoua affectueusement la tête. « C'est ça que j'appelle être mort. »

On entendit des pas dans le vestibule, et Michael revint, suivi de Pyles et de Mr Sloane. Hilary se releva et prit Michael à part pour l'informer de la tournure que prenaient les choses.

« Alerte à la folie, chuchota-t-elle. La vieille déraille complètement.

— Que s'est-il passé ?

— Elle prétend qu'elle vient de parler avec mon père.

— Je vois. » Michael se mit à arpenter la pièce, perdu dans ses pensées. Puis il déclara : « Eh bien, qui sait si elle ne dit pas la vérité ? Je veux dire, qui a vraiment vu Mortimer mourir ?

— Pas moi, répondit Phoebe. Comme je l'ai dit, je n'étais pas là quand ça s'est passé. J'étais rentrée à Leeds pour deux jours.

— C'est vous qui l'avez décidé ?

— Pas vraiment. Il m'y a plus ou moins forcée. Il m'a dit que je n'avais pas l'air d'aller bien et que j'avais besoin de changement.

— Et vous, Pyles, avez-vous vu le corps de Mortimer ?

— Non, répondit le majordome en se grattant la tête. Le docteur Quince, c'est-à-dire le docteur Quince fils, est simplement venu m'informer dans la matinée que monsieur était mort. Et puis il a aimablement proposé de prendre toutes les dispositions pour les obsèques. Je ne me suis occupé de rien.

— Mais mon père de toute façon ne pourrait pas courir dans tous les sens pour assassiner les gens, protesta Hilary. Il était immobilisé dans une chaise roulante, que je sache.

— C'est ce qu'il voulait qu'on croie, répliqua Phoebe. Mais je l'ai vu une ou deux fois se lever pour marcher, alors qu'il pensait être seul. Il n'était pas si invalide qu'il le prétendait.

— Je n'arrive pas à croire, objecta le notaire, que Mr Winshaw soit encore en vie, quelque part dans cette maison, et qu'il soit responsable de tous ces meurtres épouvantables.

— C'est pourtant la seule solution possible, déclara Michael. Je m'en doutais depuis longtemps. »

Hilary haussa les sourcils.

« C'est une conclusion bien extravagante, dit-elle. Quand y êtes-vous parvenu, au juste ?

Eh bien... depuis l'assassinat de Henry », répondit Michael. Puis, après un instant de réflexion : « Non, avant ça : depuis que je suis arrivé. Non, même avant ça : depuis que Mr Sloane est venu me voir chez moi, hier. Ou bien... Oh, je ne sais pas vraiment : depuis que Tabitha m'a contacté et que je me suis mis à écrire ce maudit livre sur vous tous. Je ne saurais dire. Vraiment pas. Peut-être depuis encore plus longtemps que ça. Peut-être depuis mon anniversaire.

— Votre anniversaire ? s'écria Hilary. Que diable voulez-vous dire ? »

Michael s'assit et mit sa tête entre ses mains. Il parla d'une voix lasse, sans émotion.

« Il y a bien des années, pour mon neuvième anniversaire, on m'a emmené voir un film. L'histoire se passait dans une maison semblable à celle-ci, et il s'agissait d'une famille pareille à la vôtre. J'étais un petit garçon hypersensible, et on n'aurait pas dû me permettre de le voir, mais c'était censé être un film comique, et mes parents ont pensé qu'il m'amuserait. Ce n'était pas de leur faute. Ils ne pouvaient pas prévoir l'effet qu'il aurait sur moi. Je sais que ça va paraître difficile à croire, mais... eh bien, ce n'est pas loin d'être la chose la plus bouleversante qui me soit jamais arrivée. Je n'avais encore rien vu de semblable. Au milieu de la projection, et même avant, sans doute, ma mère nous a tous fait sortir, sous prétexte que nous devions rentrer à la maison. Et nous sommes partis ; nous sommes partis et je n'ai jamais su quelle était la fin. Même maintenant, après toutes ces années, je ne peux que me poser des questions sur la fin.

— Écoutez, vos souvenirs d'enfance sont très attendrissants, coupa Hilary, mais je trouve que vous choisissez mal votre moment pour nous les raconter.

— Comprenez-moi bien, j'ai revu ce film depuis, poursuivit Michael sans paraître l'avoir entendue. Je l'ai en vidéo. Je sais comment finit l'histoire. C'est comme ça que je sais que Mortimer est toujours en vie. Mais là n'est pas la question. Il ne suffisait pas de pouvoir le revoir chaque fois que j'en avais envie. Car, sur le moment, je ne le regardais pas : je le *vivais*. C'est un sentiment que je pensais unique, et que j'attendais de pouvoir éprouver de nouveau. Et voilà que ça a commencé. Vous tous, ajouta-t-il en les embrassant d'un geste, vous êtes les personnages de mon film, voyez-vous. Que vous vous en rendiez compte ou non, c'est ce que vous êtes.

— Comme Alice, et le rêve du Roi Rouge, intervint Tabitha.

— Exactement.

— Si je peux faire une suggestion, Michael, dit Hilary d'un ton suave qui tourna vite à l'aigre, pourquoi ne vous retirez-vous pas dans un coin tranquille, tante Tabitha et vous, pour tenir un colloque des Dingues Anonymes, pendant que nous essaierons de démêler la charmante petite question de savoir comment passer le reste de la nuit sans être découpés en morceaux ?

— Bravo ! fit Mr Sloane.

— Nous paraissons tous oublier en passant que selon la police locale il y a un tueur en liberté dans les parages. Pardonnez-moi d'être aussi prosaïque, mais je ne peux pas m'empêcher de penser que c'est un peu plus important pour notre situation que les contes de fées supposés divertissants de Mr Owen.

— Cette histoire de policier était une simple diversion, répliqua Michael.

— Qu'est-ce que c'est que ça ? Une théorie de plus ? Vraiment, ce type est inépuisable ! De quoi s'agit-il, cette fois, Michael ? L'Invasion vient de Mars ? Abbott et Costello contre le Loup-Garou ?

— Nous avons, Mr Sloane et moi, jeté un coup d'œil dans l'allée, poursuivit imperturbablement Michael. Elle est pleine de boue. On y verrait donc nettement des traces de pneus. Mais mes pas sont les traces les plus fraîches. Donc, aucune voiture de police n'est venue après mon arrivée. »

Hilary parut un instant démontée. « Mais vous avez bien vu ce policier, et Mark et Dorothy aussi. Voulez-vous dire que c'est un imposteur ?

— Je pense que c'était Mortimer en personne. Je n'ai rencontré votre père qu'une seule fois, donc je n'en suis pas certain. Eux, bien sûr, le connaissent depuis toujours. Mais c'est ce qui se passe dans le film. L'homme qui est censé être mort se déguise en policier pour tromper tout le monde.

— Je ne sais pas si vous êtes comme moi, déclara Mr Sloane pour rompre le pesant silence qui suivit, mais ma tête commence à tourner avec toutes ces théories. Je propose que nous allions dans nos chambres, que nous verrouillions les portes, et que nous restions tranquilles jusqu'à la fin de l'alerte. Les explications peuvent attendre demain matin.

— Excellente idée, fit Tabitha. Je dois dire que je suis complètement épuisée. Quelqu'un aurait-il la bonté de me préparer une bouillotte avant que nous ne nous retirions ? La maison est vraiment glaciale, ce soir. »

Phoebe proposa de s'en occuper. Michael, Pyles

et Mr Sloane décidèrent de faire encore quelques recherches, pour voir si on ne pouvait pas retrouver Dorothy.

« Nous n'avons pas encore parlé de votre livre, Michael, lui rappela Tabitha alors qu'il s'apprêtait à sortir. Vous vous rattraperez demain, n'est-ce pas ? J'attends ça depuis si longtemps, si longtemps. Ce sera comme parler de nouveau avec votre père. »

Michael revint sur ses pas en entendant ces paroles. Il n'était pas sûr d'avoir bien compris. « Vous lui ressemblez beaucoup, vous savez, continua Tabitha. Juste comme je m'y attendais. Vous avez les mêmes yeux. Exactement les mêmes yeux.

— Allons, chuchota Mr Sloane en tirant Michael par la manche. Vous voyez bien qu'elle dit n'importe quoi, la pauvre créature. Ne faites pas attention. Il ne faut pas l'agiter davantage. »

Hilary se retrouva seule avec sa tante. Elle resta un instant debout devant la cheminée, en se mordant les ongles et en faisant de son mieux pour trouver un sens à la dernière et stupéfiante théorie de Michael.

« Tatie, fit-elle enfin. Êtes-vous vraiment sûre d'avoir parlé avec mon père ici ?

— Parfaitement sûre », répondit Tabitha. Elle ferma son livre et le rangea dans son sac à ouvrage. « Tu sais, c'est très troublant d'entendre tout le monde parler de sa mort, et de le voir vivant quelques minutes après. Mais il y a un moyen d'en avoir le cœur net, n'est-ce pas ?

— Vraiment ? Lequel ?

— Eh bien, tu peux descendre dans la crypte pour voir si le corps se trouve ou non dans le cercueil. »

Hilary n'avait jamais manqué de courage, et elle estima que l'aventure valait d'être tentée. Mais le trajet nécessaire n'était guère réjouissant. Elle décida de l'accomplir aussi vite que possible, ne s'arrêta pas pour prendre son imperméable avant d'ouvrir la porte d'entrée, et se plongea au cœur de l'orage, qui durait déjà depuis plus de deux heures. Presque aveuglée par les rideaux de pluie, presque renversée par les rafales de vent, elle traversa péniblement la cour pour se diriger vers la massive chapelle familiale, qui se trouvait dans une petite clairière au bout de l'allée. Les grands arbres grognaient, craquaient, bruissaient sous les violents caprices de la tourmente. À sa grande surprise, la porte de la chapelle était ouverte, et une lumière scintillait à l'intérieur. On venait visiblement de l'allumer, et pourtant il n'y avait personne. Tremblant de tous ses membres, à la fois de froid et d'inquiétude, elle se précipita vers une porte latérale en chêne, qui ouvrait sur un petit escalier raide. Cet escalier de pierre conduisait à la crypte où les Winshaw étaient enterrés depuis des générations, et où une tombe vide, mais à l'épitaphe élaborée, gardait le souvenir de Godfrey, le héros de guerre dont le corps n'avait jamais été retrouvé en terre ennemie.

Hilary descendit dans une totale obscurité, mais elle vit bientôt une mince bande de lumière filtrer sous la porte de la crypte. Craintive, hésitante, elle l'ouvrit, et aperçut...

... et aperçut un cercueil vide dressé sur une estrade, le couvercle enlevé, et, à côté, son père, Mortimer Winshaw, debout dans une posture désinvolte, avec un large sourire à son adresse.

« Entre donc, ma très chère fille, dit-il. Entre donc, et tout s'expliquera. »

Hilary s'avança en ouvrant toute grande la porte, et alors elle entendit un brusque vrombissement au-dessus de sa tête. Elle leva les yeux en poussant un cri bref. Elle eut à peine le temps de se rendre compte qu'un énorme paquet tombait sur elle au bout d'une corde ; un paquet formé (mais ça, elle ne le sut jamais) de tous les journaux où elle avait fait paraître une chronique depuis six ans. Elle mourut sur le coup, écrasée à terre par le poids de ses propres opinions, anéantie comme les lecteurs qu'elle avait régulièrement assommés des torrents rageurs de ses colonnes surpayées.

Chapitre sept

CINQ HEURES MAGIQUES

Tout était tranquille à Winshaw Towers. Dehors, le vent commençait à se calmer, et la pluie ne faisait plus que crépiter légèrement sur les vitres. À l'intérieur, il n'y avait aucun bruit, sinon les craquements réprobateurs des marches sous les pas de Michael qui remontait à l'étage après avoir achevé sa dernière inspection.

Sous l'effet soit de la simple fatigue, soit de l'étourdissement dû aux terribles événements des heures précédentes, il se perdit de nouveau dans le labyrinthe des couloirs et, croyant ouvrir la porte de sa chambre, il aperçut un meuble inconnu : une grande armoire à glace en acajou, dont la porte était ouverte. Le dos tourné au miroir qui la reflétait, Phoebe était en train de retirer son jean.

« Que faites-vous dans ma chambre ? » demanda Michael en clignant des yeux dans son trouble.

Phoebe se tourna vers lui d'un air surpris et répondit : « Ce n'est pas votre chambre. » Elle fit un geste en direction de la coiffeuse où étaient posés des brosses à cheveux et un nécessaire à maquillage. « Je veux dire, ce ne sont pas vos affaires, n'est-ce pas ?

— Non, bien sûr que non, fit Michael. Je suis désolé, je ne trouve pas mon chemin dans cette satanée maison. Je ne voulais pas vous déranger.

— Ça ne fait rien. » Phoebe remonta son jean et alla s'asseoir sur le lit. « De toute façon, il était peut-être temps que nous parlions un peu. »

Michael n'avait pas besoin de davantage d'encouragement pour entrer.

« J'ai essayé de vous parler durant toute la soirée, dit-il. Mais il n'y a pas eu d'occasion favorable. »

Phoebe parut prendre cela pour un euphémisme.

« Je sais, fit-elle d'un ton légèrement tranchant. On est toujours extrêmement distrait par des meurtres en série, n'est-ce pas ? »

Il y eut un silence gêné, mais bientôt Michael éclata. « Enfin, pour l'amour du ciel, que faites-vous ici ? Comment avez-vous pu être impliquée dans tout ça ?

— À cause de Roddy, bien sûr. Je l'ai rencontré il y a environ un an ; il m'a proposé d'exposer mon travail dans sa galerie ; comme une idiote, je l'ai cru, puis, comme une plus grande idiote, j'ai couché avec lui, et, dès qu'il a obtenu ce qu'il voulait, il m'a laissée tomber comme une vieille chaussette. Mais quand j'étais ici, j'ai rencontré Mortimer. Ne me demandez pas pourquoi, il s'est entiché de moi et il m'a demandé de m'occuper de lui.

— Et vous avez accepté ? Pourquoi ?

— Que vous imaginez-vous donc ? Parce que j'avais besoin d'argent. Et ne prenez pas cet air désapprobateur, je vous prie. Pour quelle raison avez-vous accepté d'écrire ce livre ? Par intégrité artistique ? »

C'était bien répliqué.

« Vous permettez que je m'assoie à côté de vous ? » dit Michael en indiquant le lit.

Phoebe hocha la tête. « Et qu'avez-vous fait

pendant tout ce temps ? demanda-t-elle. J'ai cherché vos romans.

— Je n'ai plus écrit. J'étais complètement sec.

— Quel dommage !

— Et vous, vous peignez toujours ?

— De temps en temps. Je ne vois aucun avenir pour le moment, pas tant que tous les Roddy Winshaw du monde continueront de faire la loi.

— Ma foi, à ce rythme-là, il y en aura un de moins avant demain matin. » Michael ne voulait cependant pas poursuivre sur ce ton macabre et il ajouta : « Mais vous ne devez pas renoncer. Vous aviez du talent. Tout le monde pouvait s'en apercevoir.

— Tout le monde ? répéta Phoebe.

— Vous souvenez-vous, fit Michael sans relever cette question, de cette fois où je suis entré dans votre chambre et où j'ai vu votre tableau en cours ? Je croyais que c'était une nature morte alors que ça représentait Orphée aux Enfers ou quelque chose de ce genre. » Et il gloussa.

« Oui, je m'en souviens bien », répondit-elle froidement.

Il eut un éclair d'inspiration. « Pourrais-je acheter ce tableau ? Ce serait gentil de l'avoir comme... comme simple souvenir.

— Je crains de l'avoir détruit. Peu après. »

Elle se leva pour aller s'asseoir devant la coiffeuse, où elle mit à se brosser les cheveux.

« Mais... ce n'est pas à cause de ce que j'avais dit, j'espère ? » bredouilla Michael.

Elle ne répondit pas.

« J'avais dit une ânerie, c'est tout, ajouta-t-il.

— Certaines personnes se blessent facilement, Michael, fit-elle en se retournant, le visage un peu rouge. Mais ce n'est plus mon cas. J'étais jeune à l'époque. J'étais très sûre de moi. En tout cas, tout est oublié, désormais. C'était il y a longtemps.

— Vraiment, j'étais loin de me douter, je vous assure.

— Vous êtes pardonné », dit Phoebe. Puis, pour essayer de détendre l'atmosphère : « Est-ce que j'ai beaucoup changé ?

— Presque pas. Je vous aurais reconnue partout. »

Elle décida de ne pas lui faire remarquer qu'il ne l'avait pas du tout reconnue au vernissage de la galerie Narcisse quelques mois auparavant. « Est-ce que vous avez eu des nouvelles de Joan ? reprit-elle.

— Oui, il se trouve que je l'ai revue tout récemment. Elle a épousé Graham.

— Quoi, ce drôle de type ? Et ils vont bien, tous les deux ? demanda-t-elle en allant se rasseoir près de lui.

— Bien, oui, bien. Enfin, Graham était presque mort lorsque je l'ai revu, mais je pense qu'il a dû se rétablir depuis. »

Cette nouvelle exigeait quelques explications. Michael raconta donc à Phoebe tout ce qu'il savait sur le documentaire de Graham et sur la tentative avortée d'assassinat organisé par Mark.

« Il est donc tombé lui aussi sous la griffe des Winshaw ? On dirait qu'ils sont partout, ces gens-là.

— En effet. C'est ce qui les caractérise. »

Elle réfléchit un instant puis demanda : « Que faisiez-vous à l'hôpital le jour du Nouvel An ?

— Je rendais visite à quelqu'un. Une amie. Elle était tombée brusquement malade. »

Phoebe s'aperçut qu'il changeait soudain de ton. « Vous voulez dire... une petite amie ?

— Une sorte de petite amie, j'imagine. »

Il sombra dans le silence, et elle eut l'impression d'avoir été inutilement indiscrète.

« Je suis navrée, je ne voulais pas... enfin, ce n'est pas mon affaire.

— Oh, ça ne fait rien. »

Il s'efforça de sourire.

« Elle est morte, n'est-ce pas ? » fit soudain Phoebe.

Michael hocha la tête.

« Je suis désolée. » Elle lui posa une main sur le genou, puis la retira après quelques moments de gêne. « Voulez-vous... ? Enfin, si ça peut vous faire du bien d'en parler...

— Non, je ne crois pas. Pas vraiment. » Il lui pressa la main pour lui montrer qu'il avait été sensible à son geste. « C'est stupide, vraiment, je ne la connaissais que depuis quelques mois. Mais, d'une manière ou d'une autre, j'avais réussi à... à investir en elle, très fortement. » Il se frotta les yeux et ajouta : « J'en parle comme d'une affaire cotée en bourse, non ? On croirait entendre Thomas.

— De quoi est-elle morte ?

— De ce qui finit par emporter tout le monde : un concours de circonstances. Elle avait un lymphome, qui aurait pu être traité à temps, mais certains s'arrangent pour tout empêcher. Je voulais en dire un mot à Henry, en étant ici... mais, à présent, il ne faut plus y songer. Rien... ne doit plus être... » Sa voix tomba et il regarda un long moment dans le vague. Finalement, il prononça un seul mot, très bas, mais avec insistance : « Merde. » Puis il se recroquevilla en position fœtale, le dos tourné à Phoebe.

Au bout d'un instant, elle lui effleura l'épaule, et déclara :

« Michael, pourquoi ne resteriez-vous pas ici ? Je n'ai pas envie de passer seule cette nuit. Nous nous tiendrons compagnie.

— D'accord. Merci, répondit-il sans bouger.

— Vous devriez vous déshabiller. »

Il se mit en sous-vêtements, se glissa sous les draps du grand lit et s'endormit presque aussitôt, en ayant tout juste le temps de murmurer : « Joan m'a demandé une fois de rester dans sa chambre. J'ai pris la fuite. Je ne sais pas pourquoi.

— Elle vous aimait beaucoup, je le sais, dit Phoebe.

— J'ai été tellement stupide. »

Phoebe mit sa chemise de nuit et alla se coucher à côté de lui. Elle éteignit la lampe. Ils étaient dos à dos, et tout proches.

Michael rêva de Fiona comme il l'avait fait chaque nuit durant les deux dernières semaines. Il rêva qu'il était assis près de son lit, à l'hôpital, qu'il lui tenait la main et qu'il lui parlait. Elle l'écoutait en souriant. Puis il rêva qu'il se réveillait en se rendant compte qu'elle était morte, et qu'il se mettait à pleurer. Il rêva qu'il touchait dans son lit la douce chaleur d'un corps de femme. Il rêva que Phoebe se tournait vers lui, l'entourait de ses bras, lui caressait les cheveux. Il rêva qu'il l'embrassait sur la bouche et qu'elle ouvrait ses lèvres tendres et humides. Il rêva de la chaude odeur de sa chevelure, et de la chaude douceur de sa peau sous sa chemise de nuit. Il essaya de se souvenir de la dernière fois qu'il avait fait ce rêve, ce rêve où il se réveillait pour s'apercevoir qu'il était au lit avec une belle femme, où il se réveillait dans la joie de la toucher, d'être touché par elle, de sentir qu'ils se mêlaient, s'enroulaient, se nouaient comme des serpents endormis. Ce rêve où il avait la sensation que leurs deux corps se fondaient en un seul, que le monde entier se perdait en un seul contact, que la tiédeur moite du lit, l'obscurité de la chambre aux rideaux tirés, contribuaient à tout instant à une douce union dont chaque position créait de nouvelles vagues de plaisir. Michael redoutait le moment où ce rêve prendrait fin, où il se réveillerait pour de bon, pour se retrouver seul dans le lit, ou alors le moment où il sombrerait dans un sommeil plus profond et vide de rêve. Mais cela ne se produisit pas. Leur amour endormi fut long et lent, et même si par moments ils ne firent rien d'autre que de se serrer assoupis l'un contre l'autre, ce calme intermittent ne rompit jamais leur intimité, il faisait partie d'un unique et grand mouvement perpétuel, une alternance rythmique de sommeil et d'ardeur, de rêve et d'éveil, sans souci du temps qui passait, jusqu'à ce que Michael entendît la pendule du grand-père sonner cinq heures dans le couloir, et qu'il se tournât pour voir les yeux de Phoebe lui sourire dans l'obscurité.

« Kenneth, dit-il, tu ne sauras jamais ce que tu as manqué.

— Mais je ne m'appelle pas Kenneth ! » s'écria Phoebe. Elle chercha en riant sa chemise de nuit dans les draps fripés, puis l'enfila. « Ne me dis pas que tu as pensé à un Kenneth durant tout ce temps. Remarque, ça expliquerait pourquoi tu n'as jamais rien fait avec Joan. »

Elle sauta du lit et se dirigea vers la porte. Michael se redressa, l'esprit encore tout embué de sommeil, et demanda d'une voix abstraite : « Où as-tu l'intention d'aller ?

— Aux toilettes, si tu le permets.

— Non, je veux dire... plus tard. Quand toute cette histoire sera finie. »

Phoebe haussa les épaules. « Je n'en sais rien. Je rentrerai peut-être à Leeds. En tout cas, je ne peux guère rester ici.

— Viens vivre avec moi à Londres. »

Elle ne répondit rien, et Michael ne pouvait pas voir sa réaction.

« Je suis sérieux, ajouta-t-il.

— Je sais.

— Enfin, je veux dire, je dois certainement te plaire. Sinon...

— Je ne crois pas que ce soit vraiment le moment. Et ce n'est certainement pas l'endroit. » Elle ouvrit la porte. Michael l'entendit hésiter avant de sortir.

« Calme-toi, Michael, dit-elle sans méchanceté. Ni toi ni moi ne sommes prêts à faire des projets. »

Elle revint quelques minutes plus tard et se glissa de nouveau dans le lit. Ils se tinrent la main sous les draps.

« C'est toi qui m'as demandé de passer la nuit avec toi, reprit Michael en émergeant de ses pensées.

— Les femmes te trouvent irrésistible, n'est-ce pas ?

— Non, mais c'est ce qui se passe dans ce film, vois-tu. C'est presque exactement la même situation. C'est à ce moment-là que j'ai quitté le cinéma. Et maintenant, ça s'est réellement passé, comme si... un maléfice avait été rompu.

— Tout cela me paraît bien fataliste. Je suppose que je n'avais pas le choix.

— Le film existe, insista Michael. Je n'invente rien, quoi qu'en pense Hilary.

— Je te crois, répondit Phoebe. D'ailleurs, j'en avais entendu parler.

— Vraiment ? Quand ça ?

— Joan en a parlé une fois. Tu ne t'en souviens pas ? Le soir où elle nous a obligés à jouer au Cluedo. Il y avait un terrible orage. »

Ce souvenir revint aussitôt à Michael dans tous ses détails. Eux quatre réunis chez Joan autour de la table... Graham se moquant de lui à cause de la faute d'impression dans son article... et le sentiment, la prémonition, pourrait-on dire, que le personnage qu'il représentait, le professeur Violet, était le meurtrier, et que donc il ne pouvait plus s'estimer détaché, désintéressé... il était soudain au centre des événements.

Puis il se rappela les dernières paroles énigmatiques de Tabitha, et alors la lumière se fit en lui.

« Je croyais être celui qui écrit cette histoire, fit-il. Mais non. Du moins plus maintenant. J'en fais partie. »

Phoebe écarquilla les yeux. « Pardon ? »

Michael bondit du lit. « Bon Dieu, comme j'ai été lent ! Bien sûr, j'en fais partie. C'est pour *ça* que Tabitha m'a choisi.

— Je ne comprends rien à ce que tu racontes.

— Elle a dit que j'avais ses yeux : les yeux de mon père. Il y a une seule personne dont elle ait pu parler. Ma mère m'avait dit la même chose. C'est ce qui m'avait tellement mis en colère au restaurant. Même Findlay a remarqué mes yeux. Il a dit qu'ils étaient... comme du velours bleu, ou quelque chose de ce genre. Et moi qui croyais qu'il voulait seulement coucher avec moi.

— Je suis perdue, Michael. Complètement perdue. Qui diable est ce Findlay ?

— C'est un détective. Tabitha l'a engagé il y a des années. Écoute. » Il fit asseoir Phoebe et expliqua : « Tabitha avait un frère appelé Godfrey, qui a été tué pendant la guerre. Abattu par les Allemands.

— Ça, je le sais. Et je sais aussi qu'elle avait un frère appelé Lawrence, qu'elle détestait, et qu'elle a accusé d'être le meurtrier quand elle est devenue folle.

— C'est ça. Seulement, elle avait raison : Lawrence a en effet renseigné les Allemands sur la mission de Godfrey, et c'est pour ça qu'ils ont pu l'abattre. J'en suis presque certain. Mais il y avait un copilote, qui, lui, n'a pas été tué. Il a été fait prisonnier de guerre, et il est revenu en Angleterre après la guerre. Il est allé d'un endroit à un autre, en faisant des petits travaux sous divers noms. John Farringdon était l'un d'eux, Jim Fenchurch était un autre.

— Et alors ?

— Alors je suis son fils. »

Les yeux de Phoebe s'élargirent d'incrédulité.

« Tu es quoi ? »

Michael répéta, et elle poussa un cri exaspéré. « Tu ne penses pas que ç'aurait été une bonne idée de nous en informer plus tôt ?

— Mais je viens à peine de le comprendre. En fait, je vais aller tout de suite poser la question à Tabitha. » Il alluma la lampe et se mit à s'habiller en hâte.

« Michael, il est cinq heures du matin. Elle doit dormir à poings fermés.

— Je m'en moque. Il y a urgence. » Il enfila maladroitement ses chaussures. « Vois-tu, je ne crois pas du tout que Tabitha soit folle. Je crois qu'elle joue un jeu très habile. » Il ouvrit la porte, et conclut avec emphase : « À moins que je ne me trompe, elle est aussi saine d'esprit que moi.

— Oh, probablement plus que toi », murmura Phoebe. Mais il ne l'entendit pas.

Chapitre huit

L'HOMME DE L'OMBRE

Michael n'eut pas besoin de réveiller Tabitha. Il y avait de la lumière dans sa chambre, la porte n'était pas verrouillée, et elle était assise dans son lit, à tricoter et à écouter un transistor posé sur la table de chevet.

« Tiens donc, Michael ! s'écria-t-elle. Vous venez plus tôt que je ne croyais. C'est déjà l'heure de notre petite conversation ?

— John Farringdon, dit-il en allant droit au fait. C'était mon père, n'est-ce pas ?

— Ah, vous y êtes enfin ? Bien joué, Michael Owen ! Très bien joué ! À vrai dire, pour être tout à fait franche avec vous, je pensais que vous le découvririez un peu plus tôt. Ça vous a pris combien de temps ? Près de neuf ans, je crois. Et pourtant, à lire vos livres, j'avais eu l'impression que vous étiez un homme plutôt intelligent. »

Michael approcha une chaise du lit. « Très bien, fit-il. Maintenant, je sais que vous vous jouez de moi. Vous vous êtes toujours jouée de moi ?

— Jouée de vous, Michael ? Ce n'est pas très gentil de m'en accuser. Je vous ai aidé. J'ai toujours voulu vous aider. C'était mon unique souci.

— Écoutez... Je n'ai obtenu aucune aide de vous. Absolument aucune. Vous ne m'avez jamais contacté durant tout ce temps.

— Je vous ai pourtant donné une jolie somme d'argent. Ça ne vous a servi à rien ?

— Oui, évidemment, répondit Michael en rougissant, tout honteux de se voir rappeler qu'il ne l'en avait même pas remerciée. Évidemment. Mais comment pouvais-je... enfin, je veux dire, s'il n'y avait pas eu Findlay, je n'aurais même jamais soupçonné la vérité de toute cette histoire.

— Findlay ? Vous ne voulez sûrement pas parler de Mr Onyx, Mr Findlay Onyx, le détective ? Il est toujours en vie, Michael ?

— Parfaitement. En vie et en prison au moment même où nous parlons.

— Oh, je crois deviner pour quelle raison ! s'écria Tabitha avec un rire joyeux. C'était un petit vilain. Très vilain. Mais très professionnel, je dois dire. C'est lui qui a retrouvé votre père pour moi. Il vous l'a raconté, j'imagine ?

— Oui, en effet.

— Donc vous savez que votre père a été tué par Lawrence, dans cette maison même, le soir de l'anniversaire de Morty ? »

Michael hocha la tête.

« J'étais très déçue, je dois l'avouer, continua Tabitha. Je pensais vraiment que Mr Farringdon n'aurait aucune difficulté à liquider Lawrence. Mais il ne faut jamais jurer de rien. J'étais complètement abattue lorsque Mr Onyx est venu me voir le lendemain matin. » Elle secoua la tête en souriant. « C'était un homme très consciencieux. Très sûr. Il est venu, à ses risques et périls, me confier une enveloppe de la part de Mr Farringdon, où j'ai trouvé...

— Une photographie ?

— Exactement, Michael ! Une photographie. Vous n'avez peut-être pas l'esprit aussi lent que je le croyais. Une photographie de vous en train d'écrire à un bureau. Vous deviez avoir... environ huit ans, n'est-ce pas ? Il y avait également une petite fille. Pas très jolie, je dois dire. Avec des dents proéminentes. Mr Farringdon semblait beaucoup tenir à cette photo. Il m'en avait parlé lors d'une de nos conversations à l'asile, où il a eu la bonté de venir me voir à plusieurs reprises. Un jour, je m'en souviens, nous avons eu une longue et passionnante discussion sur le Lockheed Hudson. Voyez-vous, je me suis toujours inquiétée de la quantité de magnésium utilisé dans les alliages. Il me semblait que ça rendait les avions très vulnérables au feu, surtout en cas de rupture du réservoir. Bien sûr, Mr Farringdon n'avait jamais piloté lui-même, mais... » Ses yeux étaient devenus vitreux, et elle se tourna vers Michael d'un air égaré : « Je suis désolée, mon cher. Qu'étais-je en train de dire ?

— La photographie.

— Ah, oui, la photographie. Eh bien, je l'ai conservée, bien sûr, comme il me l'avait demandé, et pourtant elle ne me donnait aucun moyen de vous retrouver, car il avait négligé de me dire votre nom. Peut-être d'ailleurs l'a-t-il lui-même toujours ignoré. Et puis, un beau jour... oh, ça devait être il y a près d'une vingtaine d'années... il s'est produit une chose tout à fait extraordinaire. Un des médecins est venu dans ma chambre m'apporter un magazine. N'était-ce pas attentionné de sa part ? Tout le personnel connaît ma petite manie, voyez-vous, et c'était un magazine illustré avec un long et bel article sur le Mark I Hurricane. Mais je dois dire qu'il n'était pas très bien documenté et j'ai été fort désappointée. L'auteur avait omis de signaler plusieurs points importants...

croiriez-vous qu'il ne signalait même pas sa seule véritable supériorité sur le Spitfire, qui, comme vous le savez, était l'épaisseur de ses ailes. J'ai d'ailleurs écrit une lettre de protestation au directeur, mais on ne l'a jamais publiée. Je me demande pourquoi... »

Il y eut un long silence inquiétant, et Michael se rendit compte qu'elle s'égarait de nouveau.

« Donc, ce magazine..., hasarda-t-il.

— Pardonnez-moi. Je suis parfois distraite. Ce magazine, en effet. Eh bien, après avoir lu cet article défaillant, j'ai feuilleté d'autres pages, et imaginez ma surprise, Michael, imaginez ma stupeur et mon ravissement, lorsque je suis tombée, tout à fait à la fin, sur une charmante petite histoire avec un détective et un château, avec, en tête, la même photo que Mr Farringdon m'avait confiée des années auparavant. C'était votre photo, Michael ! Vous en petit garçon ! Le destin vous avait enfin remis entre mes mains, et, de plus, vous étiez devenu écrivain ! C'était trop, trop parfait ! Je me suis mise à combiner un petit plan, qui me permettrait de réparer financièrement le tort que vous avait fait ma famille... je savais que vous seriez à court d'argent, cela va sans dire ; je sais que *tous* les écrivains sont à court d'argent... et qui, du même coup, vous conduirait inévitablement à découvrir la vérité sur votre père et sur sa mort. Vous découvririez la vérité sur ma famille, Michael, et vous la révéleriez au monde sous la forme d'un livre ! J'imaginais... un livre terrible, un livre sans précédent... moitié souvenirs personnels, moitié commentaires sociaux, concoctés dans une mixture assassine et dévastatrice !

— C'est merveilleux, dit Michael. Je devrais

vous engager pour écrire la quatrième de couverture.

— Avec le recul, je crois que je vous ai surestimé, répliqua Tabitha. J'ai aimé les passages qu'on m'a envoyés, mais mes espoirs étaient trop grands. Je vois maintenant que vous n'étiez pas vraiment à la hauteur de la tâche. Vous serez toujours incapable de... zut, de... allons, quel est le mot ?

— Rayonner ?

— Peut-être, Michael. Peut-être est-ce là votre limite, en fin de compte, reconnut-elle en soupirant. Mais alors, qui pourrait faire vraiment justice à ma famille ? Des menteurs, des tricheurs, des escrocs, des hypocrites. Et Lawrence était le pire. De loin le pire. Trahir son pays pour de l'argent est déjà assez affreux, mais envoyer son propre frère à la mort... Seule ma famille pouvait faire une chose pareille. Quand ça s'est produit je me suis rendu compte pour la première fois de ce qu'ils étaient vraiment : et, après cela, quelle importance s'ils m'ont fait enfermer ? Je me moquais de ce qui pouvait bien m'arriver. » Elle soupira de nouveau, encore plus fort. « Ils m'ont gâché la guerre.

— Vous dites ça comme si elle vous amusait, s'étonna Michael.

— Mais bien sûr qu'elle m'amusait, répondit Tabitha en souriant. Elle nous amusait tous. Je sais que les jeunes ont beaucoup de mal à comprendre ça, mais rien ne vaut une bonne guerre pour unir un pays. Tout le monde était tellement gentil avec tout le monde, pour une fois. Tout ce qui nous avait divisés paraissait soudain tellement dérisoire. Les choses ont changé, depuis. Terriblement changé. Changé en pire. Nous étions tous tellement polis, voyez-vous. Nous observions les formes. Mortimer, par exemple... Il n'aurait jamais agi ainsi, il n'aurait jamais couru dans la maison pour massacrer sa famille avec une hache, un poignard, tout ce que vous voudrez. Ça ne lui serait jamais venu à l'esprit, à l'époque.

— J'imagine que non, dit Michael. Mais je crois que ça ne se reproduira plus.

— Qu'est-ce qui ne se reproduira plus, mon cher ?

— Une guerre comme celle-là.

— Mais nous sommes en guerre, s'écria Tabitha. Vous n'êtes pas au courant ? »

Michael écarquilla les yeux. « En guerre ?

— Eh oui. Les premiers bombardiers ont décollé peu après minuit. J'ai entendu ça à la radio. »

Michael n'avait jamais cru que cela se produirait pour de bon, malgré l'expiration de l'ultimatum de l'ONU, et il bégaya, stupéfait : « C'est épouvantable. C'est une catastrophe.

— Pas du tout, pas du tout, répondit gaiement Tabitha. Les alliés n'auront aucune difficulté à imposer leur supériorité aérienne. Le Nighthawk F-117A est un appareil hautement sophistiqué. Le système de navigation, voyez-vous, comporte des détecteurs à infra-rouge dirigés vers l'avant et vers le sol, et il peut transporter deux tonnes de munitions à plus de neuf cents kilomètres-heure. Les Irakiens n'ont rien de semblable. Et puis il y a les Ravens EF-111A, qui ont montré au colonel Kadhafi ce dont ils sont capables. Ils peuvent brouiller les radars ennemis, et filer dans un couloir d'attaque à plus de deux mille cinq cents kilomètres-heure. Leur soute à munitions peut contenir quatorze tonnes de matériel... »

Michael, à bout de patience, coupa soudain : « Donc, vous pensez vraiment que c'est Mortimer ?

— Bien sûr que c'est lui, répondit Tabitha. Qui voulez-vous que ce soit ?

— Eh bien, c'est-à-dire... Ces meurtres ont été commis par quelqu'un qui visiblement est au courant de tous les agissements de la famille jusqu'à aujourd'hui. Mais il y a très longtemps que Mortimer ne les a pas vus, n'est-ce pas ? Alors comment serait-il au courant ?

— Oh, c'est très simple. Mortimer a lu votre livre, voyez-vous. Je lui ai envoyé toutes les parties que vous m'avez communiquées. Il a trouvé ça très intéressant. De sorte que vous êtes d'une certaine façon responsable de tout ça, Michael. Vous devriez en être fier. »

Et elle se remit à tricoter. Michael, à bien y réfléchir, se sentait tout sauf fier.

« Et où est-il, maintenant ? demanda-t-il.

— Morty ? Je crains que ce ne soit très difficile à dire. Il se cache quelque part, c'est sûr, mais cette maison est pleine de passages secrets. C'est un vrai terrier. Je l'ai compris le soir où j'ai enfermé Lawrence à clef dans sa chambre. Quelques minutes après, il jouait au billard en bas. Il devait donc bien y avoir un passage entre les deux pièces.

— En effet. Et vous l'avez entendu parler en allemand dans sa chambre ? Pensez-vous qu'il ait pu avoir un émetteur radio ?

— Certainement.

— C'était quelle chambre ?

— Celle où dort le jeune Roderick. Au bout du couloir. »

Michael se leva d'un bond pour aller retrouver

Phoebe qui, il le savait, avait la seule clef de cette chambre. Mais elle n'était plus au lit. Saisi d'angoisse, il se retourna en tous sens pour découvrir qu'elle se tenait sur le seuil, d'un air lugubre.

« Vite, lança-t-il. Nous devons aller tout de suite dans la chambre de Roddy.

— Trop tard, répondit-elle d'une voix tremblante. J'en reviens. Suis-moi. »

Roddy était figé sur son lit, nu et couvert de la tête aux pieds de peinture dorée. Il devait être mort depuis deux ou trois heures.

« Asphyxie, je suppose, dit Phoebe. Assassiné par la peinture. Nous aurions dû nous en douter. Ça fait également songer à un film, non ?

— Oui, la mort de Shirley Eaton dans *Goldfinger*. Mortimer poursuit soigneusement sa tâche.

— Mais comment a-t-il pu entrer ? La clef est restée dans ma poche. Naturellement, il en a peut-être un double.

— C'était la chambre de Lawrence, expliqua Michael. Ce qui veut dire qu'il y a quelque part un passage secret. Cherchons-le. »

Ils firent le tour de la pièce en frappant les lambris à la recherche d'un son creux, mais sans résultat. Michael jeta alors un coup d'œil dans la garde-robe.

« Tiens ! Qu'est-ce que c'est que ça ? » s'écria-t-il.

Phoebe accourut. « Tu as trouvé le passage ?

— J'ai trouvé quelque chose. »

Il décrocha un costume bleu marine qui, à y regarder de plus près, se révéla être un uniforme de policier.

« Je l'avais bien dit. Ce n'était pas du tout un policier. Et regarde, voici le reste. »

Il montra une casquette sur l'étagère et, en la

prenant, il fit tomber un petit flacon. Il regarda l'étiquette.

« Chlorure de potassium, lut-il. Tu sais ce que c'est ?

— C'est du poison, répondit Phoebe. Mortimer en avait dans son armoire à pharmacie. Le flacon était plein la dernière fois que je l'ai vu. »

Elle remarqua qu'il ne restait plus qu'un quart de liquide.

« C'est mortel ? » demanda Michael.

Elle acquiesça. « Je m'en souviens maintenant. Le jour où Mortimer m'a fait partir, il m'a demandé où étaient les seringues. Je n'y ai pas attaché d'importance sur le moment. Mais ça avait peut-être un rapport.

— Peut-être.

— Attends, je vais aller vérifier si elles sont toujours là. »

Elle se précipita dans la chambre de son ancien patron, et ne fut pas longue à s'apercevoir qu'au moins une seringue avait été ôtée de son étui. Quand elle revint en informer Michael, le cadavre nu et doré de Roddy gisait toujours sur le lit, mais Michael lui-même avait disparu.

*

Un obscur instinct l'avait poussé vers un miroir au lourd cadre doré. Un miroir est une porte ouverte sur le monde souterrain, Michael le savait, et il ne lui fallut donc que quelques instants pour glisser ses doigts derrière le cadre et l'écarter du mur. Le miroir, en pivotant, révéla une obscure cavité. Michael y pénétra, et le miroir se referma aussitôt derrière lui, sans bruit. Il était impossible de le rouvrir. La seule chose à faire était de continuer, dans une obscurité et dans un silence absolus. L'air était rance et moisi. De chaque côté, il y avait un mur de brique nue, sèche, et effritée. Michael avança un pied précautionneux, et il comprit qu'il était en haut d'un escalier ; mais, au bout de trois marches, le sol s'aplanit, et il sentit qu'il était dans une zone plus vaste. Il fit six pas vers la droite, jusqu'à toucher un mur, cette fois lisse et plâtré. Il le suivit à tâtons, et, après deux changements de direction, et une collision avec un objet, une table, peut-être, il trouva enfin ce qu'il espérait : un interrupteur électrique qui, miraculeusement, fonctionna.

La lumière révéla une pièce exiguë mais haute de plafond, apparemment construite dans l'épaisseur du mur. Il y avait une porte minuscule au pied de l'escalier qu'il venait de descendre. Presque tout l'espace était occupé par un bureau poussé contre un mur, sur lequel était posé un encombrant émetteur radio, couvert de poussière, et décoré d'une fine nappe argentée par quatre ou cinq décennies (estima Michael) de générations d'araignées. Il n'y avait aucune fenêtre, mais il y avait dans le plafond un trou par où passaient des fils conducteurs, sans doute pour aller jusqu'au toit.

« C'est donc ici que tu opérais, monstre de ruse, murmura Michael. Un véritable homme de l'ombre. »

Il ôta d'un geste impatient le maximum de poussière et de toiles d'araignée. La radio semblait avoir fonctionné avec une batterie, et elle ne réagit pas lorsqu'il actionna les divers boutons. Il se mit alors à fouiller dans les tiroirs et y trouva son bonheur : des cartes, des almanachs, des horaires de train des années quarante, un dictionnaire allemand-anglais, et ce qui parut être une sorte de carnet d'adresses. Il le feuilleta, et il y trouva non seulement BISCUIT, FROMAGE et CÉLERI, mais aussi les noms codés d'autres agents doubles — CAROTTE, BONBON, MENTHE, NEIGE, LIBELLULE — avec adresses et numéros de téléphone. Il y avait aussi des détails personnels sur de nombreux personnages de haut rang de l'armée, du ministère de la Guerre, et du gouvernement de coalition. Puis il trouva un registre de cuir relié empli de colonnes de chiffres en livres sterlings et en deutschmarks, avec une page comportant les intitulés et les numéros de plusieurs comptes bancaires anglais et allemands. Et il y avait aussi quelques feuilles volantes, dont l'une retint particulièrement son attention. Elle avait pour en-tête :

L9265-53 Esc.

Il savait qu'il s'agissait du numéro de l'avion de Godfrey et de son escadron. Mais la plupart des autres chiffres lui restèrent incompréhensibles ; cependant « *30/11* » était visiblement une date, et d'autres nombres semblaient indiquer des latitudes et des longitudes. Il était en tout cas certain d'avoir enfin mis la main sur la preuve que Lawrence était un espion, et qu'il avait délibérément trahi Godfrey pour de l'argent.

Il était maintenant partagé entre deux impulsions : retourner auprès de Phoebe (si possible) pour lui exposer sa découverte, ou s'aventurer par l'autre porte pour continuer son exploration. Pour une fois, l'esprit d'aventure l'emporta en lui.

La deuxième porte ouvrait sur un autre escalier encore plus raide et inégal que le précédent. Il la laissa ouverte pour éclairer son chemin, et, arrivé au bas de l'escalier, il comprit qu'il était au niveau du rez-de-chaussée. Il se trouvait à l'entrée d'un passage étroit, et désormais dans l'obscurité.

Il continua son chemin et tomba bientôt sur une porte de bois. Elle était fermée, mais le verrou était bien graissé et semblait avoir été récemment manipulé. Il l'ouvrit sans difficulté et se retrouva, comme il s'y attendait, dans la salle de billard. L'aube ne devait pas se lever avant une ou deux heures, mais un rayon de lune pénétrait dans l'interstice des rideaux, et faisait scintiller dans l'ombre le cadavre de Mark, qui était maintenant recouvert d'un drap sanguinolent. Ses bras tranchés étaient encore plantés, comme des totems grotesques, dans les blouses de la table de billard. Michael frissonna, prêt à s'en aller, lorsqu'il remarqua un reflet métallique près des moignons macabres. C'était le briquet de Mark. C'était inespéré. Il s'en empara, l'alluma, et se retira avec soulagement dans un deuxième tunnel dont l'entrée était cachée par un casier de queues de billard accroché au lambris de chêne.

Il s'avança dans ce passage, et bientôt le plafond et les murs se mirent à se resserrer, rendant sa progression plus difficile. Il dut presque se mettre à quatre pattes, et ils s'aperçut que le sol descendait abruptement. Mais le tunnel restait sec, le ciment s'effritait au passage, et il fut donc surpris d'entendre tomber des gouttes irrégulières mais persistantes.

Flop. Flop. Flop.

Une lumière vacillante apparut à distance, et les murs se mirent à s'élargir. Il aboutit enfin dans une pièce de quatre mètres de côté, au plafond formé de dalles de pierres soutenues par des poutres.

Flop. Flop.

La source de ces gouttes se révéla. La première chose que distingua Michael fut une ombre d'une taille fantastique, que faisait danser la flamme d'une bougie posée sur le sol. C'était l'ombre d'un corps humain, soigneusement ligoté et pendu par les chevilles à un crochet à viande vissé dans une poutre. Il portait au cou une petite incision d'où le sang jaillissait régulièrement, pour couler sur le visage, suivre une mèche de cheveux collés, et tomber dans un grand seau métallique qui était déjà presque plein.

Flop. Flop. Flop.

C'était le corps de Dorothy Winshaw ; et, au-dessous, assis sur un trépied, se trouvait son oncle. Il regarda Michael émerger du tunnel ; mais il était impossible de dire quels étaient les yeux les plus inexpressifs, de ceux de Mortimer, ou de ceux du cadavre froid qui tournait lentement.

Flop.

« Elle est morte ? fit enfin Michael.

— Je crois, répondit le vieil homme. Mais c'est difficile à dire. Ça a pris plus de temps que je ne le pensais.

— C'est une horrible façon de tuer.

— Oui », reconnut Mortimer après un instant de réflexion.

Flop. Flop.

« Monsieur Owen, reprit l'oncle en parlant avec peine. J'espère que vous n'allez pas éprouver de la pitié pour les membres de ma famille. Ils ne le méritent pas. Vous devriez le savoir mieux que personne.

— Oui, mais quand même...

— En tout cas, c'est trop tard, maintenant. Ce qui est fait est fait. »

Flop. Flop. Flop.

« Nous sommes sous le salon, au cas où vous vous le demanderiez, continua Mortimer. On peut entendre tout ce qui s'y passe. J'étais ici il y a quelques heures, et j'ai écouté tout le chahut qu'ils ont fait lorsque Sloane leur a lu mon testament et qu'ils ont compris que je ne leur laissais pas un sou. Oh, c'était un stratagème enfantin, j'imagine. Vain. Stupide. Comme tout le reste. » Il grimaça.

Flop.

Mortimer ferma les yeux, comme sous le coup d'une douleur.

« J'ai mené une vie oisive, monsieur Owen. J'ai perdu mon temps, en grande partie. Je suis né dans l'argent et, comme le reste de ma famille, j'ai été trop égoïste pour l'employer utilement. Mais, contrairement à eux, je ne m'en suis pas servi pour faire du mal. Enfin, je crois que je me suis légèrement racheté, en faisant une petite faveur à l'humanité avant de mourir. En débarrassant le monde d'une poignée de vermines. »

Flop. Flop.

« C'est vous, monsieur Owen, qui m'avez finalement persuadé. C'est votre livre qui m'en a donné l'idée, et m'a suggéré une ou deux... approches possibles. Mais, maintenant que c'est fait, je dois avouer que je me sens un peu abattu. »

Tout en parlant, Mortimer tripotait dans sa main droite une seringue emplie de liquide transparent. Il remarqua que Michael le regardait avec appréhension.

« Oh, vous n'avez pas besoin de vous inquiéter, fit-il. Je n'ai pas l'intention de vous tuer. Ni Miss Barton. » Son expression parut un instant s'adoucir à la mention de ce nom. « Vous veillerez sur elle, n'est-ce pas, Michael ? Je peux voir que vous lui plaisez. Je serais heureux de pouvoir penser...

— Bien sûr, je veillerai sur elle. Et aussi sur Tabitha.

— Tabitha ?

— Je ferai en sorte qu'on ne la renvoie pas à l'asile. Je ne sais pas comment... mais j'empêcherai ça. »

Flop.

« Mais vous savez bien sûr qu'elle est folle ? » fit Mortimer.

Michael le regarda dans les yeux.

« Oh oui. Complètement folle. » Il eut un sourire distrait. « Mais je viens de lui parler. Elle paraissait parfaitement...

— C'est une tare de famille, voyez-vous, coupa Mortimer. Piqués des hannetons, timbrés comme une lettre, fêlés comme une cloche. Car il arrive un moment, ajouta-t-il en se penchant et en pointant la seringue vers Michael, il arrive un moment où la rapacité et la folie deviennent impossibles à distinguer. C'est une seule et même chose, pourrait-on dire. Et il arrive un moment où la tolérance — l'acceptation — de la rapacité devient également une sorte de folie. Cette folie ne finira jamais. Du moins... » sa voix se perdit en un souffle spectral « ... du moins pas pour les vivants. »

Flop. Flop.

« Prenez Miss Barton, par exemple, poursuivit-il dans un marmonnement. Une fille si gentille. Si confiante. Et pourtant je n'ai pas cessé de la tromper. Mes jambes sont en assez bonne forme. Quelques ulcères, par-ci par-là, mais rien qui m'empêche de marcher. Seulement, voyez-vous, j'aime qu'on s'occupe de moi. »

Flop. Flop. Flop.

« Je suis tellement fatigué, Michael. Voilà l'ironie. Il y a une seule chose qui ne va pas en moi, et je ne l'ai jamais dit à Miss Barton. Elle n'en a aucune idée. Vous devinez de quoi il s'agit ? »

Michael secoua la tête.

« L'insomnie. Je n'arrive pas à dormir. Pas du tout. Une heure ou deux, de temps en temps. Trois, tout au plus. Depuis la mort de Rebecca. »

Flop.

« Et quelle nuit j'ai passée ! C'était beaucoup, beaucoup trop d'efforts. Je pensais ne jamais pouvoir y parvenir, pour être franc avec vous. » Il plongea sa tête entre ses mains. « J'aimerais tellement dormir, Michael. Voulez-vous m'y aider ? »

Il tendit la seringue, Michael la prit, et le regarda remonter sa manche.

« Je crois n'avoir plus de force dans les doigts. C'est navrant. Faites-moi dormir, Michael, c'est tout ce que je vous demande. »

Michael le regarda d'un air indécis.

« Par bonté de cœur. Je vous en prie. »

Mortimer avait des yeux implorants d'épagneul. Il tendit son bras, dont la peau était flasque, et Michael lui prit la main.

Flop. Flop.

« On endort bien les chiens, n'est-ce pas, lorsqu'ils sont vieux et malades ? »

Ainsi formulée, pensait-il, la chose paraîtrait toute naturelle.

Chapitre neuf

DANS LES ÉTOILES AVEC GAGARINE

« Aucune explication, dit Michael. Si vous dormez, si vous rêvez, acceptez vos rêves. C'est le rôle du dormeur. »

Phoebe se protégea les yeux contre le soleil. « Ça se défend. Qu'est-ce que ça signifie ?

— Je réfléchissais : quand j'étais petit, j'ai fait trois rêves dont je me souviens nettement. Et maintenant, deux d'entre eux se sont plus ou moins réalisés.

— Seulement deux ? Et le troisième ? »

Michael haussa les épaules. « On ne peut pas tout avoir. »

Ils se tenaient sur la terrasse de Winshaw Towers, dominant les pelouses, les jardins, le lac, et la magnifique étendue des landes. Un soleil éclatant avait succédé à l'orage, dont l'effet se voyait à des arbres abattus, des tuiles dégringolées, toutes sortes de débris emportés par le vent.

Il était près de midi : la fin d'une longue matinée exténuante tout entière consacrée à déposer devant les policiers, qui avaient afflué dès que Phoebe fut allée donner l'alerte au village. Peu après dix heures, les premiers journalistes et photographes de presse étaient arrivés. La police avait jusqu'alors réussi à les tenir à l'écart, mais ils étaient maintenant sur la route comme une armée en embuscade, avec tout un arsenal de téléobjectifs pointés vers la maison, ou guettant avec lassitude dans leur voiture quiconque s'aventurerait à sortir.

« Je me demande si les choses vont jamais revenir à la normale, reprit Michael. Tu viendras me voir à Londres, n'est-ce pas ? ajouta-t-il en se tournant vers Phoebe d'un air pressant.

— Bien sûr : dès que je pourrai. Demain ou après-demain.

— Je ne sais pas ce que j'aurais fait, si tu n'avais pas été là. Même Kenneth a besoin de son Sid, après tout, dit-il en souriant.

— Et pourquoi pas : "tout Orphée a besoin de son Eurydice" ? Pour éviter la confusion des sexes. »

Michael fut déprimé par cette allusion. « Je ne me pardonnerai jamais ce qui est arrivé à ce tableau, tu sais.

— Laisse-moi te dire une chose, Michael. Rabâcher le passé ne mène à rien. Le passé est un beau désastre, pour toi comme pour moi. Laissons-le de côté, d'accord ?

— D'accord.

— Très bien. Répète donc après moi : NE PAS REGARDER EN ARRIÈRE.

— Ne pas regarder en arrière.

— Parfait. »

Elle s'apprêtait à le récompenser d'un baiser lorsqu'ils furent rejoints sur la terrasse par le pilote de Hilary, Tadeusz, qui était arrivé dans la matinée. Il était, il faut le reconnaître, tout l'opposé de Conrad, le précédent titulaire de cette enviable fonction : il mesurait à peine plus d'un mètre cinquante, il avait visiblement dépassé la soixantaine, et, tout juste débarqué de sa Pologne natale, il ne parlait pas un mot d'anglais. Il leur fit un bref signe de tête et alla s'appuyer à la balustrade.

« Je pense que le mari de Hilary a mis le holà, chuchota Phoebe. Son prédécesseur était beau comme un dieu. Je l'avais vu ici avec sa patronne, et ils avaient passé l'essentiel du week-end à gambader nus sur le terrain de croquet. Je ne crois pas que celui-ci ait l'esprit à ça.

— Bah, du moment qu'il sait piloter, répliqua Michael. Il est censé me ramener en avion tout à l'heure. »

*

Un peu plus d'une heure plus tard, Michael était prêt à s'envoler. Phoebe, qui devait rentrer en train dans l'après-midi avec Mr Sloane, l'accompagna jusqu'au bord du lac. Ils n'avaient trouvé Tadeusz nulle part dans la maison, mais le décollage était prévu à treize heures, et Michael fut soulagé d'apercevoir la minuscule silhouette du pilote déjà installée dans la cabine. Il était en grande tenue d'aviateur de la Grande Guerre, avec casque de cuir et lunettes enveloppantes.

« Mon Dieu, mais c'est le Baron Rouge, s'écria Phoebe.

— J'espère que ce type sait ce qu'il fait, s'inquiéta Michael.

— Allons, tout ira bien. »

Il posa sa valise et serra Phoebe dans ses bras.

« À bientôt, donc. »

Elle inclina la tête, se hissa sur la pointe des pieds, et l'embrassa sur la bouche. Il l'étreignit. Ce fut un long baiser, d'abord plein d'ardeur, puis plus calme et plus tendre. Michael sentit avec délices la caresse de ses cheveux et la fraîcheur de sa joue.

Ce fut à regret qu'il grimpa dans la cabine.

« Je suppose qu'il faut y aller, fit-il en soupirant. Je te téléphonerai ce soir. Nous ferons des projets. » Il hésita avant de refermer la porte. Quelque chose semblait le préoccuper. Il la regarda un instant, puis déclara : « Tu sais, j'ai une idée à propos de ce tableau. Je m'en souviens très bien. Aussi, je me disais que si nous nous asseyions ensemble et que je te le décrivais, si tu retrouvais tes anciennes esquisses, alors peut-être... eh bien, tu pourrais refaire quelque chose de semblable.

— Qu'est-ce que je t'ai dit sur la terrasse ? » répondit Phoebe avec sévérité.

Michael hocha la tête. « Tu as raison. Ne pas regarder en arrière. »

L'avion glissa sur l'eau pour se mettre en position de décollage. Phoebe agita la main puis lança un baiser tandis que l'appareil prenait de la vitesse, quittait la surface, et se lançait dans les airs. Elle le regarda jusqu'à ce qu'il ne formât plus qu'une tache noire dans le bleu du ciel. Puis elle rentra à la maison.

Elle avait le cœur lourd de pressentiment. Elle s'inquiétait pour Michael : elle craignait qu'il n'attendît trop d'elle, qu'il ne fût obsédé par un passé, ou même une adolescence, à rattraper. Elle avait de la peine à croire qu'il eût sept ou huit ans de plus qu'elle. Elle craignait que leur relation ne progressât trop vite, ne prît une tournure qu'elle ne pourrait pas contrôler. Pour être tout à fait franche avec elle-même, elle craignait d'avoir été trop légère en prenant l'initiative. Tout avait eu lieu trop rapidement, et elle avait été poussée par de mauvais motifs : elle avait eu pitié de lui, elle-même avait peur et besoin de réconfort. De plus, comment pouvaient-ils espérer compter sans les affreuses circonstances qui les avaient réunis ? Que pouvait présager de bon un pareil début ?

Elle monta dans sa chambre, fit sa valise, et vérifia qu'elle n'avait rien oublié. Si, elle avait oublié sa trousse, qui devait être encore dans la chambre où on avait trouvé le corps de Henry. Il suffirait d'une minute pour aller la chercher, mais cette perspective l'emplit d'inquiétude. Elle s'aperçut qu'elle tremblait dans le couloir, et elle eut soudain la pénible impression de revivre les événements de la veille — impression qui s'accentua lorsqu'elle s'approcha de la chambre et qu'elle entendit le poste de télévision qui diffusait les nouvelles de la mi-journée.

Elle ouvrit la porte. Le président Bush s'adressait à une pièce vide. C'était une rediffusion de son communiqué au peuple américain, fait peu après le départ des premiers bombardiers pour Bagdad.

Il y a deux heures, les forces aériennes alliées ont lancé une attaque contre les objectifs militaires d'Irak et du Koweït. Ces attaques sont en cours au moment même où je parle.

Phoebe remarqua quelque chose : du sang coulait du canapé et se répandait sur le sol.

Les vingt-huit pays ayant envoyé des forces armées dans le Golfe sont allés au bout de leurs efforts pour aboutir à une solution pacifique et raisonnable, et n'ont pas eu d'autre choix que d'employer la force pour obliger Saddam Hussein à se retirer du Koweït. Nous n'échouerons pas.

Elle regarda avec précaution par-dessus le dossier et vit un homme allongé à plat ventre sur le siège, un couteau de boucher planté entre les omoplates.

Certains vont demander : Pourquoi agir maintenant ? Pourquoi ne pas attendre ? La réponse est claire : le monde ne pouvait plus attendre.

Elle retourna le corps et poussa un cri. C'était Tadeusz.

C'est un moment historique.

On frappa à la porte et un policier avança la tête.

« Avez-vous vu Miss Tabitha ? demanda-t-il. On ne la trouve nulle part. »

Nos opérations ont pour but d'assurer la sécurité des forces de coalition en détruisant l'énorme arsenal militaire de Saddam Hussein. Nous n'avons rien contre le peuple irakien. Je prie pour les vies des innocents entraînés dans ce conflit.

La folie n'en finirait-elle donc jamais ?

*

Michael est assis dans la cabine de l'hydravion. Il se penche pour voir le paysage du sud de Yorkshire se déployer au-dessous de lui.

Devant lui, le pilote se met à fredonner une chanson : *Rame, rame, rame, le long de la rivière.* Sa voix est curieusement mélodieuse et haut perchée.

Le monde ne pouvait plus attendre.

L'avion prend brusquement de l'altitude. Michael ne comprend pas pourquoi, et se raidit sur son siège. Il pense que l'appareil va se rétablir dans une seconde ou deux. Mais non, il continue de monter, à un angle de plus en plus raide, jusqu'à être vertical, puis complètement à l'envers, pour reprendre sa position première, faisant un looping complet avant que Michael n'ait le temps de hurler.

« Nom de Dieu, qu'est-ce que vous êtes en train de faire ? » crie-t-il en saisissant le pilote par les épaules. Mais le pilote est secoué d'un rire hystérique et irrépressible, et il éclate de joie.

Gaiement, gaiement, gaiement, gaiement.

« Enfin, qu'est-ce que vous êtes en train de faire ? » répète Michael.

Nous n'avons rien contre le peuple irakien.

« Est-ce que vous êtes devenu complètement fou ? »

Le rire du pilote est encore plus hystérique, puis il arrache ses lunettes et son casque de cuir ; c'est Tabitha Winshaw qui se retourne pour répondre : « Voyez-vous, Michael, c'est exactement ce que je pensais. Piloter est extraordinairement facile. Il suffit de s'y mettre. »

Rame, rame, rame, le long de la rivière
Gaiement, gaiement, gaiement, gaiement
La vie n'est qu'un rêve.

« Mais bon sang, où est Tadeusz ? » vocifère Michael.

Notre but n'est pas la conquête de l'Irak. C'est la libération du Koweït.

« Vous voulez que je vous montre comment on fait ? » lance Tabitha.

Michael la secoue violemment d'avant en arrière.

« Mais est-ce que vous savez au moins atterrir ? Répondez-moi !

— Regardez ce cadran, dit Tabitha en désignant le tableau de bord. Il indique la vitesse de vol. Vert pour normal, jaune pour danger. Vous voyez ce signe, VLN ? Il veut dire vitesse limite normale. »

Je prie pour les vies des innocents entraînés dans ce conflit.

Michael regarde l'aiguille du cadran passer de l'arc vert à l'arc jaune. L'accélération lui donne la nausée. L'aiguille est maintenant à l'extrémité de l'arc jaune, en un point marqué VND.

« Qu'est-ce que ça veut dire ? demande-t-il.

— Ne pas Dépasser », crie Tabitha.

L'excitation la fait presque sauter sur son siège.

« Pour l'amour du ciel, Tabitha, ralentissez ! C'est très dangereux. »

Elle se retourne pour répliquer d'un ton de reproche : « Voler, Michael, n'est *jamais* dangereux.

— Ah oui ?

— Pas du tout. C'est *s'écraser* qui est dangereux. »

Puis, avec un rire strident et fou, elle pousse à fond le manche, l'avion se met à piquer, plonge à une vitesse inconcevable, Michael se sent creux, son corps est une coquille vide, sa bouche est ouverte, c'est comme si ses entrailles s'échappaient loin derrière, en haut dans le ciel...

Je tombe, je tombe, je tombe.

Ce soir, pendant que nos garçons combattent, nous prions pour eux et pour leurs familles.

Rame, rame, rame, le long de la rivière.

Le bruit est assourdissant, l'air siffle, le moteur hurle, mais il entend tout de même le rire dément de Tabitha : le rire infini, hideux, d'une folle à lier...

Gaiement, gaiement, gaiement, gaiement

Aucun président ne peut envoyer de gaieté de cœur ses fils et ses filles au combat.

Je tombe, je tombe.

Que Dieu les bénisse tous.

Je tombe.

C'est un moment historique

Mais il y a un moment...

Gaiement, gaiement, gaiement, gaiement

Un moment où la rapacité et la folie...

Et puis c'est un dernier hurlement de métal, le fuselage se déchire et commence à partir en morceaux, tout l'avion finit par exploser en un million de particules, et Michael tombe en chute libre, sans plus d'entraves, sans autre repère que le ciel bleu, mais la terre apparaît, elle se précipite vers lui, il voit nettement les mers et les continents, les côtes, les îles, les fleuves, les grands lacs.

Gaiement, gaiement, gaiement, gaiement

Je ne souffre plus...

La vie n'est qu'un rêve

Je n'ai plus peur...

La vie n'est qu'un rêve

... parce qu'il y a un moment où la rapacité et la folie deviennent impossibles à distinguer. La ligne de séparation est très mince, une simple pellicule qui entoure la terre. Elle est d'un bleu délicat, et la transition du bleu au noir est progressive et merveilleuse.

Le monde ne pouvait plus attendre.

MICHAEL OWEN

LE LEGS DES WINSHAW

*

UNE CHRONIQUE FAMILIALE

PEACOCK PRESS

Préface

par Hortensia Tonks
licenciée en lettres et sciences humaines
(Cambridge)

Le *signor* Italo Calvino, écrivain italien tenu en très grande estime par les *aficionados* littéraires, a un jour remarqué — fort joliment, selon moi — qu'il n'y a rien de plus poignant qu'un livre laissé inachevé par son auteur. Ces œuvres fragmentaires, déclare cet éminent personnage, sont comme « les ruines de projets ambitieux, qui conservent des traces de la splendeur et du soin méticuleux avec lesquels ils ont été conçus ».

Comme il est significatif, et doucement ironique, que le Sig. Calvino ait pu exprimer cette noble conception dans le cadre d'une série d'essais eux-mêmes interrompus par sa mort ! Et comme cette réflexion semble appropriée au présent volume, ouvrage tronqué d'un auteur abattu, pour ainsi dire, dans la fleur de sa carrière, qui le montre au sommet de son talent (et qui, avec le temps, sera peut-être reconnu comme son chef-d'œuvre) !

Je connaissais bien Michael Owen, et j'éprouve envers son livre les sentiments qu'un parent affectueux peut éprouver envers son enfant préféré, car il a germé et s'est épanoui sous mon égide bienveillante. Aussi, lorsque nous avons appris, à la Peacock Press, la triste nouvelle de sa mort, notre stupeur et notre chagrin furent-ils aussitôt suivis de la conviction que nous ne pouvions rendre meilleure justice à sa mémoire que de mettre sous presse son dernier ouvrage. C'est pour cette seule raison (malgré les allusions sournoises lues çà et là dans la presse) que nous le faisons paraître si peu de temps après les événements sensationnels qui ont récemment attiré l'attention du public sur la famille Winshaw et l'ensemble de ses agissements.

On peut déplorer l'intensité de cet intérêt ; mais l'ignorer complètement serait sûrement de la folie. J'ai par conséquent pris la liberté d'inclure, en manière d'introduction au récit de Michael, un compte rendu détaillé des horribles meurtres qui ont eu lieu à Winshaw Towers le 16 janvier de cette année. La composition de ce chapitre — fondé sur d'authentiques rapports de police et des photographies (plus crues et plus effrayantes, m'a-t-on dit, que toutes celles que le médecin légiste qui les a fournies a pu avoir sous les yeux au cours de sa longue carrière) — ne m'a procuré aucun plaisir ; mais le public a le droit absolu d'avoir accès aux éléments même les plus déplaisants d'une pareille affaire. C'est une pure question de principe, que nous sommes fiers de toujours respecter dans nos éditions.

Il m'a toutefois semblé, en tant que directrice littéraire, que certains passages du manuscrit de Michael avaient un tel souci (fort louable au demeurant) de rigueur universitaire dans le ton, et de précision dans la perspective historique, qu'ils risquaient de se révéler un rien décourageants pour les lecteurs attirés vers le livre par une saine et compréhensible curiosité envers le massacre de janvier. Je conseillerais donc à ces lecteurs d'ignorer sans crainte le centre du récit, car mon intention dans la suite de cette préface est de résumer en quelques pages concises et vivantes tout le début de l'histoire de la famille dont le nom même — autrefois mot de passe pour tout ce qui était prestigieux et puissant dans la vie britannique — est désormais devenu synonyme de tragédie.

*

Par deux fois déjà la tragédie avait frappé les Winshaw, mais jamais avec une telle intensité.

*

NOTE DE L'AUTEUR

J'aimerais remercier Monty Berman, coproducteur du film *What a Carve Up ! (À chacun son dû)*, pour m'avoir aimablement autorisé à en citer le scénario (écrit par Ray Cooney et Tony Hilton).

Merci aussi à Louis Philippe pour m'avoir permis de citer sa chanson *Youri Gagarine* (paroles et musique de Louis Philippe, publiées par Complete Music, copyright 1989) ; à Raymond Durgnat, dont le merveilleux essai sur *Le Sang des bêtes* (dans *Franju*, publié par Studio Vista, 1967) m'a fourni une citation dans le chapitre sur Dorothy et finalement le titre de la seconde partie ; et à l'International Music Publication Ltd pour m'avoir permis de reproduire un extrait de *La Mer*, de Charles Trenet (copyright 1939 Brenton [Belgique] Éditions Raou, géré par T.B. Harms Co., Warner Chappell Music Ltd, Londres).

Mon livre a une dette lointaine envers les œuvres de Frank King, auteur de *The Ghoul (La Goule)* (1928), dont le film *À chacun son dû* était vaguement inspiré. Le premier paragraphe de mon chapitre intitulé *Où il est question d'un testament* est copié sur le premier chapitre de *La Goule* (à un mot près), et tout au long de la seconde partie il y a plusieurs exemples de ce qu'Alasdair Gray a appelé des « implagiats » (plagiats insérés dans le texte) tirés de *La Goule* et du non moins merveilleux *Terror at Staups House (Terreur dans la maison Staups)*. Ayant été incapable de trouver des informations précises sur Mr King, je ne puis exprimer ma gratitude qu'en enjoignant le lecteur de tâcher de dénicher ces deux romans, et d'autres comme *What Price Doubloons ? (Quel prix en doublons ?)* ou *This Doll is Dangerous (Cette poupée est dangereuse)*, et d'exiger activement leur réimpression.

Parmi les autres personnes qui m'ont aidé de diverses façons se trouvent Harri Jenkins et Monica Whittle, qui m'ont généreusement consacré leur temps pour m'informer sur les questions de Sécurité sociale et le fonctionnement des hôpitaux ; Andrew Hodgkiss et Stephanie May, qui m'ont donné d'autres renseignements médicaux ; Jeremy Gregg, pour les termes d'informatique ; Michèle O'Leary, pour les précisions légales ; Paul Daintry, pour la signature de Findlay et pour ses encouragements en général ; Tim Radford, pour la Gagarinologie ; et Russell Levinson, Ralph Pite, Salli Randi, Peter Singer, Paul Hodges, Anne Grebby et Steve Hyam. Je suis particulièrement reconnaissant envers tous ceux qui, chez Viking Penguin, ont travaillé si dur à la composition de ce livre, et aux inestimables Tony Peake, Jon Riley et Koukla MacLehose, dont les efforts ont été inlassables.

Quant à mes sources livresques, le chapitre sur Mark est largement fondé sur des informations glanées dans *The Death Lobby (Le Lobby de la mort)* de Kenneth Timmerman (Fourth Estate, 1992) — sûrement le meilleur livre jamais écrit sur les ventes d'armes — qui, entre autres, m'a donné l'idée des cadavres de beagles et du jeu de Guillaume Tell. Les détails sur les tortures en Irak sont tirées des publications d'Amnesty International et de la CARDRI (Campaign Against Repression and for Democratic Rights in Irak [Campagne contre la répression et pour les droits démocratiques en Irak]) ; la SODI est une organisation fictive. Le chapitre sur Dorothy doit beaucoup aux ouvrages de référence de Ruth Harrison, *Animal Machines (Les Machines animales)* (Vincent Stuart, 1964) ; de Mark Gold, *Assault and Battery (L'Agression en batteries)* (Pluto, 1983) ; de Geoffrey Cannon, *The Politic of Food (La Politique de la nourriture)* (Century, 1987) ; et de Richard Body, *Our Food, Our Land (Telle nourriture, tel pays)* (Rider, 1991). Parmi les nombreux ouvrages consultés pour le chapitre sur Thomas, les plus utiles, de loin, ont été ceux de Paul Ferris : *The City (La City)* (Gollancz, 1960) et *Gentlemen of Fortune (Ces messieurs de l'argent)* (Weidenfeld, 1984). Les données sur la Sécurité sociale ont été fournies par l'ouvrage de Chris Ham : *The New National Health Service : Organization and Management (La Nouvelle Sécurité sociale : Organisation et Gestion)* (Oxford, 1991), et j'ai glané des informations sur les noms de code pendant la guerre dans le livre fascinant de Sir John Cecil Masterman : *The Double-Cross*

System in the War of 1939 to 1945 (Les agents doubles durant la guerre de 1939-1945) (Yale, 1972).

Enfin, ce livre doit son existence à Janine McKeown, ne serait-ce que parce qu'elle m'a soutenu financièrement pendant que je l'écrivais. Pour cela, et pour bien d'autres raisons, je le lui dédie avec tout mon amour et toute ma gratitude.

DU MÊME AUTEUR

Aux Éditions Gallimard

TESTAMENT À L'ANGLAISE, prix Femina Étranger 1995 (Folio n° 2992)

LA MAISON DU SOMMEIL, prix Médicis Étranger 1998 (Folio n° 3389)

LES NAINS DE LA MORT (Folio n° 3711)

BIENVENUE AU CLUB (Folio n° 4071)

LE CERCLE FERMÉ (Folio n° 4541)

Aux Éditions Calmann-Lévy

HUMPHREY BOGART

Aux Éditions Gremèse

JAMES STEWART

Aux Éditions du Rocher

UNE TOUCHE D'AMOUR (Folio n° 3975)

Impression Hablo Compagny Ltd
à Hong-Kong, le 3 octobre 2008
Dépôt légal : octobre 2008

ISBN 978-2-07-035968-4./Imprimé en Chine.

161525